Iny Lorentz

Die Rebellinnen

Roman

Weltbild

Besuchen Sie uns im Internet:
www.weltbild.de

Genehmigte Lizenzausgabe für Weltbild GmbH & Co. KG,
Werner-von-Siemens-Straße 1, 86159 Augsburg
Copyright der Originalausgabe © 2006 by Knaur Verlag
Ein Imprint der Verlagsgruppe Droemer Knaur GmbH & Co. KG, München
Umschlaggestaltung: Alexandra Dohse, München, www.grafikkiosk.de
Umschlagmotiv: Bildmontage unter Verwendung von Bildern von Trevillion Images /
© Nina Masic, Getty Images / © Historical Picture Archive/CORBIS
(„Arona and the Castle of Angera von George Edwards Hering) und mauritius
images / age fotostock / © Tomas Abad (Graziella, 1878, von Jules-Joseph Lefebvre)
Satz: Datagroup int. SRL, Timisoara
Druck und Bindung: GGP Media GmbH, Pößneck
Printed in the EU
ISBN 978-3-95569-965-9

2020   2019   2018   2017
Die letzte Jahreszahl gibt die aktuelle Lizenzausgabe an.

ERSTER TEIL

Die Töchter des Grafen

I.

An einem Frühsommertag im Jahre des Herrn 1343 stürmte der Turmwächter in den Saal, in dem sich die restlichen Bewohner der Burg versammelt hatten, und blieb mit bleichem Gesicht vor dem Grafen von Marranx stehen. »Herr, der Feind!«

Guifré Espin schob sich in eine Fensternische und stieß die hölzernen Läden auf. Ein kalter Windstoß fegte herein und brachte die Öllampe auf dem Tisch zum Erlöschen. Es war wie ein böses Omen. Der Graf schüttelte sich, um das Gefühl unausweichlichen Verhängnisses abzustreifen, und lehnte sich weit hinaus. Das Tal öffnete sich zu einer mit Mandelbäumen übersäten Ebene, durch die eine Straße auf das Dorf am Fuß der Burg zulief und sich dann wie eine Schlange den Hang zur Festung hochwand. Zwischen dem hellen, mit Blüten übersäten Grün erblickte Guifré Espin jenen Trupp Bewaffneter, den der Wächter entdeckt hatte.

Er zählte sechs Ritter zu Pferd und mindestens sechzig Männer zu Fuß und nickte erbittert, als habe er nichts anderes erwartet. Als er sich umdrehte, standen die drei Waffenknechte vor ihm, die ihm treu geblieben waren. Die Männer sahen so aus, als würden sie am liebsten die Beine in die Hand nehmen und laufen, so weit sie nur konnten. Der einzig unbewaffnete Mann im Raum aber blickte so grimmig drein, als wolle er die sich Nähernden eigenhändig erschlagen. Es war Antoni, der Leibdiener des Grafen, ein untersetzter Mann mittleren Alters mit einem eher ehrli-

7

chen als hübschen Gesicht und den dunklen Augen seiner maurischen Großmutter. Als Guifré Espin ihn mit einem fragenden Blick streifte, stieß er einen unchristlichen Fluch aus, trat an die Wand und nahm eine der dort hängenden Streitäxte herab.

Guifrés Tochter Soledad folgte seinem Beispiel, während ihre um zwei Jahre ältere Schwester Miranda sich auf einen Stuhl fallen ließ und die Hände vors Gesicht schlug. Der Graf strich seiner Erstgeborenen über die honigfarbenen Haare und zuckte zusammen, als sie mit tränenerfülltem Blick zu ihm aufsah. Sie glich so stark ihrer Mutter, dass er ihren Anblick kaum ertragen konnte. Daher wandte er sich abrupt um und trat wieder in die Fensternische. Der Kriegertrupp war so nahe herangekommen, dass er die Wappen auf den Schilden der vordersten Ritter erkennen konnte. An der Spitze ritt Joan Esterel, der wohl jenen Neffen an ihm rächen wollte, den er vor wenigen Tagen beim Kampf um den Almudaina-Palast getötet hatte. Ihm folgte Domenèch Decluér, der seit sechzehn Jahren auf Vergeltung für seine gekränkte Ehre wartete und sich nun kurz vor dem Ziel wähnte.

»Sie haben sich nicht viel Zeit gelassen«, spottete Guifré Espin. Die bitteren Worte waren nur für ihn selbst bestimmt, doch Antoni wagte es nachzufragen. »Wen habt Ihr denn ausmachen können, Herr?«

Der Graf von Marranx bleckte die Zähne. »Eine Sammlung alter und neuer Feinde, die danach gieren, einen alten Dachs wie mich in seinem Bau auszuräuchern.«

»Habt Ihr auch die Farben der Grafen von Urgell oder des Vescomte de Vidaura erkannt?« Antonis Stimme klang ängstlich und hoffnungsvoll zugleich.

Graf Guifré musterte die Wappen der übrigen Ritter, und als er in den Raum zurücktrat, stand die Antwort auf seinem Gesicht geschrieben. »Nein! Von denen lässt sich keiner hier blicken. Damit zeigen die Herren von Urgell mir deutlich, dass sie meine Töchter nicht als Blutsverwandte anerkennen.«

Seine Schultern sanken nach vorne, und er wirkte mit einem Mal viel älter als seine achtunddreißig Jahre. Das wenige, was er noch an Hoffnung gehegt hatte, sollte sich also nicht erfüllen. Die Sippen der Herren von Urgell – Verwandte und angesehene Lehensleute des Königs von Katalonien, Aragón und Valencia – waren nicht bereit, ihm zu verzeihen, dass er eine ihrer Verwandten am Vorabend ihrer Hochzeit entführt hatte und mit ihr ins Königreich Mallorca geflohen war. Nun war Jaume III. von seinem Vetter Pere IV. von Katalonien-Aragón vertrieben worden, und um seinen Herrschaftsanspruch zu festigen, hatte dieser Jaumes ehemaligen Gefolgsleuten angeboten, ihm als neuen Herrn von Mallorca die Treue zu schwören und dafür ihre Ländereien behalten zu dürfen. Nur an ihn, Guifré Espin, Graf von Marranx, war kein solches Angebot ergangen. Das schmerzte ihn nun stärker als erwartet, auch wenn er im Grunde mit nichts anderem gerechnet hatte. Er wusste, welchen Groll König Pere wegen seiner Flucht an den Hof seines Vetters gegen ihn hegte, aber er hatte sich nicht vorstellen können, dass sein einstiger Lehnsherr so wenig Gnade zu üben bereit war und nun auch seine Töchter dem Verderben preisgab.

»Bei Gott, diese Niederlage hätte nicht sein müssen. Wir hätten Peres Truppen aufhalten können!« In seiner Stimme

9

schwang all die Wut über die vielen wankelmütigen Edelleute, die ihn seit dem Kampf um die Ciutat de Mallorca erfüllte. Viel zu wenige waren gekommen, um mit ihren Männern die Stadt gegen das Heer Katalonien-Aragóns zu verteidigen, und so war Jaumes Herrschaft glanzlos zu Ende gegangen.

»Wo waren denn die Herren, die unserem König die Treue geschworen haben? Wo sind die de Llors, die de Biures und wie sie alle heißen abgeblieben, als Mallorca sie brauchte? Verflucht sollen sie sein, und ganz besonders dieser elende Kardinal de Battle, dessen Verrat den Katalanen erst den Schlüssel der Ciutat in die Hand gegeben hat!« Der Graf zitterte wie im Fieber, als er an die verzweifelte Gegenwehr der Verteidiger dachte. Die Zahl seiner Mitstreiter hatte bei weitem nicht ausgereicht, den Feind aufhalten zu können, und so hatte er die meisten Gefolgsleute in einem verzweifelten Abwehrkampf verloren.

»Ich hätte mich hier nicht aufhalten dürfen, sondern gleich gestern, als ich hierher zurückkam, mit euch fliehen sollen.« Man konnte Guifré Espin ansehen, wie sehr es ihn schmerzte, seine Töchter nicht vor dem Zugriff des Feindes gerettet zu haben.

Antoni schüttelte den Kopf. »Ihr konntet doch nicht ahnen, dass sich die Ritter Kataloniens wie Aasgeier auf Eure Fährte heften würden, Senyor! Wären Eure Verfolger nur einen Tag später hier aufgetaucht, hätten wir uns in Sicherheit bringen können.«

Im Grunde seines Herzens glaubte Antoni allerdings nicht daran, dass ihnen die Flucht hätte gelingen können, denn König Peres Männer hielten höchstwahrscheinlich schon alle Häfen besetzt und würden die Schiffe, die nach Perpinya oder Frankreich abgingen, besonders gründlich kontrollieren. Seinem Herrn sah man auch in Verkleidung den Edelmann an, und man würde ihn und seine Töchter sofort verhaften, wenn sie sich einem Schiff näherten.

»Sie gieren nach unserem Blut. Nun gut, dann soll es fließen!« Guifré maß seine Waffenknechte mit kritischem Blick. Sie hatten ihm im Kampf um die Ciutat de Mallorca gute Dienste geleistet und waren bis zur Stunde nicht von seiner Seite gewichen. Nun aber wäre ihr Tod ein nutzloses Opfer, das zu bringen er nicht bereit war.

»Verschwindet von hier! Verlasst Marranx! Dies ist nicht mehr euer Kampf.«

Die drei Männer atmeten erleichtert auf und liefen zur Tür. Dort drehte einer sich um und bedachte Guifré mit einem zweifelnden Blick. »Aber wir dürfen Euch doch nicht im Stich lassen, Herr.«

»Geht! Ich befehle es euch.« Kaum hatte der Graf die Hand gehoben, als wolle er sie wegscheuchen, rannten die drei davon, als sei der Teufel hinter ihnen her.

»Wir werden die Berge der Tramuntana überqueren und dabei die entlegensten Pässe nehmen müssen, wenn wir unseren Feinden entkommen wollen.« Antoni hoffte wider besseres Wissen, seinen Herrn doch noch zur Flucht überreden zu können.

Dieser starrte ihn grimmig an. »Und warum bist du noch hier?«

»Weil ich es so will!« Antoni wagte nicht zu sagen, dass er sich für das Gesinde schämte, das die Burg bereits bei der Nachricht von der verlorenen Schlacht verlassen hatte. Seiner Ansicht nach hätten die Leute wenigstens bis zur Rückkehr des Grafen warten und ihn bitten können, sie gehen zu lassen. So aber hatten Miranda und Soledad das Abendessen und das Frühstück, dessen Reste noch auf der langen Tafel aus wohlriechendem Mandelholz standen, mit eigener Hand zubereiten müssen. Zwar hatte er ihnen geholfen, so gut er es vermochte, doch er verstand mehr davon, einem Edelmann in Kleidung und Wehr zu helfen, als mit Kochtöpfen zu hantieren.

Der Graf warf einen letzten Blick auf seine Feinde, die gerade in den Wald aus Steineichen einritten, welcher die Burg wie ein erster Wall umgab, und nickte dann Antoni zu. »Bring meine Rüstung! Ich werde diese Schurken gebührend empfangen.«

Damit war es entschieden. Guifré Espin de Marranx würde nicht vor seinen Feinden davonlaufen, sondern ihnen einen Kampf liefern, an den sie noch lange zurückdenken sollten.

Antoni beeilte sich, das Kettenhemd zu holen und es seinem Herrn überzustreifen. »Soll ich zum Torturm laufen und das Fallgitter herunterlassen?«, fragte er, während er dem Grafen die Beinschienen anlegte.

Guifré Espin lachte spöttisch auf. »Wozu denn? Meine verstorbene Gemahlin und ich haben stets ein gastfreundliches Haus geführt.«

Antoni wagte nicht, zu widersprechen, auch wenn sein Herz sich verkrampfte. Sein Blick wanderte zu den beiden Mädchen hinüber. Mit ihren vierzehn Jahren war Miranda eine knospende Schönheit mit weichen, bereits fraulich wirkenden Formen, blauen Augen und ebenmäßigen Gesichtszügen. Sie hätte das Ebenbild ihrer Mutter werden können, wenn das Schicksal ihr nun nicht so erbarmungslos mitspielen würde. Da weder einer der Herren von Urgell noch ein Vidaura unter den sich nähernden Feinden zu finden war, der sie als Verwandte unter seinen Schutz hätte stellen können, würde sie den Männern zum Opfer fallen, die darauf gierten, vermeintliche Kränkungen an seinem Herrn und dessen Sippe zu rächen. Auch die noch kindlich wirkende Soledad würde man nicht verschonen.

Diese schien das Schicksal, welches ihr bevorstand, viel weniger zu fürchten als die in Tränen aufgelöste Miranda, denn ihre haselnussbraunen Augen sprühten vor Zorn, und sie schüttelte so wild den Kopf, dass ihr dunkelblondes Haar um ihren Kopf stob. »Ich werde diesen Hunden das Mahl mit der Axt auftischen!«

Miranda schrie auf, als stünden die Feinde schon vor der Tür, klammerte sich an Soledad und begann haltlos zu schluchzen. Antoni hätte seine junge Herrin gern getröstet, aber dazu war nun keine Zeit mehr. Er schloss mit zitternden Fingern den letzten Riemen der Rüstung, zog den Helm seines Herrn fest und reichte ihm das mächtige Schlachtschwert, das nur wenige Ritter mit einer ähnlichen Leichtigkeit zu führen wussten wie der Graf von Marranx. »Herr, kümmert Euch nun um Eure Töchter! Sollen sie Euren Feinden als Beute dienen?«

Graf Guifré schüttelte unmerklich den Kopf und hob das Schwert. Er hasste das, was er jetzt tun musste, doch es war besser für seine Kinder, wenn die Eroberer zwei tote Leiber vorfanden, deren Seelen bereits in einer besseren Welt weilten.

Als ihr Vater mit erhobenem Schwert auf sie zukam, spürte Soledad, wie die Angst ihr die Muskeln auf dem Rücken schmerzhaft zusammenzog. Den panikerfüllten Gesprächen des Gesindes hatte sie entnehmen können, was ihr bevorstand, wenn sie den Angreifern lebend in die Hände fiel, und ihr war klar, dass ein schneller Tod diesem Schicksal vorzuziehen war. Daher legte sie die Axt weg, an die sie sich wie an einen Talisman geklammert hatte, und senkte den Kopf.

Guifré Espin achtete jedoch nicht auf sie, sondern starrte auf Miranda hinab, die ihn mit den Augen seiner toten Gemahlin anblickte, und fühlte, wie das Schwert in seiner Hand zu zittern begann. Núria de Vidaura i de Urgell war ihm in Flucht und Verbannung gefolgt und hatte ihm ihre Töchter als kostbarstes Geschenk hinterlassen. Wenn er die beiden jetzt tötete, zerstörte er das Vermächtnis seiner Frau. Einen Augenblick lang kämpfte er mit sich, dann stieß er sein Schwert in die Scheide zurück und winkte Antoni zu sich.

Der Diener hoffte für einen Augenblick, sein Herr hätte die Sinnlosigkeit eines Widerstands eingesehen und wäre bereit, mit ihm und den Mädchen zu fliehen. Aber Guifré Espin schüttelte fast unmerklich den Kopf, zog seinen Siegelring vom Finger und drückte ihn dem Diener in die Hand. »Du wirst meine schutzlosen Töchter behüten und führen, Antoni. Nehmt den Weg über die Berge und wartet, bis ihr eine Gelegenheit findet, nach Perpinya zu König Jaume zu reisen. Dieser Ring hier wird euch ausweisen und Seiner Majestät zeigen, dass ich bis zum letzten Augenblick für ihn eingestanden bin!«

Die erstarrte Miene seines Herrn bewies dem Diener,

14

dass Guifré Espin den Tod gewählt hatte. Mit einem dicken Kloß im Hals steckte er den Ring unter sein Hemd und wollte sich eben abwenden, als die Hand des Grafen schwer auf seine Schulter fiel. »Die beiden sollen sich in der Mägdekammer Kleidung besorgen, damit man sie nicht erkennt. Hier, das brauche ich nicht mehr, und die, die kommen, um mich zu töten, sollen es auch nicht bekommen.«

Guifré Espin nahm seine Geldbörse, die er beim Anlegen der Rüstung vom Gürtel genestelt hatte, und reichte sie Antoni. »Und nun macht, dass ihr verschwindet! Die Heilige Jungfrau von Núria möge euch beschützen.« Ohne seinen Töchtern noch einen Blick zu schenken, wandte er sich um und verließ die Halle.

Soledad wollte ihm folgen, doch der Diener hielt sie auf. »Lasst uns gehen, sonst kommen unsere Feinde doch noch über uns.« Ohne auf eine Antwort seiner Schutzbefohlenen zu warten, fasste er sie bei den Händen und zog sie mit sich zu dem Trakt, in dem bis zum Vortag die Mägde gehaust hatten. Er konnte nur hoffen, dass die Frauen bei der Flucht ein paar Kleider zurückgelassen hatten, die den Mädchen passten, denn in den Gewändern, die sie im Augenblick trugen, würden sie unterwegs auffallen wie Fasane unter einer Schar Rebhühner.

II.

Domenèch Decluér blickte auf den Felssporn mit der Burg, der über die Kronen der Steineichen ragte. Es schien ihm, als müsse er nur die Hand ausstrecken, um mit der Lanze gegen das Tor pochen zu können. Doch der Weg verlief nicht gerade, sondern schlängelte sich in vielen Windungen hinauf, und als der Ritter die Burg das nächste Mal zu Gesicht bekam, schien sie ihm ferner zu sein als zuvor. Ein Fluch verließ seine Lippen, dann aber glättete seine Miene sich wieder.

»Auf diesen Tag habe ich fast sechzehn Jahre gewartet!«, rief er Joan Esterel zu, der sein Pferd ungeduldig vorwärts trieb.

Esterel war ein großer Mann mit breiten Schultern und einem wie aus Stein gehauenen Gesicht. Er hatte sich von Kopf bis Fuß mit Eisen gepanzert, und ein schwächer gebautes Pferd als sein wuchtiger Hengst hätte ein solches Gewicht nicht tragen können. Jetzt aber troff auch diesem Pferd vor Erschöpfung der Schaum vom Maul. »Verdammnis über dieses Krähennest da oben und seinen Herrn! Wenn wir noch länger benötigen, um anzukommen, schlägt der Hund sich noch in die Büsche.«

»Wenn er das tut, werden wir ihn jagen wie einen Hasen und ihm wie einem solchen das Genick zerschlagen.«

Ritter Joan antwortete mit einem bösen Auflachen. »Mein Schwert giert danach, das Blut dieses Verräters zu vergießen. Wenn ich nach Sant Salvador de Bianya zurückkehre, will ich meiner Schwester berichten können, dass der Mörder ihres Sohnes durch meine Hand gefallen ist.« Das klang so begierig, dass Domenèch Decluér sich ein Grinsen verkneifen musste. Seinetwegen konnte sich Joan Esterel gerne als Erster in den Kampf stürzen. Graf Guifré hatte einen Ruf als Turnierkämpfer, und daher war er nicht darauf erpicht, ihm Auge in Auge gegenüberzustehen.

Als der Steineichenwald hinter ihnen zurückblieb, schlug er mit der gepanzerten Faust durch die Luft, als sei er ebenfalls darauf aus, den Feind so schnell wie möglich sein Schwert fühlen zu lassen. »Gleich haben wir ihn!«

Joan Esterel stieß seinem Hengst erregt die Sporen in die Weichen und trieb ihn den hier steil ansteigenden Weg hoch, der auf den Torbau der Burg Marranx zuführte. Domenèch Decluér folgte ihm ein wenig langsamer. Obwohl er sich sorgfältiger umsah als sein Begleiter und den bevorstehenden Kampf nicht auf die leichte Schulter nahm, spielte ein erwartungsvolles Lächeln um seinen Mund. Er war stolz darauf, dass König Pere ihn zum Anführer dieser Schar gemacht hatte und keinen der katalonischen Grafen, insbesondere nicht die Herren von Urgell, die genügend Grund hatten, den Verführer ihrer Verwandten zu verderben. Keiner aus dieser Sippe hatte Einspruch erhoben, und somit war ihm das alleinige Recht zugefallen, die Beleidigung zu rächen, die Guifré Espin, jetziger Comte von Marranx, den Urgells, den Vidauras und ihm selbst zugefügt hatte.

Joan Esterel schien Decluérs Gedanken erraten zu haben, denn er drehte sich mit einem Mal zu ihm um. »Wie ich hörte, habt auch Ihr ein Hühnchen mit Guifré de Marranx zu rupfen, Senyor Domenèch. Er war es doch, der Euch am Vorabend Eurer Hochzeit mit Núria de Vidaura i de Urgell die Braut geraubt hat, nicht wahr? Ohne diese Tat wärt Ihr nun der Gesippe einer der mächtigsten Familien Kataloniens und bereits zum Baron oder Grafen erhoben worden.«

Es lag so viel Spott in diesen Worten, dass Decluérs Gesicht sich vor Wut verzerrte. Die Schmach brannte noch immer, und er hatte Guifré Espin weder den Raub der Braut vergeben noch das damit verbundene Scheitern seines Aufstiegs in den höchsten Adel Kataloniens. Er zwang sich zu einem Schulterzucken, das wegen der hinderlichen Rüstung jedoch ungesehen blieb. »Er wird dafür bezahlen, Freund Joan.«

»Aber nicht durch Euch! Guifré hat meinen Neffen erschlagen, darum fordere ich das Recht, ihm als Erster gegenüberzutreten!« In Ritter Joans Worten schwang die Warnung, ihm ja nicht in die Quere zu kommen. Decluér wusste jedoch, dass es dem anderen nicht nur um seine Rache ging. König Pere hatte dem Mann, der ihm den Kopf des Verräters Guifré brachte, dessen Besitzungen versprochen, und die wollte Joan Esterel sich sichern. Dafür aber muss der Dachs aus seiner Höhle gelockt und erlegt werden, dachte Domenèch Decluér höhnisch. Wenn man einem Guifré Espin gegenüberstand, nützte schiere Kraft allein wenig. Das würde sein kampfbegieriger Begleiter noch erfahren müssen. Decluér wusste bereits, dass dem Grafen von Marranx, dem Herrn über zehn Dörfer, nur noch eine Hand voll Bewaffneter geblieben war, die die Burg niemals würden halten können. Das war beruhigend, auch wenn Decluér jederzeit neue Truppen aus der Ciutat de Mallorca nachholen konnte.

Joan Esterel zeigte mit seiner Lanze nach oben. »Seht! Das Tor steht offen.«

Er hörte sich an wie ein Knabe, der ein Wunder zu sehen glaubt. Auch Domenèch Decluér starrte verblüfft auf die Toröffnung, die weder durch die schweren, bronzebeschlagenen Torflügel noch durch das Fallgitter verschlossen worden war. Der Turm hätte sie lange aufhalten können, denn er ragte höher auf als fünf übereinander stehende Männer und bewachte den jetzt zu beiden Seiten steil abfallenden Weg. Der erste Zwinger der Burg war eng und stellte, solange die Burg von genügend Leuten verteidigt wurde, eine tödliche Falle für jeden Eindringling dar. Aber weder auf dem Turm noch auf den Mauern waren Krieger zu sehen.

»Der Vogel ist anscheinend doch ausgeflogen!«, schnaubte einer ihrer Begleiter ein wenig enttäuscht. Es handelte sich um Joaquin de Serendara, einen jungen kastilischen Ritter, der um irgendwelcher Händel willen seine Heimat hatte verlassen müssen.

»Das werden wir schnell feststellen!« Joan Esterel lenkte seinen mächtigen Hengst auf das offene Tor zu. Er musste den Kopf einziehen, um nicht gegen die Decke zu stoßen. Für einen Augenblick erwartete Domenèch Decluér eine Falle, der Esterel erliegen würde. Der Mann kam jedoch unbehelligt hindurch und hielt im vorderen Zwinger an.

»Der Bau ist wie ausgestorben!« Wut und Enttäuschung verzerrten seine Stimme, als er sich zu seinen Begleitern umdrehte und ihnen mit der Lanze winkte, ihm endlich zu folgen. Joaquin de Serendara und der junge Franzose Giles de Roubleur drängten ihre Rosse an Ritter Domenèchs Rappen vorbei und schlossen zu Esterel auf.

Burg Marranx war auf mehreren Felsplateaus erbaut worden, die wie riesige Stufen übereinander lagen. Auf der untersten stand der Torturm, der den Weg in den ersten Zwinger sicherte. Dahinter führte ein steil ansteigender Pfad zum Haupttor der Burg, das in den stärksten Befestigungsring eingelassen war. Auch dessen Flügel standen

19

weit offen. Ein Reiter, der jenes Tor durchqueren wollte, musste sich jedoch tief über den Hals seines Pferdes beugen und war damit jedem Verteidiger hilflos ausgeliefert. Joan Esterel ritt hinein und stieß bei jedem Schritt seines Hengstes mit der Lanze nach vorne, um einen möglichen Gegner abzuwehren. Doch er traf nur leere Luft. Im zweiten Zwinger hob er den Kopf und starrte nach oben auf die von einem weiteren Torturm durchbrochene Schildmauer, die den Weg in den Kern der Burganlage versperrte, an der sich die Wohngebäude befanden. Auch dieses Tor stand offen, war aber so niedrig, dass kein Reiter es passieren konnte.

Auf halbem Weg nach oben entdeckte Esterel einen Mann, der im Schatten des inneren Tores wartete. Obwohl er ihn nicht genau erkennen konnte, war er sicher, Guifré de Marranx vor sich zu sehen. Ungeduldig trieb er seinen Hengst den steilen Weg hoch und stach mit der Lanze nach dem Grafen. Dieser trat jedoch mit einem verächtlichen Lachen zurück und war mit einem Schritt außerhalb der Reichweite der Lanzenspitze.

»Dir fehlt wohl der Mut, mir Schild an Schild gegenüberzutreten?«, fragte Guifré Espin spöttisch.

Esterel stieß einen zornigen Ruf aus, stieg schwerfällig aus dem Sattel und kam neben seinem Hengst zu stehen.

»Nun stirb, du Hund!«, rief er, während sein Schwert mit einem misstönenden Schrillen aus der Scheide fuhr. Er wartete einen Augenblick, ob sein Gegner ins Freie treten würde, doch da der Graf von Marranx nur den Schild hob, stürmte Esterel gegen ihn an. Die Schwerthiebe hallten in dem engen Durchgang wie die Schläge eines riesigen Hammers.

20

Obwohl Esterel mit voller Kraft auf seinen Gegner einschlug, schienen seine Hiebe zu verpuffen, während sein
Gegner ihn hart und präzise traf.

Domenèch Decluér sah seinen Begleiter wanken und lächelte spöttisch. Joan Esterel kämpfte so geradlinig wie ein
Ochse und war schon immer in Schwierigkeiten geraten,
wenn er einem flinkeren und zu allem entschlossenen Feind
gegenüberstand. Das schien der Ritter nun selbst zu begreifen, denn er versuchte, sich von seinem Gegner zu lösen.
Doch bevor es ihm gelang, fuhr Guifré Espins Schlachtschwert auf ihn herab. Funken stoben auf, als die Klinge
sich durch Esterels Rüstung bohrte. Die Katalanen, die wie
gebannt dem Kampf zugesehen hatten, hörten den Ritter
erstickt aufschreien und sahen ihn stürzen. Der Graf von
Marranx versetzte dem Liegenden einen leichten Stoß mit
dem rechten Fuß, so dass Esterel wie ein Bündel Lumpen
den steilen Aufgang hinabkollerte und vor Decluérs Pferd
liegen blieb.

Joaquin de Serendara und Giles de Roubleur stießen wütende Rufe aus und drangen gemeinsam auf Guifré Espin
ein, behinderten sich in der Enge jedoch gegenseitig. Jeder
von ihnen hoffte, sich durch den Tod des Grafen in den Besitz seiner Burg und der zu ihr gehörenden Liegenschaften
setzen zu können. Doch Decluér sah auch für beide gemeinsam nur geringe Chancen gegen Guifré Espin. Daher
drehte er sich zu den Fußsoldaten um, die nun ebenfalls
den Zwinger erreicht hatten. »Die Armbrustschützen zu
mir!«

Zwanzig Männer traten vor und spannten ihre Waffen.
Obwohl sie nur wenige Augenblicke benötigten, um schuss-

bereit zu sein, war der Kampf im Torbogen schon zu Ende, und zwei junge Edelleute, die ausgezogen waren, um in König Peres Diensten Ruhm und Reichtum zu erwerben, hatten den Tod gefunden. Die beiden anderen Ritter, die noch zu dem Trupp gehörten, blickten Decluér zweifelnd an, doch keiner von ihnen protestierte, als dieser den Armbrustschützen befahl, vorzutreten und zu schießen.

Durch den Kampf gegen den Kastilier und den Franzosen hatte Guifré de Marranx die Vorbereitungen im Zwinger nicht bemerkt, und als er aufschaute und die Armbrustschützen entdeckte, war es für einen Rückzug zu spät. Würde er versuchen, in den inneren Hof zu flüchten, wären die Geschosse schneller als er, und er wollte nicht in den Rücken getroffen werden. Mit einem wilden Auflachen zog er den Schild enger an den Leib und bat die Heilige Jungfrau in einem stummen Gebet, sich seiner elternlosen Töchter anzunehmen. Er hörte das Schwirren der Bolzen und die harten Schläge, mit denen sie Schild und Rüstung durchschlugen, und wunderte sich, weil er immer noch stand. Es gelang ihm sogar, das Schwert zu heben und auf seine Feinde zuzugehen.

Decluér streckte entsetzt die Hände aus, als er den Grafen auf sich zukommen sah, und wich mit einem Laut vor ihm zurück, der an das Winseln eines getretenen Hundes erinnerte.

Guifré Espins Klinge erreichte seinen Gegner jedoch nicht mehr, denn seine Arme sanken plötzlich herab, und er brach in die Knie. Vor seinen Augen tanzten rote Schleier, und nun spürte er den Schmerz, der sich in seinem Körper ausbreitete, und die eisige Kälte, die seine Glieder ersterben ließ.

»Verflucht sollst du sein, Decluér! Bei Gott, jeder andere Ritter ist edler und tapferer als du!«

Er sah seinen Feind nur noch als verschwimmenden Schatten vor sich und glaubte, in bodenloser Schwärze zu versinken. Gleichzeitig aber fühlte er noch einmal die Freude darüber, seiner Frau Núria eine Ehe mit diesem ehrlosen Menschen erspart zu haben. Und da sah er ein helles Licht aufleuchten, aus dem seine Gemahlin heraustrat. Sie kam mit einem strahlenden Lächeln auf ihn zu und streckte ihm die Hände entgegen.

Domenèch Decluér blickte wie erstarrt auf den Grafen von Marranx herab und musste sich überwinden, ihn mit der Schwertspitze zu berühren. Doch Guifré Espin war so tot, wie es ein Mann mit einem Dutzend Armbrustbolzen im Leib nur sein konnte. Jetzt erst begriff er, dass der Kampf um die Burg gewonnen war. Die beiden anderen Ritter drängten an ihm vorbei nach oben, um zu plündern, und die meisten Fußsoldaten folgten ihnen in der Hoffnung, dass auch für sie etwas abfallen würde. Decluér sah es mit einem verächtlichen Achselzucken, denn seine Beute würde weitaus größer sein. Er beugte sich über den toten Grafen, löste den Kinnriemen und zog ihm den Helm vom Kopf. Dann sah er das sanfte Lächeln, das noch im Tod um die Lippen seines verhassten Feindes spielte, und taumelte wie vom Schlag getroffen zurück.

Wuterfüllt trat er gegen den Leichnam, hob dann Espins Schwert auf und hieb dem Toten mit einem gut gezielten Hieb den Kopf ab. Dieser rollte ein Stück den Hang hinab und blieb an der Burgmauer liegen. Wie zum Hohn für Decluér war das glückliche Lächeln nicht aus Guifré Espins

Antlitz gewichen. Der Ritter hob sein Schwert, um es aus dem Gesicht seines Feindes zu hacken, hielt aber rechtzeitig inne, denn er benötigte einen erkennbaren Beweis für den König.

»Nimm den Kopf des Verräters und stecke ihn in einen Sack!«, herrschte er den einzigen bei ihm verbliebenen Soldaten an und betrat dann das Innere der Burg. Einer der Edelleute kam ihm mit einem prall gefüllten Beutel in der einen und einem überschwappenden Krug in der anderen Hand entgegen.

»Alle Vögel sind ausgeflogen, Senyor Domenèch. Das Nest ist vollkommen leer. Aber dafür ist der Wein vom Besten. Hier, trinkt auch einen Schluck!« Er streckte Decluér den Krug hin.

Dieser schlug ihm das Gefäß aus der Hand. »Du Narr! Nicht den Weinkeller solltest du suchen, sondern die Töchter des Verräters! Sie müssen irgendwo sein.«

Jetzt kam auch der andere Ritter herbei. »In der Burg sind sie nicht. Unsere Leute haben alles durchsucht, von den Kellergewölben bis zum Dachfirst.«

»Dann schaut im Brunnen nach! Guifré Espin war ein starrköpfiger Narr. Es kann gut sein, dass er seine Töchter getötet und dort versenkt hat.« Decluér spürte, wie rote Wut ihn durchlief, denn er fühlte sich um einen Teil seiner Rache betrogen. Er hatte sich bereits genüsslich ausgemalt, wie er die Töchter Guifrés und Núrias wie gewöhnliche Mägde benutzen und sie danach von seinen Soldaten vergewaltigen lassen würde, bis nur noch zuckende Bündel blutigen Fleisches vor ihm lagen.

Die Soldaten verbrachten den Rest des Tages auf der Suche nach den beiden Mädchen, kehrten aber zu Decluérs Enttäuschung erfolglos zurück. Am nächsten Tag schickte er einen Teil der Reisigen aus, um die Umgebung abzusuchen, aber auch das brachte keinen Erfolg. Schließlich ließ er die Dörfler aus ihren Hütten zerren und diese durchsuchen, ohne etwas zu finden, und selbst ein strenges Verhör der Leute brachte ihm keine neuen Erkenntnisse. Die einfachen Bauern kamen nur selten auf die Burg, und das Gesinde hatte deren Mauern bereits vor der Ankunft ihres Herrn verlassen. So konnte niemand Decluér sagen, was mit Espins Töchtern geschehen war.

III.

In der Burg hatte Soledad das Grauen, das sich in sie fraß, noch im Zaum halten können. Als sie jedoch in dem viel zu weiten Kleid, das eine der geflohenen Dienstmägde in der Gesindekammer zurückgelassen hatte, hinter Antoni und ihrer Schwester den schmalen Ziegenpfad hochkletterte, der ihnen als einziger Fluchtweg verblieben war, zwang etwas in ihr sie, dem Geräusch wuchtiger Schwerthiebe zu lauschen, das sich an den Felswänden brach. Als es verstummte, schlug das Elend wie eine reißende Woge über ihr zusammen. »Papa!«, wimmerte sie und blieb stehen.

Antoni bemerkte erst nach etlichen Schritten, dass sie ihm nicht folgte, und drehte sich besorgt um. »Kommt, wir müssen weiter. Noch können die Feinde uns sehen.«

Miranda, die bis jetzt vor Tränen halbblind dahin gestolpert war, spürte nun, dass ihre jüngere Schwester sie brauchte. Sie kehrte zu Soledad zurück, umarmte sie und drückte sie an sich. »Wir müssen stark sein, Sola! Es ist Vaters Wille, dass wir seinen Feinden entkommen. Du wirst Papa doch sicher nicht enttäuschen wollen?«

Die Jüngere schüttelte sich wie ein nasser Hund. »Gewiss nicht, Mira, aber ...« Ein heftiger Tränenstrom schwemmte die Worte, die sie hatte sagen wollen, hinweg.

Miranda packte ihren Arm und zog sie kurzerhand mit sich. Auch sie fühlte sich vor Entsetzen wie gelähmt, doch sie wusste von ihrer Leibmagd, was mit den Frauen und Mädchen eines überfallenen Dorfes oder einer eroberten Burg geschah, und ihr war klar, dass die Feinde ihres Vaters sie nicht anders behandeln würden als die Bauernmädchen. »Ein schneller Tod durch die Hand des Vaters wäre gnädiger gewesen!«

Als Soledad erschrocken aufschluchzte, begriff Miranda, dass sie diesen Gedanken laut ausgesprochen hatte.

Antoni, der zu seinen Schützlingen zurückgeklettert war, um ihnen über ein schwieriges Wegesstück hinwegzuhelfen, hatte Mirandas Worte vernommen und nickte heftig. »Das wäre er gewiss! Also dürfen sie euch nicht in die Hände bekommen.« Sein Blick glitt zur Burg hinüber, auf deren höchstem Turm noch immer das Banner des Grafen von Marranx wehte. Er konnte nicht wissen, dass die Eroberer in ihrem Bemühen, die Töchter des Grafen zu finden, vergessen hatten, es herunterzuholen.

Mehr als einmal tauchte einer von Decluérs Soldaten auf den Mauern auf und starrte auf die zerklüftete Landschaft ringsum. Doch da die drei Flüchtlinge immer wieder zurück zur Burg blickten, nahmen sie die Leute rechtzeitig ge-

26

nug wahr, um sich zwischen Felsen und Gebüsch verkriechen zu können. Dort blieben sie an den Boden gepresst liegen, bis niemand mehr zu sehen war. Ein Einheimischer hätte den Verfolgern die verborgene Pforte, von der aus Antoni und seine beiden Schutzbefohlenen auf den Ziegenpfad gelangt waren, zeigen und sie führen können. Doch zum Glück für die Flüchtlinge hatten die Bauern sich angesichts der fremden Soldaten in ihren Hütten verkrochen und blieben dort, bis man sie mit Waffengewalt ins Freie zerrte.

Als die Nacht hereinbrach, waren sie für Antonis Gefühl weit genug gekommen, um rasten zu können. Er führte die beiden Mädchen ein Stück vom Pfad weg in ein steil ansteigendes Bergtal, wo er eine kleine Grotte kannte, die mehrere Ausgänge aufwies. Da sie es nicht wagen konnten, ein Feuer anzuzünden, kauerten Miranda und Soledad sich eng aneinander. Keine von ihnen glaubte, nach einem so schrecklichen Tag Ruhe finden zu können, doch beide schliefen in dem Moment ein, in dem sie den Kopf auf ein paar hastig ausgerupfte Grasbüschel gebettet hatten.

Antoni legte seine Jacke über die Mädchen, setzte sich auf einen Stein am Höhleneingang und starrte ins Freie. In der entgegengesetzten Richtung zur Burg zeigten ein paar flackernde Lichter an, dass es dort ein Dorf gab, in dem noch gearbeitet wurde, und nicht weit von der Höhle entfernt entdeckte er das Lagerfeuer eines Hirten. Beides brachte ihm die Gefahr zu Bewusstsein, in der er und seine Schutzbefohlenen schwebten. Er wusste nicht viel über das frühere Leben Guifré Espins, denn er war erst in dessen Dienste getreten, als dieser bereits zum Grafen von Marranx erhoben worden war. Doch das wenige reichte aus, das Schlimmste für die Töchter seines Herrn zu befürchten. Hatte er zunächst geplant, über die Berge zu den Häfen im Westen zu gehen und eine Passage nach Perpinya zu kaufen, erschien dieses Vorhaben ihm nun allzu verwegen. Die Feinde seines Herrn, insbesondere Domenèch Decluér, würden alles daransetzen, die Erbinnen des Grafen in ihre Hände zu bekommen.

Doch wohin sollte er sich wenden? Antoni wusste, dass es seine Pflicht war, Miranda und Soledad zu König Jaume zu bringen, der sich der Töchter seines getreuen Waffengefährten annehmen würde. Doch die Häfen waren in der Hand König Peres, dessen Männer Schiffe und Reisende kontrollierten, um zu verhindern, dass größere Schätze von der Insel gebracht wurden. Der Diener rieb sich die Stirn und versuchte, seinem erschöpften Gehirn einen hilfreichen Gedanken abzuringen. Doch sosehr er auch nachsann, er fand keinen Rat. Sein ganzes Leben lang hatten andere über ihn bestimmt, und jetzt sah er sich außerstande, eine Entscheidung zu treffen.

Als die Sonne am nächsten Morgen über die östlichen Höhen stieg, wusste Antoni im ersten Augenblick nicht, ob er die ganze Nacht gewacht hatte oder im Sitzen eingeschlafen war. Er kämpfte sich mühsam hoch und kletterte in die Höhle. Der noch schwache Schein des Tageslichts hatte bereits die Stelle erreicht, an der die beiden Mädchen schliefen. Sie lagen halb übereinander wie junge Katzen, doch das Geräusch von Antonis Schritten riss sie aus ihrem Schlummer.

»Ich hatte einen ganz entsetzlichen Traum«, begann Soledad,

28

verstummte aber dann und riss ihre Augen weit auf. »Es war kein Traum! Vater ist tot, nicht wahr?«

Antoni nickte ernst. »Ja! Er ist tot und hat uns in einer schier aussichtslosen Lage zurückgelassen.«

»Sobald wir bei König Jaume in Perpinya angekommen sind, wird alles gut. Dann werden wir Vater rächen! Ich schwöre, dass ich nur den Ritter zum Gemahl nehmen werde, der Domenèch Decluér tötet und dessen schwarze Seele in die Hölle schickt, wenn ich es nicht gar selber mache.« Die Niedergeschlagenheit, die Soledad am Tag zuvor in den Klauen gehalten hatte, war einem zornigen Mut gewichen.

Miranda nahm die bedrückte Miene des Dieners wahr und begriff, dass sie immer noch in Gefahr schwebten, gefangen und den Mördern ihres Vaters ausgeliefert zu werden. »Perpinya liegt jenseits des Meeres, und du glaubst nicht, dass wir es bis dorthin schaffen, nicht wahr, Antoni?«

Er hätte ihr gerne widersprochen, doch er wollte ihre Lage nicht beschönigen. »Wenn wir versuchen, auf ein Schiff zu gelangen, werden die Katalanen uns sofort festnehmen.«

Soledad ballte ihre Hände zu Fäusten. »Und was ist mit den Schmugglern, die von geheimen Buchten ausfahren? Sollen die uns doch nach Perpinya bringen!«

Antoni hob verzweifelt die Arme. »Dazu müssten wir welche finden. Außerdem ist es wahrscheinlicher, dass sie euch für ein paar Silberlinge an eure Häscher ausliefern.«

»Ich hasse diese Katalanen!«, fauchte Soledad und vergaß dabei ganz, dass ihre Eltern ebenfalls Katalanen gewesen waren.

Antoni blickte sie nachdenklich an, ohne sie zu korrigieren. In seinen Adern floss das Blut aller Völker, die seit Anbeginn der Zeit auf Mallorca gesiedelt hatten. Seine Vorfahren hatten Karthager, Römer, Vandalen, Westgoten und Araber kommen und gehen sehen und sich auch mit den Katalanen abgefunden, die Jaume I. nach seinem Sieg über den maurischen Emir vor mehr als hundert Jahren auf die Insel gebracht hatte. Da seine Leute Christen gewesen waren, hatte man sie im Unterschied zu den Arabern weder vertrieben noch versklavt. Dennoch war ihr Leben kaum besser als das von Sklaven, denn die Neuankömmlinge hatten das beste Land für sich beansprucht und die früheren Bewohner verdrängt. Antonis Familie war nicht mehr als eine Kate am Strand, ein Fischerboot und die harte Arbeit in den Salinen von Banyos de San Joan geblieben. Auch er hätte sein Leben dort fristen müssen, wäre er nicht als junger Mann dem Grafen von Marranx aufgefallen und in dessen Dienste genommen worden.

Der Gedanke an die Heimat ließ ihn aufseufzen, und einen Augenblick später atmete er wie erlöst auf, denn er wusste nun, was er zu tun hatte. An der Südostküste von Mallorca, fern aller großen Häfen, würde niemand die Töchter des Grafen suchen. Es war ein weiter, beschwerlicher Weg bis dorthin, für den sie wohl mindestens drei Tage benötigen würden. Doch in Sa Vall, eine gute Stunde von Banyos de San Joan entfernt, würden sie vorerst in Sicherheit sein, denn die Leute dort ließen keinen der Ihren im Stich. Vielleicht verfügten sein Bruder Josep oder dessen Freunde sogar über Kontakte zu Schmugglern, die Miranda und Soledad nicht verraten, sondern von der Insel fortbringen würden.

Antoni bemühte sich, den verängstigten Mädchen eine zuversichtliche Miene zu zeigen. »Es ist das Beste, wir verstecken uns eine Weile, bis der Eifer unserer Verfolger erlahmt ist. Nach Westen dürfen wir uns nicht wenden, und in der Ciutat de Mallorca werden wir ebenfalls keine Zuflucht finden. Bei meinen Verwandten im Südosten aber dürften wir in Sicherheit sein. Was danach kommt, mögen Gott und die Heilige Jungfrau von Núria bestimmen.«

»Es ist ein weiter Weg bis dorthin, nicht wahr? Wir haben nichts zu essen, und mir knurrt schon jetzt der Magen.« Soledad schämte sich, angesichts der Katastrophe zugeben zu müssen, dass sie hungrig war.

Antoni war froh darüber, zeigten ihre Bedürfnisse ihm doch, dass sie ihren ersten Schmerz überwunden hatte. Miranda aber, die sich am Vortag tapfer um ihre Schwester gekümmert hatte, wirkte nun niedergeschlagen und gleichzeitig von Panik erfüllt, so als wären die Verfolger dicht hinter ihnen.

Antoni hatte nicht vor, seine junge Herrin ihren Ängsten zu überlassen. »Kommt jetzt! Wir müssen aufbrechen. Bis Mittag oder, besser noch, bis zum Abend sollten wir darauf verzichten, uns etwas zu essen zu besorgen. Erst wenn Marranx weit genug hinter uns liegt, werde ich versuchen, ein paar Oliven und etwas Brot einzuhandeln.« Er trat auf den Höhlenausgang zu, wandte sich dort noch einmal um und sah zu, wie Soledad ihre Schwester hochzerrte.

»Komm jetzt, Mira! Decluérs Schweinehunde werden bestimmt die ganze Umgebung absuchen, und wenn wir noch länger zögern, finden sie uns.« Das war nicht unbedingt die

Ausdrucksweise, die einer jungen Dame angemessen war, doch sie erfüllte ihren Zweck, denn mit einem Mal kam Leben in Miranda, und die beiden Schwestern traten zu Antoni an den Höhlenausgang. Der Diener deutete ihnen an, in Deckung zu bleiben, verließ vorsichtig den Schatten der Felsen und sah sich um. Zu seiner Erleichterung schienen keine Verfolger in der Nähe zu sein, und es war auch sonst niemand zu sehen, der sie hätte verraten können.

IV.

Etwa um dieselbe Zeit, in der ein treuer Diener die beiden Töchter des Comte de Marranx nach Osten führte, saß im fernen Deutschland ein in ein knöchellanges, blaues Gewand und einen roten, pelzverbrämten Mantel gekleideter Edelmann auf seinem Sessel und blickte auf seine Söhne hinab, die jeder ein kurzes, blaues Wams und eng anliegende, rote Strumpfhosen trugen. Die beiden Jünglinge waren gleich groß und schlank und hatten die gleichen blonden Haare, die der allmählich ausbleichenden Lockenpracht ihres Vaters ähnelten, aber der Ausdruck ihrer Gesichter spiegelte den Unterschied zwischen ihren Charakteren wider. Andreas, der Bastard, zeigte offen, dass er sich verletzt und gekränkt fühlte, während der um dreizehn Monate jüngere, legitim geborene Rudolf sich nur wenig Mühe gab, seine Schadenfreude zu verbergen. Seine aufgeschürfte Wange und das blaue Auge machten es ihm leicht, sich als unschuldiges Opfer brüderlicher Aggression darzustellen, obwohl die Verletzungen wahrscheinlich weniger schmerz-

haft waren als die Rippenprellung, die er seinem Bruder zugefügt und mit der er Andreas' Schlag erst provoziert hatte.

Ludwig, Graf von Ranksburg, stemmte sich aus seinem
Sessel hoch und atmete tief durch. Er wusste nicht, mit welcher Tat er Gott so erzürnt hatte, dass dieser ihm Söhne geschenkt hatte, die wie Hund und Katz zueinander standen.
Zürnte der Herr ihm, weil er von der Kinderlosigkeit seiner
ersten Ehefrau enttäuscht eine dralle Bauernmaid in sein
Bett geholt und geschwängert hatte? Schließlich hatte er damals nicht ahnen können, dass seine Gemahlin nur wenige
Wochen später sterben und ihm den Weg in eine neue Ehe
freimachen würde. Vielleicht war es auch die Strafe dafür,
dass er Andreas nach dessen Geburt mit dem Namenszusatz
›von den Büschen‹ versehen hatte, der zusammen mit dem
Bastardbalken im Ranksburger Wappen auf seine wenig
ebenbürtige Mutter hinwies. Diesen Übermut bereute er
schon lange, denn anders als die Leute nun annehmen
mussten, war Andreas' Mutter ihm nicht hinter einigen Büschen zu Diensten gewesen, sondern in einem ehrlichen
Bett.

Andreas' Blick war offen, ja sogar treuherzig, während
Rudolf es nicht wagte, seinen Vater anzublicken. Dennoch
musste der Graf den Falschen bestrafen, denn er hatte seiner Gemahlin Eisgarde versprochen, ihren Sohn für alle
sichtbar über den Bastard zu stellen, und an diese Zusage
hielt er sich. Niemand fragte danach, wie er seinen Ältesten
behandelte, und Andreas musste lernen, dass Rudolf als legitimer Sohn und Erbe seines Vaters sein Herr war und er
Ungerechtigkeiten hinzunehmen hatte, ohne gleich die
Hand gegen den Bruder zu erheben.

»Ich habe euch beide zu Knappen gemacht und von meinem treuen Waffenmeister ausbilden lassen. Doch ihr streitet euch wie Bauernbengel und spielt einander üble Streiche, anstatt euch in der hohen Kunst der Ritterschaft zu üben!«

Als Andreas den Mund öffnete, um zu protestieren, donnerte sein Vater ihn an. »Du hältst den Mund! Es ist deine Schuld, dass es so gekommen ist. Du solltest deinem jüngeren Bruder ein Vorbild sein, doch stattdessen prügelst du dich mit ihm und fügst ihm Wunden zu.«

»Das ist nicht wahr!«, platzte Andreas heraus.

Statt einer Antwort schlug Graf Ludwig seinen Bastard ins Gesicht. Der Hieb war nicht besonders hart, doch er schmerzte den Jungen fast ebenso sehr wie das hinterhältige Grinsen, das sich auf Rudolfs Gesicht ausbreitete.

»Da ihr euch nicht vertragen wollt, bleibt mir nichts anderes übrig, als euch zu trennen«, fuhr der Graf fort.

Rudolfs Grinsen schwoll zu einem breiten Feixen, denn er wusste, dass nicht er es sein würde, der weichen musste. Das ließ schon seine Mutter nicht zu. War Andreas endlich fort, gab es niemanden mehr, der es wagen würde, ihn zu übertreffen. Dann war er endlich der unumschränkte Herr aller Knappen, die am Hofe seines Vaters erzogen wurden.

Andreas sah seinem Bruder an, dass dieser triumphierte. Das wunderte ihn nicht, denn Rudolf hasste ihn, seit dessen Mutter ihm die Bedeutung dieses Wortes beigebracht hatte. Der Grund, weshalb seine Stiefmutter ihn so verabscheute, war Andreas jedoch nicht bekannt. Von Anfang an hatte Frau Elsgardes Sohn als Erbe von Ranksburg gegolten, während er selbst dereinst nicht mehr als die üblichen Gaben

34

eines hochrangigen Vaters erhalten würde: Rüstung, Pferd und Schwert. Damit hatte Andreas sich längst abgefunden, und er war auch bereit, dem legitimen Bruder später als treuer Vasall zu dienen, so wie sein Vater es von ihm forderte. Rudolfs ständige Sticheleien und seine Gemeinheiten sowie die Verachtung, die ihm die Frau seines Vaters entgegenbrachte, machten es ihm jedoch schwer, sein Temperament zu zügeln.

In seine Gedanken versponnen hätte Andreas beinahe die Entscheidung seines Vaters überhört. »Andreas, du gehst jetzt und bleibst in deiner Kammer, bis Kuno dich morgen zu dem Ritter bringt, dem du fürderhin als Knappe dienen sollst. Gebe Gott, dass du dich bei diesem Mann disziplinierter und gehorsamer verhältst als zu Hause.« Graf Ludwig gab dem Älteren einen Stoß und sah mit einem bitteren Gefühl zu, wie dieser mit hängendem Kopf davonschlich.

Rudolf verbarg seinen Triumph nicht, war allerdings immer noch nicht zufrieden. »Andreas darf aber erst nach mir zum Ritter geschlagen werden!« Am liebsten hätte er »niemals« gesagt, doch er wusste, dass der Vater darauf nicht eingehen würde.

Der Graf kniff die Lippen zusammen und bedachte seinen jüngeren Sohn mit einem ärgerlichen Blick. Es war Andreas gegenüber zwar wiederum ungerecht, ihn auch in dieser Beziehung zurückzusetzen, doch er würde Rudolfs Forderung erfüllen, denn er hoffte, dass sich die Abneigung seines jüngeren Sohnes gegen den Bruder legen würde, wenn er erst erwachsen geworden war und sich in allen Dingen bevorzugt wusste.

Rudolf nahm das Schweigen seines Vaters als Zustimmung und setzte nach. »Ich will auch nicht, dass Andreas weiterhin so gekleidet ist wie ich. Schließlich ist er ein Bastard, und ich bin der nächste Graf auf der Ranksburg. Die Leute müssen wissen, wer ihr künftiger Herr ist.«

Graf Ludwig schnaubte verärgert, denn die Worte seines Erben verrieten nicht zum ersten Mal dessen kleinlichen Charakter. Nur bei den Waffenübungen liefen seine beiden Söhne in jenen gleichfarbenen Gewändern herum, welche auch die übrigen Knappen trugen. Während der restlichen Zeit steckte Rudolf in prächtigen Hüllen, die seine Mutter für ihn anfertigen ließ, während Andreas' Gewänder sich kaum von denen der Knechte unterschieden.

Der Graf blickte seinen Erben tadelnd an. »Wann der Ritterschlag erfolgt und welche Kleidung man trägt, ist in meinen Augen völlig belanglos, wenn man sich seinem Stand gemäß benimmt. Du weißt, dass du mein Erbe sein wirst, und du bist Andreas bisher in jedem Punkt vorgezogen worden. Jeder von euch weiß, auf welchem Platz er zu stehen hat. Trotzdem ist Andreas dein Bruder und damit der engste Gefolgsmann, den du finden kannst. Halte ihn gut fest, denn du wirst seinen Schwertarm brauchen. Die Ranksburger Besitzungen sind nicht unumstritten, und es gibt genug Herren, die nur darauf lauern, uns die eine oder andere Burg zu entreißen. Vor allem die Sippe auf Niederzissen wartet ungeduldig, dass ich bald zu alt sein werde, mein Schwert zu schwingen. Ihr beide seid gerade erst dem Knabenalter entwachsen, und das wird der eine oder andere Feind sich gewiss zunutze machen wollen. Du brauchst einen Burgvogt oder Waffenmeister, auf dessen Treue und dessen Schwertarm du dich felsenfest verlassen kannst. Wo aber findest du einen Besseren als den, in dessen Adern dasselbe Blut fließt wie in den deinen?«

Rudolf wehrte spöttisch ab. »Nur zur Hälfte fließt gleiches Blut in seinen Adern, Vater. Zur anderen Hälfte ist Andreas ein Bauer, während ich ein Edelmann bin.«

»Dann benimm dich auch wie ein solcher!« Ludwig von Ranksburg presste die Hände auf die Oberschenkel, um der Wut auf seinen Erben nicht mit einer kräftigen Ohrfeige Luft zu machen. Rudolf war eitel und neidisch und blickte nicht weiter als bis zu seinem Tellerrand. Da war Andreas' Charakter weit mehr nach seinem Herzen geraten. Der Junge hatte zwar kein so robustes Gemüt wie Rudolf, dafür aber einen scharfen Verstand. Er war nicht so oberflächlich wie sein Bruder und wusste die Dinge zu hinterfragen. Herr Ludwig haderte im Geheimen mit Gott, weil dieser seinem Bastard all jene Eigenschaften mitgegeben hatte, die er bei seinem Erben schmerzlich vermisste. Aber es blieb ihm nichts anderes übrig, als zu versuchen, diese beiden ungleichen Ochsen in dasselbe Joch zu spannen.

»Geh jetzt und setze deine Waffenübungen fort. Bleibe von Andreas fern und verspotte ihn nicht, sonst werde ich zornig.« Der Graf verabschiedete seinen Erben mit einem Stoß und wandte sich zum Gehen. Rudolf sah seinem Vater feixend nach, bis dieser in einem der Korridore verschwunden war, lenkte seinen Schritt dann aber nicht auf den Hof, in dem die anderen Knappen unter der Anleitung Ritter Kunos übten, sondern lief die Treppe hoch, die zu den Gemächern seiner Mutter führte.

Frau Eisgarde saß auf einem bequemen Stuhl und beaufsichtigte die Mägde, die mit flinken Händen nähten und stickten. Es sollte ein Waffenrock für ihren Sohn werden, mit dem ranksburgischen Wappen auf der Brust, das eine von einer Dornenranke gekrönte Burg darstellte. Einer der Vorfahren Graf Ludwigs hatte während der Kreuzzüge ein winziges Stück der Dornenkrone des Herrn Jesus Christus aus dem Heiligen Land mit nach Hause gebracht und zum Symbol seines Geschlechts gemacht. In Elsgardes Augen war nur ihr Sohn wert, dieses Wappen zu tragen. Als Rudolf eintrat, wies sie die Frauen an, allein weiterzuarbeiten, und eilte ihm entgegen. Angesichts seines blauen Auges und der Blutkruste auf seiner Wange schlug sie die Hände über dem Kopf zusammen.

»Das war gewiss wieder dieser bäuerische Bastard! Ich habe deinem Vater schon hundertmal gesagt, er soll den Kerl zu den leibeigenen Knechten stecken und nicht mit dir zusammen erziehen.« Rudolf grinste hämisch. »Vater schickt ihn zu einem fremden Ritter, der seine Ausbildung übernehmen soll. Ich habe sogleich die Gelegenheit ergriffen, Vater davon zu überzeugen, Andreas erst nach mir zum Ritter schlagen zu lassen.«

Eisgarde strich ihm über das Haar, als müsse sie ihn über eine Enttäuschung hinwegtrösten. »Dieser nach Mist stinkende Bastard dürfte gar nicht zum Ritter geschlagen werden. Aber leider hört mein Gemahl nicht auf mich.«

Rudolf verzog das Gesicht, als quälten ihn plötzlich Zahnschmerzen. »Vater hat mir befohlen, Andreas zum Vogt einer meiner Burgen zu machen oder gar zu meinem Waffenmeister.«

»Was nicht noch alles?«, fragte die Mutter höhnisch. »Gibst du dem Kerl eine Burg, wird er versuchen, sie zu seinem Erbe zu erklären und an sich zu reißen, und als Waffenmeister würde er dich für eine Burg und ein Stück Land an deinen ärgsten Feind verkaufen. Wenn du Freunde und Verbündete suchst, so findest du sie bei meiner Sippe, den hochedlen Herren derer von Zeilingen.«

Frau Eisgarde lächelte ihrem Sohn aufmunternd zu, holte dann einen sauberen Lappen und Salbe und versorgte seine Schramme. Danach legte sie ein mit Essig getränktes Tuch auf sein Auge, um die Schwellung zu bekämpfen, doch Rudolf riss es sofort wieder herunter.

»Aua! Das brennt doch fürchterlich.«

»Aber es hilft!«, antwortete seine Mutter, begnügte sich dann jedoch damit, die Schwellung mit Wasser zu kühlen. Während sie ihren Sohn mit Worten tröstete, die eher einem kleinen Kind angemessen waren als einem Halbwüchsigen, erinnerte sie sich seufzend daran, dass Rudolf in etwas weniger als sechs Monaten seinen sechzehnten Geburtstag feiern würde. In zweieinhalb, spätestens aber in vier Jahren würde er zum Ritter geschlagen werden. Sie beschloss, alle Fäden zu ziehen, damit Rudolf diese Ehre so früh wie möglich zuteil werden würde. Inzwischen wollte sie die Tatsache nutzen, dass der Bastard endlich die Ranksburg verlassen musste. Kam Andreas ihrem Gemahl nicht mehr tagtäglich unter die Augen, würde sie wohl ein offeneres Ohr für ihren Vorschlag finden, dem Kerl den Ritterschlag zu verweigern oder ihn wenigstens an einen Ort zu schicken, an dem er ihrem Sohn nicht mehr gefährlich werden konnte.

Andreas ahnte, mit welchen Wünschen die Frau seines Vaters seine Abreise begleitete, und sah daher nicht sehr hoffnungsvoll in die Zukunft, als er am nächsten Morgen in

Begleitung des Waffenmeisters Kuno und dreier Reisigen den Ort verließ, an dem er geboren und aufgewachsen war. Er bemühte sich, Stärke zu zeigen, denn er wollte sich nicht anmerken lassen, wie weh es ihm tat, davongejagt zu werden. Dabei wusste er genau, dass es durchaus üblich war, die Söhne von Adeligen als Knappen in die Dienste anderer Standesherren zu geben und von ihnen zu Rittern ausbilden zu lassen. Fern von zu Hause sollten die jungen Männer Erfahrungen sammeln und Freundschaften mit Gleichaltrigen schließen, die ihnen später von Nutzen sein konnten. Ihm war auch klar, dass die meisten viel jünger waren als er, wenn sie ihr Elternhaus verließen und in die Ferne zogen. Aber während diese das Ansehen ihrer Väter mitbrachten, würde er dort, wo er nun hingeschickt wurde, auch nur als Bastard gelten, dem es bestimmt war, seinem edel geborenen Bruder zu dienen. Die höhnischen Mienen Rudolfs und Frau Elsgardes, die von der Freitreppe aus seiner Abreise zusahen, gaben ihm einen Vorgeschmack auf das, was ihn an seinem Ziel erwarten mochte. Stärker als deren offen zur Schau gestellte Schadenfreude aber traf ihn die Tatsache, dass sein Vater es nicht für nötig befunden hatte, sich von ihm zu verabschieden, und sich auch nicht an einem der Fenster sehen ließ.

V.

Um etwaige Verfolger zu täuschen, führte Antoni seine Schutzbefohlenen zunächst in nordöstliche Richtung, so als wollten sie versuchen, die versteckten Buchten von Cala Tuent oder von Sa Calobra zu erreichen. Zunächst half ihnen das gebirgige Land der Tramuntana mit seinen Steineichen, Pinien und wilden Ölbäumen, sich vor fremden Blicken zu verstecken, auch wenn sie wie Ziegen über die Felsen klettern mussten. Nachdem sie das zu Marranx gehörende Land hinter sich gelassen hatten, änderten sie die Richtung und folgten dem Bett eines ausgetrockneten Flusses, das sich zwischen dem Puig de Sa Creu und dem Soucadena entlangschlängelte. Dabei umgingen sie die Ortschaften Mancor de la Vall und Selva und sahen schließlich den Kirchturm von Búger vor sich. Kurz vor dem Marktflecken bog Antoni nach Son Mulet ab und suchte ein Stück außerhalb des Ortes in einem Olivenhain Zuflucht, dessen Bäume zu seinem Bedauern noch keine Früchte trugen. Dort ließen sich die Mädchen zu Boden fallen und weinten vor Erschöpfung.

Antoni begriff, dass er ihnen etwas zu essen besorgen musste, sonst würde er sie nicht mehr auf die Beine bringen. Unentschlossen wandte er sich an Miranda, die er als seine Herrin ansah. »Ich werde losziehen und versuchen, Nahrungsmittel zu bekommen. Bleibt still liegen, damit Euch niemand sieht. Ihr habt ja selbst die katalanischen Ritter gesehen, die in kleinen Gruppen das Land durchstreifen, um den Bewohnern zu zeigen, wer hier nun das Sagen hat.«

Soledad wischte sich mit dem Ärmel über die Augen und schüttelte sich, als wollte sie die Müdigkeit aus Kopf und Gliedern vertreiben. »Wenn du jetzt gehst, müssen wir sofort nach deiner Rückkehr weiterziehen. Sonst besteht die Gefahr, dass dir jemand folgt und uns entdeckt. Ich weiß nicht, wie viel die Töchter des Grafen von Marranx den Katalanen wert sind, doch für die meisten Menschen hier stellen schon ein paar Münzen eine Verlockung dar.«

Antoni dachte kurz nach und musste zugeben, dass Soledad Recht hatte. Es wäre leichtsinnig, zuerst Essen zu besorgen und dann hier zu lagern. Das Land war nach dem überraschenden Angriff der Katalanen in Aufruhr, und es gab viele Menschen, die bereit waren, auf Kosten anderer ihr Glück zu machen.

»Glaubt Ihr, Ihr könntet es noch eine Weile ohne Essen aushalten?«, fragte er.

Soledad wechselte einen kurzen Blick mit ihrer Schwester, deren Gesicht grau war vor Erschöpfung. »Es muss sein! Die Sonne sinkt schon hinter den Horizont, und es wird bald zu dunkel, um weitergehen zu können. Also sollten wir hier schlafen. Mag der morgige Tag uns mehr Glück und vor allem einen vollen Magen bringen.«

»Wie kannst du nur ans Essen denken, wo Vater doch erst einen Tag tot ist?«, tadelte Miranda sie mit weinerlicher Stimme.

Soledad fuhr mit einer wütenden Handbewegung durch die Luft. »Ich denke vor allem an unseren Vater! Er hat sich geopfert, damit wir fliehen konnten. Also müssen wir alles tun, um zu überleben und ihn eines Tages rächen zu können. Aber dazu sollten wir bei Kräften bleiben!«

Antoni rieb sich nachdenklich die Nase. »Soledad hat Recht. Der Herr würde es so wollen. Wenn mich nicht alles täuscht, habe ich weiter hinten einen Orangenbaum gesehen, der noch Früchte trägt. Ich werde ein paar holen. Es ist zwar nicht viel, doch es muss uns bis morgen früh genügen.«

42

Er verschwand zwischen den krummen, seit Jahren nicht mehr gestutzten Olivenbäumen und ließ die beiden Mädchen allein.

»Wir hätten Waffen mitnehmen sollen. So sind wir jedem Fremden wehrlos ausgeliefert.« Soledad sah sich bei ihren Worten um und las ein paar faustgroße Steine auf, die sie im Notfall als Wurfgeschosse verwenden konnte. Da ihre Nerven bis zum Äußersten gespannt waren, wäre Antoni beinahe ihr erstes Opfer geworden. Sie erkannte ihn erst im letzten Augenblick und lenkte den Stein mit den Fingerspitzen in eine andere Richtung.

Antoni zuckte zusammen, als nicht weit von ihm ein Stein zwischen die Blätter eines Olivenbaums fuhr, zwang sich aber zu einer halbwegs freundlichen Grimasse. »Um Oliven zu ernten seid Ihr leider zu früh dran, Herrin.« Er brachte die Worte so komisch heraus, dass Soledad für einen kurzen Augenblick ihren Kummer vergaß und zu lachen begann. Damit zog sie sich einen tadelnden Blick ihrer Schwester zu und setzte sich beleidigt auf einen kleinen Felsen. Antoni reichte ihr zwei Orangen, gab Miranda zwei weitere und behielt die beiden kleinsten für sich. Miranda griff gierig nach den Früchten, schälte sie so schnell, als hinge ihr Leben von ihnen ab, und schlang sie fast ungekaut hinab. Soledad aber starrte die Orangen lange an und begann beinahe widerwillig sie zu essen. Dann beschattete sie ihre Hand und betrachtete den Sonnenuntergang. »Ich glaube, wir sind erholt genug, um doch noch so lange weiterzugehen zu können, bis es dunkel geworden ist.«

Miranda schüttelte den Kopf. »Ich bin zu müde, und mir tun die Füße fürchterlich weh.«

43

Soledad war ebenfalls kaum noch in der Lage zu laufen, doch sie konnte an nichts anderes denken, als so rasch wie möglich das Meer zu erreichen und ein Schiff zu finden, das sie nach Perpinya zu König Jaume III. bringen würde. Für einen Augenblick starrten die beiden Schwestern einander so böse an, als wollten sie sich in die Haare fahren. Dann sah Soledad ein, dass es besser war, hier zwischen den schützenden Bäumen abseits aller Behausungen zu lagern. »Also gut. Bleiben wir. Wer weiß, ob wir im Dunkeln ein besseres Versteck fänden. Diesmal sollten wir abwechselnd wachen, damit Antoni ebenfalls etwas Schlaf bekommt.«

Der Diener freute sich, dass Soledad sich um ihn sorgte, erklärte aber wortreich, dass es ihm nichts ausmachen würde, noch eine weitere Nacht wach zu bleiben. Er hoffte, dass die beiden Mädchen nicht zu genau in seiner Miene lasen, denn er hatte ein schlechtes Gewissen, weil er in der letzten Nacht doch ein wenig eingenickt war.

Soledad winkte energisch ab. »Es ist besser, wenn jede von uns einige Zeit Wache hält! Andernfalls schläfst du uns womöglich noch ein, und dann entdeckt man uns.«

»Male den Teufel nicht an die Wand!«, wies ihre Schwester sie zurecht.

»Teufel? Der kann auch nicht schlimmer sein als Domenèch Decluér, dieser elende Hund!« Soledad bleckte die Zähne und verkündete, dass sie nicht eher ruhen werde, bis dieser Ritter sein unrühmliches Ende gefunden hätte. Da sie schon während des Tages kaum ein Wort hatte fallen lassen, das nicht mit Hass auf Decluér erfüllt gewesen war, belächelten ihre Schwester und Antoni ihren Wutausbruch, ohne auf ihre Worte einzugehen. Der Diener sah

sich nach einem sicheren Platz für die Nacht um und er-
spähte einen Ölbaum, der so krumm wuchs, dass seine
Zweige einen natürlichen Vorhang bildeten und drei Menschen ein gutes Versteck boten. Schnell sammelte er etwas
trockenes Gras, damit die Mädchen nicht auf dem blanken Boden schlafen mussten, und wartete, bis sie sich nie-
dergelegt hatten. Dann rollte er sich wie ein Hund zu
ihren Füßen zusammen und war schon eingeschlafen, als
sein Kopf den Boden berührte.

»Wie du siehst, hatte Antoni die Ruhe nötiger als wir«,
raunte Soledad ihrer Schwester zu.

Miranda nickte, obwohl sie die Schwäche des Dieners als
Vertrauensbruch ihnen gegenüber ansah. Dann aber sagte
sie sich, dass Antoni nur ein Diener war und keiner der Ritter ihres Vaters, der sie und Soledad besser hätte beschützen
können. Sie mussten froh sein, dass wenigstens dieser Mann
ihnen geblieben war, denn wäre er nicht gewesen, hätte ihr
Vater sie beide getötet, um sie vor Schande und einem qual-
vollen Ende zu bewahren. Trotz der Strapazen der Flucht
spürte sie mehr und mehr, dass ihr Wunsch zu leben größer
war als ihr Stolz, und dafür schämte sie sich. Gleichzeitig ärgerte sie sich über Soledad, weil diese sich offen dazu bekannte, weiterleben zu wollen.

VI.

Am folgenden Tag wanderten die drei mit knurrenden Mägen weiter, bis sie Sa Samentera in der Ferne auftauchen sahen. Sie passierten ein sanftes Tal, dessen Ölbäume besser

gepflegt wirkten als an anderen Stellen, und entdeckten einen kleinen Bauernhof, der gut versteckt abseits aller größeren Orte lag.

Antoni zeigte auf die in der Sonne leuchtenden Dächer, die vor ihnen aus dem staubigen Gebüsch aufgetaucht waren. »Ich werde versuchen, den Leuten dort ein wenig Brot und Käse abzuhandeln. Ihr beide solltet unterdessen weitergehen. Wir treffen uns wieder ...« Er brach ab, sah sich um und zeigte auf einen knorrigen Johannisbrotbaum, der am Ende des Tales zu erkennen war. »Seht Ihr den Baum dort? Wartet dort einen Augenblick, und wenn ich nicht bald komme, wandert Ihr nach Osten in Richtung Sa Torre. Wenn ich Euch bis dorthin nicht eingeholt habe, ist mir etwas zugestoßen, und Ihr müsst Euren Weg allein weitergehen.« Er hätte genauso gut sagen können, dass sie sich in dem Fall von Domenèch Decluér und seinen Bluthunden einfangen lassen sollten, denn ohne ihn würden sie in seiner Familie nicht willkommen sein, und weder er noch die beiden Mädchen kannten jemanden, der bereit gewesen wäre, sich um ihretwillen den Zorn Peres von Katalonien-Aragón zuzuziehen.

Miranda und Soledad gingen weiter, wobei sie darauf achteten, in Deckung zu bleiben. Antoni sah ihnen einen Augenblick nach und schritt dann auf den Bauernhof zu. Das Hauptgebäude hatte ein ebenerdiges Geschoss und ein flaches Dach mit hellroten Ziegeln. Es gab nur wenige Fenster, so klein, dass ein erwachsener Mensch nicht durch sie hindurchkriechen konnte, und die wuchtige Eingangstür aus Eichenholz hätte jeder Festung Ehre gemacht. Um das Haus herum standen mehrere kleinere Gebäude, dem Anschein nach Scheuern und Ställe, die derzeit nicht benutzt wurden, weil man die Ziegen und Schafe auf die Weide getrieben hatte. In der Nähe des Haupthauses stand ein an einem Pfahl angebundener Esel, der gelangweilt auf einem Grasbüschel herumkaute.

Das Anwesen machte einen so abweisenden Eindruck, dass Antoni allen Mut zusammennehmen musste, um darauf zuzutreten. »Hallo! Ist hier jemand?«, rief er, während sein Hals immer trockener wurde und er gegen den Wunsch ankämpfen musste, sich umzudrehen und hinter den beiden Mädchen herzulaufen. Doch gerade als er sich entschloss, wieder zu gehen, hörte er, wie jemand an die Tür kam.

»Wer ist da?« Es klang unfreundlich. Gleichzeitig wurde eine kleine Klappe in der Tür geöffnet, die Antoni bisher nicht aufgefallen war.

»Ein Wanderer, den Hunger und Durst quälen«, antwortete Antoni rasch und hob die leeren Hände zum Zeichen, dass er nichts Böses im Schilde führte. Er hörte zwei Personen leise miteinander streiten, dann wurde die Tür geöffnet, und ein hagerer Mann erschien, der noch kleiner war als er selbst. Dunkle Augen musterten den Diener der Gräfinnen von Marranx, und als der Bauer ins Tageslicht trat, erkannte Antoni, dass er einen Mauren vor sich hatte. Die Ahnen dieses Mannes waren entweder zu arm gewesen, um mit ihren Landsleuten nach der Eroberung Mallorcas durch Jaume I. die Insel verlassen zu können, oder von dem neuen Lehnsherrn dieses Gebiets daran gehindert worden, weil dieser sich bei der Bewirtschaftung seiner Güter nicht allein auf katalanische Siedler hatte stützen wollen.

47

Antoni fand, dass er es schlechter hätte treffen können. Der Maure würde keinen Unterschied zwischen den früheren mallorquinischen und jetzigen katalanischen Herren machen, denn für ihn waren beides Unterdrücker. Er zog drei kleine Doblermünzen hervor, die das Bildnis König Jaumes III. trugen, und streckte sie dem Mann hin. Auch wenn der König von den Katalanen abgesetzt worden war, hatten seine Münzen einen großen Teil ihres Wertes bewahrt.

»Kannst du mir dafür zu essen geben?«

Der Bauer, der in weiten Hosen und einem knielangen Hemd steckte und eine unförmige Kappe auf den Kopf gestülpt hatte, sah zuerst ihn an, dann die Münzen, und wiegte unsicher den Kopf. »Du wirst sie mir hinterher nicht wieder abnehmen?« Sein Dialekt war so grauenhaft, dass Antoni Mühe hatte, ihn zu verstehen. Er schüttelte heftig den Kopf und drückte dem anderen die Geldstücke in die Hand.

»Warte!« Der Bauer kehrte ins Haus zurück und schloss die Tür hinter sich zu. Antoni blieb draußen stehen und stieg nervös von einem Bein auf das andere, als stünde er auf einem Ameisenhaufen. Was ist, wenn der Kerl nicht mehr herauskommt?, schoss es ihm durch den Kopf. Dann habe ich gutes Geld in den Bach geworfen und muss meine Herrinnen, die großen Hunger leiden, enttäuschen. Doch gerade als er sich den größten Esel nannte, den es zwischen Sóller im Westen und Porto Christo geben konnte, tauchte der Bauer mit einem großen Korb in der Hand auf.

»Hier!« Der Mann schien kein Freund vieler Worte zu sein, stellte Antoni etwas belustigt fest und nahm den Korb erleichtert entgegen. Er war so schwer, dass ihn im ersten

48

Augenblick der Verdacht beschlich, der Bauer habe ihn mit Feldsteinen gefüllt. Doch dafür roch der Inhalt allzu verführerisch. Die Vorräte würden für die Mädchen und ihn wohl bis nach Sa Vall reichen. Er wollte sich wortreich bei dem Mauren bedanken, doch dieser schlurfte zu seinem Esel, ohne den Fremden weiter zu beachten, und band das Tier los.

Antoni rief ihm »Moltes gràcies!« nach und machte sich auf den Weg. Der Duft, der aus dem Korb aufstieg, ließ seinen Magen begehrlich aufstoßen, und er hätte sich am liebsten auf den nächsten Stein gesetzt und sich erst einmal richtig satt gegessen. Doch wenn er die beiden Mädchen einholen wollte, durfte er nicht säumen. Er bemühte sich, den Inhalt des Korbes aus seinen Gedanken zu verdrängen, und beschleunigte seinen Schritt. Schon bald erreichte er den Johannisbrotbaum, doch zu seiner Enttäuschung hatten Miranda und Soledad dort nicht auf ihn gewartet. Rasch ging er weiter, bis er die hellen Dächer von Sa Torre aus der Landschaft auftauchen sah, aber er konnte keine Spur von den beiden Mädchen entdecken. Nun begann er vor Angst um die beiden zu zittern und fragte sich, was ihnen zugestoßen sein mochte, denn er hatte weder katalanische Ritter noch andere Menschen in der Nähe erblickt. Als er sich gründlicher umsah, entdeckte er ein paar Bauern und deren Weiber, die ein ganzes Stück entfernt ihre Felder bearbeiteten und nicht danach aussahen, als hätten sie vor kurzem zwei Mädchen gefangen oder getötet.

Gerade als er umkehren wollte, um gründlicher nach seinen Herrinnen zu suchen, vernahm er Soledads Stimme. Er drehte sich vor Aufregung um seine eigene Achse, konnte aber niemanden sehen und glaubte schon, ein übel wollender Dämon würde ihn narren. Da bemerkte er zwischen ein paar Felsen einen Arm, der heftig winkte. Darüber erschien Soledads Kopf.

»Wir wollten nicht weitergehen, um dich nicht zu verpassen, und als wir diese Talayots entdeckten, haben wir gedacht, sie könnten ein sicherer Platz zum Rasten sein.«

Antoni stellten sich bei ihren Worten die Haare auf. Er mochte diese Steintürme nicht, die man überall auf der Insel fand und von denen keiner wusste, wer sie erbaut hatte. Sie wirkten so fremdartig, als wären sie von Geistern geschaffen worden, und wurden wohl auch von solchen bewohnt. Zwar versteckten sich die Bewohner der Küstenorte bei Piratenüberfällen in diesen seltsamen Gebäuden, und es gab auch Bauern, die sie als Feldscheuern benützten, aber dennoch standen sie in keinem guten Ruf. Antoni richtete ein kurzes Gebet an Jesus Christus und seinen Namenspatron, den heiligen Antonius von Padua, und bat sie, ihn und die beiden Mädchen zu beschützen. Dann kletterte er zu den Felsen hoch und stand kurz darauf vor mehreren Bauten, von denen die meisten zu Steinhaufen zusammengefallen waren. Einer der Talayots stand jedoch noch. Er war höher als zwei Männer, etwa ebenso breit und bestand aus zugehauenen Steinen verschiedenster Größe. Da er nach oben hin schmäler wurde, wirkte er wie ein Bienenkorb, dem man die Spitze abgeschnitten hatte.

Als Antoni sich durch den niedrigen Eingang ins Innere schob, mussten sich seine Augen erst an das Dämmerlicht gewöhnen. Der Boden war halbwegs sauber, und mehrere leere Körbe an der Wand verrieten, dass Leute diesen Turm

50

aufsuchten und benutzten. Aus Angst, es könne jeden Augenblick jemand erscheinen, wollte Antoni die Mädchen auffordern, sich ein anderes Versteck zu suchen. Aber als er im hereinfallenden Licht ihre vor Erschöpfung trüben Augen sah, brachte er es nicht übers Herz. Die Gesichter der beiden wirkten grau und eingefallen und spiegelten ebenso ihre Müdigkeit wie auch die Trauer um ihren Vater wider. Soledad murmelte unaufhörlich den Namen Domenèch Decluér wie eine Verwünschung. Antoni hoffte, dass sie diesem Ritter nie persönlich gegenüberstehen würde, denn er traute ihr zu, ihm wie ein wildes Tier an die Kehle zu gehen.

»Also gut, bleiben wir hier und essen. Danach aber müssen wir weitergehen, bevor uns jemand entdeckt.« Mit diesen Worten stellte er seinen Korb auf den Boden und ließ sich auf eines der drei Grasbüschel nieder, das die Mädchen draußen ausgerissen hatten, um bequemer sitzen zu können. Als er das Tuch wegzog, das die Lebensmittel bedeckte, zeigte es sich, dass der Bauer mehr als großzügig gewesen war. Der Korb enthielt zwei kleine Laibe Brot, ein Körbchen eingelegter Oliven, ein großes Stück harten Schafskäse, mehrere Streifen luftgetrockneten Fleisches und eine unterarmlange Wurst, die ebenfalls in der Luft getrocknet und so fest war, dass man mit ihr wie mit einem Knüppel hätte zuschlagen können. Ganz unten kam noch ein kleines Holzgefäß mit frischer Schafsbutter zum Vorschein.

»Die muss als Erstes gegessen werden.« Antoni reichte die Butter an Miranda weiter und schnitt dann erst einmal mehrere Stücke Brot ab. Da nur er ein Messer hatte, ging das Essen ein wenig mühsam vonstatten, denn die Mädchen mussten warten, bis er ihnen alles vorgeschnitten hatte, und er selbst durfte als Diener erst nach ihnen essen. Miranda und Soledad lobten ihn beinahe bei jedem Bissen, so gute Sachen besorgt zu haben, und versicherten ihm, dass dieses bäuerliche Mahl ihnen besser schmecke als die erlesenen Delikatessen, die an den großen Feiertagen auf Burg Marranx oder im Stadthaus ihres Vaters in der Ciutat aufgetragen worden waren.

Als alle satt waren, enthielt der Korb zu Antonis Erleichterung noch mehr als die Hälfte seines Inhalts, und wenn sie sich den Rest einteilten, würde er sich kein zweites Mal in Gefahr begeben müssen, um weitere Nahrungsmittel zu kaufen. Für einen Augenblick überlegte er, ob sie es wagen konnten, noch eine Stunde oder zwei hier zu verweilen und ein kleines Verdauungsschläfchen zu halten, doch die Vorsicht sagte ihm, es sei besser, sofort weiterzugehen. Miranda maulte ein wenig, als er sie aufforderte, den Talayot zu verlassen. Aber Soledad war sofort dafür, denn ihre Gedanken waren über ihr nächstes Ziel auf Mallorca hinaus auf den Hof König Jaumes III. in Perpinya gerichtet, an dem sie den Grundstein für ihre Rache am Mörder ihres Vaters legen wollte.

VII.

Antoni und die beiden Mädchen schlugen sich sechs Tage lang so vorsichtig und leise wie Mäuse durch meist recht unwegsames Land. Sie hätten es schneller schaffen können, doch sie waren den größeren Ortschaften wie Sant Joan,

Porreres und Campos im weiten Bogen aus dem Weg gegangen und hatten sich auch nicht zu nahe an die kleineren herangewagt. Als sie das flache Land der Llanura del Centro durchqueren mussten, in der sie auf größere Entfernungen gesehen werden konnten, entschied Antoni, im Dunkeln zu wandern und am Tag zu ruhen. Nach der ersten Nacht aber zogen sie es vor, wieder bei Tageslicht zu marschieren, denn die Hunde in den Gehöften waren auf sie aufmerksam geworden und in ein höllisches Bellkonzert ausgebrochen. Das Tageslicht aber zwang sie, allen Gehöften auszuweichen und weite Umwege zu machen, die vor allem den Mädchen viel Kraft abverlangten. Dabei schmolzen ihre Vorräte hinweg wie Butter in der Mittagssonne. So musste Antoni doch noch zweimal Nahrungsmittel besorgen, und keiner der anderen Bauern bedachte ihn für sein Geld noch einmal so reichlich wie der Maure bei Sa Torre. Dennoch wurden sie satt, auch wenn ihr letztes Mahl vor ihrem Ziel nur noch aus einer Hand voll getrockneter Oliven, etwas Brot und einem Brocken Schafskäse bestand.

Als sie sechs Tage nach ihrer Flucht endlich das Örtchen Sa Coveta erreichten und die flachen Salzpfannen von Banyos de Sant Joan vor sich liegen sahen, bluteten die Füße der Mädchen, und Miranda war so erschöpft, dass sie schwor, keinen Schritt weitergehen zu können. Es war jedoch kein guter Platz zum Rasten, denn die Luft flimmerte in der Hitze, und die Sonne brachte die Salzkrusten zum Gleißen, so dass sie die Augen abwenden mussten, um nicht geblendet zu werden.

»Es ist nicht mehr weit bis zu meinen Leuten«, versuchte Antoni Miranda aufzumuntern. »Hier kenne ich mich bestens aus und kann Wege nehmen, die nicht ganz so anstrengend für Euch sind, Herrin.«

Miranda nickte seufzend und folgte Antoni, der mit einem Mal ganz in Gedanken versunken weiterging, als wäre er allein unterwegs. Sie konnte nicht ahnen, dass der Diener sich danach sehnte, seine Verwandten wiederzusehen, die er zuletzt vor mehr als einem halben Jahrzehnt besucht hatte, und sich gleichzeitig ängstlich fragte, was er zu Hause vorfinden würde. Sein Vater war damals schon durch die harte Arbeit als Fischer und in den Salinen ausgelaugt gewesen und vermutlich nicht mehr am Leben.

Antoni seufzte tief auf, wischte sich eine Träne aus den Augen und schritt rascher aus. Die beiden Mädchen mussten teilweise sogar rennen, um mit ihm Schritt zu halten, doch sie tadelten ihn nicht, denn sie sehnten sich ebenfalls nach einem Ort, an dem sie endlich in Sicherheit waren und den Verlust ihres Vaters und ihrer Heimat überwinden konnten.

Einige Zeit später blieben die Häuser des Dörfchens Sa Vall zu ihrer Linken zurück, und sie gingen auf das Rauschen des Meeres zu, das mit jedem Schritt stärker wurde. Kurz darauf sahen sie eine kleine, von grün überwucherten Felsen umschlossene Bucht vor sich. Am Strand lagen drei Fischerboote, und dort, wo die Felsen begannen, entdeckten Miranda und Soledad mehrere Hütten, die, wie Antoni sagte, seinem Bruder, seinen Schwägern und anderen Verwandten gehörten, die hier als Fischer und Salinenarbeiter lebten.

Während er auf die Hütte zuging, in der er aufgewachsen war, streifte er eines der Boote mit einem verwunderten

54

Blick, denn es sah so aus, als würde es schon seit längerem nicht mehr benützt. Es wirkte verwittert, und es fehlten mehrere Planken. Auch die Hütte war stärker heruntergekommen als in seiner Erinnerung.

Noch bevor er die Tür erreicht hatte, wurde sie geöffnet, und ein Mann in kurzen, schmutzigen Hosen und einem durchgeschwitzten Hemd trat ins Freie. Er entdeckte die Ankömmlinge, kniff die Augen zusammen und musterte sie.

Antoni glaubte im ersten Augenblick, seinen Vater vor sich zu sehen. Dann aber sagte ihm sein Verstand, dass das unmöglich war. Der Mann ähnelte zwar seinem Vater, so wie dieser vor zehn Jahren ausgesehen hatte, denn er war hager, nicht besonders groß und hatte ein längliches, von Sonne und Salz gezeichnetes Gesicht, aus dem ihm dunkle Augen misstrauisch entgegenblickten. Antoni trat einen Schritt auf ihn zu und streckte die Arme aus. »Josep, mein Bruder! Du weißt nicht, wie sehr ich mich freue, dich zu sehen.«

Der Angesprochene wich im ersten Augenblick zurück, starrte sein Gegenüber verblüfft an und stieß die angehaltene Luft aus. Mit einem Mal verzog er sein Pferdegesicht zu etwas, das dem Anflug eines Lächelns glich. Er breitete ebenfalls die Arme aus und riss seinen jüngeren Bruder an sich. »Antoni? Mein kleiner Antoni! Was für eine Überraschung, dich ausgerechnet jetzt willkommen heißen zu können.«

Antoni spürte Joseps Erregung und kämpfte mit den Tränen. Es tat gut, wieder bei Leuten seines Blutes zu sein. »Wie geht es dir? Ist dein Netz noch immer so voll wie in alter Zeit?«

Der Fischer zog die Schultern hoch. »Es könnte voller sein. Doch komm herein, Kleiner. Mutter wird sich freuen, dich zu sehen.«

Da entdeckte er Miranda und Soledad, die sich im Hintergrund gehalten hatten, und starrte Antoni fragend an. Dieser legte ihm die Hand auf die Schulter. »Es sind gute Mädchen. Sie wollen die Insel verlassen und nach Perpinya fahren. Kennst du Schiffer, die sie mitnehmen würden?«

Josep dachte kurz nach und schüttelte dann den Kopf. »Wenn die Katalanen sie nicht sehen sollen, ist es unmöglich. König Pere hat alle Häfen mit Soldaten besetzt und lässt die Schiffe scharf überwachen. Jeder Kapitän muss seine Ladung und seine Passagiere angeben, und alles wird genau kontrolliert.«

»Und die Schmuggler?«

Josep beantwortete diese Frage mit einer wegwerfenden Handbewegung. »Die würden ihre eigene Großmutter für einen Dobler verkaufen. Wenn du denen zwei so hübsche Mädchen anvertraust, kannst du gewiss sein, dass sie Perpinya nie erreichen werden, sondern im Harem irgendeines Maurenfürsten landen.«

Soledad trat einen Schritt vor und zeigte auf die Fischerboote. »Und was ist damit? Bring uns zu König Jaume, und er wird dich reich belohnen!«

Der Fischer hob abwehrend die Hände. »Bei der Heiligen Mutter Gottes, was für ein Vorschlag! Bis Perpinya ist es beinahe doppelt so weit wie bis nach Barcelona, und man bräuchte viele Tage, um dorthin zu kommen. Wenn einen auf dieser Strecke die Piraten oder die Katalanen nicht abfangen, gerät man in einen der Stürme, die unversehens ausbrechen können. Selbst für ein großes, festes Schiff ist diese Reise nicht ohne Gefahren. Mit meinem Fischerboot würde ich sie nur antreten, wenn mein Leben und das meiner Familie bedroht wären.«

Er kehrte Soledad mit einer Geste den Rücken, die deutlich zeigte, dass er diesen Vorschlag nicht noch einmal hören wollte, und fasste Antoni unter. »Komm jetzt hinein zu Mutter! Du weißt gar nicht, wie froh ich bin, dass du zurückgekommen bist. Wir können einen kräftigen und geschickten Mann im Boot gebrauchen. Oder hast du bei deinem Grafen verlernt, ein Pescador zu sein?«

Antoni sah einen Berg von Schwierigkeiten auf sich zukommen, aber da er auf das Wohlverhalten seines älteren Bruders angewiesen war, widersprach er ihm nicht. »Ich werde dir helfen. Sobald sich jedoch eine Möglichkeit zur Überfahrt ergibt, muss ich die beiden Mädchen nach Perpinya bringen.«

Josep wiegte den Kopf, als wisse er nicht, was er mit diesen zwei fremden Geschöpfen anfangen sollte. »Also gut! Bis dahin können sie bei uns bleiben. Sie müssen sich aber nützlich machen.«

Es war nicht unbedingt das, was Antoni sich für seine Schutzbefohlenen erhofft hatte, doch er tröstete sich damit, dass sie fürs Erste in Sicherheit waren. Kein Katalane würde zwei Fischermädchen Beachtung schenken oder gar die Töchter des Grafen von Marranx in ihnen vermuten. Sobald die Häfen weniger scharf überwacht wurden, würde er eine Passage für sich und die beiden Mädchen erstehen und sie zu König Jaume bringen. Nun aber drängte ihn alles, seine Mutter in die Arme zu schließen.

VIII.

Das Leben musste weitergehen, auch wenn ein König vertrieben worden war und ein anderer sich an seine Stelle gesetzt hatte. Jaume III. war zwar als König von Mallorca gekrönt worden, aber da er die meiste Zeit in Perpinya im Rosselló residiert hatte, war er für die meisten Mallorquiner eher ein Gast gewesen, der ihre Insel von Zeit zu Zeit besucht hatte. Die meisten der hier lebenden Ritter und Barone hatten sich nicht zuletzt aus diesem Grund Pere von Katalonien-Aragón ohne Widerstand unterworfen, denn dieser hatte sich im Kampf der Vettern als der Stärkere erwiesen. Dafür waren ihre Privilegien bestätigt worden, und viele von ihnen hatten ihre Macht ebenso ausweiten können wie die katalanischen Ritter, denen der neue König Lehen auf Mallorca verlieh. Die Leidtragenden waren die kleinen Leute wie der Fischer Josep, deren Steuerlast bis ins Unerträgliche stieg, denn sie mussten nun den Kriegszug bezahlen, mit dem Pere IV. ihre Insel erobert hatte. Miranda und ihre Schwester lebten bereits seit einigen Monaten unter der Fuchtel der Mutter der beiden Brüder und führten das einfache Leben von Fischermädchen in Joseps Hütte, und die alte Strella behandelte sie, als wären sie ihre Enkelinnen. Sie war eine einfache Frau, die in ihrem Leben nie aus Sa Vall hinausgekommen war – bis auf das eine Mal, als sie ihre Schwester im Nachbarort Sa Valett besucht hatte. Einen Grafen hatte sie ebenfalls nur einmal in ihrem Leben zu Gesicht bekommen, in ihrer Jugend, als sich ein schmucker Ritter auf dem Weg von Santanyi zum Besitz eines Freundes bei Garonda verirrt und in Sa Vall nach dem rechten Weg gefragt hatte. Später hatte man im Dorf erzählt, der Reiter sei ein Graf gewesen. Von Gräfinnen oder deren Töchtern wusste sie nur, dass sie in schmucken Palästen in der Ciutat de Mallorca lebten und von goldenen Tellern aßen. Daher konnte sie in Miranda und Soledad nichts anderes sehen als zwei Mädchen vom Lande, trotz der gezierten Sprechweise der beiden und einiger ihr eigenartig erscheinenden Angewohnheiten.

Miranda fügte sich erstaunlich rasch in ihr neues Leben ein, Soledad aber begehrte immer wieder auf. Auch an diesem Tag war sie voller Zorn, weil die Alte ihr aufgetragen hatte, die gefangenen Fische auszunehmen und einzusalzen.

»Ich mache das nicht mehr länger mit!«, zischte sie ihrer Schwester zu.

Miranda warf ihr einen tadelnden Blick zu. »Die Leute sind nun einmal arm und können uns nicht wie Prinzessinnen behandeln!«

Soledad holte einen Fisch aus dem Korb und stieß ihm das Messer in den schuppigen Leib, als wäre das tote Ding ihr schlimmster Feind. »Es ist nicht wegen Josep und seiner Familie. Natürlich können wir uns nicht von ihnen ernähren lassen, ohne sie dafür zu belohnen. Antoni hat doch das Geld, das Vater ihm gegeben hat. Ein einziger Ral d'argent davon würde genügen, um uns Obdach und Nahrung für viele Wochen zu beschaffen. Stattdessen müssen wir Fische ausweiden.«

»Es heißt: ausnehmen. Ausgeweidet werden getötete Wildtiere.« Mirandas Lippen zuckten vor unterdrückter Heiterkeit. Der Tod ihres Vaters lag nun lange genug zurück, um nicht mehr wie ein Schatten auf ihrer Seele zu las-

59

ten, und sie hatte beschlossen, das Leben so zu nehmen, wie es kam. Irgendwann würde sich schon die Gelegenheit einer Überfahrt nach Perpinya ergeben. Sie waren beide noch jung und brauchten keine Eile zu haben.

Soledad wusste genau, was ihre Schwester in diesem Moment dachte, und stieß einen der Fischerflüche aus, die sie von Marti, Joseps vierzehnjährigem Sohn, gelernt hatte.

Miranda wurde blass und bedachte sie mit einem strafenden Blick. »Schäme dich, so etwas in den Mund zu nehmen!«

Als Antwort flogen die Innereien eines Fisches dicht an ihrem Kopf vorbei. Soledad stieß das Messer in das Holz des Blocks, auf dem sie arbeitete, stemmte die Hände in die Hüften und baute sich vor Miranda auf. »Ich schäme mich, weil wir uns hier verkriechen, während unser Herr Jaume um sein Reich kämpfen muss, welches ihm sein widerwärtiger katalanischer Vetter geraubt hat!« Miranda schüttelte mit gespielter Nachsicht den Kopf. »Dir ist gestern wohl die Sonne nicht bekommen, Sola, sonst würdest du nicht solch seltsame Gedanken in deinem Kopf ausbrüten. Wir sind schwache Mädchen und keine Ritter, die mit König Jaume in die Schlacht ziehen können.«

»Ich würde es tun!«, rief Soledad voller Eifer. »Immerhin bin ich eine Tochter des Comte Guifré de Marranx, der mehr Katalanen getötet hat als jeder andere lebende Recke.«

»Darf ich dich daran erinnern, dass Vater tot ist? Er würde deine verrückten Gedanken gewiss nicht billigen!« Miranda hoffte für einen Augenblick, sie könne Soledad zur Vernunft bringen, doch als sie zu ihr aufsah, hatte sie das Gefühl, Windmühlen zu predigen. Für einen Augenblick erfasste sie die Furcht, ihre Schwester könne etwas anstellen, das nicht nur sie beide, sondern auch ihre Wirtsleute in Gefahr bringen würde. Sie ermahnte sie noch einmal, sich mit ihrem Schicksal abzufinden und zu warten, bis Antoni ein Schiff nach Perpinya fand.

Soledad verzog ihr Gesicht. »Glaubst du, dass Antoni uns überhaupt noch ins Rosselló bringen will? Er hat sein früheres Leben als Fischer wieder aufgenommen und denkt nicht mehr daran, die Insel zu verlassen.«

Miranda sprang auf und holte aus, um ihrer Schwester eine Ohrfeige zu geben, doch die kriegerisch blitzenden Augen der Jüngeren warnten sie. Daher senkte sie die Hand wieder und begnügte sich damit, die Heilige Jungfrau von Núria anzurufen. Dann umarmte sie Soledad und zog sie an sich. »Du tust Antoni Unrecht. Er war uns immer treu, und er wird uns auch zu König Jaume bringen. Du musst ihm Zeit lassen.«

Soledad wollte schon fragen, ob sie vielleicht bis zum Jüngsten Tag warten solle, doch ihr war klar, dass jedes weitere Wort zu einem ernsthaften Zerwürfnis zwischen ihr und ihrer Schwester führen würde. Daher hielt sie den Mund und ließ Mirandas Umarmung über sich ergehen, ohne sie zu erwidern. Als die Schwester sie freigab, setzte sie sich wieder auf ihren Schemel und rückte den Fischen zu Leibe, als wäre jeder einzelne von ihnen ein Teil Domenèch Decluérs, den sie von allen Menschen am meisten hasste. Obwohl Burg Marranx in den Bergen der Tramuntana lag, also von dieser Bucht aus gesehen beinahe am anderen Ende der Insel, hatten sie bereits von den prahlerischen Reden des katalanischen Ritters gehört, er habe

Burg Marranx buchstäblich im Alleingang erobert und den vor Angst schlotternden Grafen in einem kurzen Zweikampf erschlagen. Soledad hasste Decluér nun nicht nur dafür, dass er ihren Vater mithilfe von Reisigen umgebracht und ihr und Miranda die Heimat genommen hatte, sondern mehr noch, weil er mit seinen Behauptungen versucht hatte, dem Grafen von Marranx die Ehre abzuschneiden. Ein Mann, der seinen toten Gegner verächtlich machte, war für sie ein Wurm, den man zertreten musste. Daher war für sie nicht König Pere von Katalonien-Aragón der Feind, den es zu bekämpfen galt, sondern der Mörder ihres Vaters.

Miranda ahnte, dass die Schwester wieder über Dingen brütete, an denen sie nichts ändern konnte. Daher war sie froh, als Marti und die alte Strella auf sie zukamen.

»Seid ihr denn noch nicht fertig?«, fragte der Junge verdrossen. Es war seine Aufgabe, die ausgenommenen Fische in das Dorf zu bringen. Früher hatte seine Mutter, Joseps Frau, dies übernommen, doch seit deren Tod musste er sich auf den kurzen, aber beschwerlichen Weg machen. Marti hatte schon ein paar Mal vorgeschlagen, Miranda oder Soledad sollten an seiner Stelle gehen, doch das hatte Antoni strikt verboten.

Da er warten musste, bis die Mädchen fertig waren, vertrieb er sich die Zeit damit, Neuigkeiten zu berichten. »Wir haben auf dem Meer ein paar Fischer aus Can Miquel getroffen, und die haben uns erzählt, König Pere von Aragón wolle sich in der Ciutat zum König von Mallorca krönen lassen.«

»Dazu hat er kein Recht!«, schäumte Soledad auf.

Strella, die zu einer krummen, verhutzelt aussehenden Frau mit mehr Falten im Gesicht als Haaren auf dem Kopf geschrumpft war, kicherte spöttisch. »Er wird gewiss nicht dich fragen, ob er das darf, und auch keinen anderen. Er ist der Herr, und alle müssen ihm gehorchen.«

»Niemals! Das werde ich nie tun!« Soledad sprang auf und stampfte mit beiden Beinen auf die Erde.

Marti stieß sie wieder auf ihren Schemel zurück. »Nimm die restlichen Fische aus, damit ich endlich gehen kann! Ich möchte noch ein wenig schlafen, bevor wir heute Nacht aufs Meer hinausfahren.«

Soledad biss die Zähne zusammen und schlitzte die drei letzten Fische auf. Nachdem sie die Eingeweide herausgerissen hatte, warf sie sie in den Korb, den Marti im gleichen Augenblick ergriff, und lief zum Meer, um sich die schleimigen Finger zu reinigen. Beim ersten Mal hatte sie sie in dem Holzfass gewaschen, das als Zisterne verwendet wurde, und sich damit den Zorn aller zugezogen, denn das Trinkwasser hatte hinterher ekelhaft nach Fisch gestunken. Während sie sich nun beinahe die Haut von den Händen schrubbte, stellte sie nicht zum ersten Mal erbittert fest, dass dies wirklich keine Arbeit für eine Tochter des Herrn von Marranx war. In diesem Augenblick hasste sie die ganze Welt einschließlich ihrer selbst und ihres Vaters, der es nicht über sich gebracht hatte, sie und Miranda zu töten und damit vor einem solch elenden Leben zu bewahren.

Ein Schatten fiel über sie. Soledad blickte auf und sah ihre Schwester. Miranda streckte die Arme aus, um ihr aufzuhelfen, doch sie wandte sich mit einer heftigen Bewegung ab.

»Ich weiß, dass es nicht leicht für dich ist, Sola«, versuchte Miranda sie mit sanfter Stimme zu beruhigen. »Mir geht es doch nicht besser als dir. Aber wir müssen diesen guten Leuten dankbar sein, dass sie uns aufgenommen haben. Nicht jeder hätte der Versuchung widerstanden, in die Ciutat zu gehen und Domenéch Decluér zu sagen, dass wir beide noch leben. Dieser Schurke würde etliche Rals d'or dafür geben, uns in die Hände zu bekommen, glaube mir!«

Miranda hatte Recht, doch Soledad war nicht in der Stimmung, einzulenken. Sie verabscheute das, was das Leben aus ihnen beiden gemacht hatte, und sehnte sich in das behagliche Heim zurück, in dem sie und ihre Schwester aufgewachsen waren. Im Grunde ihres Herzen wusste sie, dass sie einem unerfüllbaren Traum nachhing, denn ihr Vater war tot, und in seiner Burg saß nun ein Katalane auf dem Ehrenplatz des Burgherrn und trank den Wein aus den großen Eichenfässern im Keller, die der Stolz ihres Vaters gewesen waren.

Plötzlich glomm in ihrem Kopf eine Idee auf. In dem kleinen Hafen von Port de Camos, den sie in einem guten Fußmarsch erreichen konnte, legten immer wieder fremde Schiffe an, um das Salz aus den Salinen fortzubringen. Aus Angst, verraten zu werden, hatte Antoni es nicht gewagt, dort nach einer Passage zu fragen. Wenn sie sich jedoch heimlich an Bord schlich und erst auf hoher See entdeckt wurde, würde der Kapitän wohl kaum mehr in den Hafen zurückkehren, sondern sie nach Perpinya zu König Jaume bringen, der ihn reich dafür belohnen würde.

Dieser Gedanke fasste in ihr Fuß, und sie konnte sich mit nichts anderem mehr beschäftigen als mit ihren Fluchtplä-

64

nen, auch wenn ihre Hände der aufgezwungenen Arbeit nachgingen. Ein paar Mal streiften ihre Blicke Miranda, und sie fragte sich, ob sie nicht doch mit ihrer Schwester reden sollte. Es widerstrebte ihr, ohne deren Wissen und Segen so still und heimlich zu verschwinden. Aber die Angst, Miranda könnte sie aus Angst um sie an Antoni verraten und dieser sie an der Flucht hindern, war zu groß, und so kniff sie die Lippen zusammen und schwieg.

IX.

An diesem Tag verging die Zeit quälend langsam. Marti kehrte aus dem Ort zurück und erzählte, dass die Geschichte von der Krönung des katalanischen Königs wohl stimmen müsse, denn er hatte sie auch von den Dienern Messer Giombattis erzählt bekommen. Giombatti war weder Mallorquiner noch Katalane, sondern ein Genuese, dessen Familie bereits seit drei Generationen Geschäfte in der Ciutat de Mallorca tätigte. Bisher hatte er den größten Teil des Jahres in der Stadt gelebt, aber der neue Herr der Insel nahm ihm seine Verbindung zu König Jaume übel und hatte ihn in das Landhaus verbannt, das er sich in diesem abgelegenen Winkel Mallorcas gekauft hatte, den Gerüchten nach, um hier Geschäfte mit Schmugglern machen zu können. Der größte Teil des Geredes, das im Dorf und in der Fischerbucht in Umlauf war, stammte von Giombattis Bediensteten, die vor den einfachen Leuten angaben, welch bedeutender Herr ihr Patron sei. Da Soledad und Miranda ausschließlich zur heiligen Messe ins Dorf gehen durften, und das nur in Begleitung der ganzen Sippe, erfuhren die beiden erst dann die Neuigkeiten, wenn Marti oder Antoni sie erzählten. Daher wusste Soledad nicht zu unterscheiden, was nun Wahrheit war und was dazugedichtet. Erst an König Jaumes Hof würde sie erfahren, wie es wirklich um ihn und sein Königreich stand.

Fiebernd vor Anspannung half sie, das Abendessen vorzubereiten, und trug mit ungewohnter Geduld die Körbe, in denen die gefangenen Fische aufbewahrt werden sollten, zu den Kähnen. Noch immer fuhr die Sippe mit nur zwei Booten hinaus, da es nicht genügend Männer gab, um das dritte auszubessern und zu bemannen. Die Zeit, die sie ihrem Gewerbe abringen konnten, mussten die Fischer auf den Salzfeldern arbeiten, um damit das Salz zu bezahlen, das sie zum Konservieren der Fische benötigten. Obwohl Soledad die schmutzige Arbeit verachtete, hatte sie in den Wochen, die sie bei Antonis Leuten verbracht hatte, viel über die einfachen Menschen gelernt und wusste, dass die Hand des neuen Königs schwer auf ihnen lag.

Bei einem gerechten Herrscher würden die Menschen nicht hungern müssen, weil ihnen die Steuereintreiber das letzte Korn aus den Scheuern holten oder das Vieh von den Weiden wegtrieben, dachte sie, als sie sich spät in der Nacht aus dem Haus schlich. Da die Hütte nur aus einem einzigen Raum bestand, gab es kaum Privatsphäre. Die Männer wuschen sich im Freien und die Frauen drinnen, alles andere wurde gemeinsam erledigt. Manchmal fragte Soledad sich, ob das Waschen noch viel half, denn sie besaßen keine Kleidung zum Wechseln und mussten daher Tag für Tag denselben Rock und die gleiche Bluse anziehen.

66

Soledad wunderte sich, dass sie ausgerechnet an diese Dinge denken musste, während sie versuchte, sich im trüber werdenden Sternenlicht zurechtzufinden. Der Himmel zog immer stärker zu, und vom Meer fegte ein Windstoß heran, der sich so heiß anfühlte, dass ihre Haut brannte. Schon nach wenigen hundert Schritten war sie schweißüberströmt und wäre am liebsten umgekehrt, statt sich gegen den glühenden Wind zu stemmen. Aber als sie auf den von Mandelbäumen gesäumten Weg traf, der von den im Landesinnern gelegenen Dörfern zum Hafen führte, schöpfte sie neuen Mut. Nun kam sie rasch voran und sah schon bald die Bucht mit dem Hafen vor sich. Drei Schatten an der Mole entpuppten sich nach ein paar weiteren Schritten als Segelschiffe. Eines lag so hoch im Wasser, dass es noch leer sein musste, und stellte kein lohnendes Ziel für sie dar. Bei einem weiteren glaubte sie im Licht eines fahl aufzuckenden Blitzes die Farben Kataloniens zu erkennen, und so wandte sie sich dem dritten Segler zu. Er war ein wenig größer als die beiden anderen und hatte zwei Masten, von denen der vordere den hinteren fast um die Hälfte überragte. Im Schutz der Dunkelheit schlich Soledad näher und kauerte sich eng an den Rumpf, während ihre Augen die Laufplanke suchten, über die sie es betreten konnte.

»Hast du da eben nicht auch etwas gehört?«, klang eine raue Männerstimme auf.

»Nein. Was soll ich gehört haben?«, fragte ein anderer.

»Da war eben ein Geräusch, ein Kratzen oder Schaben.«

»Das wird eine Ratte gewesen sein, Fernand.«

Soledad konnte den Sprecher nicht sehen, nahm aber den Spott in seinen Worten wahr. Sein Kamerad schien je-

67

doch nicht zu bemerken, dass er ihn nicht ernst nahm. »Die Biester werden das Schiff doch nicht etwa verlassen? Das wäre ein schlechtes Omen, sage ich dir. Wenn wir morgen auslaufen und es ist keine Ratte an Bord, wird das Schiff den nächsten Hafen nicht mehr erreichen.«

»Sei kein Narr, Fernand!« Obwohl seine Stimme unbeeindruckt klang, kam der Mann an die Reling und leuchtete mit einer Blendlaterne über die Mole. Soledad machte sich so klein wie möglich und hatte Glück, denn gerade als der Schein der Laterne sie streifte, wandte sich der Matrose seinem Kameraden zu.

»Da ist keine Ratte zu sehen, die unseren alten Kahn verlässt, Fernand. Wir können morgen früh ganz gemütlich auslaufen und werden gewiss heil zurückkommen.«

»Dein Wort in Gottes Ohr, Cugat. Ich werde dem heiligen Pere in jedem Fall ein Zehntel meiner Heuer spenden, wenn wir hier wieder an Land gehen. Ich habe diesmal ein ganz komisches Gefühl, weißt du. Das Gewitter, das eben aufzieht, gefällt mir nicht. Das kann sich zu einem schlimmen Sturm auswachsen.«

Soledad interessierte sich nicht weiter für das Gespräch der Matrosen. Was sie hatte erfahren wollen, wusste sie nun. Das Schiff würde am kommenden Morgen den Hafen verlassen, sie musste also nur noch ungesehen an Bord kommen. Da sich die Matrosen auf dem leicht erhöhten Achterdeck aufhielten, schlich sie zum Bug und wollte gerade eine der Leinen hochklettern, mit denen der Segler an der Mole festgemacht war, als jemand sie am Arm packte. Sie unterdrückte einen Aufschrei und versuchte sich loszureißen. Dann vernahm sie Antonis Stimme.

»Dachte ich es mir doch, dass ich dich hier finden würde! Bei Gott, Mädchen, bist du denn von allen guten Geistern verlassen?«

»Heh! Was ist denn da los?« Einer der beiden Matrosen musste sein Flüstern vernommen haben, denn er lief mit erhobener Lampe zum Bug.

Antoni zerrte Soledad ein Stück vom Schiff weg, hielt ihr vorsichtshalber den Mund zu und stieß sie hinter einen auf der Mole stehenden Karren, mit dem das Salz von den Salinen zum Hafen transportiert wurde. Der Matrose ließ den Lichtschein seiner Laterne herumwandern und kehrte schließlich vor sich hin brummend aufs Achterdeck zurück.

»Ich habe wirklich das Gefühl, es sind die Ratten, Cugat.«

»Hast du draußen eine gesehen, Fernand?«

»Nein!«

Cugat lachte kurz auf, und dann vernahmen Antoni und Soledad ein klatschendes Geräusch, so als würde er seinem Freund auf die Schulter klopfen. »Wenn es wirklich Ratten waren, dann haben sie nicht das Schiff verlassen, sondern sind an Bord gekommen. Also fort mit den trüben Gedanken, du Süßwassermatrose! Das wird eine gute Fahrt, und wenn wir zurückkommen, habe ich genug Silber im Beutel, um mir eine ganze Woche mit Agnés leisten zu können.«

»Hoffentlich leistet dein Rammbock auch das, was du dir von ihm versprichst, sonst wird es ein mageres Vergnügen für teures Geld.« Die Antwort seines Kameraden hörte Soledad nicht mehr, da Antoni sie wie einen Sack mit sich schleifte und in einen Weg einbog, der vom Hafen fortführte. »Mädchen, du hast wirklich mehr Haare auf dem

Kopf als Verstand!«, schalt er sie, als sie weit genug weg waren.

»Wieso bist du hier? Ich dachte, ihr wolltet ausfahren, um zu fischen.« Die beiden Sätze offenbarten Soledads ganze Enttäuschung.

Antoni schnaufte und zeigte zum Himmel, der nun immer stärker von Blitzen durchzogen wurde. »Wir haben gerade noch rechtzeitig bemerkt, dass ein Sturm aufkommt, und sind zurückgerudert. Als wir nach Hause kamen, hatten Miranda und meine Mutter bereits bemerkt, dass du verschwunden warst, und sind vor Sorge um dich vergangen. Zum Glück bin ich auf die richtige Idee gekommen und habe dich gerade noch hindern können, eine riesige Dummheit zu begehen.«

»Ist es eine Dummheit, zum König fahren zu wollen?«, fragte Soledad mit so viel Hochmut, wie sie in dieser Situation aufbringen konnte.

Die Angst, die er ausgestanden hatte, ließ Antoni vergessen, dass er nur ein Diener war und Soledad die Tochter eines Grafen, denn er schüttelte sie wie ein Bündel Stroh. »Bei Gott, wäre ich dein Vater oder Bruder, würde ich dich jetzt übers Knie legen und nicht eher aufhören, bis mir der Arm lahm wird! Was meinst du, was mit dir geschehen wäre, wenn du dich an Bord dieses Schiffes geschlichen hättest?«

»Ich hätte den Kapitän gebeten, mich nach Perpinya zu bringen, und ihm gesagt, dass König Jaume ihn reich belohnen würde.« Soledad glühte vor Wut, weil Antoni sie daran gehindert hatte, ihren Plan auszuführen, und fühlte sich gleichzeitig so hilflos wie ein kleines Kind.

70

Der Diener schüttelte schnaufend den Kopf. »Du bist noch dümmer, als ich befürchtet habe. Weißt du, wohin dieses Schiff segeln wird? An die Küste des Maghrebs, um dem Mauren dort Salz zu verkaufen. Der Kapitän hätte sich die Gelegenheit gewiss nicht entgehen lassen, eine hübsche, junge Christin, noch dazu eine Jungfrau und von edler Geburt, einem der dortigen Emire für viel Gold zu verkaufen! Mein Bruder kennt den Mann. Stände er nicht in Messer Giombattis Diensten, würde er wahrscheinlich zu den schlimmsten Schmugglern und Piraten zählen, die man sich vorstellen kann.«

Soledad starrte Antoni entsetzt an. Trotz all der Geschichten, die die Leute sich über die Schiffer erzählten, war sie fest überzeugt gewesen, der Kapitän würde tun, um was sie ihn bat. Nun begriff sie, dass ihr Abenteuer ganz anders hätte enden können. Ihre Wut verrauchte, und sie klammerte sich an Antoni. »Ich habe mich wohl sehr töricht benommen, nicht wahr?«

Der Diener blieb misstrauisch, denn er kannte ihr leicht entflammbares Temperament. »Schwöre mir bei der Heiligen Jungfrau von Núria, nach der deine Mutter ihren Namen erhielt, dass du nie mehr etwas so Dummes tun wirst!«

Soledad nickte, obwohl Antoni in der Schwärze nach dem letzten Blitzschlag ihre Geste nicht sehen konnte, und presste ihr Versprechen heraus. »Ich werde so etwas nie wieder tun, Antoni, es sei denn, es bleibt mir kein anderer Ausweg.«

Antoni seufzte und fragte sich, wer dieses ungebärdige Mädchen würde zähmen können, nachdem ihr Vater nicht mehr am Leben war. Miranda war dazu nicht in der Lage, und er selbst zerfraß sich jetzt schon vor Selbstvorwürfen, weil er sie im ersten Zorn geschüttelt hatte. Sie war die Tochter seines Herrn, und er schuldete ihr Treue und Ergebenheit. Während sie weitergingen, versuchte er, ihr gut zuzureden. »Ich weiß ja, wie sehr es dich drängt, zu König Jaume zu gelangen. Königin Violant würde sich dir und deiner Schwester gewiss mit Freuden annehmen. Doch bis Perpinya ist es ein weiter Weg, und laut einem Dekret Peres von Katalonien darf kein Schiff von Mallorca aus direkt dorthin fahren, sondern muss zuerst in Barcelona oder einem anderen katalanischen Hafen anlegen. Dort wird es gewiss gründlich durchsucht, und ihr beide würdet unweigerlich entdeckt und festgenommen. Diesen Triumph willst du euren Feinden doch sicher nicht gönnen! Aber auch hier droht euch schon Gefahr, denn Domenèch Decluér hat es fertig gebracht, von König Pere zum Aufseher über die mallorquinischen Häfen ernannt zu werden. Wahrscheinlich liegt er nun wie ein großer, fetter Kater auf der Lauer und wartet nur darauf, dass sich zwei ganz bestimmte Mäuse aus ihrem Versteck wagen.«

Es war lächerlich, als Maus bezeichnet zu werden, aber genau so fühlte Soledad sich bei Antonis Worten. Daher quittierte sie seine Argumente mit einem bitteren Auflachen. Nach all dem, was sie über Decluér gehört hatte, war ihr klar geworden, dass es dem Mann nicht in erster Linie darum ging, sie und ihre Schwester zu töten. Er wollte sie lebend fangen, um sich ihrer Leiber zu bedienen und sie zu seinen Sklavinnen zu machen. Erst, wenn er sie in seiner Gewalt hatte, würde er seine Rache an Núria de Vidaura i de Urgell stillen, die ihn verschmäht hatte und mit dem jungen Ritter Guifré Espin geflohen war. Doch auf diesen Sieg sollte er vergebens warten.

Unterdessen hatte der Sturm erneut an Stärke gewonnen und trieb die Gischt bis tief ins Land. In immer schnellerer Folge zuckten Blitze auf, und das Krachen des Donners hörte sich an, als würden Felsen gespalten. Kurz darauf öffneten sich die Schleusen des Himmels, und das Wasser fiel wie eine Wand hinab. Soledad und Antoni waren bereits nach wenigen Schritten bis auf die Haut durchnässt und rannten, um so rasch wie möglich ins Trockene zu kommen. Das letzte Stück zur Hütte wurde wegen des scharfen Gegenwinds zur Qual. Obwohl Soledads Rock nass und schwer war, flatterte er wie eine Fahne um ihre Beine, und sie musste ihr Schultertuch mit beiden Händen festhalten, damit es ihr nicht fortgerissen wurde.

Kurz vor der Hütte kam ihnen Josep entgegen und half ihnen über die Schwelle. Miranda eilte auf ihre Schwester zu und klammerte sich trotz des tropfnassen Kleides an ihr fest. »Gott und der Jungfrau Maria sei Dank, dass du zurückgekommen bist. Ich habe Todesangst um dich ausgestanden!«

Es tat gut, so geliebt zu werden, fuhr es Soledad durch den Kopf. Sie drückte Miranda an sich und ließ ihren Tränen freien Lauf.

»Jetzt kann sie heulen! Aber vorher hat sie uns alle in Angst und Schrecken versetzt.« Strella bedachte das Mädchen mit einem strafenden Blick und holte dann ein großes Tuch aus der Truhe, um den Raum damit zu teilen, denn sie wollte es den Männern nicht zumuten, bei diesem Wetter ins Freie zu gehen, damit Soledad sich ausziehen und in

73

eine Decke wickeln konnte. Antoni und Josep mussten ebenfalls ihre nassen Kleider wechseln, doch sie hatten wenigstens noch ein Paar frische Hosen. Nachdem alle wieder trocken waren, kniete Strella nieder und sprach ein kurzes Gebet, in dem sie der Heiligen Jungfrau dafür dankte, dass sie Soledad unbeschadet zurückgebracht hatte. Die anderen stimmten in das Gebet mit ein, während die kleine Sünderin es in Gedanken um die Bitte erweiterte, sie so bald wie möglich von dieser Insel zu erlösen.

X.

Obwohl Soledad sich in den nächsten Wochen nichts anmerken ließ, saß ihr der Schrecken über den Fehler, den sie beinahe begangen hätte, tief in den Knochen. Sie träumte sogar davon, in die Hände der Mauren gefallen zu sein. Immer wieder sah sie sich in einem maurischen Harem gefangen und versuchte dort verzweifelt, sich selbst zu entleiben, um der Schande zu entgehen. Doch immer, wenn es ihr gelungen war, einen Dolch an sich zu bringen, stürzten sich Eunuchen auf sie, entwanden ihr die Waffe und schleppten sie zu ihrem Herrn, der sie erniedrigte und quälte. Soledad wusste nicht viel über das intime Zusammensein von Mann und Frau, hatte aber bereits Tiere bei der Paarung gesehen und nahm an, dass die Heiden jenseits des Meeres es genauso treiben würden.

Aus Tagen wurden Wochen, aus Wochen Monate. Es war geraume Zeit vergangen, seit Kardinal Berenguer de Battle, der König Pere von Katalonien, Aragón und Valencia geholfen hatte, die Insel zu erobern, diesem auch die Krone Mallorcas aufs Haupt gesetzt hatte. Soledad aber gab die Hoffnung nicht auf, König Jaume würde zurückkehren und sein Recht mit blankem Schwert fordern. Doch dann kam der Augenblick, in dem diese Hoffnung dahinschmolz. Antoni hatte die Fische selbst ins Dorf getragen, so wie er es jedes Mal tat, wenn die besten davon direkt in Messer Giombattis Haus geliefert werden sollten. Der Genuese war zwar noch immer aus der Ciutat verbannt, hatte aber längst wieder seine Beziehungen zu den Mächtigen geknüpft und wusste über alles Bescheid, was auf Mallorca und dem Festland geschah. Der Kaufmann ließ sich natürlich nicht herab, mit einem einfachen Fischer zu reden, aber seine Bediensteten konnten die Neuigkeiten nicht schnell genug loswerden. Da Antoni nach Informationen für sich und noch mehr für seine Schützlinge hungerte, hielt er in Messer Giombattis Küche jedes Mal ein ausgiebiges Schwätzchen.

An diesem Tag kehrte er schneller zurück als sonst, doch sein Schritt wirkte stockend, und sein Gesicht war grau. Soledad war sofort klar, dass etwas Schlimmes passiert sein musste, und eilte ihm entgegen. Antoni legte den Arm um ihre Schulter und stützte sich schwer auf sie.

»Es ist aus! Es ist zu Ende!«, murmelte er.

»Ist Ritter Decluér in Sa Vall eingetroffen, um uns gefangen zu nehmen? Komm rasch, vielleicht können wir mit einem der Boote entkommen! Wenn es einen Gott im Himmel gibt, wird er uns wohlbehalten nach Perpinya bringen.« Das Mädchen packte ihn und wollte ihn mit sich ziehen.

Antoni entwand sich ihr und stieß ein bitteres Lachen aus. »Wir können nicht mehr nach Perpinya fahren! König Pere von Aragón hat unseren guten König Jaume ein zweites Mal überrascht. So wie er im letzten Jahr vorgab, das Rosselló anzugreifen, und sich dann Mallorca zuwandte, um es zu erobern, so hat er auch in diesem Jahr mit Hinterlist und Tücke gehandelt. Lange hat er sich den Anschein gegeben, er müsse seine Truppen auf unserer Insel lassen, um seine Herrschaft zu festigen, doch insgeheim hat er schon den nächsten Kriegszug vorbereitet. Schneller als der Wind hat er das Meer überquert und ist mit seinen Truppen im Rosselló eingefallen. König Jaume hat sich ihm zwar noch entgegengestellt, ist aber vernichtend geschlagen worden. Noch auf dem Schlachtfeld hat er mit einem feierlichen Eid auf seine Ansprüche auf Mallorca, das Rosselló und die Cerdanya verzichtet. Nun ist ihm nur noch die Herrschaft Montpellier geblieben.«

Soledad war es, als wäre sie von einem Blitz getroffen worden, so schmerzte ihr ganzer Körper bei dieser Nachricht. Ihr Kopf aber weigerte sich, das Gehörte zu glauben. Es konnte, es durfte doch nicht sein, dass Gott den rechtmäßigen König vom Mallorca im Stich gelassen und diesem verräterischen Katalanen den Sieg geschenkt hatte. Bestimmt war Antoni auf ein Gerücht hereingefallen, mit dem Arnau d'Erill de Mar, den Pere von Katalonien-Aragón zu seinem Statthalter auf Mallorca ernannt hatte, die Getreuen des wahren Königs entmutigen wollte. Sie wand sich aus Antonis Armen und stapfte in Richtung des Dorfes.

Antoni starrte einen Augenblick ihren Rücken an, dann eilte er ihr nach. »Was hast du vor?«

»Ich will mit den Leuten reden, die dir diesen Unsinn erzählt haben, und die Wahrheit erfahren!«

Antoni packte Soledad und hielt sie fest. »Es ist die Wahrheit, du verstocktes Ding! Einer von Giombattis Kapitänen hat die Nachricht aus Barcelona mitgebracht. Dort wurden alle Glocken geläutet und das Tedeum gebetet. Du magst es glauben oder nicht: König Jaume wurde wiederum von seinem Vetter besiegt!«

Soledad stampfte auf. »Ich will es selber hören!«

»Du bist wohl vollkommen übergeschnappt! Es ist für dich und Miranda viel zu gefährlich, allein ins Dorf zu gehen. Messer Giombatti ist mittlerweile ein guter Freund Decluérs geworden und hat gewiss mitbekommen, mit welcher Leidenschaft der Ritter nach den Töchtern des Comte de Marranx suchen lässt. Willst du riskieren, in die Hände des Mörders deines Vaters zu fallen?«

Der Diener ließ jede Rücksicht auf den hohen Rang des Mädchens fahren und stieß sie wie eine aufsässige Magd auf die Hütte zu.

Für einen Augenblick loderte heiße Wut in Soledad auf, und sie wollte Antoni schon auf den ihm zustehenden Platz verweisen. Dann aber brach sie schluchzend zusammen. Antoni vergaß all den Ärger, den das Mädchen ihm schon bereitet hatte, und zog sie tröstend an sich. »Lass den Mut nicht sinken, Kind! Irgendwann wird Gott ein Einsehen haben und uns bessere Tage bescheren.«

XI.

Die Zeit glich einem wilden, unbezähmbaren Hengst, der sich weder einfangen noch festbinden ließ. Während die beiden Töchter des Grafen von Marranx in einer primitiven Fischerhütte heranwuchsen und von ihrem früheren Leben nur noch träumen konnten, schwang ein Jüngling im fernen Deutschland mit schwieligen Händen sein Schwert, um ein Ritter zu werden. Bei der Gruppe, die auf der abgelegenen Waldburg Terben ausgebildet wurde, galt er nicht wie zu Hause als einer der Söhne des Herrn, sondern genoss als Bastard keinerlei Ansehen. Ritter Joachim, dem die Ausbildung der Knappen oblag, behandelte Andreas von den Büschen mit nicht mehr Respekt als einen einfachen Reisigen, war aber auf seine bärbeißige Art stolz auf dessen Leistung. Obwohl der Junge kleiner war als die meisten Knappen, übertraf er in den Kampfspielen fast alle anderen und war so zäh wie ein alter, erfahrener Wolf, der schon mehr als einen Jäger genarrt hatte.

Andreas' Vater kann zufrieden sein, dachte Ritter Joachim, als er seine Schützlinge an einem sonnigen, aber noch kühlen Frühlingstag bei ihren verbissenen Zweikämpfen mit stumpfen Waffen beobachtete. Graf Ludwig von Ranksburg hatte ihm aufgetragen, aus dem Jungen einen kampftüchtigen Ritter zu machen und gleichzeitig dafür zu sorgen, dass er die nötige Mischung aus Entscheidungsfreude und Unterordnung lernte, die er als rechte Hand eines mächtigen Mannes benötigte. Joachim von Terben wusste sich hier nichts vorzuwerfen, denn er hatte seinen Schüler mit der Härte angefasst, die er als unerlässlich ansah, und diesem auch klar gemacht, dass er einen hohen Herrn, der seinen einzigen Erben einem Bastard gegenüber benachteiligte, für einen Narren halten würde.

»Der Junge ist schon richtig«, sagte der Ritter zu sich selbst. Wenigstens wusste Andreas, dass er nur durch Leistung etwas erreichen konnte und nicht darauf hoffen konnte, protegiert zu werden.

Joachim von Terben hatte seinen Weg ebenfalls aus eigener Kraft machen müssen und war für seine Dienste von seinem Lehnsherrn, dem Pfalzgrafen am Rhein, mit dem Rang eines Burghauptmanns und der Ehre belohnt worden, Jahr für Jahr eine Gruppe junger Burschen ausbilden zu dürfen, die noch feucht hinter den Ohren waren. Da die Sicherheit des Pfalzgrafen und seines Landes von der Waffenfertigkeit seiner Ritter abhing, zeugte dies von dem großen Vertrauen, das Herr Rudolf von Wittelsbach ihm entgegenbrachte. Ritter Joachims Brust weitete sich bei dem Gedanken, und er bedachte seine Schützlinge mit einem kritischen Blick. Abgesehen von Andreas waren sie auch nicht besser als all jene Knappen, die er vor ihnen zu Kriegern geformt hatte, aber auch nicht schlechter. Keiner von ihnen würde ihn beim Pfalzgrafen blamieren, dessen war er sich sicher. Doch nun galt es, jene Nachricht zu übermitteln, die einige von ihnen entzücken würde. Joachim von Terben warf seinen Mantel über die Schulter, um Schwertgriff und Arm frei zu haben, und trat auf die Gruppe zu. »Was soll das, Karl? Du hältst dein Schwert ja wie einen Knüppel! Willst du ein Ritter werden oder ein Raufbold? Und was ist mit dir, Friedrich? Ein Schild ist dazu da, um Kopf und Leib zu decken, und nicht allein die Beine.« Ritter Joachim riss einem der Knappen das stumpfe Schwert aus der Hand und versetzte Friedrich von Simmern einen Schlag gegen die ungeschützte Brust.

»Lass dir das eine Lehre sein!«, herrschte er den jungen Burschen an, der mit schmerzverzerrtem Gesicht nach Luft rang. Dann wandte er sich Andreas zu und fand wie meist nichts zu kritisieren. Ungeschoren wollte er ihn jedoch auch nicht davonkommen lassen. »Du befindest dich hier auf dem Kampfplatz und nicht beim Tanz mit den Mägdelein in der großen Halle. Steh also gefälligst breitbeinig auf der Erde und hüpfe nicht herum wie ein angestochenes Schwein!«

Ohne Andreas die Möglichkeit zu geben, sich gegen den ungerechten Vorwurf zu verteidigen, wandte Joachim von Terben sich dem nächsten Knappen zu und putzte auch diesen herunter. Schließlich hatte er die ganze Reihe durch und stellte sich mit in die Hüften gestemmten Fäusten vor ihnen auf.

»Ihr seid der jämmerlichste Haufen, dem ich je den Umgang mit Schwert und Lanze beizubringen versucht habe. Die meisten von euch taugen nicht einmal zu einem Fußknecht, geschweige denn zu einem Reisigen. Aber eure Väter fordern nun einmal von mir, Ritter aus euch zu machen. Und bei Gott und dem heiligen Petrus, der den Römlingen, die den Heiland gefangen nehmen wollten, die Ohren abgeschlagen hat, schwöre ich euch, dass ich genau das tun werde, und wenn ihr frühmorgens mit dem Schwert in der Hand aufstehen und euch spät am Abend damit niederlegen müsst! Habt ihr mich verstanden?«

Drei der Knappen, die erst vor wenigen Wochen in Ritter

80

Joachims Hut übergeben worden waren und ihn noch nicht so gut kannten wie die übrigen, zogen ängstlich die Köpfe ein. Friedrich von Simmern und zwei andere, die bereits ihre Schwertleite vor sich sahen, mussten sich jedoch ihr Grinsen verkneifen. Ihr Ausbilder bellte gerne und verlangte auch viel von ihnen, doch jeder von ihnen wusste, dass ein Krieger, der durch Joachim von Terbens Schule gegangen war, keinen anderen Kämpen mehr fürchten musste.

Andreas hatte diese Sprüche ebenfalls schon oft gehört, doch anders als der junge Simmern machte er sich nicht darüber lustig. Er hatte von Anfang an alles getan, um seinen Lehrmeister zufrieden zu stellen, und dafür mehr Spott und Tadel geerntet als jeder andere seiner Kameraden. Lange Zeit war er überzeugt gewesen, sein Vater hätte ihn auf Frau Elsgardes Wunsch hin diesem rauen Patron übergeben. Mittlerweile aber hatte er Ritter Joachims Fähigkeiten schätzen gelernt und verstand auch, weshalb dieser ihn so hart angefasste. Seine Liebe und Zuneigung hatte der polternde Mann jedoch nicht erringen können. Bei dem Gedanken formte sich ein Lächeln auf Andreas' Lippen. Der raubauzige Ritter wäre wohl am meisten überrascht, wenn einer seiner Schüler ihm andere Gefühle als Angst und Achtung entgegenbrächte, und würde sich fragen, was er falsch gemacht hätte. Andreas versuchte, sich wieder auf Joachim von Terbens Worte zu konzentrieren.

»... werde ich euch etwas mehr Bewegung verschaffen. Aus diesem Grund beenden wir die Übungskämpfe mit dem Schwert zu Fuß und richten morgen ein kleines Turnier aus, bei dem ihr eure Fertigkeiten im Lanzenstechen erproben könnt.«

Friedrich von Simmern stöhnte auf. »Oh nein! Das gewinnt doch eh bloß wieder Andreas.«

Ritter Joachim streifte ihn mit einem bösen Blick. »Das solltet du, Karl von Hohenschretten und Peter von Sulzthal diesmal zu verhindern wissen. Nach diesem kleinen Übungsturnier werdet ihr mich nach Heidelberg begleiten, denn der Pfalzgraf will euch persönlich den Ritterschlag erteilen. Der Rest bleibt unter Andreas' Aufsicht hier und übt brav weiter.«

Während die drei genannten Knappen aufjubelten und sich gegenseitig auf die Schultern schlugen, verdüsterte Andreas' Miene sich. Auch wenn er sich in den letzten Wochen hundertmal gesagt hatte, dass er auch heuer nicht zu den Auserwählten zählen würde, blieb doch ein Stachel in seinem Herzen zurück. Sein Halbbruder, der den gleichen Namen trug wie der Pfalzgraf am Rhein, war bereits vor zwei Jahren zum Ritter geschlagen worden, im Alter von siebzehn, in dem sonst nur die Söhne eines Königs oder mächtigen Herzogs diese Würde empfingen. Andreas nahm an, dass Rudolfs Mutter Eisgarde alles in Bewegung gesetzt hatte, damit ihr Sohn bevorzugt wurde. Er selbst hatte damit gerechnet, im Jahr darauf die Schwertleite zu erhalten, doch er hatte vergebens darauf gewartet. Nun fand sie auch in diesem Jahr nicht statt, und die Enttäuschung darüber fraß sich wie Säure in ihn hinein. Er musste schlucken, damit ihm nicht vor Wut die Tränen in die Augen stiegen.

»Für heute könnt ihr Schluss machen!« Joachim von Terbens Stimme dröhnte beinahe so laut wie eine Fanfare. »Da unsere drei Freunde bald mit goldenen Sporen prunken dürfen, werden sie sich wohl als großzügig erweisen und dem Kellermeister ein paar Kannen seines besten Weines abhandeln. Trinkt aber nicht zu viel, sonst werdet ihr es bei unserem Übungsturnier morgen bereuen.« Der Ritter grinste spöttisch, denn er wusste, dass bei solchen Festen noch nie an Wein gespart worden war. Es tat den Burschen gut, wenn sie am nächsten Morgen mit schweren Köpfen in die Sättel steigen mussten, denn dann begriffen sie, dass ein Ritter sowohl trinken wie auch kämpfen können musste, doch alles zu seiner Zeit.

Während die drei Glücklichen mit ihren engsten Freunden dem Ritter in den Hauptbau der Burg folgten, sammelte Andreas mit den Neulingen die Waffen auf, die die anderen achtlos zu Boden geworfen hatten. Dabei bemerkte er die Blicke, die ihn streiften. Die jungen Burschen um ihn herum, von denen der Älteste gerade siebzehn Jahre zählte, hatten gehört, dass er seit über einem Jahr keine ernst zu nehmende Niederlage mehr in den Übungskämpfen erlitten hatte, und fragten sich, was mit ihm nicht stimmen mochte. Da Joachim von Terben ihn rauer behandelte als seine anderen Knappen, konnten sie sich nicht vorstellen, dass er der illegitime Sohn eines mächtigen Grafen sein sollte. Die meisten hielten ihn für den Bastard eines kleinen Ritters, der das Kind einer von ihm benutzten Magd zum Kriegsdienst bestimmt hatte, damit sein eigen Fleisch und Blut nicht mit Mist zwischen den Zehen Knechtsdienste leisten musste, und glaubten nicht, dass Andreas je zum Ritter geschlagen würde. Trotzdem würde er in den nächsten Wochen ihr Ausbilder sein, und deswegen bemühten sie sich, ihn ja nicht zu verärgern. Wie hart Andreas zuschlagen konnte, hatte nämlich jeder von ihnen bereits zu spüren bekommen.

XII.

Andreas war nicht nach Feiern und Wein zumute, doch er wusste, dass er sich nicht ausschließen durfte. Bevor er sich zu seinen Kameraden gesellte, wusch er sich am Brunnen Schweiß und Staub ab und ging in die Kammer, die er mit den älteren Knappen teilte. Dort zog er ein frisches Hemd und saubere Hosen an.

Als er auf den Flur hinaustrat, klang hinter ihm eine enttäuschte Stimme auf. »Sie machen dich wohl auch heuer nicht zum Ritter, Junge?«

Andreas drehte sich um und sah Judith vor sich, die laut Aussage Ritter Joachims in ihrer Küche unumschränkter herrschte als Kaiser Karl IV. aus dem erhabenen Hause Luxemburg, der erst vor wenigen Monaten die Krone des Römischen Reiches von dem grimmigen Bayern Ludwig übernommen hatte.

Da Andreas nicht sofort antwortete, glaubte die Köchin, der Kummer über die Zurücksetzung habe ihm die Sprache verschlagen, und schüttelte empört den Kopf. »Es ist eine Schande, wie sie dich behandeln, mein Junge! Du bist besser als all die anderen hier und außerdem alt genug. Wenn du diese Kindsköpfe satt hast, die sich bald Ritter nennen dürfen, dann komm in meine Küche. Ich werde dir etwas ganz Besonderes vorsetzen.«

Andreas lächelte dankbar, auch wenn sein Gesicht dadurch nicht fröhlicher wirkte. Judith hatte ihn über vieles hinweggetröstet, das ihm das Leben auf Burg Terben vergällt hatte, über die harte Behandlung durch Ritter Joachim, den Spott der älteren und höher geborenen Knappen und auch über seinen ersten Liebeskummer. Lisa war fünfzehn gewesen, die Tochter eines Freundes seines Ausbilders und – wie er sich im Nachhinein sagen musste – nicht einmal besonders hübsch. Dennoch hatte sie vor einem guten Jahr jeden Knappen auf dieser Burg mit ihrem Liebreiz in ihren Bann geschlagen. Auch ihretwegen hatte er so sehr auf den Ritterschlag gehofft, der dann ausgeblieben war. Das Mädchen hatte mit ihm getändelt und ihm erlaubt, sie im Schutz der Hecken des Burggartens zu küssen. Dann aber hatte sie den jungen Ritter genommen, den ihr Vater zu ihrem Gemahl bestimmt hatte, und sich über seinen Vorschlag, gemeinsam zu fliehen, auch noch lustig gemacht.

Die Erinnerung an jene Demütigung verdüsterte sein Gesicht noch mehr. Judith nahm ihn in die Arme und drückte ihn an ihren Busen. »Nimm es nicht so schwer, Junge! Irgendwann kommt auch deine Stunde. Dann wirst du das Mädchen finden, das dir bestimmt ist, und den dir zustehenden Rang einnehmen.«

»Vielleicht sollte ich mich an dich halten«, antwortete Andreas, der spürte, wie seine Laune sich unter Judiths aufmunternden Worten besserte.

Die Köchin wiegte den Kopf und gab ihm dann einen Nasenstüber. »Wäre ich zwanzig Jahre jünger, könnte ich es mir überlegen, meine Kammertür heute Nacht für dich zu öffnen. Aber eine Frau in meinem Alter braucht ihren Schlaf. Vielleicht ist eine der jüngeren Mägde dir gefällig. Ich gebe zu, ich sehe es nicht gerne, wenn sie ihre Tugend an einen Knappen oder Ritter verschleudern, die nur das Becken ein paar Mal hin- und herbewegen wollen, aber für dich wäre es wohl nicht schlecht, wenn du zwischen

85

zwei willigen Frauenschenkeln Entspannung finden würdest.«

Judith schien bereits darüber nachzudenken, welche der ihr untergebenen Mägde für den jungen Mann in Frage kommen würde, und daher hob Andreas lachend die Hände. »Halt ein, Herrin der Tiegel und Pfannen! Ich halte nichts davon, Mägde zu benutzen, als wären es Pferde, die man ausprobieren will.«

»Du bist vernünftiger als mancher erwachsene Mann. Denkst du dabei an deine Mutter?«

»Ich war drei, als mein Vater mich ihr wegnahm und in die Obhut seiner zweiten Gemahlin gab. Später hat er sie mit einem Bauern verheiratet, der in einem anderen Teil der Grafschaft lebt. Seitdem habe ich sie nicht wieder gesehen.« Andreas' Stimme klang bitter, und dafür erhielt er den nächsten Nasenstüber.

»Du solltest auch nicht danach drängen, sie aufsuchen zu wollen, mein Junge. Deine Mutter würde durch dich an Dinge erinnert, die sie längst vergessen geglaubt hat, und du wärst nur enttäuscht, weil du eine alte Frau vor dir sehen würdest, umringt von einem Haufen Kinder, die sie ihrem Bauern geboren hat. Behalte sie so in Erinnerung, wie sie damals war, denn das ist das Beste für euch beide.«

»Heute haben es wohl alle auf mich abgesehen. Draußen auf dem Übungsplatz hat Ritter Joachim mich abgekanzelt, und jetzt tust du es.« Andreas entwand sich Judiths Armen, lächelte ihr noch einmal zu und eilte davon.

Gerade als er die Treppe betreten wollte, die in den ebenso düsteren wie kargen Rittersaal hinabführte, dem weder die an die Wand gehängten Waffen noch die klobige Tafel und die schweren, unbequemen Stühle eine gewisse Behaglichkeit verleihen konnten, erhob sich ein junger Bursche, der auf der obersten Stufe auf ihn gewartet hatte.

»Es ist nicht gerecht, Herr Andreas, wirklich nicht! Die anderen sind alle schlechter als Ihr, und doch hängt ihnen der Pfalzgraf die goldenen Sporen um. Ihr hingegen müsst Euch mit Knaben herumschlagen, die Euch dann doch wieder vorgezogen werden. Dabei hatte ich mich so darauf gefreut, mit Euch in diesem Jahr auf Abenteuerfahrt gehen zu können.«

Andreas zerzauste Heinz auflachend das Haar. Der Bursche war gerade fünfzehn geworden, also fast sechs Jahre jünger als er, und diente auf der Burg als Knecht und Küchenjunge. Dennoch war er so etwas wie sein Freund. »Du wirst noch ein wenig länger unsere Kammern fegen und Judith Wasser und Feuerholz in die Küche tragen müssen, mein Guter.«

»Aber wenn Ihr den Ritterschlag erhalten habt, macht Ihr mich zu Eurem Knappen, nicht wahr?« Heinz blickte Andreas an wie ein Hund, der um einen Knochen bettelt. Ihm war klar, dass er als Knappe nicht im gleichen Rang stehen würde wie die jungen Herren, die Joachim von Terben ausbildete, denn anders als diese würde er niemals den Ritterschlag erhalten, es sei denn, er tat sich in einer Schlacht hervor. So weit aber hatte sich seine Phantasie nie verstiegen. In seinen Träumen sah er Andreas von Turnier zu Turnier und gelegentlich auch in einen Krieg ziehen und wünschte sich nichts sehnlicher, denn als Diener am Ruhm seines Herrn teilzuhaben.

Andreas war gerührt über die Treue, die ihm der Junge entgegenbrachte. »Wenn ich zum Ritter geschlagen werde,

wirst du mein Knappe werden, Heinz. Das verspreche ich
dir!«

Ihm war jedoch klar, dass er wohl nie ein Ritter werden,
sondern von seinem Vater auf die Ranksburg zurückgeholt
und zu einem der Reisigen seines Halbbruders gemacht
werden würde.

Als er in die Halle hinabstieg, stellte er fest, dass seine Kameraden dem Wein bereits eifrig zugesprochen hatten.
Friedrich von Simmerns Augen glänzten wie frisch poliertes
Glas, und seine Wangen färbten sich rot. »He, da ist ja
Andreas! Wir dachten schon, du hättest dich in ein Mauseloch verkrochen, weil man dich heuer schon wieder übergangen hat!«, grölte er.

Einige seiner Freunde lachten, doch Ritter Joachim mus-
terte Andreas mit einem kurzen Blick und nickte beifällig.
»Ihr solltet Andreas nicht schmähen, Herr Friedrich von
Simmern, sondern Euch ein Beispiel an ihm nehmen. Als
Einziger hat er es für nötig erachtet, sich zu waschen und
umzuziehen.«

»Das muss er auch tun, um den Mistgestank seiner
Bauernmutter loszuwerden!« Fast drei Jahre lang hatte
Friedrich von Simmern sich bei allen Übungskämpfen von
Andreas übertreffen lassen müssen, und jetzt nützte er die
Gelegenheit, ihm mit Worten heimzuzahlen, was er mit
dem Schwert nicht vermochte.

Andreas wurde blass und ballte die Fäuste, setzte sich
aber auf einen heftigen Wink des Hausherrn an das andere
Ende der Tafel zu den jüngeren Knappen und nahm den
Weinbecher entgegen, den ihm einer der Knechte reichte.

»Auf das Wohl unserer neuen Ritter! Mögen sie ihrem Lehnsherrn stets so dienen, wie er es erwartet!« Joachim von Terben hob seinen Becher und trank den drei Glücklichen zu. Die anderen taten es ihm nach, auch Andreas, der dem Simmerner den Wein am liebsten ins Gesicht geschüttet hätte. Die harte Schule, die er auf der Ranksburg unter Ritter Kunos Aufsicht durchgemacht hatte und die von Herrn Joachim fortgesetzt worden war, hatte ihn jedoch Selbstbeherrschung gelehrt.

»Ich werde an dich denken, wenn mir Herr Rudolf den Ritterschlag erteilt, und daran, dass du dich weiterhin mit solchen Lümmeln wie denen da herumschlagen musst.« Friedrich von Simmern war noch kein Ritter, aber er zählte sich schon nicht mehr zu der kleinen und trotz gelegentlicher Zwistigkeiten verschworenen Gemeinschaft von Knappen, die unter Joachim von Terbens Fuchtel stand.

Anders als Simmern kämpfte Peter von Sulzthal mit dem beginnenden Abschiedsschmerz und blinzelte ständig, um zu verhindern, dass die anderen seine Tränen sehen konnten. »Ich werde dich vermissen, Andreas. Du warst ein guter Freund!«

Dieses Lob verblüffte Andreas, denn der Sulzthaler hatte ihn während der drei Jahre, die sie zusammen verbracht hatten, immer ein wenig von oben herab behandelt. Doch als er jetzt darüber nachsann, erinnerte er sich daran, dass Junker Peter, wie er bald genannt werden würde, ihm nie solch gemeine Streiche gespielt hatte wie Friedrich von Simmern. Er stand auf und hob den Becher in Peters Richtung. »Möge deine Lanze stets härter sein als die deines Gegners.«

»Das wird sie gewiss«, rief Friedrich von Simmern, der den Ausspruch kurzerhand auf sich bezog.

Peter von Sulzthal grinste spöttisch und nickte Andreas zu.

XIII.

Das Übungsturnier am nächsten Tag verlief so, wie Joachim von Terben es erwartet hatte. Die drei jungen Herren, die zum Ritterschlag anstanden, blamierten sich tüchtig, denn sie verloren sogar gegen die jüngsten Knappen. Er konnte nur hoffen, dass sie daraus die Lehre zogen, sich vor einem wichtigen Kampf nicht vom Wein übermannen zu lassen. Sieger wurde, wie schon im gesamten letzten Jahr, Andreas von den Büschen. Dieser erhielt als Siegespreis einen Knuff seines Ausbilders und den Rat, sich nichts darauf einzubilden, da ein ausgewachsener Ritter ein anderer Gegner wäre als ein paar kaum der Mutterbrust entwöhnte Knappen.

Am nächsten Morgen brach Joachim von Terben mit den zukünftigen Junkern nach Heidelberg auf. Andreas bekam von ihm noch den Befehl, die Zurückbleibenden kräftig üben zu lassen, da er bei seiner Rückkehr erkennbare Fortschritte sehen wolle. Dann kehrte im besten Sinne des Wortes Ruhe in der Burg ein. Wenn die Knappen unter Andreas' Aufsicht auf den Übungsplatz hinauseilten und Schwerter aus bleibeschwertem Holz oder solche mit stumpfen Eisenklingen schwangen, waren nur dumpfe Schläge, ihr angestrengtes Keuchen und gelegentlich ein schmerzhafter Aufschrei zu vernehmen. Keiner vermisste das Gebrüll Ritter Joachims, endlich einmal richtig mit dem Kämpfen anzufangen.

Weder Andreas noch seine Kameraden wagten es, in ihren Anstrengungen nachzulassen, sondern gaben sich alle Mühe, denn wenn ihr Ausbilder bei seiner Rückkehr zu der

Überzeugung kam, sie wären faul gewesen, würde ein Donnerwetter biblischen Ausmaßes über sie herniedergehen. Der Einzige, der Andreas Probleme machte, war Heinz. Der Junge strich, sooft er sich von der Arbeit wegschleichen konnte, um den Übungsplatz herum und sah den Knappen mit brennenden Augen zu. Am dritten Tag nach Ritter Joachims Abreise fasste er schließlich Mut und kam auf Andreas zu. »Darf ich auch einmal ein Schwert in die Hand nehmen? Nur ein einziges Mal.«

Heinz' bettelndem Hundeblick konnte Andreas nicht widerstehen. Er drückte ihm eine der hölzernen Übungswaffen in die Hand, die durchaus schmerzhafte Blutergüsse und Prellungen verursachen konnten, zeigte ihm, wie er das Schwert halten musste, und stellte sich in Positur. »Komm, greif mich an!«

Heinz wollte zuschlagen, war aber entwaffnet, ehe er Andreas' Abwehr hatte kommen sehen. »Seid Ihr aber gut, Herr!«

Er bewunderte Andreas' Geschicklichkeit und dachte gar nicht daran, über sein eigenes Missgeschick zu klagen.

Andreas stieß ihm die Faust spielerisch gegen die Schulter. »Das macht die langjährige Übung, mein Guter. Wenn du bereits Erfahrung mit dem Schwert gesammelt hättest, wäre es mir nicht so leicht gelungen, dir die Waffe aus der Hand zu prellen.«

»Wollt Ihr es mich nicht lehren, Herr? Nur die paar Tage, bis Ritter Joachim zurückkehrt. Wenn ich Euch einmal als Euer Knappe begleiten soll, muss ich doch wissen, wie man eine Waffe führt.« Wieder glich Heinz einem Hund, der um einen abgenagten Knochen bettelt.

Andreas, der selbst die Hoffnung aufgegeben hatte, jemals zum Ritter geschlagen zu werden, wollte den Jungen nicht enttäuschen. »Also gut! Aber Judith muss es dir erlauben. Wenn das Essen nicht rechtzeitig fertig wird, weil du ihr in der Küche fehlst, gibt es Ärger für uns beide.«

Da seine Pflichten ihn den ganzen Tag in Atem hielten, hätte Heinz eigentlich keine Zeit für Waffenübungen erübrigen können, doch das schmale Bürschchen war recht gewitzt. Kaum hatte er Andreas diese halbe Zusage abgerungen, eilte er in die Küche und zupfte die Köchin am Ärmel. »Du, Judith, ich muss dir etwas sagen.«

»Das wird wohl was Gescheites sein!«, spottete die Köchin und drehte sich zu dem Jungen um. »Also, was ist los?«

»Andreas, verzeih, Knappe Andreas hat mir versprochen, mich im Schwertkampf auszubilden, wenn du mir jeden Tag ein Stündchen dafür freigibst.« Es waren zwar nicht gerade Andreas' Worte gewesen, doch die Köchin fragte nicht nach. Sie mochte Heinz, der als Waise auf der Burg aufgewachsen und in seiner Art ebenso einsam war wie der junge Ranksburger, an dem sie einen Narren gefressen hatte. Daher verlor sich ihr strenger Gesichtsausdruck und machte einem Lächeln Platz.

»Andreas will dich also noch immer zu seinem Knappen machen? Ja, das ist gut!« Judith dachte dabei weniger an Heinz, denn sie konnte sich nicht vorstellen, dass das spirrlige Kerlchen je ein Schwert würde heben können. Aber wenn Andreas sich um den Jungen kümmerte, würde er an etwas anderes zu denken haben als nur daran, wieder einmal bei der Auswahl der jungen Ritter übergangen worden zu sein. »Also gut. Lauf zu Andreas und sage ihm, dass er dich zum Krieger ausbilden kann. Aber wenn du mit den Übungen fertig bist, kommst du schleunigst zurück und schaffst die Asche hinaus. Das hättest du gestern schon tun sollen!«

Asche hinaustragen war nicht gerade eine würdige Arbeit für jemand, der der Knappe eines echten Ritters werden wollte, doch in seiner Freude über Judiths Zustimmung hätte Heinz noch ganz andere Dinge getan. »Du bist die Beste!«, strahlte er sie an und rannte so schnell davon, dass er beinahe über seine eigenen Füße gestolpert wäre.

Andreas kannte Heinz und Judith und wunderte sich daher nicht, den Jungen so schnell wiederzusehen. Er war jedoch nicht bereit, das Ganze nur als Spiel anzusehen, und nahm Heinz daher nicht weniger hart heran als seine anderen Schüler. Zuerst musste der Junge mit einem Holzschwert am Pflock üben und durfte erst nach ein paar Tagen den wattierten Waffenrock anlegen, der als Schutz in den Übungskämpfen benutzt wurde. Als er sich seinem ersten Trainingspartner stellen musste, bezog Heinz fürchterliche Prügel, während sein Gegner, der Jüngste und Schmächtigste der Knappen, über das ganze Gesicht grinste. Andreas tat der Küchenjunge Leid, war aber dennoch recht froh um dessen Anwesenheit, denn nach dem Ausscheiden Friedrichs von Simmern, Peters von Sulzthal und Karls von Hohenschretten waren es nur noch neun Knappen, die miteinander übten, und so hatte bisher jeweils einer bei den Zweikämpfen zusehen müssen. Dank Heinz gab es nun fünf Paarungen, und da der Junge rasch lernte, konnte er bald schon den einen oder anderen guten Hieb austeilen. Darüber war er trotz aller Prellungen und blauen Flecken, die er sich bei diesen Kämpfen zuzog, so stolz, dass die Knappen ihn mit jener Gutmütigkeit behandelten, die sie sonst einem tollpatschigen jungen Hund zukommen ließen.

XIV.

Joachim von Terben ließ sich ausnahmsweise Zeit mit der Rückkehr. Zwei volle Monate vergingen, ohne dass man auf der Burg etwas von ihm hörte. Doch dann erschien er eines Tages völlig unverhofft auf dem Übungsplatz. Keiner aus der Gruppe hatte seine Rückkehr wahrgenommen, und so ließen einige vor Schreck die Schwerter fallen. Nur Heinz schlug noch munter drauflos und jubelte auf, weil er Andreas einen festen Hieb gegen den Brustkorb hatte versetzen können.

»Gut so!«, grollte Ritter Joachims Stimme auf. »Das ist die erste Regel: sich niemals ablenken und aus seiner Konzentration reißen lassen. In einem richtigen Kampf wärst du jetzt tot, Andreas, und ich müsste sagen, es wäre nicht schade um dich. Und jetzt macht weiter! Ich will sehen, ob ihr in den letzten Wochen nur gefaulenzt oder auch mal an die Verbesserung eurer Waffenfertigkeiten gedacht habt.«

Die Knappen ließen es sich nicht zweimal sagen und hieben mit einem solchen Eifer aufeinander ein, dass die eine oder andere Schramme zurückblieb. Joachim von Terben beobachtete jeden Einzelnen von ihnen und nickte schließlich mit widerwilliger Anerkennung. Bei jedem war eine sichtliche Verbesserung zu erkennen, und er fühlte einen gewissen Stolz auf sich selbst, weil er Andreas beauftragt hatte, die Ausbildung fortzusetzen. Im letzten Jahr hatte er Friedrich von Simmern die Aufsicht übertragen, doch der Einzige, der in der Zeit seiner Abwesenheit wirklich Fortschritte gezeigt hatte, war Andreas gewesen. Der Bursche war trotz seiner ruhigen Art ein guter Anführer und wusste andere zu begeistern. Ritter Joachim schrieb diese Tatsache vor allem sich selbst zu, denn er hatte den Sohn des Ranksburger Grafen gehämmert und geformt wie guten Stahl.

Sein Blick streifte auch Heinz, der sich am liebsten davongeschlichen hätte, um dem Zorn seines Herrn zu entgehen. Ritter Joachim hielt bekanntermaßen nichts davon, wenn seine Knechte in seinen Augen unnütze Dinge taten, und ein Küchenjunge hatte andere Pflichten zu erfüllen, als an Waffenübungen teilzunehmen. Zu seiner, aber auch zu Andreas' Überraschung zog der Ritter jedoch nur die Augenbrauen hoch, sagte jedoch nichts und wandte sich dem Nächsten seiner Schützlinge zu, der sich eine geharnischte Strafpredigt anhören musste, weil er den Schild zu weit vom Körper weg hielt.

Es war wie immer, und doch spürte Andreas, dass etwas in der Luft lag. Ritter Joachim blickte immer wieder zu ihm herüber, strich sich über sein schlecht rasiertes Kinn und kaute Luft, als müsse er Worte, die über seine Lippen wollten, wieder verschlucken. Früher als üblich hob Joachim von Terben die Hand. »Ihr könnt für heute Schluss machen. Ich habe vier neue Knappen mitgebracht, die in Zukunft an unseren Übungen teilnehmen werden. Waldemar, du kümmerst dich um sie und zeigst ihnen, wo sie schlafen, essen und scheißen sollen. Andreas, du kommst mit mir!«

95

Das klang so grimmig, dass Andreas das Schlimmste befürchtete. Er hatte sich zwar alle Mühe gegeben, um die Übungen wie gewohnt fortzusetzen, doch er nahm an, dass der Ritter Fehler gefunden hatte, für die er ihn nun zur Rechenschaft ziehen wollte. Er schlüpfte aus seiner Übungsrüstung, legte das Schwert zu den anderen und folgte Joachim von Terben mit hängenden Schultern. Zu seiner Verwunderung führte der Ritter ihn nicht in die große Halle, in der er sonst sein Donnerwetter über jene armen Sünder niedergehen ließ, die sein Missfallen erregt hatten, sondern durchquerte den langen, dunklen Flur, der zur Burgkapelle führte. Diese war mit einem Dutzend Kirchenstühlen und dem einfachen Altar ebenso karg eingerichtet wie der Rest der Burg. Einzig zwei aus bunten Glasstücken bestehende Fenster in der linken Wand brachten ein wenig Licht in das schlichte Gemäuer.

Joachim von Terben wies auf einen der Stühle. »Setz dich, Andreas!«

Der Jüngling gehorchte verwundert und starrte seinen Ausbilder an, der mit langen Schritten hin und her wanderte und den richtigen Ansatz für das Gespräch zu suchen schien. »Ich habe in Heidelberg deinen Vater getroffen«, begann der Ritter schließlich. »Der Kaiser war auch dort und hat Friedrich und die anderen eigenhändig zu Rittern geschlagen.«

Andreas konnte sich vorstellen, dass seine einstigen Kameraden ob dieser Ehre vor Stolz beinahe geplatzt waren, und spürte die eigene Enttäuschung nun doppelt bitter.

Joachim von Terben ließ ihm jedoch keine Zeit, sich gekränkt zu fühlen. »Wie gut kennst du die Geschichte deines Geschlechts?«

Die Frage lenkte Andreas von seinen düsteren Betrachtungen ab. »Nicht besonders gut. Nur das, was der Burgkaplan auf der Ranksburg mir erzählt hat.«

Das war herzlich wenig gewesen, denn Pater Cyprianus hatte zu Gräfin Elsgardes Kreaturen gehört und es nicht für ratsam gehalten, Gelehrsamkeit an einen Bastard zu verschwenden. Andreas kannte zwar die Namen einiger seiner Vorfahren und deren Taten, da die Mägde und Knechte einander neben Kindermärchen und Heiligenlegenden viele Ereignisse aus früherer Zeit erzählt hatten. Doch das, was in der Chronik der Grafen von Ranksburg verzeichnet stand, hatte ihn niemand gelehrt.

Ritter Joachim schnaubte ungeduldig. »Was weißt du über den Streit deines Vaters mit der Sippe derer von Niederzissen?«

Andreas hob hilflos die Hände. »Gar nichts! Die Niederzissener sollen entfernt mit uns verwandt sein. Aber von einem Streit habe ich nie etwas gehört.«

»Er hat etliche Jahre nur geschwelt, ist aber vor kurzem wieder offen ausgebrochen.«

Andreas konnte Joachim von Terben ansehen, wie wenig diesem die sich abzeichnenden Verwicklungen gefielen, in die er unweigerlich mit hineingezogen würde. Einen Augenblick starrte der Ritter ins Leere, als müsse er angestrengt nachdenken, dann räusperte er sich. »Dein Vater, die Niederzissener und damit auch du, ihr stammt von einem gemeinsamen Ahnen ab, von Ludger, dem ersten Grafen von Ranksburg, deinem Ururgroßvater. Der größte Teil des Besitzes, der Titel und das Ansehen eines Grafen von Ranksburg gingen, wie es sich gehört, an Ludgers ältesten Sohn

Ludwig, nach dem dein Vater benannt worden ist. Ein kleineres Erbe, nämlich die Herrschaft Niederzissen, bekam der jüngere Sohn Lothar, der den Namen seines Besitzes annahm.

Leonhard von Niederzissen, der jetzige Graf, zählte zu den ersten Anhängern Kaiser Karls IV., während dein Vater bis zuletzt Ludwig dem Bayern die Treue gehalten hat. Die Niederzissener wollen dies nun ausnützen und fordern große Teile des Ranksburger Landes mitsamt der Stammburg. Obwohl dein Vater mittlerweile Karl IV. den Treueid geschworen hat, scheint der Kaiser ihm nicht verziehen zu haben, denn er stellt sich gegen Recht und Gesetz, das er in seiner kaiserlichen Person vertritt, und zieht sich auf den Standpunkt zurück, diese Fehde sei nur ein Sippenstreit, in den er sich nicht einmischen wolle. Es ist aber bekannt, dass Herr Karl den Niederzissenern freundlich gesinnt ist, und mit seiner Zustimmung im Rücken werden diese schon bald ihre Hände nach den Ländereien deines Vaters ausstrecken. Das wird ihnen nicht leicht fallen, denn dein Vater ist immer noch ein mächtiger Mann und vermag viele Ritter um sich zu scharen. Was ihm jedoch fehlt, ist ein Recke, der seine Gefolgsleute anführen kann. Dein Bruder muss erst noch in diese Aufgabe hineinwachsen, und dazu benötigt er einen Mann an seiner Seite, dem er voll und ganz vertrauen kann. Dieser Mann sollst du sein! Dein Vater gab mir den Auftrag, dich in seinem Namen zum Ritter zu schlagen und dann zu ihm zu schicken. Knie jetzt nieder, Knappe Andreas.«

Noch ganz verwirrt von dem eben Gehörten blieb Andreas sitzen und starrte seinen Lehrmeister verständnislos an. Der

98

fackelte nicht lange, sondern riss den jungen Mann hoch und zog ihn wie einen Lumpensack vor den Altar. Ehe Andreas sich aufrichten konnte, hatte Joachim von Terben sein Schwert gezogen und berührte ihn nun kurz an Haupt und Schultern.

»Steh auf, Ritter Andreas von den Büschen. Den Segen des Pfaffen bekommst du auf der Ranksburg, wenn der dortige Kaplan das Kreuz über dir schlägt. Und jetzt komm mit! Du wirst dir aus meiner Rüstkammer eine Wehr aussuchen, mit der du vor deinen Herrn und Vater treten kannst, wie es einem Ritter zukommt.«

Andreas stolperte hinter Terben her und versuchte, seine wirbelnden Gedanken zu ordnen. Seine Schwertleite hatte er sich immer als ein feierliches Ereignis vorgestellt, bei einem hohen Herrn, der ihm den Ritterschlag gab, und mit festlich gewandeten Knappen, die ihm die Sporen anlegten und ihm das Schwert gürteten. Manchmal hatte er auch von einem kleinen Turnier geträumt, welches man ihm zu Ehren abhielt. Das, was eben geschehen war, hatte mit diesen Träumen nicht die geringste Ähnlichkeit, und er fragte sich ernsthaft, ob dieser Ritterschlag wohl vor Gott und den Menschen Gültigkeit hatte. Nach einem Blick in das grimmige Gesicht seines Ausbilders verkniff er sich jegliche Frage und hoffte, dass sein Vater ihn aufklären und ihm seinen Segen erteilen würde.

Schnell fand sich eine passende Rüstung, und beim Abendessen überraschte Joachim von Terben die übrigen Knappen mit der Neuigkeit, dass Andreas ab sofort als Junker anzureden sei und bereits am nächsten Morgen die Burg verlassen würde. Überraschte Rufe klangen auf, und alle stürzten sich auf den frisch gebackenen Ritter, um ihm zu gratulieren. Zu seinem Erstaunen bemerkte Andreas, dass die Glückwünsche der meisten aus ehrlichem Herzen kamen, und er schämte sich, weil er kein Geld besaß, um Wein für eine Feier zu kaufen. Doch Joachim von Terben kam ihm zu Hilfe. So grimmig, als müsse er seinen Knechten befehlen, die Burg zur Verteidigung zu rüsten, trug er diesen auf, genügend Wein für alle zu bringen. Judith, die die Neuigkeit als Erste außerhalb des Rittersaals erfahren hatte, war überglücklich über die Wendung, die das Schicksal ihres besonderen Lieblings genommen hatte, und verwöhnte ihn und die Knappen mit etlichen Leckerbissen. So kam es, dass eine weitaus fröhlichere Stimmung auf der Burg herrschte als bei der letzten Feier.

Mitten in dem Jubel schien nur einer sich nicht zu freuen, und das war Heinz. Der Küchenjunge schaffte eifrig Teller und Platten voll Fleisch und Gebäck in die Halle, schlich dabei mit großen, wässrigen Augen um Andreas herum und schluckte sichtlich, wenn die Knappen seinen Freund hochleben ließen. Der Blick, mit dem er Andreas immer wieder maß, enthielt die Frage, ob er denn ganz vergessen sei. Später am Abend, als die Fragen und wilden Zukunftsplanungen verebbten, die die anderen Knappen an Andreas herantrugen, winkte dieser Heinz zu sich. Dabei blickte er Ritter Joachim mit einer Miene an, als müsse er in eine aussichtslose Schlacht reiten.

»Verzeiht, Herr Joachim. Ihr seid heute bereits sehr großzügig zu mir gewesen, so dass ich es kaum wage, Euch um einen weiteren Gefallen zu bitten.«

Der Herr von Terben hatte die kurzen Blickwechsel zwischen Andreas und Heinz durchaus bemerkt und grinste in seinen Bart. »Und welchen soll ich dir noch tun?«

»Da ich mich nun Ritter nennen darf, benötige ich auch einen Knappen oder wenigstens einen Waffenknecht, der meinen Schild trägt. Deswegen wollte ich Euch fragen, ob Ihr Heinz entbehren könnt?«

Zu Andreas' Verwunderung lachte sein Ausbilder schallend. »Da musst du schon Judith fragen, denn die ist sein Kommandant. Wenn sie auf Heinz verzichten kann, soll es mir recht sein, wenn er dich begleitet.«

»Sie kann bestimmt auf mich verzichten!«, rief Heinz voller Eifer und rannte in die Küche.

»Judith, Judith, ich darf Ritter Andreas' Schildträger werden!«, rief er schon von weitem und setzte, als er vor ihr stand, ein leises »Wenn du es erlaubst!« hinzu.

Judith stemmte die Hände in ihre breiten Hüften und maß den Jungen mit spöttischem Blick. »Du grünes Spinnenbein willst Waffenknecht werden? Da fehlen dir aber noch allerhand Muskeln. Doch wenn ich es dir nicht gestatte, muss Herr Joachim auf einen seiner eigenen Waffenknechte verzichten, und das will ich ihm ersparen. Also geh mit Gottes Segen!«

»Halt!«, rief sie, weil der Junge nach einem Luftsprung sofort wieder verschwinden wollte. »Wenn du schon in die Halle zurückkehrst, kannst du auch diese Pfannkuchen mitnehmen.« Damit drückte sie Heinz eine Holzplatte mit zwei Stapeln runder, vor Fett triefender Pfannkuchen in die Hand und sah ihm nach, wie er das Brett vorsichtig balancierend die Treppe hochlief. Als sie zurück an den Herd trat, bat sie Gott und die Heilige Jungfrau, auf den Jungen

101

ebenso Acht zu geben wie auf Andreas, der ihr wie ein Sohn ans Herz gewachsen war.

Viele hundert Meilen entfernt empfahl der frühere Leibdiener des Grafen Guifré de Marranx fast im selben Augenblick das Schicksal seiner beiden Herrinnen ebenfalls der Huld des Schöpfers und der Mutter Maria, doch sowohl er wie auch die Köchin auf Terben ahnten, dass noch harte Tage vor ihren Schützlingen lagen.

ZWEITER TEIL

Das Fischermädchen

I.

Soledad hatte bereits hunderte Male Fische ausgenommen, doch sie hasste diese Arbeit noch mehr als in den ersten Tagen. Mit beinahe widerwilliger Bewunderung blickte sie zu ihrer Schwester hinüber, der das Leben, das sie nun führen mussten, nichts auszumachen schien. Obwohl sich Mirandas Hände flink bewegten, fand diese noch Zeit, mit Marti zu scherzen. Beide waren etwa gleich alt und standen in der Blüte ihrer Jugend. Miranda war zu einer lieblichen Jungfrau mit einem fein gezeichneten Antlitz, großen, träumerischen Augen und einer wohl gerundeten Figur herangereift, die die Blicke jedes Mannes anzog. Joseps Sohn hatte sich zu einem jungen Mann mit einer schlanken, biegsamen Gestalt und hübschen, wenn auch noch etwas unreifen Gesichtszügen entwickelt. Im Vergleich mit den beiden kam Soledad sich vor wie ein Kind und fühlte sich oftmals auch so behandelt.

»Du träumst mal wieder mit offenen Augen, Sola«, spottete Marti.

Schon längst wurden die Mädchen nicht mehr Miranda und Soledad genannt, sondern Mira und Sola, wie es zwei Fischermädchen zukam. Während Miranda jedoch niemals vergaß, wie eine Dame von Stand sich zu betragen hatte, legte Soledad wenig Wert auf gutes Benehmen. Sie blickte Marti verärgert an und drohte, ihm den Fisch, den sie gerade ausgenommen hatte, an den Kopf zu werfen. Miranda griff schnell ein, nahm ihr den Fisch aus der Hand und legte ihn in den Korb. »So, wir sind fertig, Marti. Du kannst die Fische ins Dorf tragen.«

Der junge Fischer zog ein Gesicht, als habe er in eine Zitrone gebissen. »Kann das nicht eine von euch für mich tun? Ich werde in den Salinen benötigt. Wir mussten doch alles, was wir hatten, als Steuer abliefern und haben nicht mehr genügend Salz für unseren nächsten Fang. Vater und Antoni sind schon in aller Frühe dorthin aufgebrochen und erwarten mich.«

Da Antoni sich selbst nicht mehr an sein Gebot gehalten und Miranda in letzter Zeit ein paar Mal mit Fischen auf den Markt geschickt hatte, konnten sich die Schwestern Martis Bitte schlecht verweigern. Doch Sola sah es nicht gern, wenn die Schwester allein ins Dorf ging, und schüttelte energisch den Kopf. »So viel Zeit müsstest du noch haben, denn seit Messer Giombatti wieder in Sa Vall lebt und seine Vorliebe für frischen Fisch entdeckt hat, brauchen wir weniger Salz!«

Damit hatte sie Marti ein Stichwort geliefert. »Ich wünschte, dieser Halsabschneider würde an den Gräten ersticken! Seit König Peres neuer Statthalter ihn zum Steuereintreiber dieser Gegend ernannt hat, plagt er uns schlimmer als eine ganze Wolke aus Stechmücken. Jeder, der die hohen Steuern nicht bezahlen kann, muss für ihn schuften, um den Rest abzuarbeiten, und dieser Blutsauger rechnet den Leuten für diese Fronarbeit nur den halben Lohn an.« Marti stieß noch ein paar Flüche auf den Genuesen aus, dessen Hand schwer auf den Einwohnern von Sa Vall und der Umgebung lag, und machte eine Geste, als wolle er ihm den Hals umdrehen. Soledad und Miranda nickten unbe-

106

wusst, denn auch ihnen war klar, dass Giombatti die Steuerpacht zwar nicht freiwillig übernommen hatte, aber alles tat, um mithilfe seines neuen Amtes noch reicher zu werden. Dabei sollte er dem Vernehmen nach noch nicht einmal der Schlimmste unter jenen sein, die Felip de Boïf de la Scala, der neue Statthalter von Mallorca, mit dem Eintreiben der Steuern beauftragt hatte. Keiner dieser Männer ließ Gnade walten, denn jedes Silberstück, das sie über den Anteil des Königs hinaus aus den Leuten herauspressen konnten, wanderte in ihre eigenen Truhen.

»Kommt, seid nicht so ungefällig! Will denn keine von euch für mich ins Dorf gehen?«, fragte Marti drängend. Soledad blickte auf den gut gefüllten Korb, in dem die besten Speisefische des heutigen Fangs lagen, und wusste, dass Marti nicht nachgeben würde. Als sie schon seufzend aufstehen wollte, lächelte Miranda Marti freundlich an. »Ich mache es!«

Soledad wusste, was ihre Schwester ins Dorf trieb, denn diese hatte schon mehrmals davon gesprochen, sich das wunderschöne Haus, welches Messer Giombatti sich im Ort hatte erbauen lassen, auch von innen ansehen zu wollen, und sie hielt auch gern ein Schwätzchen mit den Mädchen im Dorf. Es war ein einsames Leben hier am Strand, und die Ältere freute sich darauf, wieder einmal andere Gesichter zu sehen als die ihrer Schwester und der Fischer, die in der kleinen Bucht hausten. Hier gab es kein anderes Mädchen in ihrem Alter, und was Soledad betraf, so erschienen Miranda die zwei Jahre, die sie trennten, oft wie ein halbes Leben. Die kleine Schwester war kratzbürstig, häufig schlecht gelaunt und nie zufrieden mit dem Leben,

107

das sie seit gut vier Jahren führen mussten. Wohl wünschte auch Miranda, an den Hof König Jaumes in Montpellier gelangen zu können, aber sie war zu der Überzeugung gekommen, dass dies eine Hoffnung war, die niemals in Erfüllung gehen würde. Sie waren Fischermädchen geworden und würden wohl einmal sich mit Fischern vermählen. Ihre Kinder würden niemals das Leben von Edelleuten führen, sondern Netze, Boote und die See kennen lernen – und natürlich die Fronarbeit in den Salinen. Bei dieser Vorstellung bäumte sich mit einem Mal auch ihr lange schon unterdrückter Stolz auf, und sie gab ihrer Schwester im Stillen Recht, die den Mörder ihres Vaters als Geschöpf des Teufels bezeichnete. Luzifer selbst hätte es nicht besser gelingen können, den Nachkommen von Königen und edelsten Grafengeschlechtern die Hölle bereits im Diesseits zu bereiten. Schnell schob sie diesen Gedanken beiseite, denn sie wollte sich nicht unnütz das Herz schwer machen.

Mit einem noch leicht gequälten Lächeln hob sie den Korb mit den Fischen auf und setzte ihn sich auf den Kopf, weil er sich auf diese Weise leichter tragen ließ. »Macht es gut!«, rief sie Soledad und Marti zu und ging los. Sie bot einen wunderschönen Anblick in ihrem wadenlangen roten Rock, der weißen Bluse und dem bunten Schultertuch. Schuhe besaß sie schon lange keine mehr, sie ging barfuß wie all die Leute hier.

Marti sah ihr wohlgefällig nach und spürte, wie ihm das Blut in die Lenden strömte. Eine Frau wie Mira zu besitzen war sein Traum. Sie war schöner als alle Mädchen, die er sonst gesehen hatte, und hatte eine ganz besondere Ausstrahlung, die er nicht in Worte fassen konnte. Trotz ihrer

108

freundlichen Art war sie durchaus schlagkräftig, das hatte sie ihm letztens bewiesen, als er versucht hatte, sie ungesehen von den anderen zu küssen. Als Miranda zwischen den Felsen verschwunden war, drehte Marti sich um, streifte Soledad mit einem prüfenden Blick und stutzte. Die jüngere Schwester war zwar schon sechzehn, aber immer noch ein wenig mager. Dennoch begannen auch ihre Formen sich zu runden, und er nahm ihre erwachende Fraulichkeit wahr. Im Gegensatz zu Mira, der er eine gewisse Ehrfurcht entgegenbrachte, fühlte er sich Sola schon durch die zwei Jahre überlegen, die er älter war als sie. Da Mira ihm den Weg ins Dorf erspart hatte, beschloss er, dass ihm noch ein wenig Zeit blieb, und er trat so nahe an Soledad heran, dass seine Hüfte die ihre berührte.

Er kam nicht dazu, die Arme um sie zu legen, denn sie schnellte herum und stieß ihn zurück. »Was soll das? Lass mich in Ruhe!«

»Ich wollte nur ...« Marti ließ den Rest des Satzes unausgesprochen und gab ihr einen Klaps auf das Hinterteil. Im gleichen Augenblick traf ihre Rechte ihn so hart im Gesicht, dass er sich überrascht auf den Hosenboden setzte. Gegen diesen Schlag war Mirandas Ohrfeige beinahe ein Streicheln gewesen.

»Dafür lege ich dich übers Knie!« Er sprang auf und wollte nach Soledad greifen, blickte jedoch auf die Klinge ihres Fischmessers, das drohend auf ihn zeigte.

»Wage es ja nicht, mich anzufassen!«, presste das Mädchen zwischen zusammengebissenen Zähnen heraus.

Miranda hätte er nicht ernst genommen, sondern versucht, ihr das Messer zu entwinden, doch Soledad galt bei

109

den Bewohnern der kleinen Fischersiedlung als nicht ganz normal, und er fürchtete, dass sie tatsächlich zustechen würde. Seine Lust, sie zu verführen, erlosch schlagartig, und er begriff selbst nicht mehr, was ihn getrieben hatte, diesem mageren Ding einen zweiten Blick zu schenken.

»Du bist tatsächlich übergeschnappt!« Mit diesen Worten drehte er sich um und stiefelte mit langen Schritten davon.

Soledad starrte ihm nach und stieß dann das Messer mit einem kräftigen Stoß in die Tischplatte. Dieser Lümmel Marti schien eine Tochter des Grafen von Marranx mit einem der losen Dinger gleichzusetzen, die des Nachts aus den Häusern ihrer Eltern schlichen, um sich in den Olivenhainen mit jungen Burschen zu treffen. Sie kannte zwar keines dieser Mädchen, aber sie hatte die Erzählungen der Männer belauscht, die manchmal nach einem guten Fang draußen am Strand ein Lagerfeuer machten, an langen Stöcken Fische brieten und dabei den Weinbeutel umgehen ließen.

»Mira! Sola! Seid ihr bald fertig?« Die durchdringende Stimme der alten Strella erinnerte Soledad daran, dass es im Leben noch andere Dinge gab, als sich über Marti zu ärgern. Sie packte einen Eimer, eilte zum Strand und füllte ihn mit Meerwasser. Danach kehrte sie zu dem Tisch zurück, an dem sie und ihre Schwester die Fische ausgenommen hatten, und leerte den Eimer mit Schwung darüber aus. Mit einem Schwamm entfernte sie die letzten Fischreste, trug den Tisch dann wieder zu dem Vorbau, unter dem sie bei schlechtem Wetter oder zu großer Hitze den Fang versorgten, und kehrte mit dem Gefühl in die Hütte zurück, dass ihre Schwester sich geschickt all der Arbeit entzogen hatte.

II.

Es fiel Domenèch Decluér schwer, angesichts der fröhlichen Stimmung seines Begleiters gute Laune vorzutäuschen. Gabriel de Colomers war Anfang zwanzig, also ein ganzes Stück jünger als er und so grün hinter den Ohren, wie man in diesem Alter nur sein konnte. Sein Vater Bartomeu war geradezu unverschämt reich und dazu noch einer der engsten Berater König Peres IV. von Katalonien-Aragón.

Der Gedanke an den König verdüsterte Decluérs Gemüt noch mehr. Von den großen Erwartungen, die er nach der Eroberung Mallorcas gehegt hatte, hatte sich so gut wie keine erfüllt. König Pere hatte ihn nicht mit dem Besitz des Grafen von Marranx belehnt und ihm auch keinen gut dotierten Posten bei Hof verliehen, sondern ihm bereits nach einem Jahr die Aufsicht über die Häfen wieder genommen und ihn mit einem armseligen Rittersitz bei Bunyola abgefunden, der weder seinem Ehrgeiz noch seinen Ansprüchen genügte. Auch seine Hoffnung, der alte Graf von Urgell würde ihm, der die Ehre seiner Sippe gerächt hatte, eine Heirat mit einer Witwe oder Jungfrau aus seiner Familie antragen, hatte sich in Rauch aufgelöst.

»Seht Euch das Mädchen da drüben an, Senyor Domenèch. Allein dieser Anblick ist den heutigen Ritt wert!« Gabriel de Colomers' Stimme riss Decluér aus seinem wuterfüllten Grübeln, und er stellte fest, dass sie Sa Vall, den Wohnort Messer Giombattis, erreicht hatten. Vom Strand näherte sich ein junges Mädchen mit einem großen Korb voller Fische auf dem Kopf. Decluér wollte bereits abwinken, denn ihm war jede Hausmagd lieber als ein nach Tran stinkendes Fischweib. Doch dann riss es ihn so stark herum, dass er beinahe den Halt im Sattel verloren hätte. Ihn interessierte nicht, dass das Mädchen so gut proportioniert war, wie die Phantasie eines Mannes es sich nur ausmalen konnte, denn er nahm nur ihr Gesicht wahr. Es war das gleiche Antlitz, das seit mehr als zwanzig Jahren in seinen schlimmsten Albträumen wiederkehrte.

»Núria de Vidaura i Urgell«, murmelte er mit bleichen Lippen.

»Was habt Ihr gesagt?«, fragte Gabriel de Colomers.

Decluér hieb mit der Rechten durch die Luft, als wolle er seine Worte einfangen. »Ich gab Euch nur Recht, Senyor Gabriel. Dieses Mädchen ist wirklich eine Augenweide.«

Miranda hatte unterdessen die Hauptstraße erreicht und streifte die beiden Edelleute mit einem neugierigen Blick. Den Mörder ihres Vaters erkannte sie jedoch nicht, denn sie hatte ihn nur einmal in voller Rüstung und aus weiter Entfernung gesehen. Ihr Interesse galt vielmehr dessen Begleiter, der auf einem herrlichen Apfelschimmel ritt. Der jüngere Edelmann bot in seinem dunkelblauen, mit Silberstickereien verzierten Überrock und den weißen, eng anliegenden Hosen einen prachtvollen Anblick, der von dem modischen kleinen Hut auf dem reich gelockten, braunen Haar ebenso unterstrichen wurde wie von dem Schwert an seiner Seite, das in einer kunstvoll gefertigten Scheide steckte und einen mit Edelsteinen verzierten Griff aufwies. Auch das dunkle Sattelzeug prunkte mit bunten Stickereien und trug dazu bei, dass der junge Edelmann an der Seite des Älteren, düster Gekleideten wie ein prachtvoll funkelnder Specht neben einer Amsel wirkte.

Gabriel de Colomers bemerkte den bewundernden Blick des Mädchens und straffte unwillkürlich die Schultern. »Einen schönen guten Tag wünsche ich dir, du liebliches Kind!«

Miranda senkte erschrocken den Kopf, sah dann aber wie verzaubert zu dem jungen Ritter auf. »Auch ich wünsche Euch einen schönen Tag, edler Herr.«

Beim Klang ihrer Stimme zerrten Decluérs Hände unwillkürlich an den Zügeln, so dass sein Pferd unwillig den Kopf hochwarf. Das ärmlich gekleidete Ding glich nicht nur seiner einstigen Braut, sondern redete auch nicht wie ein einfaches Fischermädchen. Erregt starrte er auf das Wesen hinab. War es möglich? Konnte er tatsächlich eine der Töchter seines toten Feindes vor sich haben? Nach der Einnahme der Burg Marranx hatte er noch fast ein Jahr nach den Mädchen suchen lassen, ohne die geringste Spur von ihnen zu finden. Daher war er schließlich zu der Überzeugung gekommen, dass Guifré Espin seine Töchter getötet und ihre Leiber an einem sicheren Ort vergraben hatte. Doch nun stand eine der Totgeglaubten vor ihm. Er war sich dessen nun so sicher, dass er seinen Landsitz gegen einen stinkenden Fisch verwettet hätte. Während Gabriel de Colomers seinen Hengst zügelte, um an Mirandas Seite zu bleiben und ein wenig mit ihr zu flirten, überschlugen sich Decluérs Gedanken. Pläne und Absichten, die er längst vergessen geglaubt hatte, brachen sich Bahn, und als er sah, dass Miranda zur Rückseite von Messer Giombattis Haus abbog, huschte ein triumphierendes Lächeln über sein Gesicht.

Während Miranda sich dem für Leute niederen Standes bestimmten Hintereingang näherte, stiegen die beiden Ritter vor dem Hauptportal aus den Sätteln. Decluér klatschte auffordernd in die Hände, obwohl bereits einige Knechte herbeieilten, um ihnen die Pferde abzunehmen.

»Entbietet Messer Giombatti unsere Empfehlung!«, forderte Gabriel den Majordomo auf, der seinen Kopf zur Tür herausstreckte, um zu sehen, was für Gäste erschienen waren. Der Mann nickte eifrig, denn das Aussehen des jungen Mannes wies auf einen wohlhabenden Herrn von Stand hin. Bei Decluérs Anblick unterdrückte er ein böses Lächeln, da er wusste, dass dieser sich immer wieder gewisse Summen von seinem Herrn borgte und es mit deren Rückzahlung nicht so genau nahm. Dennoch musste er ihm den Respekt erweisen, den er einem Edelmann schuldig war.

»Seid willkommen, edle Herren! Ich werde meinem Herrn Eure Ankunft sofort melden.« Der Majordomo verbeugte sich und eilte davon.

Die Ritter folgten ihm so gemächlich, dass Gabriel de Colomers Zeit hatte, die Inneneinrichtung zu mustern. Der Boden des Korridors, durch den man sie führte, war mit großen Steinplatten bedeckt, die im Licht, das durch die beiden großen, mehrfach geteilten und beinahe halbrunden Fenster hereinfiel, in hellem Rosa leuchteten. Die Wände waren weiß gekalkt, der gesamte Flur aber unmöbliert. Dafür standen in dem Raum, in den ein Diener sie führte, etliche wuchtige Truhen aus dunklem Holz, eine mächtige Tafel, die nicht zuletzt wegen der bequemen Stühle für Gelage wie geschaffen schien, und ein mannshoher Schrank, dessen Vorderseite man umklappen und als Schreibfläche verwenden konnte. An den Wänden hingen mehrere Heiligengemälde im italienischen Stil, zwischen ihnen prangte ein großes Kruzifix mit einem Christus aus Bronze. Im krassen Gegensatz zu diesen Beweisen inniger Frömmigkeit stand eine Statue der Venus Kallipygos, die von einem aus kleinen Glasplatten zusammengefügten Fenster beleuchtet wurde und den Besuchern neckisch ihr entblößtes Hinterteil entgegenreckte.

Messer Giombatti ließ seinen Gästen nicht viel Zeit, das Zimmer zu bewundern, denn er gesellte sich schon nach wenigen Augenblicken zu ihnen. Im Unterschied zu den Rittern in ihren kurzen Tuniken und Überröcken trug er ein bis zum Boden fallendes Gewand aus feinstem Damast, dessen Kragen und Säume mit kunstvollen Stickereien geschmückt waren. Ein kurz gehaltener Vollbart umrahmte ein schmales, energisches Gesicht mit tief liegenden Augen, die ihr Gegenüber zu durchdringen schienen.

»Seid mir willkommen, meine Herren!« Er begrüßte Gabriel de Colomers als den Höhergestellten mit allerlei weiteren Floskeln und wandte sich dann mit einem feinen Lächeln Decluér zu. Bevor er auch hier einen Schwall sanft klingender katalanischer Worte mit Genueser Akzent anbringen konnte, hob dieser abwehrend die Hand.

»Euer Gruß für Senyor Gabriel mag auch für mich genügen, denn als alte Freunde haben wir es nicht nötig, uns in gezierten Phrasen zu ergehen. Stattdessen hätte ich gern eine Auskunft von Euch. Ich sah eben ein hübsches Fischermädchen in Euer Haus treten und würde gerne mehr über das kleine Ding wissen.«

Der Genuese lachte amüsiert auf. »Seid Ihr deshalb zu mir gekommen, Senyor Domenéch? Wegen eines Fischermädchens?«

»Natürlich nicht! Ich soll Euch eine Botschaft von Senyor Felip de Boïf de la Scala überbringen. Seine Majestät, der König, wünscht, die Steuererträge aus Mallorca um ein Fünftel gesteigert zu sehen!« Mit diesen Worten zog er ein versiegeltes Schreiben hervor und reichte es Giombatti, der es mit verkniffener Miene entgegennahm. Um König Peres Forderung erfüllen zu können, würde der Kaufmann die Menschen in seinem Steuerbezirk noch stärker auspressen oder auf seinen eigenen Anteil verzichten müssen. Letzteres gefiel ihm gar nicht, aber er wusste, dass er nicht mehr viel aus den Leuten würde herausholen können.

Decluér gab seinem Gastgeber nicht die Zeit, sich über den raffgierigen König zu ärgern, sondern zupfte an dem langen Ärmel seines Überrocks. »Könnt Ihr mir sagen, woher das Mädchen stammt?«

»Welches Mädchen? Ach so, die Fischerin!« Giombatti verzog unwillig das Gesicht, wollte seinen Gast jedoch nicht ohne Antwort lassen. Daher flüchtete er sich in ein unnatürlich heiter klingendes Gelächter und drohte dem Ritter mit scherzhaft erhobenem Zeigefinger. »Diese Kleine hat Euer Blut ja gewaltig erhitzt. Auf welches von den vielen Dorfmädchen mögt Ihr Euer Auge wohl geworfen haben? Wenn Ihr gestattet, lasse ich die Köchin rufen, die das Weibervolk kennen müsste.«

»Tut das!«, befahl Decluér ihm schroff.

Giombatti wies den wartenden Diener an, die Köchin zu holen, nahm dann einen der drei Pokale, die ein anderer

Bediensteter mit funkelndem Wein gefüllt hatte, und trat neben die Statue der rückseitig entblößten Venus.

»Mir ist solch eine Schönheit aus Marmor lieber als ein Fischermädchen mit Schuppen an den Händen.«

Decluér winkte ärgerlich ab und starrte auf die Tür, durch die der Diener verschwunden war. Gabriel de Colomers aber trat neugierig auf die Statue zu und betrachtete staunend deren naturgetreu geformte Hüften.

Giombatti klopfte der Venus auf die Hinterbacken und zwinkerte dem jungen Mann zu. »Wer so etwas Schönes sieht, fühlt sich sogleich als Hengst und vermag sich sogar bei einer hässlichen Frau als Mann zu erweisen.«

Der Genuese sprach aus Erfahrung, denn um des lieben Geldes willen hatte er die knochige Tochter eines heimatlichen Kaufherrn geheiratet. Seit er die Statue besaß und seine Hand über ihre harmonischen Formen gleiten lassen konnte, war er in der Lage, seiner Giudetta die Aufmerksamkeit im Ehebett zukommen zu lassen, die sie zufrieden stellte.

»Ein Bauer hat diese Venus vor ein paar Jahren bei einigen Ruinen entdeckt, die als Steinbruch verwendet werden, und wollte sie im Zorn über die schamlose Pose zerschlagen. Zu meinem Glück aber war er mit seinen Steuern im Verzug und hat sie daher mir gezeigt und mich um eine kleine Belohnung gebeten.« Der Genuese lächelte sanft, denn er freute sich immer noch daran, dass er diese herrliche Statue für den Gegenwert eines halben Sacks Korn erworben hatte. Seit die Figur hier stand, betrat seine Frau den Raum zwar nicht mehr, doch ihm reichte es, wenn sie wie ein gut aufgetragenes Mahl im Bett für ihn bereitlag.

117

Diese Dinge behielt er jedoch für sich. Stattdessen begann er, Gabriel de Colomers einen Vortrag über Kunst im Allgemeinen zu halten, und gab dabei seiner Ansicht Ausdruck, dass Italien und vor allem seiner Heimat Genua die Krone gebührte.

Der junge Ritter hielt einige Male dagegen, denn für ihn war Katalonien der Gipfel der Welt und auch der schönen Künste, und er wollte es nicht hinter ein anderes Land zurückgestellt sehen.

Während die beiden einen halb ernsten und halb spaßhaften Streit ausfochten, trat die Köchin ein. Sie war eine kleine, rundliche Frau, die ihrem entsetzten Blick nach nicht gewohnt war, in das Allerheiligste ihres Herrn gerufen zu werden. Noch während sie überlegte, ob sie ihn durch die misslungene Zubereitung einer Speise erzürnt hatte, stach Domenèch Decluér wie ein Raubvogel auf sie zu.

»Wer ist das Mädchen, das dir eben die Fische gebracht hat?«

Mit dieser Frage verwirrte er die Köchin noch mehr, auch wenn sich Erleichterung auf ihrem Gesicht abzeichnete. Es ging hier nicht um sie und die Mahlzeiten, die sie zubereitete, und dafür dankte sie Gott und der Heiligen Jungfrau. »Das Mädchen heißt Mira und ist eine der Nichten des Fischers Pepe, dessen Hütte ein Stück außerhalb des Dorfes am Meer liegt.«

Sie ist also doch nur ein gewöhnliches Ding, dachte Decluér, doch dann schüttelte er den Kopf. Das konnte einfach nicht sein, denn diese Mira war der toten Núria de Vidaura wie aus dem Gesicht geschnitten. »Wie alt ist das Mädchen?«

Die Köchin sann kurz nach und rieb sich dabei über die Nase. »Sie soll vierzehn gewesen sein, als ihr Vater Antoni sie vor vier Jahren mitbrachte, also müsste sie jetzt achtzehn Jahre alt sein.«

Die Zeit stimmte. Decluér spürte, wie es ihn heiß und kalt überlief. Sollte ihm nach all den Jahren der Demütigung und der unvollendeten Rache nun doch noch Genugtuung zuteil werden? Er ballte die Fäuste im Gefühl des bevorstehenden Triumphs. Die Köchin glaubte, er wolle sie schlagen, und wich mit einem leisen Aufschrei zurück. Decluér packte sie jedoch an der Schulter und bohrte die Finger in ihr Fleisch. »Wo ist das Mädchen jetzt?«

Die Frau stöhnte schmerzerfüllt auf. »Sie wartet in der Küche auf mich!«

»Führe mich zu ihr!« Der Ritter gab ihr einen Stoß, so dass sie auf die Tür zustolperte, die ein Bediensteter sofort öffnete. Die Köchin lief hinaus und hastete den Flur entlang, bis sie die Küche erreichte. Decluér, der dicht hinter ihr geblieben war, warf einen Blick durch die geöffnete Tür und sah Miranda mit einer Magd plaudern. Zitternd vor Erregung trat er ein und ging auf sie zu.

»Du gefällst mir, Fischermädchen! Ich werde dich behalten.« Dabei drängte er sie in eine Ecke, um ihr jede Möglichkeit zur Flucht zu nehmen.

Miranda starrte ihn entsetzt an und überlegte verzweifelt, was sie tun konnte. Der Mann machte ihr Angst, und sie ahnte, dass er sie, wenn sie ihm nicht entkommen konnte, zu seiner Hure machen würde. In diesem Augenblick wünschte sie sich die wilde Entschlossenheit, die sie so oft an ihrer Schwester kritisiert hatte. Soledad würde dem Kerl mit den Fingernägeln ins Gesicht fahren und ihm eher die Augen auskratzen, als sich ihm zu unterwerfen. Sie hingegen musste sich aufs Bitten verlegen. »Lasst mich gehen, Herr! Ich bin doch nur ein armes Fischermädchen. Was bringt es Euch, mich zu demütigen?«

Decluér lachte spöttisch auf. »Ich glaube nicht, dass es eine Demütigung ist, wenn ein Edelmann wie ich deinesgleichen als Beischläferin in sein Haus holt. Die meisten Mädchen wären stolz darauf, mir diesen Dienst erweisen zu dürfen, und ich schwöre dir, in ein paar Tagen wirst du es ebenfalls sein.«

»Niemals!« Miranda versuchte, ihn zu täuschen und an ihm vorbeizuschlüpfen.

Decluér packte sie jedoch und riss sie an sich. Sie war kräftiger, als er angenommen hatte, Angst und Wut ließen sie zur Furie werden. Ihre Fingernägel fuhren durch sein Gesicht und hinterließen blutige Spuren. Gleichzeitig warf sie sich herum und stieß mit den Knien dorthin, wo es einem Mann nach Martis Worten am meisten wehtun sollte. Zwar traf sie nur seinen Oberschenkel, aber dennoch stöhnte der Ritter vor Schmerz auf.

Decluér begriff, dass er auf die Weise nicht mit Miranda fertig werden würde, und ließ sie für einen Augenblick los. Bevor das Mädchen ihm jedoch entschlüpfen konnte, zog er seinen Dolch und schlug Miranda mit dem Knauf nieder. Sie sackte mit einem wimmernden Laut zusammen und blieb auf dem Küchenboden liegen. Decluér trat schwer atmend einen Schritt zurück, fasste mit der Linken an sein Gesicht, das wie Feuer brannte, und starrte angeekelt auf das Blut an seinen Fingern.

120

»So eine verfluchte Wildkatze!«, schimpfte er und wandte sich dann an die Köchin. »Bringe mir ein sauberes Tuch und Salbe, und dann besorgst du mir ein paar Stricke, damit ich dieses Biest bändigen kann.«

»Was wollt Ihr mit Mira tun?«, fragte die Köchin erschrocken.

»Was man mit ihresgleichen gewöhnlich macht«, antwortete der Ritter und bewegte anzüglich das Becken vor und zurück.

»Heilige Maria Mutter Gottes!« Die Köchin schlug das Kreuz, eilte aber ohne Widerspruch davon, um das Verlangte zu holen. Decluér blickte auf das bewusstlose Mädchen herab und kämpfte mit dem Wunsch, es auf der Stelle zu nehmen. Nur der Gedanke, dass ihre Ohnmacht ihn des Reizes seiner Rache berauben würde, ließ ihn davon absehen. Kurz darauf erschien die Köchin und versorgte die Kratzer in seinem Gesicht.

»Mira hat Euch ganz schön gezeichnet. Ihr werdet wohl eine kleine Narbe zurückbehalten.« Die Frau versuchte gar nicht erst, ihre Genugtuung zu verbergen.

Decluér war jedoch zu gut gelaunt, um sich darüber zu ärgern. »Es war der schönste Kampf meines Lebens und der, der mir die beste Beute eingebracht hat. Heute Nacht wird sie unter mir stöhnen und mich ihren Herrn und Meister nennen.«

»Ihr seid ein Schurke, Senyor Domenèch!« Gabriel de Colomers' Stimme hallte wie ein Peitschenhieb durch den Raum. Messer Giombatti und der jüngere Ritter hatten nach Decluér gesucht, und nun musste Gabriel sehen, wie sein Begleiter sich hämisch grinsend über das bewusstlose

Mädchen beugte, mit dem er selbst harmlos getändelt hatte.

Voller Zorn fuhr Decluér auf. »Haltet Eure Nase von Dingen fern, die Euch nichts angehen, junger Hund!«

Diese Beleidigung war zu viel für das leicht entflammbare Gemüt des Jüngeren. Er zog blank und forderte Decluér unmissverständlich auf, es ihm gleichzutun. Für einen Augenblick sah es so aus, als würden die beiden Männer, die diesen Ritt nicht gerade als Freunde, aber doch als gute Reisegefährten begonnen hatten, in einer Küche auf Leben und Tod kämpfen wollen. Giombatti griff sich vor Schreck an die Kehle, denn wenn einem der beiden Edelleute in seinem Haus etwas zustieß, würde er es büßen müssen. Daher trat er ungeachtet der scharfen Waffen mit beschwichtigend erhobenen Händen zwischen die beiden Männer. »Senyores, nehmt Vernunft an! Kein Fischermädchen der Welt ist es wert, dass sich zwei edle Herren um ihretwillen erschlagen.«

Decluér erkannte mit Schrecken, dass er kurz davor stand, sich die Sippe der Colomers zum Feind zu machen, und lenkte ein. »Messer Giombatti hat Recht, Senyor Gabriel. Ein Fischermädchen ist wirklich keinen Streit wert.«

Gabriel warf einen raschen Blick auf Miranda, deren Gesicht ihm in ihrer Bewusstlosigkeit lieblicher denn je erschien. »Ihr lasst sie also gehen?«

»Das habe ich nicht gesagt. Ich werde das Mädchen mitnehmen und zu meiner Gespielin machen. Daran könnt Ihr mich nicht hindern. Ich will Euch nur ihretwegen nicht erschlagen müssen.« Decluér versuchte zu lachen und griff nach den Stricken, um Mirandas Hände zu fesseln.

Gabriel sah ihm zu und kämpfte dabei gegen den

Wunsch an, dem Mann das Schwert in den Rücken zu bohren. Da ein solches Tun jedoch eines Ritters unwürdig war, stieß er die Spitze seiner Klinge so hart auf den Fußboden, dass sie klirrte, und blickte den anderen zornig an. »Dann muss ich darauf bestehen, dass Ihr ein Schurke seid, Decluér!«

»Das ist mehr oder weniger jeder Mann, Senyor Gabriel. Selbst Ihr seid es jetzt, weil Ihr mir meine Beute streitig machen wollt.« Decluér versuchte, die Angelegenheit in einem gekünstelt freundschaftlich klingenden Ton zu regeln, doch in diesem Augenblick erwachte Miranda aus ihrer Bewusstlosigkeit, spürte die Fesseln und Decluérs raue Hände, die ihr eben die Beine zusammenschnürten, und begann zu schreien.

Ihre Stimme fraß sich wie Feuer in Gabriels Kopf und weckte in ihm den Wunsch, das Mädchen aus Decluérs Händen reißen. Mühsam beherrschte er sich. »Wenn Ihr sie mitnehmen wollt, werdet Ihr vorher mit mir kämpfen müssen, Herr Ritter. Außerdem sind hier Worte gefallen, die ich nicht verzeihen kann.«

Mirandas ebenso hoffnungsvoller wie dankbarer Blick belohnte ihn für seine Worte und ließ ihn um eine Handbreit wachsen.

Decluér zog scheinbar ganz ruhig den Knoten zu, der den Strick um Mirandas Knöchel festhielt, und stand auf. »Wenn Ihr unbedingt Euer Blut vergießen lassen wollt, soll es mir recht sein, junger Hund.«

Giombatti schnaufte verärgert, wusste aber, dass er vorsichtig sein musste, um nicht selbst ein Opfer des Zorns dieser Männer zu werden. »Meine Herren, wenn Ihr Euch unbedingt schlagen wollt, kann ich Euch nicht hindern.

123

Aber meine Küche ist doch wohl nicht der rechte Ort für einen Zweikampf zwischen Edelleuten!« »Ihr habt Recht, Messer Giombatti. Ein solcher Kampf sollte nicht in der Erregung des Augenblicks erfolgen, sondern nach gründlicher Vorbereitung.« Decluér war dem Kaufmann für sein Dazwischentreten dankbar, auch wenn seine Miene nichts davon verriet. Gab der Genuese ihm doch die Chance, Gabriel für seine Unverschämtheit zu demütigen, ohne sich dessen Rache oder gar der seines Vaters aussetzen zu müssen.

Er zwang sich zu einem Lächeln und wies auf Miranda. »Ihr werdet zugeben müssen, Senyor Gabriel, dass dieses Mädchen meine Gefangene ist. Wenn Ihr sie haben wollt, geht es nicht ohne Kampf. Allerdings sehe ich nicht ein, weshalb ich Euren alten Vater durch Euren Tod betrüben sollte. So viel ist die kleine Dirne doch nicht wert.«

Gabriel de Colomers blieb auf der Hut. »Wenn das Mädchen Euch keinen Kampf wert ist, dann lasst es frei!«

Decluér winkte lachend ab. »Ich habe nicht gesagt, dass sie mir keinen Kampf wert ist, doch sehe ich nicht ein, warum wir uns um sie schlagen sollen wie Raufbolde in einer Schenke. Wenn Euch nach diesem Stück Weiberfleisch gelüstet, dann fordert mich zu einem Wettkampf heraus, wie es sich zwischen Edelleuten geziemt.«

Damit hatte er Gabriel in die Enge getrieben, denn es war bekannt, dass Decluér in den meisten ritterlichen Spielen, in denen die Adeligen sich maßen, ein Meister war. Gabriel hingegen hatte kaum Erfahrung und ihm höchstens die Gelenkigkeit seiner Jugend voraus. Decluér lächelte siegesgewiss, um seinen Gegner noch mehr in Rage zu bringen.

Das stachelte Gabriel an, und er zögerte nun nicht mehr, auf die Herausforderung einzugehen. »Es gilt, Senyor Domenèch! Ich fordere die Beute, die Ihr gemacht zu haben glaubt, für mich.«

Decluérs Augen blitzten vor Vergnügen. Nun musste der Wettstreit vor genügend ritterlichen Zeugen stattfinden, um Gabriel seine Grenzen aufzuzeigen. Ein Genueser Kaufherr, so reich er auch sein mochte, war nicht standesgemäß genug. »Wir wollten doch morgen zu Senyor Bernat de Rosón weiterreiten, um uns dort mit unseren Freunden zur Jagd zu treffen. Wenn unser ehrenwerter Gastgeber, Messer Giombatti, nichts dagegen hat, sollten wir unseren Weg auf der Stelle fortsetzen und das gesellige Beisammensein durch unser Wettspiel würzen.«

»Ich habe gewiss nichts dagegen!« Giombatti hatte Mühe, eine Bewegung zu vermeiden, mit der man lästiges Getier verscheuchte. Der Brief des Vizekönigs steckte schon in der Truhe mit den wichtigsten Papieren, und da er mit Gabriel de Colomers ein paar nette Worte getauscht hatte, würde er sich später auf dessen Bekanntschaft berufen können. Nun galt es, sich unbeschadet aus dem Streit zwischen dem jungen Heißsporn und Decluér zurückzuziehen. Derlei Dinge brachten nur Ärger mit sich und keinerlei Gewinn. Er vermied es daher, die Herren zum Essen einzuladen, wie die Sitte es erfordert hätte, sondern befahl zwei seiner Knechte, die gefesselte Miranda ins Freie zu bringen und auf Decluérs Pferd zu legen.

Als dieser aufstieg, mit der Rechten die Taille des Mädchens umfasste und es herausfordernd an sich zog, knirschte Gabriel de Colomers mit den Zähnen. Im Augenblick

konnte er nur hilflos zusehen, aber er schwor sich, alles zu
tun, um diese Schönheit Decluérs Händen zu entreißen,
bevor dieser sie benutzen konnte wie eine beliebige Hure.
Wütend schwang er sich in den Sattel seines Hengstes Alhuzar
und trabte an.

Kaum waren die beiden Ritter außer Sicht, schlug die
Köchin erneut das Kreuz und rannte so schnell, wie ihre
kurzen Beine es erlaubten, zu den Fischerhütten.

III.

Decluér legte ein so scharfes Tempo vor, dass Miranda, die
er seitlich vor sich gesetzt hatte, hilflos auf und ab geworfen
wurde. Mit einem höhnischen Blick auf seinen jungen
Konkurrenten zog er sie schließlich so an sich, dass ihre
Brust sich an der seinen rieb. Sie wand sich jedoch wie ein
Aal, um seiner Nähe zu entkommen, und rutschte dabei
beinahe vom Pferd. Decluér ließ die Zügel fahren, hielt sie
fluchend fest und legte sie nun bäuchlings vor den Sattel
auf die Kruppe des Pferdes. Da das Mädchen nun jeden
Schritt des Tieres in seinem Magen spüren musste, erwartete er über kurz oder lang ihre flehentliche Bitte, sie wieder
richtig aufs Pferd zu setzen.

Miranda biss jedoch die Zähne zusammen und schwor
sich unter Tränen, keine Schwäche zu zeigen. Innerlich zitterte sie bis in jede Faser ihres Körpers vor Angst, denn sie
hatte bei dem scharfen Zwiegespräch der beiden Ritter
den Namen ihres Entführers vernommen. Ausgerechnet
Domenèch Decluér, dem Mörder ihres Vaters, hatte sie in

die Hände fallen müssen. Sie versuchte, sich daran zu erinnern, ob sie Gott, die Heilige Jungfrau oder das Jesuskind beleidigt haben konnte, weil sie derart gestraft wurde, doch außer den kleinen Auseinandersetzungen mit der nörgelnden Strella und ihrer ständig aufbegehrenden Schwester fiel ihr keine Sünde ein. Sie konnte sich nur allzu gut vorstellen, was sie bei Decluér erwarten würde, und begriff, dass sie nun das nachholen musste, was ihr Vater nicht fertig gebracht hatte – nämlich sich den Tod geben. Alles in ihr bäumte sich gegen diesen Gedanken auf, und sie fragte sich, ob sie abwarten sollte, bis der Zweikampf entschieden war, bevor sie Hand an sich legte. Bei Decluérs Begleiter konnte sie zumindest hoffen, er werde sie nicht gegen ihren Willen nehmen und in Schande stürzen.

Verwirrt über die Tatsache, dass sie diesen Senyor Gabriel sympathisch fand, verschloss sie sich wie eine Auster und wiederholte ein über das andere Mal, dass alle Männer Tiere waren, die nichts anderes im Sinn hatten, als ein Mädchen um seine Tugend zu bringen. Auch Marti hatte sie immer wieder gedrängt, des Nachts mit ihm in dem Olivenhain oberhalb der Bucht zu verschwinden, und der einzige Unterschied zwischen Joseps Sohn und Decluér war die Tatsache, dass der Ritter kein Nein gelten lassen würde. Dieser Gabriel mochte nicht anders sein, aber vielleicht würde er sich als echter Edelmann erweisen und sie nach seinem Sieg über Decluér in allen Ehren zu ihrer Schwester und Antoni zurückbringen. Bei dem Gedanken an Soledad verwünschte sie sich wegen der Sorgen, die diese sich ihretwegen machen würde. Gleichzeitig begriff sie, dass ihre kleine Schwester ebenfalls in höchster Gefahr schwebte.

Decluér wusste, dass ihrem Vater zwei Töchter geboren worden waren, und er würde alles daransetzen, auch Soledad in die Hände zu bekommen.

Als Decluérs Pferd plötzlich einen Galoppsprung machte und sie hart auf den Sattelknauf stieß, stöhnte sie vor Schreck und Schmerz auf und flehte dann stumm alle Heiligen im Himmel an, sich ihr und ihrer Schwester zu erbarmen.

Decluér weidete sich an den Tränen, die vom Gesicht seiner Gefangenen tropften, und sagte sich, dass sie ihn schon bald um Gnade anflehen und wenig später zu allem bereit sein würde, was er von ihr forderte. Vorher aber musste er noch diesen Gimpel, der mit versteinertem Gesicht neben ihm ritt, auf die richtige Größe zurechtstutzen.

Gabriel fuhr bei Mirandas Stöhnen wütend auf. »Wenn Ihr Euren Gaul nicht in der Hand habt, dann reicht mir das Mädchen herüber. So kommt es ja noch zu Schaden!«

Decluér wollte ihm eine scharfe Antwort geben, warf dann aber einen Blick auf das Pferd seines jungen Begleiters und bog seine Lippen zu einem höhnischen Lachen. »Gemach, junger Hund! Noch ist diese Metze mein Eigentum, und ich kann mit ihr machen, was ich will. Würde ich jetzt anhalten und sie unter jenen Mandelbäumen dort benutzen, könntet Ihr zwar jaulen, aber das Beißen müsstet Ihr sein lassen. Vielleicht sollte ich es tun, denn dann würde Euer Interesse an der kleinen Hure wohl abnehmen.«

Decluér ließ sein Pferd langsamer werden und packte das gefesselte Mädchen, als wolle er es zur Erde gleiten lassen. Miranda schrie entsetzt auf. Im gleichen Moment hörte Decluér das schabende Geräusch, mit dem Gabriels Schwert aus der Scheide glitt, blickte auf und sah in den Augen des Jüngeren den Willen, ihn wie einen tollen Hund zu erschlagen, sollte er versuchen, dem Mädchen vor dem Zweikampf Gewalt anzutun. Für einen Augenblick bekam er es mit der Angst zu tun, denn sein Begleiter schien tatsächlich bereit zu sein, wegen einer Fischerdirne einen Mord an einem Standesgenossen zu begehen. Im ersten Schreck stieß Decluér seinem Pferd die Sporen in die Weichen, bis es in Galopp fiel, um Abstand zu Gabriel de Colomers und dessen Klinge zu gewinnen. Dabei nahm er keine Rücksicht darauf, dass seine menschliche Beute bei jedem Sprung des Tieres gegen das Sattelhorn geschleudert wurde.

Der junge Ritter beruhigte sich sofort wieder, als er sah, dass das Mädchen nicht mehr unmittelbar gefährdet war, stieß das Schwert zurück in die Scheide und trieb seinen Apfelschimmel mit einem Zungenschnalzen an. Mit einer Leichtigkeit, die Decluér erbitterte, schloss der Hengst zu seinem Braunen auf.

Nach einer Weile passierten sie das Örtchen Son Marranet und bogen nach links auf den Pfad ab, der zum Gutshof des Herrn de Rosón führte. Kurz darauf tauchte ein festungsähnliches Anwesen mit Schießschartenfenstern und flachen Dächern vor ihnen auf. Gabriel sprengte durch das offen stehende Tor, das die mannshohe Umfassungsmauer des Gutshofes unterbrach, und hielt vor dem von Dattelpalmen beschatteten Hauptgebäude an.

Der Majordomo eilte ihnen entgegen, sichtlich verwirrt, weil er diese Gäste erst am nächsten Vormittag erwartet hatte. Als er das gefesselte Mädchen sah, das Decluér vor sich liegen hatte, schüttelte er kaum merklich den Kopf.

Ihm stand kein Urteil über das Tun eines Ritters zu. Edelleute durften sich Dinge erlauben, für die ein einfacher Mann wie er sich schwere Strafen einhandeln würde. Ein Mädchen für eine Nacht vom Feld weg zu fangen zählte bei den hohen Herren als harmloser Scherz, und ein Fischermädchen wie diese Kleine galt noch weniger als eine Bauernmagd.

»Senyores, ich freue mich, Euch im Namen meines Herrn begrüßen zu können!« Der Majordomo verneigte sich und winkte einige Knechte herbei, die in der Nähe herumlungerten und sich nun erst bequemten, die Pferde der Gäste in Empfang zu nehmen.

Derjenige, der auf Gabriels Apfelschimmel zutrat, pfiff anerkennend durch die Zähne. »Ein schöner Hengst, Senyor! Ein echter Andalusier, nicht wahr?«

Gabriel vergaß für einen Augenblick seinen Streit mit Decluér und klopfte dem Mann mit einem stolzen Lächeln auf die Schulter. »Du irrst dich nicht, mein Guter. Der Hengst stammt aus bester andalusischer Zucht. Er ist ein Geschenk meines Vaters zu meiner Volljährigkeit und dem Ritterschlag durch Senyor Rei Pere von Katalonien-Aragón.«

»Euer Vater muss ein sehr hoher Herr sein, wenn er sich so einen herrlichen Hengst leisten kann.« Der Knecht verdiente in seinem ganzen Leben nicht so viel, wie das Futter für ein solches Rassepferd kostete, aber es lag kein Neid in seiner Stimme. Gott hatte Gabriel eben als Sohn eines hochrangigen und wohl auch einflussreichen Mannes zur Welt kommen lassen und ihn als einfachen Stallknecht. Dieser Standesunterschied blieb für alle Ewigkeiten festge-

130

schrieben. Aber den Worten des Priesters zufolge würde sein Herr ihn im jenseitigen Leben nicht mehr mit der Peitsche züchtigen, sondern an sein Herz drücken und ihn seinen vertrauten Bruder nennen.

Nachdem die Knechte die Pferde in den Stall gebracht hatten, richteten sich die Augen der drei Männer auf Miranda, die wie ein gefangenes Tier im Staub lag. Der Majordomo überlegte kurz, ob er die beiden Ritter auf das Mädchen ansprechen sollte, aber er fürchtete, dass er sich damit Ärger einhandeln würde, und deutete auf die Tür des Hauses, die aus Steineichenbohlen bestand und sogar einem Rammbock widerstanden hätte.

»Wenn die Senyores mir bitte folgen wollen.«

Decluér wollte sich schon bücken, um Miranda aufzuheben, aber dann begriff er, dass es seiner Würde abträglich war, sich wie ein Lastenträger zu benehmen, und wandte sich an den Majordomo. »He, Mann, ruf mir zwei Diener, die das Mädchen ins Haus bringen.«

Gabriel wirbelte herum. »Aber nicht in die Kammer, in der Ihr selbst schlafen werdet!«

Der Majordomo zuckte unter dem harschen Tonfall zusammen und verneigte sich, um seine Dienstbeflissenheit zu unterstreichen. Offensichtlich waren die beiden Herren sich nicht einig, wer die Kleine als Erster benutzen durfte, und da er nicht in den Streit hineingezogen werden wollte, rannte er ins Haus, um seinen Herrn von den unerwarteten Schwierigkeiten zu unterrichten.

Gabriel und Decluér blickten verblüfft auf die sich schließende Tür, doch ehe einer von ihnen eine Bewegung machen konnte, klang ein Gewirr lauter Stimmen im Haus auf. Im

131

nächsten Moment quoll eine Gruppe Männer wie eine Rotte Straßenkinder ins Freie, jeder bemüht, dem anderen zuvorzukommen, um als Erster zu sehen, was sich da draußen zusammenbraute. Es handelte sich ausnahmslos um Edelleute, von jungen Männern in Gabriels Alter bis hin zu graubärtigen Herren. Sie alle waren gediegen, aber nicht besonders prunkvoll gekleidet, weil sie sich nicht zu einem Fest, sondern zu einer Jagd und dem dazugehörenden Umtrunk zusammengefunden hatten. Beim Anblick der beiden Neuankömmlinge, die sich feindselig beäugten, begriff auch der Letzte von ihnen, dass ihnen ein weitaus größerer Spaß geboten werden würde als die Beizjagd auf Kaninchen.

Bernat de Rosón, der Gastgeber, runzelte als Einziger besorgt die Stirn. Sein Alter war schwer zu schätzen, er war wohl einige Jahre älter als Gabriel, aber mindestens ebenso viele jünger als Decluér. Wie es die Mode forderte, trug er ein hautenges, blaues Wams, das seine kurzbeinige, verfettete Gestalt betonte und ihn ein wenig lächerlich erscheinen ließ. Er war ein Mallorquiner katalanischer Abkunft, dessen Ahnen bereits mit Jaume el Conqueridor auf die Insel gekommen waren, und gehörte zu jenen, die sich vor vier Jahren rechtzeitig auf die Seite des Siegers geschlagen hatten. Um seinen Einfluss und damit auch seinen Stand zu behalten, lag ihm viel an der Freundschaft mit den Edelleuten, die Rei Pere aus Katalonien und Aragón auf die Insel geschickt hatte. Daher setzte er eine fröhliche Miene auf und begrüßte Decluér und Gabriel de Colomers so überschwänglich, als wären sie alte Bekannte.

»Willkommen, willkommen, meine Freunde! Ich freue mich, dass Ihr uns bereits heute mit Eurer Anwesenheit beglückt. Kommt, tretet ein! Feuriger Wein harrt unser, und es gibt sicher viel zu erzählen.« Dabei streifte sein neugieriger Blick Miranda, die dem Geschehen mit der Miene eines Menschen folgte, der sich in einem Albtraum gefangen wähnt.

Decluér deutete eine höfliche Verbeugung an. »Wir folgen Euch gerne zu Wein und Mahl, Senyor Bernat. Bitte gebt vorher noch den Befehl, dieses Mädchen einzusperren.«

»Aber so, dass niemand zu ihr gelangen kann! Auch Decluér nicht.« Gabriels scharfe Worte reizten das Interesse der Edelleute.

Einer beugte sich neugierig über die Gefangene. »Da habt Ihr ja ein selten schönes Vöglein oder, besser gesagt, ein niedliches Fischlein gefangen.«

»Die Kleine ist mir heute Morgen über den Weg gelaufen, und ich fand sie als Bettmagd geeignet. Unser kleiner Kampfhahn hier will mir jedoch die Beute streitig machen.« Decluérs Worte sollten fröhlich klingen, trieften aber vor Gift.

Einige lachten auf, andere schüttelten wissend den Kopf, und einer der Älteren trat zu Gabriel. »Mein lieber Junge, es gibt viele schöne Mädchen auf dieser Insel, und zwischen den Schenkeln sind sie alle gleich. Ihr braucht Euch wirklich nicht mit unserem guten alten Decluér um diese Kleine zu streiten. Wendet Euch an unseren Freund Senyor Bernat. Er wird Euch sicher eine hübsche Magd für die heutige Nacht zur Verfügung stellen.«

»Das werde ich nicht tun!«, rief de Rosón, der einige Gesichter um sich herum erwartungsvoll aufglänzen sah.

»Gäbe ich einem von euch eine Magd für die Nacht, würden die anderen das gleiche Recht für sich fordern, und so viele hübsche Frauen gibt es nicht auf meinem Besitz.«

»Du willst sie nur nicht mit uns teilen.« Der trockene Kommentar eines jüngeren Mannes brachte die Anwesenden zum Lachen.

Auch Decluér fiel in das Gelächter ein, aber nicht wegen dieser Bemerkung, sondern weil er es an der Zeit fand, die Schlinge um den Hals seines jungen Begleiters zuzuziehen. »Unser Freund Gabriel hat mich bereits zu einem Wettstreit um die Schöne aufgefordert. Als Edelmann kann ich mich diesem nicht verweigern.«

»Das könnt Ihr wirklich nicht!« Der Gastgeber nickte eifrig, denn die Aussicht auf einen Wettstreit würde seine Gäste von ihrem Wunsch nach Frauen ablenken.

Domenèch Decluér wandte sich mit einem herablassenden Lächeln an Gabriel. »Steht Ihr noch zu Eurem Wort, mein Freund?« Der junge Ritter warf einen kurzen Blick auf Miranda, die ihm in ihrer Verzweiflung noch schöner erschien, und nickte mit zusammengepressten Lippen. »Aber ja!«

»Dann soll es sein! Auch wenn mich die eine Nacht schmerzt, die ich auf das Mädchen warten muss, so schlage ich vor, dass wir unseren Wettstreit auf morgen verlegen. Es ist schon spät, und wir sind von dem Genuesen fortgeritten, ohne zum Mahl geladen worden zu sein.«

»So ein Geizhals!«, schimpfte jemand.

Decluér freute es, seinen Gläubiger angeschwärzt zu haben, und fuhr gut gelaunt fort, Gabriel dorthin zu bringen, wo er ihn haben wollte. »Wollen wir den Einsatz für den Wettkampf festlegen, Senyores? Ich setze das Mädchen ein, gebe mich aber nicht mit ein paar Rals d'or oder einem goldenen Ring zufrieden.«

Die anderen nickten zustimmend, denn das Mädchen war schön und unzweifelhaft Decluérs Besitz. Außerdem gehörte dieser schon seit längerem zu ihrem Kreis, während der junge Katalane erst vor kurzem auf die Insel gekommen und den meisten von ihnen noch fremd war.

»Wenn Senyor Gabriel unbedingt um dieses Mädchen kämpfen will, muss er einen angemessenen Einsatz bieten«, erklärte der Älteste der Anwesenden.

Gabriel de Colomers' Miene verriet, dass er sich in seiner Ehre gekränkt fühlte. »Ich bin bereit, jeden Einsatz zu gewähren!«

Decluérs Lächeln wurde zu einem breiten Grinsen. »Dieses Wort ist eines Edelmanns würdig, Senyor. Nun, so vernehmt meine Forderung: Ihr setzt als Gegenwert für dieses Mädchen Euren Hengst!«

Diejenigen, die den Andalusier schon gesehen hatten, stöhnten auf und teilten den anderen mit, um welch ein kostbares Tier es sich handelte. Gabriel aber stand so bleich wie frisch gefallener Schnee vor der tuschelnden Gruppe und rang sichtlich um Fassung. Alhuzar war mehr wert als die schönste maurische Sklavin, und unter den Anwesenden gab es etliche, die mehrere Dörfer gegen das Tier eingetauscht und dies für ein gutes Geschäft gehalten hätten. Den Hengst als Gegenwert für ein Fischermädchen zu verlangen, das man unterwegs aufgelesen hatte, war eine Unverschämtheit, aber Gabriel konnte nicht mehr zurück, denn er stand vor vielen Zeugen im Wort. Nun warteten alle gespannt auf seine Reaktion.

135

Gabriel holte tief Luft. Wenn er Decluérs Forderung als unehrenhaft ablehnte, würde er sich übler Nachrede aussetzen und zum Gespött des gesamten katalanischen Adels werden. Da war es wohl besser, als Tollkopf zu gelten, der einen wertvollen Hengst im ritterlichen Wettstreit verloren hatte. Unentschlossen starrte er Miranda an und las auf ihrem Gesicht einen Schrecken, als habe sie in die Feuer der Hölle geblickt. Es war erstaunlich, wie sehr das Mädchen sich vor Decluér ängstigte, obwohl er ihr nicht mehr antun konnte als jeder beliebige andere Edelmann auch. Sie aber schien den Gottseibeiuns selbst in ihm zu sehen und das Schicksal, das dieser ihr bereiten wollte, mehr zu fürchten als die Feuer der Hölle. Da wurde ihm bewusst, dass es schon aus diesem Grund kein Zurück mehr für ihn gab.

Mit einer gezierten Bewegung verneigte er sich vor seinem Kontrahenten. »Der Einsatz gilt! Mein Hengst gegen dieses Mädchen.«

Einer der Männer, der Gabriels Vater kannte, schüttelte heftig den Kopf. »Bei Gott, nein! Ihr wisst ja noch gar nicht, auf welche Weise der Kampf vonstatten gehen soll, Senyor Gabriel. Ich fürchte, Ihr seid von Sinnen!«

Ein anderer murmelte etwas vom hitzigen Blut der Jugend, das schon so manchen in sein Unglück gestürzt hätte, und de Rosón spottete, dass Gabriel durch den Schaden hoffentlich klug werden würde. Dann klatschte der Gastgeber in die Hände und befahl den herbeieilenden Knechten, das Mädchen in eine bestimmte Kammer zu bringen und es dort einzusperren.

»Ich werde den Schlüssel an mich nehmen und ihn nur der Köchin überlassen, damit sie der Kleinen etwas zu essen bringen kann. Bei meiner Ehre schwöre ich den anwesenden Herren, die Kammer nicht ohne die Anwesenheit der beiden Kontrahenten zu betreten.«

Gabriel und Decluér nickten, denn das war ganz in ihrem Sinn.

IV.

Messer Giombattis Köchin traf nur die alte Strella an, da diese Soledad zu den Salzpfannen geschickt hatte, um den Männern zu helfen. Antonis Mutter begriff bei dem zusammenhanglos ausgestoßenen Bericht der Frau zunächst nur eines: Miranda war einem fremden Ritter aufgefallen und von ihm entführt worden. Als der Name Decluér fiel, den Strella als schlimmsten Feind der beiden Mädchen kannte, spürte sie, wie ihr Blut zu Wasser wurde. Dieser Mann hatte nicht gezögert, den Grafen von Marranx zu töten. Um wie viel geringer würden seine Hemmungen sein, wenn es nur um ein paar Fischer ging? Sie dankte der Köchin mit brüchiger Stimme, verließ die Hütte und humpelte auf ihren steifen Beinen auf die Salzpfannen zu.

Ein gesunder, junger Mensch konnte den Weg in weniger als einer Stunde zurücklegen, die alte Frau aber hätte die dreifache Zeit benötigt, wenn sie nicht schon nach kurzer Zeit auf Soledad, Antoni, Josep und Marti getroffen wäre, die sich auf dem Heimweg befanden. Die Gesichter der vier waren grau vor Erschöpfung und die Männer niedergedrückt von dem Wissen, dass ihnen nur wenige Stunden Schlaf bleiben würden, bis sie zum nächtlichen Fischfang

137

ausfahren mussten. Beim Anblick der Großmutter stutzten sie einen Augenblick, umringten sie dann aber besorgt.

»Was ist geschehen?«, rief Antoni erschrocken.

Strella musste erst einmal zu Atem kommen. Erschöpft ließ sie sich am Stamm einer einsamen Dattelpalme niedersinken und schnappte halb erstickt von der Hitze nach Luft. Dann sah sie mit trüben Augen zu ihnen auf. »Miranda ist in die Hände des bösen Decluér gefallen!«

»Nein!« Soledads Schrei hallte weit über Meer und Land.

»Teresa, die Köchin bei Messer Giombatti, hat mir die Nachricht überbracht. Decluér und einer seiner Spießgesellen waren bei ihrem Herrn zu Gast, als Miranda ihr die Fische gebracht hat. Decluér soll sich sofort auf sie gestürzt und sie gefesselt haben. Bewusstlos geschlagen hat er sie auch noch, weil sie sich verzweifelt gewehrt hatte. Und dann hat er sie mit sich genommen.«

Die Nachricht, der Teufel sei aus der Hölle gestiegen, um den Platz des Papstes einzunehmen, hätte nicht schlimmer auf die vier wirken können. Antoni verwünschte den Mädchenräuber mit allen Flüchen, die er kannte, Marti sah sich schuldbewusst um, als suche er ein Mauseloch, in dem er sich verkriechen konnte, und Josep starrte mit verkniffener Miene ins Leere.

Soledad aber steigerte sich in rasenden Zorn hinein. »Ich werde Mira befreien und die Welt von diesem Schwein, das sich Decluér schimpft, erlösen!«

Sie griff nach Antonis Dolch, doch der hielt rasch ihre Hand fest. »Du kannst deine Schwester nicht mehr retten. Decluér ist in der Ciutat, bevor du Llucmajor erreicht hast. Wahrscheinlich hat er Miranda schon längst geschändet, oder sie weilt bereits nicht mehr unter den Lebenden, weil sie den Tod durch eigene Hand der Berührung durch dieses mörderische Ungeheuer vorgezogen hat.«

»Wenn Mira tot ist, werde ich sie rächen!«, schrie Soledad ihn an.

Marti lachte hysterisch auf. »Für wen hältst du dich? Für Judith, die Holofernes erschlagen hat?«

Josep brummte unwillig, denn zu seinem Ärger musste er seinem Sohn, der Mirandas Schicksal mit verschuldet hatte, Recht geben. »Auch diese Frau musste Schande ertragen, bevor sie ihr Vorhaben in die Tat umsetzen konnte.«

»Um Decluér zu töten, bin ich auch dazu bereit.« Soledad stand mit flackernden Augen vor den biederen Fischerleuten. Diese begriffen, dass das Mädchen sich nicht von ihrem Plan abbringen lassen würde. Strella rang die Hände, während Josep alle Heiligen um Hilfe anflehte, um die Himmlischen im nächsten Augenblick wieder zu verfluchen, weil sie ihn in diese Lage gebracht hatten.

Antoni behielt einen kühlen Kopf. In dem Moment, in dem Soledad sich abwandte, um ihrer Schwester zu folgen, packte er sie und bog ihr die Arme auf den Rücken. »Kommt, helft mir, sie zu fesseln, sonst stürzt sie uns alle ins Verderben«, forderte er seinen Bruder und Marti auf.

Ihnen war klar, dass sie Soledad in diesem Zustand nicht allein über die Insel laufen lassen durften, und verschnürten das Mädchen mithilfe der Stricke, die ihnen als Gürtel dienten, zu einem Bündel. Da Soledad keine Ruhe gab, sondern sie mit drastischen Ausdrücken belegte, die man nur in Fischerhütten oder Bauernkaten lernen konnte, steckte Marti ihr einen Lappen als Knebel in den Mund.

»Sei jetzt still!«, herrschte er sie an, obwohl sie nur noch ein ersticktes Gurgeln ausstoßen konnte.

Antoni musste gegen seine Schuldgefühle ankämpfen, die ihn überfielen, weil er Hand an seine Herrin gelegt hatte. Doch er durfte nicht riskieren, dass dieses unbesonnene Geschöpf sich selbst in Gefahr brachte. Auf Mallorca gab es von nun an keinen sicheren Platz mehr, weder für Soledad noch für ihn und seine Angehörigen. Er überhäufte sich mit Vorwürfen, weil er es nicht früher gewagt hatte, die Insel zu verlassen, denn durch sein Zögern war Miranda in die Hände ihres Todfeindes gefallen und weilte, wie er sie einschätzte, bereits nicht mehr unter den Lebenden.

Mit Tränen in den Augen wandte er sich an seinen Bruder. »Wie groß ist unsere Chance, mit unserem Boot einen der Häfen des Languedoc zu erreichen?«

Josep starrte ihn an, als hätte er eben von ihm verlangt, sich am Ostertag vor allen Leuten in der Kirche zu entblößen. »Das ist unmöglich! Diese Küste ist zu weit weg für unsere kleinen Boote. Wir würden unterwegs in Stürme geraten, und dann sind da auch noch die Piraten, die Sarazenen, die Haie, die ...«

Antoni fuhr ihm über den Mund. »Ist es möglich oder nicht?«

Josep verdrehte die Augen und lachte bitter auf. »Wenn Gott und alle Heiligen im Himmel uns beistehen, kommen wir vielleicht lebend an.«

»Dann fang schon mal an zu beten! Wir müssen weg von hier, und zwar schnellstens. Stürme, Piraten und Ähnliches können uns begegnen, müssen es aber nicht. Aber da Decluér nun weiß, wo Miranda sich versteckt gehalten hat, wird er kommen, um sich auch ihrer Schwester zu bemächtigen und sich an jenen zu rächen, die die Mädchen aufgenommen haben.«

Joseps Gesicht entfärbte sich vor Angst und Entsetzen. Trotz aller Gefahren war das Meer etwas, das er kannte und mit dem er bis jetzt zurechtgekommen war. Ein zürnender Ritter mit blankem Schwert hingegen war eine Gefahr, der er nicht gegenüberstehen wollte. Daher atmete er tief durch und nickte dann heftig. »Du hast Recht, Antoni! Wir müssen von Mallorca verschwinden. Jetzt wünschte ich, wir hätten es schon damals getan, als du mit den beiden Mädchen zu uns gekommen bist.«

»Darüber zu jammern hilft uns nicht weiter. Wir müssen nach vorne schauen. Kommt jetzt endlich! Ich werde Sola tragen, während du und Marti der Mutter helft. Beeilt euch, denn Decluér kann jeden Augenblick vor unserer Hütte auftauchen!«

V.

In der beginnenden Abenddämmerung schoben die drei Männer Joseps Boot unter den teils besorgten, teils erleichterten Blicken der anderen Fischer ins Wasser und stiegen ein. Da es sich herumgesprochen hatte, dass Antonis Tochter von einem der hohen Herren entführt worden war, und niemand weiteren Ärger haben wollte, hielt keiner die Familie auf. Diese hatte so viel von ihrem kärglichen Besitz mitgenommen, wie der Kahn neben den Menschen tragen konnte, und fuhr nun einer ungewissen Zukunft entgegen. Immer noch gefesselt lag Soledad im Rumpf des Bootes und brütete düster vor sich hin. Auch Strella hatten die Männer Fesseln anlegen müssen, denn die alte Frau hatte sich mit Händen und Füßen gewehrt, die Hütte zu verlassen, in er sie die meisten Jahre ihres Lebens verbracht hatte. Jetzt kauerte sie auf einer Decke im Heck und jammerte vor sich hin. Von Zeit zu Zeit sagte einer ihrer Söhne, dass sie endlich still sein solle. Doch auch sie fühlten den Schmerz, von ihrer Insel scheiden zu müssen. Selbst Marti, der im Überschwang seiner Jugend die Gefahren gering achtete, die auf sie lauern mochten, wischte sich die Tränen aus den Augenwinkeln. Ohne zu zögern stellte er mit Antonis Hilfe den Mast auf und setzte das einzige Segel.

Langsam blieb hinter ihnen das Ufer zurück, und während sie das Boot in den Wind brachten und nach Südosten steuerten, um von der Insel freizukommen, wanderten ihre Blicke immer wieder zu den Gipfeln der Serra de Llevant, die ihnen noch lange den Gruß der entschwindenden Heimat nachsandte.

VI.

Nach einer unruhigen Nacht erhob Gabriel sich wie gerädert. Ebenso wie Decluér, der im Nebenraum schlief, hatte er sein Bett mit einem anderen Gast teilen müssen. Er wusste nicht, ob es Absicht gewesen war, dass sein Gastgeber ausgerechnet Quirze de Llor, den Ältesten unter den Besuchern, bei ihm einquartiert hatte, denn der Mann hatte einen äußerst leichten Schlaf. Jedes Mal, wenn er selbst wach geworden war, hatte er den Alten mit offenen Augen neben sich liegen sehen, als wolle ihn dieser bewachen. Doch er hatte sich nicht um seinen Bettgenossen gekümmert, sondern sich stundenlang selbst einen Narren geschimpft, weil er in Decluérs Falle gegangen war und dessen maßlose Forderung nicht hatte zurückweisen können, ohne seine Ehre zu beschmutzen. Eine Zeit lang hatte er sogar mit dem Gedanken gespielt, aufzustehen, heimlich seinen Hengst zu satteln und das Mädchen seinem Schicksal zu überlassen. Doch damit hätte er ebenfalls das Gesicht verloren und sich bis an sein Lebensende dem Spott der Standesgenossen ausgesetzt. Er war ein Edelmann, und als solcher würde er zu seinem Wort stehen. Beim Aufstehen erinnerte Gabriel sich an den Roman eines Franzosen, von dem ihm seine ältere Schwester erzählt hatte. Es ging darin um einen Ritter namens Lancelot du Lac, der, um seiner bedrohten Königin zu helfen, auf den Karren eines Schinders gestiegen war, obwohl er damit seine Ehre auf das Äußerste beschmutzte.

Gabriels Bettnachbar unterbrach sein Sinnieren. »Nun, junger Freund, fiebert Ihr schon Eurem Wettkampf mit Senyor Domenèch entgegen? Ihr hättet klüger sein und ihm das Mädchen lassen sollen. Warum habt Ihr nicht gewartet, bis er sie benutzt hat? Das hat er Euch doch selbst vorgeschlagen. Wer weiß, mit wie vielen Fischerburschen die Kleine schon in den Olivenhainen verschwunden ist. Aber ein Mädchen schimmelt nicht wie altbackenes Brot, und daher hätte sie Euch auch nachher noch viel Vergnügen bereiten können.«

Gabriel stieß die Luft aus den Lungen. »Es geht mir nicht um das Mädchen, sondern um meine Ehre!«

»Die hättet Ihr auch ohne den Verlust Eures Hengstes wahren können! Euer Vater wird bitter enttäuscht sein, denn, soviel ich weiß, hat er gehofft, dass Alhuzar viele Fohlen zeugt.«

Der alte Mann hatte Recht, und diese Tatsache hob Gabriels Laune nicht gerade. Es grauste ihm schon jetzt vor der nächsten Begegnung mit seinem Vater, und er konnte nur hoffen, ihn mit dem Hinweis auf seine durch Decluér verletzte Ehre zu versöhnen. Im Grunde seines Herzens wusste er jedoch allzu genau, dass Bartomeu de Colomers ein Fischermädchen nicht als Grund für einen Streit mit einem anderen Edelmann akzeptieren würde.

»Verzeiht mir die harten Worte, aber Ihr seid ein Narr gewesen, Euch auf ein Ringstechen mit Senyor Domenèch einzulassen. Er ist ein Meister dieses Sports und hat bei den letzten drei Turnieren in der Ciutat de Mallorca jeden Wettkampf darin gewonnen.« Die Stimme seines Bettnachbarn klang so rechthaberisch, dass der junge Ritter hart auflachte. »Im Ringstechen bin ich auch nicht ganz unerfahren!«

Gabriel spürte jedoch selbst, dass es mit seiner Zuversicht nicht weit her war. Aber da er sich auf diesen Wettkampf eingelassen hatte, würde er ihn durchstehen und Haltung bewahren müssen, ganz gleich, wie die Sache endete. Das Bild des Fischermädchens tauchte vor seinen Augen auf, und er fand es auch in seiner Erinnerung wunderschön. Trug er den Sieg davon – und diese Hoffnung durfte er bis zum letzten Ring nicht aufgeben –, würden ihre Umarmun-

144

gen und ihr weicher Leib ihn für all den Ärger über Decluér und die Aufregung entschädigen.

»Steht auf, Senyor Quirze! Wir wollen Senyor Domenèch doch nicht warten lassen.« Diesmal klang Gabriels Stimme kraftvoller, und den alten Herrn beschlich das Gefühl, es würde für Decluér vielleicht doch nicht ganz einfach werden, den andalusischen Hengst zu gewinnen.

VII.

Miranda hatte in dieser Nacht keinen Schlaf gefunden, und es war ihr immer noch, als stehe sie vor einem feurigen Abgrund, der sie zu verschlingen drohte. Wenigstens konnte sie wieder halbwegs klar denken. Fliehen war unmöglich. Bernat de Rosóns Diener hatten ihr zwar die Fesseln abgenommen, aber die Tür war fest verschlossen und die Fenster waren so klein, dass nur ein Kind hätte hindurchkriechen können, und überdies noch mit zwei gekreuzten Eisenstangen gesichert.

Als das erste Morgenlicht in ihr Zimmer drang, benutzte Miranda das Nachtgeschirr, setzte sich dann in eine Ecke und zog die Beine an den Leib. Dieser Tag würde wohl der letzte ihres Lebens sein, denn in der nächsten Nacht würde sie von eigener Hand sterben. Alles, was ihr blieb, war die Hoffnung, eine Waffe zu finden, ehe der Mörder ihres Vaters sie quälen und entehren konnte. Ihr wahrer Stand würde sie auch dazu zwingen, sich den Tod zu geben, wenn sie im Bett seines jugendlichen Gegners landete, dabei hätte ihr Gabriel de Colomers unter anderen Umständen durchaus gefallen können.

Für einen Augenblick quoll in ihr die Hoffnung auf, der junge Edelmann würde gewinnen und sie unbeschadet nach Hause gehen lassen. Aber dann schalt sie sich ein dummes Ding. Für ihn war sie ein Fischermädchen, das man nach Belieben nahm und von sich stieß, und wenn er sie bekam, verlor sie ihre Tugend ohne jeden Gegenwert. Bei Decluér konnte sie hoffen, ihres Vaters Tod noch an diesem Teufel in Menschengestalt rächen zu können, bevor sie sich selbst entleibte. Dieser Gedanke hatte sie die ganze Nacht davon abgehalten, sich mit einem Stoffstreifen am Fensterkreuz zu erhängen. Sie schüttelte sich allein bei der Vorstellung eines solchen Todes und beneidete ihre Schwester um deren Gemüt. Soledad mochte sich davor ekeln, Fische auszunehmen, doch sie würde Domenèch Decluér, ohne zu zögern, die Klinge ins Herz stoßen und sich das blutbeschmierte Ding im nächsten Moment in den eigenen Leib rammen. Bei dieser Vorstellung würgte sie vor Ekel und begann zu zittern. Ihr Körper verkrampfte sich bis in die letzte Faser, und ihr wurde klar, dass sie nicht die Kraft und Entschlossenheit hatte, Hand an irgendjemanden zu legen, auch nicht an den Verderber ihres Geschlechts. In ihrer Verzweiflung begann sie zur Heiligen Jungfrau zu beten und sie um Hilfe anzuflehen.

Sie war noch ganz in Tränen aufgelöst und suchte gerade nach Worten, um auch dem Jesuskind ihre Not zu schildern, als die Tür geöffnet wurde und einige kräftige Mägde die Kammer betraten. Ihnen folgten Knechte mit einem kupfernen Zuber und etlichen Eimern voll dampfenden Wassers. Sie füllten die Wanne und blieben dann erwartungsvoll an der Tür stehen.

Eine der Frauen wies auf die feixenden Kerle. »Du kannst selber entscheiden, ob du dich von uns baden lassen willst oder ob die Männer uns helfen müssen.«

Miranda kroch in sich zusammen, kämpfte aber ihre Tränen nieder. Die Mägde sahen nicht so aus, als würden sie sie rücksichtsvoll behandeln, doch sie wollte nicht riskieren, nackt den lüsternen Blicken der Knechte ausgesetzt zu werden. »Ihr braucht die Knechte nicht!«

Eine breit gebaute Magd scheuchte die sichtlich enttäuschten Männer hinaus und kam auf Miranda zu. »Zieh dich aus!«

Da sie Miene machte, als wolle sie tatkräftig nachhelfen, öffnete Miranda die Schleifen an ihrem Rock und ließ ihn fallen. Dann streifte sie die Bluse ab und zog sich das Unterkleid aus ungebleichtem Leinen über den Kopf.

Die Magd schnalzte mit der Zunge. »Jetzt verstehe ich, warum sich zwei Edelmänner um so eine wie dich streiten. Na, dann hinein in den Zuber, damit du rechtzeitig fertig wirst. Draußen wird bereits die Kampfbahn vorbereitet. Die Herren wollen den Wettstreit sofort nach dem Frühstück abhalten, damit sie nachher noch zur Jagd gehen zu können – bis auf den einen natürlich, der deine Umarmungen den Krallen eines Falken auf seinem Handschuh vorziehen dürfte.«

Es wird keine Umarmungen geben, dachte Miranda entschlossen, während sie in den Bottich stieg. Die Mägde ergriffen Schwamm, Bürste und Seife und bearbeiteten sie, bis sie das Gefühl hatte, ihre Haut stünde in Flammen. Die Seife duftete nach Rosenöl und war gewiss nicht für eine Magd oder ein Fischermädchen gedacht, aber der Schaum brannte heftig in ihren Augen, und das Parfüm, mit dem die Mägde sie nach dem Abtrocknen bespritzten, biss in ihre wund gescheuerte Haut. Bernat de Rosón schien sich ohne schlechtes Gewissen an den Vorräten seiner Gemahlin bedient zu haben, die in der Ciutat de Mallorca zurückgeblieben sein musste, denn das Gewand, in das die Mägde Miranda kleideten, konnte nur einer Edeldame gehören. Es war von einem dunklen Rot und wurde durch ein schmales Band um die Hüfte gegürtet. Dazu kam ein ärmelloses Jäckchen im maurischen Stil aus einem nachtblauen Gewebe, das mit silbernen Sternen und Halbmonden bestickt war. Auf ein Unterkleid verzichteten die Mägde, da sie dem Sieger nicht zumuten wollten, es seiner Beute ausziehen zu müssen.

Gedankenverloren strich Miranda über die kostbaren Stoffe. Vor gut vier Jahren hatte sie selbst solche Kleider besessen und sie in jenen Zeiten, in denen sie noch die wohl behütete Tochter des Grafen von Marranx gewesen war, völlig selbstverständlich getragen.

Eine der Mägde holte frisches Brot und etwas Lammfleisch herbei, das vom Abend übrig geblieben war. Miranda wurde allein von dem Geruch übel, und sie schob den Teller fort, trank aber ein wenig von dem Wasser, das man ihr ebenfalls hingestellt hatte. Auf einen scharfen Befehl hin, der durch den Flur hallte, nahmen die Mägde sie in die Mitte und führten sie hinaus. Als sie das Haus verließen, kniff Miranda die Augen zusammen, denn das Sonnenlicht blendete sie. Nachdem sie sich an die gleißende Helligkeit gewöhnt hatte, sah sie die beiden Männer vor sich stehen, die sich ihretwegen im ritterlichen Wettstreit messen wollten.

148

Decluér wirkte so selbstsicher wie ein alter Bulle, der seinen jüngeren Herausforderer nicht ernst nimmt, während Gabriel de Colomers nervös seine Hände knetete und das Fischermädchen mit weit aufgerissenen Augen anstarrte, als wolle er es mit ihnen verschlingen. Der Anblick der Schönen, die nun einer Jungfrau von hoher Abkunft glich, brannte sich in seinem Kopf fest, und er war nun eher bereit zu sterben, als auf dieses herrliche Geschöpf zu verzichten. Mit einem Mal wünschte er, der Wettstreit, den er zu bestehen hatte, sei ein Kampf auf Leben und Tod, in dem er seinen Rivalen ein für alle Male beseitigen konnte.

Decluér sah, dass sein Gegner am ganzen Körper zitterte, und lächelte überheblich. »Nun, Senyor Gabriel, sollen wir es hinter uns bringen oder wollt Ihr unsere Freunde unnötig lange auf die Freuden der Jagd warten lassen?«

Gedämpftes Gelächter aus den Reihen der anwesenden Edelleute begleitete seine Worte. In diesem Augenblick gab es niemanden unter ihnen, der an Decluérs Sieg zweifelte. Ein paar boten Wetten auf ihn an, fanden aber keinen, der darauf einging.

Gabriel zwang sich zur Ruhe und wandte sich scheinbar gelassen an seinen Gegner. »Wir können beginnen.«

»Sehr gut!« Bernat de Rosón trat vor und wies auf mehrere Gestelle, die in einer Reihe standen. »Wir haben uns gestern auf drei Durchgänge mit sechs Ringen geeinigt. Wer die meisten Ringe sticht, ist der Sieger. Stehen die beiden Herren gleich, wird der Wettkampf jeweils um einen weiteren Durchgang fortgesetzt, bis eine Entscheidung gefallen ist.«

Die beiden Wettkämpfer verbeugten sich voreinander, und auf ein Zeichen des Gastgebers brachten die Knappen, die Gabriel und Decluér vor ihrem Abstecher zu Messer Giombatti hierher geschickt hatten, die Pferde herbei.

Gabriels Waffenmeister Jordi machte dabei ein so böses Gesicht, als wolle er seinen Herrn erwürgen. »Da lässt man Euch nur einmal allein reiten, und schon macht Ihr Dummheiten, Senyor, ganz fürchterliche Dummheiten sogar!«

Gabriel drohte ihm mit dem Zeigefinger. »Für seine Ehre einzustehen ist keine Dummheit.«

Wie viele alte Diener, die ihren Herrn hatten aufwachsen sehen, musste Jordi das letzte Wort behalten. »Euch geht es doch nicht um die Ehre, sondern um das Weibsstück! Beim heiligen Kreuz, Euer Vater hätte Euch längst verheiraten sollen. Ein junger Mann braucht nun einmal von Zeit zu Zeit einen warmen Frauenschoß, damit er nicht auf dumme Gedanken kommt.«

Gabriel errötete bei den Worten seines Getreuen. Sein Vater hatte bereits seine Vermählung mit der Erbin eines ebenbürtigen Edelmanns ins Auge gefasst, und bisher hatte er diese Verbindung als gottgegebenes Schicksal verstanden. Aber im Vergleich zu diesem Fischermädchen erschien Joana de Vaix ihm nun reizlos und unansehnlich.

»Da Senyor Domenèch der Geforderte ist, ist es sein Recht, als Erster in die Bahn zu reiten!« Bernat de Rosóns Stimme durchbrach die Stille, die sich für einen Augenblick über die Gruppe gelegt hatte.

Decluér verbeugte sich schwungvoll vor seinem Gastgeber, stieg dann auf sein Pferd und ritt an. Obwohl er sich keine besondere Mühe zu geben schien, traf er alle sechs

Reifen und brachte sie zu seinem Gastgeber, der das Amt des Schiedsrichters übernommen hatte.

Die nächsten Minuten wurden für Miranda zur Qual. Obwohl ihr Verstand ihr sagte, dass Decluér siegen musste, damit sie ihren Vater rächen konnte, wünschte ihr Herz dem jungen Edelmann den Sieg. Gabriel schaffte es im ersten Durchgang nur mit Mühe, alle sechs Ringe zu stechen, und als er beim zweiten Durchgang als Erster anreiten musste, traf er den letzten Ring so unglücklich, dass dieser zu Boden fiel.

Domenèch Decluér kommentierte das Missgeschick seines Gegners mit spöttischem Auflachen und stieß diesen ebenso wie Miranda in tiefe Verzweiflung, als er selbst erneut sämtliche sechs Ringe sammelte. Er ritt sogleich wieder an und traf jeden Ring, bis er im Gefühl des sicher scheinenden Sieges den letzten Ring zu hastig aufnahm und ihn von der Spitze des Speers rutschen ließ. Während Decluér leise fluchend zu seinem Gastgeber zurückkehrte, wandte dieser sich an Gabriel. »Wenn Ihr jetzt nicht jeden Ring trefft, habt Ihr verloren.«

Gabriel nickte mit zusammengekniffenen Lippen und senkte den Speer. Auf das Zeichen des Schiedsrichters trabte er an. Miranda war es, als hätten ihre Gebete an die Himmelsmutter zum ersten Mal Erfolg gehabt, denn der junge Edelmann überreichte Senyor Bernat kurz darauf alle sechs Ringe.

Quirze de Llor, der mit Gabriel das Bett geteilt hatte, winkte ihm anerkennend zu. »Der junge Colomers hält sich besser, als ich erwartet habe.« Sein Nachbar, dem diese Worte gegolten hatten, schlug ihm sofort eine Wette vor, und nach kurzem Zögern nahm de Llor sie an.

Decluér schaffte beim nächsten Durchgang ebenfalls alle sechs Ringe, und Gabriel tat es ihm gleich. Dann legte der Jüngere wieder die volle Zahl vor, und bald erschien es den Zuschauern so, als ginge der Wettkampf bis in alle Ewigkeit so weiter. Die Kontrahenten trafen alle Ringe oder verfehlten die gleiche Zahl. Spannung machte sich breit, unter den Edelleuten ebenso wie unter den Knechten, die zusehen durften, und den Mägden, die sich ohne Erlaubnis aus dem Haus geschlichen hatten.

Zu ihrem nicht geringen Ärger ertappte Miranda sich dabei, dass sie innerlich jeden Treffer Gabriels und jeden Fehlstoß seines Gegners bejubelte, und versuchte, sich zusammenzureißen. Da erfolgte die Entscheidung so schnell, dass die Zuschauer es zunächst nicht glauben wollten. Decluér bewegte sich erneut zu hastig und ließ einen Ring fallen, und nun nahm Gabriel de Colomers, der nach ihm reiten musste, noch einmal alle Kraft zusammen. Wie ein Pfeil flog er auf Alhuzar über die Kampfbahn und pflückte die Ringe wie reife Äpfel. Als er de Rosón den Speer mit triumphierend aufleuchtenden Augen überreichte, zählte dieser sechs Ringe.

Decluér wollte nicht glauben, dass er geschlagen war. Er starrte auf die Ringe, als könne er ihre Zahl kraft seiner Gedanken verringern, und spürte, wie sein Blut heiß aufwallte. Er war sich seines Sieges zu sicher gewesen und vergaß nun, dass ein Edelmann auch in der Niederlage Haltung bewahren musste. »Verfluchter Hund!«, schrie er Gabriel an. »Du hast mit dem Teufel paktiert!«

»Es ist alles mit ehrlichen Dingen zugegangen«, wies Senyor Quirze de Llor den Verlierer zurecht, trat auf Gabriel zu und umarmte ihn. Er hatte zuletzt jede Wette auf den jungen Edelmann angenommen und begriff nun erst, wie knapp er dem finanziellen Ruin entgangen war.

Während der alte Edelmann befreit auflachte und Senyor Bernats Gäste den Sieger beglückwünschten, kämpfte Domenèch Decluér mit dem irrsinnigen Wunsch, sein Schwert zu ziehen und auf die Umstehenden einzuschlagen. Eine solche Tat hätte ihn in den Augen aller Edelleute in den Königreichen Katalonien-Aragón und Mallorca zum Ehrlosen abgestempelt – und er hätte sie kaum lange überlebt. Sein Blick wanderte zu Miranda, und für einen Augenblick erwog er, in den Sattel zu steigen, sie zu sich aufs Pferd zu ziehen und einfach davonzureiten. Doch sein Tier war von dem Ringstechen noch erschöpfter als er, und der junge Colomers würde ihn auf seinem schnellen Hengst bald eingeholt haben. Von einem widerstrebenden Mädchen behindert, hätte er keine Chance, den jungen Mann abzuwehren und zu entkommen. Wütend über sich, weil er sich Núria de Vidauras Tochter auf eine so läppische Weise hatte entreißen lassen, wandte er sich ab und bestieg sein Pferd. »Mitkommen!«, schnauzte er seinen Knecht an und ritt los.

Bernat de Rosón sah ihm kopfschüttelnd nach. »Senyor Domenèch scheint ein schlechter Verlierer zu sein.« Diese Worte und das darauf folgende Gelächter der versammelten Gäste waren das Letzte, das Decluér an diesem Ort vernahm. Zunächst ritt er im scharfen Tempo in die Richtung, in der die Ciutat de Mallorca lag, und brütete darüber nach, wie er Gabriel de Colomers das Mädchen doch noch entreißen konnte. Plötzlich zog er so abrupt die Zügel an, dass das Pferd seines Knechts gegen das seine prallte. Es musste doch noch eine Tochter des Grafen von Marranx geben! Die Fischer, bei denen sie lebte, würden ihn gewiss nicht daran hindern können, sie mitzunehmen. Entschlossen wandte er sein Pferd und ritt zum Erstaunen seines Knechts im scharfen Tempo nach Osten zurück. Er bog jedoch nicht zu de Rosóns Gut ab, sondern galoppierte zwischen grünenden Feldern und Orangenhainen weiter, bis er Sa Vall erreichte, und lenkte sein Pferd zum Strand. Dort erlebte er die zweite herbe Enttäuschung an diesem Tag. Die Frauen, die ängstlich seine Fragen beantworteten, wiesen auf eine leer stehende Fischerhütte, und niemand konnte ihm sagen, wohin deren Bewohner verschwunden waren.

VIII.

Im ersten Augenblick hatte Miranda Gabriels Sieg bejubelt, doch als der junge Edelmann mit leuchtenden Augen und siegesgeschwellter Brust auf sie zukam, erzitterte ihr Herz. Nun blieb ihr nur noch die Wahl zwischen dem Verlust ihrer Ehre und der Selbstentleibung, und sie fürchtete, beides durchleiden zu müssen.

Gabriel hob ihr Kinn an, als wolle er sie küssen. »Willst du mich nicht beglückwünschen und dich dazu? Ich werde dir gewiss ein besserer Herr sein als Senyor Domenèch!«

»Es gibt nur einen Herrn, vor dem ich mich beuge, und das ist unser Herrgott im Himmel.« Mirandas Antwort klang mutiger, als sie sich fühlte.

Quirze de Llor lachte belustigt auf. »Die Kleine zeigt Stacheln, mein junger Freund. Die werdet Ihr ziehen müssen, sonst sticht sie Euch noch.«

»Senyor Gabriel wird schon wissen, wie er das Mädchen zu behandeln hat«, sagte Bernat de Rosón mit dem nachsichtigen Lächeln eines Mannes, der sich für weise und erfahren hält.

Einer der Edelleute grinste anzüglich. »Wollen wir die beiden jetzt gleich ins Bett geleiten? Brautgemach kann man ja in diesem Fall nicht sagen!«

Der Gastgeber beschattete die Augen und blickte zum Himmel, an dem die Sonne beinahe im Zenit stand, und schüttelte den Kopf. »Zuerst sollten wir uns stärken. Wenn ich die Blicke der kleinen Strandkatze richtig deute, wird unser junger Freund einen Imbiss bitter nötig haben.«

Quirze de Llor klatschte zustimmend in die Hände. »Gegen einen Schluck Wein und eine der Fleischpasteten, die Eure Köchin so meisterhaft zu bereiten versteht, habe ich nichts einzuwenden. Danach sollten wir ein wenig Ruhe halten. Die Beiz muss noch warten, denn die Falken fliegen nicht gerne in der größten Tageshitze auf.«

Die Gruppe kehrte in das Haus zurück und schob Miranda und Gabriel einfach vor sich her. Das Mädchen hatte keinen Blick für die weiß gekalkte Halle mit den hellen Balken und den wohlriechenden Möbeln aus Mandelholz, sondern betrachtete den mit geometrischen Mosaikmustern geschmückten Fußboden, der so gar keine Ähnlichkeit mit den einfachen Steinplatten besaß, mit denen die Böden auf Burg Marranx belegt gewesen waren. Man sperrte sie nicht ein, sondern setzte sie neben Gabriel, drückte ihr einen

Weinbecher in die Hand und forderte sie zum Trinken auf. Sie nahm gehorsam einen Schluck, stellte das berauschende Getränk aber sofort wieder zurück. Trunken durfte sie nicht werden, sonst würde sie wehrlos und damit eine leichte Beute für den jungen Ritter. Beim Anblick der Speisen, die nun aufgetragen wurden, merkte sie, dass sie seit mehr als einem Tag nichts mehr zu sich genommen hatte, und der Duft ließ ihr das Wasser im Mund zusammenlaufen.

Gabriel reichte ihr eine der gefüllten Wachteln, die ihn bereits am Abend zuvor begeistert hatten, und löste eigenhändig das Fleisch von den winzigen Knochen. Der Vogel füllte kaum ihren Mund, und Miranda musste all ihre Beherrschung aufbringen, um nicht heißhungrig über den nächsten Gang herzufallen, der aus einem mit Honig bestrichenen und mit Mandeln überkrusteten Spanferkel bestand.

Sie nahm nur die Häppchen, die Gabriel ihr vorlegte, und versuchte, die anzüglichen Blicke und Bemerkungen der anderen Männer zu ignorieren. Je länger das Mahl sich hinzog und je mehr Wein floss, umso loser wurden die Reden. Quirze de Llor machte dem Ganzen schließlich ein Ende. Er stand auf, trank noch einen Schluck und verbeugte sich vor dem Gastgeber. »Verzeiht, wenn ich mich jetzt zurückziehe, Senyor Bernat, doch ein alter Mann wie ich braucht seine Siesta.«

»Du willst doch nur das Geld zählen, das du uns heute Morgen abgenommen hast!«, antwortete sein Tischnachbar mit einem säuerlichen Auflachen.

De Llors Worte wirkten wie ein Zeichen zum allgemeinen Aufbruch. Gabriel und Miranda wurden von Senyor

156

Bernats grinsenden Gästen zu einer kleinen, aber aufwändig eingerichteten Kammer geschleppt und lachend hineingestoßen. Irgendein Scherzbold schlug noch vor, außen einen Riegel anzubringen, damit die schöne Fischerin Gabriel nicht doch noch durch die Maschen schlüpfen konnte, doch Bernat de Rosón gab seiner Meinung Ausdruck, dass sein junger Gast Manns genug sei, seinen Fang zu behalten. Danach verschwanden die Gäste unter allerlei Anzüglichkeiten und ließen Miranda und Gabriel allein zurück.

Für einen Augenblick herrschte in der Kammer eine Stille, in der man eine Nadel hätte fallen hören können. Dann trat Gabriel auf das Mädchen zu und versuchte, es zu umarmen. »Nun kann mich nichts mehr daran hindern, von der Süße deiner Lippen zu kosten«, flüsterte er voller Erregung und wollte seinen Mund auf den ihren pressen.

Miranda wand sich in seinen Armen, so dass er nur ihre Wange streifte, und wollte sich mit den Fäusten zur Wehr setzen. Dann aber begriff sie, dass ihr Widerstand ihn nur reizen und bis zum Äußersten treiben würde. Sie war nicht wie Soledad, die so lange gekratzt und gebissen hätte, bis es ihm gelungen wäre, sie zu überwältigen und zu fesseln oder gar so brutal niederzuschlagen, wie Decluér es gestern mit ihr getan hatte. Daher ließ sie sich zusammensinken und begann haltlos zu schluchzen.

Gabriel trat verblüfft zurück. »Warum weinst du denn?«

»Bitte, Herr Ritter, lasst mich gehen! Wenn Ihr mir die Unschuld nehmt, bleibt mir nur noch ein einziger Weg.«

Mirandas Blick wanderte zu dem Dolch an seiner Hüfte, und in ihren Augen lag ein solch großer Schmerz, dass der junge Mann begriff, was sie damit meinte. »Das darfst du nicht tun!«

»Ich muss meine Ehre wahren!« Mirandas Tränen flossen noch stärker und trieben Gabriel schier zur Verzweiflung. Eine wilde Furie hätte er bändigen können, doch einer weinenden Frau gegenüber fühlte er sich hilflos. Er hatte seinen Sieg mit diesem Mädchen feiern und sich dabei als Mann beweisen wollen, und für einen Augenblick fühlte er den rasenden Wunsch, sie an sich zu reißen. Doch sein Stolz war größer als seine Gier. Er ließ Miranda los, lehnte sich gegen die Tür und verschränkte die Arme.

»Wenn du nicht willst, so rühre ich dich nicht an. Freilassen kann ich dich jedoch nicht, sonst würde Senyor Domenèch dich sofort wieder einfangen, und er wäre gewiss nicht so großzügig wie ich.«

»Ihr seid wirklich sehr edelmütig, mein Herr.« Miranda hoffte, dass der junge Edelmann sein Versprechen auch halten würde.

Er aber war verärgert, weil sie ihn zurückgewiesen hatte, und zeigte es deutlich. Mit einer großspurigen Geste zog er sein Schwert, trat ans Bett und legte es genau in die Mitte. »Ich werde dich erst in mein Bett nehmen, wenn du es ausdrücklich wünschst! Dies ist die Grenze, die ich nicht überschreiten werde.«

Dann legte er sich in Kleidung und Stiefeln auf die eine Hälfte des Bettes und tat so, als würde er schlafen. Miranda wagte es nicht, die andere Seite des Bettes zu benützen, sondern kauerte sich in einer Ecke des Raumes zusammen.

Gabriel fuhr verärgert hoch. »Vertraust du nicht dem Wort, das ich dir als Edelmann gegeben habe?«

»Oh doch!«, wisperte Miranda.

»Dann leg dich hierhin! Ich habe geschworen, dass ich dich nicht anrühren werde, und daran halte ich mich.«

Um ihn nicht noch mehr zu erzürnen, stand sie auf und legte sich neben ihn. Dabei wirbelten ihre Gedanken so, dass sie ihren Kopf zu sprengen drohten. Etwas in ihr drängte sie dazu, ihm die Wahrheit über ihre Herkunft zu offenbaren und seinen Schutz auch für ihre Schwester zu erbitten. Dann erinnerte sie sich jedoch, dass ihr Vater in Katalonien-Aragón als Verräter gegolten hatte. Welches Schicksal würde sie und Soledad erwarten, wenn sie sich jetzt zu ihm bekannte? De Colomers würde sich vielleicht nicht mehr an sein eben gegebenes Wort gebunden fühlen und mit der Tochter eines Verfemten so verfahren, wie es ihm gefiel. Daher schwieg sie und weinte innerlich bittere Tränen.

Gabriel wurde es rasch langweilig. Er wälzte sich ein paar Mal auf dem Bett herum, stöhnte und knurrte dabei wie ein Hund und richtete sich plötzlich auf. »Erzähl mir von dir!«

Miranda zuckte zusammen und fragte sich verzweifelt, was sie sagen sollte. Die Wahrheit konnte und durfte sie nicht berichten. Sie rieb sich über das Gesicht, um die Tränenspuren zu verwischen, setzte sich dann auf und starrte auf die weiß gekalkte Wand, ohne sie wirklich zu sehen. »Ich heiße Mira und bin die Tochter armer Fischerleute. Meine Eltern sind an der Seuche gestorben, und so haben Antoni und Josep meine Schwester und mich bei sich aufgenommen.«

»Dann dürften die beiden froh sein, dich so gut versorgt zu sehen«, unterbrach Gabriel sie selbstgefällig.

Miranda senkte den Blick, damit er ihr Gesicht nicht sehen konnte. »Gewiss, Herr! Ich mache mir aber Sorgen um meine Schwester, denn ich habe Angst, dass Decluér sich aus Bosheit an ihr rächen könnte, weil ich ihm entgangen bin.«

Gabriel lachte spöttisch auf. »Das wird er nicht wagen!«

»Bitte, Herr, schwört mir, dass Ihr auch meine Schwester beschützen werdet!« Miranda fasste nach seinen Händen und sah ihn flehentlich an. Der junge Edelmann fühlte sich geschmeichelt, hielt es aber für ausgeschlossen, dass Domenèch Decluér sich anstelle einer Schönheit wie Miranda irgendeine schmutzige Fischergöre in sein Bett holen würde. Um Miranda zu beruhigen, versprach er es ihr und vergaß dieses Versprechen fast im selben Augenblick wieder.

Er setzte sich bequemer hin, streichelte Mirandas trotz der harten Arbeit gut gepflegte Hände und erzählte von sich und seinem Leben, das er für viel aufregender hielt als das ihre. Dabei sparte er nicht mit Versprechungen, was er alles für sie tun würde. Gabriel war zu jung und unerfahren, um zu erkennen, wie stark sich seine Gefangene in Haltung und Sprache von einem echten Fischermädchen unterschied, und daher zweifelte er ihre Worte nicht an. Obwohl er die köstliche Frucht vor sich nur betrachten, aber nicht berühren durfte, fühlte er sich so zufrieden wie selten zuvor. Er hatte an diesem Tag seine Ehre verteidigt, den bekannten Turnierkämpfer Domenèch Decluér besiegt und dazu noch ein wunderschönes Mädchen gewonnen. Von sich und seinem Charme überzeugt, hielt er es nur für eine Frage der Zeit, bis er diese Mira so weit gezähmt hatte, dass sie ihm freiwillig all das gewähren würde, was er sich von ihr ersehnte.

160

IX.

Während sein junger Herr sich seinen Träumen hingab, saß Jordi im Falknerraum und betrachtete Gabriels Falken, der unruhig auf seiner Stange hin und her stieg, weil sein scharfes Gehör die fernen Schreie seiner Artgenossen aufnahm, die nun für ihre Herren jagten. Nach einer Weile stand Jordi auf und strich dem Falken über das in verschiedenen Brauntönen gefleckte Gefieder.

»Du langweilst dich, mein Guter, und willst hinaus, um nach Hasen und anderem Getier Ausschau zu halten, nicht wahr? Doch heute wird nichts daraus. Unser Herr hat dich und die Jagd ganz vergessen, denn er kümmert sich um ein anderes Vögelchen. Beim heiligen Jordi, meinem Namenspatron, wie konnte es nur dazu kommen? Daran ist dieser unsägliche Decluér schuld. Ihm ist Senyor Gabriels Apfelschimmel schon länger ins Auge gestochen, und bestimmt hat er nur nach einer Gelegenheit gesucht, ihn an sich zu bringen. Bei Gott, mein Schöner, ich wollte, es wäre ihm gelungen! Senyor Bartomeu hätte unserem Herrn zwar kräftig das Gefieder gebürstet, aber dieser Zornesausbruch wäre schnell vergangen. Was uns jetzt erwartet, wird viel, viel ärger werden.«

Jordi trank einen Schluck aus dem Weinschlauch, den er sich von de Rosóns Kellermeister besorgt hatte. Vor einer guten Stunde war der Beutel noch prallvoll gewesen, jetzt hing er schon arg schlaff in Jordis Händen. Der Mann knetete das Leder, brach unvermittelt in ein Kichern aus und schüttelte den Kopf. »Senyor Bartomeu wird außer sich sein, wenn er von der Angelegenheit erfährt. Er ist nämlich

161

ein sittenstrenger Mann, und das Techtelmechtel seines Sohnes mit einem stinkenden Fischermädchen wird ihm gar nicht gefallen. Das wäre nicht so schlimm, wenn es sich nur um ein kurzes Hopphopp im Olivenhain handeln würde, doch das Mädchen gehört nun genauso zu unserem Herrn wie sein Beizhandschuh, und so, wie er sie angesehen hat, wird er ihrer so rasch nicht müde werden. Ich fürchte, die gesamte Ciutat de Mallorca wird morgen schon von diesem Wettkampf und seinem Preis wissen, und bald darauf erfährt es auch Senyor Bartomeu im schönen Katalonien. Ach, hätte er unseren Herrn doch niemals auf diese von Gott verfluchte Insel geschickt!«

Jordi verdrängte bei diesen Worten ganz, dass Mallorca ihm bis zu dieser Stunde wie das reinste Paradies erschienen war. Um seinen Ärger zu dämpfen, trank er einen weiteren Schluck des schweren Weines und fühlte, wie seine Augenlider immer tiefer sanken. »Ich glaube, ich gehe jetzt in den Stall und lege mich ins Stroh, mein Feiner. Vielleicht sieht das Ganze nachher nicht mehr so schlimm aus.« Er gab dem Falken zum Abschied einen Klaps, der diesen protestierend aufkreischen ließ, und wankte zur Tür hinaus. Im Stall angekommen ließ er sich auf den ersten Strohhaufen fallen, der ihm in den Weg kam, und fiel rasch in einen von wirren Träumen geplagten Schlaf. Darin begegnete er Gabriels vor Zorn glühendem Vater, dann seinem Herrn, der mit einem Mal ganz anders wirkte, als er ihn bisher gekannt hatte, und zuletzt sah er viele Ritter in einer blutigen Schlacht.

X.

Etwa zu der Zeit, in der Domenèch Decluér seine Niederlage eingestehen musste, stand im fernen Deutschland der junge Ritter Andreas von den Büschen vor seinem Zelt und beobachtete die Ritter, die sich auf der Kampfbahn tummelten. Es handelte sich nur um ein kleines Turnier, doch auf ihn, der die letzten vier Jahre auf einer abgelegenen Burg im Odenwald verbracht hatte, wirkte die Anzahl der Teilnehmer und Zuschauer überwältigend. Nicht weniger erregend war die Tatsache, dass er sich das erste Mal selbst mit anderen Edelleuten im ritterlichen Kampf mit scharfen Waffen messen durfte. Den Buhurt, bei dem die Ritter wie zwei kleine Heere gegeneinander angeritten waren, hatte er mit Bravour bestanden und sich dadurch das Recht erwirkt, auch am Tjost, dem Zweikampf zu Pferd, teilnehmen zu können, in dem der Sieger des gesamten Turniers bestimmt wurde.

Ein Klirren lenkte seine Aufmerksamkeit auf Rudolf, der gerade ins Freie trat. Das Zelt seines Bruders stach im Gegensatz zu seinem eigenen, das aus schmucklosem Leinen eher lieblos zusammengenäht war, unter allen hervor. Frau Elsgardes Mägde hatten sicherlich viele Wochen lang sticken und sticheln müssen, um all die Wappen und Verzierungen auf die weiße Leinwand zu bannen. Das Zelt trug neben dem Sippenwappen derer von Ranksburg, das eine Burg mit einem sie krönenden Dornenzweig zeigte, auch den silbern und blau gespaltenen Schild derer von Zeilingen, der Familie von Rudolfs Mutter, und überdies noch die Wappen der weit verstreut liegenden Burgen und

Herrschaften, die zum Besitz der Grafen von Ranksburg gehörten. Es war, als wollte Frau Elsgarde allen deutlich kundtun, wie weit ihr eigener Sohn über dem Bastard stand, den ihr Gemahl mit einem Bauernmädchen gezeugt hatte.

Als Kind hatte es Andreas geschmerzt, so verächtlich behandelt zu werden, doch nun war er durch die Jahre unter Joachim von Terbens Fuchtel abgehärtet und konnte über diese zur Schau gestellte Eitelkeit lächeln. Er winkte Rudolf zu, aber dieser beachtete ihn nicht, sondern ging zu dem Zelt hinüber, über dem das Banner derer von Zeilingen wehte, und gesellte sich zu seinem Vetter Götz.

Ein Fanfarenstoß ertönte, und Heinz eilte so schnell herbei, dass er beinahe über seine Füße gestolpert wäre. »Ihr seid gleich an der Reihe, Herr!«

Andreas nickte seinem manchmal noch etwas unbeholfen wirkenden Knappen zu und streifte die gepanzerten Handschuhe über. Heinz klemmte sich den Helm seines Herrn unter den linken Arm und ergriff mit der Rechten die Lanze, deren Schaft ein spiralförmiges Muster in Schwarz und Rot zierte. Ein Knecht, der zum Gefolge von Andreas' Vater gehörte, brachte den Hengst, den Herr Ludwig seinem Bastard geschenkt hatte und der sich mit Rudolfs Reittier durchaus messen konnte. Andreas' Dankbarkeit hielt sich dennoch in Grenzen, denn er wusste mittlerweile, dass sein Vater ihn nur deshalb zurückgeholt hatte, damit er die zu erwartenden Kämpfe mit den Niederzissenern für Rudolf ausfocht. Bei dem Gedanken wanderte sein Blick weiter zum Zelt der feindlichen Sippe. Zwei Söhne des alten Grafen Leonhard von Niederzissen nahmen ebenfalls an

164

dem Turnier teil, und sie hatten sich bis jetzt gut behauptet. Moritz, der Jüngere der beiden, würde ihm als erster Gegner im Tjost gegenüberstehen. Mit einem gewissen Ingrimm bemerkte Andreas auf dem Banner der Niederzissener, das über Moritz' Zelt flatterte, das neue Wappen, welches sie durch die Gnade des Kaisers führen durften. Es zeigte nun nicht mehr allein die drei abgeschlagenen Mohrenköpfe, sondern auch die Ranksburger Burg mit dem Dornenzweig, mit dem sie ihren Anspruch auf die gesamte Grafschaft bekundeten.

»Ihr müsst aufsteigen, Herr! Der andere Ritter ist schon bereit«, drängte Heinz.

Der Junge hatte sich in den wenigen Wochen, die er als Andreas' Knappe und Waffenknecht galt, als zuverlässiger Begleiter erwiesen, und es schien ihm nichts auszumachen, dass er in seinem einfachen braunen Kittel, auf dem das Ranksburger Wappen nur klein und mit einem schwarzen Bastardbalken versehen aufgestickt war, gegenüber den bunt gewandeten Knappen der anderen Ritter wenig hermachte. Auch das gehörte zu Frau Elsgardes Gemeinheiten, mit denen sie ihren Gemahl über kurz oder lang wohl gegen sich aufbringen würde. Andreas wusste, dass seinem Vater viel an einem standesgemäßen Auftreten lag, doch seine eigene Kleidung und die von Heinz genügten nicht einmal den Ansprüchen eines einfachen Ritters, geschweige denn denen eines Grafensohns, auch wenn er ein Bastard ohne Erbansprüche war.

Auf ein mahnendes Räuspern hin ließ er sich in den Sattel heben und nahm den Helm an sich. Heinz kletterte auf einer Leiter zu ihm hoch, band die Riemen fest und gab dabei einige Kommentare zu der Kampfweise ab, die er bei Ritter Moritz entdeckt zu haben glaubte.

»Euer Gegner hält die Lanze zunächst recht tief, hebt sie aber kurz vor dem Zusammenprall an und versucht, über den Schild gegen den Helm zu stoßen. Bitte seht Euch vor!«

Andreas versuchte zu nicken, doch der Helm saß so fest, dass er den Kopf kaum bewegen konnte. Er hatte Moritz wie auch dessen Bruder Urban beim Buhurt beobachtet und dasselbe festgestellt. Moritz von Niederzissens Kampfesweise mochte vielleicht nicht besonders ehrenhaft sein, aber sie war erfolgreich. Davon wollte er sich jedoch nicht beeindrucken lassen. Er war es seinem Stand auf der Ranksburg schuldig, möglichst jeden Niederzissener Ritter aus dem Sattel zu heben.

»Es mag beginnen!« Mit diesem Waffengang, das war ihm klar, würde die Auseinandersetzung mit der gegnerischen Sippe in eine neue Phase treten. Wenn er sich gut schlug, mochte dies den Appetit der Niederzissener auf Ranksburger Land mindern, und dazu wollte er seinem Vater verhelfen.

Rudolf von Ranksburg sah seinen Bruder anreiten und stieß einen leisen Fluch aus. »Ich wünschte, Moritz würde diesen aufgeblasenen Bastard in seine Schranken weisen.«

Sein Vetter lachte leise auf. »Gleich werden wir es sehen. Doch wenn Andreas unterliegt, musst du Urban aus dem Sattel stoßen, sonst werden die Niederzissener glauben, alle Ranksburger wären solche Schwächlinge wie dein Bruder.«

»Er ist nicht mein Bruder, sondern nur mein Halbbruder, falls mein Vater überhaupt sein Erzeuger ist und nicht irgendein Stallknecht, mit dem seine Mutter sich im Mist gewälzt hat, wenn sie ihr Drecksloch mal nicht meinem Vater hingehalten hat.« Rudolfs Stimme klang so keifend wie die eines Marktweibs, und das belustigte Götz von Zeilingen. Er wusste von dem Hass und der Verachtung, mit der seine Tante und deren Sohn den Bastard verfolgten, denn die beiden legten ihren Worten keine Zügel an, wenn sie ihre Verwandten besuchten.

»Auf Zeilingen laufen ein halbes Dutzend Bastarde meines Vaters herum, und bei keinem hat er auch nur einen Gedanken darauf verschwendet, ihn zum Ritter zu machen«, antwortete Götz, dem es Spaß machte, Rudolfs Wut weiter anzustacheln. Er bekam keine Antwort, denn eben ertönte ein weiterer Fanfarenstoß, und die beiden Kontrahenten trabten gegeneinander an. Rudolf sah voller Grimm, wie sein Halbbruder den Schild kurz vor dem Zusammenprall ein wenig höher nahm und die Lanze seines Gegners damit ablenkte, während Andreas' Lanze den Schild des Niederzisseners genau in der Mitte traf und den Mann aus dem Sattel warf. Ritter Moritz fiel scheppernd zu Boden, kollerte ein Stück über die Wiese und blieb stöhnend liegen.

»Teufel noch mal, stößt der Bastard zu! Wenn ich meinen ersten Gang überstehe, ist ausgerechnet der mein nächster Gegner.« Götz von Zeilingen war sichtlich blass geworden. Er hatte bei vorangegangenen Turnieren schon mehrmals die Lanze mit Moritz von Niederzissen gekreuzt und war beinahe jedes Mal in den Staub gestoßen worden.

Rudolf bleckte die Zähne und wiederholte, was seine Mutter am Morgen zu ihm gesagt hatte. »Einem Bastard sollte man verbieten, sich mit edel geborenen Rittern zu messen!«

167

Sein Vetter hörte ihm jedoch nicht zu, sondern machte sich zu seinem eigenen Waffengang bereit. Götz' Gegner war ein junger, noch unerfahrener Ritter, der mit mehr Glück als Können bis in den Tjost gelangt war und nun schmerzhaft erfahren musste, welch scharfer Wind auf der Kampfbahn wehte. Der junge Zeilingen fegte ihn aus dem Sattel und ließ ihn wie eine hilflos auf dem Rücken liegende Schildkröte zurück.

Götz von Zeilingen war mit seinem Sieg zufrieden, doch während er zum Zelt zurückkehrte, wanderte sein Blick wieder zu Andreas, der den anderen Kämpfern so ruhig und gelassen zusah, als gehe er davon aus, alle Gegner in den Staub werfen zu können. Unterdessen machte Rudolf sich zu seinem eigenen Kampf gegen Urban von Niederzissen bereit. Er gab ein prächtiges Bild ab, denn seine Rüstung war das Beste, was Nürnberger Plattnerkunst zu liefern imstande war. Bunte Bänder flatterten von seinem hörnerartigen Helmputz, und die Goldtauschierungen seiner Wehr glänzten mit der Sonne um die Wette. Es gelang ihm allerdings nicht, seinen Gegner mit seiner Erscheinung zu blenden. Erbittert über die schmähliche Niederlage seines Bruders stieß Urban mit aller Kraft zu und bewies Rudolf von Ranksburg mit allem Nachdruck, dass eine prächtige Hülle noch lange keinen großen Krieger ausmachte. Nachdem die Knechte Rudolf aufgehoben hatten, humpelte dieser mit kaum einer anderen Verletzung als seinem angeschlagenen Stolz zum Zelt seines Vetters zurück. »Verflucht, was musste mich die Sonne ausgerechnet in dem Augenblick blenden, als ich mit Ritter Urban zusammengeprallt bin!«

Götz hob kurz den Blick und stellte fest, dass die Sonne so stand, dass sie keinen der beiden Ritter hatte behindern können. Um Ausreden war sein Vetter noch nie verlegen gewesen, dachte er spöttisch, musste dann aber wieder an seinen eigenen Waffengang denken. Andreas' unerschütterliche Miene machte ihn unsicher. »Beim Blute Christi, ich will nicht gegen Euren Bastard verlieren!« Rudolf grinste hämisch und packte Götz am Arm. »Ich sorge dafür, dass du nicht gegen ihn antreten musst!«

»Wie willst du das schaffen, ohne meine Ehre zu beschmutzen?« Rudolf zog seinen Vetter noch näher zu sich heran. »Nach den Turnierregeln dürfen nur edel geborene Ritter teilnehmen. Der Sohn einer Bauernmagd hat hier nichts zu suchen. Komm mit zum Herold! Wir werden Beschwerde einlegen.«

Götz ließ sich von Rudolf mitziehen, brachte aber noch einen Einwand vor, um sein Gewissen zu beruhigen. »Ich weiß nicht, ob das richtig ist. Dein Vater wird außer sich sein vor Wut.«

Rudolf winkte ab. Für seinen Geschmack räumte der Vater dem Bastard viel zu viele Rechte ein, und es wurde Zeit, dass Andreas auf den Platz verwiesen wurde, der ihm zustand. Ohne sich um die abwehrende Haltung seines Vetters zu kümmern, zerrte er ihn über den Kampfplatz und hob die Hand, um den Herold auf sich aufmerksam zu machen.

»Verzeiht, Meister, doch mein Verwandter hat Klage zu führen.« Götz wand sich wie ein getretener Wurm, als der Herold ihn verwundert ansah, und überließ es Rudolf, mit dem Mann zu reden. »Soviel ich weiß, sind zu diesem Turnier nur edel geborene Ritter zugelassen. Wie kommt es also, dass der Sohn einer Bauernmagd daran teilnehmen darf?«, fragte Rudolf so laut, dass Andreas und auch sein Vater, der auf der Ehrentribüne saß, seine Worte verstehen konnten.

Der Herold strich sich irritiert über sein reich besticktes Gewand. »Wie meint Ihr das, Herr Ritter?«

»Es ist doch allgemein bekannt, dass Andreas von den Büschen, der nächste Gegner meines edlen Vetters, als Sohn einer Bauernmagd zur Welt gekommen ist. Wieso räumt man einem solch niedrig geborenen Kerl das Recht ein, edle Ritter herauszufordern?« Rudolf berauschte sich förmlich an seinen Worten. Obwohl ihn die gesamte Breite der Stechbahn von Andreas trennte, nahm er zufrieden wahr, dass das Gesicht seines Halbbruders so bleich wurde wie frisches Linnen. Aus den Augenwinkeln konnte er auch beobachten, wie sein Vater sich halb erhob und den Mund öffnete, als wolle er aufschreien. Doch dann sank Ludwig von Ranksburg auf seinen Lehnstuhl zurück und presste die Fäuste gegen die Stirn, auf der die Adern angeschwollen waren.

»Narr! Du elender Narr!«, hörte Rudolf ihn aufstöhnen. Seine Mutter winkte ihm jedoch mit einer anerkennenden Geste zu und lauschte zufrieden der Diskussion, die unter den auf der Tribüne versammelten Herren ausbrach.

Götz' Vater Günter von Zeilingen fürchtete, man würde seinem Sohn den Ruf der Feigheit anhängen, wenn er sich weigerte, gegen den Ranksburger Bastard anzutreten, und rief wütend, dass das Turnier bereits im Gange sei und man es dabei belassen solle. Seine Schwester Eisgarde warf ihm

170

einen bitterbösen Blick zu und erhielt in dem Moment Unterstützung von völlig unerwarteter Seite.

Leonhard von Niederzissen stand auf und lenkte mit einer fordernden Handbewegung die allgemeine Aufmerksamkeit auf sich. »Es kränkt mich, zu hören, dass mein Sohn Moritz von einem Mann vom Pferd gestoßen wurde, dem jedes Recht dazu fehlt. Diese Niederlage mag gelten, doch fordere ich, dass der Unwürdige von diesem Turnier und auch von allen weiteren ausgeschlossen wird.«

Es fiel dem Grafen von Niederzissen nicht schwer, die Niederlage seines Sohnes zu akzeptieren, denn Moritz hatte sich bei seinem Sturz so stark verletzt, dass es ihm unmöglich war, an diesem Tag noch einmal in den Sattel zu steigen. Zudem hatte sein Sohn Urban bereits die nächste Runde erreicht. Daher konnte Herr Leonhard sich darauf konzentrieren, den Graben zwischen den Söhnen seines Feindes Ludwig zu vertiefen. Rudolf nahm er nicht ernst, denn der war in seinen Augen ein aufgeblasenes Muttersöhnchen ohne Saft und Kraft, aber Andreas sollte den Gerüchten zufolge von Joachim von Terben ausgebildet worden sein, und der war ein Haudegen, der so leicht nicht seinesgleichen fand.

Der Herold versuchte zu schlichten. »Verzeiht, Graf Leonhard, doch bisher wurde es legitimierten Söhnen hoher Herren erlaubt, an Turnieren teilzunehmen. Warum sollten wir nun von dieser Regel abweichen?«

»Richtig!«, stimmte ihm Ludwig von Ranksburg grimmig zu.

Rudolf schüttelte empört den Kopf. »In der Einladung zu diesem Turnier war von edel geborenen Rittern die Rede, und nicht von Bastarden. Regeln werden aufgestellt, damit sie eingehalten werden! Sonst kann man doch gleich jeden Bauernlümmel in die Stechbahn lassen.«

Die Stimmung unter den Herren, die das Turnier zu überwachen hatten, schwankte. Einige der Grafen und Freiherren hatten Söhne zur linken Hand und wollten hier kein Exempel statuiert sehen, welches sich gegen diese richten konnte. Leonhard von Niederzissen erklärte jedoch brüllend, in seiner Ehre gekränkt zu sein, sollte Andreas nicht ausgeschlossen werden. Seine Freunde und Verbündeten stimmten ihm wortreich zu, und so blickte der Herold sich zuletzt zu Graf Ludwig um, der mit eingefallenem Gesicht auf seinem Platz saß und mit den Zähnen knirschte. Jede Faser seines Herzens drängte ihn, sich auf die Seite seines ältesten Sohnes zu stellen, und er hätte die Entscheidung wohl auch zu dessen Gunsten beeinflussen können, wenn seine Gemahlin es zugelassen hätte.

Frau Eisgarde krallte ihre Rechte in seinen linken Oberarm und sprach leise, aber heftig auf ihn ein. »Wenn du Rudolf jetzt in den Rücken fällst, wird er sich niemals unangefochten Graf auf der Ranksburg nennen können, denn der Bastard wird sich immer daran erinnern, dass er ihn an diesem Tag hat demütigen können.«

Graf Ludwig war klar, dass seine Gemahlin Recht hatte. Rudolf war zu weit gegangen, als dass die Beziehung der Brüder noch einmal zu kitten war. Stellte er sich als Vater auf Andreas' Seite, würde er die Stellung seines Erben untergraben. Also war es besser, auch diesmal Unrecht zu üben, als die Grundfesten der Ranksburger Herrschaft zu erschüttern, indem er seinen ehelichen Sohn der Lächerlichkeit

172

preisgab. Daher schwieg Herr Ludwig und gab so den Schreiern um Leonhard von Niederzissen die Möglichkeit, sich durchzusetzen.

Der Herold hörte sich mit steinerner Miene an, was die Herren zu sagen hatten, und ging dann mit steifen Schritten auf Andreas zu. Die Entscheidung bedeutete auch eine herbe Niederlage für ihn, denn er hatte den jungen Ritter aufgrund seiner Abkunft in den Kreis der Kämpfer aufgenommen. Der legitimierte Sohn eines Grafen sollte eigentlich über alle Zweifel erhaben sein, dachte er sich, als er vor Andreas stehen blieb. Ihm tat der junge Ritter Leid, der mit versteinertem Gesicht und vor Wut flackernden Augen vor ihm stand, doch er konnte ihm die Demütigung nicht ersparen.

»Ritter Andreas, es ist der Wille des Schiedsgerichts, Euch von der weiteren Teilnahme an diesem Turnier auszuschließen. Ihr werdet aufgefordert, Euer Zelt abzubauen und Euch in die Reihen der Zuseher zu begeben.« Dabei zeigte er auf die Wiese mit dem gemeinen Volk, das diesen Zwischenfall mit großem Interesse und wirren Kommentaren verfolgte.

Rudolf von Ranksburg war dem Herold gefolgt, um sich an den Qualen seines Halbbruders zu weiden, und setzte nun zu einem weiteren Stich an. »Hast du nicht gehört? Du sollst von hier verschwinden, Bastard! Im Kreis hochedler Ritter hat deinesgleichen nichts verloren.«

In der ersten Wut wollte Andreas seine Faust in Rudolfs grinsendes, selbstzufriedenes Gesicht schlagen. Doch die harte Erziehung, die Joachim von Terben ihm hatte angedeihen lassen, half ihm, sich zu beherrschen. Ohne seinen

173

Halbbruder, mit dem ihm außer dem gemeinsamen Vater nur noch Hass verband, eines weiteren Blickes zu würdigen, befahl er Heinz und den Knechten, die der Vater ihm zur Verfügung gestellt hatte, sein Zelt abzuschlagen und alles reisefertig zu machen. Dann schritt er davon, um in der Einsamkeit seine Gedanken zu sammeln.

Rudolf wollte dem Bastard folgen und noch einiges an Häme über ihm ausgießen, doch Götz von Zeilingen hielt ihn zurück. »Sei kein Narr! Wenn er dich mit der blanken Faust niederschlägt, wird ihm niemand einen Vorwurf machen, denn das Turniergericht hat ihn nur ungern ausgeschlossen. Du hast dir hier keine Freunde gemacht. Mein Vater ist außer sich vor Zorn, und ich muss ihm eine Weile aus dem Weg gehen, damit er seine Wut nicht an mir auslässt. Verstehen kann ich ihn ja, denn in seinen Augen wäre es besser gewesen, der Bastard hätte mich aus dem Sattel gehoben, als dass ich auf diese Weise in den Ruch der Feigheit gekommen bin!«

Rudolf bedachte Götz mit etlichen kräftigen Flüchen, denn schließlich hatte er den Bastard auch seinetwegen ausgeschaltet. Sein Vetter blieb ihm keine Beleidigung schuldig, und so entspann sich ein so lautstarker Streit, dass selbst die Herren auf der Tribüne auf ihn aufmerksam wurden.

XI.

Andreas hatte den Anger ohne jedes Ziel durchmessen und war in den Auwald des Flusses eingetaucht, an dem das Städtchen lag. Am Flussufer blieb er stehen, lehnte sich gegen eine kräftige Erle und starrte in das rasch dahinziehende Wasser. Alles in ihm begehrte gegen die Kränkung durch seinen Bruder auf, der ihm schier die Luft zum Atmen nicht mehr gönnte. Diesem Mann sollte er nach dem Willen ihres gemeinsamen Vaters dienen und ihn gegen seine Feinde verteidigen.

»Niemals!« Eine Ente flog erschrocken auf. Ihr klatschendes Flügelschlagen machte Andreas klar, dass er seiner Erregung laut Luft gemacht hatte, und er spürte, wie er innerlich vor Wut zitterte. Um dieses Gefühl nicht Herrschaft über sich gewinnen zu lassen, sagte er sich die Worte vor, die Joachim von Terben jedem seiner Schützlinge mit auf den Weg gegeben hatte: »Der Zorn verdunkelt die Gedanken und verwirrt die Sinne. Wer seinem Zorn freien Lauf lässt, gibt seinem Gegner Gewalt über sich.«

Seine Stimme hörte sich mit einem Mal fremd an, und er stellte mit bitterem Auflachen fest, dass Rudolf schon alle Gewalt über ihn hatte. Er selbst war ein Nichts, ein Niemand, der nur durch die Gnade und Barmherzigkeit seines Vaters ein Schwert führen durfte. Hätte Graf Ludwig anders entschieden, würde er mit einem Pflug hinter den Ochsen hertrotten und Korn säen. In diesem Augenblick fragte er sich, ob dies nicht das bessere Schicksal für ihn gewesen wäre, denn als Freibauer hätte er in gewissen Grenzen über sich selbst bestimmen können. Was nützte es ihm, ein Ritter zu sein, wenn er von Rudolf wie ein Leibeigener behandelt wurde?

Ein Schatten fiel über ihn. Andreas schnellte herum, doch statt seines hohnlachenden Bruders sah er einen Herrn vor sich, dessen höfische Kleidung sich stark von den Trachten der hiesigen Ritter unterschied. Seine durch einen breiten, reich bestickten Gürtel geraffte Tunika war aus feinstem Stoff und in den Farben Blau und Gold gehalten, die eng anliegenden Strumpfhosen leuchteten im sanften Grün, und über den Schultern trug er ein kurzes Cape mit einer zurückgelegten Kapuze. Seine Brust schmückte eine schwere Goldkette mit einem so großen Kreuz, dass Andreas ihn im ersten Moment für einen geistlichen Würdenträger hielt. Der Mann sprach ein paar Worte, die der junge Ritter nicht verstand, und wechselte dann in ein weiches, abgeschliffenes Deutsch mit fremdartiger Betonung über.

»Erlaubt, dass ich mich vorstelle, Chevalier de Büsch. Mein Name ist Josin d'Ville. Ich habe Euch kämpfen sehen und will Euch meine Bewunderung ausdrücken sowie mein Bedauern für den Tort, der Euch eben angetan worden ist. Den Sohn eines Comté von einem Turnier auszuschließen, nur weil seine Gegner Angst vor ihm empfinden! Wie lächerlich! Wie entwürdigend für alle Teile!«

Andreas hatte nicht die geringste Ahnung, was der Mann von ihm wollte, und wünschte sich, er würde wieder gehen. Der Fremde aber trat noch näher und legte ihm den Arm um die Schulter. »Cher ami, dies hier ist nicht das Land für Männer wie Euch! Mein Herr, Roi Jacques, sammelt Recken in seiner Stadt Montpellier, um sein Königreich Mallorca aus der Knechtschaft seines Vetters Pierre de Aragón zu befreien, der ihm sein Land heimtückisch entrissen hat. Ich bin ein – wie sagt man? – ah! Gesandter Seiner Majestät, um Ritter und Söldner anzuwerben, und ich sage Euch, wenn Ihr meinen Rat befolgt, werdet Ihr einmal ein großer

176

und mächtiger Mann sein, ein Baron oder gar ein Comté –
ein Graf, wie man es in Euren Landen nennt.«

Was der Mann da von sich gab, klang in Andreas' Ohren allzu phantastisch. Der junge Ritter hatte noch nie
etwas von einem Königreich Mallorca oder der Stadt
Montpellier gehört. Es gab immer wieder Herren, die
Ritter und Soldaten für einen Kriegszug um sich sammelten, und im Grunde seines Herzens war er auch bereit, sich so einem Heer anzuschließen. Allerdings stand
er in Graf Ludwigs Diensten und konnte seinem Bruder
keinen größeren Gefallen tun, als ohne die Erlaubnis und
den Segen seines Vaters davonzulaufen. Dann nämlich
würde er Rudolf Recht geben, der ihn wegen seiner Abkunft als ehrlos verleumdete. Aus diesem Grund schüttelte er den Kopf.

»Es tut mir Leid, mein Herr, doch liegt es nicht in meiner
Absicht, in ferne Länder zu ziehen und für Könige zu kämpfen, die ich nicht kenne.«

»Das ist bedauerlich, denn ich hätte Euch für einen mutigen Streiter gehalten, der sein Glück zu fassen weiß. Ihr
solltet Euren Entschluss noch einmal überdenken. Auf
Mallorca harren Ruhm, Ehre und Reichtum auf Euch. Bedenkt, was Ihr hier zu erwarten habt!« D'Ville nickte Andreas
noch einmal zu und verschwand im Schatten des Auwalds.

Andreas wandte sich wieder dem Fluss zu, war aber zu
aufgewühlt, um einfach dastehen und dem Spiel der Wellen
zusehen zu können, und kehrte daher zum Turnierplatz zurück. Dort, wo sein Zelt gestanden hatte, klaffte nun eine
Lücke, die er wie eine nachträgliche Ohrfeige empfand.
Von seinem Bruder war weit und breit nichts zu sehen, und

als er zur Tribüne hinüberblickte, entdeckte er, dass sein Vater und dessen Gemahlin ihre Plätze verlassen hatten.

Heinz tauchte neben ihm auf und zupfte ihn am Ärmel. »Verzeiht, Herr Ritter, aber Euer Vater will Euch sofort sprechen.«

»Wo ist er? Schon in seinem Quartier in der Stadt?« Andreas wollte auf das Stadttor zugehen, doch sein Knappe hielt ihn zurück.

»Nein, Herr, er hält sich im Zelt der Ratte Rudolf auf.«

Es kostete Andreas Überwindung, auf das prunkvolle Zelt zuzugehen und einzutreten. Sein Vater saß auf dem zusammenklappbaren Stuhl, den sonst Rudolf benützte, und wirkte wie eine leibhaftig gewordene Gewitterwand. Frau Elsgarde stand neben ihm, die rechte Hand auf seine Schulter gelegt und die roten Lippen ihres immer noch recht ansehnlichen Gesichts spöttisch gespitzt. Rudolf lehnte ein paar Schritte entfernt an einem der Zeltpfosten, hatte die Arme vor der Brust verschränkt und schien noch schlechterer Laune zu sein als Graf Ludwig.

Wider alle Erfahrung hoffte Andreas, dass sein Vater sich wenigstens diesmal auf seine Seite stellen und den Jüngeren in seine Schranken weisen würde. Doch bereits die ersten Worte des alten Herrn ließen ihn eher Schlimmeres befürchten. »Dieser unsinnige Streit wird keinen Keil zwischen euch treiben, verstanden! Es ist schlimm genug, dass Rudolf sein Vorrecht als Erbe auf diese Weise vor der Welt zum Ausdruck bringen musste.«

Er sagt es, als wäre ich der Schuldige, fuhr es Andreas durch den Kopf, und zum ersten Mal in seinem Leben lehnte er sich gegen seinen Vater auf. »Es ging Rudolf nicht

178

um sein Vorrecht, denn das ist seit seiner Geburt allgemein bekannt. Er hat sich nur geärgert, weil ich meinen Niederzissener Gegner besiegen konnte, während er von seinem in den Staub geworfen worden ist!«

Rudolf, der ihm bisher den Rücken zugekehrt hatte, fuhr mit einer heftigen Bewegung herum. »Unsinn! Mir ist es nur darum gegangen, meinem hochgeborenen Vetter Götz die Schmach zu ersparen, gegen einen im Mist geborenen Bastard antreten zu müssen.«

Beleidigungen dieser Art hatte Andreas von seinem Bruder schon oft hinnehmen müssen, doch nun lief das Fass seiner Gefühle über. Bevor er jedoch etwas sagen konnte, herrschte sein Vater ihn an. »Du schweigst! Es ist bedauerlich, dass du vom Turnier ausgeschlossen worden bist und daher nicht gegen Urban von Niederzissen hast antreten können. Ich durfte jedoch nicht zulassen, dass Rudolf als Erbe von Ranksburg diesen Streit verlor und sich vor seinen Standesgenossen lächerlich machte.«

»Es war ungerecht!«, brach es aus Andreas heraus.

»Das Leben ist selten gerecht. Danke Gott, dass ich dich in den Stand eines Ritters erhoben habe, und nimm es so hin, wie es kommt. Wenn dein Bruder dereinst meinen Platz eingenommen hat, wirst du ihm so dienen, wie du jetzt mir dienst.« Graf Ludwig schien alles gesagt zu haben, was er hatte sagen wollen, doch Andreas bemerkte die Blicke, die Mutter und Sohn wechselten, und wusste, dass die beiden immer noch nicht zufrieden waren.

Frau Eisgarde klopfte ihrem Gemahl mahnend auf die Schulter. »Es gibt noch ein paar Dinge zu besprechen, die den Stand des Bastards betreffen, mein Gemahl.«

»Genau!«, rief Rudolf rasch. »So wie jetzt kann es nicht bleiben. Da Andreas der Ältere ist, halten viele edle Herren ihn für den Erben und verweigern mir die zustehenden Ehren.«

Die Begründung war so verlogen, dass Andreas böse auflachte. Rudolf und seine Mutter hatten alles nur Mögliche getan, um der Welt kundzutun, wer der legitime Sohn sei, und ihn in ein schlechtes Licht zu rücken.

Sein Bruder stellte sich in Positur. »Ich verlange, dass Andreas jedes Anrecht auf das Erbe von Ranksburg für jetzt und alle Zeiten abgesprochen wird und er mir heute vor den versammelten Rittern den Diensteid leistet. Er hat trotz des Ritterschlags, den er nie hätte erhalten dürfen, als unfreier Dienstmann zu gelten.«

Andreas hatte Mühe, seine Wut zu beherrschen und den Jüngeren nicht auf der Stelle niederzuschlagen. Es war auch nur eine geringe Genugtuung für ihn zu sehen, wie sein Vater die Fäuste ballte und empört auffuhr. »Niemals! Kein Ranksburger ist je ein Leibeigener gewesen oder wird es je sein.«

»Ich will es so!«, trumpfte Rudolf auf. »Er ist kein richtiger Ranksburger, denn er wurde von einer unfreien Magd geboren und gehört daher nicht einmal in den Stand eines Freien, viel weniger in den eines Ritters.«

»Seine Mutter war die Tochter eines Freibauern, und es fließt kein Tropfen Blut eines Leibeigenen in seinen Adern.«

»Das mag ja sein. Doch ich werde ihn nur als Unfreien in meiner Nähe dulden. Wäre seine Mutter edlen Bluts gewesen, also zumindest die Tochter eines Ritters, würde ich ihn mit Freuden an mein Herz drücken und ihn Bruder nennen.

So aber stehen die Standesschranken wie ein Wall aus Eisen zwischen uns.«

Andreas war klar, dass Rudolf und seine Mutter jeden Bruder als Konkurrenten bekämpft hätten, und als Sohn einer hochgeborenen Frau wäre er sicherlich längst einem Unfall oder einer rätselhaften Krankheit zum Opfer gefallen. Frau Eisgarde wurde großes Geschick mit Kräutern und Arzneien nachgesagt. Gewiss befand sich eine Phiole in ihrem Besitz, deren Inhalt einen Menschen rascher ins Himmelreich zu bringen vermochte, als Gott in seiner Gnade es vorgesehen hatte.

»Ihr habt die Wahl, Herr Vater. Entweder erfüllt Ihr meine Bedingung, oder der Bastard muss fort!« Rudolfs Miene ließ keinen Zweifel daran, dass er keinen Fingerbreit von seiner Forderung abrücken würde. Seine Mutter nickte zu jedem seiner Worte und redete nun heftig auf ihren Gemahl ein. Graf Ludwig sank in sich zusammen, und zum ersten Mal sah Andreas ihn als das, was er war: als einen Mann, der in einem Alter zum ersten Mal Vater geworden war, in dem andere bereits ihre Enkel auf den Knien schaukeln konnten.

Der Herr auf Ranksburg fühlte, wie ihn die Last zu erdrücken drohte, die sich auf seinen Schultern türmte. Seit Rudolfs Geburt hatte er alles getan, um diesem ein gesichertes Erbe zu hinterlassen und einen Bruder, der selbstlos an seiner Seite stehen und ihn verteidigen würde. Doch im beginnenden Winter seines Lebens begriff er mit erschreckender Deutlichkeit, wie falsch er es angefangen hatte, sein Haus zu ordnen. Stets hatte er dem Stolz seines legitim geborenen Sohnes geschmeichelt und war seiner Gemahlin in allem zu Willen gewesen, um dessen Vorrang zu bekräftigen. Ich hätte hart bleiben sollen, als Eisgarde mir ihr Gift in die Ohren geträufelt hat, und sie und ihren Sohn mit Rutenstreichen zum Gehorsam zwingen sollen, anstatt ihnen immer wieder nachzugeben. Seine Hoffnung, die Unzulänglichkeiten des Jüngeren durch die Tugenden des Bastards ausgleichen zu können, lag nun in Trümmern. Einem anerkannten Bruder des jungen Grafen hätten die ihm lehenspflichtigen Ritter gehorcht, doch einem unfreien Dienstmann würde keiner von ihnen folgen.

Das Blut rauschte in den Adern des alten Mannes, und er vermochte seine Enttäuschung nicht zu verbergen. Trotzdem tat er auch jetzt noch alles, um seinen Erben zu schützen. »Da es euch nicht möglich ist, in Frieden miteinander auszukommen, muss Andreas die Ranksburg verlassen. Er wird vorher jedoch beim Blute Christi schwören, niemals die Hand gegen seinen Bruder zu erheben noch dessen Feinde gegen ihn zu unterstützen. Auch wird er auf ewig vom Erbe ausgeschlossen und darf in Zukunft kein Ranksburger Gebiet mehr betreten noch sich auf weniger als drei Tagesreisen unserer Stammburg nähern.«

Frau Eisgarde und ihr Sohn sahen sich im Hochgefühl eines endgültigen Sieges an, denn nun war alles erreicht, was sie je angestrebt hatten. Andreas hingegen stand wie erstarrt im Raum und glaubte, in einen Abgrund zu blicken. Seine ganze Erziehung war darauf ausgelegt gewesen, zuerst seinen Vater und später seinen Bruder zu unterstützen. Nun lag seine Welt in Trümmern, und er wusste nicht mehr aus noch ein. Da erinnerte er sich an die Begegnung am Fluss. Wenn es Gottes Wille war, ihm die Heimat zu nehmen, so

182

würde er sich in diesem Mallorca oder wie es hieß eben eine neue erkämpfen. Mit versteinertem Gesicht trat er vor seinen Vater und hob die Hand zum Schwur.

»Es sei, wie Ihr es wünscht, Graf Ranksburg. Weder werde ich Euren Sohn bedrohen noch ihm sein Erbe streitig machen. Was Eure Länder betrifft, so werden sie mich gewiss nicht wiedersehen.« Nach diesen Worten wandte er sich brüsk ab und verließ das Zelt. Er sah nicht mehr, wie sein Vater in einer hilflosen Geste die Hand ausstreckte, um ihn zurückzuhalten. So hatte Graf Ludwig sich den Abschied seines Ältesten nicht vorgestellt, er hatte ihn mit Geld und Empfehlungsschreiben für seine Freunde versehen und mit etlichen guten Ratschlägen entlassen wollen. Er verstand jedoch den Zorn des jungen Mannes und wusste im Grunde seines Herzens, dass er an Andreas' Stelle nicht anders gehandelt hätte. Ärgerlich schüttelte er die Hand seiner Gemahlin ab und erhob sich. Seine Augen funkelten sie wütend an, und aus seiner Brust drang ein tiefes Grollen. »Weib, du hast soeben den rechten Schwertarm deines Sohnes abgeschlagen!«

Frau Eisgarde beantwortete seine Worte mit einer verächtlichen Handbewegung. »Meine Sippe auf Zeilingen wird Rudolf von weit größerem Nutzen sein als ein Bastard, den Ihr mit einer läufigen Hündin im Schmutz gezeugt habt.«

Graf Ludwig hob die Hand, um sie zu schlagen, ließ sie dann aber resignierend sinken. Die Fehler, die er vor zwanzig Jahren gemacht hatte, ließen sich auf diese Weise nicht mehr beheben.

XII.

Als Andreas aus dem Zelt stürmte, war das Turnier noch immer im vollen Gang, und Urban von Niederzissen stieß eben Götz von Zeilingen aus dem Sattel. Andreas warf nur einen kurzen Blick auf die beiden, denn für ihn gab es nur einen einzigen Ritter, mit dem er voller Begeisterung die Lanzen gekreuzt hätte, nämlich seinen Bruder. Rudolf im Staub liegen zu sehen würde ihn für beinahe zwei Jahrzehnte voller Gemeinheiten und böser Streiche entschädigen. Doch sein Vater hatte es mit dem ihm abgerungenen Schwur unmöglich gemacht, seinen Bruder zu demütigen.

Als hinter ihm erneut das Krachen berstender Lanzenschäfte ertönte, wurde er ruhiger und wanderte unter den fragenden und vielfach auch spöttischen Blicke der versammelten Herren und Damen an den Tribünen vorbei, um nach dem Mann zu suchen, der ihn am Ufer angesprochen hatte. Er konnte Josin d'Ville jedoch nirgends entdecken. Es war, als hätte sich der Gesandte des Königs von Mallorca in Luft aufgelöst.

Andreas war nicht bereit, die Lanze ins Korn zu werfen. Er schlenderte einmal ganz um die Stechbahn herum, um ganz sicher zu sein, dass Ritter Josin den Ort verlassen hatte, und suchte dann nach seinem Knappen.

Heinz stand neben drei Pferden und machte ein Gesicht, als wolle er jeden erwürgen, der ihm zu nahe kam. »Herr! Die Knechte dieser Ratte Rudolf haben eben Euer Streitross mitgenommen und Euch dafür diesen elenden Klepper gelassen«, rief er sichtlich empört aus.

Andreas' Gesicht färbte sich dunkel vor Zorn. »Das

184

Streitross ist ein Geschenk seines Vaters und geht Rudolf nichts an. Sag, wo haben sie es hingebracht? Ich werde es zurückholen!« Er machte ein paar Schritte in die Richtung, in die Heinz zeigte, und entdeckte nicht weit von ihnen sein Pferd an einen Pfahl gebunden. Zwei junge Ritter, die Andreas noch aus seiner Zeit auf der Ranksburg her kannte und die damals schon enge Freunde seines Halbbruders gewesen waren, standen scheinbar unauffällig in der Nähe, unterhielten sich grinsend und strichen dabei immer wieder über ihre Schwertgriffe. Ein paar Schritte weiter entdeckte Andreas noch ein halbes Dutzend Reisige in den Ranksburger Farben, die sich hinter einem zerzausten Buschwerk nur unzureichend verborgen hielten. Nun war ihm klar, auf was das Ganze hinauslaufen sollte. Rudolf hatte ihm eine Falle gestellt mit dem Ziel, ihn zum Krüppel schlagen oder sogar töten zu lassen, wenn er vom Zorn übermannt versuchte, sich seinen Hengst zurückzuholen.

Er blieb stehen, als sei er gegen eine Wand gelaufen, und wiederholte einige Ratschläge, die Joachim von Terben seinen Schützlingen immer wieder einzuprägen versucht hatte. Die Ranksburger Schergen würden ihn hindern, sich seinen Hengst zurückzuholen, und wenn er dann rot vor Wut auf die Männer losging, brach er seinen Schwur, niemals das Schwert gegen Ranksburg und dessen Krieger zu erheben. Man würde seinen Halbbruder noch dafür loben, dass er einen Eidbrüchigen hatte töten lassen. Andreas bedauerte den Verlust des edlen Pferdes, aber er würde nicht auf die Provokation hereinfallen und als ehrloser Wicht enden. Mit einem Achselzucken drehte er sich um und kehrte zu Heinz zurück.

»Die Sache ist es nicht wert, dafür meine Ehre in den Staub zu treten, denn die ist das Einzige, was ich noch besitze.« Er musterte den grau gefleckten Schimmel mit langem Bewuchs über den Hufen. Das Tier hatte schon bessere Tage gesehen und konnte sich nicht im Geringsten mit dem großrahmigen Hengst messen, auf dem er heute in die Stechbahn geritten war, aber er musste wohl oder übel mit dem abgehalfterten Gaul zurechtkommen. Da sie sonst nur noch den falben Zelter und Heinz' braunen Wallach besaßen, würde das Pferd Rüstung und Zelt tragen müssen.

»Komm, Heinz, laden wir auf! Je eher wir von hier verschwinden, umso besser.« Da sich von den Knechten, die sein Vater ihm zur Verfügung gestellt hatte, keiner sehen ließ, half Andreas dem Burschen, das Gepäck auf die Pferde zu schnallen, und schwang sich auf den Zelter.

Als er das Pferd nach Westen wandte, schnaubte Heinz tadelnd. »Aber Herr, das ist nicht der Weg, der zur Ranksburg führt!«

Andreas bleckte die Zähne. »Wir kehren nicht zur Ranksburg zurück, mein Guter, denn ab heute sind wir so frei wie die Vögel in der Luft.«

Heinz starrte ihn verdattert an. »Aber wohin reiten wir dann?«

»Nach Montpellier, mein Guter, um König ...« Andreas versuchte sich zu erinnern, welchen Namen d'Ville genannt hatte, kam aber nicht darauf. »Wir werden unsere Dienste einem richtigen König anbieten. Danach soll noch einer behaupten, ich sei nicht würdig, die Lanze mit ihm zu kreuzen.«

Der Knappe kratzte sich am Kopf und fragte sich, welcher Teufel seinen jungen Herrn ritt, die Heimat zu verlassen, um in einem unbekannten Königreich Ruhm und Ehre zu erwerben. Wenn der Ritter nicht einmal den Namen dieses Königs kannte, konnte nichts Gutes dabei herauskommen.

»Verzeiht Herr, aber dieses Mopelä – wo liegt das eigentlich?«

Andreas zuckte mit den Schultern. »Keine Ahnung, mein Guter! Wir werden es schon zu finden wissen.«

XIII.

»Das Segel ist seit Mittag nicht kleiner geworden!«

Soledad empfand Antonis Bemerkung als schlechten Witz, denn in Wirklichkeit war das Schiff, das ihnen folgte, ein ganzes Stück näher gekommen, obwohl sie außer ihrem Segel noch jeden Fetzen Stoff gespannt hatten, der sich an Bord hatte finden lassen. Ihr Boot legte sich unter dem Druck des Windes mittlerweile so stark auf die Seite, dass es immer wieder Wasser aufnahm und sie alle schöpfen mussten.

»Was mögen das für Leute sein?«, fragte Soledad.

Josep, der die Ruderpinne so fest umklammerte, dass seine Fingerknöchel weiß hervortraten, drehte sich kurz um. »Schwer zu sagen! Es ist noch zu weit weg, um genau bestimmen zu können, wohin es gehört. Die Form des Segels ist in vielen Ländern gebräuchlich.«

»Die Segel, Vater! Das Schiff hat zwei Masten.« Marti hatte die schärfsten Augen und auch mehr Erfahrung mit

Schiffen als Soledad, die erst auf seinen Ausruf hin das zweite Segel ihres Verfolgers entdeckte.

»Das ist nicht gut!« Josep seufzte und stemmte sich gegen das Ruderblatt, um das Boot noch etwas höher an den Wind zu bringen, wobei er nicht glaubte, dass dies ihnen helfen würde. Dafür war das andere Schiff einfach zu schnell. Es würde sie lange vor der schützenden Nacht eingeholt haben. Unterdessen begann Marti auf Befehl seines Vaters alles über Bord zu werfen, was irgendwie entbehrlich schien, um ihr Boot leichter und damit schneller zu machen. Soledad half ihm, während Strella zusammengekauert ganz vorne am Bug saß und vor sich hin jammerte. Die alte Frau konnte den Verlust ihrer schlichten, aus Bruchsteinen errichteten Kate nicht verkraften und sah in dem fremden Schiff eine Strafe des Himmels für ihre Flucht aus der Heimat. »Es sind gewiss diese schrecklichen Mauren, die uns gefangen nehmen und als Sklaven in die Berberei schleppen werden!«

Antoni legte seiner Mutter beruhigend die Hand auf die Schulter. »Gewiss handelt es sich um ehrliche Christenmenschen, wahrscheinlich um Katalanen, die uns sicher nicht versklaven werden. Wir müssen ihnen nur sagen, dass wir Fischer sind, die ein Sturm verschlagen hat.«

»Und was ist, wenn sie uns fragen, weshalb wir schon die ganze Zeit vor ihnen Reißaus nehmen?« Joseps Stimme klang bellend, und er zitterte vor Angst.

Marti kletterte unterdessen ein Stück den Mast hoch, um besser sehen zu können. Als er wieder herabkam, war sein Gesicht weiß wie der Schnee auf den höchsten Gipfeln der Tramuntana zur Winterzeit.

»Es sind Mauren! Ich habe die Symbole auf ihren Flaggen erkannt.«

Die alte Strella wimmerte entsetzt, und auch Soledad musste an sich halten, um nicht vor Schreck aufzuschreien.

Josep stieß die angehaltene Luft aus den Lungen und lachte bitter auf. »Bevor ich mich von diesen ungläubigen Hunden verschleppen lasse ...« Er brach ab und klopfte auf sein Messer.

Antoni schüttelte den Kopf. »Kämpfen ist sinnlos. Dafür sind es zu viele. Vielleicht fahren sie nur zufällig in die gleiche Richtung wie wir und beachten uns gar nicht. Fünf Leute sind eine viel zu magere Beute für einen maurischen Piraten.«

»Ich fürchte, sie meinen tatsächlich uns. Von ihren hohen Masten aus dürften sie längst gesehen haben, wer hier an Bord ist, und ich denke, sie sind hinter Sola her. Ihre Scheichs und Emire wiegen ein Mädchen wie sie in Gold auf. Nein, Bruder, wenn die uns erwischen, machen sie uns zu Sklaven oder töten uns als nutzlose Fresser.« Joseps Blick streifte Strella, die man bestimmt nicht am Leben lassen würde, und er forderte Marti auf, auch das Bettzeug den Wellen zu opfern.

»Wenn sie uns erwischen, brauchen wir es nicht, und wenn es uns hilft, zu entkommen, verzichte ich gerne darauf«, setzte er hinzu. Marti nickte mit zusammengebissenen Zähnen und warf die Sachen ins Wasser. Soledad sah die Strohsäcke, Matten und wattierten Decken achteraus schwimmen und kämpfte mit den Tränen, denn die meisten Sachen hatten Miranda und sie selbst gefertigt. Für einen Augenblick war es ihr, als nähme man ihr die Schwes-

189

ter ein zweites Mal. Es war schlimm genug, Miranda in den Händen Decluérs zu wissen, ohne etwas für sie tun zu können, oder sie gar für tot halten zu müssen. Die Fremden hinter ihnen würden ihr aber auch noch jede Möglichkeit zur Rache nehmen.

Soledad bleckte die Zähne in Richtung des sie verfolgenden Schiffes, das nun deutlich als schlanker Zweimaster mit zwei großen Lateinersegeln auszumachen war. Die an der Spitze des Hauptmasts wehende Flagge war nicht zu erkennen, aber das Mädchen hätte keine faulige Sardine dagegen gewettet, dass es Halbmond und Stern oder eine verschnörkelte maurische Aufschrift trug. Mit einer heftigen Bewegung wandte sie sich an Antoni, der das Segel des Bootes noch besser zu trimmen versuchte.

»Ich will diesen heidnischen Hunden nicht in die Hände fallen. Es reicht, wenn mit Miranda eine der Töchter unseres Vaters den Kelch der Schande bis zur Neige leeren musste.«

Der ehemalige Diener nickte bedrückt. »Es wird wohl sein müssen. Oh Heilige Jungfrau, warum lässt du das nur zu? Es wäre gnädiger gewesen, Euer Vater hätte Euch mit seinem Schwert getötet, bevor er sich Decluér zum Kampf stellte.«

»Er liebte unsere Mutter in uns. Daher hat er es nicht übers Herz gebracht, unser Blut zu vergießen. Doch die Heilige Jungfrau hat ihr Gesicht von uns abgewandt und uns nur Tränen gelassen.« Soledad sah jedoch nicht so aus, als sei ihr zum Weinen zumute. Ihrem Gesicht nach würde sie dem ersten Mauren, der an Bord stieg, mit den Zähnen an die Kehle gehen. Und genau das befürchtete Antoni. Miranda hätte sein Messer genommen und sich schon aus

Angst selbst entleibt. Bei Soledad hingegen konnte man niemals wissen, wie sie reagieren würde. Also würde er sie notfalls töten müssen und dabei seinen Arm verfluchen, der diese Tat beging.

»Schaut mal nach vorne!« Soledad zeigte nach Osten. Dort war der Himmel mit einem Mal schwarz geworden, und die See darunter hatte die Farbe geschmolzenen Bleis angenommen.

Josep schlug das Kreuz. »Beim heiligen Pere Pescador, ein Sturm! Als wenn wir mit den verdammten Mauren nicht schon genug zu tun hätten.« Sein Blick irrte entgeistert zwischen der bedrohlichen Wetterwand und dem Segler hin und her, der mittlerweile so nahe gekommen war, dass man die einzelnen Männer unterscheiden konnte, die sich hinter der Reling zusammenrotteten.

»Ein Sturm?« Soledad zuckte zusammen, als die ersten Blitze einen Himmel spalteten, der mit einem Mal an den Schlund der Hölle gemahnte. »Soll er uns doch verschlingen!«

Es war die Entscheidung eines Augenblicks. Soledad schnellte herum und packte Josep am Hemd. »Steuere in den Sturm hinein. Wind und Wellen werden gewiss gnädiger mit uns verfahren als die maurischen Piraten.«

Den Fischer schauderte es bei dem Gedanken. »Das ist keines der kleinen Gewitter, Mädchen, wie du sie an Land erlebt hast, sondern ein Unwetter, wie Gott es nur alle paar Jahre schickt. Es wird das Meer im weiten Umkreis leer fegen, und wir werden seine ersten Opfer sein.«

Antoni lachte bitter auf und veränderte die Trimmung des Segels. »Ich wusste gar nicht, dass du so scharf darauf bist, ein maurischer Sklave zu werden, Bruder. Soll uns doch die See verschlingen und das Gesindel hinter uns gleich mit dazu.«

Strella richtete sich auf und schlug das Kreuz. »Ja, steuere nach Osten! So werden wir den gottlosen Heiden entgehen und als gute Christen in die ewige Seligkeit eingehen!«

Marti sah als Einziger so aus, als würde er den Sklavendienst im fremden Land dem Tod vorziehen, doch er war noch jung und zudem kein Mädchen, das der Schändung durch die Mauren entgegensah. Da er begriff, dass sein Rat nicht gewünscht wurde, hielt er den Mund und warf auch noch die letzten Körbe über Bord.

»He, halt! Das waren unsere letzten Vorräte«, rief Antoni erschrocken.

Sein Neffe kicherte hysterisch. »Was wollen wir noch damit? Entweder zieht uns der Sturm in die Tiefe, oder die Mauren holen uns ein. Da kommt es auf ein wenig hartes Brot und ein paar getrocknete Fische auch nicht mehr an.«

Antoni bedachte ihn mit einem mörderischen Blick und schnauzte ihn an, endlich das Steuer umzulegen.

»Wir werden an Fahrt verlieren«, wandte Josep ein.

Antoni schnaubte verärgert. »Die Mauren aber auch – wenn sie uns folgen!«

Sein Bruder schüttelte sich, stemmte sich dann aber gegen das Ruder und richtete den Bug nach Osten. Im ersten Augenblick sah es so aus, als hole der fremde Segler sie ein. Doch dann mussten auch die Mauren die Richtung ändern, und ihre rot und weiß gestreiften Segel verloren ihren Zug.

Der maurische Kapitän starrte auf das Fischerboot, das

beinahe zum Greifen nahe schien, richtete dann den Blick auf die Wetterwand, die wie eine Herde wilder Pferde auf sie zuraste, und fand, dass die Hand voll lumpiger Christen in dem alten Kahn das Risiko nicht wert war, sich mit den Elementen anzulegen. Wütend, weil er die schon sicher geglaubte Beute aufgeben musste, blickte er zur Flagge hoch, die der aufkommende Wind nach Nordwesten wehen ließ, und gab dem Steuermann seine Befehle.

»Wir wenden! Sollen die Ifrits des Windes und der Wellen sich am Fleisch der Christen erfreuen.«

Ein junger Bursche, der für seine scharfen Augen bekannt war, stöhnte auf. »Aber Sidhi! Ich habe dir doch schon gesagt, dass sich ein blondes Mädchen in dem Boot befindet, für das unser Emir gewiss nicht mit Dinaren geizen wird!«

Der Kapitän blickte noch einmal zum Fischerboot hinüber und krauste die Stirn. Als hätte sie die Gedanken des Mauren erfasst, zog Soledad Marti das Messer aus der Scheide, hielt es hoch, damit ihre Verfolger es sehen konnten, und setzte es sich dann an die Kehle.

Diese Geste gab den Ausschlag. Der maurische Kapitän fuhr den Mann am Ruder an. »Wirf das Steuer herum, Lotfi, oder willst du, dass die Ifrits des Meeres mit deinen Gebeinen spielen?«

Der Steuermann hatte den östlichen Horizont mit wachsender Besorgnis beobachtet und stemmte sich nun mit einem erleichterten Aufatmen gegen den Steuerbalken. Wenige Augenblicke später segelte das Schiff auf dem von seinem Kapitän geforderten Kurs.

Josep glaubte seinen Augen nicht zu trauen, als er wahr-

193

nahm, wie der große Segler langsam abdrehte und ihnen schließlich das Heck zuwandte. Doch seine kurz aufgeflammte Hoffnung wurde von den ersten Böen zu Schanden gemacht. Die Wellen liefen immer höher auf und ließen ihr Schiffchen wie einen Korken auf dem Wasser tanzen. Strella schrie entsetzt auf und rief alle Heiligen zu Hilfe. Antoni behielt einen kühlen Kopf. Er nahm ein Seil, schlang es seinem Bruder um die Taille und befestigte das andere Ende am Mast. Dann kam Soledad an die Reihe, die ihn verwundert fragte, was das solle.

Er lächelte freudlos. »So werden wir nicht über Bord gespült, Kleines. Wenn der heilige Pere gnädig mit uns ist und uns diesen Sturm überleben lässt, sollte keiner von uns ein Opfer der Wellen geworden sein.«

»Setz dem Mädchen keine falschen Hoffnungen ins Ohr, sondern lass es beten, damit seine Seele nicht den Meerteufeln zum Opfer fällt, sondern geradewegs ins Paradies kommt! Diesen Sturm können wir nicht überstehen.« Josep wollte noch mehr sagen, doch da klatschte eine Welle über die Bordwand und bedeckte den Boden beinahe fußhoch. »Rasch, nehmt die Eimer und schüttet das Wasser wieder hinaus!«

»Wir haben keine Eimer und auch keine Töpfe mehr, weil Marti alles über Bord geworfen hat«, schrie Soledad gegen das Heulen des Sturms an.

»Immer bin ich schuld!« Marti fauchte wie eine getretene Katze, entdeckte dann einen Tonkrug, den er vorhin übersehen hatte, und begann zu schöpfen. Doch er führte einen von vornherein verlorenen Kampf, denn für jedes Maß, das er ausleerte, peitschte der Sturm fünf andere ins Boot.

Soledad suchte verzweifelt nach einem Gegenstand, mit dem sie Marti helfen konnte. Da sie nichts fand, kniete sie sich auf die Planken und begann mit ihrer Schürze zu schöpfen. Auf diese Weise brachte sie mehr Wasser aus dem Boot als Marti mit seinem Krug. Strella machte es ihr nach, während Antoni mit bloßen Händen schöpfte.

Zu dem Salzwasser, mit dem der Sturm das Boot überschüttete, gesellte sich nun der Regen, der wie ein Sturzbach auf sie niederprasselte. Kurz darauf zerriss das Segel mit einem Mark und Bein durchdringenden Kreischen, und die Reste flatterten nutzlos im Wind.

Josep spürte, wie das Ruder den Druck verlor, und gab sich und das Boot verloren. Die anderen vier schöpften aus Leibeskräften und wagten es nicht, den Blick zum Himmel zu heben. Da das Heulen des Sturms in ein ohrenbetäubendes Brüllen übergegangen war, konnten sie ihr eigenes Wort nicht mehr verstehen, und so zeugte nur die Bewegung ihrer Lippen von den Gebeten, mit denen sie die Gottesmutter und alle Heiligen im Himmel um Beistand anflehten.

XIV.

Soledad konnte nicht sagen, wann sie sich ihrer selbst wieder bewusst geworden war. Eben hatte sie noch verzweifelt Wasser geschöpft und sich schon auf dem Grund des Meeres gesehen. Doch jetzt war das Boot bis auf einen Rest Wasser leer und dümpelte auf einer nur leicht wogenden See, die keinen einzigen weißen Wellenkamm zeigte. Eine beinahe schmerzhaft wirkende Stille hatte sich ringsum ausgebreitet, so dass Soledad sich die Ohren rieb, um festzustellen, ob sie noch hören konnte. Dabei blickte sie zu dem tiefblauen Himmel, an dem nur noch einige dunkle, nach Westen eilende Wolkenfetzen auf den Sturm hinwiesen, der ihnen beinahe zum Verhängnis geworden wäre.

»Ich glaube, wir haben es überstanden!«

Soledads Bemerkung riss auch die Übrigen aus ihrer Erstarrung. Während Strella vor Erleichterung nur leise vor sich hin weinte, stand Antoni auf und schlug das Kreuz. »Es ist ein Wunder!«

»Eher ein Werk des Teufels, der mit uns spielt wie eine satte Katze mit der Maus!« Josep wies mit einem bitteren Auflachen zum Horizont. »Wir haben kein Wasser mehr und keine Nahrung. Das Segel ist zerrissen und weit und breit kein Land zu sehen. Bald werden wir uns nach jedem fremden Schiff sehnen, und sollte es ein maurischer Sklavenfänger sein.«

»Du hast selbst gesagt, ich soll alles über Bord werfen!« Marti fühlte sich wie so häufig von den Worten seines Vaters angegriffen.

Antoni trat an seine Seite und klopfte ihm auf die Schulter. »Du hast getan, was nötig war, mein Junge, denn sonst hätte uns der Maure noch vor der Sturmwand eingeholt. Jetzt müssen wir eben sehen, wie wir zurechtkommen. Hilf mir, die Reste des Segels zu bergen. Vielleicht ist ein Teil groß genug, um als Notsegel verwendet zu werden. Die anderen Tücher hat der Sturm leider mit sich gerissen.« Antoni trat an den Mast und holte die Fetzen ein, die von ihrem Segel übrig geblieben waren. Sein Bruder bedachte ihn mit einer verächtlichen Handbewegung. Marti aber half seinem Onkel, so gut er es vermochte, und kurze Zeit später gelang es ihnen, ein kleines Segel am Mast zu befestigen. Es verlieh ihnen zwar nur eine kaum merkbare Fahrt, aber es stützte das Ruder, so dass sie ihren Kurs selbst bestimmen konnten.

»Und wohin sollen wir segeln?«, fragte Josep. »Wir wissen nicht, wie lange der Sturm gedauert und in welche Richtung er uns getrieben hat. Wir können überall sein.«

Antoni bedachte ihn mit einem nachsichtigen Blick. »Der Sturm kam von Osten und wird uns wohl ein Stück nach Westen getragen haben. Wenn wir dieser Richtung weiter folgen, könnte bald schon die katalanische Küste in Sicht kommen!«

»Dort wird man uns gewiss willkommen heißen!«, spottete Josep. Für einen Augenblick sah es so aus, als wollten die Brüder handgreiflich werden, doch trat Soledad dazwischen. »Dem Stand der Sonne nach zu urteilen, weht der Wind nach Nordosten wie vor dem Sturm, also weg von Katalonien. Wir sollten ihm einfach folgen.«

Ihre Worte brachten Josep zum Lachen. »Das Küken will erfahrenen Fischern erzählen, was sie tun sollen.«

Antoni stellte sich auf Soledads Seite. »Sie hat auch jetzt wieder Recht, genau wie ihr Vorschlag richtig war, in den Sturm zu segeln. Nur dadurch sind wir dem maurischen Segler entkommen! Ich bin sicher, dass ihr Rat uns auch jetzt zum Besten gereichen wird.«

Josep maß seinen Bruder mit einem vernichtenden Blick, packte das Steuer und legte es um, bis das Boot fast vor dem Wind lag und ein wenig Geschwindigkeit aufnahm. Ob sie in dieser Richtung rechtzeitig eine Küste erreichen würden, wagte er zu bezweifeln.

Soledad löste die Leine, mit der sie noch immer an den Mast gebunden war, und trat nach vorne zum Bug. »Wir werden es schaffen! Ich kann nicht glauben, dass Gott uns vor den Mauren und dem Sturm gerettet hat, um uns dann doch noch zu verderben. Es ist meine Bestimmung, König Jaumes Hof zu erreichen und mich an dem Mörder meines Vaters und dem Schänder meiner Schwester zu rächen. Gott hat mir das Leben geschenkt, damit ich Domenèch Decluér seiner gerechten Strafe zuführen kann!«

Marti sah seinen Vater an und tippte sich gegen die Stirn. »Sie ist wirklich nicht ganz richtig im Kopf!« Er hatte das letzte Wort kaum ausgesprochen, da saß ihm die Hand seines Onkels im Gesicht. Zwar hatte Antoni sich oft genug über das störrische Mädchen geärgert, aber er konnte nicht zulassen, dass Marti die Tochter seines ehemaligen Herrn beleidigte.

Sein Neffe schnaubte empört, doch als sein Vater ihn ebenfalls zurechtwies, setzte er sich schmollend zu Strella an den Mast. Die alte Frau ergriff Halt suchend seine Hand. Für sie war das Meer auch ohne Sturm ein schreckliches Ungeheuer, dem ein Geschöpf Gottes sich nicht aussetzen sollte, es sei denn, der Herr habe es mit Schwanz und Flossen geschaffen. Mehr als drei Jahrzehnte hatte sie in den Nächten kaum Schlaf gefunden, während sie auf die Rückkehr ihres Mannes und später auf die ihres Sohnes und ihres Enkels gewartet hatte. Obwohl keiner ihrer Verwandten auf der See umgekommen war, hielt sie die See für so tückisch wie die Schlange, die Eva verführt hatte, und für so launisch wie eine schöne Edeldame.

Anders als die Fischer, bei denen sie vier Jahre gelebt hatte und die nun dieses Boot mit ihr teilten, war Soledad unbeirrbar der Überzeugung, Gott werde ihren Tod nicht zulassen. Sie spürte denselben Durst wie ihre Gefährten, und ihr Magen knurrte nicht leiser, und doch richtete sie ihren Sinn über die Zeit hinaus, die ihnen nach Joseps Schätzung noch verblieb. Es tat ihr immer noch weh, dass sie Miranda nicht hatte helfen können, doch langsam begriff sie, dass Antoni richtig gehandelt hatte, seine Familie und sie auf das Boot zu laden und zu fliehen. War sie zu jenem Zeitpunkt noch überzeugt gewesen, Miranda würde noch leben und warte darauf, von ihr befreit zu werden, glaubte sie nun nicht mehr daran. Nach der Schändung durch ihren Feind hatte ihre Schwester gewiss die erste Gelegenheit ergriffen, sich selbst zu entleiben.

Ihr Blick glitt nach Süden, wo irgendwo in weiter Ferne die Insel liegen musste, die sie verlassen hatten und auf der sie Decluér wusste. »Ich werde zurückkommen und Rache nehmen, du Hund! Es mag nicht heute sein und auch nicht morgen, doch irgendwann wird es geschehen. Dann werde ich die Farbe deines Blutes sehen und deinen Tod miterleben.«

Antoni erschauderte unter dem Hass, der aus Soledad brach, schlug das Kreuz und bat die Heilige Jungfrau, sich des verwaisten Mädchens anzunehmen und ihm eine Zukunft zu weisen, die mehr bot als Blut und Tränen.

Die Sonne brannte vom Himmel und trocknete in kurzer Zeit das Innere des Bootes und die Kleidung der fünf

Menschen darin. Schon bald wurde die Bordwand, auf die Soledad sich stützte, so heiß, dass sie sich schier die Finger verbrannte. Auch Josep spürte, wie die Ruderpinne unter seinen Händen warm wurde, doch er war es gewohnt und hatte die Hornhaut, die dem Mädchen fehlte. Der Mangel an Trinkwasser machte sich bei allen bemerkbar, und nach einer Weile begann die alte Strella zu greinen. Ihre Söhne und der Enkel mussten hilflos zusehen, wie die alte Frau litt, denn es gab kein schattiges Plätzchen in dem Boot, und sie hatten nichts, das sie als Sonnensegel aufspannen konnten, um die sengenden Strahlen wenigstens von den beiden Frauen fern zu halten. Die Nähe des Wassers verstärkte die Wirkung der Sonne, und schon bald spürte Soledad, wie die Haut auf ihrem Gesicht brannte und zu schmerzen begann. Da es Strella noch schlechter ging als ihr, stellte sie sich so neben die alte Frau, dass diese ein wenig Schatten bekam. Marti wollte das Gleiche tun, zuckte aber im gleichen Moment zusammen, denn sein Blick hatte unwillkürlich den Horizont gestreift und etwas entdeckt. »Schaut nach Norden! Da sind Segel am Horizont!«

In diesem Augenblick waren Durst und Elend vergessen. Alle starrten in die angegebene Richtung und nahmen aufgeregt wahr, wie ein halbes Dutzend Segel über die Kimm aufstieg. Sie waren so klein, als gehörten sie zu bescheidenen, einmastigen Booten gleich ihrem eigenen.

»Das sind Fischer!«, rief Josep mit sichtlichem Aufatmen, obwohl er wusste, dass seine Standesgenossen nicht davor zurückscheuten, Beute zu machen, wenn sich die Gelegenheit erbot. Er legte das Ruder eine Handbreit herum und

200

richtete den Bug auf die kleine Flottille. Marti zog sein Hemd aus, kletterte den Mast empor und schwenkte es aus Leibeskräften, um die fremden Fischer auf sich aufmerksam zu machen. Kurz darauf wendeten die Fremden und kamen direkt auf sie zu.

Antoni glitt an Soledads Seite und drückte ihr sein Messer in die Hand. »Nur für den Fall, dass die Kerle dort drüben Unsinn im Kopf haben und dir Gewalt antun wollen.«

»Das sollen sie wagen«, rief das Mädchen so stolz, wie es einer Tochter des Grafen von Marranx zukam.

XV.

Die fremden Fischer hielten ein paar Bootslängen Abstand zu Josep Kahn und äugten neugierig herüber. Ein älterer Mann in dunkler Weste und mit einer roten Strickmütze auf dem Kopf stellte einen Fuß auf die Bordwand und winkte herüber.

»Hallo! Wer seid denn ihr?« Seine Sprache klang fremdartig und doch irgendwie vertraut.

Soledad, die sich auf Antonis Rat hin flach auf den Boden gelegt hatte, sah diesen von unten her fragend an.

»Das sind Okzitanier oder Leute aus der Camargue«, flüsterte Antoni und trat dann selbst an die Bordwand.

»Wir sind Fischer aus Menorca, die vom Sturm überrascht wurden!« Er hielt es für besser, die kleinere, nördlich gelegene Nachbarinsel Mallorcas als Heimat anzugeben, weil es unwahrscheinlich war, dass ein mallorquinischer Fischer so weit entfernt von seiner Heimat weilte.

Der alte Fischer nickte und winkte ihm zu. »Wir kommen aus Aigues Mortes und wollten gerade absegeln, als wir euer Boot am Horizont entdeckten. Braucht ihr Hilfe?«

»Oh ja! Wir sind von maurischen Piraten gejagt worden und mussten alles über Bord werfen, um ihnen zu entkommen. Dann sind wir in den schlimmsten Sturm seit Menschengedenken geraten. Wir haben kein Wasser und keine Vorräte mehr, und wie unser Segel gelitten hat, seht ihr ja selbst.«

Antoni wusste genau, dass die Okzitanier nicht glauben würden, auf brave Fischer gestoßen zu sein, wenn sie Soledad und Strella sahen. Daher entschloss er sich, mit offenen Karten zu spielen. »Kennt ihr die Stadt Montpellier?«

»Aber ja!«, antwortete der andere lachend. »Sie liegt gerade mal zwei Tagesreisen zu Fuß von unserer Heimatstadt entfernt.«

»Gott hat uns nicht vergessen«, flüsterte Soledad, während Antoni erleichtert aufatmete.

»Dann kennt ihr auch König Jaume.«

Der fremde Fischer antwortete mit einem spöttischen Auflachen. »Kennen ist zu viel gesagt! Ich habe ihn einmal gesehen, als er unseren Statthalter besucht hat, aber wir wissen, dass er in Montpellier residiert.«

»Wir wollen zu ihm. Wir haben uns nämlich den Zorn unserer neuen katalanischen Herren zugezogen und mussten mit unserer Mutter und meiner Nichte fliehen.« Antoni wartete nun angespannt auf die Reaktion der Okzitanier.

Sein Gegenüber zog die Stirn kraus »Ihr seid mit den Frauen in den Sturm hineingesegelt?«

»Natürlich! Oder hättest du deine Nichte den Mauren überlassen?«

»Wahrscheinlich nicht.« Der Okzitanier nickte unbewusst, winkte dann seinem Steuerer, das Schiffchen näher heranzubringen, und bückte sich. Als er sich wieder aufrichtete, hielt er eine halb volle Lederflasche in der Hand.

»Hier, das ist guter Wein aus unserer Gegend. Nehmt einen Schluck und spült das Salz aus eurem Mund.« Damit warf er Antoni die Flasche zu. Dieser ergriff sie, zog den Stöpsel und wollte sie Soledad reichen. Diese wies jedoch mit dem Kopf auf Strella. »Gib zuerst deiner Mutter einen Schluck. Sie braucht ihn nötiger als ich.«

Antoni gehorchte erleichtert und bat Marti, Strella aufzurichten, damit er ihr etwas Wein einflößen konnte. Die alte Frau verschluckte sich, hustete dann zum Gotterbarmen, sah aber so aus, als ginge es ihr besser. Als Nächster trank Marti, ohne sich um die zornigen Blicke seines Onkels zu kümmern, und reichte anschließend den Weinbeutel an Josep weiter. Auch dieser nahm einen Schluck und warf den bereits schlaff gewordenen Beutel Antoni zu. Dieser zögerte keinen Augenblick, sondern gab ihn Soledad.

»Trink den Rest, Kind. Ich halte es schon aus.«

Soledad ließ den feinen Strahl in ihren Mund rieseln und gab sich ganz dem Genuss des Trinkens hin. Sie erinnerte sich früh genug daran, ihrem treuen Diener und Beschützer ein wenig übrig zu lassen. Antoni leerte den Beutel und warf dem Mädchen einen Blick zu, der ebenso seinen Dank ausdrückte wie auch seinen Stolz auf sie verriet. Sie war trotz ihres gelegentlichen Aufbrausens eine würdige Tochter ihres Vaters, beherzt in der Gefahr und beherrscht, wenn es

203

nötig war. Kaum ein anderes Mädchen wäre in der Lage gewesen, ihm trotz ihres brennenden Durstes den Weinbeutel weiterzureichen, wahrscheinlich nicht einmal ihre Schwester.

Der Okzitanier unterhielt sich inzwischen mit Josep und musterte dabei das Boot mit erfahrenen Blicken. »Ihr braucht bloß ein neues Segel, dann könnt ihr mit uns fahren«, sagte er anerkennend. »Perrin hat ein Ersatzsegel dabei. Ich werde mit ihm reden, damit er es euch überlässt. Ihr könnt auch Wasser und ein wenig Essen von uns erhalten. In Aigues Mortes sehen wir dann weiter.« Er brach ab, betrachtete das leere Boot und fuhr sich mit der Rechten nachdenklich über das Kinn.

»Wir haben einen guten Fang gemacht. Wenn ihr einen Teil davon übernehmen könntet, kämen wir rascher nach Hause. Wir sind diesmal arg weit nach Süden gefahren und wollen die schönen Fische in den Hafen bringen, solange sie noch frisch sind.«

»Das tun wir sehr gerne!« Josep atmete auf, denn damit hatten die Okzitanier sie als Freunde willkommen geheißen. Während er, Antoni und Marti sich daranmachten, das Segel auszuwechseln und etliche Körbe mit Fisch zu übernehmen, dachte Soledad unaufhörlich daran, dass es von Aigues Mortes nur ein Fußmarsch von zwei Tagen war, bis sie Montpellier erreichte. Dort würde sie vor König Jaume stehen und endlich den ihr zustehenden Platz in seinem Gefolge einnehmen können.

DRITTER TEIL

Die Blume von Mallorca

I.

Miranda fand es äußerst unbequem, auf dem Hinterteil des Pferdes sitzen zu müssen und sich nur mit der rechten Hand am Sattelbogen festhalten zu können. Mit der Linken umklammerte sie den Schwanzriemen, aber wenn sie nur ein wenig daran zog, schlug der Hengst mit dem Schweif und wurde so unruhig, dass sie noch rascher nach hinten rutschte und in Gefahr geriet, zu Boden zu fallen.

Gabriel de Colomers bemerkte ihre Schwierigkeiten und wandte sich mit spöttischem Lächeln zu ihr um. »Du solltest dich an mir festhalten, meine Blume. Wenn du vom Pferd stürzt und dich verletzt, müsste ich dich wegen deines Ungehorsams züchtigen. Ich bin dein Herr, und du musst tun, was ich dir befehle!«

Zu Mirandas Leidwesen hatte er doppelt Recht, denn er hatte sie nicht nur im Wettstreit mit Domenèch Decluér gewonnen, sondern sie vor zwei Tagen auch beim königlichen Vogt in Llucmajor wie eine Leibeigene ausgelöst. Als angebliche Tochter eines Fischers galt sie als Besitz der Krone und konnte nach Belieben verkauft oder verschenkt werden. Gabriel hatte weniger für sie bezahlen müssen als ein Bauer für eine Kuh, und das erbitterte sie. Aus Ärger darüber weigerte sie sich, ihren neuen Herrn einer Antwort zu würdigen, wenn er sie ansprach, und sie war eher bereit, vom Pferd zu stürzen und sich das Genick zu brechen, als ihn zu berühren. Daher starrte sie auf die Aprikosenbäume entlang der Straße, die von Llucmajor zur

Ciutat de Mallorca führte, und machte ein hochmütiges Gesicht.

»Herr, es war ein großer Fehler, das Mädchen mitzunehmen! Aber da Ihr es nun einmal getan habt, solltet Ihr Euch von ihr nicht auch noch auf der Nase herumtanzen lassen!« Jordi machte aus seiner Abneigung gegen Miranda keinen Hehl und beschwor bei jeder Gelegenheit die Probleme herauf, die auf seinen jungen Herrn zukommen mussten, wenn dieser nicht von seiner Leidenschaft für dieses Fischermädchen ließ. Schließlich wurde es Gabriel zu viel, und er verbot seinem Waffenknecht mit scharfen Worten den Mund. Das hinderte diesen nicht daran, sich in seine Wut einzuspinnen und seinen Monolog lautlos fortzusetzen.

Zwar war die kleine Metze sowohl auf dem Landsitz Bernat de Rosóns wie auch in dessen Stadthaus in Llucmajor, in dem sie die letzte Woche verbracht hatten, ausgiebig gebadet worden. Aber Jordi glaubte immer noch den Fischgestank an ihr zu riechen, und er konnte auch nicht verwinden, dass sein Herr ihr ein teures Gewand hatte anfertigen lassen, wie es nur eine Dame von Stand tragen durfte. Es bestand aus einem langen Unterkleid aus leichtem Stoff und einem bis zu den Hüften geschlitzten, kurzärmeligen Überkleid, das beige und braun gestreift war. Auffälliger als die Seitenschlitze war in den Augen des Waffenknechts jedoch das rechteckige Dekolleté, auf das Gabriel bestanden hatte und das Mirandas zierliche, wohlgeformte Brüste in beinahe schamloser Weise zur Schau stellte. Zu Beginn des Ritts hatte das Mädchen versucht, die schwellende Pracht mit ihrer Linken zu verdecken, doch bald hatte sie beide Hände benötigt, um sich auf Alhuzar festzuhalten.

»Diese Dirne ist schön wie die Sünde selbst«, murmelte Jordi so leise vor sich hin, dass sein Herr es nicht hören konnte. Er verfluchte den Tag, an dem Senyor Gabriel der jungen Fischerin begegnet war, und bedauerte trotz der Treue, die er seinem Herrn schuldete, dass dieser den älteren und erfahrenen Decluér besiegt und das Mädchen gewonnen hatte. Sich selbst aber machte er Vorwürfe, weil er längst den Mut hätte aufbringen müssen, dieses Ärgernis in Weibsgestalt mit einem raschen Dolchstoß aus der Welt zu schaffen. Das wäre gewiss im Sinne von Gabriels Vater Senyor Bartomeu gewesen.

Während Jordi vor sich hin grummelte, tanzte eine Stechfliege um Alhuzars Ohren. Der Hengst schüttelte den Kopf, wurde aber dennoch gestochen und bockte nervös. Miranda versuchte noch, sich am Schwanzriemen festzuklammern, konnte sich aber nicht mehr halten und flog für einen entsetzlich lang erscheinenden Augenblick durch die Luft. Als sie sich im Straßenstaub wiederfand, sah sie, dass sie noch Glück im Unglück gehabt hatte, denn beinahe wäre sie in einem Haufen frischer Pferdeäpfel gelandet.

Gabriel brachte den Hengst zum Stehen und blickte auf das Mädchen herab. »Hast du dich verletzt?« Seine Stimme klang besorgt, und er schien seine Drohung, sie zu bestrafen, wenn sie vom Pferd fallen würde, vergessen zu haben.

Jordi aber erinnerte sich noch gut daran. »Dummes Stück! Hättest du Senyor Gabriel gehorcht, säßest du noch auf dem Pferd. Hoffentlich hast du dir ein paar Knochen gebrochen, wenn es schon nicht dein Hals sein konnte.«

Bevor er das Mädchen noch weiter beschimpfen konnte, lenkte Gabriel den Hengst an seine Seite, packte ihn und schüttelte ihn wild. »Solltest du Miranda noch einmal beleidigen, bekommst du die Peitsche zu spüren!«

Jordi zog erschrocken den Kopf ein und fragte sich, ob das Mädchen seinen Herrn verhext hatte. Ein vernünftiger Mann würde sich nicht so aufführen wie Senyor Gabriel.

»Hilf Miranda auf!«, herrschte Gabriel den Waffenträger an und gab ihm, als dieser zögerte, einen Stoß, der ihn aus dem Sattel warf.

Zu Jordis Pech schlug sein Wallach nach ihm aus und traf ihn an der Schulter. Er taumelte, stürzte über eine kleine Mauer aus aufgeschichteten Steinen, die ein Gemüsefeld umgab, und schürfte sich Hände und Knie auf. Im letzten Augenblick schluckte er die Verwünschung herunter, die ihm auf der Zunge lag, um seinen Herrn nicht noch mehr zu erzürnen. Der junge Ritter war wohl vollkommen verrückt geworden. Jetzt schwang sein Herr sich auch noch aus dem Sattel und kniete neben dem Weibsteufel nieder.

»Ist dir etwas passiert?«, fragte Gabriel und streckte die Arme nach Miranda aus.

Das Mädchen ignorierte seine Hände und stand auf. »Es ist wohl besser, wenn ich zu Fuß gehe!« Bevor sie den zweiten Schritt tun konnte, hatte Gabriel sie gepackt und sie auf sein Pferd gehoben.

»Du hast jetzt die Wahl: Entweder du sitzt hinter mir und hältst dich an mir fest, oder ich setze dich vor mich hin und schlinge meine Arme um dich. Was ist dir lieber?«

»Das eine ebenso wenig wie das andere! Aber da ich mich nun einmal in Eurer Gewalt befinde, ist es mir lieber, hinter Eurem Rücken zu sitzen.« Miranda schob sich über den Sattel nach hinten, bevor er aufs Pferd steigen konnte, und stöhnte dabei auf, weil ihr Knie die Berührung mit dem Stoff übel nahm. Gabriel sah es und begann, ihr Unterkleid hochzurollen.

»Was fällt Euch ein!«, fauchte Miranda und versuchte, ihn abzuwehren.

»Du bist verletzt, und ich will sehen, wie schwer. Wenn es schlimm ist, werden wir im nächsten Dorf einkehren, bis du weiterreisen kannst.« Gabriel hielt Mirandas Handgelenke mit der Linken fest, während seine Rechte ihre Beine bis zu den Knien entblößte.

»Ich kann reiten, also lasst mich los!« Miranda versuchte, sich zu befreien, doch gegen die Kraft des jungen Mannes kam sie nicht an. Schließlich stieß sie mit den Füßen nach ihm, geriet dabei aber in Gefahr, von dem unruhig tänzelnden Pferd zu rutschen und in den Armen ihres sichtlich amüsierten Peinigers zu landen. Daher ließ sie es zähneknirschend zu, dass er ihr aufgeschürftes Knie begutachtete. Als er ihr dabei für einen kurzen Augenblick unter den Rock griff, erstarrte sie zu Stein.

Gabriel spürte, dass seine Gefangene kurz davor war, die Nerven zu verlieren, und zog rasch die Hand zurück. »Es tut mir Leid, ich wollte dich nicht kränken!«

Miranda hob ihr Näschen, bis es unter dem Himmelszelt schwebte. »Jemand wie Ihr kann mich nicht kränken. Dafür seid Ihr nicht Manns genug!«

»Soll ich dir beweisen, wie viel Mann ich bin?« Gabriel streckte seine Arme aus, um sie vom Pferd zu ziehen, achtete dabei aber nicht auf ihren rechten Fuß und erhielt einen Tritt, der ihn aus dem Gleichgewicht brachte. Der Stamm eines Aprikosenbaums hielt ihn auf, und der

Aufprall schüttelte einige der erst halbreifen Früchte herab.

Als eine davon Gabriel auf den Kopf fiel, konnte Miranda nicht mehr an sich halten und lachte hell auf. Der junge Mann betastete unwillkürlich seinen Kopf, um festzustellen, ob dort eine Beule wuchs, und bleckte dann lächelnd die Zähne.

»Du hast ein verteufeltes Temperament, meine Blume. Fast könnte man sagen, du besitzt Stacheln.«

»Wäre es so, könntet Ihr Eure Hände nicht mehr gebrauchen, so zerstochen wären sie. Aber wenn Ihr mich schon stachlig nennt, bedaure ich es beinahe, dass Ihr statt meiner nicht meine Schwester gefangen habt. Dann würdet Ihr jetzt wissen, wie sich richtige Dornen anfühlen.«

Gabriel versetzte ihr einen leichten Klaps und stieg wieder in den Sattel. »Wenn deine Schwester so unausstehlich ist, bin ich froh, an dich geraten zu sein, meine Blume. Und jetzt halte dich fest. Es geht weiter.« Ohne auf ihre Reaktion zu warten, ließ er den Hengst antraben und zwang Miranda damit, sich an ihm festzuklammern. Hinter ihnen quälte Jordi sich auf seinen Wallach und ritt ihnen dann leise vor sich hin fluchend nach. Er hoffte auf eine Rast im nächsten Ort, um seine aufgeschürften Schienbeine und die geprellte Schulter versorgen zu können.

Doch Gabriel ritt zwischen den Häusern hindurch, ohne langsamer zu werden, und ließ Alhuzar zuletzt sogar galoppieren, so dass dem Mädchen nichts anderes übrig blieb, als die Arme noch fester um ihn zu schlingen. Diese Mira hatte im Vergleich zu den wohlerzogenen Damen, die er bei festlichen Zusammenkünften in den Häusern der Freunde seines Vaters kennen gelernt hatte, ein höllisches Temperament, und gerade das reizte ihn. Er schwor sich, sie wie einen Falken zu zähmen, bis sie ihm aus der Hand fraß, und freute sich auf den Tag, an dem sie ihm freiwillig ihre Schenkel öffnen würde, mochte sie noch Jungfrau sein oder nicht. Miranda ahnte nichts von den Überlegungen des jungen Ritters, sonst hätte sie bitter aufgelacht. Sie hasste ihn, weil er sie erworben hatte wie einen Schuh oder einen Hut, als wäre ein lebender Mensch eine Ware und nicht Gottes Ebenbild. Gleichzeitig war sie ehrlich genug zuzugeben, dass er ihr gefallen hätte, wenn er als Gast auf der Burg ihres Vaters erschienen und sie ihm in allen Ehren vorgestellt worden wäre.

II.

Die kleine Reisegruppe erreichte die Ciutat de Mallorca am späten Nachmittag und ritt durch die Porta des Camps in die Stadt ein. Die beiden Torwächter kannten Gabriel de Colomers und ließen ihn unbehelligt passieren. Dabei vergaßen sie, ihn zu grüßen, denn sie hatten nur Augen für das Mädchen, das auf der Kruppe seines Apfelschimmels saß. Einer der Männer zwinkerte Jordi zu, der fast zwanzig Schritt hinter seinem Herrn ritt.

»Da hat sich Senyor Gabriel aber eine wunderschöne Blume gepflückt. Weißt du, wo sie herkommt? Vielleicht gibt es dort noch mehr von ihresgleichen.«

»Sie stammt aus der Bratpfanne Satans!« Jordis scharfe Antwort erschreckte die biederen Männer, und als er an ihnen vorbeigeritten war, sahen sie sich fragend an und schüttelten fast gleichzeitig den Kopf.

»Dem guten Jordi muss eine gewaltige Laus über die Leber gelaufen sein!«, sagte der eine.

Sein Kamerad winkte lachend ab. »Wahrscheinlich ist ihm die Gespielin seines Herrn zu Kopf gestiegen, obwohl er genau weiß, dass so eine für seinesgleichen unerreichbar bleiben wird.«

Gabriel begann zu begreifen, dass er mit seiner hübschen Beute die Phantasie der Leute entzündete, denn das Mädchen zog viele neugierige Blicke auf sich, und die Kommentare, die manche Männer von sich gaben, waren selbst für die Ohren einer verheirateten Frau nicht geeignet. Da der Hengst in den engen, noch aus maurischer Zeit stammenden Gassen der Stadt im Schritt gehen musste, löste Miranda ihren linken Arm von ihm und bedeckte das in ihren Augen viel zu weit ausgeschnittene Dekolleté. Auch Gabriel tat es mittlerweile Leid, dass er seiner Laune nachgegeben und Mira dieses Kleid aufgenötigt hatte. Ihm war klar, dass er ihr für die Reise ein züchtigeres Kleid hätte nähen lassen sollen. Das, was sie jetzt trug, war nur für die Stunden ihrer Zweisamkeit geeignet, und so beschloss er, gleich am nächsten Tag eine Schneiderin holen zu lassen.

Das Kloster der Franziskanerinnen blieb seitlich hinter ihnen zurück, und sie ritten an den ersten Stadtresidenzen der mallorquinischen Standesherren vorbei, die den größten Teil des Jahres in der Ciutat lebten und nur selten ihre Besitzungen auf dem Land aufsuchten. Miranda betrübte der Anblick der schmucken Gebäude, die sie an das große Haus erinnerten, das ihrem Vater gehört hatte und in dem sie und Soledad ihn mehrmals hatten besuchen dürfen. Damals hatte sie es bedauert, dass sie, wie es jungen Mädchen gebührte, die meiste Zeit unter dem Schutz ihrer Duenya in Marranx hatten zurückbleiben müssen. Als sie an ihre Erzieherin dachte, musste sie ein Fauchen unterdrücken, denn diese Frau, eine Verwandte eines Freundes ihres Vaters, war – wie Sola es zornig beschrieben hatte – die erste der Ratten gewesen, die das sinkende Schiff verlassen hatten. Miranda fragte sich, wer nun in der Casa Espin leben mochte, und gab sich selbst die Antwort: Bestimmt war es Domenèch Decluér, dieser Mörder und Räuber.

Als sie unter dem Arco de la Almudaina hindurchritten und Miranda in eine Seitengasse hineinsah, konnte sie einen Teil des väterlichen Stadtpalasts erkennen. Der Anblick gab ihr einen Stich ins Herz, und sie wandte rasch den Kopf ab. Dabei entging ihr, dass jemand an einem der Fenster auftauchte und ihr mit brennenden Augen nachstarrte.

Es war Decluér selbst, der die Ciutat bereits einige Tage früher erreicht hatte. Die Niederlage gegen Gabriel und der Verlust Mirandas schmerzten ihn noch immer, und als er seinen Kontrahenten mitsamt dem Mädchen stolz in die Stadt einreiten sah, ballte er in hilfloser Wut die Fäuste.

»Ich muss Miranda besitzen, egal, wie oft dieser Lümmel sie bereits besprungen haben mag. Nur dann ist meine Rache an Guifré Espin und Núria de Vidaura i de Urgell vollkommen!« Seine eigene Stimme gellte so hart in seinen Ohren, dass er zusammenzuckte. Mit einer Geste des Abscheus biss er sich auf die Lippen und starrte auch dann noch auf die Gasse, als Gabriel und Miranda außer Sicht gekommen waren. Schließlich wollte er sich abwenden, doch da entdeckte er Jordi, der weit hinter seinem Herrn zurückgeblieben war und sichtlich schmollte. Bis zu diesem Tag hatte Decluér Gabriels Waffenträger keines Blickes gewürdigt, doch nun stutzte er und rieb sich nachdenklich mit dem rechten Daumen über die Wange. Da er Bartomeu de Colomers von früher kannte, konnte er sich den Grund für Jordis schlechte Laune vorstellen. Der engstirnige alte Herr würde gewiss nicht begeistert sein, wenn er von der neuesten Errungenschaft seines Sohnes erfuhr, und nach alter Sitte dessen Begleiter mit für Gabriels Torheiten verantwortlich machen.

Decluérs Laune wurde schlagartig besser, denn ihm war eine Idee gekommen, wie er das Problem lösen konnte. Wenn Gabriel ihm das Mädchen nicht freiwillig überlassen wollte, musste er nur mit ein paar Freunden Senyor Bartomeus sprechen, die seine Worte mit Sicherheit an den alten Höfling weitertragen würden. Dieser würde seinen Lümmel von Sohn schon dazu bringen, Miranda aufzugeben. Gabriel, der längst keinen Gedanken mehr an seinen Gegner verschwendete, passierte den Hügel, auf dem sich weithin sichtbar die in Bau befindliche Kathedrale der Stadt erhob. Bisher war nur die Capilla de la Trinidad fertig gestellt, Krönungsort und Grablege der mallorquinischen Könige, und der größte Teil der alten maurischen Moschee wartete noch immer darauf, niedergerissen zu werden. Nichts aber konnte eindringlicher vom Sieg des Heilands über Mohammed auf dieser Insel zeugen als die erst vor kurzem begonnenen Mauern des Chorraums. Als Ritter des Königreichs Katalonien-Aragón vermochte der Anblick Gabriel zu erfreuen; Miranda aber schenkte dem Gemäuer keinen Blick, denn sie war damit beschäftigt, ihren Ausschnitt vor den Blicken der Mönche und Kleriker zu schützen, die zum Gebet erschienen waren und ihre Gedanken nun weit weltlicheren Dingen zuwandten.

Sie war froh, als sie endlich den Königspalast erreichten, denn sie hoffte, in diesem nicht mehr so angestiert zu werden. Gabriel lenkte Alhuzar zum Stall, stieg aus dem Sattel und hob Miranda herunter. »Bringt den Hengst in seine Box, reibt ihn gut ab und gebt ihm eine gehörige Portion Hafer«, rief er den herbeieilenden Knechten zu.

»Sehr wohl, Herr!« Einer der Männer fasste nach den Zügeln und führte den Apfelschimmel fort.

Gabriel zog Miranda auf einen der Seiteneingänge des Palasts zu und schritt dabei so schnell aus, dass sie fast rennen musste. Da die Familie Colomers noch keine Besitzungen auf Mallorca besaß, durfte der junge Ritter aufgrund seines Rangs und dem seines Vaters ein Zimmer für sich und zwei Kammern für seine Begleitung beanspruchen, die neben dem Waffenträger Jordi aus zwei weiteren Dienern bestand. Darauf war er stolz, und das zeigte er auch, als er Miranda auf die Tür seines Gemachs zuführte, diese öffnete und sie in einen großen luftigen Raum mit gewölbter Decke schob. Außer einem breiten Bett im maurischen Stil befanden sich mehrere wuchtige Truhen, ein hübsch gearbeiteter Tisch aus Mandelholz und zwei bequeme Korbstühle darin. An der Wand neben der Tür stand Pau, der jüngere Diener, ein etwa fünfzehnjähriges, schmales Bürschchen mit dunkelbraunen Haaren und großen Augen, die Miranda verwirrt anstarrten.

»Das ist Mira! Sie wird bei mir wohnen.«

Das Gesicht des Jungen wirkte nach dieser Begrüßung nicht klüger als vorher. Er brachte noch ein »Sí, Senyor!« über die Lippen, während seine Gedanken herumflatterten wie aufgescheuchte Tauben in einem Schlag.

»Mira soll sich hier wohl fühlen. Also sorge dafür, dass alles für sie hergerichtet wird!« Damit verwirrte Gabriel Pau nur noch mehr.

Der Junge vermochte zwar auf Anhieb zu sagen, welche Sorte Wein sein Herr bevorzugte und welche Farbe ein Schneider ihm für seine Kleidung besser nicht vorschlug, doch er hatte nie gelernt, was eine Frau benötigte, um sich wohl zu fühlen. Daher zog er sich unter mehreren Bücklingen bis zur Tür zurück und schlüpfte hinaus. Keine drei Herzschläge später platzte er in die Kammer, die er mit seinem Vater Pere teilte. Dieser hatte die Abwesenheit des jungen Herrn ausgenützt, um seine Siesta bis zum Abend auszudehnen, und schreckte hoch, als Pau ihn heftig rüttelte.

»Willst du eine Maulschelle, Bengel?«, brummte er schlaftrunken. »Vater, Senyor Gabriel ist von seiner Reise zurückgekehrt!«

Diese Nachricht ließ Pere hochschnellen. »Was sagst du da? Wieso ist der Herr schon wieder hier? Ich habe nicht erwartet, dass er so rasch zurückkommen würde.« Der Diener fuhr sich mit den Fingern durch sein schütteres, braunes Haar, das schon die ersten weißen Strähnen aufwies, und zog sich das verknitterte Hemd zurecht. »Nun, was wünscht der Senyor? Will er essen?« Das war der einzige Grund für die Störung, die Pere sich vorstellen konnte.

Er wollte schon aufbrechen, um eine Mahlzeit aus der

Küche zu holen. Doch die Stimme seines Sohnes hielt ihn zurück. »Senyor Gabriel hat eine junge Frau mitgebracht, die bei ihm wohnen soll.« Pere zuckte wie unter einem Hieb zusammen. »Was sagst du da?« Dann tippte er lachend an die Stirn. »Du willst mich wohl hochnehmen, mein Sohn. Der junge Herr würde nie ein Weib dazu auffordern, bei ihm zu bleiben, nicht einmal eine Hure für eine Nacht.« Er wollte noch mehr sagen, doch die Miene des Jungen verriet ihm, dass Pau die Wahrheit gesprochen hatte. Er seufzte angesichts der Probleme, die er auf sich zukommen sah, schoss zur Tür hinaus und stand Augenblicke später vor seinem Herrn. Gabriel hatte es sich auf einem der Stühle bequem gemacht, während Miranda bis in den hinteren Winkel des Zimmers zurückgewichen war. Ihr Anblick übertraf noch die Befürchtungen des alten Dieners. Obwohl sie versuchte, die allzu offenherzigen Stellen ihres Kleides vor ihm zu verbergen, wurde ihm klar, dass er in den gut vierzig Jahren seines Lebens noch nie so ein schönes Mädchen gesehen hatte, und aus ihrer Miene schloss er, dass sie nicht ganz freiwillig hier war.

So etwas hätte Pere nie von seinem jungen Herrn erwartet. »Mare de Déu!«, rief er aus, denn er sah etliche Schwierigkeiten voraus, die auch ihm viel Ärger bereiten würden. Doch dann zwang er sich, ein gleichmütiges Gesicht aufzusetzen, und verbeugte sich vor Gabriel, wie es einem aufmerksamen Diener zukam. »Ihr wünscht zu befehlen, Senyor?«

»Nimm deinen Sohn und schaffe alles herbei, was Mira braucht. Sie gehört ab jetzt zu unserem Haushalt und hat das Recht, euch Befehle zu erteilen. Hast du verstanden?«

219

Pere schluckte und verbeugte sich erneut, wenn auch weitaus steifer als vorher. »Sí, Senyor!«

Er warf Miranda einen Blick zu, der ihr ankündete, dass sie ihm so willkommen war wie eine Seuche. Dabei fragte er sich, ob er es wagen konnte, seinen Herrn daran zu erinnern, dass dessen Vater ein solches Arrangement gewiss nicht gutheißen würde. Das Wissen, dass Senyor Bartomeu fern in Barcelona weilte, während Gabriel ihn für seinen Tadel auf der Stelle züchtigen würde, ließ ihn jedoch schweigen. Er verbeugte sich ein drittes Mal und verschwand mit dem Gefühl, einen Sturm aufziehen zu sehen, dem er wehrlos ausgeliefert sein würde.

Gabriel wandte sich nun lächelnd an Miranda und wies auf den zweiten Stuhl. »Es ist mein Wunsch, dass du dich zu mir setzt!«

Miranda erhob sich mit einer müden Bewegung, trat an den Tisch und setzte sich so, dass sie ihm halb den Rücken zukehrte.

Auf Gabriels Miene zeichnete sich die Vorfreude auf einen Kampf ab, den er genauso zu gewinnen gedachte wie den mit Decluér. Er schnippte mit den Fingern. »Ich will dein Gesicht sehen!«

Miranda drehte ihm gehorsam den Kopf zu, und er sah, dass sie von Zorn, Angst und Erschöpfung gezeichnet war. Aber gerade dadurch wirkte sie allerliebst, und ihr Anblick ließ den Besitzerstolz des jungen Ritters wachsen. Er ergriff eine Locke ihres Haares und wickelte sie um seinen Zeigefinger. »Du bist zu schön, um in einer schmutzigen Fischerkate zu versauern, mein Kind.«

In Mirandas Gesicht zuckte es, und sie kämpfte verge-

220

bens gegen die Tränen an. »Ihr habt mich meiner Heimat und meiner Schwester entrissen, Senyor. Erwartet Ihr dafür etwa noch Dankbarkeit?«

»Nicht ich war es, der dich deiner Familie entrissen hat, sondern Domenèch Decluér. Ich habe dich von diesem Mann erlöst, und dafür erhoffe ich mir schon ein wenig Dankbarkeit. Oder war dein Abscheu ihm gegenüber nur gespielt?«

»Er ist schlimmer als nur abscheulich!«, brach es aus Miranda heraus.

Als Gabriel sich interessiert vorbeugte, um mehr zu erfahren, verschloss sie sich wie eine Auster und starrte durch ihn hindurch in eine Ferne, in die er ihr nicht zu folgen vermochte.

III.

König Jaume ließ den Blick durch den Saal wandern, der mit seiner hohen Decke und den schmalen, hoch aufragenden Fenstern an den Chorraum einer Kirche erinnert hätte, wären da nicht die farbenprächtigen Banner und der Schmuck blank geputzter Waffen an den Wänden gewesen. Seine Augen nahmen jedoch keine Einzelheiten wahr, denn seine Gedanken kreisten um das, was er verloren hatte, und er haderte wie so oft mit seinem Schicksal. Obwohl er auf dem stolzen Titel Senyor Rei de Mallorca beharrte, war er derzeit nicht mehr als ein schlichter Herr von Montpellier, und er wäre nicht einmal mehr das gewesen, wenn sein Ahne Jaume el Conqueridor diese Stadt nicht ebenfalls seiner Linie zugeschlagen hätte. Montpellier war der erbärmliche Rest seines okzitanischen Besitzes, denn das Rosselló, die Cerdanya und vor allem jene Insel, die seinem Reich den Namen gegeben hatte, waren in die Hände seines Vetters und Schwagers Pere von Katalonien-Aragón gefallen, der Mallorca und die anderen Provinzen seines Reiches durch Verrat und eines Königs unwürdige Hinterlist erobert hatte.

Seit vier Jahren leckte Jaume nun schon seine Wunden und hatte den Gedanken an eine Revanche nie aufgegeben. Seine Abgesandten suchten in Frankreich und auch darüber hinaus nach Rittern und Soldaten, mit denen er sein Erbe zurückgewinnen konnte. Aber bisher war ihm kein nennenswerter Erfolg beschieden, denn Philippe VI., erster König aus dem erlauchten Haus Valois, musste sein Reich gegen die Ansprüche seines englischen Vetters Edward III. verteidigen und dabei auch noch seinen burgundischen Verwandten Eudes IV. im Blick haben, der in männlicher Linie von Hugo Capet abstammte und daher ebenfalls ein Anrecht auf den französischen Thron angemeldet hatte.

Der Streit dieser drei Herren machte es Jaume III. fast unmöglich, ein schlagkräftiges Heer anzuwerben, denn die Ritter französischer und provenzalischer Zunge erhofften sich mehr Erfolg und Ehre in den Diensten ihrer Landesherren als bei dem Versuch, eine Insel im Meer zu erobern, deren Namen die meisten noch nie gehört hatten. Als ihm heute gemeldet worden war, ein Schiff aus Mallorca habe im nächsten Hafen angelegt, war bereits die Hoffnung in ihm gekeimt, es kämen einige kampfkräftige Edelleute, die der katalanischen Herrschaft überdrüssig geworden waren, um sein Schicksal zu wenden.

Die Gruppe, die sich seinem Stuhl näherte, war jedoch weder groß, noch hatte sie irgendeinen Kampfeswert. Es handelte sich um Leute, die normalerweise nicht zu bitten wagten, vor ein gekröntes Haupt geführt zu werden. Die drei Männer mit ihren schäbigen, kurzen Hosen, den schmutzigen Hemden und den schmierigen Wollmützen in ihren Händen sahen wie einfache Fischer aus, und die grauhaarige Frau in ihrer Begleitung war eine hässliche alte Vettel. Alle vier schienen vor Ehrfurcht wie gelähmt, nur das junge Mädchen in ihrer Begleitung trat ohne Furcht auf ihn zu. Es war ein hübsches Ding, doch die Nase des Königs verriet, dass sie den typischen Geruch der Fischer verströmte. Jaume hob die Hand, um das Mädchen von seinem Thron fern zu halten, und beobachtete verblüfft, dass es etwas steif, aber formvollendet vor ihm knickste. Der Größere der beiden Männer trat neben sie und verbeugte sich ebenso, wie es sich gehörte.

Der König hob fragend die Augenbrauen. »Sprecht! Wer seid ihr?«

Antoni atmete tief durch und wies auf Soledad. »Euer Majestät, es ist mir eine Ehre, Euch Dona Soledad Espin de Marranx i de Vidaura vorstellen zu können, die Tochter des Grafen Guifré Espin de Marranx.«

Ein kurzes Auflachen entfloh den Lippen des Königs. »Diesen Anspruch wirst du mit handfesteren Beweisen als Worten belegen müssen.«

Antoni zog den Siegelring des Grafen, den er all die Jahre sorgfältig verborgen gehalten hatte, unter seinem Hemd hervor. Bevor er vor Jaume treten und dessen Nase noch mehr beleidigen konnte, winkte dieser einer seiner Wachen,

223

den Ring zu nehmen und ihm zu bringen. Als er das wertvolle Schmuckstück in der Hand hielt und auf die in Stein geschnittene Möwe mit dem Mandelzweig in den Krallen blickte, nickte er versonnen. Dieses Wappen hatte er jenem katalanischen Ritter verliehen, der mit seiner schönen Gemahlin nach Mallorca geflohen war. Das war fast zwanzig Jahre her, und doch meinte er nun eine gewisse Ähnlichkeit zwischen dieser Soledad und Dona Núria festzustellen. Er seufzte auf. Hätte Guifré Espin de Marranx, einer der wenigen mallorquinischen Edelleute, die ihm bis in den Tod treu geblieben waren, anstatt zweier Töchter nicht eine Hand voll kräftiger Söhne zeugen können? Ein einziger Ritter aus dem Blut dieses stolzen und tapferen Mannes hätte ihm tausendmal mehr geholfen als ein Mädchen. Den König schüttelte es bei dem Gedanken, dass eine Tochter der schönen Núria die letzten vier Jahre im Schmutz einer Fischerhütte hatte verbringen müssen.

Am liebsten hätte er das Mädchen samt den Fischern wieder dorthin geschickt, woher sie gekommen waren. Eine solche Haltung wäre eines gekrönten Hauptes jedoch unwürdig gewesen, und außerdem durfte er das Geburtsrecht des Mädchens nicht achtlos beiseite schieben. Auch wenn Soledad nach Fisch und Schweiß stank, floss in ihren Adern doch das edelste Blut Kataloniens, und über ihre Mutter, eine geborene de Vidaura i de Urgell, war sie mit dem Königshaus verwandt und damit auch mit ihm selbst. Es war seine Pflicht, für sie zu sorgen.

Jaume seufzte erneut und hob dann die Hand. »Ich danke euch, brave Leute, weil ihr das Kind meines treuen Waffengefährten Senyor Guifré so treulich beschützt habt.

Dafür werde ich euch belohnen.« Sein Blick kreuzte sich mit dem seines Schatzmeisters, der den wortlosen Befehl begriff, den Fischern ein paar Münzen in die Hand zu drücken und sie schnellstens aus dem Palast zu scheuchen. Der Mann verbeugte sich und winkte Soledads Begleitern, ihm zu folgen. Josep, Marti und Strella, die durch die Anwesenheit des Königs völlig eingeschüchtert waren, eilten auch sofort hinter ihm her, während Antoni nicht so recht wusste, was er tun sollte. Er wäre gerne bei seinen Verwandten geblieben, denn er hatte sich wieder an das Leben als Fischer gewöhnt. Allerdings glaubte er es seinem toten Herrn schuldig zu sein, sich um dessen Tochter zu kümmern.

Er trat noch einmal einen Schritt auf den König zu und beugte sein Knie. »Verzeiht, Eure Majestät, doch ich war der Diener Senyor Guifrés und möchte diesem Haus auch weiterhin dienen.«

Die Lippen Jaumes kräuselten sich spöttisch. »Ein Haus, das derzeit nur aus einem jungen Mädchen besteht. Dein Wille ehrt dich, doch an meinem Hof wird gewiss gut genug für Dona Soledad gesorgt werden. Kehre zu deinen Fischen zurück!«

Die anwesenden Ritter lachten pflichtschuldig über den Witz ihres Herrn, während Soledad dem König am liebsten in die Parade gefahren wäre. Ihr war der verächtliche Tonfall des Königs nicht entgangen, und sie begann zu begreifen, dass sie bei weitem nicht so willkommen war, wie sie erwartet hatte. Die gerümpfte Nase des Königs und sein angeekeltes Gesicht galten zwar eher ihrer Tracht und dem Geruch nach Fisch. Trotzdem hätte sie sich von dem König, der sie, wie ihr erzählt worden war, als kleines Kind mehrfach auf dem Arm gehabt hatte, einen wärmeren Empfang erhofft. Sie musterte ihn mit zusammengekniffenen Augenlidern. Seine Gestalt war hager, das Gesicht schmal und von Furchen durchzogen, so dass er mit dem nun ins Grau übergehenden Blondhaar älter wirkte, als er an Jahren zählte. Helle, leicht vorquellende Augen starrten an ihr vorbei in eine Ferne, die sie nicht einmal erahnen konnte. Der Verlust seines Reiches schien ihn Tag und Nacht zu quälen, und sie fühlte plötzlich Mitleid mit ihm.

Mit einem Mal wurde Herr Jaume sich Soledads wieder bewusst und roch ihre ekelhaft durchdringende Ausdünstung nach Fisch. Verärgert trommelte er mit den Fingern auf seine Lehne. »Schickt nach ein paar Mägden, die sich unseres Gastes annehmen sollen. Dona Soledad benötigt dringend ein Bad, bevor sie meiner Gemahlin und meiner Tochter vorgestellt werden kann.«

Obwohl er damit Recht hatte, fühlte Soledad sich gekränkt, und ihr wurde klar, dass er ihr vor seinen Edlen einen Ruf angehängt hatte, dem für immer der Geruch nach Fisch und einer für eine Dame von Stand unwürdigen Arbeit anhaften würde. Diese Erkenntnis erschütterte sie, und mit einem Mal sehnte sie sich tatsächlich in die kleine Kate zurück, die Miranda und ihr vier Jahre lang Schutz geboten hatte. Der Gedanke an ihre Schwester führte ihr jedoch vor Augen, dass ein wichtigerer Grund sie hierher geführt hatte als nur der, ihren rechtmäßigen Platz in der Gesellschaft einzunehmen. Daher durfte sie nicht schmollen wie ein kleines Kind. Sie hatte Mirandas Ehre und ihren Tod wie auch den ihres Vaters an Domenèch Decluér zu rächen.

Sie bezwang ihren auflodernden Zorn und knickste vor dem König.

»Ich danke Eurer Majestät für Eure Güte.« Nach diesen Worten folgte sie dem Winken des sichtlich aufgeregten Zeremonienmeisters und verließ den Saal durch eine Nebenpforte, hinter der bereits einige vierschrötige Mägde auf sie warteten.

Als sie sich in der Tür kurz umdrehte, sah sie gerade noch, wie der König mit seiner Rechten verzweifelt vor seinem Gesicht herumwedelte, um den Fischgestank zu vertreiben, und musste an sich halten, um nicht schallend aufzulachen. Irgendwie vergönnte sie es dem hohen Herrn, der wohl nur die Parfümdüfte geschminkter Damen gewohnt war, einmal den Geruch einfacher Leute in die Nase zu bekommen.

IV.

In der großen Halle befahl der Kastellan seinen Untergebenen, die Türen zu öffnen, um den penetranten Fischgeruch durch einen kräftigen Luftzug zu vertreiben, und wies ein paar Diener an, parfümiertes Wasser zu holen und im Raum zu verspritzen. Als dies geschehen war, verbeugte er sich in einer Weise, die dem König zeigen sollte, dass er alles in seiner Macht Stehende getan hatte, um den Aufenthalt in der Halle wieder angenehm zu machen. Dann eilte er davon, um anderenorts ein strenges Auge auf die gewiss nachlässige Dienerschaft zu richten und diese zu größerer Leistung anzutreiben.

Für einen Augenblick herrschte eine ungewohnte Stille

im Saal, als wüsste keiner etwas zu sagen. Dann lachte der König auf. »Welch eine Geschichte! Da haben wir eine Grafentochter, die mehr einem Fischermädchen gleicht als einer Dame von Geblüt.«

Die meisten seiner Höflinge lachten pflichtschuldig mit, während andere sich an Guifré Espin erinnerten, der ihnen ein guter Freund gewesen war, und daher solche Witze über seine Tochter für geschmacklos hielten. Doch niemand wagte es, dem König dies ins Gesicht zu sagen.

Der Hofnarr, der zur Verwunderung etlicher Höflinge bis jetzt geschwiegen hatte, kicherte plötzlich vor sich hin und machte einige Bewegungen, als würde er Netze auswerfen und wieder einholen. »Die Fischer Mallorcas mögen zwar Eure Nase weniger erfreuen als die edlen Senyores der Insel, mein König, doch zumindest ist mehr Treue in ihnen.«

»Weniger könnte kaum möglich sein.« Jaumes Stimme klang nun höchst verärgert, denn er konnte nicht vergessen, wie leicht es Pere von Katalonien-Aragón gefallen war, Mallorca zu erobern. Der Adel der Insel mit Kardinal de Battle an der Spitze hatte dem Eroberer praktisch den Schlüssel der Ciutat überreicht und den der mächtigen Festung Alaro mit dazu.

»Nur einer hat bis zum Letzten gekämpft, und nun verspotten wir seine schutzlose Waise!« Der König empfand mit einem Mal Gewissensbisse.

Da erklang aus dem Hintergrund die Stimme des Höflings Arnau de Gualbes. »Verzeiht, Euer Majestät, doch seit der Entführung Dona Núrias und seiner Flucht nach Mallorca gilt Guifré Espin als Verräter an der katalanischen Krone.

Rei Pere hat den Stab über ihn gebrochen, und daher blieb dem Mann gar keine andere Wahl als zu sterben.«

Der König fuhr zornig auf. »Das mag sein! Doch er hat tapfer gekämpft und neben etlichen anderen den jungen Ritter Esteve de Bianya getötet, der als ausgezeichneter Kämpe bekannt war, und bei der Verteidigung seiner eigenen Burg hat er die Senyores Joan Esterel, Joaquin de Serendara und Giles de Roubleur besiegt, bevor die Armbrustschützen Domenèch Decluérs ein Ende mit ihm gemacht haben.«

Vicent de Nules, ein weiterer Höfling, hob protestierend die Hand. »Auf Mallorca hört man es anders. Dort heißt es, Decluér habe den Grafen von Marranx im ehrlichen Kampf besiegt!«

In König Jaumes Gesicht zuckte es. »Wenn es wirklich ein Zweikampf war – was die übrigen an der Eroberung von Marranx beteiligten Ritter bestreiten –, so hat Decluér sein Schwert mit einem Recken gekreuzt, der bereits drei Waffengänge hinter sich hatte und wohl auch verwundet war. Ich sehe wenig Heldentum darin, gegen einen erschöpften Mann zu siegen.«

»Wie Ihr meint, Senyor Rei!« De Nules' Stimme klang nicht sehr überzeugt.

Jaume wurde tagtäglich daran erinnert, dass sein Adel und der Kataloniens eng miteinander verwandt und verschwägert waren und er sich der Treue so mancher, die an seiner Tafel saßen und seinen Wein tranken, nicht sicher sein konnte. Jeder Versuch, sein Reich mit der Unterstützung dieser Männer zurückzugewinnen, konnte verhängnisvoll enden. Nicht zuletzt deshalb hoffte er, dass die Werber,

229

die er nach Norden geschickt hatte, genügend kühne Ritter mitbringen würden, die unbelastet von allen Blutsbanden nur einem einzigen Mann Treue bekundeten, nämlich ihm.

»Verzeiht, Herr, aber was wollt Ihr mit diesem tranparfümierten Mädchen anfangen?«, fragte der junge Ritter Lleó de Bonamés mit einem leisen Auflachen.

Sein Freund Tadeu de Nules, Senyor Vicents Sohn, verzog spöttisch das Gesicht. »Wenn diese Fischergrafentochter den Mund in Anwesenheit der jungen Damen Eurer Gemahlin öffnet, könnten diese ob ihrer groben Sprache in Ohnmacht fallen.«

Der Narr äffte nun die Sprechweise der einfachen Leute nach und verwendete dabei etliche derbe Ausdrücke, die die Männer zum Lachen brachten. Sogar der König schmunzelte ein wenig, hob aber dann die Hand zum Zeichen, dass er derlei nicht weiter zu hören wünsche.

»Ich bin mir sicher, dass es Dona Ayolda gelingen wird, sowohl den Mund wie auch das Wesen des Mädchens zu zähmen. Vergesst nicht, es entstammt dem edelsten Blut Kataloniens und ist enger mit mir verwandt als die meisten von euch.« Der König betrachtete ein paar Augenblicke lang die betroffenen Gesichter seiner Edlen. An diese Tatsache hatten die Herren bislang noch nicht gedacht. Mit einer gewissen Gehässigkeit sprach Jaume nach einer kurzen Pause weiter. »Zudem ist Dona Soledad die Tochter und Erbin eines Grafen und kann diesen Titel an ihre Kinder weitergeben. Sie ist daher eine durchaus erstrebenswerte Partie, um deretwillen die jungen Senyores gewiss noch manche Lanze brechen werden.«

230

»Gab es da nicht noch eine ältere Tochter?«, warf Arnau de Gualbes ein, und seine Stimme klang für den Geschmack des Königs etwas zu despektierlich.

V.

Soledad wurde ins Untergeschoss des Palasts geführt, in Gewölbe, deren Wände aus groben, unverputzten Steinen und deren Böden wie in einer Bauernkate aus gestampftem Lehm bestanden. In dem niedrigen Gelass, in das die Mägde sie schoben, stand ein großer, hölzerner Waschbottich, den andere Dienerinnen mit etlichen Eimern dampfenden Wassers füllten. Währenddessen wurde Soledad gezwungen, in einer Ecke zu warten, in der sie nicht einmal aufrecht stehen konnte.

Gerade, als die Mägde die Wanne bis fast zum Überlaufen gefüllt hatten, erschien eine Dame in einem hochgeschlossenen Überkleid aus blauem Samt und mit einer zweiflügeligen Haube, die ihr nach Soledads Meinung das Aussehen einer Kuh mit kurzen, kräftigen Hörnern verlieh. Zwei jüngere Mägde in hemdartigen Kleidern, die mit einem Band um die Hüften geschürzt waren, trugen Tabletts hinter ihr her, auf denen ein großes Stück grüner Seife, etliche Schwämme und ein Stück Bimsstein lagen. Dazwischen standen mehrere Tonfläschchen, die mit Korken verschlossen waren und dennoch starke Düfte verströmten. Die Dame hielt die rechte Hand prüfend in das Wasser, nickte zufrieden und wandte sich an Soledad.

»Ich bin Ayolda de Guimerà, die Aufseherin der jungen

Damen im Hofstaat Ihrer Majestät. Du bist mir von nun an unterstellt und wirst mir in allen Dingen gehorchen.«

Soledad zog unbehaglich die Schultern hoch, denn die Frau, die etwa fünfunddreißig Jahre zählen mochte, war ihr auf Anhieb unsympathisch. Dona Ayolda war etwas kleiner als sie und hatte eine zaundürre Figur, mit der sie sich hinter ihrer eigenen, noch recht schmalen Gestalt hätte verstecken können. Das Gesicht der Aufseherin war eher länglich mit einem scharf gezeichneten Mund fast ohne Lippen und dunkelblauen Augen, denen jegliche Wärme fehlte. Dem Mädchen schauderte bei dem Gedanken, unter die Fittiche dieser Frau zu geraten, und nahm seufzend von den Träumen Abschied, in denen sie sich ihr Erscheinen am Hofe des Königs in glänzenden Bildern ausgemalt hatte.

Die Aufseherin wies auf den Bottich. »Zieh dich aus, damit die Mägde dich baden können.« Sie sagte es in einem Ton, als wäre ihre neue Schutzbefohlene ein Laken oder ein Gewand, das dringend der Reinigung bedurfte.

In der kleinen Fischerhütte von Sa Vall war es unmöglich gewesen, seine Privatsphäre vor den anderen zu bewahren, und da Strella streng darauf geachtet hatte, dass die beiden Mädchen vor dem sonntäglichen Kirchgang badeten, hatten die alte Frau und Miranda Soledad oft genug nackt gesehen. Niemals zuvor aber hatte diese sich so zögernd ausgezogen wie unter Ayoldas Blick, der sie so verächtlich maß, als sei sie Gewürm, während er Seife, Schwamm und Bimsstein so liebevoll streichelte wie ein Foltermeister seine Zangen und Daumenschrauben.

Der Vergleich war, wie Soledad feststellen musste, gar nicht so falsch, denn kaum stand sie nackt vor der Dame, ergriffen die Mägde sie, steckten sie in die Wanne und rückten ihr mit sämtlichem Gerät zu Leibe. Die Seife brannte in den Augen, doch darauf nahmen die Weibsungeheuer um sie herum ebenso wenig Rücksicht wie auf ihre Haut, die man ihr mit dem Bimsstein förmlich vom Leib schälte.

Während die beiden jungen Mägde Soledads Kleider mit spitzen Fingern anfassten und hinaustrugen, verschränkte die Hofdame die Arme vor der Brust und sah sichtlich zufrieden zu, wie der Schmutz der Vergangenheit von dem Wesen heruntergescheuert wurde, aus dem sie ein Hoffräulein machen sollte. Als der Fischgeruch sich verzogen hatte, trat sie näher, packte Soledads rechte Hand mit den Spitzen ihrer langen Fingernägel und wies auf die Hornhaut, die von der häufigen Benutzung des Fischermessers verursacht worden war.

»Das ist ja ekelhaft! Sorgt dafür, dass nichts davon übrig bleibt!«, wies sie die Mägde an und untersuchte Soledads Linke. Beim Anblick der vielen winzigen Narben, die das Mädchen sich bei der Arbeit zugezogen hatte, runzelte sie die Stirn. »Seine Majestät verlangt Unmögliches! Man kann aus einem Lehmklumpen keinen Edelstein formen. Was werden die Senyores sagen, wenn sie solche Hände zu sehen bekommen? Die Finger sollten zart und klein sein wie Rosenblüten und so sanft wie ein Frühlingshauch, wenn sie die Stirn des Ehemanns liebkosen.«

»Die Füße von der da sehen noch schlimmer aus«, erklärte eine der Mägde, deren Holzschuhe nach Soledads Meinung Kindersärgen glichen. Soledad selbst hatte recht kleine Füße, die nach vier Jahren ohne Schuhe jedoch von dicken Hornsohlen geschützt wurden.

»Seine Majestät lädt mir eine Arbeit auf, die der des sagenhaften Herkules würdig wäre!« Ayolda de Guimerà schlug die Hände über dem Kopf zusammen und wedelte mit den Händen, um die Mägde zu noch größerer Anstrengung anzutreiben. Diese gingen so gründlich zu Werke, als würde ihnen für jeden Hautfetzen, den sie Soledad nicht abschälten, ein großes Stück ihrer eigenen Haut abgezogen. Soledad wehrte sich, so gut sie es vermochte, doch sie kam gegen die vier derben Mägde nicht an. Zur Strafe für ihre Widerspenstigkeit wurde sie mehrmals kräftig untergetaucht und danach von neuem mit Seife und Bimsstein behandelt.

Nach einer ihr endlos erscheinenden Quälerei musste sie aus dem Bottich steigen und sich in eine Wanne aus Kupfer setzen, deren Wasser mit etlichen Spritzern aus den Tonfläschchen parfümiert wurde. Ein durchdringender Duft nach Rosen- und Mandelblüten zog nun durch das feuchte Gelass, ohne dessen modrigen Geruch ganz überdecken zu können. Hatte Soledad gehofft, man würde nun schonender mit ihr verfahren, sah sie sich getäuscht, denn nun widmeten die Mägde sich ihren Haaren. Die Weibsteufel zogen und zerrten in einer Weise an ihnen herum, dass ihr die Augen nicht mehr nur wegen der Seife tränten. Doch auch diese Qual ging einmal zu Ende, und sie durfte die Wanne wieder verlassen. Die Mägde nahmen einige peinlich saubere, aber raue Tücher zur Hand und rubbelten sie von oben bis unten ab. Danach streiften sie ihr ein einfaches weißes Leinenhemd über, das bis zu ihren Füßen reichte.

»Komm mit!«, befahl Dona Ayolda.

Soledad betete darum, nicht in diesem Aufzug vor die Königin geführt zu werden. Doch das hatte die Dame gar

234

nicht vor. Sie brachte ihren Schützling eine Treppe höher in eine Dienstbotenkammer, in der außer einem schmalen Bett und einer kleinen Truhe, die auch als Tisch diente, nichts anderes mehr Platz fand. Es gab nur ein winziges, vergittertes Fenster, das zu hoch lag, als dass man hätte hindurchsehen können.

»Hier wirst du vorerst bleiben, bis man dich den Damen präsentieren kann«, erklärte Ayolda. »Ich werde dich täglich baden lassen, damit du hoffentlich eines Tages so aussiehst, wie es sich für die Tochter eines Grafen ziemt. Man wird dir heute noch dein Essen hierher bringen, so dass du es auf die tierische Weise verschlingen kannst, die du wohl gewohnt bist. Ab morgen werde ich beginnen, dich in der Gesindeküche wieder an die Tischmanieren zu erinnern, die deine Duenya dir im Hause deines Vaters hoffentlich beigebracht hat. Vielleicht kann ich dich so weit bringen, dass du an der königlichen Tafel nicht unangenehm auffällst.«

Soledad fragte sich in einem Anfall unpassender Heiterkeit, ob Ayolda sie wohl verprügeln würde, wenn sie deren Ansprüchen nicht genügte, und hoffte, die Dame würde sie wenigstens für diesen Tag in Ruhe lassen.

Ayolda aber wies auf das Bett. »Lege dich hin und ziehe dir das Hemd bis zum Bauch hoch.«

»Wie bitte?« Soledad glaubte sich verhört zu haben.

Die Dame runzelte die Stirn, wiederholte ihren Befehl jedoch nicht, sondern rief nach ihren Mägden. Diese machten trotz der sie behindernden Enge wenig Federlesens, denn sie packten Soledad, warfen sie auf das Bett und schlugen ihr das Hemd über den Kopf. Kräftige Hände hielten sie fest und zogen ihr die Beine auseinander. Dann betaste-

235

ten kühle Finger mit langen, scharfen Nägeln sie an ihrer empfindlichsten Stelle. Soledad sog erschrocken die Luft ein und versuchte, sich aufzubäumen. Doch die Mägde hielten sie erbarmungslos nieder. Dann spürte sie einen warmen Hauch, so als würde sich jemand mit dem Kopf der Stelle zwischen ihren Beinen nähern. Augenblicke später zogen sich Ayoldas Krallenfinger zurück, und die Mägde streiften ihr das Hemd wieder bis zu ihren Füßen hinab.

»Ich stelle mit Zufriedenheit fest, dass du dich in der Zeit bei den Fischern nicht den tierischen Gelüsten des niederen Volkes hingegeben hast. Der Senyor, mit dem Seine Majestät dich einmal vermählen wird, kann in dem stolzen Bewusstsein seine Lanze rüsten, der Erste zu sein, der deinen Schoß durchbohren wird.«

Dona Ayoldas Tonfall ließ Bedauern in Soledad aufkeimen, Martis Drängen nicht nachgegeben zu haben. Gleichzeitig fühlte sie eine gewisse Erleichterung, es nicht getan zu haben. Ihr Stand am Hof von Montpellier wäre sonst noch erbärmlicher gewesen, als es sich bereits abzeichnete.

Mit einem Mal kamen ihr die Tränen, und sie fragte sich, ob sie nicht einem Trugbild gefolgt war. So, wie sie es sich in ihren Träumen vorgestellt hatte, war sie hier wahrlich nicht empfangen worden. Eher wie etwas, das man am liebsten in einem tiefen Keller verstecken würde. Während sie sich mit einem Hemdärmel die Tränen von den Wangen wischte, sehnte sie sich plötzlich nach der vertrauten Enge des kleinen Fischerhäuschens in Sa Vall, nach Antoni und sogar nach dessen Verwandten. Aber ihr war klar, dass es kein Zurück mehr gab.

VI.

Andreas von den Büschen neigte das Haupt vor dem freundlichen Mönch, der ihm eben ein kostbares Geschenk gemacht hatte, nämlich eine Wegbeschreibung nach Montpellier. Der Klosterbruder hatte zwei ganze Tage dafür gebraucht und seinen Worten zufolge etliche Bücher zu Rate ziehen müssen. Doch nun war es vollbracht, und Andreas hielt einen Bogen dünnen Pergaments in Händen, das seinem Aussehen nach schon mehrfach beschrieben und wieder abgeschabt worden war. Die an einigen Stellen durchscheinende Haut hätte nicht mehr dazu getaugt, einen Text von größerer Wichtigkeit aufzunehmen, aber es würde dem Zweck genügen, einen jungen Ritter an sein Ziel zu führen.

So glücklich Andreas über die Wegbeschreibung war, so sehr bedrückte ihn die Tatsache, dass er zu arm war, um dem Mönch und dem Kloster eine angemessene Spende zu überreichen. Er zog seine Börse unter dem Gürtel hervor, öffnete die Schnur und schüttete den Inhalt in seine hohle Linke. »Ich bedauere, Euch nicht mehr geben zu können, ehrwürdiger Bruder! Aber ich schwöre Euch, dies nachzuholen, sobald Gott in seiner Größe mir zu Ansehen und Reichtum verholfen hat.«

Der Mönch betrachtete die kleinen Silbermünzen, die, wie er annahm, das gesamte Vermögen seines Gegenübers ausmachten. Der Gedanke, dem jungen Ritter den Weg aufzuzeigen, ihm aber gleichzeitig die Möglichkeit zu nehmen, ihn anzutreten, missfiel ihm. Das Geld würde zwar nicht bis zu Andreas' Ziel reichen, doch mochte der Ritter unterwegs Gönner finden, die ihm weiterhalfen. In diesem

Augenblick glomm eine Idee in dem Zisterziensermönch auf, von der er annahm, dass ihr der Bruder Prior seine Zustimmung nicht verweigern würde.

Lächelnd fasste er nach Andreas' Hand und schloss deren Finger um die Münzen. »Ich will Euch nicht berauben, junger Herr, und gebe mich daher mit Eurem Versprechen zufrieden, eine großzügige Spende zu geben, wenn die Vorsehung Euch mit Reichtümern gesegnet hat. Nun aber könntet Ihr mir oder, besser gesagt, unserem Kloster einen kleinen Gefallen erweisen.«

»Mit großer Freude!«, rief Andreas aus und schämte sich gleichzeitig der Erleichterung, die sich auf seinem Gesicht abzeichnen musste.

Der Mönch erhob sich und bat, ihn für einen Augenblick zu entschuldigen. »Ich werde den Bruder Kellermeister bitten, Euch einen Becher Wein zu kredenzen«, sagte er noch, bevor er den Raum verließ.

Andreas blieb als ein Opfer widersprüchlichster Gefühle zurück. Drei Wochen war es nun her, seit er im Zorn von seinem Vater geschieden war, und er hatte in dieser Zeit sehr rasch erkennen müssen, dass es nicht leicht war, ein Ziel zu finden, von dem man nicht mehr wusste als den Namen. Nach Rom, der heiligen Stadt, und Jerusalem, der Wiege der Christenheit, hätte ihm fast jeder Mensch den Weg weisen können, doch die Namen Montpellier und Mallorca waren im Reich der Deutschen so unbekannt, dass nur sehr gelehrte Mönche von ihnen wussten. Am einfachsten wäre es für ihn gewesen, im Familienkloster seiner Sippe nach seinem Ziel zu fragen, denn dort hätte man ihm diesen Dienst ohne jeden Lohn erfüllt. Er wollte jedoch

238

nicht, dass sein Vater von seinen Plänen erfuhr, und hatte sich deshalb an das Kloster der ehrbaren Zisterziensermönche zu Eberbach gewandt. Jetzt schämte er sich, weil seine wenigen Münzen dem frommen Mann, der ihm die Wegbeschreibung aufgezeichnet hatte, zu gering erschienen waren, um sie als Dank anzunehmen.

Der Mut und der Optimismus der Jugend halfen ihm, seine innere Ruhe wiederzufinden, und als der Mönch zurückkehrte, hatte er in seiner Phantasie bereits eine stolze Burg und die Hand einer ebenso schönen wie reichen Erbin errungen.

»Ich habe eben mit dem ehrwürdigen Bruder Prior gesprochen und bei ihm ein offenes Ohr gefunden. Einer unserer jüngeren Mitbrüder soll nämlich in das befreundete Kloster Fontenay in Burgund reisen, um dort einige Dokumente zu kopieren. Nun wäre es unser Wunsch, dass Ihr Bruder Donatus bis zu seinem Ziel bewaffneten Schutz gewährt. Es dürfte Euch zum Vorteil gereichen, wenn Ihr ihn begleitet, denn Ihr werdet unterwegs in den Klöstern unseres erhabenen Ordens Aufnahme und Obdach finden und könnt Eure Börse schonen.«

So edel die Worte des Mönches auch klangen, so schwang in ihnen doch mit, dass er Andreas für einen der vielen Ritter hielt, deren Umstände ihrem Rang nicht gewachsen waren. Der junge Mann war daher doppelt froh, dem Kloster einen Gegendienst erweisen zu können, und legte die Rechte auf den Knauf seines Schwertes. »Es ist mir eine Ehre, den ehrwürdigen Bruder Donatus bis Fontenay zu begleiten.«

»Ich danke Euch«, antwortete der Mönch in einem Ton, der Andreas deutlich machte, wer hier Dank zu erwarten

239

hätte. Dann bat er den jungen Ritter, ihn zu entschuldigen, da noch viel Arbeit auf ihn warte.

Andreas verabschiedete sich mit dem Gefühl, viel zu viel der wertvollen Zeit seines Gegenübers vergeudet zu haben, und verließ den kleinen, karg eingerichteten Raum, in dem die Mönche des Klosters jene Gäste empfingen, deren Rang zu niedrig war, um in die weitaus behaglicher eingerichteten Gemächer des Priors oder gar des Abtes geführt zu werden. Aufseufzend kehrte er in die in einem Anbau außerhalb der eigentlichen Klostermauern gelegene Klosterherberge zurück, denn der versprochene Trunk des Kellermeisters war ausgeblieben. Also würde er selbst für seinen Wein zahlen müssen. Die bescheidene Zahl seiner Münzen ließ ihn hoffen, dass er als Bruder Donatus' Begleiter die eine oder andere Mahlzeit für Gottes Lohn erhalten würde, sonst ging ihm das Geld schneller aus, als ein Mönch Amen sagen konnte.

VII.

Man hatte Andreas versprochen, Bruder Donatus mit einem Maultier auszustatten, aber leider vergessen, ihn darauf hinzuweisen, dass der junge Mönch des Reitens unkundig war. Im Klosterhof war es dem jungen Ritter noch nicht aufgefallen, denn da hatte ein Knecht den Zügel des Maultiers in der Hand gehalten, und als sie aufgebrochen waren, war das friedfertige Maultier zunächst brav hinter den drei Pferden hergelaufen. Doch Andreas hatte den Wald, der die dem Kloster gehörenden Felder und Wiesen umgab, noch nicht erreicht, als ihn ein verzweifelter Hilfeschrei innehalten ließ. Er drehte sich um und sah den jungen Mönch halb aus dem Sattel gerutscht an seinem Reittier hängen und bei jedem Schritt des Tieres der Erde näher kommen.

Verwundert zügelte er seinen Zelter und ritt zu Bruder Donatus zurück. »Verzeiht, aber der Ritt ginge bestimmt besser vonstatten, wenn Ihr Euch gerade setzen würdet.«

Der junge Mönch bedachte ihn mit einem verzweifelten Blick. »Das versuche ich ja, Herr Ritter, doch habe ich den rechten Steigbügel verloren und weiß mir nun nicht mehr zu helfen.«

Andreas lag ein böses Wort auf der Zunge, das in Gegenwart eines frommen Mannes jedoch fehl am Platze gewesen wäre. Daher schluckte er es hinunter und winkte Heinz heran. »Steig ab, mein Guter, und hilf dem Fuß unseres Begleiters wieder in den Steigbügel. Ach ja, und sieh nach den Riemen. Ich denke, wir sollten sie ein wenig kürzen, damit Bruder Donatus sich leichter tut.«

»Dies wäre gewiss angenehm«, antwortete der Mönch mit einem um Verzeihung bittenden Lächeln.

Andreas sah zu, wie Heinz den Mönch in den Sattel zurückschob, dessen Fuß packte und wieder in den Steigbügel stellte. Dann kürzte der Knappe die Riemen um jeweils ein Loch. Bruder Donatus schien tatsächlich besser sitzen zu können, denn er schob sich ein wenig hin und her und bedankte sich höflich.

Heinz hob lachend die Hände. »Das war doch selbstverständlich, frommer Herr! Ihr solltest nächstens Euren Stallknecht darauf hinweisen, dass er die Steigbügel richtig einstellt.«

Das für einen Mann etwas zu hübsche Gesicht färbte sich rot. »Leider habe ich keine Erfahrung mit Reittieren und musste mich auf den Knecht verlassen.«

»Und wurdet verlassen!« Heinz hatte sich entschlossen, Bruder Donatus nicht ernst zu nehmen, und fiel ihm daher ohne Bedenken ins Wort. Als er wieder aufstieg, wandte er sich kurz an Andreas. »Würde mich nicht wundern, wenn unser Freund in Wirklichkeit ein Mädchen wäre, bei dem Gesicht und so viel Hilflosigkeit im Sattel.« Er dämpfte seine Stimme nicht, so dass Bruder Donatus seine Worte ebenfalls vernahm.

Andreas blickte kurz zu dem Mönch hin und sah ihn erneut erröten. Konnte es sein, fragte er sich, dass der ihm aufgedrängte Begleiter in Wahrheit ein weibliches Wesen war? Seine Gestalt war nicht zu erkennen, denn die weite, braune Kutte, in die der Mönch sich für die Reise gehüllt hatte, hätte sogar die drallen Formen der Köchin Judith verhüllt. Neugierig geworden lenkte Andreas seinen Zelter an die Seite des Maultiers, um den Mönch auf dem nächsten Wegstück zu beobachten.

»Bruder Cyprianus sagte, Ihr wollt nach Fontenay reisen, um dort wertvolle Dokumente zu kopieren.«

Bruder Donatus nickte eifrig. »So ist es. Die Urkunden, um die es geht, beweisen die Herkunft mehrerer wundertätiger Reliquien, die unser erlauchter Kaiser vom burgundischen Herzog Odo als Geschenk erhalten hat. Es handelt sich um das Schlüsselbein des heiligen Remigius und ein Fingerknöchelchen der heiligen Agatha. Die beiden heiligen Gegenstände sind sehr wertvoll, denn sie haben ihre Kraft bereits mehrfach bewiesen.« Andreas nickte pflichtschuldig. Er war ein gläubiger Mann und besuchte die heilige Messe, sooft es sich einrichten ließ, doch mehr als ein Dutzend Heiliger konnte er nicht nennen, und diese beiden gehörten nicht dazu. Donatus, der seine leichte Verlegenheit wahrnahm, begann einen längeren Vortrag, der sowohl die Lebensgeschichten des heiligen Remigius und der heiligen Agatha wie auch das Schicksal der beiden Reliquien umfasste. Andreas staunte über das gewaltige Wissen des jungen Mönches. Er selbst vermochte mit Mühe und Not einen in der Volkssprache geschriebenen Text zu entziffern und wusste um die Bedeutung von etwa dreißig lateinischen Wörtern, die am häufigsten zu lesen waren. Bisher war er stolz darauf gewesen, einen kurzen Text mit steifen, krakeligen Buchstaben aufsetzen zu können. Nun aber fühlte er sich verunsichert, denn sein Begleiter sprach ganz selbstverständlich über Dinge, die weit jenseits seines eigenen Horizonts lagen. Zuletzt hob Andreas mit einem kläglichen Lächeln die Hände. »Habt Mitleid mit einem einfachen Krieger, ehrwürdiger Bruder. Eure Rede ist von Wissen und Weisheit erfüllt, die mir fremd sind.«

»Was man nicht weiß, kann man lernen«, antwortete Donatus mit sanfter Stimme. »Ein Mensch ist kein Pferd, das man nur in frühester Jugend zähmen und dazu bringen kann, einen Reiter auf sich zu dulden, sondern Gottes Ebenbild. Daher sollte jeder Mann sich bemühen, sich dieser Gnade würdig zu erweisen. Ihr, Herr Andreas, stammt aus einem ruhmreichen Geschlecht, das an der Seite von Kaisern und Königen gefochten hat und nun zu Unrecht in Ungnade gefallen ist.«

243

Diese Aussage überraschte Andreas so sehr, dass er sein Pferd zügelte. »Ihr wisst, wer ich bin?«

Bruder Donatus nickte etwas zu eifrig und verlor dabei erneut einen Steigbügel. Bevor er Schaden nehmen konnte, beugte Andreas sich im Sattel nieder und hielt ihn fest.

»Danke! Ich war wohl zu unvorsichtig.« Donatus lächelte erleichtert und begann, die Chronik der Grafen von Ranksburg vorzutragen, so kenntnisreich, dass Andreas aus dem Staunen nicht mehr herauskam. Schließlich erbarmte der Mönch sich der unausgesprochenen Frage seines Begleiters.

»Mein Oheim mütterlicherseits ist der hochehrwürdige Fürstbischof von Trier und Kurfürst des Reiches, Herr Balduin von Luxemburg, und diesem war viel daran gelegen, mein Wissen zu erweitern, denn er wünscht sich nichts sehnlicher, als mich bald auf dem Stuhl eines Abtes zu sehen. Durch die Studien, die ich auf seinen Wunsch begann, erfuhr ich auch von dem unheilvollen Zorn, denn der erhabene Kaiser Karl – auch er ist ein Verwandter von mir – gegen Eure Sippe hegt. Da Herr Balduin schon versucht hat, den Kaiser zu Mäßigung und zur Versöhnung mit Eurem Vater zu bewegen, habe ich mich mit den Ursachen dieses Zwistes beschäftigt.«

Andreas blickte seinen Begleiter immer noch mit großen Augen an. »Das verstehe ich ja noch, da Ihr dem Trierer Fürstbischof so nahe steht. Aber wie könnt Ihr von mir wissen? Meine Stiefmutter oder, besser gesagt, die Gemahlin meines Vaters hat doch alles getan, um meine Existenz zu verbergen.«

»Als Kurfürst von Trier ist mein Oheim auch Erzkanzler des deutschen Reichsteils, und in seiner Kanzlei werden alle

244

wichtigen Ereignisse bei den hohen Geschlechtern verzeichnet. Neben der Geburt ehelicher Söhne zählt auch die Legitimierung eines Bastards dazu.« Kaum waren diese Worte Donatus herausgerutscht, huschte ein erschrockener Ausdruck über sein Gesicht. »Verzeiht, ich wollte Euch nicht kränken!«

»Ihr habt mich nicht gekränkt!«, antwortete Andreas mit einem ärgerlichen Abwinken, das weniger seinem Begleiter als seinem Halbbruder und dessen Mutter galt.

Bruder Donatus bezog diese Geste jedoch auf sich und kroch erschrocken in sich zusammen. »Verzeiht mir, Herr Ritter! Ich werde mich heute Abend kasteien, um mich für meine vorschnelle Zunge zu bestrafen.«

Damit brachte er Andreas zum Lachen. »Wegen mir müsst Ihr dies gewiss nicht tun. Man hat mir von frühester Jugend an eingebläut, dass ich nur ein elender Bastard bin, und ich glaube, das war auch das erste Wort, das ich als Kind sprechen gelernt habe.«

Donatus ließ mit der Rechten den Zügel los, streckte sie leicht zitternd aus und legte sie auf Andreas' Arm. »Bei Gott, welch eine Grausamkeit gegen ein unschuldiges Kind! Verzeiht mir, dass ich mit meinen unbedachten Worten an den Wunden auf Eurer Seele gerührt habe.«

Andreas war es nicht gewohnt, von anderen Menschen angefasst zu werden, und die Geste des Mönches hatte etwas Tröstliches. Mit einem nachdenklichen Lächeln sah er Donatus an. »Ich verzeihe Euch von ganzem Herzen, denn Eure Schuld wiegt leichter als eine Feder, und Eure Worte haben mir gewiss nicht wehgetan. Sie haben nur ein paar bittere Erinnerungen geweckt.«

245

»Damit haben sie Euch ebenso verletzt, wie ein Schwerthieb es getan hätte.« Donatus war untröstlich, und Andreas musste seine ganze Überredungskunst aufwenden, um ihm die in seinen Augen völlig unnützen Schuldgefühle auszureden. Dabei stellte er mehrmals fest, dass Donatus tatsächlich mehr einer gefühlsbeladenen Frau glich. Allerdings gab es genug Anzeichen, dass er es tatsächlich mit einem Mann zu tun hatte, denn auf Donatus' Wangen und Kinn entdeckte er den feinen Bartflaum eines Jünglings, und als ein Windstoß dessen Kutte gegen seinen Oberkörper drückte, wirkte dieser flach wie ein Brett und sogar ein wenig schmächtig.

Auf dem weiteren Ritt blieb Andreas an Donatus' Seite, um das Gespräch mit ihm fortzusetzen. Dabei erfuhr er, dass der junge Mönch nicht nur die Volkssprache und Latein in Wort und Schrift beherrschte, sondern auch des Griechischen und Französischen mächtig war. Auch das wies ihn eindeutig als Mann aus, denn der Verstand einer Frau hätte nicht einmal einen Bruchteil dieses Wissens erfassen können.

Andreas, der in seiner Jugend gerne mehr gelernt hätte, aber nie die Gelegenheit dazu erhalten hatte, bewunderte Donatus und fühlte sich neben ihm klein und unbedeutend. Plötzlich durchzuckte ihn eine Idee. »Verzeiht, ehrwürdiger Bruder, wenn ich eine Frage zu stellen wage. Wisst Ihr, ich bin auf dem Weg nach Montpellier, um dem dortigen König meine Dienste anzutragen. Zu meinem Bedauern weiß ich rein gar nichts über mein Ziel. Bruder Cyprianus hat mir zwar eine Wegbeschreibung erstellt, doch würde ich gerne mehr über den König von Mallorca erfahren.«

246

Andreas stellte die Frage auch in der Hoffnung, Bruder Donatus in Verlegenheit bringen zu können. Zunächst schien ihm das zu gelingen, denn der junge Mönch schwieg eine Weile, und seine Stirn runzelte sich, als denke er intensiv nach. Als er sich Andreas wieder zuwandte, trug sein Gesicht wieder den gewohnt sanften Ausdruck. »Ich vermag Euch leider nicht in dem Maße behilflich zu sein, wie ich es gerne wäre, Ritter Andreas, denn ich bin der katalanischen Sprache nicht mächtig und kann Euch daher nur jene Informationen geben, die ich französischen Quellen entnommen habe. In ihnen wird der König von Mallorca Jacques genannt, was unserem gewohnten Jakob entspricht. Sein Widersacher ist Pierre – oder Peter –, der König des Reiches Aragón, zu dem Katalonien zählt. Die Insel Mallorca wurde wie viele andere Teile Hispaniens im steten Kampf gegen die Mauren zurückgewonnen, und zwar von König Jakob I., dem Ahnherrn der beiden streitenden Könige. Kurz vor seinem Tod teilte Jakob I. sein Reich unter seine beiden Söhne auf, was vor allem bei dem Erstgeborenen und Erben der Krone Aragóns, der auch Peter hieß, große Verbitterung hervorrief. Er und seine Nachkommen haben seit damals danach getrachtet, das Reich wieder zu einen, während die jüngere Linie, die den Titel eines Königs von Mallorca erhielt, alles versucht hat, dies zu verhindern.

Vor vier Jahren hat Peter IV. die Insel Mallorca im Handstreich erobert und im Jahr darauf seinen Vetter Jakob III. vor den Mauern von Perpignan besiegt. Dann hat er ihm neben Mallorca auch die Grafschaft Roussillon und die Cerdagne abgenommen. Jakob III. ist nur noch die Herrschaft Montpellier geblieben, welche die Provence und

Frankreich zum Nachbarn hat, aber keine direkte Grenze zu Aragón-Katalonien aufweist.«

Andreas' Laune sank ein wenig, denn das hörte sich nicht so an, als müsse König Jakob von Mallorca nur die Hand ausstrecken, um seine Krone wieder an sich zu nehmen. Dann aber lachte er grimmig auf. Wohl mochten harte Kämpfe nötig sein, um das Reich Mallorca neu zu errichten, doch mit Gottes Hilfe würde es gelingen. Dies sagte er Donatus auch und wurde prompt in seiner Absicht bestärkt, sich König Jakob als Ritter anzubieten.

»Ihr seid ein tapferer und kühner Streiter und werdet gewiss Ruhm und Ehre gewinnen!«, rief der Mönch und bedachte Andreas mit einem bewundernden Blick, der diesen verlegen machte. Bevor der junge Ritter antworten konnte, fasste Donatus erneut nach seinem Arm. »König Jakob wird Euch gewiss einen Titel verleihen, der es Euren Feinden unmöglich machen wird, Euch noch einmal von einem Turnier auszuschließen.«

»Auch davon wisst Ihr?« Andreas war unangenehm berührt, denn er hatte gehofft, diese Begebenheit mitsamt seiner Vergangenheit hinter sich lassen zu können.

Donatus nickte lächelnd. »Als es hieß, Ihr würdet mein Schutzherr auf dieser Reise sein, habe ich meine Mitbrüder selbstverständlich gebeten, mir alles zu erzählen, was sie über Euch wussten.«

»Jetzt wollt Ihr mich zum Narren halten!« Andreas wollte schon ärgerlich werden, aber in den Augen des Mönches las er weder Falschheit noch Spott, sondern reine Freundlichkeit und sogar ein wenig Verehrung.

»Gestattet Ihr mir, Euch einen Rat zu geben?«, fragte

248

Donatus. Da Andreas ihn neugierig ansah, setzte er seine Rede fast ansatzlos fort. »Ihr reitet in ein fernes Land und werdet, um dorthin zu gelangen, andere fremde Länder durchqueren müssen, in denen die Menschen eine andere Sprache sprechen als die Eure. Zwar bin ich, wie ich schon sagte, des Katalanischen nicht mächtig, doch dort wird man die Sprache der französischen Nachbarn gewiss eher verstehen als die deutsche Volkssprache.«

Andreas nickte seufzend, denn er fühlte sich wie ein Tölpel, wenn er sich nicht verständigen konnte. Donatus ließ seine Hand diesmal länger auf seinem Arm ruhen und lächelte ebenso ängstlich wie begütigend. »Es wäre mir eine Freude, Euch gewisse Kenntnisse in der Sprache der Franzosen zu vermitteln, nicht zuletzt als Dank für den Schutz, den Eure Begleitung mir verleiht.«

»Eigentlich ist es an mir, eine Schuld abzutragen«, antwortete Andreas lachend, hörte aber aufmerksam zu, als sein Begleiter ihm die ersten Lektionen in der französischen Sprache erteilte.

Da bereits ein leichter Trab Bruder Donatus' Reitkünste überforderte, erreichten sie ihr erstes Etappenziel erst bei Einbruch der Nacht. Während der Mönch seinen Mitbrüdern in den großen Saal folgte, wurden Andreas und Heinz im Gästehaus des Klosters untergebracht. Hier zeigte sich, wie einflussreich ihr Begleiter sein musste, denn sie erhielten reichlich und gut zu essen, und der Wein, den man Andreas kredenzte, war der beste, den er je gekostet hatte. Zudem brauchte er für Mahl und Unterkunft keinen Pfennig zu zahlen, so dass er seine Börse schonen konnte.

Am nächsten Morgen machte Andreas sich nach einem

ausgiebigen Frühstück zur Weiterreise bereit, als ein sichtlich verlegener Mönch auftauchte und sich vor ihm verbeugte.

»Verzeiht, edler Herr, doch ist es nicht nach Gottes Willen, Euren Weg heute fortzusetzen. Euer Begleiter, der ehrenwerte Scriptor von Eberbach, ist bedauerlicherweise außerstande. Er ist nicht an den Sattel gewöhnt und ...« Der Mönch schwieg und rang nach Worten, wie er es Andreas am besten vermitteln konnte.

Dieser zog zunächst verärgert die Augenbrauen hoch und lachte dann auf. »Bruder Donatus hat sich wund geritten und muss jetzt seinen Hintern schonen.«

Der Mönch nickte erleichtert. »Ihr sagt es, edler Herr. Bruder Donatus bittet Euch durch mich, ihm dieses Ungemach zu verzeihen, und wünscht, sobald der Bruder Apotheker die Heilsalbe für ihn bereitet hat, Euch einige Bücher zu zeigen, die er in unserer Bibliothek gefunden hat.«

Bücher waren ungefähr das Letzte, mit dem Andreas sich hatte beschäftigen wollen. Er sagte sich aber, dass er mindestens eine Woche warten musste, bis Donatus wieder reiten konnte, und da vermochte ein angenehmes Gespräch die Langeweile gewiss besser zu vertreiben als tristes Herumlungern mit einem Becher Wein in der Hand.

VIII.

Domenèch Decluérs Ärger wuchs mit jedem Tag, den Miranda in Gabriel de Colomers' Quartier verbrachte. Weder war der junge Ritter des angeblichen Fischermädchens so schnell müde geworden, wie er angenommen hatte, noch hatten Freunde der Familie de Colomers Einfluss auf ihn genommen. Einige der Herren, von denen Decluér geglaubt hatte, sie würden Gabriel den Kopf zurechtsetzen, hatten sich strikt geweigert, sich zu seinen Gunsten zu verwenden. Sie hatten sogar die Unverschämtheit gehabt, ihm zu erklären, er solle sich mit seiner Niederlage im Ringstechen abfinden und sich, wenn ihn die Lenden zu sehr drückten, eine Hure suchen. Zuletzt hatte Decluér noch den Gouverneur aufgesucht und war beleidigend kurz abgefertigt worden.

Er habe Mallorca für den König zu verwalten, sehe es aber nicht als seine Aufgabe an, sich um die Bettmägde seiner Ritter zu kümmern, hatte Senyor Felip de Boïf de la Scala erklärt und ihm deutlich gemacht, dass die Audienz vorüber sei. Der Gouverneur mochte Decluér nicht besonders, seit dieser seinen Anteil am Tod des Grafen von Marranx über Gebühr aufgebauscht und den der anderen verkleinert hatte. Einer der jungen Ritter, die den Kampf um die Burg überlebt hatten, war ein Neffe von ihm, und dieser hatte im privaten Gespräch aus seiner Verachtung für Decluér keinen Hehl gemacht. Auch König Pere selbst schien den angeblichen Heldentaten dieses Edelmanns nicht zu trauen, denn er hatte sich geweigert, ihm den Besitz des toten Grafen zu überlassen.

Nach dem Gespräch mit dem Gouverneur verließ Decluér wutentbrannt den Almudaina-Palast und lief ziellos durch die Stadt. Ihn juckte es in den Fingern, Gabriel de Colomers mit dem Schwert zurechtzustutzen und ihm das Mädchen abzunehmen. Aber wenn er dies tat, würde er sich die

Feindschaft einer der mächtigsten Sippen Kataloniens zuziehen.

»Fluch über den jungen Hund, über alle Colomers und
über diesen Laffen de Boïf de la Scala«, zischte er vor sich
hin. In seiner Empörung achtete er nicht auf seine Umgebung und prallte gegen einen Mann, der ebenso unaufmerksam gewesen war.

»Kannst du nicht aufpassen, du Trottel?«, fuhr Decluér
ihn an.

Sein Gegenüber erkannte den Ritter und wurde kleinlaut. »Ich bitte um Verzeihung, Senyor Domenèch!«

Decluér zwinkerte verwundert mit den Augenlidern. Die
Stimme kannte er doch. Hörte sich nicht Jordi, Gabriels
Waffenträger, so an? Er musterte den anderen neugierig
und entdeckte das Wappen der Colomers auf dessen Waffenrock. Aus Wut über diese Familie wollte er dem Mann
schon einen Hieb versetzen. Seine Faust stockte jedoch mitten in der Bewegung, denn er erinnerte sich an den Tag, an
dem der Knecht mit langem Gesicht hinter seinem Herrn
hergeritten war. Der Bursche wirkte noch immer so verbissen wie bei Gabriels Ankunft, und das ließ Decluérs Fingerspitzen kribbeln. Er hielt kurz die Luft an und schlug dem
Mann scheinbar kameradschaftlich auf die Schulter. »Es
war ebenso meine Schuld wie die deine. Komm, mein
Freund! Lass uns die Sache bei einem guten Krug Wein vergessen.«

Jordi wunderte sich, dass der Ritter ihn so vertraulich behandelte, schob aber sein Misstrauen zur Seite. Ursprüng-
lich hatte er den Ärger über seinen Herrn irgendwo alleine
im Wein ertränken wollen, aber in so erlauchter Gesell-

schaft würden ihm die Becher besser munden. »Ich hätte nichts dagegen, Senyor Domenèch. Wenn ich mich nicht irre, gibt es gleich um die Ecke eine Schenke, die von einer strammen Wirtin geführt wird, welche einen guten Tropfen zu kredenzen weiß.«

»Dann gehen wir dorthin!« Decluér verbarg seine Rachegelüste hinter einer fröhlichen Miene. Normalerweise machte er sich nicht mit so niederem Volk wie diesem Jordi gemein, aber er war sicher, dass ein paar Münzen für Wein gut angelegt sein würden. Colomers' Waffenmeister sah nämlich so aus, als habe er eine Menge zu erzählen und warte nur auf jemanden, der ihm verständnisvoll zuhörte.

Sie erreichten eine Tür, über der ein mit Efeu geschmückter Tonkrug an einem eisernen Haken hing. Drinnen erklangen die Stimmen etlicher gut gelaunter Zecher, so dass Decluér schon wieder gehen wollte, weil ihn der Lärm störte. Doch als er einen Blick in die Schankstube warf, entdeckte er einen freien Tisch in einer dunklen Ecke, der ihm genau richtig erschien für ein Gespräch ohne neugierige Zuhörer. Die Wirtin, eine noch recht junge Frau, eilte beim Anblick des Ritters sofort herbei und machte eine Bewegung, die wohl einen Knicks darstellen sollte.

»Seid mir willkommen, edle Herren!« Sie sah ganz danach aus, als würde sie einige andere Gäste hinausscheuchen wollen, um dem hoch gestellten Besucher Platz zu schaffen. Auf so viel Aufmerksamkeit legte Decluér jedoch keinen Wert. Daher wies er mit dem Kinn auf den Ecktisch und forderte die Wirtin auf, einen Krug ihres besten Weines dorthin zu bringen.

»Aber gewiss, edler Herr, sofort!« Die Frau führte ihre

Gäste in die von ihnen ausgewählte Ecke und strich mit ihrer sauberen Schürze über die Tischplatte, bevor sie persönlich in den Keller eilte, um den gewünschten Wein zu bringen. Ihr Helfer, ein mageres Bürschchen, das noch keine fünfzehn Jahre alt sein konnte, stellte den Gästen eine Öllampe hin und zündete sie mit einem Fidibus an. Als seine Herrin zurückkehrte, forderte sie ihn barsch auf, zwei saubere Becher zu holen. Der Junge beeilte sich, das Gewünschte zu bringen, und kurz darauf funkelte ein dunkler, schwerer Wein in den Trinkgefäßen.

Jordi kostete ihn und schmatzte anerkennend. »Sehr gut! Besseren Wein bekommt wohl auch der Gouverneur nicht auf den Tisch.« Die Wirtin strahlte über ihr rundes hübsches Gesicht. »In meiner Schenke wird nur guter Wein ausgeschenkt.«

Decluér trank ebenfalls einen Schluck und äußerte sich ähnlich anerkennend. Sein Blick ruhte dabei auf der drallen Figur der Frau und fand, dass ihre Schenke nicht nur des Weines wegen eines Aufenthalts wert war. Daher schob er Mirandas Bild fürs Erste beiseite. »Wie heißt du, schönes Kind?«

»Mein Name ist Elona, edler Herr«, antwortete die Wirtin geschmeichelt. Sie blieb noch ein wenig stehen, um zu sehen, ob der Ritter noch weitere Dienste von ihr fordern würde, zog sich aber nach einer knappen Handbewegung ihres Gastes mit einem »Zum Wohlsein!« zurück.

Decluér nahm seinen Becher und trank Jordi erneut zu. »Lass dir den Wein schmecken! Du siehst mir ganz so aus, als könntest du mehr als einen guten Schluck vertragen.«

Er hatte Jordi richtig eingeschätzt, denn dieser begann

sofort, sich seinen Ärger von der Seele zu reden. »Ihr habt Recht! Ich habe Senyor Gabriel schon hundertmal gesagt, dass es falsch war, diese Fischerdirne in seinen Haushalt aufzunehmen. Aber er lässt nicht mehr mit sich reden und hält diese Metze in Ehren, als handele es sich um eine Edeldame! Die Diener und ich müssen auf eine Geste von ihr springen, als wären wir ihre Sklaven. Ach, Senyor Domenèch, wenn Ihr damals gegen ihn gewonnen hättet, wäre alles noch in Ordnung!«

Jordi seufzte, füllte seinen Becher nach und trank ihn sofort wieder leer. Sein Blick glich nun dem eines geprügelten Hundes. »Wie oft wünschte ich, der Araberhengst würde jetzt Euch gehören, Senyor Domenéch! Senyor Bartomeu wäre natürlich erzürnt gewesen, aber er hätte den Verlust meinem Herrn wohl bald verziehen. Doch die Sache mit dem Mädchen wird er gewiss nicht so einfach hinnehmen, da mein Herr mit Dona Joana de Vaix so gut wie verlobt ist.«

Decluérs Lippen bogen sich zu einem scheinbar nachsichtigen Lächeln. »Man sollte meinen, Senyor Gabriel wüsste genau, was er tut. Immerhin hat er mich herausgefordert, und nicht ich ihn.«

»Da habt Ihr Recht! Aber warum musstet Ihr denn darauf eingehen? Bei Gott! Wenn ich nur daran denke, was geschehen wird, wenn Senyor Bartomeu von der Metze erfährt.« Der Gedanke erschien Jordi so schrecklich, dass er seinen Becher erst einmal leeren musste.

Decluér schenkte dem Knecht eigenhändig nach und legte ihm dann lachend den Arm um die Schulter. »Sag mir, mein Freund, wie hätte ich die Herausforderung deines

Herrn ablehnen können? Ich würde doch jetzt vor aller Welt als Feigling dastehen!«

»Das ist richtig! Euch trifft ja auch keine Schuld an der verfluchten Situation.« Jordi packte sein Trinkgefäß und presste seine Hände darum, als wäre es Mirandas Hals, den er zuschnüren wollte. Dabei starrte er den Ritter vorwurfsvoll an. »Aber dennoch hättet Ihr nicht gegen Gabriel verlieren dürfen.«

»Ich hatte Pech, während er vom Glück mehr als reichlich überschüttet worden ist.«

Jordi schnaubte. »Glück ist etwas anderes, denn ihm gereicht dieser Sieg zum Verderben. Ihr könnt Euch nicht vorstellen, wie vernarrt er in diese Fischerhure ist. Sie wird ihn in den Untergang reißen.«

»Ist Senyor Bartomeu de Colomers denn so sittenstreng?«, fragte Decluér, obwohl ihm die Prüderie des königlichen Beraters durchaus bekannt war.

Jordi nickte unglücklich. »Und wie! Er wird toben, wenn er von der Geschichte erfährt.«

»Wie sollte er das? Er befindet sich weit weg in Barcelona, während sein Sohn sich seine Geliebte hier auf Mallorca hält. Ich glaube, du machst dir viel zu viele Sorgen, mein Freund.« Decluér begleitete seine Worte mit einer Geste, die scheinbar Jordis Bedenken zerstreuen sollte, lauerte aber gleichzeitig auf dessen Antwort.

Der Knecht sah ihn mit traurigen Augen an. »Senyor, Ihr tut ja so, als läge Katalonien am anderen Ende der Welt! Dabei ist erst gestern wieder ein Segler nach Barcelona ausgelaufen. Zwei Herren, die Herrn Bartomeu sehr gut kennen, haben sich an Bord befunden, und sie werden gewiss keine Zeit verlieren, ihm von Gabriels Eskapaden zu berichten. Ich prophezeie Euch, in spätestens zwei Wochen schickt er seinen Verwalter, um den jungen Herrn in seine Schranken zu weisen, oder kommt gar selbst.«

Jordi schauderte es bei dem Gedanken, während sein Gegenüber sich innerlich vor Lachen krümmte. »Unter den Umständen wäre es schlimm, wenn das Mädchen dann immer noch in Senyor Gabriels Wohnung zu finden wäre.«

»Mein Herr wird die Metze gewiss nicht wegschicken, und die klammert sich natürlich an ihn, um nicht mehr in ihre dreckige Fischerhütte zurückkehren zu müssen.«

Decluér legte eine kleine Pause ein, bevor er antwortete. »Wäre es da nicht ein gottgefälliges Werk, deinen Herrn von diesem berechnenden Weibsstück zu befreien?«

»Bei allen Heiligen, ja! Das wäre es. Seit die Hure aufgetaucht ist, habe ich Gott jeden Tag mindestens zehnmal angefleht, dafür zu sorgen, dass sie wieder verschwindet.«

Decluér hatte Jordi nun dort, wo er ihn haben wollte. Gönnerhaft lächelnd trank er ihm zu. »Du solltest weniger auf Gottes Hilfe bauen, sondern die Sache selbst in die Hand nehmen.«

Jordi stärkte sich mit einem kräftigen Schluck Wein, legte dann seine Hand auf den Knauf seines Dolches und nickte. »Ihr habt Recht, Senyor Domenèch! Ich werde diesem Weibsstück die Kehle durchschneiden und ihren Kadaver im Meer versenken, auch wenn mein Herr mich dafür umbringen sollte.«

Er stand hastig auf, als wolle er seinen Plan sofort in die Tat umsetzen, doch Decluér drückte ihn wieder auf den Stuhl zurück. »Gemach, mein Freund! Blinde Hast schadet nur. Oder willst du es dir absichtlich mit deinem Herrn verderben?«

»Nein, gewiss nicht, aber ...«

»Kein Aber, mein Freund! So eine Sache muss mit Bedacht in Angriff genommen werden. Auch wäre ein Mord deiner Seele nicht zuträglich. Denk an die vielen tausend Jahre Fegefeuer, die du wegen dieser Metze erleiden müsstest. Das Problem deines Herrn kann auf einfachere Weise beseitigt werden.«

Jordi hob ungläubig den Kopf. »Und wie?«

»Ich habe immer noch ein gewisses Interesse daran, mir von diesem Mädchen das Bett wärmen zu lassen, und bin im Gegensatz zu Senyor Gabriel von keinem anderen Menschen abhängig als von mir selbst und dem König. Senyor Rei Pere aber dürfte es nicht interessieren, welches Weibsstück mir hier auf Mallorca die Nachtstunden versüßt. Wäre das keine Lösung für dich?«

Decluér blickte Jordi auffordernd an, doch der schüttelte mit düsterer Miene den Kopf. »Wenn Ihr das Mädchen entführt, wird mein Herr sich sofort an Eure Spur heften, und es käme zu einem noch schlimmeren Unglück.«

»Muss dein Herr denn wissen, dass ich das Mädchen habe?«, fragte Decluér lauernd. »Es wäre doch viel besser, wenn er annimmt, die Kleine hätte von sich aus das Weite gesucht. Dafür aber bräuchte ich deine Hilfe.«

Jordi fasste die Hände des Ritters und umklammerte sie. »Die bekommt Ihr, Herr! Und am besten noch heute, denn als ich vorhin meinen Herrn verlassen habe, hatte er gerade eine Einladung von Senyor Quirze de Llor erhalten und wollte ihr folgen.«

»Dann dürfen wir keine Zeit verlieren. Komm mit!« Decluér warf eine Münze auf den Tisch und zog Jordi hinter sich her. Der drallen Wirtin, die erwartungsvoll lächelnd auf ihn zukam, schenkte er keinen Blick mehr.

IX.

Nachdem Jordi die Wohnung seines Herrn verlassen hatte, setzte dieser sich auf seinen Stuhl und sah zu, wie Mira eines seiner Hemden flickte. Bislang hatte eine der Palastmägde diese Aufgabe übernommen, doch der junge Ritter musste anerkennen, dass seine schöne Sklavin mit Nadel und Zwirn weitaus besser umzugehen wusste. Er vermutete, dass sie ebenso gute oder noch schönere Stickereien würde anfertigen können als Joana de Vaix, die sein Vater ihm als mögliche Braut genannt hatte. Daher beschloss Gabriel, Mira Stoffe und Zwirn besorgen zu lassen, damit sie hübsche Dinge herstellen konnte, anstatt sich mit einfacher Magdarbeit zu beschäftigen.

»Ich mache mich jetzt auf den Weg zu Senyor Quirze, meine Liebe, doch meine Sehnsucht wird mich wohl bald zu dir zurückrufen.«

Miranda tat so, als wäre sie in ihre Näharbeit vertieft und hätte seine Worte nicht gehört. Gabriel trat auf sie zu, fasste sie am Kinn und zog sie hoch. »Willst du mir keinen Abschiedskuss geben, meine Blume?«

Miranda maß ihn mit einem spöttischen Blick. »Weshalb? Ich bin weder Eure Mutter noch Eure Schwester.«

»Ich will auch nicht wie von einer Mutter oder Schwester geküsst werden!«, rief der junge Ritter lachend.

259

»Eine Sklavin hat keinen Grund, ihren Herrn zu küssen.«
Mirandas Stimme klang kalt und abweisend.

»Ein Herr aber umso mehr, seine Sklavin zu umarmen!«
Gabriel wollte sie in seine Arme schließen, doch Miranda
entzog sich ihm mit einer raschen Drehung und hielt ihm
die Nähnadel wie eine Waffe entgegen.

»Versucht es, wenn Ihr gestochen werden wollt!«

Es juckte Gabriel in den Fingern, ihr zu zeigen, wer der
wahre Herr in diesen Gemächern war. Er wusste jedoch
auch, dass er, wenn er sie übers Knie legte, seine Leidenschaft nicht mehr würde bezwingen können. Noch war sein
Stolz stärker als seine Gier nach ihren weichen Schenkeln,
und da er ihr geschworen hatte, sie nicht eher anzurühren,
bis sie freiwillig zu ihm kam, wandte er sich von ihr ab.

»Gott hätte euch Weiber ohne Zungen erschaffen sollen,
dann wäre uns Männern viel erspart geblieben!«, rief er halb
verärgert, halb im Scherz und verließ die Kammer.

Miranda hörte, wie der Riegel von außen zugeschoben
wurde, und fauchte wie eine wütende Katze. Gabriel benahm sich schlimmer als ein eifersüchtiger Ehemann. Wohl
war sein Quartier um einiges größer als Joseps Fischerkate,
doch dort hatte sie über den Strand und in die Hügel laufen
können, wenn ihr danach zumute gewesen war. Hier aber
durfte sie gerade ein- oder zweimal in der Woche in den Pa-
lastgarten hinaus, und das nur in Begleitung eines Ritters,
der sie anscheinend für ein Schaf hielt und sich selbst für
einen äußerst wachsamen Hirtenhund.

»Oh Heilige Jungfrau, warum lässt du das geschehen?«,
schluchzte sie auf und schämte sich gleichzeitig für ihren
Kleinmut. Im Grunde genommen war das Leben, das sie

260

nun führte, nicht einmal so schlecht, denn Gabriel rührte sie nicht an und beschützte sie gleichzeitig vor den Zudringlichkeiten anderer Männer, insbesondere vor Domenèch Decluér, der ihr mindestens ebenso verhasst war wie der Teufel in der Hölle. Allein dieser Mann war an ihrem und Soledads Unglück schuld. Der Gedanke an die Schwester brachte sie zum Weinen. Tagelang hatte sie in entsetzlicher Angst geschwebt, Decluér könnte sich an Soledad schadlos halten. Dann hatte Gabriel nachforschen lassen und erfahren, dass ihre Schwester mit Antoni, Josep und den anderen aufs Meer geflohen war. Doch das hatte ihre Ängste nicht mindern können, denn just zu jener Zeit waren schwere Stürme über die Insel und die See hinweggefegt, denen kein Fischerboot hatte widerstehen können. Also musste sie annehmen, dass Soledad nun auf dem Grunde des Meeres ruhte.

X.

Gabriel klopfte an die Tür des Dienerzimmers. Pere schoss heraus und verbeugte sich tief, mehr um seine verbissene Miene zu verbergen, denn aus Ehrfurcht vor seinem jungen Herrn.

»Wo ist Jordi?«, fragte Gabriel.

»Er hat vorhin den Palast verlassen. Wohin er gegangen ist, weiß ich nicht.« Pere gab sich keine Mühe, verbindlich zu sein.

Gabriel schlug mit der Hand zornig durch die Luft. »Jordi nimmt sich in letzter Zeit etwas zu viel heraus. Er sollte mich zu Senyor Quirze begleiten. Nun muss ich allein reiten, und das ist eines Edelmanns nicht würdig. Für dich habe ich eine andere Aufgabe: Du wirst die Wirtschafterin des Palasts aufsuchen und sie um Nähzeug für Mira bitten.«

»Sie hat doch schon Nadel und Faden«, antwortete der Diener mürrisch.

»Ich meine das Zeug zum Sticken und was man alles für die Herstellung feiner Sachen braucht. Die Wirtschafterin wird schon wissen, was dazu nötig ist. Und nun Adéu!« Gabriel drehte sich um und ging mit schnellen Schritten davon.

Pere stieß einen leisen Fluch aus und erwog, den Befehl seines Herrn zu ignorieren. Er fürchtete jedoch Gabriels Zorn, wenn dieser zurückkommen und sehen würde, dass er diesem Fischweib keine feinen Garne und Stoffe besorgt hatte. Gerade, als er zur Tür hinaustrat, kam Jordi ihm auf dem Gang entgegen.

»Da bist du ja endlich. Mach rasch, Senyor Gabriel hat gerade nach dir verlangt!«, rief Pere ihm zu.

Jordi blieb stehen, als wäre er gegen eine unsichtbare Mauer gerannt. »Was sagst du da? Der Herr ist noch hier?«

Pere schüttelte den Kopf. »Nein, er ist soeben aufgebrochen, um Senyor Quirze aufzusuchen, aber er wollte, dass du ihn begleitest! Ich soll jetzt für seine Metze Nähzeug holen, wie es einer Dame von Stand zukommt. Bei Gott, ich würde alles lieber tun als das.«

Jordi atmete auf und klopfte ihm auf die Schulter. »Du wirst diesen Gang tun, mein Freund, und zwar mit frohem Herzen, aber nicht sofort. Jetzt haben wir nämlich etwas anderes zu tun. Wo ist Pau?«

262

»Der sitzt in unserer Kammer und putzt das zweite Paar Reitstiefel unseres Herrn.«

»Er kann später weitermachen. Jetzt soll er ein Fass holen, halbmannshoch und etwa ebenso dick, und einen Schubkarren. Es muss aber heimlich geschehen, damit ihn keiner sieht.« Da Pere nicht sofort gehorchte, gab Jordi ihm einen Rippenstoß. »Jetzt mach schon! Du willst doch genauso wie ich das Beste für unseren Herrn, oder etwa nicht?«

»Heilige Maria Mutter Gottes, du willst das Fischweib umbringen und den Leichnam in dem Fass fortschaffen!« Pere schlug erschrocken das Kreuz und wich vor Jordi zurück, als sei er der Gottseibeiuns.

Dieser schüttelte ärgerlich den Kopf. »Kein Mord, du Narr! Das ist gar nicht nötig. Wir fesseln und knebeln die Metze und bringen sie weg.«

»Aber wohin denn?«

»Das behalte ich für mich. Wenn du es nicht weißt, kannst du es auch nicht aus Versehen ausplaudern.«

Pere kniff die Augen zusammen und musterte Jordi misstrauisch. »Das Mädchen wird nicht umgebracht! Versprochen?«

»Versprochen! Ich bringe sie nur weg, damit sie unserem Herrn aus den Augen kommt und er wieder Vernunft annimmt.« Jordi versetzte Pere einen weiteren Stoß.

Der Diener schlüpfte in seine Kammer, und Jordi hörte, wie er leise, aber heftig auf seinen Sohn einredete. Kurz darauf kam Pau heraus und sah Jordi mit den ängstlichen Augen einer Maus an, die fürchtet, der Katze direkt in die Pfoten zu laufen.

Jordi erklärte ihm seinen Auftrag, schickte ihn los und

263

drehte sich dann zu Pere um, der unter der Tür stand. »Hoffentlich hat der Bengel begriffen, was er tun soll.«

»Keine Sorge, mein Junge ist klug und zuverlässig, und er will diese Metze ebenso forthaben wie wir.« Der kameradschaftliche Ton ärgerte den Waffenträger, der sich als etwas Besseres ansah als ein einfacher Diener, doch im Augenblick musste er dessen Vertraulichkeiten hinnehmen.

»Ich hoffe, du hast ein paar Stricke oder Bänder hier, mit denen wir die Metze fesseln können.«

»Daran soll es nicht scheitern.« Pere holte mehrere Schnüre hervor, die fest genug aussahen, auch einen kräftigen Mann bändigen zu können.

Jordi nickte zufrieden, trat dann auf die Tür des großen Raumes zu und schob den Riegel zurück.

»Sei leise und bleib hinter mir«, wies er Pere an.

Miranda saß über ihre Näharbeit gebeugt und hob nur kurz den Kopf, um zu sehen, wer hereinkam. Als sie Jordi und den Diener erkannte, dachte sie, Gabriel hätte etwas vergessen und die beiden geschickt, es zu holen. Erst als Jordis Gestalt das Licht der Lampe verdeckte, in deren Schein sie ihre Flickarbeit verrichtete, begriff sie, dass etwas nicht stimmen konnte. In dem Augenblick schossen die Hände des Waffenträgers nach vorne und schlossen sich um ihren Hals. Unter dem harten Griff blieb ihr sofort die Luft weg, und als sie ihren Angreifer mit ihrer Nadel stechen wollte, wand Pere sie ihr aus der Hand.

Miranda versuchte, Jordi zu treten, doch ihre Glieder schienen wie gelähmt. Das ist der Tod!, dachte sie verzweifelt. Dann wurde es schwarz um sie.

»Hoffentlich hast du sie nicht umgebracht.« Peres Gesicht war grau vor Angst, und er bekreuzigte sich. Jordi nahm ihm mit einem verächtlichen Schnauben die Stricke ab und verschnürte das bewusstlose Mädchen wie ein Paket.

Als er ein Stück Stoff zusammenknüllte, um es Miranda in den Mund zu stopfen, wagte Pere einen Einwand. »Wir sollten sie besser nicht knebeln, sonst erstickt sie womöglich noch.«

Jordi lachte spöttisch auf. »Willst du, dass sie mitten in der Stadt aufwacht und die Leute zusammenschreit?«

Pere schüttelte den Kopf, wich aber zurück und machte eine Miene, als wolle er mit dem Ganzen nichts mehr zu tun haben. Jordi drehte ihm dem Rücken zu, stopfte Miranda den Knebel in den Mund und band ihn mit einem Tuch fest.

»Wo bleibt der Bengel mit dem Fass?«, fragte er dann.

»Ich sehe nach!« Pere verließ den Raum so rasch, als wäre der Teufel hinter ihm her. Kurz darauf klopfte es, und Pau steckte den Kopf herein.

»Hier ist das Gewünschte!«

»Bring es rein.« Jordi packte die Bewusstlose und schleifte sie zur Tür. Das Fass war kleiner, als er erwartet hatte, aber mit ein wenig Druck passte Miranda hinein, und er konnte den Deckel schließen.

»Sie wird ersticken«, jammerte Pere.

Jordi stieß ihn gegen die Wand. »Halt endlich dein Maul, du Feigling! Und jetzt verzieh dich mit deinem Bengel in eure Kammer und wagt ja nicht, den Kopf herauszustecken, bevor Senyor Gabriel zurückkommt.«

»Und das Nähzeug, das ich besorgen soll?«

265

»Das braucht die Metze nicht mehr!«

Jordi packte die Holme der Schubkarre und schob sie den Gang entlang. Bereits im nächsten Quergang stellte er sie ab und verbarg sich im Halbdunkel einer Nische. Wie erwartet tauchte kurz darauf einer jener Lastenträger auf, die für eine Hand voll Oliven alles transportierten und die den Wachen am Tor bekannt waren. Der Mann entdeckte die Karre, trat darauf zu und schob sie ins Freie. Jordi folgte ihm vorsichtig und sah, wie er mit dem Wächter am Tor ein paar Worte wechselte und dann in Richtung der Kirche Sant Nicolau verschwand. Auf dem Weg dorthin, so war es abgesprochen, würde er Karre und Fass einem von Decluérs Knechten übergeben. Jordi rieb sich die Hände, als er sah, dass alles nach Plan lief, und kehrte mit dem Gefühl, eine gute Tat vollbracht zu haben, in sein Quartier zurück.

XI.

Miranda kam durch das Holpern und Rumpeln des Schubkarrens auf dem unebenen Pflaster wieder zu sich. Zunächst fühlte sie nur ihren schmerzenden Hals und ihre Lungen, die nach Luft gierten. Für einige Augenblicke geriet sie in Panik, dann zwang sie sich mit aller Kraft zur Ruhe und atmete vorsichtig durch die Nase, um sich nicht von dem Brechreiz, den der Knebel auslöste, übermannen zu lassen. Sie begriff schnell, dass Jordi sie bewusstlos gewürgt und dann gefesselt und in eine Kiste oder ein Fass gesteckt hatte. Nun brachte jemand sie fort. Würde man sie ins Meer werfen, um sie zu ertränken? Dann hätte er

266

sie auf der Stelle töten können. Was konnte er mit ihr vorhaben? Ob er die Schmutzarbeit von jemand anderem erledigen ließ? Sie hatte oft genug gehört, wie er Gabriel ihretwegen Vorhaltungen gemacht hatte. Doch sie hätte nicht gedacht, dass er so weit gehen würde, einen Mord anzustiften.

»Hast du sie?« Eine ebenso bekannte wie verhasste Stimme machte ihr klar, welchem Schicksal sie ausgeliefert werden sollte. Jordi hatte sie an Domenèch Decluér verkauft. Für einen Augenblick wünschte Miranda, man hätte sie ins Meer geworfen, denn die Wellen würden gewiss gnädiger mit ihr verfahren als der Mörder ihres Vaters. Gleichzeitig stieg eine so große Wut in ihr auf, dass sie Gabriels Waffenträger eigenhändig hätte zerreißen können. Gefesselt und geknebelt wie sie war, würde sie jedoch alles, was nun kam, hilflos über sich ergehen lassen müssen.

Reiß dich zusammen, herrschte sie sich in Gedanken an, und nimm dir ein Beispiel an deiner Schwester! Wäre Soledad an ihrer Stelle, würde sie sich gewiss nicht so schnell aufgeben.

Das Gefährt hielt an. Gleich darauf wurde das Fass hochgewuchtet, eine Treppe hinaufgetragen und schließlich abgestellt.

Erneut ertönte Decluérs Stimme. »Ihr könnt verschwinden!«

Während sich die Schritte mehrerer Männer entfernten, wurde der Deckel des Fasses geöffnet. Miranda sah einen Arm, der auf sie zukam, sie bei den Haaren packte, ihren Kopf hochzog und ihr den Knebel so heftig aus dem Mund riss, dass sie Blut schmeckte.

»Jetzt gehörst du mir, Miranda Espin de Marranx i de Vidaura! Und niemand, am wenigsten dieser Tölpel Colomers, wird dich vor dem Schicksal bewahren können, das ich dir bereiten werde.«

Decluérs Gesicht sah zum Fürchten aus. Von ihm hatte sie keinerlei Gnade zu erwarten, das begriff Miranda beim ersten Blick. Er zerrte sie aus dem Fass und schleifte sie zu seinem Bett, einem großen, länglichen Kasten aus dunklem Holz, auf dem Kissen und Decken unordentlich durcheinander lagen. Miranda erkannte es wieder, denn es hatte ihrem Vater gehört. Seinem Mörder würde es nun doppelte Befriedigung verschaffen, sie darauf zu schänden. Ohne Kampf, das schwor sie sich, sollte Decluér sein Ziel nicht erreichen. Aber solange ihre Hände und Füße gefesselt waren, konnte sie sich nicht wehren.

»Nun wirst du dafür bezahlen, dass deine Mutter mich zum Narren gehalten und zum Gespött von ganz Katalonien gemacht hat!« Decluér lachte zufrieden auf, steckte seine Hände in ihren Ausschnitt und krallte die Finger tief in ihre Brüste.

Miranda stöhnte vor Schmerz, und das stachelte ihren Peiniger noch mehr an. Während er mit einer Hand ihre Brüste zusammenpresste, fuhr er ihr mit der anderen unter den Rock und kniff sie an ihrer empfindlichsten Stelle. Sie war so verschnürt, dass sie nicht einmal symbolisch Widerstand leisten konnte. Allerdings konnte Decluér so auch nicht zum Ziel kommen. Das schien er nun zu begreifen, denn er ließ sie los und löste die Stricke. Es kribbelte schier unerträglich, als Mirandas Blutkreislauf wieder in Gang kam, und sie fürchtete, ihre Hände und Füße würden ihr den Dienst versagen. Ihre Verzweiflung musste sich auf ihrem Gesicht abgezeichnet haben, denn ihr Peiniger lachte höhnisch und begann in dem Glauben, sie vor Angst starr und hilflos zu sehen, gemächlich ihr Kleid und ihre Unterröcke nach oben zu schlagen. Doch er hatte es nicht mit einer der adeligen Damen zu tun, die auf weichen Polstern sitzend nie etwas Schwereres heben mussten als ihre Nähnadeln. Miranda hatte in Joseps Hütte hart arbeiten müssen und war so kräftig wie ein Mädchen aus dem Volk. Sie zog die Beine an und ließ sie nach vorne schnellen, genau auf Decluérs Leibesmitte zu, so dass er mit einem Aufschrei rückwärts taumelte. Ehe er sich wieder gefangen hatte, rollte sie sich vom Bett und packte einen großen Kerzenständer aus Messing, den er auf einem Kasten aus dunklem Holz abgestellt hatte. Das Ding war so schwer, dass sie es mit ihren noch gefühllosen Händen kaum heben konnte, doch sie riss es hoch, trat ihrem Peiniger entgegen und schlug mit aller Kraft zu.

Decluér hob instinktiv die Linke, um den Hieb abzufangen, während er mit der Rechten nach seinem Opfer griff. Miranda hörte das Geräusch berstender Knochen, dann traf der Leuchter die Stirn des Ritters, und er brach lautlos zusammen. Miranda trat einen Schritt zurück und starrte ungläubig auf den reglosen Mann, auf dessen Kopf eine klaffende Wunde zu bluten begann.

»Soledad wäre stolz auf mich«, murmelte sie und zwang dann ihre flatternden Nerven zum Gehorsam. Noch war sie nicht in Sicherheit, denn hier wimmelte es gewiss von Decluérs Dienern. Da das Haus einst ihrem Vater gehört hatte, kannte sie die kleine Pforte, die in den Garten hin-

269

ausführte. Soledad und sie hatten sie bei ihren wenigen Aufenthalten in der Ciutat benutzt und dabei den Riegel an der Tür selbst zurückschieben müssen, da dort kein Pförtner Wache gehalten hatte. Sie hoffte, dass es jetzt nicht anders gehandhabt wurde, und verließ nach einem letzten Blick auf Decluér die Kammer. Das Glück war ihr hold, denn sie erreichte ungesehen die Gartenpforte, öffnete sie so lautlos wie möglich und schlüpfte ins Freie. Das gegenüberliegende Ende des Gartens grenzte an eine schmale Gasse. Wie damals, als Soledad sie angestiftet hatte, kletterte Miranda über die Mauer und lief die Gasse hinab.

Als sie nach ein paar Ecken keine Verfolger mehr zu befürchten hatte, blieb sie stehen, zupfte nervös ihr Kleid zurecht und blickte sich ratlos um. In den Almudaina-Palast konnte sie nicht zurückkehren, denn wenn sie Jordi in die Arme lief, würde dieser sie sofort wieder zu Decluér schleppen. Soledad, Antoni und Josep hatte das Meer verschlungen, und die übrigen Bewohner der Fischerbucht bei Sa Vall kannte sie gut genug, um zu wissen, dass sie sich keinem von ihnen anvertrauen konnte.

»Es gibt nur einen Menschen, der mich beschützen wird, und das ist Gabriel«, murmelte sie vor sich hin. Sie war nicht gerade begeistert, sich wieder in seine Gewalt begeben zu müssen, aber ihr blieb keine andere Wahl. Der junge Ritter war jedoch bei Quirze de Llor zu Gast und würde kaum vor dem Abend in sein Quartier zurückkehren. Miranda überlegte zuerst, ob sie sich in der Nähe des Palasts verstecken und auf ihn warten sollte, versuchte sich dann aber zu erinnern, wo Senyor Quirzes Stadthaus lag. Gabriel hatte erwähnt, dass es sich in der Nähe der Kirche Santa Eulalia

270

befand, und bis dorthin waren es vielleicht dreihundert Schritte. Kurz entschlossen eilte sie in die Richtung und sah bald schon das mächtige Kirchenschiff zu ihrer Rechten aufragen. Ein Mann, seiner Kleidung nach der Küster, kam eben aus dem Haupteingang.

Miranda vertrat ihm den Weg. »Verzeiht, Herr. Könnt Ihr mir sagen, wo ich Senyor Quirze de Llors Haus finde?«

Der Mann maß ihr schmutzig gewordenes Kleid und ihre bloßen Füße mit einem zweifelnden Blick, deutete dann aber auf einen Bau, der unweit der Kirche an der Ecke einer schmalen Gasse lag. Das Haus wirkte nicht besonders imposant, und die dunkle Eingangstür erschien Miranda abweisend. Dennoch bedankte sie sich und ging hinüber. Mit zitternden Fingern betätigte sie den Türklopfer. Der Diener, der ihr öffnete, musterte sie ebenfalls von Kopf bis Fuß und schien nicht zu wissen, wie er reagieren sollte. Auch wenn ihr Kleid durch den Transport im Fass und ihre Flucht gelitten hatte, war es als das einer Dame zu erkennen. Aber eine solche lief nicht ohne Begleitung herum und klopfte an fremde Türen.

»Ich muss dringend mit Senyor Gabriel sprechen!«, rief Miranda, bevor der Wächter die Tür wieder schließen konnte.

Der Mann zögerte kurz und forderte sie dann auf einzutreten. »Bleib hier stehen! Ich hole den Senyor.«

Miranda starrte hinter dem Mann her, der im Halbdunkel eines langen Flurs untertauchte, und versuchte, ihre aufgepeitschten Gefühle zu bändigen. Aber die Angst, Gabriel würde nichts auf die Worte des Türstehers geben und diesem befehlen, sie fortzuschicken, hielt sie in den Klauen.

271

Nach einer halben Ewigkeit, die ebenso gut nur ein paar Atemzüge gedauert haben konnte, vernahm sie hastige Schritte und erkannte Gabriel, der in sichtlicher Eile den Flur entlangeilte.

»Mira?« Es war nur ein Wort, doch es enthielt alle Fragen der Welt.

Das Mädchen trat auf ihn zu und klammerte sich zitternd an ihm fest. »Es war Decluér! Ich bin ihm eben entkommen. Aber er ist vielleicht tot, denn ich musste ihn niederschlagen.«

Gabriel sog erschrocken die Luft ein. »Wie konnte das geschehen? Hat Jordi dich nicht verteidigt?«

Miranda schüttelte den Kopf. »Im Gegenteil! Er hat mich fast erwürgt, gefesselt und in einem Fass versteckt zu Decluér gebracht.« Gabriel wollte es zuerst nicht glauben, doch das Gesicht des Mädchens und die Spuren der Fesseln auf ihren Armen verrieten ihm, dass es die Wahrheit sprach. »Wenn das stimmt, wird Jordi dafür bezahlen! He, du da!«, wandte er sich an den Türsteher, der ihm gefolgt war. »Entschuldige mich bei Senyor Quirze und richte ihm aus, ich müsste dringend zum Palast zurück.«

Dann packte er Mirandas Handgelenk und zog sie hinter sich her.

XII.

Jordi saß auf einem Stuhl, hielt einen Becher Wein in der Hand und war mit sich und der Welt zufrieden. Wenn sein Herr zurückkam, würde er ihm sagen, dass einer der Diener aus Versehen den Riegel des Zimmers offen gelassen hätte und Mira unter Mitnahme einiger kleiner Wertgegenstände spurlos verschwunden wäre. Er hatte einige Sachen bereits im Hafenbecken versenkt und danach Pere und Pau Anweisungen gegeben, wie sie sich zu verhalten hätten. Mit einem Mal hörte er laute Schritte auf dem Gang, gleich darauf sprang die Tür auf, und Gabriel stürmte herein, das Gesicht weiß vor Wut.

Der Waffenträger nahm an, sein Herr wäre Pere oder Pau begegnet und hätte bereits vom Verschwinden des Mädchens gehört. Da aber schob sich Miranda hinter seinem Herrn in den Raum und warf ihm einen anklagenden, hasserfüllten Blick zu.

Im ersten Augenblick hielt Jordi sie für einen Geist, sprang auf und streckte ihr abwehrend die Hände entgegen. »Heilige Madonna, beschütze mich!«

Gabriel brauchte den Mann nicht mehr zu fragen, ob Mirandas Anklage stimmte, denn Jordis Gesicht war Beweis genug. »Du Hund! Dafür wirst du mir büßen!«, brüllte er ihn an und zog sein Schwert.

Jordi stieß einen Laut aus, der nichts Menschliches mehr an sich hatte, und wich bis an die Wand zurück. Dabei fixierte er Miranda mit einem Blick, der ihr das Blut in den Adern gefrieren ließ. »Diese Hexe ist an allem schuld! Sie hält Euch in ihren zauberischen Netzen gefangen und wird Euch nicht eher aus ihren Klauen lassen, bis sie Euch und die Familie Colomers vernichtet hat.«

Bei diesen Worten riss er seinen Dolch aus der Scheide und sprang auf Miranda zu. Die Klinge seines Herrn war jedoch schneller und fraß sich mit einem hässlichen Geräusch durch Fleisch und Gebein. Jordi stieß noch einen erstickten Schrei aus und stürzte zu Boden.

Gabriel starrte benommen auf die Blutlache, die sich unter seinem Gefolgsmann ausbreitete, und verspürte den Geschmack von Galle im Mund. Jordi war an seiner Seite gewesen, seit er ein Schwert hatte heben können, und er hatte den Bediensteten für einen Freund gehalten. Allein die Vorstellung, dass der andere ihn hintergangen und sich mit einem Mann verbündet hatte, den er als Feind ansah, ließ ihn immer noch vor Zorn glühen. Als Jordis Blut aufgehört hatte zu fließen, drehte er sich zu Miranda um, die ihre Hände auf den Mund presste, als müsse sie ihre Schreie ersticken, und stemmte seine Hände auf den Schwertknauf.

»So wie Jordi werden alle enden, die es wagen, die Hand gegen dich zu erheben.« Es klang, als müsse der junge Ritter sich selbst bekräftigen, dass sein Handeln richtig gewesen war. Miranda stieß die angehaltene Luft aus und bekreuzigte sich mehrfach. Jordi war der erste Mann, der ihretwillen erschlagen worden war, und in ihren Augen hatte er diese Strafe verdient. Dennoch empfand sie Bedauern.

»So hätte es nicht enden müssen«, flüsterte sie und faltete die Hände zu einem Gebet, in dem sie Gott und die Heilige Jungfrau bat, der Seele des Mannes gnädig zu sein.

Gabriel schnaubte so böse, als gönne er Jordi einen Platz in der tiefsten Hölle, ging an Miranda vorbei und rief Pere und Pau zu sich. Die beiden begannen beim Anblick des Toten zu greinen und gaben bei dem scharfen Verhör ihres Herrn ihre Schuld zu. Am liebsten hätte Gabriel auch sie erschlagen, begnügte sich aber auf Mirandas Bitten hin damit, sie mit der Reitpeitsche zu züchtigen. Danach wies er sie an, den Toten fortzuschaffen.

Als sein Körper nicht mehr von Zorn und Wut geschüttelt wurde, verließ er den Almudaina-Palast und suchte Decluérs Haus auf. Er fand die Läden geschlossen und den Türklopfer abgeschraubt. Die Nachbarn konnten ihm nur berichten, dass der Ritter das Haus vor weniger als einer Stunde mit seiner gesamten Dienerschaft verlassen habe, obwohl er sichtlich verletzt gewesen sei. Gabriel nahm an, dass Decluér auf seinen Landsitz bei Bunyola geflüchtet sei, und wollte ihm folgen. Kaum hatte er sein Pferd Richtung Stadttor gelenkt, wurde ihm jedoch bewusst, dass er seinen Rachegelüsten nicht nachgeben durfte, weil Mira sonst allein und schutzlos in der Ciutat zurückbleiben würde, und so kehrte er zähneknirschend in den Palast zurück. Am gleichen Tag noch erfuhr er, dass er richtig gehandelt hatte.

Nachdem Decluér aus seiner Bewusstlosigkeit erwacht war, hatte er trotz seiner Kopfschmerzen begriffen, dass er überall auf Mallorca Gabriels Rache zum Opfer fallen würde, und sich auf den Segler begeben, der die Insel als Nächster verließ. Dabei aber brütete er Rachepläne aus, die ihm einer wie der andere viel zu harmlos erschienen für das, was er Miranda und dem jungen Colomers antun wollte.

XIII.

Zu seiner Verwunderung fand Andreas von den Büschen in Bruder Donatus den Freund, den er in seinem bisherigen Leben schmerzhaft vermisst hatte. Schon der unfreiwillige

Aufenthalt zu Beginn ihrer Reise wegen Donatus' wund gerittener Sitzfläche war ein Erlebnis geworden. Der junge Mönch hatte ihm Bücher und Karten gezeigt, in denen der Weg, der vor ihm lag, genau beschrieben wurde, und ihm erklärt, wie sie zu benützen waren. Auf Donatus' Wunsch hatte Andreas einige der wichtigsten Berichte und Landkarten kopiert und konnte infolge dieser Übungen nun recht flüssig lesen und schreiben. Da der Mönch seinen Unterricht unterwegs fortgesetzt hatte, war er nun auch in der Lage, etliche Worte in lateinischer und französischer Sprache zu entziffern, und konnte sich jetzt, da sie sich Donatus' Ziel näherten, schon recht gut in der Sprache der westlichen Nachbarn ausdrücken. Aber nicht nur das Wissen, das Donatus ihm vermittelte, sondern auch seine sanfte und vornehme Art ließen Andreas seine Gesellschaft genießen.

Als sie am letzten Tag ihrer Reise einen schattigen Talweg entlangritten, wünschte er sich, sie wären noch lange nicht am Ziel. »Wie lange brauchen wir noch bis Fontenay?«, fragte er unwillkürlich.

Donatus blickte sich um, als müsse er sich orientieren, und lächelte Andreas aufmunternd zu. »Wenn die Auskunft korrekt war, die man uns in unserem letzten Nachtquartier gegeben hat, werden wir es bereits heute Nachmittag erreichen.«

Andreas seufzte. »Wie schade! Ich bedauere sehr, dass wir nicht länger Reisegenossen sind, denn ich habe mich an Eure Gegenwart gewöhnt und werde Euch und unsere Gespräche sehr vermissen.«

»Ich dachte, Ihr wärt froh, mich endlich los zu sein, denn ohne mich hättet Ihr den Weg in der Hälfte der Zeit zu-

rückgelegt und wärt schon fast in Montpellier.« In Donatus'
Stimme schwang gutmütiger Spott, aber auch Freude über
Andreas' Bemerkung.

»König Jakob wird sein Reich gewiss nicht ohne mich zurückerobern«, gab Andreas lachend zurück.

Mit einem Mal mischte sich Heinz, der sich sonst immer
zurückhielt, in die Unterhaltung ein. »Ich will ja nicht un-
ken, Herr, aber ich habe das Gefühl, als würden wir seit einiger Zeit beobachtet.«

Andreas runzelte die Stirn und streifte den sie umgebenden Wald mit scharfen Blicken. Zu sehen war nichts, doch
einmal aufmerksam geworden nahmen seine Ohren das
leise Klirren von Metall wahr, und einmal knackte ein
Zweig. »Du hast Recht, Heinz! Da scheint jemand etwas
von uns zu wollen.«

Er bemühte sich, leise zu sprechen, um ihren unsichtbaren Begleitern nicht zu verraten, dass sie bemerkt worden
waren. Donatus hatte sich weniger in der Gewalt, denn er
sah sich ängstlich um. »Glaubt Ihr, dass Gefahr besteht?«

Andreas bleckte die Zähne. »Jemand, der heimlich hinter
uns herschleicht, stellt immer eine Gefahr dar. Doch wir
werden ihr zu begegnen wissen.« Seine Linke streichelte
beinahe erwartungsvoll über den Schwertknauf.

Die männlich-kämpferische Haltung seines Begleiters
ließ Donatus' Augen aufleuchten, aber seine Miene zeugte
von seinen Zweifeln. »Wenn es zum Kampf kommt, seid
Ihr allein auf Euch gestellt, Herr Ritter. Heinz ist fast noch
ein Kind, und ich bin eher ein Hindernis als eine Hilfe.«

Andreas teilte diese Meinung, bemühte sich aber, seinen
Gefährten Zuversicht zu vermitteln. »Mit einer Hand voll

Räuber werde ich schon fertig, vor allem, da diese uns jetzt nicht mehr überraschen können. Bleibt ein wenig hinter mir zurück, mein Freund, damit ich Platz zum Kämpfen habe.« Für einen Augenblick erwog Andreas, den leichten Zelter mit seinem Schlachtross zu tauschen, das für den Kampf besser geeignet war. Da der alte Hengst jedoch mit seiner Rüstung und dem größten Teil des Gepäcks beladen war, sah er davon ab. Es hätte zu lange gedauert, die Sachen abzuladen, und den Banditen die Gelegenheit geboten, ihn in einer schlechten Position zu überraschen. Zufrieden nahm er wahr, dass Bruder Donatus zwei Pferdelängen zurückfiel und sich an Heinz' Seite hielt. Der Junge war noch nicht ausreichend für den Kampf geschult, aber nach Andreas' Einschätzung durchaus in der Lage, mit einem oder zwei Strauchdieben fertig zu werden. Den Rest der Bande würde er übernehmen müssen.

Obwohl er sich auf den Überfall vorbereitet hatte, wurde er von dessen Heftigkeit überrascht. Ein knappes Dutzend mit Keulen und Kurzschwertern bewaffneter Kerle tauchte wie aus dem Nichts vor ihnen auf und umringte sie, von der Seite kamen vier weitere hinzu.

»Na, wen haben wir denn da? Ein Mönchlein mit Begleitung. Das wird doch wohl nicht ein reicher Abt sein, der sein Geld uns Armen spenden will?«, spottete einer.

Andreas war selbst überrascht, wie gut er mit einem Mal die französische Sprache verstehen konnte. »Wir sind einfache Reisende, chers amis. Schätze sucht ihr bei uns vergebens.«

»Davon wollen wir uns selbst überzeugen. Steigt ab! Eure Pferde könnten uns zum Beispiel schon gefallen.« Ein vierschrötiger Bulle mit kurz geschorenem Haar trat einen Schritt auf Andreas zu und streckte die Hand nach dem Zügel des Zelters aus. Er schien nicht mit Widerstand zu rechnen, denn es standen fünfzehn Bewaffnete gegen drei Leute, von denen der Mönch in den Augen der Räuber nicht zählte. Andreas hätte seinem Pferd die Sporen geben und wahrscheinlich entkommen können, und Heinz wäre dies unter Umständen wohl auch gelungen. Doch Donatus wäre dann unweigerlich den Räubern zum Opfer gefallen, und der junge Ritter konnte sich vorstellen, was diese dem jungen Mönch antun würden. Er wartete, bis der bullige Mann nahe genug war, dann flog sein Schwert aus der Scheide und durchtrennte ihm den Hals. Der Räuber hatte den Schlag nicht einmal kommen sehen, so schnell war er tot. Bevor seine Kumpane reagieren konnten, trieb Andreas den Zelter in die Gruppe hinein und setzte auch den Anführer, den er anhand der Gesten und Zeichen zwischen den Männern ausgemacht hatte, mit einem einzigen Hieb außer Gefecht.

Jetzt kam Leben in den Rest der Bande. Schreiend und heulend gingen sie auf Andreas los, behinderten sich aber gegenseitig und stolperten über die Leiber der Kameraden, die den schnellen Schwerthieben des jungen Ritters zum Opfer gefallen waren. Zugleich stürmte Heinz heran und schlug mit dem langen Haumesser auf die Kerle ein, das er sonst zum Holzhacken verwendete.

Es war eine Sache, drei einsame Reiter zu überfallen, eine andere jedoch, sich einem mit kaltem Mut fechtenden Kämpfer stellen zu müssen. Ihr Anführer hätte die Räuber noch bei der Stange halten können, doch den Überleben-

279

den war die Aussicht auf Beute nicht das Risiko wert, sich den kraftvollen Schwerthieben des jungen Ritters auszusetzen. Der Erste warf seine Keule fort und rannte schreiend davon, gefolgt von dem Mann, der sich hinter ihm gehalten hatte. Nun lief auch ein Dritter weg, und nach ihm flohen alle, denen es gelang, Andreas zu entkommen.

Andreas starrte ihnen aufatmend nach und griff dann mit der Linken an seinen Oberschenkel, den ein Keulenhieb getroffen hatte. »Gebrochen ist zum Glück nichts«, presste er zwischen zusammengebissenen Zähnen hervor.

»Seid Ihr verwundet?« Donatus kam mit schreckgeweiteten Augen heran und bemühte sich dabei, nicht die am Boden liegenden Toten anzublicken.

»Es ist nicht der Rede wert!«, wiegelte Andreas ab. Sein verzerrtes Gesicht verriet jedoch, dass es nicht gut um sein Bein stand; gleichzeitig war er in Hochstimmung, denn er hatte nicht erwartet, diesen Kampf so leicht zu gewinnen.

»Was machen wir mit den Räubern?«, fragte Heinz, der immer noch nicht so recht begriff, wie es seinem Herrn und ihm gelungen war, mit einer so großen Zahl an Gegnern fertig zu werden. Er zählte die am Boden liegenden Banditen und kam auf acht, von denen drei noch Lebenszeichen von sich gaben.

»Soll ich ihnen den Garaus machen?« Er wollte vom Pferd steigen, doch Andreas hielt ihn auf.

»Nein, es ist genug. Wir verlassen diesen Ort, bevor die Kumpane dieser Burschen es sich anders überlegen und zurückkommen. Es sind immerhin noch sieben Schufte, und wenn die sich in einen Hinterhalt legen, könnte die Sache anders ausgehen.«

Donatus schlug das Kreuz. »Bei Gott, das glaube ich nicht! Die haben Euch kämpfen sehen, Junker Andreas, und werden gewiss nicht noch einmal wagen, Euch anzugreifen. Wäre ich nicht dabei gewesen, würde ich jeglichen Bericht über diesen Kampf für Übertreibung halten.«

Der Mönch faltete die Hände zum Gebet, um Gott und dem Erzengel Michael für die Rettung zu danken. Andreas bekreuzigte sich ebenfalls, verschob sein Dankgebet aber auf später und trieb seinen Zelter an. Zum Glück folgte das Maultier des Mönchs seinem Pferd wie ein Lamm dem Mutterschaf, denn sonst wäre Donatus in seiner geistigen Versunkenheit zurückgeblieben und vielleicht doch noch ein Opfer der Räuber geworden.

XIV.

Nicht lange nach dem Zwischenfall erreichten sie den Waldrand und blickten auf eine flache Rodungsinsel mit reifenden Kornfeldern und Wiesen, auf denen fette Kühe weideten. Ihr Blick streifte über das in der Mitte des bebauten Landes liegende Kloster, das von mehreren kleinen Meierdörfern umgeben war. Die Häuser verrieten Wohlstand, sie bestanden zum großen Teil aus solidem Fachwerk, und einige Dächer waren sogar mit gebrannten Ziegeln gedeckt. Die Basilika der Abtei von Fontenay überragte alle anderen Gebäude und beherrschte mit ihren wuchtigen Türmen das Land. »Wir sind gleich am Ziel, Junker Andreas, dann wird Euch medizinische Hilfe zuteil.« Donatus betrachtete besorgt seinen Freund, denn das Gesicht des jungen Ritters wurde langsam grau, und er hörte, wie Andreas vor Schmerz die Zähne zusammenbiss. »Reite voraus, Heinz, und melde uns im Kloster an! Sag dem Pförtner, dein Herr wäre im Kampf mit Räubern schwer verletzt worden«, drängte der Mönch den Knappen.

Andreas schüttelte mit einem misslungenen Lachen den Kopf. »So schwer auch wieder nicht. Bei unseren Übungskämpfen hat Ritter Joachim mir noch ganz andere Hiebe versetzt.«

Heinz, der einen letzten Blick auf seinen Herrn warf, zog es vor, Donatus zu gehorchen. Er spornte seinen hässlichen, aber ausdauernden Braunen an und war bald nur noch als kleiner Fleck auf der Straße vor ihnen zu erkennen.

Andreas brummte missbilligend. »Ihr beide behandelt mich, als wäre ich ein kleines Kind, das nicht für sich selbst sorgen kann.«

Donatus schenkte ihm einen bewundernden Blick. »Ihr seid sehr stark und mutig, Herr Ritter. Doch manchmal braucht auch der Tapferste eine helfende Hand.«

»Die ich ja bald bekommen werde.« Es waren die letzten Worte, die sie vor dem Erreichen des Klosters wechselten. Vor dem Tor wurden sie von einer Gruppe aufgeregter Mönche empfangen, die nach Heinz' Bericht, der nur wenige französische Brocken enthalten hatte, fälschlich einen Angriff auf ihre Abtei befürchteten. Donatus klärte den Irrtum auf und verlangte, dass der Junker unverzüglich ärztliche Hilfe erhalten solle. Sofort wurde Andreas vom Pferd gehoben, trotz seines Protests auf eine Trage gelegt und ins Kloster gebracht.

Einer der Chorherren bat Donatus, ihm den Zwischen-

282

fall mit den Räubern genauer zu schildern. Dieser erfüllte ihm den Wunsch und malte Andreas' Mut und Kampfgeschick mit glühenden Worten aus. Als er endete, nickte sein Mitbruder sichtlich beeindruckt. »Das muss die Bande des schwarzen Jean gewesen sein! Es handelt sich um ganz üble Gesellen, die schon manchen Wanderer in ein frühes Grab gebracht und sich vor ein paar Wochen sogar an einer Gruppe reisender Nonnen vergriffen haben. Zwei der armen Geschöpfe sind gestorben, kurz nachdem man sie gefunden hat, und das wohl nicht nur an den Folgen ihrer Schändung, sondern auch an ihrer Seelenqual. Wenn es wirklich Jean und seine Kerle gewesen sind, die Euer Freund erschlagen hat, so wird Gott ihm dieses gute Werk lohnen.«

Im gleichen Atemzug noch erteilte er mehreren Mönchen und Knechten den Auftrag, den Kampfplatz aufzusuchen und dort nach den Toten zu sehen. Dann bat er Donatus, ihm zu folgen, weil er ihn seinem Prior und dem Abt vorstellen wolle.

XV.

Andreas war kurz eingeschlummert, als ihn das Geräusch der sich öffnenden Tür weckte. Noch ganz in einem Traum gefangen, in dem er gegen Räuber kämpfen musste, die allesamt das Gesicht seines Bruders trugen, tastete seine Hand nach dem Schwert.

»In diesen Mauern braucht Ihr keine Waffe, mein Freund!«

Donatus' sanfte Stimme brachte ihn zu sich. Er ließ sich in das Kissen zurücksinken und atmete tief durch. »Das ist ein Glück, denn ich fühle mich völlig zerschlagen.« Eigentlich hatte er seine Schwäche nicht zugeben wollen, doch er vermochte vor Donatus nicht mit vorgespielter Härte zu prahlen.

»Der Bruder Apotheker sagt, Ihr werdet keine bleibenden Schäden von diesem Kampf übrig behalten und Eure Reise in ein paar Tagen fortsetzen können.« Donatus' Stimme klang traurig, weil er auf die Gesellschaft des ihm vertraut gewordenen Freundes würde verzichten müssen. »Ich hoffe, Ihr habt ein wenig Platz für mich in Eurem Bett, denn der ehrwürdige Abt hat mir erlaubt, bis dahin bei Euch zu bleiben und Euch zu pflegen.«

Andreas versuchte sofort, ein wenig beiseite rücken, doch Donatus hielt ihn lächelnd auf. »Nicht jetzt, mein Freund. Erst will ich nach Euren Wunden sehen und sie versorgen.«

Er zeigte auf ein Tablett mit Salbentöpfen und etlichen sauberen Leinwandstreifen, die der Arzt des Klosters auf einer Truhe abgestellt hatte. Da Andreas ihn nur fragend anblickte, streifte Donatus seine Decke zurück und sog erschrocken die Luft ein, denn der Körper seines Freundes war mit Blutergüssen und Abschürfungen übersät. Dennoch erschien ihm der junge Krieger so schön wie eine der Statuen römischer Gottheiten, die man von Zeit zu Zeit in alten Ruinen ausgrub und in versteckten Winkeln der Klöster aufbewahrte, damit ihre Nacktheit nicht die Sinne der Novizen und Mönche oder des gemeinen Volkes entzündeten.

Andreas trug ein Lendentuch um die Hüften, und diese verhüllte Männlichkeit wirkte in Donatus' Augen umso anziehender. Beschämt rief der junge Mönch sich in Gedanken zur Ordnung und begann, Andreas' Verletzungen zu behandeln. Zu seiner Erleichterung gingen die Wunden tatsächlich nicht tief, bis auf ein Loch, das in Höhe der Rippen klaffte.

»Ich verdanke Euch mein Leben, Junker Andreas! Ihr und Euer Knappe hättet leicht fliehen können, doch Ihr habt alles gewagt, um mich nicht den frevelnden Händen der Banditen zu überlassen. Ich weiß nicht, wie ich Euch danken soll! Zeit meiner Existenz werde ich Euch in meine Gebete einschließen, das schwöre ich vor Gott!« Donatus fasste nach Andreas' Händen und schenkte ihm einen Blick, der selbst den elendsten Feigling dazu gebracht hätte, sich als Held zu fühlen.

»Ihr tut mir zu viel der Ehre an, mein Freund«, wehrte Andreas ab.

»Nein, das tue ich nicht!« Donatus wirkte leicht gekränkt. Seine Gefühle drohten ihm zu entgleiten, und er kniete neben dem Bett nieder. Bevor Andreas es verhindern konnte, küsste der junge Mönch seinen Oberschenkel an jener Stelle, die sich nach dem Keulenhieb schwarz verfärbt hatte. Die Berührung der weichen Lippen und der kühlen Finger, welche vorsichtig Salbe auf den Bluterguss auftrugen, ließen den Körper des jungen Ritters in ungewohnter Weise reagieren. Sein Lendentuch beulte sich aus, verrutschte und gab frei, was es verbergen sollte.

Donatus starrte mit großen Augen auf das wachsende Glied und begann zu zittern. »Herr, lass mich stark sein und der Versuchung widerstehen«, flüsterte er und rang die Hände. Mit einem Klagelaut, der dem eines hungrigen Kätzchens glich, streckte er die Rechte aus und ließ sie von

Andreas' Brust abwärts wandern. Dabei wagte er es nicht, dem Junker in die Augen zu blicken, und auf seinem Gesicht lag ein so verzweifelter Ausdruck, als würde er Zurückweisung und Schmerz erwarten.

Andreas war über die Reaktionen seines Körpers ebenso erschrocken wie über die Entdeckung, dass er dem jungen Mönch Gefühle entgegenbrachte, die sich gewiss nicht mit den Lehren der heiligen Kirche vereinbaren ließen. Er versuchte, sich zu beherrschen, sich zu Ruhe und Gleichgültigkeit zu zwingen, doch seine Arme gehorchten nicht seinem Gewissen, sondern nur noch seinen Sinnen. Sie zogen Donatus an sich, und seine Hände streichelten dessen weiches, an ein Mädchen gemahnendes Fleisch.

XVI.

Einige Zeit später lagen die beiden jungen Männer nebeneinander im Bett, starrten sich verwirrt an und kämpften mit ihren Schuldgefühlen. Donatus sah, wie es in Andreas' Gesicht arbeitete, und senkte beschämt den Kopf. »Es hätte nicht sein dürfen, mein liebster Andreas! Ich verfluche mein Fleisch, das nicht stark genug geblieben ist, und meine Hände, die Euch zu dieser Tat angestachelt haben.«

Andreas lachte bitter auf. »Ihr tragt keine Schuld, mein Freund, denn ich begehrte es gewiss stärker als Ihr. Wenn Gott jemanden strafen will, dann soll er mich nehmen.«

»Da sei der Himmel vor! Ihr seid so unschuldig wie ein Kind, denn ich habe Euch in frevelnder Weise verführt. Allein ich trage die Verantwortung und werde mich ihrer durch Fasten und Kasteiungen stellen.« Donatus schlug die Hände vor das Gesicht und begann zu weinen. Andreas versuchte, ihn zu trösten, und in dem Augenblick kam ihm ein erlösender Gedanke.

»Steht nicht in der Bibel, dass David und Jonathan vertraute Freunde waren und einander liebten? Mag es nicht sein, dass auch sie die Süße des Augenblicks in sich einsogen und danach Gott für ihr Tun um Verzeihung baten? Doch anstatt sie zu verdammen, schenkte der Herr Jonathan den Heldentod im Kampf und setzte David als König über ganz Israel. Beten wir also, dass Gott auch uns vergibt. Mindert Eure Speise, wenn Ihr fasten wollt, doch quält Euren Leib nicht mit der Geißel, denn er ist ein Werk Gottes, und ihn mit Peitschenstriemen zu verunstalten hieße, das Tun des Herrn zu beleidigen.«

Donatus schüttelte ungläubig den Kopf. »Ihr redet, als wärt Ihr der hochgelehrte Abt eines berühmten Klosters, und ich fühle mich wie ein unwissender und unvernünftiger Novize. Ja, wir haben gesündigt. Doch taten wir es nicht aus Schlechtigkeit und bösem Willen, sondern aus Liebe zueinander. Der Herr Jesus Christus wird uns vergeben, so wie er allen Sündern vergibt.« Der junge Mönch verließ das Bett, schlüpfte in seine Kutte und kniete nieder, um zu beten.

Andreas sah ihm still zu, vermochte seine Gedanken jedoch nicht auf die frommen Worte zu richten, sondern überließ sich dem Widerhall der Gefühle, die ihn durchströmten. Er wusste nicht, ob er nun ein Sodomit und damit verdammt war, wie die Oberen der Kirche es behaupteten, aber er war bereit, sich der Verantwortung für sein Tun zu stellen. Doch gerade als er den Prior aufsuchen wollte, um ihn um Absolution zu bitten, begriff er, dass er mit diesem Schritt Donatus in die Gewalt jenes Mannes geben würde. Er wollte seinen sanften Freund nicht Kasteiungen und schrecklicheren Strafen ausliefern, die diesem gewiss das Leben kosten würden.

Unterdessen hatte Donatus das Amen gesprochen und setzte sich mit untergeschlagenen Beinen auf den Steinplattenboden. »Ich will nicht, dass Ihr schlecht von mir denkt, edler Junker! Ich war fünf Jahre alt, als meine Mutter mich als Oblate in ein Kloster gegeben hat. Dort kam ich mit anderen Jungen zusammen in die Obhut erfahrener Mönche, von denen einige gewisse sündhafte Dienste von uns forderten. Als ich acht war, rettete mich der neue Prior des Klosters vor diesen Männern. Mein Beschützer war ein gut gewachsener, starker Mann, der gewiss ein großer Krieger geworden wäre, hätte man ihn nicht für das Kloster bestimmt. Ich liebte ihn von ganzem Herzen, beinahe wie einen Vater, und hätte ihm auf jede Weise gedient, doch er hat mich nie zu unerlaubten Dingen aufgefordert. Erst später habe ich erfahren, dass seine Liebe einer Nonne aus dem uns angeschlossenen Frauenkloster gehörte und er oft gegen die Versuchung ankämpfen musste, sie zu befreien und mit ihr zu fliehen. Ich weiß nicht, was aus den beiden geworden ist, denn auf Wunsch meines Oheims, des Herrn Balduin von Trier, wurde ich in ein anderes Kloster geschickt, um dort meine Ausbildung fortzusetzen. Bis zu dem Augenblick, in dem ich Euch sah, war ich mit mir und meinen Gefühlen im Reinen, doch Ihr gleicht meinem geliebten Mentor wie ein jüngerer Bruder oder Sohn, und ich konnte nicht anders, als Euch tief in mein Herz zu schließen.«

»Ihr seid auch in meinem Herzen, lieber Donatus.« Andreas legte dem Mönch die Hand auf die Schulter und lächelte ihm zu.

Donatus bemerkte jedoch die Seelenqualen in Andreas' Augen und brach in Tränen aus. »Verzeiht, dass ich Euch das angetan habe!«

»Nur dann, wenn Ihr mir verzeiht, was ich mit Euch getan habe.«

Donatus wurde rot wie ein Mädchen. »Ich habe nichts zu verzeihen, denn Ihr habt mich so glücklich gemacht wie niemand zuvor in meinem Leben.«

»So empfinde ich auch. Daher ist es umso bedauerlicher, dass unsere Freundschaft enden muss, kaum dass sie begonnen hat.« Andreas stand mit langsamen und vorsichtigen Bewegungen auf, band sich das Lendentuch neu und trank einen Schluck Wasser. Donatus trat hinter ihn und küsste ihn auf die Schulter.

»Muss unsere Freundschaft wirklich enden, Junker Andreas? Wohl werden unsere Wege sich trennen, doch unsere Herzen werden einander stets nahe sein.« Er schwieg und wartete ängstlich auf die Reaktion des jungen Ritters.

Andreas dachte kurz nach und nickte. »Ihr habt Recht, Bruder Donatus! Auch wenn Ihr nach Eberbach zurückkehrt und ich nach Montpellier weiterreite, werden wir Freunde bleiben.«

»So sei es!« Donatus bekräftigte seine Worte mit einem weiteren Kuss, half Andreas, sich wieder hinzulegen, und kam dann ansatzlos auf ein anderes Thema zu sprechen. »Die geflohenen Räuber sind nicht mehr zurückgekehrt. Man hat fünf Tote an dem Platz gefunden und ein paar

Dutzend Schritte entfernt einen weiteren, der wohl mit letzter Kraft weggekrochen ist. Zwei der Räuber dürften sich verletzt in die Büsche geschlagen haben. Die Knechte des Klosters verfolgen sie nun mit Hunden und werden sie gewiss bald eingeholt haben.«

Plötzlich drehte er sich um, ging zu seinen Satteltaschen, die an einem Zapfen an der Wand hingen, und öffnete eine davon. Als er zu Andreas zurückkehrte, hielt er einen kleinen, prall gefüllten Lederbeutel in der Hand. »Die Räuber hätten bei uns durchaus Beute machen können. Das Geld hier hat meine Mutter mir für diese Reise geschickt. Bisher habe ich nichts davon verwenden müssen und gedenke, mich auch für den Rückweg zu bescheiden. Ihr aber braucht es dringender als ich. Hier, nehmt es! Es sind gute venezianische Zechinen.«

Da Andreas ihn nur verdattert ansah und keine Antwort gab, drückte er ihm den Beutel in die Hand.

»Aber das geht doch nicht!«, platzte der junge Ritter heraus.

»Und ob das geht! Im Gegensatz zu mir werdet Ihr auf Eurem weiteren Weg keine gastfreie Pforte mehr finden. Mich macht Ihr damit nicht ärmer, sondern sehr glücklich, weil ich Euch etwas schenken kann.« In Donatus' Stimme schwang immer noch die Leidenschaft eines Verliebten.

Andreas starrte auf den Beutel, dessen Inhalt ihn vieler Sorgen entheben würde, und seufzte leise. Eben war er noch bereit gewesen, sich auf seinem Weg nach Montpellier notfalls mit Wasser und Brot zu bescheiden, und nun breitete Donatus mit seinem Angebot Visionen von gebratenen Tauben und köstlichem Wein vor ihm aus. Ein Teil von ihm schämte sich, das Geld zu nehmen, aber die Miene seines Freundes verriet ihm, dass eine Zurückweisung den jungen Mönch bitter kränken würde. Daher nahm er das Geschenk an.

»Möge Gott es Euch vergelten, wenn ich es nicht vermag!« Er umarmte seinen Freund und küsste ihn.

Donatus lächelte ihn an. »Ihr habt es mir schon mit Eurer Freundschaft vergolten. Ach – da ist noch etwas, das Euch helfen könnte: Von dem ehrwürdigen Prior habe ich erfahren, dass vor ein paar Tagen zwei alemannische Ritter mit einem guten Dutzend Fußknechten hier vorbeigekommen sind, deren Ziel ebenfalls Montpellier sein soll. Ihr werdet die Gruppe bald eingeholt haben, denn die Reisenden sollen der Sprache der hier lebenden Leute bei weitem nicht so mächtig sein wie Ihr ...«

Andreas unterbrach ihn mit einem zufriedenen Nicken. »Das ist wirklich eine gute Nachricht. Habt Dank auch dafür, mein Freund!«

Donatus kniete nieder und faltete die Hände. »Ich bete zu Gott und allen Heiligen, dass sie Euch auf all Euren Wegen beschützen mögen.«

»Und Euch auf den Euren, Amen!« Andreas atmete tief durch und richtete seine Gedanken nach vorne. Den weiteren Weg würde er rascher zurücklegen können als die bisherige Strecke, auch wenn seine Pferde nicht die besten waren. Dennoch spürte er im Augenblick weder Erleichterung noch Vorfreude, sondern Trauer. Der Abschied von Donatus hinterließ eine schmerzliche Wunde in seinem Herzen, denn so viel Liebe, wie der junge Mönch ihm entgegengebracht hatte, würde er wohl kaum jemals wieder erfahren dürfen.

VIERTER TEIL

Die Distel von Montpellier

I.

Der Kapitän der Cavall de Mar war zufrieden, denn die See lag beinahe so glatt wie ein gehobeltes Brett um das Schiff, und die Segel blähten sich in einer sanften Brise, die sie ihrem Ziel entgegentrieb. Mit einem Lächeln, das seine Matrosen nur selten zu sehen bekamen, wandte er sich an seinen Passagier. »Morgen um die Zeit werdet Ihr bereits im Palast Eures ehrenwerten Vaters speisen, Senyor Gabriel.«

Anstatt Freude zu zeigen, kniff Gabriel de Colomers die Lippen zusammen und starrte ins Leere. Er konnte noch immer nicht glauben, dass die schöne Zeit auf Mallorca zu Ende gegangen sein sollte. Der Befehl seines Vaters, sofort und umgehend nach Barcelona zu kommen, hatte ihn zu einem Zeitpunkt erreicht, an dem er gehofft hatte, das unerwartet sittsame Fischermädchen doch noch verführen zu können. Jetzt lag Mira unten in der Kabine, die man ihm zugewiesen hatte, und schlief – wie sie behauptete – immer noch als Jungfrau, während seine Leidenschaft ihm schier die Lenden zu versengen drohte.

»Ich muss sie haben!« Gabriel verfluchte den Eid, den er Mira geleistet hatte, denn seine Ehre zwang ihn nun zu warten, bis das Mädchen sich ihm freiwillig hingab. Ein Narr war er gewesen, ein überheblicher, von sich selbst überzeugter Narr, denn er hatte erwartet, Mira würde sich von seiner adeligen Herkunft ebenso beeindrucken lassen wie von seinem guten Aussehen und ihm zu Füßen fallen, so wie die jungen Huren es getan hatten, die er früher heimlich und von Angst vor seinem Vater erfüllt aufgesucht hatte. Der Kapitän versuchte, die einseitige Unterhaltung fortzusetzen. »Wird Senyor Bartomeu Euch am Hafen empfangen?«

Gabriel de Colomers reagierte nicht, denn ihn quälte seit der Abfahrt die Frage, welchen Grund sein Vater gehabt haben mochte, ihn so eilig zurückzurufen. War der alte Herr krank geworden? Er versuchte, ihn sich bleich und gebrechlich im Bett vorzustellen, aber das gelang ihm auch diesmal nicht. Senyor Bartomeu hatte sich stets bester Gesundheit erfreut, und der Ton der Botschaft war auch nicht der eines dahinsiechenden Menschen gewesen.

»Gewiss steckt dieser Schuft Decluér dahinter!«, stieß er böse aus. Der Kapitän zuckte zusammen. »Was habt Ihr gesagt, edler Herr?«

Gabriel warf den Kopf in den Nacken, als wolle er eine Last abstreifen. »Mein Ausruf galt nicht Euch und war auch nicht von Bedeutung!«

Das war nur zur Hälfte wahr, denn für ihn war es wichtig, ob Domenèch Decluér seine Hände im Spiel hatte oder nicht. Dieser Mann hatte Verbindungen zum Grafenhaus von Urgell und war am Hof recht angesehen, auch wenn man immer noch ein wenig über ihn lächelte, weil ihm zwanzig Jahre zuvor seine Braut davongelaufen und mit einem jungen Ritter durchgebrannt war.

»Wenn der Wind nur ein wenig auffrischt, erreichen wir den Hafen bereits morgen früh.« Als der Kapitän auch auf diese Bemerkung keine Antwort erhielt, gab er es auf, dem jungen Edelmann ein Gespräch aufdrängen zu wollen. Er brüllte einen seiner Matrosen an, der ihm nicht rasch genug den Mast erkletterte, und suchte sich dann ein gefälligeres Opfer, mit dem er reden konnte.

Gabriel nahm nicht einmal wahr, dass der Kapitän gegangen war, sondern starrte auf die Kimm, hinter der irgendwo weit voraus Barcelona lag, die Stadt, in der sich sein Schicksal wohl entscheiden würde. Nach einer Weile wurde er des schier endlosen Blaus des Meeres und des Himmels müde und stieg die schmale Treppe hinab, die in den Schiffsbauch führte. Pere und Pau hockten vor der Tür seiner Kabine auf dem Gang. Da es für sie keinen eigenen Raum gab, mussten sie an Deck schlafen, doch untertags wurden sie von den Matrosen hinabgescheucht, weil sie ihnen im Weg standen. Gabriels Kabine war geräumig genug, sie alle unterzubringen, doch da die beiden Diener an Miras Entführung beteiligt gewesen waren, traute er ihnen nicht mehr. Aus diesem Grund hatte er ihnen strikt verboten, sich im selben Raum aufzuhalten wie das Mädchen, solange er selbst nicht anwesend war.

Jetzt hoben sie hoffnungsvoll die Köpfe, doch Gabriel winkte ihnen zu gehen. »Heute brauche ich euch nicht mehr. Erst morgen wieder, in Barcelona.«

Dort werde ich mir neue Diener besorgen, setzte er in Gedanken hinzu. Während Pere und Pau mit mürrischen Gesichtern abzogen, betrat Gabriel seine Kabine und sah auf Mira hinab, die mit geschlossenen Augen auf dem Bett lag. Sie bot ein so liebliches Bild, dass er sie nicht zu stören wagte, sondern sich in der Nähe der Tür gegen die Wand lehnte, um sie ausgiebig zu betrachten. Sie war seine Sklavin, und jeder an Bord würde es verstehen, wenn er sich auf sie legen und ihr das Hymen sprengen würde – sofern sie tatsächlich noch Jungfrau war.

Es war, als hätte Mira die schlechte Laune gespürt, die Gabriel in den Klauen hielt, denn sie wachte auf und blickte ihn mit großen Augen an. »Ihr seid zurück, Herr?«

»Das siehst du doch!« Gabriel streckte die rechte Hand aus und fasste sie am Kinn. »Du wirst mit jedem Tag schöner, aber auch hoffärtiger, meine mallorquinische Blume. Noch warte ich damit, dich zu pflücken. Doch der Tag ist nicht mehr fern, an dem dies geschehen wird.«

Mirandas Lippen zuckten. »Wenn dies geschieht, werdet Ihr mich danach betrauern müssen, denn nur der Tod kann meine Schande auslöschen.«

»Ist es eine Schande, das Bett eines Colomers' zu teilen?«, fuhr Gabriel auf.

»Es ist eine Schande, das Bett eines Mannes zu teilen, der nicht mein Gemahl ist«, antwortete Miranda leise.

»Glaubst du, ich würde ein schmutziges Fischermädchen wie dich heiraten?« Gabriel wusste nicht, was ihn zu diesem Ausbruch trieb, aber er genoss Miras Erschrecken.

»Wenn ich nur ein schmutziges Fischermädchen bin, warum habt Ihr mich dann nicht auf Mallorca zurückgelassen?«, fragte sie erbittert.

»Damit dich der nächstbeste Kerl gegen deinen Willen dort auf den Rücken legt? Nein, meine Kleine, der Mann, der das tun wird, werde ich sein, und wenn du dich nicht bald in dein Schicksal ergibst, werde ich dich wirklich wie eine Sklavin behandeln und dich nach meinem Willen benützen. Das schwöre ich dir!«

»Mit Schwüren seid Ihr rasch bei der Hand, Herr Ritter, allerdings vergesst Ihr sie ebenso schnell wieder.«

Miranda hatte Gabriel mittlerweile recht gern und hätte

für ihn gekocht, gestickt und ihn bedient. Aber das, was er wirklich von ihr wollte, konnte sie ihm als Tochter des Grafen von Marranx nicht gewähren.

Da Gabriel nicht antwortete, zeigte Miranda ihm die Zähne. »Wenn Ihr mich schändet, seid Ihr nicht besser als Decluér!« Noch während sie es sagte, schämte sie sich, ihn mit diesem Mörder verglichen zu haben.

Gabriels Miene wurde zuerst blass und dann rot, und der freundlich drängende Ausdruck machte wild aufflammendem Zorn Platz. »Du wagst es, mich mit Decluér auf eine Stufe zu stellen? Der hätte sich nicht wochenlang deinen Launen gebeugt, so wie ich es tue, sondern dich gleich am ersten Tag unter sich gezwungen und deinen Leib beackert wie ein Winzer seinen Weinberg. Vielleicht hat er es auch getan, als du bei ihm warst, und du lügst mich nur an, was deine angebliche Jungfernschaft betrifft.«

»Ich bin Jungfrau!«

»Dann beweise es!«, forderte Gabriel höhnisch.

»Wie denn?«

»Indem du mir den Fleck auf dem Laken zeigst, den dein Jungfernblut hinterlassen hat, nachdem ich dir beigewohnt habe.« Gabriel packte Miranda und stieß sie aufs Bett. Während er sie mit der rechten Hand festhielt, versuchte er ihr mit der Linken den Rock hochzuziehen. Ein Blick in ihre vor Entsetzen geweiteten Augen brachte ihn zur Besinnung. Er ließ sie los, als wäre sie glühend heiß geworden, und stieß einen Fluch aus. »Bei Christi Blut, Mädchen! Du verstehst es, einem Mann den Verstand zu rauben.«

299

»Kann man Euch da noch etwas rauben?« Erneut verwünschte Miranda ihre vorschnelle Zunge, denn jetzt sah Gabriel so böse aus, als wolle er sie umbringen.

Er beruhigte sich jedoch wieder und verschränkte grinsend die Arme vor der Brust. »Du bist ein verdammt störrisches Ding und hast eine Strafe verdient. Leg dich bäuchlings über das Bett und zieh deinen Rock stramm.«

Miranda begriff nicht ganz, was er wollte, doch da packte er sie und zwang sie in die gewünschte Position. Noch bevor sie wusste, wie ihr geschah, klatschte seine Rechte auf ihr Hinterteil.

»Ihr tut mir weh!«

»Das wollte ich auch!« Lachend versetzte er ihr einen zweiten, etwas schwächeren Hieb, ließ sie dann los und lehnte sich zufrieden gegen die Kabinenwand.

Miranda wischte sich die Tränen aus den Augen und rieb sich die schmerzende Kehrseite. »Seid bloß froh, dass Ihr mich und nicht meine Schwester gefangen habt. Sola hätte Euch längst Euer hübsches Gesicht zerkratzt.«

Gabriel grinste. »Du nennst mich hübsch? Also gefalle ich dir!«

»Euer Gesicht ist das Antlitz eines Teufels!«, schäumte Miranda auf.

»Achte auf deine Zunge, mein Schatz! Sie sollte keine Dinge sagen, die mir missfallen. Sonst müsste ich dich erneut züchtigen. Dann aber würde meine Hand dein nacktes Hinterteil treffen.«

Miranda zuckte erschrocken zusammen. Gabriel aber hoffte, dass sie ihn nicht so weit bringen würde, diese Drohung wahr zu machen, denn wenn er ihre Hüften ohne verhüllenden Stoff vor sich sähe, würde er sich nicht mehr beherrschen können und sie vergewaltigen. Damit aber verlöre er nicht nur in ihren Augen seine Ehre.

II.

Die Ankunft in Barcelona enttäuschte Gabriels Erwartungen. Zwar hatte er nicht damit gerechnet, seinen Vater am Hafen anzutreffen, aber normalerweise hätte er Diener und Vertraute vorfinden müssen, die ihn zum Stadtpalast seiner Familie geleiteten. Zunächst aber sah er kein einziges bekanntes Gesicht und wollte schon Pere losschicken, um ein paar Lastenträger für das Gepäck zu holen. Da schälte sich zwischen den Müßiggängern, die auf dem Platz vor dem Hafen flanierten und dabei die Schiffe und Matrosen betrachteten, eine massige Gestalt heraus und kam auf die Cavall de Mar zu.

»Ihr werdet abgeholt!«, kommentierte der Kapitän unnötigerweise. Er kannte den Majordomo der Familie Colomers von einer Reise, die diesen im Auftrag seines Herrn auf sein Schiff geführt hatte.

Gabriel nickte erleichtert und reichte Miranda den Arm, um sie an Land zu führen. Da sie ihm die Züchtigung noch nicht verziehen hatte, missachtete sie den dargebotenen Halt, aber der junge Ritter ignorierte ihr Sträuben, fasste sie um die Hüfte und zog sie an sich.

»Du solltest lieber eng bei mir bleiben, meine Schöne. Wenn du mir verloren gehst, werden die betrunkenen Matrosen deine Jungfräulichkeit gewiss weniger schonen als ich.«

Miranda warf einen Blick auf die Seeleute aus aller Herren Länder, die sich hier im Hafen herumtrieben, und schauderte unter den gierigen Blicken, die sich an ihr festsaugten. Gegen ihren Willen nahm sie Gabriels Arm und ging mit ihm auf Jordi Ayulls zu.

Bei ihrem Anblick zog der Vertraute Senyor Bartomeus ein Gesicht, als wäre gerade seine Frau verstorben. Er verneigte sich vor dem Sohn seines Herrn und sah dabei über Miranda hinweg, als sei sie Luft. »Willkommen in der Heimat, Senyor Gabriel.«

Ayulls' Stimme klang gepresst, und aus seinen Augen sprach Angst. Gabriel betrachtete den Mann, der mit seinem kurzen Wams und den hautengen Hosen noch breiter wirkte, als er bereits von Natur aus war, und begriff, dass dieser keine erfreuliche Mission zu erfüllen hatte.

So versuchte er, die Anspannung abzustreifen, die sich seiner bemächtigen wollte. »Wie geht es meinem Vater?«

»Senyor Bartomeu befindet sich bei bester Gesundheit. Ich muss Euch aber warnen, denn er ist derzeit nicht gut auf Euch zu sprechen, Senyor Gabriel.«

»Aber warum denn?« Gabriel war nicht bereit, Ayulls auch nur einen Schritt entgegenzukommen.

»Der Grund steht wohl neben Euch, Herr.« Der Majordomo wand sich sichtlich, denn wie er es auch anfangen mochte, er würde sich den Zorn mindestens eines Colomers' zuziehen, und wenn alles schief ging, vielleicht sogar den von beiden.

Gabriel blickte bewusst in die andere Richtung, bevor er sich Miranda zuwandte. »Du kannst doch nicht dieses Mädchen meinen!«

Ayulls starrte ihn unglücklich an. Seinetwegen hätte der junge Herr sich mit allen Fischertöchtern der Welt vergnügen können. Senyor Bartomeu sah dies jedoch anders und hatte ihn mit dem Auftrag losgeschickt, das Ärgernis aus der Welt zu schaffen. Gern hätte er diesen Weg jemand anderem überlassen, denn den Gerüchten zufolge hatte Senyor Gabriel seinen eigenen Waffenträger im Zorn erschlagen, als dieser ihm Vorhaltungen gemacht hatte. Es musste etwas Wahres an diesem Gerücht sein, denn Ayulls stellte zwar fest, das Pere und Pau seinen jungen Herrn begleiteten, aber sein Namensvetter Jordi war nirgends zu sehen. Daher wich er einen weiteren Schritt zurück und hob in instinktiver Abwehr die Hände.

»Euer Vater lässt Euch ausrichten, dass diese Met..., äh dieses Mädchen nicht über die Schwelle seines Hauses treten darf.«

»Und was soll ich seiner Ansicht nach mit Mira tun?«, fragte Gabriel scharf.

»Lasst sie gehen! In den Herbergen und Bordellen am Hafen findet sie gewiss ihr Auskommen.« Für einen Augenblick hoffte Ayulls, der junge Herr wäre seiner Sklavin schon müde geworden und würde sich dem Willen seines Vaters beugen. Ein Blick in Gabriels wuterstarrtes Gesicht versprach jedoch nichts Gutes, und darüber konnte ihn auch die entsetzte Miene des Mädchens nicht hinwegtrösten.

Miranda spürte mehr denn je, dass sie auf Gabriel angewiesen war. Wenn er sie jetzt von sich stieß, würde sie ihr Ende in den Wellen suchen müssen, die gegen das Ufer klatschten, ehe sie den Matrosen um sie herum in die

303

Hände fiel. Aber wenn er sie mitnahm und ihr dann Gewalt antat, würde sie sich ebenfalls umbringen müssen. Das war sie der Ehre ihres Vaters und ihrem eigenen Seelenheil schuldig. Nicht zum ersten Mal wünschte sie sich, ihr Vater hätte so gehandelt, wie es die Sitte erforderte, und sie und Soledad vor seinem eigenen Ende erschlagen, denn sie fürchtete, nicht die Kraft aufbringen zu können, sich selbst den Dolch in die Brust zu stoßen. Die Verzweiflung über ihre Schwäche zeichnete sich in ihrem Gesicht ab.

Die harte Haltung seines Vaters kam nicht unerwartet, ließ Gabriel aber innerlich erzittern. Zwar hatte er gewusst, dass Mira bei seiner Familie nicht willkommen sein würde, aber dennoch gehofft, sie in einem der Dienerzimmer im väterlichen Palais unterbringen zu dürfen. Dies war ihm nun verwehrt. Er wollte das Mädchen aber nicht auf das Festland mitgenommen haben, um es hier einem ungewissen Schicksal zu überlassen. Deswegen versteifte er seinen Rücken und blickte den vierschrötigen Majordomo von oben herab an.

»Wenn meine Sklavin das Haus meines Vaters nicht betreten darf, werde auch ich es nicht tun!«

Ayulls stöhnte entsetzt auf. »Aber das könnt Ihr nicht machen! Senyor Bartomeu erwartet Euch.«

»Mag er warten! Ohne Mira wird er mich nicht zu Gesicht bekommen.« Gabriel war bei weitem nicht so mutig, wie er sich gab, denn keiner seiner Freunde würde es wagen, sich den Zorn Bartomeu de Colomers' zuzuziehen, indem er Mira und ihm Obdach bot.

Mit dieser bitteren Erkenntnis drehte er sich zu seiner Sklavin um. »Wir werden uns in einer Herberge einquartie-

304

ren, meine Schöne. Sie wird uns gewiss heimeliger erscheinen als das Haus eines Vaters, der seinen Sohn von der Schwelle stößt.«

Jordi Ayulls sah seine schlimmsten Befürchtungen bestätigt. Der junge Herr war während seines Aufenthalts auf Mallorca so störrisch geworden, dass ihm das väterliche Wort nichts mehr galt. Allerdings stellte die Sklavin, die er mitgebracht hatte, eine Versuchung dar, der sich selbst ein Heiliger nur mit Mühe hätte entziehen können, und Senyor Gabriel war noch nicht einmal als Knabe brav gewesen. Ayulls erinnerte sich daran, wie der junge Herr einst die Fenster der Kirche von Colomers zum Ziel für seine Bogenschüsse erkoren hatte, weil das zerbrechende Glas so schön klirrte. Das väterliche Strafgericht war umgehend erfolgt und hatte den kleinen Sünder wenigstens für einige Zeit auf den Pfad der Tugend zurückgebracht. Aber aus dem Alter, in dem man ihm die Hosen hatte strammziehen können, war Gabriel schon lange heraus, und Ayulls bezweifelte, dass Senyor Bartomeu an seiner Stelle mehr erreicht hätte.

»Ihr könnt doch nicht in einer schmutzigen Herberge nächtigen, junger Herr! Unter den Betrunkenen und ihren Huren würde sich auch Eure Sklavin nicht wohl fühlen. Wenn Ihr erlaubt, mache ich Euch einen Vorschlag. Zu den Besitztümern Eures Vaters zählt ein kleines Häuschen nahe der Stadtmauer auf den Montjuic zu. Das könntet Ihr benutzen. Zurzeit lebt nur ein altes Dienerpaar dort, das Euch versorgen würde.«

Gabriel nickte verbissen. »Also gut! Doch in der Stunde, in der Mira von dort vertrieben wird, werde auch ich gehen.«

305

»Das wird gewiss nicht geschehen!« Ayulls wusste noch nicht, wie er dieses Arrangement seinem Herrn erklären sollte, aber zunächst einmal fühlte er sich erleichtert. Der Gedanke an die Gerüchte, die in Umlauf gekommen wären, wenn der Erbe des Herrn von Colomers sich in einer schmutzigen Hafentaverne eingemietet hätte, bereiteten ihm Übelkeit, denn Senyor Bartomeu hätte seinen Zorn ganz gewiss an ihm ausgelassen.

»Wenn Ihr mir folgen wollt, junger Herr? Pere kann schon vorgehen und Lastenträger holen. Ihr selbst habt ja Euer Pferd.« Er zeigte dabei auf Alhuzar, der gerade an Land gebracht werden sollte und dabei die Gelegenheit nutzte, die Matrosen, die ihn umringten, zu treten und zu beißen. Nur Gabriels Anwesenheit verhinderte, dass die Männer voller Wut auf das Tier einprügelten. Als der Hengst auf der schmalen Laufplanke scheute und ins Wasser zu stürzen drohte, eilte Gabriel zu ihm, scheuchte die lärmenden Seeleute beiseite und fasste nach dem Kopf des Tieres.

»Komm, mein Guter! Ganz ruhig. Gleich bist du auf festem Boden.« Der Hengst hörte die Stimme seines Herrn und beruhigte sich, so dass dieser ihn ohne Mühe über den Steg führen konnte. Am Ufer schwang Gabriel sich in den Sattel und streckte die Hand gebieterisch nach Miranda aus. Da sich einige wüst aussehende Matrosen um die Gruppe versammelt hatten und sich in derben Worten über ihre körperlichen Vorzüge ausließen, war sie froh, als Gabriel sie aufs Pferd zog, und klammerte sich ängstlich an ihn.

Ayulls bekreuzigte sich, als er den Besitz ergreifenden Blick sah, mit dem sein Herr das Mädchen bedachte, und wollte ihn anflehen, seine Beziehung zu der Sklavin nicht so

306

öffentlich zur Schau zu stellen. Doch da zog Gabriel Alhuzar bereits herum. »In Richtung Montjuic also. Ich glaube, ich kenne das Haus.« Mit diesen Worten trieb er den Hengst an und sprengte davon.

III.

Soledad überlegte, was sie lieber tun würde, Margarida de Marimon das Gesicht zu zerkratzen oder ihr jedes Haar einzeln auszureißen. Das Edelfräulein saß wie die meisten anderen Hofdamen Königin Violants auf einem der Klappschemel, die eifrige Diener unter einem rot und goldgelb gestreiften Baldachin aufstellt hatten, hielt einen Kelch mit Wein in der Hand und lächelte so sanft, als hätte sie eben einen Blick ins Himmelreich getan. Dabei schwangen die spöttischen Worte, mit denen sie Soledads Manieren als die eines Fischweibes kritisiert hatte, noch in der Luft.

Soledad sah die anderen Edeldamen verschämt die Schleier vor ihre Gesichter ziehen, um ihr Amüsement zu verbergen. Selbst die Mundwinkel der Königin zuckten verdächtig, und Dona Elisabet, König Jaumes Tochter aus erster Ehe, lachte sogar hell auf. Soledad fand diese Reaktion nicht weniger ungerecht als den Vorwurf Margaridas. Sie bemühte sich doch wahrlich, sich wie eine Dame von Rang zu verhalten und ihre Zunge im Zaum zu halten. Hie und da aber schlich sich doch ein Wörtchen über ihre Lippen, das eher in eine Fischerkate passte als zu einer fröhlichen Gruppe von Damen und ihren Rittern, die das heiße Montpellier verlassen hatten, um im Schatten hoher Platanen den sonnigen Tag zu genießen. Die Herren wollten jagen, doch der Königin war es dafür zu heiß, und daher blieben auch ihre Damen um sie versammelt. Ein scharfer Ritt wäre Soledad gerade recht gekommen, um ihre Wut über Margarida und die anderen Heuchlerinnen verrauchen zu lassen. Margarida ritt weitaus schlechter als sie, obwohl sie nicht vier Jahre in einer elenden Fischerhütte hatte zubringen müssen, und das bot ihr an manchen Tagen ein wenig Genugtuung.

»Unserem Fischmädchen hat es wohl die Sprache verschlagen«, spottete Margarida in diesem Augenblick.

Soledads Blick flammte auf, und sie wollte auf ihre Peinigerin losgehen. Da packte sie jemand mit hartem Griff. Das Mädchen wirbelte herum und sah Dona Ayolda vor sich, die Aufseherin der jungen Damen, die zum Hofstaat der Königin zählten. Ayolda war Soledads besondere Feindin, denn es verging kaum ein Tag, an dem sie nicht Schläge mit der flachen Hand erhielt, und kaum eine Woche, in der sie nicht die Rute zu spüren bekam.

»Soledad, du benimmst dich wirklich so, als wärst du eben aus einer Fischerhütte geschlüpft.« Ayolda de Guimeràs Stimme klang so scharf wie die Schneide des Messerchens, das an ihrem Gürtel hing.

Diesmal konnten sich einige der Damen das Lachen nicht mehr verkneifen. Soledad bebte vor Wut, und nur das Wissen, dass sie an diesem Abend ohne Gnade gestäupt werden würde, wenn sie die Hand gegen Ayolda erhob, hielt sie davon ab, die Frau zu treten und zu beißen.

Ihr Blick glitt anklagend über die anwesenden Hofdamen. »Ihr mögt mich ruhig Fischermädchen nennen, aber mein Vater war im Gegensatz zu den Euren kein Feigling. Er ist für den König gestorben!«

Es war ihr einziger Trumpf, und er stach doppelt, denn die meisten Ritter Mallorcas, des Rosselló und der Cerdanya, die sich bisher noch nicht König Pere von Katalonien angeschlossen hatten, versuchten Herrn Jaume davon abzubringen, sich erneut mit seinem Vetter zu messen. Die Edelleute lagen dem vertriebenen König täglich in den Ohren, Frieden mit Katalonien zu schließen, denn sie hatten dort Verwandte, mit denen sie Briefe wechselten und deren Ansichten sie sich zu Eigen machten. In Soledads Augen waren sie nichtsnutzige Feiglinge, die nur ihr eigenes Wohlergehen im Sinn hatten. Da Königin Violant sich vor ihren Damen öfter über die mangelnde Unterstützung ihrer ritterlichen Verwandten für die Wiedergewinnung der Grafschaften oder der Insel Mallorca beklagte, hoffte Soledad wenigstens auf deren Sympathie. Doch sie schien sich verschätzt zu haben.

Die Königin erhob sich und bedachte sie mit einem zornigen Blick. »Schweig, Mädchen! Die Tatsache, dass du die Tochter Guifré Espins, des Grafen von Marranx, bist, gibt dir nicht das Recht, meine Damen zu schmähen.«

»Aber sie dürfen mich ungestraft Fischweib schimpfen!«, fuhr Soledad auf.

Ayolda hob sofort die Rechte, um ihr eine Ohrfeige zu geben. Margarida und einige der anderen Mädchen sahen ihre Hand bereits auf Soledads Wange landen und kicherten boshaft.

»Halt, Dona Ayolda! Wenn Ihr Soledad schlagt, werdet Ihr auch Margarida züchtigen müssen. Ihre unbedachten

Worte waren nämlich der Anlass für den Ausbruch dieses ungebärdigen Füllens.«

Die Worte der Königin kamen gerade noch rechtzeitig, um Ayoldas Hand zu stoppen. Der Hofdame ging es nicht um Soledad, doch wenn sie das Mädchen ohrfeigte, würde sie das auch bei Margarida tun müssen, und diese war ihre Nichte dritten Grades und dazu noch eine reiche Erbin, die ihr Neffe Lleó de Bonamés zu erringen hoffte.

»Es sei, wie Ihr befehlt, Eure Majestät.« Ayolda verneigte sich vor Violant, stieß Soledad wie etwas Unappetitliches von sich und nahm wieder auf ihrem Faltschemel Platz. Sofort eilte ein Diener herbei, um ihr gekühlten Wein zu kredenzen.

Zur Gesellschaft der Königin gehörten fast fünfzig Personen, die Diener und Knechte nicht mitgerechnet, die sich ein Stück entfernt um die Pferde und die Tragtiere kümmerten.

Soledad hätte sich nie vorstellen können, inmitten einer solchen Menge so einsam zu sein, wie sie sich jetzt fühlte. Die anderen Edelfräulein und die Damen ließen sie jederzeit spüren, dass man sie nicht für ihresgleichen hielt. Diese Feindseligkeit schien hauptsächlich dem Neid auf ihre Abkunft zu entspringen, denn sie war über ihre Mutter mit den meisten Grafengeschlechtern Kataloniens und auch mit dem regierenden Haus Barcelona verwandt. Damit stand sie von ihrem Blut her sowohl König Jaume wie auch seinem erbitterten Feind Pere näher als alle anderen Edelleute an Jaumes Hof. Zudem trug sie den Titel einer Gräfin von Marranx, den der König noch einmal ausdrücklich bestätigt hatte. Margarida de Marimon entstammte zwar ebenfalls einem alten Geschlecht, doch hatten ihre Ahnen es nur bis zum Rang eines Barons gebracht, und sie selbst entstammte einem Seitenzweig, dessen Oberhaupt froh sein durfte, sich Cavaller d'Ascell nennen zu dürfen. Margarida war jedoch dessen einzige Erbin, und nicht wenige junge Herren am Hof suchten ihre Gunst zu gewinnen.

Soledads Nase krauste sich bei dem Gedanken an die Ritter in den Diensten des Königs. Der eine oder andere von ihnen hatte sich wie ein Stallknecht benommen und versucht, ihr in den dunklen Ecken und Korridoren der Königsburg die Röcke zu heben, als wäre sie eine wohlfeile Ware. Soledad machte ihre Intimfeindin Margarida dafür verantwortlich, die nach außen hin vornehm tat, hinterrücks aber die Leute gegen sie aufhetzte und jedem jungen Mann ins Ohr flüsterte, die vier Jahre in einer Fischerhütte hätten dafür gesorgt, dass Soledad die lockere Moral des niederen Volkes besäße.

»Deine Freundinnen spielen Ringewerfen. Willst du dich nicht zu ihnen gesellen?« Königin Violants Frage war nett gemeint, denn trotz gewisser Fauxpas, die Soledad sich leistete, mochte sie das Mädchen. Es musste hart für die verwöhnte Tochter des Grafen von Marranx gewesen sein, sich unter dem gewöhnlichen Volk vor ihren Feinden zu verstecken. Violant hätte gerne eine vorteilhafte Ehe für das Mädchen gestiftet, aber das war trotz der vielen Edelleute, die sich in Montpellier aufhielten, schwierig. Die meisten der Herren hatten den Zorn des Eroberers Pere zu fürchten und waren nur deswegen ihrem Gemahl gefolgt. Der Unterhalt dieser Edelleute ging größtenteils zulasten der königlichen Kasse, so dass die Königin nicht in der Lage war, Soledad mit einer ausreichenden Mitgift zu versehen. Violant seufzte und hoffte, dass sie bald einen französischen oder provenzalischen Edelmann fand, den der Titel eines Grafen von Marranx genügend reizte, das Mädchen zu umwerben.

Soledad verstand den Seufzer der Königin falsch und glaubte, er gelte ihr, weil sie, wie Dona Ayolda sagte, ordinär und renitent sei und nicht würdig, an einem so edlen Hof wie dem des Königs von Mallorca zu leben.

Margarida de Marimon hatte die Frage der Königin gehört und musste auch diesmal sticheln. »Bitte, Herrin, lasst Sola dort, wo sie ist. Das Reifenwerfen ist gewiss schöner, wenn sie nicht dabei ist.«

Damit hatte sie nicht ganz Unrecht. Während sie und ihre Freundinnen sich darin gefielen, mit den bebänderten Reifen möglichst geziert nach einem mit Blüten geschmückten Stock zu werfen, konnte Soledad dieser Beschäftigung wenig abgewinnen und gab manchmal recht bissige Kommentare zu den Leistungen der anderen Mädchen ab.

»Irgendwann werde ich diesem Miststück doch noch die Nase krumm hauen«, zischte Soledad leise vor sich hin.

Die Königin hatte sie trotzdem gehört. »Deine Zunge ist wirklich nicht für einen königlichen Hof geeignet. Erkennst du nicht, dass du dir das Leben selber schwer machst? Eine junge Dame muss sich beherrschen können.«

»Ich bin ja keine junge Dame, sondern nur ein dreckiges Fischermädchen!« Soledad wusste, dass sie ungerecht zur Königin war, doch die ständigen Spitzen der anderen Hoffräulein und Margaridas gezielte Beleidigungen waren zu viel für sie. Sie nahm sich mühsam zusammen und verbeugte sich vor Violant. »Erlaubt, dass ich mich zurückziehe, Majestät. Ich wünsche, allein zu sein.« Violant nickte seufzend. »Es ist zwar ein wenig heiß, aber ein scharfer Ritt wird dein störrisches Gemüt vielleicht besänftigen.« Soledad hatte eigentlich nur ein wenig spazieren gehen wollen, doch jetzt wanderte ihr Blick zu den Pferden, die ein gutes Stück entfernt auf einer Wiese grasten. Sie hätte nur winken müssen, um einen der Knechte auf sich aufmerksam zu machen und sich ihre Stute bringen zu lassen, aber aufgewühlt, wie sie war, ging sie mit unziemlich schnellen Schritten auf die Pferde zu. Sie konnte die Tiere beinahe schon anfassen, als einer der Bediensteten sie bemerkte und auf sie zukam.

»Bring mir Ploma und hilf mir in den Sattel!«

Der Mann neigte den Kopf und verschwand. Kurz darauf kehrte er mit einer kleinen, temperamentvollen Stute zurück, die sich nervös im Kreis drehte, als Soledad aufsteigen wollte. Ein zweiter Knecht musste zu Hilfe eilen und das Pferd festhalten, bis sein Kamerad die junge Dame in den Sattel gehoben hatte. Soledad legte das rechte Bein um das Sattelhorn und stemmte sich mit dem linken Fuß gegen das Trittbrett, das den Steigbügel ersetzte. Der Knecht reichte ihr die Zügel und trat hastig zurück.

»Gebt Acht, Herrin! Ploma ist wegen der Stechfliegen heute besonders nervös«, warnte er sie.

Wie die meisten Bediensteten am Hof von Montpellier mochte er die junge Gräfin, die ihn und seinesgleichen wie Menschen behandelte und die Nase nicht so hoch unter dem Himmel trug wie Margarida de Marimon. Die Tochter des Senyor d'Ascell besaß ihr eigenes Pferd, während Soledad sich mit dem zufrieden geben musste, was im königlichen Marstall gerade zur Verfügung stand. Da Ploma als unbere-

313

chenbar galt, weigerten sich die anderen Damen, auf ihr zu reiten, und so blieb die Fuchsstute meist für sie übrig. An ein hartes Leben gewöhnt, das viel Mühe und wenig Annehmlichkeiten bot, nahm Soledad auch ein übernervöses Pferd so gelassen hin wie den Wind, der an ihren honigfarbenen Locken zupfte. Sie kam mit Ploma inzwischen gut zurecht, und diese ging so leicht unter ihr, dass sie ihrem Namen, der Feder bedeutete, alle Ehre machte. Es gab keine Hofdame, die sich im Galopp mit ihr messen konnte, und sie ritt auch den meisten der jungen Herren davon.

Sie bedankte sich bei dem Knecht und trieb die Stute an. Ploma bockte ein wenig, und Soledad musste ihre gesamte Geschicklichkeit anwenden, um nicht aus dem Sattel geworfen zu werden. Da sie den Jägern um König Jaume nicht begegnen wollte, die im Schutz des Waldes wohl noch weniger Hemmungen haben würden als in den Korridoren der Burg, lenkte sie die Stute in die andere Richtung. Ein alter Reitknecht folgte ihr im gebührenden Abstand, um darauf zu achten, dass der kühnen Reiterin nichts geschah, und um die Schicklichkeit zu wahren. Soledad nahm ihn kaum wahr, denn sie spornte Ploma immer mehr an, bis das Land schließlich an ihr vorüberzufliegen schien.

Ein metallisches Aufblitzen links vor ihr ließ sie aufmerksam werden. Sie blickte genauer hin und entdeckte mehrere Reiter und eine Hand voll Fußsoldaten, die die Straße von Nimes herankamen. Krieger waren ein raues Volk, und Soledad hielt es daher für geraten, ihnen aus dem Weg zu gehen. Sie verlagerte geschickt ihr Gewicht, so dass die Stute die Richtung wechselte, und gab ihr dann den Kopf frei.

IV.

Es war heißer als im heißesten Sommer, an den Andreas von den Büschen sich erinnern konnte. Obwohl er seinen Waffenrock ausgezogen hatte und nur mehr das Hemd am Oberkörper trug, rann ihm der Schweiß in Bächen über den Rücken. Seinen Begleitern ging es noch schlechter als ihm, denn sie hatten Teile ihrer Rüstungen oder wenigstens die Lentner, die Panzer aus gekochtem und gepresstem Leder, anbehalten, und diese wurden von der sengenden Sonne so aufgeheizt, dass man sich Blasen an den Fingern holte, wenn man sie berührte.

Andreas versuchte, die Hitze zu vergessen, und ließ seine Gedanken ein Stück in die Vergangenheit wandern. Nachdem er Donatus in Fontenay zurückgelassen hatte, waren er und Heinz auf der Spur jener Krieger weitergezogen, die den Informationen der Mönche zufolge ebenfalls zu König Jaume hatten ziehen wollen. Sie hatten die Gruppe bereits nach drei Tagen eingeholt, denn ein übereifriger Vogt hatte die Leute, die seiner Sprache nicht mächtig waren, gefangen gesetzt und in den Kerker geworfen. In jenen Stunden war Andreas seinem Freund Donatus überaus dankbar, dass er ihn die Grundlagen der französischen Sprache gelehrt hatte, denn mit ihrer Hilfe war es ihm gelungen, die beiden deutschen Ritter, ihre Knappen und das halbe Dutzend Reisige, das sie begleitete, mit ein paar Münzen auszulösen.

Zu seiner Überraschung hatte sich einer der Ritter als Peter von Sulzthal entpuppt, der mit ihm zusammen von dem alten Haudegen Joachim auf Burg Terben ausgebildet worden war. Damals hatten sie sich nicht besonders gut verstanden, doch nach dem erzwungenen Aufenthalt in dem feuchten Loch war Junker Peter überglücklich gewesen, ihn in die Arme schließen zu können. Inzwischen hatte sich die Freude des Mannes wieder etwas gelegt, denn aufgrund seiner Sprachkenntnisse hatten die anderen Andreas zum Anführer der Truppe gemacht. Während Answin von Dinklach, der Waffengefährte des Sulzthalers, eher erleichtert reagiert hatte, konnte dieser eine gewisse Eifersucht nicht verbergen.

Gerade schloss er zu Andreas auf und wischte sich den Schweiß aus den Augenbrauen. »Wann taucht dieses Montpellier denn endlich auf?«

»Dem Kastellan des Klosters zufolge, in dem wir heute übernachtet haben, müssten wir die Stadt am frühen Abend erreicht haben«, antwortete Andreas.

Die Übernachtung in Klöstern war auch etwas, das er Donatus verdankte. Das Essen dort war besser als auf den Burgen, in denen sie manchmal hatten nächtigen müssen, und die Mönche behandelten Reisende höflicher als die kleinen Herren in ihren ummauerten Festungen. Auch konnten sie ihnen den Weg viel besser beschreiben und das nächste Kloster nennen, in dem man Obdach für die Nacht suchen konnte. Meist stellten sie sogar einen Geleitbrief aus, der die Türen der frommen Brüder leichter öffnete als ein Schlüssel.

»Wenn er gelogen hat, reite ich zurück und schneide ihm die Ohren ab.« Peter von Sulzthals Stimme klang zwar grimmig, aber die Worte wurden durch seine erwartungsfrohe Miene gemildert.

»Freust du dich auch schon darauf, vor König Jakob zu

stehen, Andreas?« Wie die meisten Männer in ihrem Trupp benutzte der Sulzthaler für Jaume den deutschen Namen. Trotz des Vorfalls mit dem Vogt hatten sie auf ihrem restlichen Weg durch Burgund, Frankreich und die Provence kein Wort der Landessprachen gelernt, so dass sie mehr denn je auf Andreas' Führung angewiesen waren.

»Freuen?« Andreas zuckte mit den Schultern. »Ich werde mich freuen, wenn er uns in seine Dienste genommen hat.«

»Bezweifelst du es? Herr Josin d'Ville war überzeugt davon!« Answin von Dinklach hatte nun ebenfalls zu Andreas aufgeschlossen und sah ihn so ängstlich an, als hinge seine Seligkeit von dessen Antwort ab.

»Wir werden sehen, ob seine Worte der Wahrheit entsprechen. Tun sie es nicht, stehen uns genug andere Möglichkeiten offen. Wir könnten in die Dienste König Philippes von Frankreich treten, der von Englands Herrscher Edward arg bedrängt wird, in die Edwards oder gar in die des burgundischen Herzog Odo. Einer der Herren wird wohl ein paar kräftige Schwertarme zu schätzen wissen.« Andreas hoffte allerdings, dass es nicht so weit kommen würde, den Franzosen oder Burgundern ihre Waffentreue anbieten zu müssen, denn das hätte weitere, vielleicht monatelange Reisen durch unbekannte Länder bedeutet.

Ritter Answin atmete jedoch erleichtert auf. »Was täten wir ohne Euch, Ritter Andreas?«

Während Andreas und Peter das formlose Du ihrer Knappenzeit wieder aufgenommen hatten, war es jenseits der Vorstellung des Dinklachers, seinen Anführer anders als ehrerbietig anzusprechen. Andreas hatte es mittlerweile aufgegeben, dies ändern zu wollen.

Ihm lag eine vielleicht etwas zu spöttische Antwort auf der Zunge, als sein Knappe Heinz aufgeregt nach vorne wies. »Seht Herr, der Dame dort scheint ihr Ross durchgegangen zu sein!«

Andreas blickte in die angegebene Richtung und sah einen Rotfuchs am Rande eines kleinen Wäldchens entlangpreschen. Das Tier legte ein Tempo vor, bei dem es einem um die Reiterin auf seinem Rücken bange werden konnte. Ohne zu zögern, gab er seinem Zelter die Sporen und trieb ihn vorwärts. Obwohl sein Tier alles gab, verringerte sich der Abstand zu der Reiterin kaum. Andreas flehte den Heiland und alle Heiligen im Himmel an, der Frau beizustehen, und überlegte, ob er sie auf sich aufmerksam machen sollte, damit sie sah, dass Rettung nahte. Aus Angst, sie könnte dadurch erschrecken und ihren Sitz im Sattel verlieren, tat er es dann doch nicht.

Erneut setzte er die Sporen ein. Der Zelter schnaubte empört, denn so rau war er noch nie von seinem Herrn behandelt worden. »Vorwärts, mein Guter«, flüsterte Andreas ihm ins Ohr. Jetzt holte er sichtbar auf und erkannte, dass die anscheinend noch recht junge Frau eine geschickte Reiterin sein musste. Frau Eisgarde, die zweite Gemahlin seines Vaters, wäre schon längst vom Pferd gestürzt, ebenso die meisten anderen weiblichen Wesen, die er je im Sattel gesehen hatte. Doch zu sehr durfte die Reiterin auf ihr Glück und den Beistand der himmlischen Mächte in seinen Augen nicht bauen.

Andreas atmete auf, als sich sein Zelter allmählich neben die galoppierende Fuchsstute schob. Die Reiterin, die ausnehmend hübsch war, wie er auf den zweiten Blick er-

318

kannte, drehte sich jetzt zu ihm um und starrte ihn verwundert an.

»Ich rette Euch!« Andreas verwendete vor lauter Aufregung die deutsche Muttersprache.

In ihrer vermeintlichen Kopflosigkeit versuchte die Reiterin, ihr Pferd nach rechts zu ziehen, doch der Wald war hier so dicht wie ein Wall. So rannte die Stute einfach weiter, und nach wenigen Galoppsprüngen war Andreas neben ihr. Er streckte die Arme aus, packte Soledad und zog sie auf sein Pferd.

»Brrr, mein Guter!« Er zügelte sein Pferd und versuchte gleichzeitig, die junge Frau so vor sich zu setzen, dass ihr Hinterteil nicht durch den Sattelbogen zu Schaden kam. Aus den Augenwinkeln sah er Heinz hinter sich reiten, und dahinter einen fremden Reiter, der Kleidung nach ein Knecht.

»Fang die Stute ein«, befahl er seinem Knappen. Heinz nickte und folgte Ploma. Diese machte es ihm leicht, denn als sie ihre Reiterin nicht mehr auf ihrem Rücken spürte, trabte sie nur noch gemächlich weiter und wurde für Heinz zu einer leichten Beute.

Andreas wandte sein Augenmerk der von ihm geretteten Dame zu und blickte in ein vor Wut glühendes Gesicht. Ein Schwall unbekannter Worte prasselte auf ihn nieder, und sie klangen nicht gerade freundlich. Gleichzeitig holte Soledad mit der Rechten aus und schlug mit aller Kraft zu.

Andreas wurde von der Ohrfeige völlig überrascht. Er sah die Hand auf sich zukommen, hörte fast im selben Moment ein klatschendes Geräusch, und dann fühlte seine Wange sich an, als hätte man sie mit glühenden Kohlen versengt.

»Verfluchtes Weib!«, polterte er los. Die Verlockung, Gleiches mit Gleichem zu vergelten, war riesengroß, doch die eiserne Selbstbeherrschung, die er sich in den Jahren auf der Ranksburg und später bei Joachim von Terben angeeignet hatte, siegte auch diesmal. Er hielt seinen Zelter an, sprang aus dem Sattel und stellte die junge Frau auf den Boden.

»Andreas von den Büschen zu Euren Diensten, Madame!« Er verbeugte sich und entging mit dieser überraschenden Bewegung einer weiteren Ohrfeige. Bevor Soledad noch einmal zuschlagen konnte, packte er ihre Arme und hielt sie fest. »Ihr besitzt ein verdammt hitziges Gemüt, mein Kind, und eine sehr reizbare Leber.«

Er sprach Französisch, eine Sprache, die Soledad nicht verstand, und so starrte sie ihn einen Augenblick fragend an, statt zu treten und zu beißen, wie sie es im ersten Impuls hatte tun wollen. Da er aber ihre Hände nicht losließ, beschränkte sie sich darauf, ihn mit Ausdrücken zu überschütten, die sie nicht in der Burg ihres Vaters oder dem Königspalast in Montpellier gelernt hatte.

Unterdessen war der Reitknecht herangekommen und hielt sein Pferd in achtungsvoller Entfernung zu Andreas an. »Verzeiht, Herr, aber Ihr könnt Dona Soledad doch nicht so einfach ergreifen. Sie steht unter dem Schutz Seiner Majestät, Senyor Rei Jaume von Mallorca.« Er sprach die hier gebräuchliche Form des Languedoc, der Sprache, die Andreas während des letzten Teils der Reise durch die Provence bereits kennen und auch ein wenig verstehen gelernt hatte.

»Was sagst du? Diese junge Dame zählt zum Hofstaat Roi Jacques?« Andreas' französische Aussprache war nicht elegant genug für einen Edelmann, doch der Pferdeknecht begriff, was er gesagt hatte, und nickte eifrig.

»Oui! Genauer gesagt zum Hofstaat Ihrer Majestät, der Reine Violant. Bei der jungen Dame handelt es sich um die Gräfin von Marranx und ein Mündel des Königspaars. Ihr dürft sie nicht behandeln wie ein Bauernmädchen!« Die Stimme des Knechts klang tadelnd.

Andreas stieß ein ärgerliches Lachen aus, »Du Narr, hast du nicht gesehen, dass das Pferd der Dame durchgegangen ist? Ich wollte ihr nur helfen. Sie wäre sonst gestürzt und hätte sich wer weiß was brechen können.«

»Was sagt er?«, fragte Soledad den Pferdeknecht hörbar verärgert, weil das Gespräch für sie unverständlich war und über ihren Kopf hinweg geführt wurde.

»Der junge Herr glaubt, Euch von Eurem durchgehenden Pferd gerettet zu haben.«

Soledad sah zuerst den Pferdeknecht an, drehte dann den Kopf zu Andreas und setzte eine höhnische Miene auf. »Sag diesem Mann, er habe wohl keine Augen im Kopf. Jeder Mensch mit Verstand hätte sehen müssen, dass ich Ploma voll unter Kontrolle hatte.«

Sie stürzte den Bediensteten in ein Dilemma, denn so, wie sie es ausgedrückt hatte, wagte er die Worte nicht zu übersetzen. Der junge Ritter sah nicht so aus, als würde er sich ungestraft beleidigen lassen. Um nicht in Gefahr zu geraten, sich den Zorn des Herrn zuzuziehen, versuchte er, die Antwort diplomatisch zu umschreiben. »Verzeiht, Herr, doch Dona Soledad ist der Meinung, sie sei eine gute Reiterin und habe gewiss keine Hilfe benötigt. Dies stimmt wohl auch, denn ich habe sie schon oft reiten sehen und fand

321

nicht, dass sie heute in Schwierigkeiten gewesen wäre.«
»Aber ...«, stotterte Andreas und kniff dann die Lippen zusammen, damit ihnen kein unbedachtes Wort entschlüpfte.

Wenn die Worte des Knechts der Wahrheit entsprachen, hatte er sich eben voll in die Nesseln gesetzt. Ein Mündel des Königs von Mallorca vom Pferd zu holen, als sei man ein Strauchdieb, würde ihm wohl den Zorn des gekrönten Herrn eintragen. Die Hoffnungen, mit denen er in dieses Land gekommen war, zerstoben wie Rauch im Wind. Da er Soledads Handgelenke noch immer mit festem Griff umklammert hielt, ließ er sie jetzt los und trat vorsichtshalber ein paar Schritte zurück, bevor er sich verbeugte.

»Richte der Gräfin aus, dass ich meinen Irrtum zutiefst bedauere. Sag ihr auch, dass ich keine Dame kenne, deren Reitkunst sich mit der ihren vergleichen kann.«

Soledad hörte am Klang seiner Worte, dass er kleinlaut geworden war, und reckte ihre Nase noch höher. »Wer ist er überhaupt?«

Da sie jetzt langsamer sprach und ihr mallorquinisches Katalanisch mit dem Languedoc ebenso verwandt war wie mit der französischen Sprache, begriff Andreas den Sinn ihrer Frage. Er verbeugte sich erneut und wiederholte seine Vorstellung. »Mein Name ist Andreas von den Büschen, und ich bin ein Ritter aus ... aus dem Heiligen Römischen Reich der Deutschen.« Er hatte eigentlich Franken nennen wollen, seine engere Heimat, sich aber noch rechtzeitig daran erinnert, dass die junge Gräfin ihn dann für einen Franzosen halten musste. »Meine Begleiter und ich sind hierher gekommen, um König Jacques unsere Dienste anzubieten«, setzte er nach einem kaum merklichen Zögern hinzu.

322

Der Pferdeknecht übersetzte für Soledad, die den jungen Deutschen in seinem schweißfleckigen Hemd mit einem spöttischen Blick betrachtete. »Sag ihm, er kann gewiss mehr auf Erfolg hoffen, wenn er Seine Majestät bei dem Namen nennt, den dieser bei der heiligen Taufe erhielt. Der König heißt Jaume und nicht Jacques, als wäre er ein Vasall der Franzosen.«

Der Ton war belehrend, doch Andreas beschloss, sich nicht darüber zu ärgern. Es war schon schlimm genug, dass er den flotten Galopp einer geübten Reiterin mit einem Durchgehen ihres Pferdes verwechselt und sich ihren Unmut zugezogen hatte. Als Soledads Pferdeknecht ihre Worte ins Französische übertragen hatte, verbeugte er sich erneut vor ihr. »Ich danke Euch, edle Dame. Seid versichert, ich werde Euren Rat befolgen. Wie nanntet Ihr Seine Majestät? Chaume?«

»Eure Aussprache ist noch nicht korrekt, aber man kann sie durchgehen lassen.« Soledad gab dem Pferdeknecht einen Wink, sie wieder auf Ploma zu setzen, die Heinz herangeführt hatte. Andreas war jedoch schneller, fasste sie um die Taille und hob sie auf die Stute.

»Wäre es Euch möglich, meine Kameraden und mich Seiner Majestät zu empfehlen?«, bat er sie dabei.

Soledad ließ sich seine Frage übersetzen und musste dann ein Kichern unterdrücken. Dieser unbeholfene Fremdling schien sie für ein einflussreiches Hoffräulein zu halten, dabei hätte sie nicht einmal eine Küchenmagd einstellen lassen können. Sein bewundernder Blick tat ihrem durch Margarida de Marimon verletzten Stolz allerdings gut, und daher nickte sie huldvoll.

323

»Könnt Ihr uns sagen, wie weit es noch bis nach Montpellier ist?«, fragte Andreas weiter.

»Wenn Ihr jetzt weiterreitet, seid Ihr vor der fünften Stunde in der Stadt.« Der Pferdeknecht glaubte, damit seine Schuldigkeit getan zu haben.

Da berührte Soledad ihn mit der Spitze ihrer Reitpeitsche, die ihr bei seinem Rettungsversuch entglitten war und die Andreas ihr eben mit einer weiteren höflichen Verbeugung gereicht hatte. »Was sagt der Fremde?«

»Er wollte wissen, wie weit es noch bis zur Stadt ist.«

Soledad wusste selbst nicht, weshalb sie so viel Interesse an diesem unverschämten Burschen entwickelte. Er sah gut aus, wenn man von seinem abgerissenen Äußeren absah, doch am Hof König Jaumes gab es genug Edelleute, die ihn sowohl an Eleganz wie auch an guten Manieren weit übertrafen. Dennoch wollte sie ihn nicht einfach nach Montpellier reiten lassen und wandte sich zum ersten Mal ihm selbst zu.

»Ihr müsst nicht bis in die Stadt reiten, um Seiner Majestät Eure Aufwartung machen zu können. Es beliebt ihm, in dieser Gegend zu jagen, und er wird heute Abend ein Fest in seinem Jagdschloss feiern. Dabei wird er Euch sicher gerne empfangen.« Und das war nicht einmal gelogen, denn Soledad wusste, dass Jaume III. schon einige ausländische Söldner angeworben hatte und immer noch nach weiteren Kriegern Ausschau hielt. Seine eigenen Edelleute schimpften ständig darüber, wenn sie sich unter Freunden wähnten, denn sie sahen einen in ihren Augen sinnlosen Krieg heraufziehen.

Soledad ärgerte sich über die Gefolgsleute des Königs, denn die Kassen Seiner Majestät waren auch durch deren

Schuld so leer, dass er nicht in der Lage war, mehr als ein- oder zweihundert Spießträger und Bogenschützen zu rekrutieren. Nur wenn König Jaumes Ritter treu zu ihm standen und die Barone und Vescomtes seines ehemaligen Reiches sich auf seine Seite schlugen, konnte es ihm gelingen, seine Krone zurückzuerobern und vielleicht auch ihren Vater und ihre Schwester zu rächen, die beide durch Domenèch Decluérs Schuld umgekommen waren. Die Erinnerung an Miranda trieb ihr die Tränen in die Augen, und sie spornte Ploma an, damit der seltsame Fremde sie nicht weinen sah.

Andreas sprang auf seinen Zelter und ritt hinter ihr her. Seine Begleiter, die in einem gewissen Abstand gewartet hatten, folgten ihm neugierig.

»Wer ist diese schlagfertige junge Dame?«, wollte Peter von Sulzthal wissen.

»Sie ist eine Gräfin und gehört zum Hofstaat König Jaumes«, antwortete Andreas kurz angebunden, denn mit der Ohrfeige, die Soledad von Marranx ihm verpasst hatte, würde der junge Sulzthaler ihn noch lange verspotten.

V.

König Jaume hatte sich eine Weile inmitten der anderen Jäger aufgehalten und seinen Falken mehrmals auffliegen lassen. Die erste Beute hatte das Tier in seiner Ungeduld verfehlt, dann aber ein Kaninchen geschlagen, das fast zu groß für den Vogel gewesen war. Einer der Gehilfen des Jagdmeisters brachte die Beute schließlich herbei und präsentierte sie dem König.

325

»Ein stolzer Fang, Euer Majestät.« Miquel de Vilaragut, ein Verwandter Königin Violants, blickte mit einem gewissen Neid auf das Kaninchen, während Vicent de Nules und ein weiterer Adeliger die Köpfe zusammensteckten und miteinander flüsterten. »Das ist ein Omen! Beim ersten Mal hat Herrn Jaumes Falke sein Ziel verfehlt und dann eine Beute angegriffen, die er kaum bewältigen konnte. Es wäre gut, wenn der König einsehen würde, dass Katalonien ein zu mächtiger Gegner für ihn ist.«

»Da habt Ihr Recht, Senyor Vicent! Jaume sollte sich mit Montpellier begnügen oder es gegen eine andere Herrschaft tauschen, wenn ihm danach ist. Ein Krieg gegen König Pere ist so überflüssig wie Schnee im Sommer.« Die beiden Herren nickten einander zu und betrachteten den König, der das noch leicht zappelnde Kaninchen an sich nahm und ihm mit einem geschickten Griff das Genick brach.

»Ich wollte, es wäre Pere von Katalonien!«, rief er dabei lachend aus.

Miquel de Vilaragut fiel in sein Gelächter ein, während die Herren in ihrer Nähe eher betretene Gesichter machten. Der König warf das Kaninchen dem Jagdgehilfen zu und strich seinem Falken über das Gefieder. Sein Blick glitt dabei in die Ferne, in der sich mehrere kleine Waldstücke inmitten von Feldern, Wiesen und Obsthainen erstreckten. Dicht unter dem Horizont konnte er ein größeres Gebäude mit schneeweißen Wänden und einem flachen Dach aus hellroten Ziegeln erkennen. Es war sein Jagdschloss, das er Casa Mallorca getauft hatte. Dies war der Name, den seine Familie angenommen hatte, um sich von der älteren katalanischen Linie, der Casa Barcelona, zu unterscheiden, die ebenso wie die Könige von Mallorca von Jaume I. dem Eroberer abstammte.

Jaume kniff die Augen zusammen, um besser sehen zu können, und wandte sich dann an Miquel de Vilaragut. »Senyor Miquel, wäret Ihr so gut, mir zu sagen, welche Farbe die Fahne trägt, die auf dem Dach aufgesteckt wurde?«

De Vilaragut spähte hinüber und verzog seine Lippen zu einem zufriedenen Lächeln. »Rot, Euer Majestät!«

»Sehr gut!« Der König atmete kurz durch, dann reichte er seinen Falken an einen Jagdgehilfen weiter. »Ich will ihn nicht mehr aufsteigen lassen. Der Kampf mit dem Kaninchen hat ihn erschöpft. Meine Herren, setzt die Jagd fort! Ich werde mich Euch später wieder anschließen.« Er winkte seinen Begleitern zu und trieb seinen Rappen mit einem Zungenschnalzen an, während die vier Ritter seiner Leibgarde sich ihm sofort anschlossen. Miquel de Vilaragut wäre liebend gerne mit seinem Herrn geritten, doch seine Pflicht hielt ihn hier fest.

»Ihr habt Seine Majestät gehört. Lasst die Falken auffliegen und gute Beute machen!« Er drehte sein Pferd auf der Hinterhand und ging den anderen mit gutem Beispiel voran.

Vicent de Nules starrte dem König nach und machte eine Bewegung, als wolle er hinter ihm herreiten. Im letzten Augenblick aber besann er sich und zog den Hengst ebenfalls herum. Sein Freund Arnau de Gualbes lenkte sein Pferd an seine Seite und gönnte dem vor Jagdeifer mit den Flügeln schlagenden Falken keinen Blick. »Ich wüsste zu gerne, was der König vorhat.«

»Damit steht Ihr nicht allein, Senyor Arnau. Ich befürchte, es wird nichts Gutes dabei herauskommen. Als Jaume befohlen hat, an einem so heißen Tag wie heute eine Jagd abzuhalten, erschien mir der Ausdruck auf seinem Gesicht wie der Vorbote eines Sturms, der bald über unsere Köpfe fegen wird.«

»Uns wird das Unwetter nicht treffen, Senyor Vicent. Wir haben Herrn Jaume stets beschworen, die Eide einzuhalten, die er nach der Niederlage bei Perpinya seinem siegreichen Vetter leisten musste. Ich hoffe, er tut es wirklich, denn Gott bestraft die Eidbrecher.«

Vicent de Nules presste die Kiefer zusammen. »Es gibt Kirchenleute, die bereit sind, Jaume von diesem Eid zu entbinden, da er unter Zwang zustande gekommen sei.«

»Dann sollten wir mächtige Kirchenherren dafür gewinnen, dem König ins Gewissen zu reden. Wie wäre es, wenn der Kardinal von Mallorca in eigener Person in Montpellier erscheint? Herr Jaume hat de Battles Urteil stets vertraut.« Arnau de Gualbes blickte sein Gegenüber hoffnungsvoll an, doch der winkte heftig ab.

»Der Besuch dieses Mannes würde höchstens das Gegenteil von dem bewirken, was wir uns wünschen. Berenguer de Battle hat Pere von Katalonien zum König von Mallorca gekrönt, und Herr Jaume hegt seitdem großen Zorn auf ihn. Er würde den ehrwürdigen Mann sofort in Ketten schlagen lassen und seine Anstrengungen verdoppeln.«

»Etwas muss uns aber einfallen, werter Freund, sonst wird Herr Jaume sich und viele andere in den Untergang reißen. Ein zweites Mal wird König Pere nicht mehr so gnädig sein und ihm die Hand zum Kuss reichen.« Vicent de Nules bleckte die Zähne zu einer freudlosen Grimasse und

forderte seinen Freund auf, endlich den Falken auffliegen
zu lassen.

»Ihr wollt doch nicht, dass der Speichellecker des Königs
auf uns aufmerksam wird?«, setzte er mit einem finsteren
Blick in Richtung Miquels de Vilaragut hinzu.

VI.

Etwa auf halbem Weg entdeckte der König in einiger Entfernung eine Reitergruppe, die sich ebenfalls seinem Jagdschloss näherte, und erkannte die Reiterin an der Spitze an
ihrer fuchsroten Stute. Ein wenig wunderte er sich, dass
Soledad ein so gemächliches Tempo einschlug, denn meist
pflegte sie ihr Pferd zu einem wilden Galopp anzutreiben.
Dann sah er das halbe Dutzend Krieger zu Fuß, das wohl zu
der Gruppe gehörte. Jaume hätte gerne gewusst, wer diese
Leute waren, verschob die Begegnung mit ihnen jedoch auf
später, denn jetzt wartete eine viel wichtigere Person auf
ihn.

Er trieb sein Pferd an, so dass er Soledad und die Fremden wieder aus den Augen verlor, und versuchte, sich auf
das zu konzentrieren, was ihn im Jagdschloss erwarten
würde. Doch Soledad Espin de Marranx drängte sich erneut in seine Gedanken. Sie war ein aufmüpfiges Ding und
sprach geradewegs aus, was sie dachte, und aus diesem
Grund nannten viele Mitglieder seines Hofstaats sie spöttisch die Distel von Montpellier. Jaume hätte das Mädchen
gern mit einem sanfteren Gemüt gesegnet gesehen, denn sie
standesgemäß zu versorgen war ein Problem, dem er sich

329

nicht gewachsen fühlte. Er bedauerte immer noch, dass ihrem Vater kein Sohn geboren worden war. Einen jungen Ritter mit Soledads Temperament hätte er mit offenen Armen begrüßt, und mit zwanzig wackeren Burschen, die ihren Mut und ihre Zähigkeit hatten, hätte er den Kern eines Heeres bilden können, der die anderen Krieger mit sich gerissen hätte und dem die einfachen Fußsoldaten voller Begeisterung gefolgt wären.

Noch während er sich eine solche Truppe ausmalte, schüttelte er den Kopf. Vielleicht war es doch ganz gut, dass es sich bei Soledad nicht um einen jungen Ritter handelte, denn er hätte nicht gewusst, wie er Graf Guifrés Sohn davon hätte abhalten können, nach Barcelona zu reiten und Domenèch Decluér zu einem Zweikampf auf Leben und Tod zu fordern. Die Tatsache, dass Decluér es nicht gewagt hatte, ihrem Vater nach dem Raub Dona Núrias bis nach Mallorca zu folgen, um sich an dem Entführer zu rächen, hatte den Aufstieg des katalanischen Ritters damals jäh beendet. Bei einer Heirat mit Núria de Vidaura i de Urgell hätte er mit dem Titel eines Vescomte rechnen können und wäre nach einer gewissen Zeit vielleicht sogar in den Stand eines Grafen erhoben worden. Doch nach der Flucht seiner Braut und seiner offensichtlich gewordenen Feigheit war er nur einer der vielen Ritter König Peres geblieben, und gewiss nicht der angesehenste.

Etwas verstimmt, weil sein Kopf sich mit der Vergangenheit beschäftigte und nicht mit der Zukunft, ritt Jaume in den Hof des Jagdschlosses ein und zügelte seinen andalusischen Rappen. Drei Knechte eilten heran, um ihm vom Pferd zu helfen und dieses zu übernehmen. Jaume stieg ab und ging auf den Kastellan des Schlosses zu, der am Fuß der Freitreppe erschienen war.

»Ist alles bereit für die heutige Feier?«

Der Kastellan nickte eifrig. »Sehr wohl, Euer Majestät. Im Garten wird bereits ein Ochse gebraten, und bald werden auch die Hammel über das Feuer gehängt. An Wein, Kuchen, Brot und Früchten wird es ebenfalls nicht mangeln.«

Jaume interessierte sich weniger für die Gaumenfreuden, die für die abendliche Feier vorgesehen waren, als für einen Gast, den er anzutreffen hoffte. »Ich sah das rote Banner. Also ist ein Senyor erschienen, der mich zu sprechen wünscht!«

»Der Franzose erwartet Euch in Euren Gemächern, Majestät.«

Es gefiel dem König überhaupt nicht, dass der Kastellan über die Herkunft dieses Gastes Bescheid wusste, denn dieses Zusammentreffen hätte absolut geheim bleiben sollen. Dann aber zuckte Jaume mit den Schultern. Einen Franzosen erkannte man schon an der Sprache, mochte er auch des Languedoc oder des Katalanischen mächtig sein.

»Kümmere dich um den Ochsen und die Hammel!«, wies er den Kastellan an und verbannte den Mann damit für eine gewisse Zeitspanne aus dem Schloss.

Der Kastellan zog ein säuerliches Gesicht, denn ihn beherrschte sowohl die eigene Neugier wie auch die Aussicht auf eine stattliche Belohnung, die ihm einige Mitglieder des Hofstaats versprochen hatten, wenn er ihnen mehr über das Gespräch des Königs mit dem von ihm erwarteten Gast würde erzählen können. Da er das Gebäude in- und aus-

331

wendig kannte, wäre es ihm ein Leichtes gewesen, seinen König und den Besucher zu belauschen. Doch wenn er aus dem Garten in das Jagdschloss zurückkehren wollte, würde er an den Leibwachen des Königs vorbeigehen müssen, und die hatten den Befehl ihres Herrn ebenfalls vernommen.

Während der Kastellan innerlich fluchend verschwand, eilte Jaume III. wie ein junger Mann die Treppe hoch, trat in den Vorraum und durchquerte die große Halle, in der bereits alles für die Feier vorbereitet worden war. Sein Blick streifte achtlos über die Teppiche und Tapisserien maurischer Herkunft und die mit kostbaren Stoffen überzogenen Stühle für die hochrangigen Gäste. Auch das große Blumengebinde auf der mächtigen Tafel, das die drei Inseln Mallorca, Elvissa und Menorca darstellte, interessierte ihn im Moment herzlich wenig.

Die Treppe zu den oberen Geschossen nahm er etwas langsamer in Angriff, denn er wollte nicht atemlos oder gar verschwitzt bei seinem Gast erscheinen. Ein Diener öffnete dem König die Tür zu seinen Gemächern, doch bevor dieser eintrat, untersuchte ein Leibwächter die Kammern und kehrte nach kurzer Prüfung wieder auf den Korridor zurück.

»Es ist nur ein Mann anwesend – ohne Waffen!«

Jaume nickte und überschritt die Schwelle. Der Diener schloss die Tür hinter ihm und lief nach einem mahnenden Blick des Leibwächters, der mit gezogenem Schwert Posten bezog, die Treppen hinunter.

Als Jaume den Besucher erkannte, rümpfte er ärgerlich die Nase. Er hatte einen der Herzöge von königlichem Geblüt erwartet oder wenigstens einen Marquis. Doch vor ihm verbeugte sich der Mann, mit dem er bereits vor Wochen in Montpellier gesprochen hatte. Baron Robert de Lens war ein geschickter Redner, der die Belange seines Herrn, Philippe VI., Graf de Valois und König von Frankreich, wohl zu vertreten wusste, aber in Jaumes Augen nicht standesgemäß genug, um eine Sache von solcher Wichtigkeit abschließen zu können. Daher fühlte der König sich gekränkt und ließ dies den anderen merken.

De Lens lächelte sanft und verbeugte sich erneut mit jener geschmeidigen Grazie, die am Hof von Paris Mode war. Neben dem Ärger und der Unsicherheit seines Gegenübers spürte er auch dessen Angst, König Philippe könnte die Verhandlungen abgebrochen haben.

»Sprich, was hast du zu melden!«, forderte Jaume den Franzosen nicht gerade höflich auf.

»Seine Majestät, Roi Philippe, trug mir auf, Euer Majestät seine Grüße und besten Wünsche zu überbringen!« De Lens sah den König aufatmen, und sein Lächeln wurde geradezu devot.

»Seine Majestät, König Philippe, ist also zu einem Bündnis mit mir bereit.« Die Ungeduld veranlasste Jaume, mit der Tür ins Haus zu fallen.

Sein französischer Gast hob in einer bedauernden Geste die Hände. »Pardon, Euer Majestät! Seine Majestät, Roi Philippe, sieht sich zurzeit außerstande, Euch militärisch gegen Katalonien zu unterstützen. Jene schreckliche Katastrophe bei Crecy und der Verlust der Stadt Calais an Roi Edouard d'Angleterre bindet die Streitkräfte Frankreichs im eigenen Land. Seiner Majestät ist daher wenig an einem weiteren Feind in Gestalt Roi Pierres d'Aragón gelegen.« Jaume ballte die rechte Hand zur Faust und hieb wütend in seine offene Linke. »Also hat dein Herr mich mit leeren Versprechungen und Wortgeklingel hingehalten!«

Der Franzose rief mit dem Ausdruck höchsten Entsetzens: »Non!«, kam näher auf Jaume zu und machte Miene, als wolle er ihm zuzwinkern. »Ganz im Gegenteil, Euer Majestät! Seiner Majestät, Roi Philippe, ist sehr an einer Einigung mit Euch gelegen. Er sieht sich nur nicht in der Lage, Euch mit Truppen zu helfen, denn er braucht jeden seiner Ritter, um der Bedrohung durch England standhalten zu können.«

Jaume war der Verzweiflung nahe. »Ohne Frankreichs Hilfe kann ich mein Reich nicht zurückgewinnen. Lockt deinen Herrn denn nicht der Preis, den ich dafür zu zahlen bereit bin?«

De Lens' Miene wurde womöglich noch ehrerbietiger. »Seine Majestät, Roi Philippe, wünscht durchaus, die Herrschaft Montpellier für Frankreich zu gewinnen. Er kann Eurer Majestät dafür zwar keine Ritter bieten, doch für gutes Gold lassen sich genug Soldaten in anderen Ländern anwerben.«

»Meine Truhen sind so leer wie die Speicher und Scheuern Ägyptens nach den sieben dürren Jahren«, rief der Herr von Montpellier theatralisch aus.

»Sire, die Truhen meines Herrn sind gut gefüllt, und er ist bereit, sein Gold mit Eurer Majestät zu teilen wie Saint Martin seinen Mantel mit dem Bettler.« Die Stimme des Franzosen klang hypnotisch, doch Jaume entzog sich ihrer Wirkung.

334

»Nur dass der heilige Martin seinen Mantel gab, ohne Lohn dafür zu erwarten. Dein Herr ist jedoch auf mein Montpellier aus!« Jaume knirschte mit den Zähnen. Er hatte gehofft, das Rosselló und die Cerdanya mithilfe französischer Ritter zurückzuerobern und seinem Verwandten Pere Mallorca und die umliegenden Inseln dann auf dem Verhandlungsweg abzutrotzen. Doch diese Illusion zerstob nun wie Staub im Wind.

Der Franzose vergaß für einen Moment die Ehrerbietung, die er einem gekrönten Haupt schuldete, und fasste den König an der Schulter. »Sire, mein Herr bietet Euch die Summe von einhunderttausend Ecu d'or für Montpellier! Denkt daran, welch großartiges Heer Ihr damit aufstellen könntet.«

Einhunderttausend Goldecu hätte Jaume niemals aufbringen können, selbst wenn er jeden Bewohner Montpelliers mit der zehnfachen Steuerlast belegt und seine Adeligen bis auf das Hemd ausgezogen hätte. Trotzdem schüttelte er den Kopf. »Selbst wenn ich jede einzelne Münze für Soldaten ausgeben würde, könnte ich Katalonien damit nicht herausfordern. Dazu benötige ich mindestens das Doppelte!«

De Lens zog ein Gesicht, als hätte sein Gastgeber von ihm gefordert, ein Dutzend Zitronen hintereinander zu verzehren, aber er erhöhte sein Angebot um zehntausend Goldecu. Jaume kämpfte verzweifelt, um die Summe noch höher zu treiben. Doch bei einhundertzwanzigtausend Ecu d'or hob Robert de Lens die Hände. »Sire, ich habe bereits mehr geboten, als ich dürfte. Diese Summe wird Seine Majestät, Roi Philippe, noch hinnehmen, mehr jedoch nicht.

Überlegt es Euch und nehmt an oder lehnt ab. Ich werde Eure Entscheidung nach Paris überbringen.«

Jaume trat ans Fenster, öffnete es und blickte schwer atmend nach draußen. Im Garten des Jagdschlosses sah er seinen Kastellan geschäftig hin und her eilen, und in der Ferne entdeckte er mehrere Mitglieder seines Hofstaats, die noch immer mit ihren Falken jagten. Um ihn aber war niemand, der ihm sagen konnte, was er tun sollte. Ich hätte Violant mitbringen sollen, um mich mit ihr zu beraten, schoss es ihm durch den Kopf. Er wusste jedoch, dass es hier in diesem Fall von ihren Damen gewimmelt hätte, und diese hatten ebenso feine Ohren wie etliche der Herren in seinem Hofstaat, die allesamt engere Beziehungen zu Katalonien unterhielten, als ihm lieb sein konnte. Das Geld der Franzosen würde ihn zwar unabhängiger von jenen Baronen und Rittern machen, die ihm vehement von einem weiteren Krieg mit Katalonien abrieten, aber die Summe reichte nicht aus, um mit Hoffnung auf sicheren Erfolg nach Süden aufbrechen zu können.

Robert de Lens las im Gesicht des Königs wie in einem aufgeschlagenen Buch. Er wusste um die Bitterkeit, die der Verlust so reicher Gebiete wie die Inseln, das Rosselló oder die Cerdanya in Jaume hinterlassen hatte, und kannte dessen Hass auf seinen Vetter und früheren Schwager Pere. Ihm war aber auch der Wunsch seines eigenen Herrn bewusst, Montpellier, das wie ein Dorn im Fleisch Frankreichs saß und jederzeit das Ziel eines katalanischen Angriffs werden konnte, für die eigene Krone zu gewinnen.

»Sire, solltet Ihr das Angebot meines Herrn annehmen, so stellt er folgende Bedingungen: Ihr dürft von französischem Boden aus keinen Krieg gegen Katalonien führen.«

336

Diese Forderung empfand Jaume wie einen Schlag ins Gesicht. »Was soll das heißen?«

»Ihr müsst Euren Vetter zur See angreifen, damit Frankreich nicht in den Ruf kommt, Euch gegen Katalonien zu unterstützen. Wie ich bereits sagte, kann mein Herr sich keinen weiteren Feind mehr leisten. England und das verräterische Burgund dürfen nicht noch Unterstützung durch Katalonien erhalten.« De Lens' Stimme klang unehrerbietig scharf, ja geradezu unverschämt, und für einen Augenblick sah Jaume aus, als wolle er seine Wachen rufen und den Besucher in den Kerker werfen lassen.

Da warf der Franzose den Köder aus, bei dem dieser widerspenstige Fisch nach seiner Überzeugung anbeißen musste. »Sire, greift Mallorca an und erobert es! Ist die Insel erst einmal Euer, könnt Ihr sie mit Leichtigkeit halten.«

Jaume verzog sein Gesicht. »Ich konnte sie schon einmal nicht halten!«

»Damals seid Ihr einer List zum Opfer gefallen, denn Pierre de Aragón hat Euch vorgegaukelt, das Roussillon angreifen zu wollen, während er heimlich zum Schlag gegen Mallorca gerüstet hat.«

De Lens' Stimme klang drängend. Er durfte nicht ohne einen Vertrag nach Paris zurückkehren, der Montpellier Frankreich übereignete, denn lange konnte es nicht mehr dauern, bis dieser hitzköpfige Monarch seinen Verwandten in Barcelona so stark gereizt hatte, dass dieser Montpellier ohne Rücksicht auf Frankreich über dessen Boden angriff und eroberte. Da die Krone Aragón-Kataloniens auch Ansprüche auf französisches Gebiet an der Mittelmeerküste

337

und nördlich der Pyrenäen erhob, würde dies den Beginn eines weiteren Krieges bedeuten, und das zu einer Zeit, in der Edward von Englands Heere vielleicht schon Paris umschlossen.

»Sire, wenn Ihr Mallorca zurückerobert und wieder Euren Platz auf dem Thron im Almudaina-Palast der Ciutat eingenommen habt, wird Euer Titel König von Mallorca nicht mehr nur ein gutmütig gewährtes Zugeständnis Eurer Nachbarn sein.«

»Nein, das wäre er dann wirklich nicht mehr.« Jaume atmete tief durch und starrte in die Ferne. Er sah die steilen Bergküsten und die flachen Sandstrände seiner Insel vor sich und glaubte, die Mandelblüten zu riechen. »Mallorca!« Es war gewiss kein Reich, mit dem er vor Frankreich oder anderen großen Reichen prunken konnte, doch welche Alternative hatte er? Wenn er in Montpellier blieb, würde er Schutz vor seinem Verwandten in Barcelona suchen und zu einem Vasall des französischen Königs werden müssen. Dann durfte er sich mit dem gnädig gewährten Titel eines Grafen oder Herzogs begnügen. Zog er jedoch gegen Mallorca, wäre es eine Fahrt ohne Wiederkehr. Wenn er diesen Krieg verlor, gab es kein Montpellier mehr, in das er sich zurückziehen konnte, so wie er es nach dem Verlust des Rosselló getan hatte. Ihn schwindelte bei dieser Aussicht, und er fragte sich, wie seine Gemahlin eine solche Situation aufnehmen würde oder gar sein Sohn und Erbe, der den gleichen Namen trug wie er und der sich mit dem Feuer der Jugend nach Vergeltung sehnte.

»Es wäre eine Fahrt ohne Wiederkehr!«, wiederholte er laut.

Robert de Lens lächelte zufrieden, denn die Gedanken des Königs gingen genau in die Richtung, in die er sie hatte lenken wollen.

Jaume lag es auf der Zunge, den Unterhändler zu bitten, dass Frankreich ihm und seiner Familie im Fall eines Scheiterns seiner Pläne Asyl gewähren möge, biss aber dann die Lippen zusammen. Wenn er den Thron von Mallorca wiedergewinnen wollte, durfte er seine Zweifel niemandem offenbaren, besonders nicht diesem Franzosen.

»Sobald ich wieder Herr im eigenen Land bin, werde ich dem Gnadenbild der Heiligen Jungfrau des Maurenknaben von Vilafranca ein neues Kloster stiften und einen Orden hochwürdiger Ritter gründen, die zu ihren Ehren in den Kampf gegen die Heiden ziehen sollen.«

De Lens widerstand dem Impuls, Beifall zu klatschen. Niemand konnte abschätzen, ob Jaume von Mallorca Erfolg beschieden sein würde. Eines aber war nun sicher: Schon bald würde die Lilie Frankreichs über der Zitadelle von Montpellier wehen. Er durfte keinen Triumph zeigen, sonst mochte seine Mission noch im letzten Augenblick scheitern. Mit scheinbar gleichmütiger Miene verneigte er sich vor dem König. »Wenn Ihr erlaubt, Sire, werde ich Euch jetzt den Vertrag vorlegen, damit Ihr ihn lesen und unterzeichnen könnt.«

»Tut dies!« Die Entscheidung war gefallen, und Jaume wusste, dass es kein Zurück mehr gab, wollte er sich neben Katalonien nicht auch noch Frankreich zum Feind machen. Er las das Pergament sorgfältig durch, das de Lens ihm reichte, machte hier und da Anmerkungen, die er mit feinem Sand trocknete, und setzte schließlich seinen Namenszug unter das Abkommen. Der Franzose erhitzte Siegelwachs über einer kleinen Öllampe und ließ etwas davon auf das Pergament tropfen. Jaume drückte seinen Siegelring hinein und trat dann mit verkniffener Miene beiseite.

De Lens rollte den Vertrag sorgfältig zusammen, barg ihn in einer ledernen Hülle und verbeugte sich diesmal viel tiefer. »Wenn Ihr erlaubt, Sire, würde ich mich gerne zurückziehen und heute noch nach Paris abreisen. Wenn ich wiederkehre, wird es mit Truhen voller Gold sein, die Euch den Weg in Euer Königreich öffnen werden.«

Dabei verriet der Franzose mit keinem Lidzucken, dass er eine so unbedeutende Insel wie Mallorca eher für ein Exil als ein erstrebenswertes Ziel hielt und mit dieser Meinung nicht allein stand. Doch hatte der Zufall diesem Eiland eine Krone verliehen, und selbst die elendste Königswürde stellte ihren Träger in der Rangfolge über den mächtigsten Herzog oder Marquis.

Auf einen Wink Jaumes verließ er unter vielen weiteren Verbeugungen das Gemach. Als hätte er am Fuß der Treppe gewartet, trat der Leibdiener Jaumes ein und fragte nach den Befehlen seines Herrn. Jaume rieb sich die brennenden Augen und schüttelte den Kopf. »Du kannst wieder gehen. Ich brauche dich jetzt nicht.«

»Wie Euer Majestät wünschen.« Der Mann verschwand lautlos wie ein Schatten. Der König starrte eine Weile auf die Tür, die sich hinter ihm geschlossen hatte, blickte dann auf den Tisch aus duftendem Mandelholz, auf dem er eben den Vertrag mit Frankreich unterzeichnet hatte, und kämpfte mit dem Gefühl lähmender Müdigkeit. Er war kein junger Mann mehr, aber auch noch kein Greis, und doch war es ihm, als wäre der Verkauf dieser Stadt ein letztes Aufbäumen vor der Stille des Grabes gewesen. Er ging hinüber in sein Schlafgemach und legte sich in voller Jagdkleidung mit Reitstiefeln auf das frisch gebleichte Leinen des Bettes. Eigentlich wollte er nur für kurze Zeit die Augen schließen und über die neue Situation nachdenken. Doch ehe er sich versah, sank er in einen leichten, von wilden Träumen geplagten Schlummer, in dem er ganz allein gegen immer neue katalanische Heerscharen kämpfen musste, die sein Vetter gegen ihn anbranden ließ.

VII.

Als Soledad an der Spitze der deutschen Krieger vor dem Zelt der Königin erschien, konnte sie sich der Aufmerksamkeit aller sicher sein. Frau Violant sah den biederen Fremden mit ihren von der Sonne krebsrot gebrannten Gesichtern und den verschwitzten Haaren erstaunt entgegen. Während die Fußkrieger in respektvoller Entfernung stehen blieben und zwei der Ritter sie flankierten, stieg ein Dritter ab und trat auf die Königin zu. Es war ein schlanker junger Mann mit Haaren, die im hellen Licht wie gesponnenes Gold leuchteten, und einem schmalen, energisch wirkenden Gesicht. Zwei Leibwächter stellten sich sofort vor Frau Violant, doch die Königin verscheuchte sie mit einer Handbewegung und wandte sich an Soledad.

»Wollt Ihr uns Eure Begleiter nicht vorstellen, meine Liebe?«

»Dies ist ein Ritter aus Alemanya, der gekommen ist, um

in die Dienste Seiner Majestät zu treten, Euer Majestät. Er ist der Sprache des Südens oder gar des Katalanischen nicht mächtig, sondern spricht nur Französisch.« Soledad knickste, weil sie das zuvor vergessen hatte, und wollte sich wieder zurückziehen. Ein Wink Violants bannte sie jedoch auf der Stelle fest. Die Königin lächelte Andreas zu, der sich etwas steif, aber nicht ohne Eleganz vor ihr verneigte. »Seid Uns willkommen, Herr Ritter!«

Violant sprach Französisch mit dem kehligen Zungenschlag einer Katalanin, daher hatte Andreas Schwierigkeiten, sie zu verstehen. Als sie ihre Worte etwas langsamer wiederholte, atmete er auf, denn er hatte bereits befürchtet, weiterhin auf die Übersetzungen des Pferdeknechts angewiesen zu sein.

»Ich danke Eurer Majestät für diesen freundlichen Empfang!«, antwortete er mit einer weiteren Verbeugung.

Die Königin klatschte in die Hände und sprach ein paar Worte auf Katalanisch. Sofort eilte ein Diener herbei und stellte einen Klappstuhl in der Nähe ihres eigenen auf.

»Setzt Euch, Herr Ritter!«, forderte Violant Andreas auf. Unter den anwesenden Damen klang ein Raunen auf, denn das Privileg, in Gegenwart der Königin sitzen zu dürfen, wurde nur wenigen Vertrauten gewährt. Andreas ahnte nicht, welche Ehre man ihm erwies, und nahm vorsichtig auf dem zerbrechlich aussehenden Stuhl Platz. Die Fragen der Königin beantwortete er so höflich, wie er es in der fremden Sprache vermochte. Zum ersten Mal in seinem Leben war er Frau Eisgarde dankbar, denn diese hatte darauf bestanden, dass er ihr jederzeit die Ehrerbietung erwies, die ihr als Dame von hohem Rang gebührte, daher fühlte er sich der Situation halbwegs gewachsen. Joachim von Terben hatte sein Augenmerk mehr auf die Ausbildung zum Kampf gerichtet und bei seinen Schützlingen weder auf eine gedrechselte Sprache noch auf höfische Manieren Wert gelegt.

Doch obwohl er wusste, wie er sich einem gekrönten Haupt gegenüber ausdrücken sollte, fiel es Andreas nicht leicht, in einer fremden Sprache Auskunft über sich selbst zu geben, und Violant entnahm seinen Erklärungen nur, dass er ein Sohn des Grafen von Ranksburg sei und seine Heimat nach einem Streit mit seinem erbberechtigten Bruder verlassen hatte. Andreas verschwieg ihr auch nicht, dass Josin d'Ville ihm wie auch seinen Begleitern den Rat gegeben hatte, sich König Jaume anzuschließen.

»Mein Gemahl wird sehr erfreut sein, Euch in seinen Reihen zu sehen, Comte, und Euch seine Huld nicht versagen.« Violant sprach ihn mit dem Rang an, der ihm in ihren Augen gebührte, auch wenn sie verstanden hatte, dass er aus einer Verbindung zur linken Hand stammte. Ein Graf als neuer Gefolgsmann ihres Gemahls machte sich nun einmal besser als ein einfacher Cavaller.

Während des Gesprächs betrachtete Andreas die hohe Frau verstohlen. Jung war sie nicht mehr, doch er schätzte, dass sie die dreißig noch nicht überschritten hatte. Sie trug ein langes, weißes Überkleid, das über und über mit Goldstickereien verziert und so raffiniert geschnitten war, dass es den Blick auf ein Unterkleid aus roter Seide freigab, und ihren schmalen Kopf bedeckte eine Haube aus Goldgeflecht. Andreas fand ihr Gesicht weniger schön als angenehm, auch wenn ein verbissener Zug um den Mund es herb wirken ließ. Zwar sprach die Königin sehr freundlich

343

mit ihm, aber er fühlte, dass es nicht ratsam war, sich die Dame zum Feind zu machen. Hilfe suchend blickte er zu Soledad hinüber.

Da er nicht gelernt hatte, sich diplomatisch zu verstellen, las Violant in seiner Miene wie in einem offenen Buch und zog die zu schmalen Bögen gezupften Augenbrauen hoch. Ein Gedanke keimte in ihr, der ihr umso verlockender erschien, je länger sie ihn betrachtete. Es war ihre Pflicht, die Tochter des Grafen von Marranx standesgemäß zu vermählen, doch aufgrund von Soledads Vergangenheit zog keiner der katalanischen Edelleute in den Diensten ihres Gemahls eine Ehe mit ihr in Erwägung. Wenn sie nicht wollte, dass ihr diese oft sehr unkonventionelle junge Dame noch lange als Hoffräulein erhalten blieb, musste sie jede Chance nutzen, die sich ihr bot, sie unter die Haube zu bringen. Der Deutsche besaß seinen Worten zufolge nicht mehr als sein Pferd und sein Schwert, doch wenn es wirklich gelang, das Rosselló oder einen anderen Teil des mallorquinischen Reiches zurückzuerobern, ließe sich dies durch die Verleihung eines Lehens leicht ändern. Die Königin dachte an ihren Gemahl, der zu dieser Stunde mit dem Abgesandten König Philippes verhandelte, und hoffte, dass sich das Exil in Montpellier mit französischer Hilfe dem Ende zuneigen würde.

Violant konzentrierte sich wieder auf das Gespräch mit ihrem Besucher. Sie fand den jungen Mann erfrischend, auch wenn seine Manieren nicht so geschliffen waren wie die ihrer eigenen Edelleute oder die der Franzosen und Provenzalen, die am Hof von Montpellier aus und ein gingen. In gewisser Weise war dieser Mann wertvoller für ihren Ge-

344

mahl als jene, denn er hatte keine verwandtschaftlichen Verbindungen zu Katalonien. Seine Treue würde nur Jaume gelten, während einige Edelleute wie Vicent de Nules immer wieder nach Barcelona blickten, um zu sehen, wie der Wind dort blies.

»Seid heute Abend unser Gast!«, lud sie Andreas ein.

»Ich danke Euch, hohe Frau, und hoffe, ich kann Seiner Majestät, König Jaume, dabei meine Aufwartung machen.« Soledads Ratschlag noch im Ohr gelang es Andreas, den Namen des mallorquinischen Königs ohne falschen Zungenschlag von sich zu geben.

Violant nickte ein wenig geschmeichelt, denn für sie war Andreas' Bemühen um die katalonische Aussprache des Namens ein Zeichen, dass der junge Edelmann mit offenen Augen durch die Welt ging und darauf achtete, vor wem er stand. »Mein Gemahl wird Euch gewiss empfangen, Comte Rancesbourg.« Auch wenn sie den Namen der Grafschaft seines Vaters mit französischem Zungenschlag aussprach, wehrte Andreas ab.

»Verzeiht, Euer Majestät, doch dieser Name und dieser Titel stehen mir nicht zu. Ich bin nur ein fahrender Ritter und werde von den Büschen genannt.«

Violant wollte dies nicht gelten lassen und hob lachend die Hand. »Ihr seid der Sohn eines Grafen und habt damit ein Recht darauf, so genannt zu werden. Tragt also in unseren Landen den Namen Andre de Pux, Comte de Castellranca.«

Andreas begriff, dass sie keinen Widerspruch gelten lassen würde, und ergab sich mit einem gewissen Gefühl der Peinlichkeit in sein Schicksal. Nun war er froh, dass viele

345

Tagesreisen zwischen Montpellier und seiner Heimat lagen, so würde dort wohl niemand erfahren, dass er sich hier mit falschen Federn schmücken lassen musste.

Violant beobachtete, wie es in seinem Gesicht arbeitete, und ahnte, dass der junge Mann noch etwas Ermunterung benötigte. Daher klatschte sie lächelnd in die Hände und trug einem herbeistürzenden Diener auf, Wein für sich und ihren Gast zu bringen. Kurz darauf hielt Andreas einen mit Edelsteinen besetzten Goldpokal in der Hand. Er konnte den Wert des Gefäßes nicht ermessen, doch hielt er ihn für höher als den seines Besitzes, der aus drei Pferden, seiner Rüstung und dem Rest an Münzen bestand, der ihm von Donatus' Geschenk verblieben war. Etwas verwirrt erwiderte er den Trinkspruch der Königin und fragte sich, was er getan hatte, die Gunst der hohen Dame so rasch zu gewinnen.

Violant fühlte, dass sie den jungen Ritter handzahm gemacht hatte, und ging nun zum zweiten Teil ihres Planes über. »Ihr müsst natürlich so schnell wie möglich die katalanische Sprache erlernen, die im Reich meines Gemahls gebräuchlich ist. Dona Soledad! Dies ist eine Aufgabe, die ich Euch anvertrauen will. Sorgt dafür, dass unser Freund schon bald in unserer eigenen Zunge mit uns sprechen kann.«

Soledad senkte den Kopf, damit die Königin den Widerwillen nicht bemerkte, der sich auf ihrem Gesicht abzeichnete. Es fehlte ihr gerade noch, sich wochenlang mit diesem teutonischen Büffel abgeben zu müssen, der sie von ihrer Stute heruntergerissen hatte. Der Befehl der Königin war jedoch Gesetz, auch wenn sie nicht die geringste Ahnung

346

hatte, wie sie diese Anforderung erfüllen konnte, denn sie verstand keine der Sprachen, in denen Andre de Pux sich ausdrücken konnte.

Während des Gesprächs der Königin mit Andreas hatten einige Hofdamen, insbesondere Ayolda de Guimerà und Margarida de Marimon, die Ohren gespitzt, um ja nichts zu verpassen. Als sie hörten, dass Soledad dem jungen Deutschen Katalanisch beibringen sollte, begannen einige zu kichern, und Dona Margarida wagte es sogar, die Königin ungefragt anzusprechen.

»Verzeiht, Euer Majestät, doch solltet Ihre diese Aufgabe nicht jemandem übertragen, der ihr mehr gewachsen ist? Das Fisch..., äh, Dona Soledad wird dem edlen Herrn doch nur jenen grauenhaften Dialekt beibringen, der dem einfachen Volk auf Mallorca zu Eigen ist.«

Ayolda sog scharf die Luft ein und wartete die Reaktion der Königin ab. Wenn Violant Margarida wegen dieser unbedachten Worte zürnte, würde die Strafe auch sie treffen, da sie für die Ausbildung und das gute Benehmen der jungen Hofdamen verantwortlich war. Für einen Augenblick sah es auch so aus, als wollte die Königin die kleine Verleumderin harsch zurechtweisen, dann aber spielte ein spöttisches Lächeln um ihre Lippen.

»Comtessa Soledad wird Uns gewiss nicht enttäuschen, nicht wahr, meine Liebe?« Sie streckte den Arm aus und streichelte Soledads Hand.

Diese warf Margarida einen finsteren Blick zu und neigte erneut das Haupt. »Gewiss nicht, Euer Majestät.«

Der Königin reichten die bisherigen Anordnungen noch nicht. »Der Comte und sein Gefolge benötigen Gewänder, die mehr für unser Klima geeignet sind als ihre jetzigen. Auch darum werdet Ihr Euch kümmern, meine liebe Soledad! Ich lege die Auswahl der Stoffe und die Aufsicht über die Mägde, die diese Gewänder nähen werden, in Eure Hände.«

»Ihr könnt Euch auf mich verlassen, Euer Majestät!« Das war die einzig mögliche Antwort. Dabei wusste Soledad nicht recht, wie ihr geschah, und sie hätte die hohe Dame am liebsten gefragt, weshalb sie ihr mit einem Mal verantwortungsvolle Aufgaben übertrug. Bislang hatte die Königin ihr nicht einmal die Befehlsgewalt über eine Spülmagd anvertraut, und nun sollte sie einen Edelmann und ein Dutzend seiner Begleiter neu einkleiden.

Margarida von Marimon machte sich ebenfalls ihre Gedanken, und die waren nicht gerade freundlich. Ein solcher Auftrag hätte ihrer Ansicht nach einer wahren Dame gebührt und nicht einem Fischermädchen, das jedes Recht auf seine adelige Abkunft durch das Zusammenleben mit dem niedersten Pöbel verloren hatte. Ausgerechnet dieses schmutzige Ding sollte sich um den gut aussehenden Aleman kümmern! Sie missgönnte Soledad den Kontakt mit einem Edelmann, der in wenigen Augenblicken die Gunst der Königin errungen hatte und zudem noch ein Graf war. Das Mädchen, das Andre de Pux einmal zur Gemahlin nähme, würde den Titel einer Gräfin tragen. Als Nachkommin eines Barons nannte man sie zwar Baronessa, aber dies war nur eine Geste der Höflichkeit, die manche durchaus absichtlich vergaßen. Margarida haderte mit dem Schicksal, das sie an diesen Hof verschlagen hatte. Hier wimmelte es zwar von Rittern und edlen Herren, aber es gab kaum einen heiratsfähigen Vescomte oder gar Grafen. Selbst wenn dieser Andre de Pux keinen einzigen Dobler sein Eigen nannte, so waren sein Name und sein Titel mehr wert als alle Güter und Burgen einfacher Ritter.

Daher rang Margarida sich einen Entschluss ab und wandte sich mit einem gezwungenen Lächeln an ihre Feindin. »Erlaubt mir, Euch bei dieser Aufgabe zu helfen, liebste Soledad! Ich kenne die Kleidung und die Stoffe, die eines Edelmanns würdig sind.«

Ehe Soledad eine halbwegs diplomatische Antwort gefunden hatte, hob Frau Violant die Hand. »Dies wird leider nicht möglich sein, Dona Margarida, da Dona Ayolda Eure Unterstützung bei anderen Aufgaben benötigt.«

»Wie Ihr befehlt, Euer Majestät.« Margarida de Marimon hasste die Königin in diesem Augenblick beinahe genauso stark wie Soledad, doch während sie Violant gegenüber hilflos war, legte sie sich bereits einen Plan zurecht, wie sie das Fischermädchen demütigen konnte.

VIII.

Das des Königs unterschied sich in jeder Hinsicht von den Burgen, die Andreas in der Heimat und auf seiner Reise kennen gelernt hatte. Hier gab es weder mit Zinnen bewehrte Mauern aus wuchtigen Steinquadern noch hohe Türme, und den Graben, der das Gebäude umfing, hätte ein Pferd überspringen können. Als er näher kam, bemerkte er, dass sich an das weiß gekalkte Hauptgebäude eine Mauer anschloss, die ein großes Geviert mit einigen kleineren

Häusern und einen Garten mit etlichen Obstbäumen einfriedete, und diese stellte ebenfalls kein Hindernis für einen entschlossenen Gegner dar. Durch ein weit geöffnetes Tor konnte man sehen, dass in dem Geviert mehrere große Feuer brannten, über denen Spieße gedreht wurden. An einem von ihnen hing ein Ochse, dessen Bratenduft schon über das Land zog und der zusammen mit einer Reihe von Fässern zeigte, dass diese Stätte für ein Fest vorbereitet wurde.

Andreas ritt hinter der Königin durch das Tor und wurde sofort von einem aufmerksamen Knecht empfangen, der den Zügel seines Zelters entgegennahm. Er stieg aus dem Sattel und wollte sich schon Violant zuwenden, als diese lächelnd auf Soledad wies.

»Helft bitte der Comtessa aus dem Sattel, Senyor Andre.«

Andreas gehorchte und blickte in ein Paar zornig aufflammende Augen. Während er Soledad an der Taille fasste und auf den Boden stellte, kämpfte er mit widerstrebenden Gefühlen. Die junge Gräfin war zu Recht wütend auf ihn, und doch wünschte er sich, sie hätte ihm schon ein wenig verziehen.

Unterdessen hatte ein stämmiger Knecht der Königin beim Absteigen geholfen. Violant nickte Andreas kurz zu und erklärte, dass man sich gleich um ihn kümmern werde. Dann raffte sie ihr Kleid und schritt durch das große, dunkle Tor in das Innere des Gebäudes. Soledad folgte ihr auf dem Fuß, sichtlich erleichtert, aus Andreas' Nähe zu kommen. Margarida de Marimon nützte dies aus und sprach den jungen Ritter in ihrem kehligen, etwas unbeholfen klingenden Französisch an.

»Lasst Eure Männer im Garten lagern, Comte! Ich werde Befehl geben, dass man sie versorgt.« Ein Lächeln, dessen Wirkung Margarida bereits bei einigen jungen Herren im Hofstaat des Königs erprobt hatte, begleitete diese Worte. Doch es blieb ohne Wirkung, da Andreas sich schon zu seinen Männern umgedreht hatte, um sie in den Garten zu führen.

»Unhöflicher Stoffel!«, zischte Margarida hinter ihm her. Im nächsten Augenblick sah sie sich der Aufmerksamkeit von Ayoldas Neffen Lleó de Bonamés ausgesetzt, der mit feinem Instinkt witterte, dass der deutsche Ritter eine Gefahr für seine eigenen Pläne darstellen konnte.

»Erlaubt mir, Euch ins Schloss zu geleiten, Dona Margarida«, bat er mit einer zierlichen Verbeugung.

Da Ayolda unter der Tür stand und sie auffordernd anblickte, nickte Margarida zustimmend und reichte Senyor Lleó die Fingerspitzen.

Andreas brachte seine Männer in einen Teil des Gartens, in dem sie Platz genug zum Lagern fanden. Während die Fußkrieger sich ins Gras fallen ließen, um sich von dem langen Marsch durch die Hitze zu erholen, gesellten sich Answin von Dinklach und Peter von Sulzthal zu Andreas wie Schafe, die sich ängstlich um ihren Hirten drängen.

»Wer war die Dame, mit der Ihr vorhin geplaudert habt?«, fragte Answin.

»Das war die Gemahlin König Jaumes. Wie es aussieht, haben wir Glück und können in seine Dienste treten.« Auf diese Bemerkung hin wich die Anspannung von den beiden Rittern, und auch Heinz wirkte erleichtert, der mit fragender Miene neben seinen Herrn getreten war. »Glaubt Ihr,

351

wir könnten hier etwas zu essen erhalten?«, fragte er. »Mir knurrt der Magen wie ein Löwe!«

Die Männer lachten und nickten verständnisvoll, denn seit dem letzten Frühstück, das nur aus Brot und eingelegten Oliven bestanden hatte, waren sie hungrig geblieben, und nun neigte die Sonne sich bereits dem westlichen Horizont zu.

Andreas erinnerte sich an Margarida de Marimons Worte und machte eine beruhigende Geste. »Eine der Hofdamen der Königin versprach, dafür zu sorgen, dass wir etwas zu essen erhalten.«

Er wollte sich jedoch nicht auf das Wort jener Frau verlassen und sah sich selbst um. Als er eines Mannes ansichtig wurde, der sich in seiner Kleidung von den Knechten unterschied und diese zu beaufsichtigen schien, trat er auf ihn zu und sprach ihn an. »Pardon Monsieur, dürfte ich um ein wenig Brot und etwas zu trinken für mich und meine Gefährten bitten?«

Der Kastellan des Schlosses musterte den jungen Ritter, den er zusammen mit der Königin in den Hof hatte einreiten sehen, und sein strenges Gesicht, das den Knechten gegolten hatte, machte innerhalb eines Lidschlags einer dienstbeflissenen Miene Platz. »Ich werde es sofort veranlassen, Senyor!«

Er sprach ein recht gutes Französisch, besser sogar noch als Violant. Andreas nahm die Gelegenheit wahr, ihm einige Fragen zu stellen. Der Kastellan antwortete ebenso höflich wie ausführlich, und als Andreas zu seinen Begleitern zurückkehrte, konnte er ihnen berichten, dass das Bauwerk, hinter dem sie lagerten, ein Jagdschloss König Jaumes war, der sich mit seinem Hofstaat darin aufhielt, um der Hitze in der Stadt zu entgehen.

»Es ist wirklich sehr heiß, selbst jetzt noch, kurz vor der Abenddämmerung«, warf Peter von Sulzthal ein.

Ehe Andreas antworten konnte, erschienen mehrere Diener mit großen Krügen und etlichen Lederbechern. Sie sagten etwas in der Sprache des Languedoc, die keiner der Gäste verstand, und schenkten ein. Andreas bekam den ersten Becher, aber er wartete mit dem Trinken, bis alle ihren Wein erhalten hatten.

»Auf König Jaume und die Gastfreundschaft, die er uns erweist!« Er hob das Gefäß und trank einen Schluck. In dem Becher war roter Wein, der sehr angenehm die Kehle hinunterfloss und, wie Andreas rasch merkte, auch ziemlich kräftig war.

Answin von Dinklach leerte den Becher in einem Zug und verdrehte mit einem wohligen Stöhnen die Augen. »Bei der heiligen Maria und dem Heiland selbst, das ist der beste Trunk, den ich je zu mir genommen habe.«

»Allein diesen einen Becher trinken zu dürfen hat unsere Reise schon gelohnt!« Peter von Sulzthal war nicht weniger begeistert und hielt den Knechten den leeren Becher sofort zum Nachfüllen hin.

Andreas hob warnend die Hand. »Gebt Acht, damit der Wein Euch nicht überwältigt. Ihr trinkt ihn auf leeren Magen.«

Der Sulzthaler winkte lachend ab. »Du redest schon genauso wie der alte Holzkopf Joachim von Terben! Der hat einem auch keinen Spaß gegönnt.«

»Ich erinnere mich noch gut an den Rausch, den du dir

353

angetrunken hast, als er dir die Nachricht von deiner Schwertleite überbracht hatte. Du warst am nächsten Tag kaum in der Lage, dein Schwert zu halten, und hast beim Übungskampf arge Prügel bezogen«, spottete Andreas.

Damit gab er Peter von Sulzthal ein Stichwort, denn dieser berichtete nun dem staunenden Rest der Gruppe von den Streichen, die er und einige andere Knappen ihrem Ausbilder gespielt hatten.

»Andreas war nie dabei, wenn es lustig wurde! Vielleicht war er einfach zu brav für einen herzhaften Streich«, setzte er augenzwinkernd hinzu.

»Ich würde eher sagen, deine Freunde Friedrich vom Simmern und Konrad von Hohenschretten wollten mich nicht dabeihaben.« Obwohl Andreas eine abfällige Geste machte, tat ihm die Erinnerung an jene Zeit weh. Auch Peter von Sulzthal hatte ihn damals spüren lassen, dass er sich als legitimer Sohn eines Ritters für etwas Besseres hielt. Andreas schüttelte die Gedanken an die Vergangenheit schnell wieder ab und trank noch einen Schluck Wein, er wollte sich das Heute nicht durch das Gestern trüben lassen.

Vielleicht war jetzt die richtige Zeit für eine Frage, die er schon lange hatte stellen wollen. »Eines wundert mich im Nachhinein. Peter, du hattest doch ein Heim, in das du zurückkehren konntest, und hättest dort eine Familie gründen können. Was hat dich auf den verrückten Gedanken gebracht, dem König von Mallorca deine Dienste anzubieten?«

Der Sulzthaler ließ sich den Becher ein weiteres Mal füllen und zuckte dann mit den Schultern. »Meine Geschichte ist gewiss nicht so aufregend wie die deine. Es ging um ein

Mädchen, genauer gesagt um die bildhübsche Tochter eines unserer Leibeigenen. Sie ist mir ins Auge gestochen, und ich wollte sie haben. Mein älterer Bruder hatte jedoch ebenfalls Interesse an ihr, und das Miststück hat ihn mir vorgezogen. Da wurde mir klar, dass ich auf Burg Sulzthal immer in seinem Schatten stehen würde. Als jüngerem Sohn standen mir höchstens ein Anbau im Zwinger der Hauptburg oder eine unserer Vorburgen zu sowie ein sehr bescheidener Anteil an den Abgaben unserer Bauern. Das war mir einfach zu wenig, und als Ritter Answin auf unserer Burg einkehrte und berichtete, dass er sich König Jakob von Mallorca anschließen wolle, bin ich kurzerhand mit ihm geritten.«

Andreas sah ihn verblüfft an. »Dein Vater und dein Bruder haben dich einfach so ziehen lassen?«

Der Sulzthaler schüttelte lachend den Kopf. »Die waren ziemlich wütend über meinen Entschluss, denn sie verloren dadurch ja einen Ritter, mit dessen Kampfwert sie fest gerechnet hatten. Mein Bruder wollte mir sogar die kleine Metze überlassen, wegen der der Streit entstanden war, und er hatte mich fast schon zum Bleiben überredet. Da aber hat das Weibsstück behauptet, von meinem Bruder schwanger zu sein. Ich bin sicher, dass sie gelogen hat, doch mein Bruder wollte sie danach nicht mehr hergeben. Es wäre sein erstes Kind gewesen, weißt du, und damit das sichtbare Zeichen seiner Männlichkeit. Ich habe noch am selben Tag meinen Gaul gesattelt und bin Ritter Answin gefolgt.« Peter kicherte wie ein Mädchen und schwankte bereits ein wenig.

Zu Andreas' Erleichterung brachten die Knechte nun auch etwas zu essen. Da auch sein Magen deutlich hörbar knurrte, wollte er schon zugreifen, doch da trat der Kastel-

355

lan vor ihn und verbeugte sich mit schlecht verhohlener Neugier. »Ihre Majestät lädt Euch in den großen Saal ein, wie es einem Herrn Eurer Abkunft zukommt.«

Der gute Mann hatte gehört, dass der Deutsche ein Graf sein sollte, und wunderte sich ebenso über dessen schlichte Kleidung wie über das kleine, altmodisch gerüstete Gefolge, dessen Fußknechte nicht einmal Kettenhemden oder Eisenpanzer trugen, sondern nur mit Lentnern ausgerüstet waren.

IX.

Als Andreas den großen Saal betrat, fühlte er sich in ein Zauberland versetzt. Der Duft unzähliger Blumen schmeichelte bereits an der Tür seiner Nase, und drinnen blendeten ihn die Teppiche an den Wänden mit ihren leuchtenden Farben. Auch der Boden war mit Teppichen bedeckt, die hier jedoch nicht aus Flicken bestanden, wie er es kannte, sondern in einer so kunstfertigen Art gewebt waren, dass er kaum wagte, auf sie zu treten. Sein Blick streifte die mit reichem Schnitzwerk versehene Decke aus dunklem Holz und blieb dann auf der großen Tafel haften, an der sich mindestens hundert Gäste versammelt hatten. Das Holz der aneinander gereihten Tische war ebenfalls dunkel gebeizt, die Stühle und Hocker waren mit bunten Polstern bedeckt. An der vorderen Stirnseite entdeckte er die Königin, die ihm huldvoll zuwinkte, und ihr gegenüber, aber fast durch die ganze Länge des Saales getrennt, saß ihr Gemahl.

Jaume von Mallorca war ein älterer Mann, der aber noch

356

nicht auf der Schwelle zum Greisenalter stand. Er war in ein langes Gewand aus rot leuchtender Seide und in ein bodenlanges Cape in dunklem Grün gekleidet, das mit goldenen Borten und Säumen geschmückt war. Statt einer Krone trug er ein rotes Barett mit goldenen Stickereien, und an seinen behandschuhten Fingern funkelten die Edelsteine seiner goldenen Ringe.

Das Bild, das der König ebenso wie seine Höflinge und die Damen zwischen ihnen boten, empfand Andreas als überwältigend, und daher war er doppelt froh, nicht in einem seiner eigenen, eher bäuerlichen Gewänder vor diese erlauchte Gesellschaft treten zu müssen. Eine Gruppe eifriger Bediensteter hatte ihn nämlich zuerst gebadet und mit frischen Kleidern ausgestattet und dann erst in den Saal geführt. Nun steckte er in hellblauen Hosen, die so eng um seine Schenkel lagen, dass es in seinen Augen schon unanständig wirkte, sowie einer hüftlangen Tunika aus dunkelrotem Tuch, auf der silberne Stickereien prangten. Silbern war auch der Gürtel, der sich um seine Taille schlang, und seine Füße steckten in spitz zulaufenden Schuhen mit flachen Absätzen. Würde ich in dieser Kleidung vor den Kurfürsten der Pfalz oder einen der anderen Herren im Reich treten, hielte mich keiner für einen wertlosen Bastard, fuhr es ihm durch den Kopf, während ihn der Herold des Königs begrüßte und vor seinen Herrn führte.

»Seine Erlaucht, Andre de Pux, Comte de Castellranca«, stellte der in einen bunten Wappenrock gekleidete Mann ihn vor.

Andreas stöhnte innerlich auf, denn er kam sich wie ein Hochstapler vor, obwohl er sich gegen den Titel verwahrt hatte.

Wenn die Leute begriffen, dass er nur ein Bastard war, würde man ihn wahrscheinlich in Schande von diesem Hof jagen. Er überlegte schon, wie er die Tatsachen zurechtrücken und erklären konnte, dass er nur ein illegitimer Abkömmling eines hohen Herrn war, doch er wusste, dass er erst dann das Wort ergreifen durfte, wenn der König ihn dazu aufforderte. Außerdem war es nicht ratsam, hohen Herrschaften offen zu widersprechen.

Jaume war erst vor kurzem im Saal erschienen, denn er hatte bei der Ankunft seiner Gemahlin und der von der Jagd zurückkehrenden Höflinge noch geschlafen. In seinem Kopf hallte noch immer das Gespräch mit de Lens wider, und er dachte über die Beweggründe nach, die ihn dazu bewogen hatten, das Angebot des Franzosen anzunehmen. Für einen fremden Ritter war in seinem Kopf zunächst kein Platz. Das änderte sich jedoch, als seine Gemahlin sich lächelnd erhob und auf Andreas wies. »Comte Andre ist ein hoher Herr aus dem Heiligen Römischen Reich, der sich aufgemacht hat, um Euch als Lehnsmann zu dienen, mein Gemahl!«

Es war für Andreas' Seelenfrieden gut, dass sie Katalanisch sprach, aber die überaus freundliche Begrüßung, die Jaume ihm nun zuteil werden ließ, zeigte ihm, dass auch der König ihn für einen hochrangigen Edelmann hielt. Mehr und mehr kam er sich wie ein Schelm vor, der sich unter falschem Banner und Namen eine Stellung unter wahren Edlen zu verschaffen suchte. Er verneigte sich vor dem König und stieß ein paar französische Sätze hervor, in denen er Jaume seiner Ergebenheit versicherte, und war schließlich froh, als der König ihn entließ. Andreas hoffte schon, den märchenhaften Saal verlassen zu dürfen, in dem er sich fehl am Platze fühlte. Da tauchte ein Diener neben ihm auf und geleitete ihn unter einem Dutzend Bücklingen zu einem leeren Platz unweit der Königin. Er setzte sich mit einem kaum hörbaren Seufzer und fand sich zur Rechten Jungfer Soledads wieder. Links von ihr saß ein junger Edelmann, der sich ihm als Lleó de Bonamés vorstellte und eher feindselig wirkte. Andreas konnte nicht ahnen, dass Ritter Lleó die Blicke nicht passten, die Margarida von Marimon dem neuen Gast zuwarf.

Sie saß gegenüber von Bonamés, richtete ihr Wort aber sofort an Andreas. »Man hört hier viel vom Reich des römischen Kaisers, doch Ihr seid der erste Aleman, den ich je zu Gesicht bekommen habe.«

Ein mahnendes Räuspern der Königin brachte die junge Dame zum Verstummen. »Da Ihr neu hier seid und die Gebräuche nicht kennt, Comte de Castellranca, wird Dona Soledad sich um Euch kümmern.«

Violants Bemerkung ließ Soledad keine andere Wahl, als sich des teutonischen Büffels anzunehmen. Missmutig starrte sie auf den einzigen Pokal, der für sie und den Aleman bereitstand, und den Teller, den sie mit diesem Menschen würde teilen müssen, so wie es bei Hofe Sitte war. Sie verstand diese Edelleute immer weniger. Bei Fischern wie Josep und Marti hatte jeder seinen eigenen Napf und seinen Becher besessen, und in den Kammern des Jagdschlosses befanden sich auch genügend Teller und Trinkgefäße, um jeden Gast versorgen zu können. Dennoch zwang man die Damen, den Edelmännern, die man neben sie setzte, aufzuwarten und – wie Soledad es in Gedanken bissig formu-

359

lierte – sich mit den Resten zu begnügen wie ein Hund. Natürlich tat sie der Sitte damit unrecht, denn es wurden sehr viele Gänge aufgetragen, und das Essen reichte für alle. Dennoch war es ihre Pflicht, darauf zu achten, dass Andreas' Teller wohl gefüllt war, bevor sie sich selbst etwas nehmen durfte.

Während sie ihrem Ärger nachhing, forderte die Königin ihre Aufmerksamkeit. »Ihr solltet Euren Pokal antrinken, Dona Soledad, und ihn dann an den Comte weiterreichen. Der Tag war heiß, und er hat gewiss Durst.«

»Wie Euer Majestät befehlen!« Soledad ergriff das Trinkgefäß und setzte es an die Lippen. Sie widerstand dabei nur mit Mühe dem Wunsch, es auf einen Zug zu leeren, um sich an dem dummen Gesicht des Aleman freuen zu können.

X.

Miranda musterte unglücklich das massive Schloss in der eisenbeschlagenen Tür, die Gabriel hatte einbauen lassen, und maß dann den Schlüssel in seiner Hand, mit dem man einem Mann den Schädel einschlagen konnte, mit einem zweifelnden Blick. »Habe ich Euch so erzürnt, dass Ihr mich einsperren wollt wie ein Tier?«

Gabriel stieß einen Laut aus, der ebenso Ungeduld wie Ärger ausdrücken konnte. »So oft, wie du mich bereits erzürnt hast, müsste ich dich in Ketten schlagen und mit Ruten peitschen lassen!«

Ihr erschrockenes Gesicht ließ ihn aufseufzen und freundlicher fortfahren. »Das Schloss und die Tür haben nichts mit der Art zu tun, wie du mich behandelst, meine Blume, ebenso wenig das vergitterte Fenster und die Läden, die ich gleich schließen werde. Es geht mir um deine Sicherheit! Es soll niemand zu dir kommen können, solange ich fort bin. Mein Vater hat mich zu sich befohlen, und ich vermag diesem Ruf nicht länger zu widerstehen. Solange ich in seinem Haus weile, kann ich dich jedoch nicht beschützen. Sollte wieder jemand wie Jordi kommen, der dich ermorden will, wird er es unmöglich finden, seinen Auftrag auszuführen. Oder erinnerst du dich nicht mehr an meinen Waffenträger?«

Miranda erbleichte und machte eine abwehrende Handbewegung. Wie hätte sie diesen Mann vergessen können?

Gabriel nahm ihre Geste mit einem Nicken zur Kenntnis. »Mein Vater ist ein einflussreicher Mann, und er hat hundert solcher Jordis, die dir mit Freuden die Kehle durchschneiden würden, um ihm zu Gefallen zu sein. Daher sind das Fenstergitter, die Läden und die schwere Tür unabdingbar, um dein Leben zu bewahren!«

Miranda war es nicht gewohnt, auf diese Weise eingesperrt zu sein, und wäre am liebsten davongelaufen. Unglücklich blickte sie Gabriel an. »Ja, Herr, ich verstehe Euch. Aber was ist, wenn Euer Vater Euch daran hindert, hierher zurückzukommen?«

An diese Gefahr hatte Gabriel auch schon gedacht und sich geschworen, jeden Gefolgsmann aus dem Haus Colomers, der es wagen sollte, Hand an ihn zu legen, wie einen tollen Hund niederzuschlagen. In diesem Augenblick aber wunderte er sich über sich selbst und fragte sich, weshalb er Treue, Pflicht und Gehorsam, die er seinem Vater schuldig

361

war, wegen eines mallorquinischen Fischermädchens zu verweigern bereit war. Wie so oft in den letzten Wochen flüsterte ein kleines Teufelchen ihm ins Ohr, es sei das Beste, Mira auf der Stelle zu benutzen und dann fortzujagen. Gleichzeitig aber war ihm klar, dass es nur noch schlimmer würde, wenn er das Mädchen gegen seinen Willen nahm. Hatte er erst einmal von dieser köstlichen Frucht genascht, würde er ihr für immer verfallen sein. Sie aber würde ihn wohl auf ewig hassen.

»Ich muss jetzt gehen, meine mallorquinische Blume. Dieser Gang wird nicht leicht für mich werden, und ich wünschte, du würdest mir Mut zusprechen.«

»Ich wünsche Euch allen Mut der Welt, Senyor Gabriel.« Miranda wusste, dass Gabriels Erfolg oder Misserfolg bei seinem Vater auch über ihr Schicksal entscheiden würde. Sie dachte an die Matrosen im Hafen mit ihren obszönen Bemerkungen und die schlampig gekleideten Weiber, die Gabriel angesprochen hatten, obwohl sie hinter ihm auf seinem Pferd gesessen hatte. So wie diese Frauen wollte sie nicht enden, das schwor sie sich nicht zum ersten Mal und berührte mit der linken Hand die Stelle unter ihrem Rock, an der sie ein Messer wohl verborgen wusste. Wenn Gabriel sie von sich stieß, war sie ebenso dem Tod geweiht wie wenn er sie aufs Bett warf und benutzte, und eines von beiden würde früher oder später eintreffen.

Sie zuckte zusammen, denn in dem Augenblick, in dem sie sich wie so oft ihren eigenen Tod ausmalen wollte, trat Gabriel auf sie zu und streckte die Arme nach ihr aus. »Mein Mut wäre gewiss größer, würdest du mich einen Kuss von deinen Lippen trinken lassen!«

Sie wollte sich ihm entziehen, doch ein Blick verriet ihr, dass ihm vor der Begegnung mit seinem Vater graute und er tatsächlich Ermutigung benötigte. Mit einem Mal fühlte sie sich schuldig, denn er hatte sie vor dem grausamen Schicksal bewahrt, Decluérs Gefangene zu werden, und bisher sehr viel Geduld mit ihr gezeigt. Entschlossen legte sie ihre Hände auf Gabriels Schultern, näherte ihre Lippen ein wenig zögernd seinem Kopf und presste sie auf seinen Mund.

Gabriel durchfuhr es wie ein Schlag. Dort, wo sie ihn berührte, flammte ein verzehrendes Feuer unter seiner Haut auf, und seine Männlichkeit reagierte mit einem heißen Pulsieren, das beinahe seinen Verstand auslöschte. Er riss sich von ihr los und stieß sie zurück, bevor der Wunsch, sie auf der Stelle zu nehmen, übermächtig zu werden drohte. »Bei Gott und der Heiligen Jungfrau von Núria, du bist eine Hexe! Kein normales Weib könnte solche Gefühle in mir auslösen!«

Miranda wich bis an die Mauer zurück und schlug das Kreuz. Gabriels heftige Reaktion hatte sie bis ins Mark erschüttert, und nun fürchtete sie, er wäre aus einem ihr unbekannten Grund zornig auf sie und würde sie nun doch auf die Straße stoßen. »Herr, ich bin gewiss keine Hexe, nur ein armes Fischermädchen«, flüsterte sie unter Tränen.

Gabriel tat es Leid, sie erschreckt zu haben, und er zwang sich zu einem Lächeln. »Dein Zauber liegt in deiner Schönheit, meine Blume. Am liebsten würde ich zur Biene, um mich an deinem Nektar zu laben.«

Erleichtert atmete Miranda auf, schloss aber gleichzeitig die Arme eng um sich, um ihm zu zeigen, dass sie trotzdem nicht bereit war, sich ihm hinzugeben. Gabriel betrachtete

363

sie mit hungrigen Augen und schüttelte den Kopf. »Ich hadere mit Gott, der dich als Tochter einfacher Fischerleute zur Welt kommen ließ und nicht als Tochter eines Edelmanns. Sonst hätte ich um dich werben können, und als mein Weib müsstest du mir in all den Dingen gehorsam sein, die du mir jetzt noch verweigerst.«

Miranda zog es vor, nicht darauf zu antworten.

Gabriel lachte leise vor sich hin. »Ich bedauere tatsächlich, dass du kein Fräulein von Stand bist, meine Blume. Selbst wenn du die Braut eines anderen wärst, ich würde dich entführen und mit dir in ein fremdes Land fliehen, so wie Guifré Espin, der Waffenbruder König Peres, es einst mit Dona Núria de Vidaura getan hat.« Miranda zuckte zusammen, als er so unvermittelt von ihren Eltern sprach. Ihr Vater hatte kaum etwas über die Zeit erzählt, die er in Katalonien verbracht hatte, aber Antoni hatte in den Jahren bei Sa Vall viele Geschichten über ihn gesammelt, und es schien wahr zu sein, dass er ein Jugendfreund des damaligen Kronprinzen und jetzigen Königs Pere IV. gewesen war. Dieser hatte die Flucht seines Vertrauten mit Dona Núria nach Mallorca als Hochverrat angesehen und ihm selbst über den Tod hinaus nicht verziehen. Niemand, am allerwenigsten Gabriel, durfte je erfahren, wer sie wirklich war, dachte sie, während sie alle Kraft aufbringen musste, um nicht in haltloses Schluchzen auszubrechen.

»Ich muss jetzt gehen!« Gabriel wiederholte es mit der Miene eines Mannes, der sich einer äußerst unangenehmen Pflicht gegenübersieht und ihr nicht entgehen kann.

»Ich wünsche Euch Glück, Senyor!« Miranda raffte ihr Kleid und knickste vor ihm.

364

Gabriels Augen weiteten sich bei dieser ebenso demütigen wie anmutigen Geste. Wenn es je ein Mädchen gegeben
hatte, das er zu seiner Gemahlin nehmen hätte wollen, so
stand es hier vor ihm, und doch trennten sie und ihn Grä-
ben, die selbst der kühnste Mann nicht überspringen
konnte. Mira durfte wohl seine Geliebte sein, aber niemals
sein angetrautes Weib.

»Glück? Ja, das wünsche ich mir auch!« Mit diesen Worten verließ er die Kammer, schloss die Tür und versperrte
sie. Etwas unsicher, was er mit dem Schlüssel anfangen
sollte, steckte er ihn unter seinen Waffenrock und verließ
das Haus. Auf dem Hof wartete Pau, der ihm hier auch als
Pferdeknecht diente, mit Alhuzar. Der Junge hatte den
Hengst frisch gestriegelt und vor dem Satteln bunte Bänder
in Mähne und Schweif geflochten. Gabriel entdeckte auch
eine neue Satteldecke, die mit dem Wappen seiner Familie
verziert war. Wollte Pau oder wer auch immer diese Decke
besorgt hatte ihn damit an seine Pflichten gegenüber seiner
Sippe erinnern? Gereizt stieg er auf und wiederholte seine
Absicht, dem Zorn seines Vaters zu trotzen.

XI.

Die Casa Colomers lag unweit des königlichen Palasts in
einem ruhigen Viertel Barcelonas, fern vom Lärm des Ha-
fens und dem Gestank, der von den Gassen der einfachen
Leute ausging. Von einer hohen Mauer umgeben, über die
nur die Wipfel zweier Palmen und eines alten Aprikosenbaums hinausragten, machte das Haus mit seinem festen

Tor und den kleinen Fenstern einen wehrhaften Eindruck. Das lag durchaus in der Absicht des Besitzers, denn die Casa Colomers sollte Freunden Schutz und Geborgenheit vermitteln, Feinde hingegen abschrecken.

Als Gabriel auf das Tor zuritt, fragte er sich, als was sein Vater ihn ansehen würde, und gab sich sofort selbst die Antwort: nicht als Feind, sondern als einen kleinen, störrischen Jungen, dem eine Tracht Prügel gebührte. Für einen Augenblick hoffte er, seine Mutter würde anwesend sein, denn in ihrer Gegenwart würde der Vater ihn gewiss nicht zu hart anfassen. Doch gerade aus diesem Grund bezweifelte Gabriel, dass er sie oder seine Schwestern zu Gesicht bekommen würde. Auf Teresa war er auch nicht besonders erpicht. Sie war um einige Jahre älter als er und hatte stets versucht, ihn herumzukommandieren. Seit sie verheiratet war, knechtete sie ihren Gatten, das sollte ihr genügen. Und Florença, die Jüngste, war nah am Wasser gebaut und konnte keine Aufregung vertragen, also würde sie ihn nur anflehen, ja dem Vater zu gehorchen.

Ehe er sich versah, hatte er das Gebäude erreicht. Der Torwächter sah ihn durch das kleine Guckloch kommen und öffnete. Sonst hatte er den jungen Herrn immer mit einem fröhlichen Spruch begrüßt, doch diesmal blieb sein Mund stumm, und er verneigte sich auch nicht, wie es sich gehörte. Im Hof wurde Gabriel von Jordi Ayulls empfangen. Auch der Majordomo verzichtete auf eine Verbeugung, sondern zeigte deutlich seine Missbilligung und wies mit der Rechten zur Tür. »Der Herr erwartet Euch!«

Gabriel trat mit einem mulmigen Gefühl ins Haus. Hier hatte sich während des guten Jahres, das er auf Mallorca verbracht hatte, nichts verändert. Die Einrichtung wirkte gediegen, aber streng und spiegelte die Geisteshaltung seines Vaters wider. Es erschienen keine Diener, um ihn zu begrüßen und nach seinen Wünschen zu fragen, und er sah auch niemanden von der Familie. Es war, als sollten alle ihm zeigen, dass er ganz allein stand. Gabriel atmete tief durch und ging auf die Gemächer seines Vaters zu. Wie von einer unsichtbaren Hand wurde ihm aufgetan, und dann sah er sich dem Oberhaupt der Familie gegenüber. Hinter seinem Rücken huschte ein Diener hinaus und schloss die Tür von außen.

Bartomeu de Colomers stand neben dem offenen Fenster und blickte in den Garten hinaus, während Gabriel vor Nervosität von einem Bein auf das andere stieg. Erst nach einer geraumen Weile drehte er sich um und musterte seinen Sohn. Was er sah, gefiel ihm. Gabriel hatte Barcelona als unreifer Jüngling verlassen und war als Mann zurückgekehrt. Für einen Augenblick fühlte Senyor Bartomeu sich an seine eigene Jugend erinnert, war sich gleichzeitig aber sicher, dass er sich niemals so pflichtvergessen benommen hatte wie sein Sprössling.

Diese Überzeugung brachte ihn dazu, jegliches warme Gefühl für den Burschen da vor sich auszulöschen und ihn mit einem vernichtenden Blick zu messen. »Du hast dir viel Zeit gelassen, hier zu erscheinen!«

»Ihr hattet mich wissen lassen, dass es Euch nicht beliebt, mich zu empfangen.« Gabriels Stimme klang gelassener, als er sich fühlte.

»Ich sagte, ich will diese Metze nicht sehen! Ohne das Weib hättest du mich jederzeit aufsuchen können.« Senyor

Bartomeu war wütend auf sich selbst, weil er unwillkürlich versucht hatte, sich vor seinem Sohn zu rechtfertigen, und richtete dieses Gefühl nun auf Gabriel. »Du wirst dieses Fischermädchen Domenèch Decluér übergeben und deine Seele danach zwei Wochen lang durch Gebete und Fasten im Kloster Montserrat reinigen. Wenn du wiederkommst, feierst du Hochzeit mit Joana de Vaix.«

»Nein!«

Bartomeu de Colomers stockte der Atem. »Wie bitte? Bist du denn ganz von Sinnen? Oder hast du vergessen, dass du mir Respekt und Gehorsam schuldest?«

»Ich werde Mira nicht an Decluér ausliefern. Er ist ein Feigling und ein Schurke, dem ich nicht einmal ein Schaf übergeben würde, geschweige denn ein Mädchen.« In diesem Augenblick vergaß Gabriel tatsächlich, dass er seinem Vater zu gehorchen hatte. Er konnte nur daran denken, was Decluér mit Mira anstellen würde, und schüttelte sich.

»Das Mädchen gehört Decluér! Du wirst es ihm überlassen und ihm eine Entschädigung für das Vergnügen bezahlen, das ihm durch deine Unbesonnenheit entgangen ist.«

Gabriel lachte bitter auf. Er hatte Miras Ehre nicht geschont, um sie jetzt durch Decluér brutal schänden zu lassen. »Nein, Vater. Ich werde nichts dergleichen tun. Mira gehört mir, denn ich habe sie in ritterlichem Wettstreit gewonnen. Findet Euch damit ab oder weist mich von Eurer Schwelle. Was Decluér betrifft, so vernahm ich bereits, dass er Mallorca verlassen hat und nach Barcelona zurückgekehrt ist. Jetzt ist mir klar, warum er es so eilig hatte, aufs Festland zu kommen, nachdem ihm Miras Entführung

368

missglückt ist. Statt sich mit mir zu schlagen, hat er mich bei Euch angeschwärzt und verleumdet!«

»Was ich über dich erfahren habe, weiß ich nicht von Decluér allein. Ich habe auch von anderen vernommen, wie schamlos du dich auf Mallorca verhalten hast.« Bartomeu de Colomers' Stimme peitschte durch den Raum, doch Gabriel, der bei diesem Ton früher immer zusammengezuckt war, ließ sich diesmal nicht einschüchtern. Bevor er jedoch etwas zu seiner Verteidigung sagen konnte, hieb sein Vater mit der flachen Hand auf den Tisch. »Dir wird die Schwelle dieses Hauses verwehrt sein, solange diese Metze bei dir weilt, und du wirst auch deine Mutter und deine Schwestern nicht sehen dürfen!«

Gabriel glaubte, nicht recht zu hören. Er hatte eine schlimme Auseinandersetzung erwartet und sich sogar darauf eingerichtet, sich gegen ein paar handfeste Knechte zur Wehr setzen zu müssen. Mit dieser Drohung hätte sein Vater ihn früher erschrecken können, jetzt aber erschien sie ihm kindisch.

»Geh jetzt! Ich will dich nicht mehr sehen!« Senyor Bartomeu wies mit zorniger Miene zur Tür. Gabriel verbeugte sich und verließ aufatmend das Zimmer. Er hatte erst wenige Schritte auf dem Flur zurückgelegt, als er sah, wie Jordi Ayulls verstohlen in den Raum schlüpfte, aus dem er gekommen war. Ein Verdacht beschlich ihn, und er eilte rasch aus dem Haus. Anstatt nach seinem Hengst zu rufen, lief er um die Ecke in den Garten und blieb unter dem Fenster seines Vaters stehen. Zum Glück stand es noch immer offen, und er konnte jedes Wort verstehen, welches dahinter gesprochen wurde.

Die Stimme seines Vaters klang eher belustigt. »Wie erwartet, hat der Bengel sich störrisch gezeigt, Ayulls. Nun wirst du dafür sorgen, dass das Ärgernis in Gestalt dieser Hure spurlos verschwindet.«

»Aber wie, Herr? Ich habe mit Senyor Gabriels Diener Pere gesprochen. Euer Sohn bewacht das Mädchen mit Argusaugen und lässt es nie lange allein. Außerdem hat er die Kammer, die er mit der Kleinen teilt, durch feste Türen und Läden sichern lassen. Ich werde wohl einen halben Tag brauchen, sie aufzubrechen.«

Ayulls klang so ratlos, dass Gabriel leise vor sich hin kicherte. Er hatte Mira wirklich bestens geschützt. Seine gute Laune aber schwand bei den nächsten Worten. »In zwei Tagen wird Gabriel an den Hof gerufen und muss den ganzen Tag dort verbringen. Damit bleibt dir Zeit genug, die Türen aufzubrechen und das Mädchen verschwinden zu lassen.«

»Soll ich es Senyor Domenèch übergeben, Herr?«

Ein ärgerliches Lachen antwortete ihm. »Natürlich nicht, du Narr! Mein Lümmel von Sohn wäre imstande, Decluér zum Zweikampf zu fordern, um seine Bettwärmerin zurückzugewinnen. Sie muss sterben und Gabriel ihren toten Leib sehen. Bringe diese Hure zum Meer, ertränke sie und lass sie am Strand liegen, so dass sie gefunden wird.« Senyor Bartomeu gab diesen Befehl in einem Tonfall, als weise er seinen Kastellan an, ein Hühnchen für das Abendessen schlachten zu lassen.

Gabriel musste an sich halten, um nicht in das Zimmer zu stürmen und seinem Vater an den Kopf zu werfen, was er von ihm hielt. Er kannte seinen alten Herrn jedoch gut genug, um zu wissen, dass dieser durchaus in der Lage war, ihn von seinen Knechten überwältigen und so lange einsperren zu lassen, bis die Sache in seinem Sinn geregelt war. Seine Leute würden nicht einmal Hand an Mira legen müssen, sondern brauchten sie nur in der versperrten Kammer verdursten zu lassen.

Mit dem Gefühl, durch einen grundlosen Sumpf zu waten, dem er nicht mehr entkommen konnte, verließ Gabriel das väterliche Anwesen und ritt zu seinem Quartier zurück. Tausend Gedanken, wie er Mira vor dem Zorn Senyor Bartomeus retten konnte, kamen ihm in den Sinn, doch er verwarf jeden einzelnen von ihnen als wirkungslos. Es gab nur eine Möglichkeit für sie und ihn. Sie würden fliehen müssen, so wie einst Guifré Espin und Núria de Vidaura. Bei dem Gedanken an das Schicksal des ehemaligen Grafen von Marranx zog sich sein Magen schmerzhaft zusammen. Dann aber sagte er sich, dass er höchstens einen Domenèch Decluér zu fürchten hatte und keine mächtige Sippe wie die Grafen von Urgell, die ihm die Entführung einer ihrer Töchter übel nehmen könnten.

Gabriel überlegte bereits, in welches Land sie fliehen sollten, als ihm die Konsequenzen bewusst wurden. Sein Vater würde die Flucht gewiss nicht hinnehmen, sondern ihn verfolgen lassen. Zudem besaß er kein eigenes Geld. Hier in Barcelona wurden seine Ausgaben über den Schatzmeister seiner Familie abgerechnet, doch diese Quelle stand ihm nach einer Flucht nicht mehr zur Verfügung. Als Gabriel das Häuschen erreichte, in dem er mit Miranda logierte, fühlte er sich so niedergeschlagen wie nie zuvor in seinem Leben. Er ignorierte Pere, der ihm das Tor in den kleinen Hof öffnete ebenso wie dessen Sohn, der in Erwartung seiner Befehle herbeieilte. Mit müden Schritten betrat er das Haus, schloss die Tür zu seinem Zimmer auf und trat ein.

Mira saß auf dem Bett und sprang auf, als sie ihn sah. »Der Heiligen Jungfrau sei Dank. Ihr seid wieder zurück!«

»Es liegt dir also doch etwas an mir, oder war es nur die Angst, hier verschmachten zu müssen, wenn ich nicht mehr zurückkehre?«

»Ihr wisst, dass ich Euch als meinen Retter verehre. Ohne Euch wäre ich in die Hände Decluérs gefallen und bereits tot.« Der leuchtende Blick ihrer Augen verstärkte Gabriels Seelenpein. Sie ahnte ja nicht, dass sie sterben sollte und es wohl keine Rettung mehr für sie gab. Sein Vater hatte den Stab über sie gebrochen und würde nicht eher ruhen, als bis ihr lebloser Leib vor ihm lag. Gabriel kämpfte mit den Tränen und verfluchte sich gleichzeitig wegen seiner Hilflosigkeit. Er konnte Mira nur schützen, wenn er bei ihr war, doch wenn man ihn an den königlichen Hof befahl, würde sie zum Opfer der von seinem Vater entsandten Mörder werden. »Nein, das darf nicht geschehen!«

Sein Ausbruch erschreckte das Mädchen, und es verkrampfte die Hände vor der Brust. »Was ist passiert, Senyor?«

»Bis jetzt noch nichts, doch bald ...« Gabriel brach ab und starrte sie durchdringend an, denn mit einem Mal formte sich eine Idee in ihm, die so verrückt war, dass er nach Luft schnappen musste. »Ich weiß, dass du nähen kannst. Vermagst du dir auch ein Kleid zu fertigen, in dem du vor den König treten kannst?«

»Ihr wollt mich zum König bringen?« Miranda schüttelte

372

sich vor Entsetzen, denn Pere IV. war für sie der Mann, der ihren Vater zum Tode verurteilt hatte.

Gabriel nickte heftig. »Ja, es muss sein, selbst wenn ich mir damit für alle Zeiten den Zorn des Zeremoniösen einhandle!« Er lachte bei dem Gedanken an den Beinamen des Königs, der dessen Vorliebe für Riten und Zeremonien beschrieb, und sagte sich, dass es wohl noch niemand gewagt hatte, dem Herrn von Katalonien-Aragón einen solchen Streich zu spielen. Gleichzeitig stellte er sich das Gesicht seines Vaters vor, der gewiss ebenfalls bei Hofe anwesend sein würde.

»Er soll mich mit dir am Hofe des Königs sehen. Dann wird er wissen, dass nicht einmal der Tod uns trennen kann!«, rief er voller Leidenschaft aus.

Er nahm die zitternde Miranda vorsichtig in die Arme, zog sie an sich und küsste sie sanft auf die Stirn. Dann gab er sie frei, um sie nicht noch mehr zu ängstigen. »Du wirst um dein Leben nähen müssen, meine Blume, denn bis übermorgen muss das Kleid fertig sein. Ich werde Pau sofort losschicken, damit er den Tuchhändler holt. Ich will eine ebenso schöne wie stolze Senyora an meiner Seite sehen!«

XII.

Als Gabriel und Miranda im Vorhof des Palau Reial vom Pferd stiegen, schlugen ihrer beiden Herzen bis zum Hals. Der junge Ritter war sich der Ungeheuerlichkeit seines Vorhabens bewusst, ein einfaches Fischermädchen an den Hof

373

zu bringen. Miranda fürchtete hingegen, erkannt und von Pere IV., in dessen Namen ihre Familie vernichtet worden war, zum Tode verurteilt zu werden.

Ein Herold empfing sie, verneigte sich vor Gabriel und warf einen verwunderten Blick auf seine Begleiterin. »Wen darf ich melden, Senyor?«

»Ihr dürftet wissen, dass ich Gabriel de Colomers bin, und dies ist Dona Mira.«

Der Herold wartete, ob Gabriel nicht noch den Sippennamen der jungen Dame nennen würde, doch dieser reichte Miranda die Hand und ging einfach an ihm vorbei. Dem Herold blieb nichts anderes übrig, als ihnen vorauszueilen, um seinem Vorgesetzten, dem Zeremonienmeister des Königs, Bescheid zu geben.

Vor seiner Reise nach Mallorca war Gabriel zu jung gewesen, um zu jenen zu gehören, die stets am Hofe weilen durften, doch er kannte den königlichen Palast von einigen Besuchen mit seinem Vater. Daher wusste er, wohin er seine Schritte zu lenken hatte, um die festlich geschmückten Säle zu erreichen, in denen der König seine Höflinge zu empfangen pflegte. Das Portal des großen Audienzsaals stand offen. Gabriel nickte Miranda aufmunternd zu, löste ihre Finger, die sie in seinen Arm gekrallt hatte, und trat ein. Der Zeremonienmeister klopfte mit seinem Stab auf den Boden und kündete sie an.

»Senyor Gabriel de Colomers und Dona Mira.« Sein Gesicht drückte dabei Ratlosigkeit aus, denn im Allgemeinen wurden so nur Edelmänner mit ihren Gemahlinnen vorgestellt. Von einer Heirat des jungen Colomers aber hatte er bisher nichts vernommen.

Sofort richteten sich die Augen der meisten Anwesenden auf das Paar. Die älteren Herren, die sich traditionell in lange, wappengeschmückte Überröcke gekleidet hatten, runzelten empört die Stirn, während die Jüngeren, die im modischen kurzen Rock mit eng anliegenden Hosen und goldenen Gürteln erschienen waren, die Neuankömmlinge erwartungsvoll anstarrten. Die Damen aber, die selbst in prachtvollen Roben aus edelsten Stoffen steckten, maßen Mira mit kaum verhohlenem Neid und flüsterten miteinander.

Gabriel lächelte stolz, denn er brauchte sich Miras wirklich nicht zu schämen. Ihre geschickten Hände hatten ein Wunder vollbracht und ein Gewand gefertigt, mit dem sie an Schönheit und Eleganz die meisten der hier anwesenden Damen übertraf. Sie trug ein kurzärmeliges Kleid mit viereckigem Ausschnitt, das an den Seiten geknöpft wurde und dessen sanfter Pfirsichton perfekt mit dem langen blauen Unterkleid harmonierte, das durch die Seitenschlitze des Obergewands zu sehen war.

Gabriel hatte sich ebenfalls mit Sorgfalt ausgestattet. Seine Hosen hatten je ein rotes und ein grünes Bein, seinen Oberkörper bedeckte eine wattierte Jacke aus besticktem Samt mit einem tiefblauen Schulterkragen, dazu trug er einen schmalen Hüftgürtel und eine breite Schärpe in den Farben Kataloniens.

Einige seiner Bekannten kamen auf sie zu, blieben dann aber betreten stehen und warfen einen Blick nach vorne, wo Senyor Bartomeu gerade mit dem König und Niccolò Capocci, dem neuen Bischof von Urgell, sprach. Ihre Gesichter zeigten, wie gespannt sie auf den unvermeidlichen

Zusammenstoß der beiden Colomers waren, deren Streit bereits zum Stadtgespräch gediehen war und nun den neuesten Skandal zu provozieren versprach.

»Welch eine Kühnheit, dieses Mädchen mit hierher zu bringen«, raunte Francesco de Fenollet, Vescomte de Perellòs, dem neben ihm stehenden Gilabert de Centelles zu, von dem es hieß, er würde schon bald dem Baró de Manises als Gouverneur von Mallorca nachfolgen. Bevor Centelles antworten konnte, wurde Domenèch Decluér auf das Paar aufmerksam. Ihm quollen fast die Augen aus dem Kopf, als er Miranda erkannte, und der Silberbecher, aus dem er gerade hatte trinken wollen, entfiel seiner erstarrten Hand. Das scheppernde Geräusch hallte im gesamten Saal wider, so dass Pere IV. aufschreckte und sein Gesicht zu einer strafenden Maske erstarren ließ. Der König war mit einem hüftlangen Rock bekleidet, der überreich mit den Wappen Aragóns, Kataloniens, Valencias und Mallorcas geschmückt war, und trug die Krone auf wohl geordneten, dunkelblonden Locken, die die Majestät seines Ranges betonten.

Bartomeu de Colomers, der sich unwillkürlich umgedreht hatte, obwohl das in der Gegenwart des Monarchen als Fauxpas galt, entdeckte das Mädchen neben Gabriel und erschrak bis ins Mark. Rot angelaufen verneigte er sich vor dem König. »Erlaubt, dass ich Euch kurz verlasse, Euer Majestät.«

Noch bevor der König zustimmend nicken konnte, schritt Colomers in unziemlicher Eile auf seinen Sohn zu. »Du Narr, du tausendmal verfluchter Narr! Wie kannst du es wagen, diese Dirne hierher zu führen?« Nur mit Mühe gelang es ihm, seine Stimme so weit zu dämpfen, dass nur sein Sohn ihn verstehen konnte.

Gabriel bleckte die Zähne. »Ihr selbst habt mich dazu gezwungen! Oder glaubt Ihr, ich wüsste nicht, dass Jordi Ayulls Mira heute umbringen sollte?«

Bartomeu de Colomers widerstand nur mit Mühe dem Wunsch, Gabriel vor allen Leuten zu ohrfeigen. Noch schlimmer war jedoch das Gefühl der Ohnmacht, das ihn erfasste. Wie es aussah, war die Macht, die diese Metze über seinen Sohn ausübte, noch viel größer, als er befürchtet hatte. Wenn Gabriel schon so verrückt war, seine Bettmagd in den königlichen Palast mitzunehmen, um ihr Leben zu retten, mochte er noch zu ganz anderen Torheiten fähig sein.

»Meinetwegen kannst du dir dieses Fischweib als Kebse halten, doch verlass um Gottes willen diesen Raum, bevor der König auf dich aufmerksam wird.« Das Zugeständnis verbrannte de Colomers fast die Zunge, doch es war schon zu spät.

Domenèch Decluér hatte die Chance erkannt, seinen verhassten Rivalen ins Unglück zu stürzen. Mit einem selbstzufriedenen Lächeln trat er vor und verbeugte sich vor dem König. »Euer Majestät, erlaubt mir eine Frage. Seit wann ist es üblich, dass Edelleute ihre Huren an den Hof bringen können? Die Anwesenheit dieses Weibes da drüben entweiht Eure Hallen und beleidigt alle anwesenden Damen aus uraltem Blut.«

»Das würde ich auch gerne wissen!«, klang eine weitere verärgerte Stimme auf. Galceran de Vaix, der Vater Joanas, die dem Willen der Familien zufolge Gabriel heiraten sollte, hatte Mira bemerkt und war außer sich vor Zorn über die Beleidigung, die seiner Tochter durch die Anwesenheit der Geliebten ihres Bräutigams angetan wurde.

Domenèch Decluér sah schadenfroh zu, wie der König die Hand hob und Gabriel wie einen Bediensteten zu sich winkte. Das Gesicht des jungen Ritters war bleich, doch man konnte ihm ansehen, dass er eher bereit war, sich die Ungnade des Königs zuzuziehen, als auf Mira zu verzichten.

Der Blick des Königs ging an Mira vorbei, als sei sie nur ein Schmutzfleck auf dem Boden. »Wer ist dieses Mädchen?«

»Eine Sklavin, Euer Majestät!«, erklärte Decluér, bevor Gabriel etwas sagen konnte. »Um genau zu sein, eine Leibeigene, ein Fischermädchen aus Mallorca, die diesem jungen Gimpel da das Blut derart erhitzt hat, dass er allen Anstand und alle Ehre vergisst.«

»Verfluchter Hund! Diese Beleidigung wirst du mir mit Blut bezahlen.« Gabriels Rechte fuhr zum Schwertgriff.

Miranda umklammerte sofort seine Hände, denn sie wusste, welch schweres Verbrechen es war, in Anwesenheit des Königs eine Waffe zu ziehen. Eine längere Verbannung oder gar Kerkerhaft würden die Strafe sein, und beides wünschte sie Gabriel nicht.

Pere IV. bemerkte die besonnene Haltung des Mädchens und blickte es zum ersten Mal an. Im gleichen Augenblick weiteten sich seine Augen, und er wischte sich mit der Hand über die Stirn.

»Du stammst von Mallorca?« Seine Stimme klang angespannt, aber zum Erstaunen seiner Höflinge, die ihn wegen weit geringerer Protokollvergehen im hellen Zorn erlebt hatten, seltsam sanft.

Miranda knickste, so wie sie es auf der väterlichen Burg gelernt hatte. »Das stimmt, Euer Majestät.«

»Und du bist die Tochter eines Fischers?«

Miranda atmete schwer, dann sie wollte ihre unsterbliche Seele nicht durch eine Lüge in Gefahr bringen. Zu ihrem Vater durfte sie sich jedoch auch nicht bekennen. »Ich bin ein Fischermädchen, Euer Majestät.«

Pere IV. stützte das Kinn auf seine Rechte und musterte sie durchdringend. Während die meisten Höflinge sich mit Mirandas Bemerkung zufrieden gaben, hatte er durchaus bemerkt, dass sie einer klaren Antwort aus dem Weg gegangen war. »Kann es wirklich sein?«

Erst die erstaunten Gesichter der umstehenden Höflinge machten ihn darauf aufmerksam, dass er seinen Gedanken laut ausgesprochen hatte. Mit einer herrischen Bewegung winkte er den Zeremonienmeister heran. »Bringe den Vescomte Vidaura zu mir!«

Der Mann verbeugte sich und eilte mit wehenden Gewändern davon. Kurz darauf kehrte er mit einem älteren Herrn zurück, der einen langen, an den Säumen mit Pelz besetzten Überrock aus blauem Samt und ein turbanartiges Barett trug. Der Edelmann hatte zunächst nur Augen für den König und verneigte sich tief. »Euer Majestät geruhten, mich rufen zu lassen.«

»Ich geruhte.« Für einen Augenblick spiegelte die Miene des Königs einen Ausdruck seltener Heiterkeit wider, dann nahm sein Gesicht wieder jenen starren Ausdruck an, den die meisten an ihm kannten. »Es ist bedauerlich, dass Graf Jaume von Urgell im letzten Jahr verstorben ist, denn ich hätte ihn jetzt gerne an Eurer Seite gesehen. Doch vielleicht vermag mein Namensvetter Pere, das jetzige Oberhaupt derer von Urgell, sich ebenfalls zu erinnern.«

379

Graf Pere von Urgell vernahm seinen Namen und trat vor. »Euer Majestät wünschen?«

»Seht Euch dieses Fischermädchen an«, forderte der König ihn und Vidaura auf.

Die beiden Männer drehten sich um, und während der noch recht junge Graf von Urgell den Kopf schüttelte, streckte Vidaura erbleichend die Hand aus. »Kehren die Toten zurück?«

Niccolò Capocci, der Bischof von Urgell, schlug das Kreuz und sprach einige lateinische Formeln, die böse Geister vertreiben sollten. Der König lachte daraufhin leise, und das war ein Geräusch, das in diesen erlauchten Hallen wohl noch nie erklungen war. Während die Höflinge ihn verwirrt anblickten, erhob Pere sich mit einer geschmeidigen Bewegung, die so gar nicht zu seinem Beinamen el Cerimoniós passte, trat auf Miranda zu und fasste mit der rechten Hand nach ihrem Gesicht. Er drehte ihren Kopf ein wenig und wies dann mit der Linken auf ein winziges Muttermal am Kinnbogen unter ihrem rechten Ohr.

»Erinnert Ihr Euch daran, Vidaura?«

Der Gerufene kam näher und stierte auf das Mal. »Himmel hilf, das kann nicht sein! Meine Tochter ist seit vielen Jahren tot.«

»Er meint Dona Núria, Eure Tante«, klärte der König den Grafen von Urgell auf. »Doch Ihr seht nicht diese vor Euch, sondern deren Tochter Miranda Espin de Marranx i de Vidaura.«

Für einen Augenblick herrschte atemloses Schweigen. Fast alle im Saal kannten die Geschichte von Peres ehemals bestem Freund, den die Liebe zur Enkelin des Grafen von

380

Urgell und Tochter des Vescomte von Vidaura zum Verräter hatte werden lassen. Ebenso bekannt war der Zorn des Königs auf Guifré Espin, dem er als einzigen Edelmann auf Mallorca die Möglichkeit verwehrt hatte, sich ihm zu unterwerfen. Niemand erwartete daher Gutes für dessen Tochter, zumal sich in Peres Gesicht die heftigsten Gefühle widerspiegelten.

Der König durchlebte in Gedanken noch einmal jene bittere Stunde, in der er von der Flucht seines Waffengefährten erfahren hatte. Nicht einmal die Nachricht von dessen Tod hatte diese Wunde in seinem Herzen schließen können, und jetzt stand ihm die Möglichkeit zu weiterer Rache frei. Als er jedoch in das angsterfüllte Gesicht des Mädchens blickte, löste sich die Wolke auf, die seine Stirn verdüstert hatte. Es ging ja nicht nur um dieses Kind, sondern um viel mehr. Wenn er Miranda Espin de Marranx i Vidaura einsperren oder gar töten ließ, war dies nur ein geringer Triumph für ihn, denn diese Tat würde all jene Edelleute abschrecken, die jetzt noch bei seinem Vetter Jaume weilten, aber insgeheim auf einen Ausgleich mit Katalonien hofften. Zeigte er sich jedoch gnädig, so war das auch ein Zeichen für jene, die zu ihm strebten. Pere nickte, als müsse er seinen Entschluss noch einmal selbst bestätigen, und lächelte Miranda zu. »Sei mir willkommen an meinem Hof, mein Kind.«

Damit war allen klar, dass der König Gnade walten lassen wollte. Domenèch Decluér stieß einen wüsten Fluch aus, der ihm einen zornigen Blick des Königs und des Bischofs von Urgell eintrug, und stellte sich neben Gabriel und Miranda.

»Ich fordere mein Recht auf Rache, Euer Majestät. Ich wurde von dem ehrlosen Vater dieses Mädchens und seiner Mutter auf das Schlimmste beleidigt und gekränkt. Es ist daher mein Recht, Miranda als Beute zu fordern, zumal ich es war, der die Burg Marranx in Eure Gewalt brachte, die als einzige auf ganz Mallorca die Tore vor Euch verschlossen hielt!«

Miranda stieß einen erschreckten Ruf aus. Gabriel zog sie sofort enger an sich und maß Decluér mit einem wütenden Blick. »Ich habe Euch schon einmal im Wettstreit besiegt, Senyor Domenèch, und werde es auch wieder tun. Doch diesmal wird es auf Leben und Tod gehen!«

»Es wird sich zeigen, wer von uns beiden sterben wird, junger Hund!«, schäumte Decluér auf.

»Ich habe von diesem Speerstechen auf Mallorca gehört.« Damit verblüffte der König die Anwesenden und gab ihnen einmal mehr das Gefühl, alles zu wissen, was in seinem Reich vorging. »Ihr habt Dona Miranda im ritterlichen Kampf verloren und daher keine Verfügungsgewalt mehr über sie. Bis ich entscheide, was mit ihr geschehen soll, wird sie erst einmal in Colomers' Obhut bleiben.«

»Ich bestehe auf meinem Recht als Beleidigter.« In seiner Wut vergaß Decluér jeden Respekt, und Pere IV. sah für einen Augenblick so aus, als wolle er den polternden Mann hinausweisen lassen. Doch auch er durfte Recht und Sitte nicht außer Acht lassen. Der Teil seines Wesens, der ihm den Beinamen »der Zeremoniöse« verliehen hatte, gewann nun wieder die Oberhand. Daher kehrte er zu seinem Thron zurück, setzte sich und hob in einer gebieterischen Geste das Szepter.

»Da Senyor Domenèch eine Entscheidung hier und jetzt fordert, soll es geschehen. Vater und Mutter dieser Maid haben Decluérs Ehre gekränkt, dies steht nun einmal fest.«

»Aber er selbst hat wenig dazu getan, sie wieder reinzuwaschen!« Miquel de Vidaura verachtete Decluér und ärgerte sich immer noch über die Tatsache, dass der Mann sich nach dem Raub seiner Braut geweigert hatte, Guifré Espin nach Mallorca zu folgen und ihn dort im ritterlichen Zweikampf für diese Tat zu bestrafen.

Der König nickte, als wolle er ihm Recht geben. Insgeheim aber brachte er ein gewisses Verständnis für Decluér auf, denn Espin hatte als der beste Kämpfer Katalonien-Aragóns gegolten und in den vielen Turnieren, an denen er teilgenommen hatte, keinen ebenbürtigen Gegner mehr gefunden. Der Ruch der Feigheit aber würde Decluér wohl bis an sein Lebensende anhaften. Davon durfte Pere IV. seine Entscheidung jedoch nicht beeinflussen lassen.

»Núria de Vidaura war Senyor Domenèch als Gemahlin versprochen, doch diese Ehe kam nicht zustande. Nun steht die Tochter Núrias vor uns, nicht weniger schön als ihre Mutter, von ebenso edler Herkunft und die Erbin stolzer Geschlechter. Sie soll morgen durch weise Frauen geprüft werden. Ist sie noch Jungfrau, wird sie anstelle ihrer Mutter mit dem Ritter Decluér vermählt.«

Einige der Umstehenden lachten, und Decluér selbst erzürnte den König mit einem weiteren Fluch. Keiner von ihnen glaubte, dass Mirandas Jungfräulichkeit einem so feurigen jungen Mann wie Gabriel lange standgehalten haben konnte. Miranda aber erschrak bis ins Mark und sah das Verhängnis wie eine schwarze Wand auf sich zukommen.

383

Der König war jedoch noch nicht zu Ende. »Sollte Senyor Gabriel die Ehre der jungen Dame nicht geschont haben, wird er die Konsequenzen ziehen und sie vor Gott und den Menschen zu seiner Gemahlin nehmen. Um jedoch die Familie de Vaix nicht zu beleidigen, wird seine bisherige Braut Joana mit Senyor Domenèch vermählt, der danach den Titel eines Vescomte de Vaix tragen wird.«

Pere IV. hatte es kaum gesagt, als Galceran de Vaix bereits auf Decluér zutrat, um ihn als neuen Eidam zu begrüßen. Der andere war nur wenig jünger als er selbst, doch für den Titel eines Vescomte, noch dazu mit dem eigenen Namen, hätte er seine Tochter selbst einem zahnlosen Greis ins Brautbett gelegt. Decluér wirkte verwirrt und starrte Miranda an, als wolle er sie verschlingen. Von Gabriels Diener Pere, den er mit einem guten Trinkgeld für sich gewonnen hatte, wusste er, dass dessen Herr das Mädchen angeblich noch nicht angerührt hatte. Sollte dies wirklich der Fall sein, würde er auf die Ehe mit Núrias Tochter bestehen und jedes Mal, wenn er sie bestieg, sich ihrer Schönheit und des Triumphs über ihren Vater erfreuen. Den Titel eines Vescomte, den Pere IV. ihm für den Fall einer Heirat mit Joana de Vaix besprochen hatte, würde der König ihm wohl auch im anderen Fall nicht verweigern.

Miranda sah, wie es in Decluér arbeitete, und ihr war klar, dass er nicht von ihr ablassen würde. Beschämt dachte sie, dass es besser gewesen wäre, Gabriel hätte sie wirklich wie eine Sklavin behandelt, aufs Bett geschleift und benutzt, denn dann hätte Decluér keine Macht mehr über sie. Sie fragte sich, wie es wohl gewesen wäre, als Gabriels Ehefrau zu leben. Aber dazu wäre es wohl auch nicht gekom-

384

men, wenn sie ihn erhört hätte, schließlich wäre sie nur eine beliebige Sklavin gewesen, die er nicht in den Palast mitgenommen hätte. So hatte ihre Entschlossenheit, den Tod dem Verlust der Ehre vorzuziehen, ihr zwar ihre Stellung zurückgebracht, aber sie gleichzeitig ihrem Todfeind ausgeliefert. Da sie nicht bereit war, sich von dem Mörder ihres Vaters berühren zu lassen, würde sie ihrem Leben noch in dieser Nacht ein Ende setzen müssen.

»Wisst Ihr übrigens, wie es Eurer jüngeren Schwester ergeht, Dona Miranda?«

Die Frage des Königs kam für das Mädchen überraschend, und es schüttelte den Kopf. »Leider nein, Euer Majestät. Ich habe nur erfahren, dass sie in einem Fischerboot Mallorca verlassen hat und im Sturm verschollen ist. Ich fürchte, sie lebt nicht mehr, und ich trauere um sie.«

»Das braucht Ihr nicht! Sie weilt am Hofe meines Vetters Jaume, wo man sie wegen ihres stacheligen Wesens die Distel von Montpellier nennt.« Dem König war anzusehen, dass er froh war, die Sanftere der beiden Schwestern vor sich zu sehen, und nicht jenes widerspenstige Ding, von dem seine Zuträger ihm voll Spott berichtet hatten.

Miranda sandte ein stummes Dankgebet zum Himmel. Soledad lebte und war in Sicherheit! Diese Gewissheit machte es ihr leichter, sich in ihr unabwendbares Schicksal zu fügen.

Pere IV. fand, dass er dieser Angelegenheit bereits zu viel Aufmerksamkeit geschenkt hatte. »Ihr dürft Euch jetzt zurückziehen!«, sagte er zu Gabriel und Miranda und nickte seinem Zeremonienmeister zu, die nächste Person, die um eine Audienz ersucht hatte, zu ihm zu bringen.

Gabriel begriff noch immer nicht ganz, was sich eben abgespielt hatte. Seine Mira sollte kein Fischermädchen sein, sondern die Tochter eines Grafen und zudem über die Blutlinie derer von Urgell mit dem Königshaus verwandt? Das bereitete ihm heftiges Unbehagen, denn er erinnerte sich nur allzu gut daran, wie harsch er sie behandelt hatte. Während der Überfahrt hatte er sie sogar geschlagen und war oft nahe daran gewesen, sie gegen ihren Willen zu nehmen. Bisher hatte er es nicht ganz ernst genommen, wenn sie behauptet hatte, sich umbringen zu müssen, wenn er sie entjungferte, doch nun war ihm klar, dass sie als Dame aus edelstem Blut sich tatsächlich mit eigener Hand entleibt hätte. Gleichzeitig stieg Verzweiflung in ihm auf, denn da sie wirklich noch Jungfrau war, würde sie nach dem Willen des Königs die Gemahlin Domenèch Decluérs werden und auf ewig für ihn verloren sein. Im Augenblick sah er nur einen Ausweg: Er würde mit ihr zu ihrer Schwester nach Montpellier fliehen, in der Hoffnung, dass Jaume sie beide in seinen Hofstaat aufnahm. Es war zwar ein weiter Weg bis dorthin, doch mit Gottes Hilfe würden sie es schaffen.

Ein heftiger Rippenstoß unterbrach sein Grübeln. »Steh hier nicht im Weg herum, sondern nimm dieses Weibsstück und verschwinde endlich, du Narr!« Bartomeu de Colomers glaubte wie die meisten im Saal nicht daran, dass Mirandas Tugend dem Drängen seines Sohnes widerstanden hatte, und schwankte zwischen hilflosem Zorn, weil ihm nun die Tochter eines Verräters als Schwiegertochter aufgezwungen wurde, und der Hoffnung, eine Verbindung mit den erlauchten Häusern von Urgell und Vidaura könnte seiner Sippe vielleicht doch zugute kommen. Aus diesem Grund trat er auf den Vescomte Vidaura und den jungen Grafen Pere von Urgell zu, die noch immer starr vor Verwunderung in der Nähe des Königs standen und nicht zu wissen schienen, wie sie sich zu dem unerwarteten Familienzuwachs stellen sollten.

XIII.

Da der König keine direkten Anweisungen bezüglich ihrer Unterkunft gegeben hatte, folgte Miranda Gabriel ins Freie. Auf dem Hof angelangt, rief der junge Ritter mit lauter Stimme nach seinem Hengst. Ein Knecht brachte Alhuzar herbei, wartete, bis Gabriel aufgestiegen war, und hob dann Miranda hinter ihm auf das Pferd. Gabriel schien es nicht einmal zu bemerken, denn er gab Alhuzar die Sporen und sprengte im Galopp davon. Miranda geriet in Gefahr, abgeworfen zu werden, und klammerte sich verzweifelt an ihn.

»Reitet bitte langsamer, Herr«, flehte sie Gabriel an.

Erst jetzt zügelte er den Hengst und drehte sich zu ihr um. »Verzeiht, Comtessa!« In seiner Stimme lag ein Schmerz, der ihr fast das Herz zerriss. Sie hätte ihn gerne getröstet, doch sie brauchte selbst Trost und musste zudem alles Geschick aufwenden, um sich auf dem Hengst zu halten, denn schon nach kurzer Zeit schien Gabriel ihre Anwesenheit erneut zu vergessen, denn er gab Alhuzar die Sporen zu fühlen.

Miranda war froh, als sie endlich den Hof des kleinen Hauses erreichten, in dem sie und Gabriel die letzten Tage verbracht hatten. Pau eilte ihnen entgegen und übernahm

387

die Zügel von Gabriel. In letzter Zeit hatte der junge Edelmann wieder hie und da ein freundliches Wort für den sich vor Eifer überschlagenden Jungen übrig gehabt, aber nun schritt er an ihm vorbei ins Haus, als wäre er nicht vorhanden. Miranda folgte Gabriel und stand wenig später in ihrem gemeinsamen Schlafzimmer. Sie starrte auf das Bett, in dem sie die Nächte verbracht hatten, ohne es im Sinne des Wortes miteinander zu teilen, und schüttelte irritiert den Kopf. Irgendwie konnte sie nicht begreifen, dass man sie und Gabriel hierher hatte zurückkehren lassen. Das ist ganz gut so, dachte sie, denn dieser Raum war gewiss ein besserer Ort zum Sterben als eine Kammer in einem fremden Haus.

Plötzlich wurde ihr klar, dass sich ihre Gedanken viel zu einseitig mit Hass, Ehre und Tod beschäftigt hatten. Es gab ja einen ganz einfachen Ausweg aus ihrer scheinbar verfahrenen Lage. Sie drehte sich zu Gabriel um, der an seine Truhe getreten war und in seinen Kleidungsstücken wühlte. Sein Gesicht war bleich, und die Kiefer mahlten mit einem hörbaren Knirschen aufeinander.

Miranda konnte nicht wissen, dass er die Liste seiner Freunde durchging und überlegte, welcher ihm einen Beutel mit Rals d'or oder wenigstens einige Rals d'argent leihen würde, damit er mit ihr fliehen konnte. Seine angespannte Haltung machte ihr Angst, und ihre Idee kam ihr plötzlich abwegig vor. Sie musste sich zwingen, überhaupt die Lippen zu öffnen. »Darf ich Euch etwas fragen?«

Gabriel zuckte zusammen und hob den Kopf. »Gewiss dürft Ihr das, Comtessa.«

»Ihr wisst, dass man mich morgen zu den Hebammen

bringen wird, um meine Jungfräulichkeit zu prüfen, die Ihr in Eurer Güte geschont habt. Es ist der Wille des Königs, dass ich danach Decluérs Weib werden soll. Ich bete zu Gott, dass er mich vor diesem Schicksal behüten mag.«

»Das wird er gewiss!«, unterbrach Gabriel sie hitzig.

»Ich weiß nicht, wie ich es sagen soll, aber ...« Mirandas Stimme schwankte, und sie presste ihre Arme fest gegen die Brust. »Es gibt eine Möglichkeit, es zu verhindern, aber ich weiß nicht, ob Ihr dazu bereit wäret und auch die Konsequenzen tragen würdet.«

Miranda stockte erneut, während ihr die Tränen über die Wangen liefen. »Ihr habt mir auf Mallorca geschworen, mich erst zu nehmen, wenn ich Euch darum bitte. Jetzt bitte ich Euch darum, doch ich weiß nicht, ob Ihr es überhaupt noch wollt, weil Ihr mich dann ja heiraten müsstet.«

Sie wagte es nicht, ihn anzublicken, und bemerkte daher nicht, wie seine Augen mit einem Mal aufleuchteten. Die ganze Zeit hatte Gabriel überlegt, auf welchem Weg er mit dem Mädchen, das er mehr liebte als sich selbst, fliehen konnte, und nun bot sie ihm nicht nur einen Ausweg, der so einfach war, dass wohl auch nur ein Weib ihn hatte erkennen können, sondern gleichzeitig auch noch das schönste Geschenk, das er sich vorstellen konnte.

»Es stimmt, ich habe diesen Eid geschworen, und er verpflichtet mich nun auch, das mit Euch zu tun, was den Lehren der heiligen Kirche zufolge nur ein Ehemann mit seinem angetrauten Weib tun darf.«

»Wenn es Euch zuwider ist, dann ...« Miranda schämte sich wie nie zuvor in ihrem Leben. Noch schlimmer als der

389

Tod schien es ihr, wenn Gabriel mit Banden an sie gefesselt wurde, die er verabscheute.

Ihr Mienenspiel war so beredt, dass Gabriel lächeln musste. Er ging zur Tür, stieß sie zu und schob den Riegel vor. »Es ist mir nicht zuwider, meine Blume, ganz und gar nicht! Zieh dich aus, denn ich will mich endlich an deiner ganzen Schönheit erfreuen.« Miranda bekam hochrote Wangen, nickte aber und wollte ihr Kleid öffnen, doch ihre zitternden Hände gehorchten ihr nicht mehr. Gabriel, der sich keine Bewegung von ihr entgehen ließ, kam ihr zu Hilfe und löste die Haken und Schlaufen ihres Gewands. Als er ihren Oberkörper entblößt hatte, trat er hinter sie, umfasste ihre Brüste mit seinen Händen und ließ seinen Atem heiß über ihren Nacken streichen. »Jetzt, meine Blume, kannst du mir nicht mehr entkommen!«

Gabriel verdrängte sein Wissen um ihre gräfliche Abkunft und sah in ihr wieder das schöne Fischermädchen, das ihm vom ersten Augenblick an das Blut erhitzt hatte. Bevor Miranda sich versah, hatte er ihr Kleid samt den Unterröcken über ihren Kopf gezogen, so dass sie nackt vor ihm stand. Er ging einmal um sie herum, strich ihr leicht über den Po und deutete dann auf das Bett.

Miranda schluckte bei dieser bestimmenden Geste, kletterte aber auf die Liegefläche. Dabei schlug ihr Herz hart gegen die Rippen, und sie verging fast vor Angst. Gabriel riss sich das Gewand vom Körper, ohne sie aus den Augen zu lassen, und folgte ihr. Miranda starrte einen Moment wie hypnotisiert sein erregt aufgerichtetes Glied an, schloss dann die Augen und betete zur Madonna, ihr beizustehen.

Gabriel schob ihre Beine auseinander und wollte mit einem heftigen Ruck in sie eindringen, als er sich daran erinnerte, wie er selbst das erste Mal mit einem Weib verkehrt hatte. Es war eine Hure gewesen, zu der ein Freund ihn mitgenommen hatte. Er konnte sich nicht mehr an ihr Aussehen erinnern, doch nun war es ihm, als vernähme er ihre Stimme im Kopf. »Ihr könnt ruhig fester zustoßen, junger Herr! Ich bin doch keine Jungfrau mehr!«

Damals war er so vorsichtig zwischen ihre Schenkel geglitten, als handele es sich bei ihr um einen kostbaren, zerbrechlichen Gegenstand, aber sie hatte ihn während des ganzen Geschlechtsakts angefeuert und ihn zu einem wilden Ritt verführt. Nun aber hatte er kein käufliches Weib unter sich, sondern eine besonders kostbare Blume, die er zart pflücken musste. Er bezähmte seine Gier, küsste Miranda und zupfte mit seinen Lippen an ihrem Ohrläppchen. Sie begann zu kichern und entspannte sich ein wenig, und als seine Lippen ihre Brustwarzen liebkosten, atmete sie schneller und presste sich unwillkürlich an ihn. Nun schob Gabriel seine freie Hand unter ihre Pobacken und massierte sie dort. Als er spürte, dass sie für ihn bereit war, suchte er ihre Pforte. Ihre Augen weiteten sich, als er in ihren Körper eindrang, und als er auf Widerstand traf und diesen beseitigte, stieß sie einen kleinen Schrei aus.

»Soll ich aufhören?«, fragte er besorgt.

Miranda schüttelte den Kopf. »Nein, nein! Macht ruhig weiter. Es ist nicht unangenehm.«

»Das ist gut, denn ich weiß nicht, ob ich von dir hätte ablassen können.« Er brachte sie mit diesem Geständnis zum Lachen, schob sein Becken mit einem letzten Ruck vor und wurde von einer Welle der Leidenschaft mitgerissen, die sich auf sie übertrug.

Etliche Zeit später lagen sie eng aneinander gekuschelt auf dem Bett und tauschten leise Kosenamen aus. Plötzlich richtete Gabriel sich auf und lachte Miranda an. »Damit ist mein Kampf mit Domenéch Decluér, der in Messer Giombattis Haus in Sa Vall begann, entschieden. Ich habe ihn besiegt!«

»Er ist der Mörder meines Vaters, und das werde ich ihm niemals vergeben!« Für einen Augenblick brachten Mirandas hasserfüllte Worte einen Misston in die zärtliche Stimmung.

Gabriel sah sie an und nickte. »Ich hoffe, Decluér gibt mir doch noch die Gelegenheit, ihn im Kampf niederzuwerfen und dir zu deiner Rache zu verhelfen, meine süß duftende Blume von Mallorca.«

Miranda wehrte ängstlich ab. »Oh nein! Ihr könntet getötet werden, und ich will Euch doch nicht verlieren, mein Herr.«

Gabriel begann leise zu lachen. »Als wenn ein Decluér mich jemals besiegen könnte! Reden wir jetzt lieber von etwas anderem. Du hast mich arg erhitzt, meine Liebe, und ich brauche einen Schluck Wein, um mich abzukühlen.« Er stand auf und füllte zwei Becher aus dem Krug, der für ihn bereitstand, und als er sich wieder zu Miranda herumdrehte, entdeckte er einen roten Fleck auf dem schneeweißen Betttuch.

»Viele Frauen würden dich um ein solch deutliches Zeichen ihrer bewahrten Unschuld auf dem Ehebett glühend beneiden, meine Liebe. Wir werden das Tuch morgen meinem Vater übersenden. Mag er sich ruhig schämen, weil er seinen Sohn und dich so verkannt hat.«

»Da Ihr ein solch vorbildliches Muster an Ehre seid!« Für diese Bemerkung erhielt Miranda einen Klaps auf den Po, den Gabriel jedoch mit einem Kuss rasch vergessen machte.

FÜNFTER TEIL

Schwarze Wolken

I.

Das Grün des Gartens übte eine beruhigende Wirkung auf Soledad aus und half ihr, nicht die Geduld mit ihrem Schüler zu verlieren. Es war weniger sein mangelndes Begriffsvermögen, das ihre Nerven zum Zerreißen spannte, und auch nicht die in ihren Ohren grässliche Aussprache, sondern sein schwärmerischer Blick. Obwohl er bislang nichts gesagt oder getan hatte, das sie hätte beleidigen können, war er in ihren Augen ein genauso von sich überzeugter Laffe wie die anderen jungen Ritter am Hof von Montpellier, die glaubten, ihr in einem unbeobachteten Augenblick in einem dunklen Teil des Palasts ungestraft an den Busen greifen oder gar ihren Rock heben zu können.

»Ich habe nicht Marti mit Ohrfeigen daran gehindert, mich auf den Rücken zu legen, um jetzt für euch Kerle die läufige Hündin zu spielen!«

Ihr Ausbruch irritierte Andreas von den Büschen. »Was habt Ihr gesagt, Comtessa?«

Soledad zuckte zusammen, denn sie merkte erst jetzt, dass sie ihren Gedanken laut ausgesprochen hatte. »Nichts von Belang, Comte! Wir sollten noch einmal versuchen, Eure Aussprache zu verbessern. Die katalanische Sprache versteht Ihr mittlerweile recht gut, aber mit Eurer Betonung bin ich noch nicht zufrieden. Also sprecht mir nach: Bon dia, Bon vespre, Bona nit.«

Andreas versuchte es, fand aber keine Gnade vor ihr. »Es heißt nicht bonn, sondern bon, und nicht wessppre, son-

397

dern vespre. Senyor, Ihr seid ein hoffnungsloser Fall und werdet unsere Sprache niemals lernen. Was sage ich, wenn ich Euch einen punxa in meinem cor nenne?«

»Moltes gràcies, Comtessa, weil Ihr mich Eurem Herzen nahe sein lasst, wenn auch nur als Stachel.« Andreas genoss diese kleinen Wortduelle mit seiner ebenso schönen wie temperamentvollen Lehrerin. Soledad war in seinen Augen die einzige Dame am Hofe König Jaumes, die sich ihre Natürlichkeit bewahrt hatte. Die anderen Fräulein wirkten auf ihn wie ausstaffierte Puppen. Keine würde ihm ein von Herzen kommendes »Ochse« an den Kopf werfen, wie Soledad es gelegentlich tat, und bei einigen anderen Ausdrücken würden Margarida de Marimon und ihre Freundinnen in Ohnmacht fallen – oder wenigstens so tun.

Andreas' Gesicht nahm einen verkniffenen Zug an, als er an die Tochter des Senyor d'Ascell dachte. Nach außen hin gab sie sich stets kühl und beherrscht, und doch hatte er inzwischen festgestellt, dass es ihn nur ein Wort kosten würde, um des Nachts ihre Kammertür offen zu finden. Da Königin Violant ihn als Grafen vorgestellt hatte, hielt Dona Margarida ihn für den Abkömmling eines hochadeligen Geschlechts, der durch Heirat aus ihr eine echte Gräfin oder, wie man hier sagte, Comtessa machen konnte. Obwohl er dazu gezwungen worden war, hochzustapeln, um die Königin nicht der Übertreibung oder gar Lüge zu bezichtigen, schämte er sich für dieses falsche Spiel. Violant hatte auch dafür gesorgt, dass er Gewänder genug besaß, um wie ein Herr edelster Abkunft auftreten zu können, und wenn er weiterreisen wollte, würde er eine ganze Pferdeherde für sein Gepäck benötigen.

Soledad stellte fest, dass ihr Schüler unaufmerksam geworden war, und rügte ihn mit spitzen Worten, die Andreas rot werden ließen. Er riss sich zusammen und schob alle störenden Gedanken beiseite, um ihrem Unterricht zu folgen. Sie kritisierte gnadenlos jeden kleinen Fehler und schüttelte in gespielter Hoffnungslosigkeit den Kopf, wenn ihm ein Wort nicht sofort einfallen wollte. Ihr war bewusst, dass sie ihm unrecht tat, denn er begriff eigentlich recht schnell und hatte ein gutes Gehör wie auch eine geschmeidige Zunge. Sein Katalanisch war mittlerweile gut genug, um sich zu verständigen, und eigentlich hätte er keinen Unterricht mehr benötigt. Doch die Königin war der Ansicht, die Sprache allein reiche nicht aus, um aus dem Aleman einen angenehmen Höfling zu machen. Daher hatte sie Soledad aufgetragen, den jungen Ritter aus Alemanya weiterhin unter ihre Fittiche zu nehmen, ihm die hier gebräuchliche Lebensart zu vermitteln und ihm beizubringen, wie ein Herr von Stand sich in allen Lebenslagen zu betragen habe.

Soledad hatte rasch begriffen, worauf ihre Herrin aus war, und beschlossen, ihrem Beinamen Distel von Montpellier alle Ehre zu machen. Jeder der jungen Edelleute am Hof hätte sich längst geweigert, weiter mit ihr zu verkehren, doch der Aleman nahm jeden ihrer Ausbrüche und ihre nicht gerade seltenen Beleidigungen mit einem Gleichmut hin, der sie mehr an ein Schaf als an einen Ochsen erinnerte.

Andreas blieb stehen, bückte sich und pflückte eine blau blühende Blume aus einer der Rabatten. »Darf ich Euch diese Blüte verehren, Comtessa?« Er verbeugte sich formvollendet vor ihr und wollte ihr die Blume anstecken.

Ihre Rechte schoss vor und verhinderte, dass er sie berührte.

399

»Comte, dies sind die Lieblingsblumen Ihrer Majestät. Sähe sie sie an mir, würde sie mich gewiss schelten.«

»Comtessa, wenn die Königin Euch darauf anspricht, sagt ihr, dass ich der Schuldige bin. Dann wird sie nicht Euch schelten, sondern mich.«

»Was sie gewiss nicht tun wird, weil sie einen Narren an Euch gefressen hat!« Soledad wusste, dass die Bemerkung, sie habe die Blume von Andre de Pux erhalten, den Zorn Violants sofort besänftigen würde. Sie konnte sich lebhaft vorstellen, wie die Königin ihr daraufhin den deutschen Ritter in farbigen Worten als den idealen Ehemann schildern und von ihr fordern würde, verbindlicher zu sein.

»Wollte der König nicht zu dieser Stunde seinen Kriegsrat zusammenrufen?«, fragte sie Andreas in der Hoffnung, ihn wenigstens für diesen Tag loszuwerden.

»Das hat noch Zeit!«, antwortete er rasch, obwohl er nicht die geringste Ahnung hatte, wie spät es war.

»Ihr solltet Euch trotzdem zu seinen Vertrauten gesellen, denn Seine Majestät hasst es, warten zu müssen.« Soledad lenkte ihre Schritte zu der Pforte, die vom Garten in den Palast führte. Aufseufzend folgte Andreas ihr und fragte sich, wie er es anstellen musste, ihrem wohlgeformten Mund ein Lob oder gar ein liebes Wort zu entlocken.

II.

Margarida de Marimon stand in einem der Laubengänge des Palasts, von dem aus man in den Garten sehen konnte, und starrte mit brennenden Augen auf das Paar, das unter ihr vorbeiging. Soledads lebhafte Gesten und Andreas' lächelnde Miene machten sie glauben, die beiden seien sich einig, und sie verging fast vor Eifersucht. Tag und Nacht spann sie Pläne, um Gräfin zu werden, und sie hatte sogar schon die Grenzen der Schicklichkeit überschritten, die einem jungen Mädchen wie ihr gezogen waren, und sich dem Aleman wie eine Dirne angeboten. Jeder der jungen Männer am Hofe, an ihrer Spitze Lleó de Bonamés, hätte längst zugegriffen, doch in den Adern des Deutschen schien Eiswasser zu fließen statt Blut.

Margarida de Marimons Miene verdüsterte sich noch stärker, als Andreas über eine Bemerkung Soledads lachte, und ihre Hände krampften sich um die Brüstung des Laubengangs. Sie musste sich festhalten, um nicht in den Garten zu eilen und ihrer Konkurrentin die Augen auszukratzen.

Ein Geräusch ließ sie herumfahren. Tadeu de Nules, der gerade den Kinderschuhen entwachsene Sohn Senyor Vicents, kam auf sie zu. Ihm folgte Lleó de Bonamés, dessen Gesicht bei ihrem Anblick aufstrahlte. »Dona Margarida! Welche Freude, Euch hier zu sehen.«

Der Blick, den Tadeu ihm zuwarf, verriet ihr jedoch, dass dieses Zusammentreffen alles andere als zufällig zustande gekommen war. Lleó de Bonamés hatte den jungen de Nules wahrscheinlich nur deshalb mitgenommen, um der Sitte Genüge zu tun. In der Nacht oder in einem abgelegenen Teil des Palasts, in dem man nicht so leicht auf flanierende Leute treffen konnte, wäre er gewiss allein gewesen – und weitaus kühner. Margarida hatte sich ihre Jungfräulichkeit ihrem eigenen Verlangen zum Trotz bis jetzt jedoch nicht

401

deswegen bewahrt, um nun für einen Bonamés die Hure zu spielen. Sie korrigierte sich sofort. Als Hure würde Lleó sie gewiss nicht ansehen, sondern sie nehmen und dann auf eine schnellstmögliche Heirat drängen. Da würde sie doch lieber auf eine Margarida de Pux i Marimon, Comtessa de Castellranca, Senyora d'Ascell hinarbeiten, anstatt sich mit einem schlichten Senyor de Bonamés als Gatten zufrieden zu geben.

»Ihr habt mich doch erst heute Morgen gesehen, Senyor!«, antwortete sie leicht spöttisch.

Die Ablehnung war deutlich, doch Lleó de Bonamés schien sie nicht wahrzunehmen. »Dona Margarida, Ihr habt mein Herz in einer Weise entflammt, dass es heißer brennt als die Hölle. Nur ein Kuss Eures Rosenmunds und Eure Hand, die Ihr mir zum Bunde reicht, kann dieses Feuer löschen.«

Diesen leidenschaftlichen Komplimenten konnte Margarida trotz ihres Strebens nach Höherem nicht widerstehen. »Welchen Wert aber hätte Eure Liebe für mich, wenn sie nach dem ersten Kuss und der ersten Nacht bereits erlöschen würde?«

»Ich würde Euch immer lieben, Dona Margarida! Erlaubt mir doch endlich, bei Eurem ehrenwerten Herrn Vater um Eure Hand zu bitten.«

Lleó machte Miene, sie an sich zu reißen, doch das mahnende Hüsteln seines Begleiters hielt ihn davon ab. Verärgert drehte er sich zu ihm um. »Was habt Ihr, Senyor Tadeu?«

Statt einer Antwort wies der junge de Nules auf Soledad und Andreas, die eben die Gartenpforte des Palasts erreicht hatten und darauf warteten, dass ihnen ein Diener öffnete.

Margarida warf den beiden einen bitterbösen Blick zu und bog ihre Lippen zu einem verächtlichen Lächeln. »Schamlos, wie diese Hure sich aufführt. Auf Mallorca ist sie mit jedem Fischer, der ihr schöne Augen gemacht hat, nachts in die Olivenhaine geschlichen, und nun hat sie sich diesem Aleman an den Hals geworfen.«

»So ein verfluchter Hund! Der Mann ist doch nur Abschaum!« Lleó de Bonamés' Abneigung gegen Andreas kam aus tiefstem Herzen, denn er sah diesen als seinen ärgsten Konkurrenten um Margaridas Hand an und war eifersüchtig, weil der dahergelaufene Fremde von König Jaume in den Kreis der Vertrauten aufgenommen worden war, zu dem er selbst gerne gehört hätte.

»Es ist eine Schande, wie der König diese Ausländer uns Katalanen vorzieht!« Tadeu de Nules, der noch zu jung war, um in das engere Gefolge König Jaumes aufgenommen werden zu können, gab damit nur die zornerfüllten Worte seines Vaters wieder.

Lleó de Bonamés stimmte ihm eifrig zu. »Da habt Ihr wahr gesprochen, Senyor Tadeu. Es ist wirklich eine Schande! Diese Leute sind nur Gesindel, das nach Krieg und Beute giert und den König drängt, das Schwert gegen Seine Majestät, den König von Katalonien-Aragón und Valencia, zu ziehen. Würde es dazu kommen, wäre es ein Verhängnis für uns alle. Die meisten von uns verfügen über Besitz in Katalonien, den Senyor Rei Pere sofort konfiszieren würde, sollten wir uns in einem Krieg auf die Seite seines Feindes stellen.«

Seine Bemerkungen waren genau genommen Hochverrat, denn jeder am Hofe von Montpellier kannte Jaumes

Ziel, sein Reich zurückzugewinnen. Doch weder Tadeu de Nules noch Margarida de Marimon legten Bonamés' Worte auf die Goldwaage. Ihre Väter nannten jeder eine Burg und viel Land im jetzt katalanischen Rosselló ihr Eigen, und ohne diese Ländereien würden sie später kaum mehr als leere Titel erben. Bei den meisten der Edlen, die sich um Jaume von Mallorca versammelt hatten, überwog der Wert des Besitzes im katalanischen Herrschaftsbereich ihre Güter bei Montpellier um ein Mehrfaches, und nur die Lehenseide, die sie ihrem Herrn in besseren Zeiten geschworen hatten, hinderten sie daran, mit fliegenden Fahnen an den Hof von Barcelona zu eilen. König Pere hasste Verräter und würde diejenigen, die seinem Vetter Jaume den Rücken kehrten, auch für fähig halten, ihn im Stich zu lassen.

Tadeu de Nules setzte eine überhebliche Miene auf und strich sich über das schmale Bärtchen, das auf seiner Oberlippe zu wachsen begann. »Meinem Vater und den anderen Herren von Stand wird es gewiss gelingen, den König von unbesonnenen Schritten abzuhalten.«

Da sich die beiden anderen eine Antwort verkniffen, blickte er Margarida neugierig an. »Ihr glaubt also, die Tochter des Grafen von Marranx würde ein unziemliches Verhältnis zu dem Aleman pflegen, teuerste Kusine?«

»Zu wem pflegt sie das nicht?«, antwortete Margarida bissig.

Die Blicke, die Lleó de Bonamés und Tadeu de Nules miteinander wechselten, verrieten, dass sie nicht zu jenen gehörten, mit denen Soledad sich angeblich vergnügte. Junker Lleó erinnerte sich an eine heftige Ohrfeige Soledads, die er vor einigen Wochen für den Versuch erhalten hatte, ihr an den Hintern zu greifen, und angesichts dieser Erinnerung knirschte er mit den Zähnen.

»Es ist eine Schande, wie diese Metze ihre Beine für diesen dahergelaufenen Aleman spreizt ...« Er brach ab, denn der Rest der Bemerkung wäre nicht für Margaridas Ohren geeignet gewesen. Er verbeugte sich vor ihr und bat sie für seine letzten Worte um Verzeihung. »Ich wollte Euch nicht beleidigen, schönste Herrin.«

Margarida pflegte mit ihren Freundinnen und vor allem mit ihrer Zofe, die bereits ausgiebig die Freuden genoss, die ein Mann einer Frau schenken konnte, noch in einem ganz anderen Ton über solche Dinge zu sprechen, doch nun verbarg sie ihr Gesicht verschämt hinter ihrem Schleier. »Ihr sprecht wirklich sehr derb, Senyor Lleó. Ich weiß nicht, ob Ihr der richtige Umgang für meinen Vetter seid.«

Sie schenkte Tadeu de Nules ein Lächeln, das in Bonamés den Wunsch erweckte, seinen Begleiter zu erwürgen. Dann erinnerte er sich an die enge Verwandtschaft und lächelte still vor sich hin. Einem gekrönten Haupt würde Seine Heiligkeit, der Papst, vielleicht Dispens erteilen, aber gewiss nicht einfachen Senyores wie de Nules und d'Ascell.

»Ich bemühe mich um Besserung, teuerste Dona«, versprach er und verbeugte sich, als Margarida sich verabschiedete. Er blickte ihr sehnsüchtig nach, bis sie im Innern des Palasts verschwunden war, dann drehte er sich zu Tadeu de Nules um und zwinkerte ihm zu.

»Du wirst doch hoffentlich deiner Base nicht verraten, was wir Männer unter uns reden.«

»Gewiss nicht!«, versicherte ihm der Jüngling eifrig. »Bestimmte Worte dürfen wir einfach nicht vor den Damen verwenden, denn diese zart besaiteten Geschöpfe fallen doch sofort in Ohnmacht.«

Lleó de Bonamés lachte leise auf. »Bis auf Dona Soledad, aber die ist ja auch keine Dame.«

»Ich bin immer noch überzeugt davon, dass sie nur ein freches Fischermädchen ist, das sich als Tochter des Grafen von Marranx ausgibt.« Tadeu plapperte auch jetzt nur das nach, was er von älteren Verwandten gehört hatte.

Sein Begleiter nahm die Bemerkung gierig auf. »Soledad Espin ist wahrlich keine Dame. Dona Margarida hat Recht, wenn sie sie eine Hure nennt.«

Bonamés dachte kurz nach und legte dann seinem Freund die Hand um die Schulter. »Mein lieber Tadeu, ich hatte dir doch versprochen, dich in ein Bordell in der Stadt mitzunehmen, damit du die Lanze, mit der dich Gott in Seiner Gnade ausgestattet hat, auch einmal erproben kannst. Doch eben ist mir eine bessere Idee durch den Kopf gegangen. Pass auf!« Er zog den Jüngeren an sich und flüsterte ihm seinen Plan ins Ohr.

Einer der älteren Höflinge, der eben mit seiner Gemahlin den Laubengang betrat, um in den Garten hinabzusteigen, zog beim Anblick der jungen Leute eine verächtliche Miene. »Die heutige Jugend ist auch nicht mehr das, was sie in unserer Zeit war, liebste Pilar. Rasch, wenden wir diesen schamlosen Burschen, die sich in aller Öffentlichkeit wie ein Liebespaar umarmen, den Rücken zu.« »Das wird sie auch nicht daran hindern zu tun, wonach ihnen der Sinn steht«, spottete seine Frau, denn sie hatte auf Anhieb erkannt, dass Lleó de Bonamés und Tadeu de Nules sich wie Fünfjährige benahmen, die einen Streich ausheckten.

406

III.

Der König empfing die Männer, denen er glaubte trauen zu können, in einem Eckturm der Burg, in dem er sich vor fremden Ohren sicher fühlte. Während die Herren, unter denen sich auch Andreas befand, Platz nahmen, wies Jaume einem Diener an, die Pokale mit Wein zu füllen.

Dann hob er sein Trinkgefäß. »Auf die Krone Mallorca, Senyores, und darauf, dass sie bald wieder mein Haupt ziert!«

»Es ist also endlich so weit?« Einer der anwesenden Ritter, ein junger Provenzale namens Gyot du Sorell, vermochte seine Ungeduld kaum zu zügeln.

Der König bedachte ihn mit einem nachsichtigen Blick. »Ich habe Nachricht erhalten von Josin d'Ville und einigen anderen meiner Emissäre. Da sie nun Handgeld geben und reichen Sold versprechen können, fällt ihnen das Anwerben von Kriegern leichter, und so werden sich in den nächsten Monaten Scharen von Rittern und Fußknechten hier in Montpellier einfinden und in meine Dienste treten. Mit Gottes Hilfe und diesen Männern wird es uns gelingen, mein Reich wieder zu errichten.«

»Möge Gott es geben!« Der Provenzale hob seinen Pokal in einer theatralischen Geste und leerte ihn in einem Zug.

Auch Andreas trank einen Schluck, wiegte dann aber nachdenklich den Kopf. »Verzeiht ein offenes Wort, Euer Majestät. Ich finde es nicht gut, dass die Nachricht von einem bevorstehenden Krieg die Stadt wie einen Bienenschwarm summen lässt. Es scheint auch jedermann zu wissen, dass Montpellier bei einem Erfolg Eurer Bemühungen

407

an Frankreich gehen wird, und diese Tatsache findet nicht bei allen Euren Edlen Zustimmung.«

Jaume senkte für einen Moment den Kopf, damit die anderen ihm nicht ins Gesicht sehen konnten. Montpellier würde auf jeden Fall an Frankreich fallen, nicht nur bei Erfolg, so wie er es seinen Männern mitgeteilt hatte. Diese kleine Lüge war in seinen Augen jedoch unabdingbar, um nicht vor aller Welt als Hasardeur zu gelten, sonst hätten zu viele Söldnerführer es abgelehnt, in seine Dienste zu treten. Rasch zwang er sich zu einer gelassenen Miene und lächelte scheinbar verständnisvoll.

»Ihr seid ein Aleman, Comte, und denkt zu viel nach. Hier im Süden lebt ein anderer Menschenschlag, der rascher und mit mehr Feuer redet als in Eurem kalten, nördlichen Land.«

»Euer Vetter Pere von Aragón wird durch solches Gerede jedoch gewarnt!« Andreas wusste, dass es nicht klug war, einen König auf seine Fehler hinzuweisen, aber er brachte es nicht fertig zu schweigen. In seinen Augen hätten die Vorbereitungen für den geplanten Kriegszug absolut geheim durchgeführt werden müssen, denn wie es jetzt lief, wurde ein großer Vorteil leichtfertig aus der Hand gegeben.

Jaume freute sich über den Eifer des jungen Deutschen, denn mit Rittern wie Andre de Pux an seiner Seite würde er sein Reich zurückgewinnen, davon war er fest überzeugt. Das Wissen, dass es in seinem Heer nur einen Andreas von den Büschen gab, schob er dabei großzügig beiseite, ebenso wie die Tatsache, dass der Rest der Männer, die ihm aus aller Herren Länder zuströmten, sich nur für ihren Sold interessierte und die Beute, die sie in seinem Krieg machen konnten. Das Einzige, was ihm Sorge bereitete, war die Mehrzahl seiner Höflinge, die den Krieg gegen Katalonien-Aragón für das Schlimmste aller Übel hielten.

»Mein lieber Comte, Eure Einwände in allen Ehren, doch Ihr schreibt meinem Vetter eine Voraussicht zu, wie sie nur ein Heiliger haben kann, und das ist der Zeremoniöse trotz allen Weihrauchs, in dessen Schwaden er badet, gewiss nicht«

Die übrigen Männer im Kriegsrat lachten bei diesen Worten auf. Es waren wenige Höflinge, auf deren bedingungslose Treue Jaume baute, und fremde Edelleute, die sich dem König in der Hoffnung auf Ruhm, Titel und Landbesitz angeschlossen hatten. Für Einwände, wie Andreas sie einbrachte, hatten sie wenig übrig, und viele neideten ihm auch den vertrauten Umgang mit dem König. Andreas war sich der Missgunst bewusst, die ihn wie ein übler Dunst umgab, und hätte gerne mit jedem der Anwesenden getauscht. Der Titel Comte, mit dem man ihn hier ansprach, entfremdete ihn den eigenen Männern, Answin von Dinklach wagte in seiner Gegenwart kaum mehr den Mund aufzumachen, und Peter von Sulzthal zeigte offen, dass er ihm seinen scheinbaren Erfolg bei Hofe missgönnte.

Während Andreas diesen Gedanken nachhing, offenbarte der König seine Pläne. »Wir werden meinen Vetter mit seinen eigenen Waffen schlagen und einen Angriff auf das Rosselló vortäuschen. In Wirklichkeit aber werden wir auf Mallorca landen«, begann er.

Ein französischer Baron, der sich nach einem Streit mit König Philippe dem Mallorquiner angeschlossen hatte, warf schon nach wenigen, grob umrissenen Einzelheiten begeistert die Arme hoch. »Dieses Vorgehen ist ausgezeichnet, Euer Majestät, eines Königs wahrhaft würdig!«

Auch die übrigen Herren bemühten sich, ihre Zustimmung für Jaumes Plan ebenso wort- wie gestenreich zu bekunden. Andreas aber hatte bei Joachim von Terben nicht nur Schwert und Lanze zu führen gelernt, sondern auch viel über Kriegsführung erfahren und erkannte die vielen Unwägbarkeiten, die das Szenario des Königs enthielt. Er hielt es für seine Pflicht, Jaume auf die Lücken in seinem Plan aufmerksam zu machen, doch als Jaumes Blick seine halb erhobene Hand streifte, wurde dessen Miene abweisend.

Der König fuhr in seiner Rede fort, ohne dem Deutschen auch nur eine Chance zu einem Einwand zu geben. »Mittlerweile hat sich eine stattliche Streitmacht hier versammelt, die sich in den nächsten Wochen wohl noch verdoppeln wird. Dann sind wir in der Lage, nach Mallorca aufzubrechen. Der Baron de Centelles i de Nules, der dritte oder vierte Statthalter, den mein Vetter in die Ciutat de Mallorca entsenden musste, wird uns dann keinen ernsthaften Widerstand entgegensetzen können. Ihm wird es genauso ergehen wie meinem Statthalter Roger de Rovenac vor fünf Jahren, der machtlos zusehen musste, wie mein Vetter die Insel an sich riss.«

»Wie viele Männer haltet Ihr für nötig, um Mallorca einzunehmen?« Diese Frage konnte Andreas sich nicht verkneifen.

Der König sah ihn freundlich lächelnd an. »Zweihundert Ritter und zweitausend Fußknechte!«

»Diese Zahl ist bereits erreicht. Brecht in den nächsten Tagen auf, Majestät! Je schneller wir auf Mallorca sind, umso weniger Zeit bleibt Centelles, sich auf einen Angriff vorzubereiten.« Andreas' Stimme klang beschwörend, und einige der anwesenden Herren nickten zustimmend.

Der König hingegen schüttelte den Kopf. »Ihr seid voreilig, mein Freund. Warum sollte ich auf die angekündigten Verstärkungen verzichten? Komme ich mit der doppelten Zahl, wird die Stärke unseres Heeres de Centelles so in Angst und Schrecken versetzen, dass er nicht einmal an Widerstand denkt, sondern sich sofort ergibt.«

Jaume gab sich einen Augenblick lang der Vision hin, Mallorca könne ihm kampflos in die Hände fallen. Andreas hingegen stieß einen leisen Fluch aus, den er von Soledad gehört hatte und der wirklich nicht in die Hallen eines Königs passte.

»Ich fürchte weniger de Centelles als de Nules«, setzte er mehr für sich als für die anderen hinzu. Die enge Verwandtschaft des neuen Gouverneurs von Mallorca mit Jaumes Höfling Vicent de Nules ließ ihn Verrat befürchten. Zwar hatten die meisten der hiesigen Edelleute Verwandte auf der feindlichen Seite, doch keiner von ihnen hatte so viel Interesse daran, sich in einem Krieg zwischen Pere von Katalonien-Aragón und Jaume von Mallorca heimlich auf die Seite des Katalanen zu stellen wie de Nules, denn wenn Jaume verlor, konnte dieser unbesorgt nach Barcelona zurückkehren und seine Güter, die derzeit von Verwandten für ihn verwaltet wurden, wieder in Besitz nehmen.

Jaume betrachtete den jungen Deutschen mit einem überlegenen Lächeln. In seinen Augen waren die Teutonen gefährliche Schlagetots, aber nicht übermäßig mit Geistesgaben gesegnet. Andre de Pux, Comte de Castellranca –

und nach Königin Violants Plänen bald auch Comte de Marranx –, würde seinen wahren Wert auf dem Schlachtfeld beweisen können. Auch wenn de Centelles keine offene Feldschlacht annahm, würden etliche Befestigungen erobert werden müssen, in denen Peres Gefolgsleute sich verschanzt hielten. Unter den Burgen bereitete die mächtige Bergfestung Alaró in der Tramuntana dem König das meiste Kopfzerbrechen. Sie musste rasch fallen, denn sonst bliebe sie wie ein Stachel in seinem Fleisch stecken und würde seinen übermäßig stark auf Ehre bedachten Vetter Pere dazu bringen, ein Entsatzheer auszusenden. Mit einem leisen Schnauben schob der König diesen Gedanken von sich und legte den versammelten Männern dar, wie er den Feldzug zu führen gedachte.

Andreas hörte aufmerksam zu und fand an Jaumes Plänen, die Mallorca selbst betrafen, kaum etwas auszusetzen. Ihn störte nur die Zeit, die bis zum Aufbruch vergehen würde, denn sie spielte dem Feind in die Hände.

Als hätte der König ihm diese Bedenken von der Stirn abgelesen, kam er darauf zu sprechen. »Mein lieber de Pux macht sich immer noch Sorgen, nicht wahr? Aber es gibt einen wichtigen Grund, der mich zwingt, mit möglichst großer Heeresmacht nach Mallorca aufzubrechen – und das sind die dortigen Edelleute, die ihre Knie zwangsweise vor meinem Vetter haben beugen müssen. Käme ich mit zu wenigen Männern, würden sie an meinem Erfolg zweifeln und abwarten wollen, ob mein Vetter Pere nicht doch die Oberhand behält. Erscheine ich jedoch mit genügend Kriegern, um die wenigen Verräter unter ihnen mit leichter Hand unterwerfen zu können, werden sie das katalanische Joch mit Freude abschütteln und an meine Seite eilen!«

Jaumes Zuhörer priesen seine weise Voraussicht, und auch Andreas tat zumindest so, als schließe er sich ihrem Beifall an, denn er wollte sich nicht den Zorn des erwartungsvoll in die Runde blickenden Königs zuziehen. Aber er teilte Jaumes Einschätzung nicht. Von Soledad hatte er viel über die Verhältnisse auf der Insel erfahren, und das, was er vernommen hatte, gefiel ihm nicht sonderlich. Die Ritter und Barone Mallorcas hatten König Pere bei dessen Einmarsch kaum Widerstand entgegengesetzt und waren auch nicht übers Meer zu Jaume geflohen, obwohl das einigen nach Peres Sieg durchaus noch möglich gewesen wäre.

Stattdessen hatten sie sich bedingungslos ihrem neuen Herrn unterworfen, um ihre Güter behalten zu können. Siegte Jaume, so hatten sie seine Ungnade zu fürchten, und daher glaubte Andreas nicht, dass diese Männer freiwillig wieder auf dessen Seite wechseln würden. Ein Hinweis auf die Unzuverlässigkeit der mallorquinischen Edelleute aber hätte ihm eine weitere Rüge eingebracht, und so hielt er den Mund und ging in Gedanken die Männer durch, die Jaume ihm unterstellt hatte. Es handelte sich um sämtliche Söldner und Ritter deutscher Zunge, die Josin d'Ville und andere Emissäre im Heiligen Römischen Reich hatten anwerben können. Deren Zahl reichte zwar nicht an die der Provenzalen oder der Männer aus dem Languedoc heran, aber Andreas hatte sie geprüft und hielt sie für zuverlässiger als die Südländer.

IV.

Der Kriegsrat dauerte mehrere Stunden und war im Grunde mehr ein Ritual zu dem Zweck, sich gegenseitig Mut zu machen, und nicht, um konkrete Pläne zu ersinnen. Es floss reichlich Wein, und der König ließ zuletzt ein gutes Mahl auftragen. Als er die Tafel schließlich aufhob, verließen seine Vertrauten den Raum satt und zufrieden – und die meisten nicht mehr nüchtern.

Andreas fragte sich, ob er den König um ein Gespräch unter vier Augen bitten sollte, um ihm noch einmal all seine Bedenken darzulegen, doch Jaume nahm ihm die Entscheidung ab, indem er erklärte, die Königin aufsuchen zu wollen. Sein Sohn, der den gleichen Namen trug wie er, hatte ebenfalls an dem Kriegsrat teilgenommen und verließ nun an der Seite des Provenzalen du Sorell den Raum. Andreas folgte den beiden und entdeckte in der Vorhalle einige Höflinge, die offensichtlich auf Prinz Jaume und seinen Begleiter gewartet hatten, denn sie umringten die beiden jungen Männer sofort und begrüßten sie so eifrig, als hätten sie sie wochenlang nicht gesehen. Dabei umschmeichelten sie den sichtlich gut gelaunten Thronerben in einer Art und Weise, die Andreas anwiderte.

»Und wann werden wir nach Mallorca zurückkehren können?«, fragte einer von ihnen, der, wie Andreas wusste, aus der Cerdanya stammte und die Insel noch nie in seinem Leben betreten hatte.

»Schon bald! Wir warten nur noch auf die letzten angeworbenen Söldner«, sagte der Prinz so fröhlich, als spreche er von einem Turnier. Auch alle weiteren Fragen beantwortete er, ohne zu zögern.

Andreas, der verblüfft stehen geblieben war, bemerkte mit wachsendem Ärger, dass der Thronerbe all das, was in der Turmstube besprochen worden war, an die Höflinge um ihn herum ausplauderte. Prinz Jaume schien nicht zu begreifen, dass er damit die Pläne seines Vaters indirekt an Pere von Katalonien-Aragón verriet, der in wenigen Tagen über jedes Wort Bescheid wissen würde, das hier fiel.

Entsetzt über so viel unangebrachte Vertrauensseligkeit schritt Andreas durch den Raum, ohne auf die neidischen Blicke einiger junger Höflinge zu achten, die ihm weder seine Stellung am Hof gönnten noch die Freuden, die er, wie sie annahmen, bei Soledad Espin genoss. Als er endlich auf dem Vorhof der Burg stand, atmete er tief durch und rief nach seinem Pferd, das ihm nach kurzer Zeit gebracht wurde. Es war nicht mehr der Zelter, auf dem er nach Montpellier geritten war, sondern ein feuriger andalusischer Hengst, den Jaume ihm zum Geschenk gemacht hatte. Das Tier war nicht leicht zu beherrschen, aber pfeilschnell, und es würde sich gut zur Zucht verwenden lassen.

»Ich denke schon so, als besäße ich bereits Burgen, Land und vor allem viele Stuten, die ich Karim zuführen könnte«, spottete Andreas über sich selbst, während er durch die engen Gassen der Stadt ritt und versuchte, seiner Niedergeschlagenheit Herr zu werden. Das wollte ihm auch dann nicht gelingen, als er das Tor passiert hatte und das Feldlager vor sich sah, in dem Jaumes Söldner untergebracht worden waren.

Die Zelte waren neu und standen streng ausgerichtet wie Schachfiguren auf einem Brett, und bei der Ausrüstung der Krieger hatte Jaume ebenfalls keine Kosten gescheut. Ohne sich Gedanken zu machen, dass der Zufluss an französischen Ecus d'or irgendwann einmal versiegen würde, hatte er tief in seine Truhen gegriffen, nur das Beste schien gut genug. Andreas hatte eine neue Rüstung erhalten und dazu ein Schwert, dessen Klinge aus der fernen kastilischen Stadt Toledo stammte. Deren Schmiede hatten sich dem Vernehmen nach die Kunst der maurischen Schwertfeger bewahrt, und ihre Erzeugnisse waren würdig, von Königen und Fürsten getragen zu werden. Entsprechend stolz war Andreas auf seine neue Waffe und gierte danach, sie im Kampf erproben zu können. Beim Ritt durch die Zeltreihen wurde dieser Wunsch beinahe übermächtig, und als er den Teil erreichte, der den deutschen Söldnern zugeteilt worden war, musste er sich ebenso zügeln wie seinen Hengst Karim.

Als Erstes entdeckte er Heinz, der es vorzog, im Lager zu leben, und nur im Palast auftauchte, wenn Andreas ihn holen ließ. Der Bursche saß selbstvergessen auf einem Schemel und spielte zu Andreas' Verwunderung auf einer Fidel, und das nicht einmal schlecht.

Andreas sprang vom Pferd, warf die Zügel einem herbeieilenden Knecht zu und blieb neben Heinz stehen. »Eigentlich dachte ich ja, du würdest im Lager bleiben, um dich mit den Söldnern im Kampf zu üben. Doch wie es aussieht, birgst du mehr Talente, als ich vermutete.«

Heinz bemerkte ihn jetzt erst und schoss mit schuldbewusstem Gesicht hoch. »Verzeiht, Herr, aber ich ..., ich werde die Fidel wieder zurückgeben, wenn es Euch stört, dass ich darauf spiele.«

Andreas hob lachend die rechte Hand. »Ich sagte nicht, dass es mich stört. Mich wundert nur, wie gut du das Instrument beherrschst. Auf Terben hast du niemals Interesse daran gezeigt, ein Spielmann zu werden.«

»Das will ich ja auch nicht. Aber es ist gewiss von Vorteil, wenn ich die Fidel kratzen und dazu singen kann. Ich könnte Euch mit meinem Spiel die Abende am Lagerfeuer verkürzen, und wenn Ihr einmal Eurer Dame eine Serenade darbringen wollt, wäre ein wenig Musik dazu sicher nicht von Übel.«

Bevor Heinz sich in weiteren Vorschlägen verlieren konnte, winkte Andreas lachend ab. »Welche Dame denn?«

»Nun ja, diese mallorquinische Jungfrau, die Euch bei Tisch aufwartet. Sie ist wunderschön, findet Ihr nicht auch?« Heinz sah seinen Herrn gespannt an, denn er hätte gerne genauer gewusst, wie dieser zu der Dame Soledad stand. Immerhin war diese eine Gräfin und konnte diesen Titel, so er erfahren hatte, an ihre Kinder weitergeben.

Andreas ging das Gespräch zu weit, und er wechselte das Thema. »Wie steht es im Lager? Sind unsere Leute zum Kampf bereit?«

Heinz' Gesicht verzog sich zu einem erwartungsfrohen Lächeln. »Bedeutet das, wir brechen endlich auf?«

»Wüsste ich es, würde ich es gewiss nicht vor allen ausplaudern.« Andreas gab dem Burschen einen Nasenstüber und wandte sich Peter von Sulzthal zu. Sofort spürte er wieder die angespannte Atmosphäre, die zwischen ihm und dem jungen Ritter herrschte.

Der Sulzthaler war mit großen Hoffnungen hierher gekommen und wurde nun von den Männern König Jaumes als einfacher Cavaller behandelt, während man Andreas hohe Achtung entgegenbrachte. Dabei konnte er sich noch

417

gut an jene Zeiten erinnern, die sie gemeinsam unter der Fuchtel Joachim von Terbens verbracht hatten und in denen er als ehelicher Sohn eines Ritters weitaus mehr gegolten hatte als der Bastard des Ranksburger Grafen.

Andreas lächelte ihn freundschaftlich an, um die Spannung zwischen ihnen zu lindern, und deutete auf die Kleidung des Freundes. »Du trägst ja einen neuen Waffenrock! Der steht dir gut!«

In Peters Gesicht zuckte es leicht, dann entschied er sich ebenfalls für ein Lächeln. »So ein stattliches Gewand habe ich noch nie besessen. Mein Bruder würde vor Neid vergehen, vor allem wegen des Wappens.« Der junge Ritter wies auf das Brustteil seiner langen, sattelgerecht geschlitzten Tunika, auf das Königin Violants Mägde ein phantasievolles Wappen gestickt hatten, welches sich stark von dem auf seinem Kampfschild unterschied.

»König Jaumes Herold hat mir eine Urkunde ausgefertigt, nach der sein Herr mir dieses Wappen verliehen hat. Damit kann ich es auch in der Heimat tragen!« Peters Stimme klang gleichzeitig entschuldigend wie herausfordernd.

Andreas hatte am eigenen Leib erfahren, wie leichtherzig hier Ehren und Würden vergeben wurden, und klopfte ihm lachend auf die Schulter. »Das ist gut! Damit geht es dir besser als mir, denn ich werde mich im Reich wohl schwerlich Graf nennen können.« Peters Miene wurde einen Moment abweisend, dann fiel er in das Lachen ein. »Warum denn nicht? Wenn ich mit Jaumes Herold ein paar Becher des köstlichen Weines trinke, der hier überall wächst, wird er dir auf einer gegerbten Kalbshaut bekunden, dass sein

Herr dir das Recht verliehen hat, dich Comte de Castellranca zu nennen. Wenn ich es genau bedenke, gefällt es mir besser, einem Grafen zu dienen, denn als fahrender Ritter mit einer ebenso armen Sau wie mir durch die Lande zu ziehen.«

»Das wird nicht nötig sein, denn soviel ich gehört habe, wird der König Herrn Andreas nach dem Sieg mit Dona Soledad vermählen und ihm den Titel eines Comte de Marranx verleihen.« Answin von Dinklach hatte sich fast lautlos genähert und verbeugte sich vor Andreas nun wie vor einem Herzog oder König.

Diesem war die Szene furchtbar peinlich. »Lass das, Answin! Wir sind als Gefährten in diese Stadt gekommen und werden sie auch als Gefährten wieder verlassen.«

»Aber wenn Ihr erst einmal Herr auf Burg Marranx seid, werdet Ihr gewiss einen Burgvogt oder Kastellan brauchen.« Der Dinklacher blickte Andreas an wie ein Hund, der um einen Knochen bettelt.

Peter zwinkerte seinem Freund beredt zu. Answin von Dinklach mochte als Ritter geboren worden sein, doch die vielen Jahre unter der Fuchtel eines älteren Bruders hatten einen Knecht aus ihm gemacht. »Wer weiß, vielleicht verleiht Herr Jaume auch dir ein stattliches Lehen, Answin«, sagte er scherzend zu dem ältlichen Ritter.

Der sah für einen Augenblick so erschrocken drein, als habe man ihn zur Höllenstrafe oder wenigstens zu zweihundert Jahren Fegefeuer verurteilt. »Es sind so viele Ritter hier versammelt, dass er sich meiner wohl kaum entsinnen wird.«

»Du brauchst nur eine große Tat zu vollbringen und stehst dann höher als wir anderen alle zusammen.« Andreas'

419

Versuch, seinem Begleiter Mut einzuflößen, ging ins Leere. Answin hatte nicht die Phantasie, sich solch eine Entwicklung vorzustellen, und auch nicht den Willen, sie zu erzwingen.

Bei Peter von Sulzthal fielen Andreas' Worte jedoch auf fruchtbaren Boden. »Du hast Recht, Andreas! Es liegt in unserer Hand, uns Reichtum und Macht zu schaffen. Wenn unsere Schwerter flink und hart auf König Jaumes Feinde niederprasseln, bringt uns jeder Hieb eine Belohnung ein, und hinterher sind wir mindestens Herr über eine Baronie. Senyor de Vallesulza! Das hat doch Klang, findest du nicht auch?«

Als Andreas in das lachende Gesicht seines Freundes blickte, spürte er, dass die Spannung sich löste, die zwischen ihnen geherrscht hatte. Er boxte Peter spielerisch in die Rippen und lächelte übermütig. »Wenn, dann solltest du dir den Namen von einem Meister der katalanischen Sprache übersetzen lassen! Man sagt leicht etwas und wundert sich, weshalb die anderen über einen lachen.«

»Das sollen sie nur wagen! Meine Faust würde ihnen zwischen die Hörner fahren.« Peters beinahe glücklich gelöstes Gesicht nahm der Drohung jegliche Wirkung. Er hakte sich bei Andreas ein und führte ihn zu einigen Deutsch sprechenden Neuankömmlingen, die man ihnen zugeteilt hatte.

Es gefiel dem jungen Ritter, dass die biederen Kerle Andreas sofort als ihren vom König bestimmten Anführer und ihn als dessen Stellvertreter akzeptierten. Auch Answin von Dinklach wurde von den Neuankömmlingen mit einer Ehrerbietung behandelt, die den braven Mann verlegen machte. Da er von zu Hause gewohnt war, im Auftrag seines Bruders die Knechte anzutreiben, hielt Andreas ihn für am besten geeignet, die einfachen Söldner zu befehligen. Von den insgesamt sieben deutschen Rittern, die außer ihnen den Weg hierher gefunden hatten, würde dies keiner mit so viel Diensteifer tun wie der Dinklacher. Jetzt stand Andreas nur vor dem Problem, Answin diese Aufgabe in einer Weise nahe zu bringen, die ihn weder beleidigen noch verunsichern würde.

»Wäre es dir recht, Answin, mit mir und Peter kurz unter sechs Augen zu sprechen?« Andreas sprach eine höfliche Bitte aus, doch in den Ohren des Dinklachers schien es wie ein scharfer Befehl zu klingen, denn er sah so aus, als erwarte er heftigen Tadel.

Andreas ließ ihm keine Zeit zu grübeln, sondern fasste ihn am Arm und zog ihn ein Stück von den anderen fort. Peter folgte ihnen auf dem Fuß, denn er schien sehr neugierig auf das zu sein, was Andreas zu sagen hatte.

»Nachdem Herr Jaume mich zum Befehlshaber der deutschen Ritter und Fußknechte ernannt hat, haben wir die Aufgabe, aus diesem wirren Haufen einen kampfstarken Trupp zu formen«, begann Andreas ansatzlos, während die beiden anderen eifrig nickten.

»Mir wäre es lieb, wenn Peter sich überwinden könnte, mein Stellvertreter zu sein.«

»Überwinden? Ich täte nichts lieber als das!« Der junge Sulzthaler sah für einen Augenblick so aus, als wolle er Andreas um den Hals fallen, denn mit dieser Entscheidung war die Rangerhöhung, die er insgeheim anstrebte, in erreichbare Nähe gerückt.

421

Der Dinklacher nickte eifrig. »Junker Peter ist gewiss der rechte Mann dafür, Herr Graf.«

»Damit bist du aber auch für die anderen Ritter und deren Gefolge verantwortlich.« Andreas blickte Peter fragend an, denn es war keine leichte Aufgabe, die sieben fremden Ritter und ihre unterschiedlich große Zahl an Reisigen und Knechten unter einen Helm zu bringen.

»Ich bin dein Mann, Andreas, und ich schwöre dir, es wird im ganzen Heer keine Ritterschar geben, die die unsere an Kampfkraft und Mut übertreffen wird.« Peter schloss Andreas voller Freude und Dankbarkeit in die Arme und zog ihn an sich. Seine Geste ließ Andreas erröten, denn sie erinnerte ihn an Donatus und dessen Umarmungen. Doch dann schob sich das Bild Soledad Espins vor das des Mönches, und er verspürte eine Erregung, die um einiges heftiger war als jene, die er verbotenerweise mit dem jungen Mönch aus Eberbach geteilt hatte.

Verlegen löste er sich aus Peters Armen und klopfte ihm auf die Schulter. »Das wäre also geregelt. Was aber machen wir mit den einfachen Söldnern? Da es sich – abgesehen von ein paar kleinen Grüppchen – um drei Truppen handelt, die jeweils einen eigenen Anführer haben, will ich keinen von diesen Männern über die anderen setzen. Vor allem diesen Eisenschuch nicht, der zuletzt gekommen ist und so tut, als verstünde nur er allein etwas vom Krieg.«

Peter von Sulzthal spürte, worauf sein Freund hinauswollte, und grinste. »Dieser aufgeblasene Schwabe eignet sich bestimmt nicht dazu, sämtliche Fußsoldaten anzuführen. Dazu brauchst du einen Mann, dem du vollkommen vertrauen kannst, und da kannst du nur einen Ritter neh-

422

men, dem die Hauptleute schon seines Ranges wegen Achtung entgegenbringen. Diese Aufgabe würde ich zwar gerne übernehmen, aber ich bin schon mit meinen anderen Pflichten ausgefüllt.«

Er drehte sich zu Answin von Dinklach um und legte diesem den Arm um die Schulter. »Wärest du einverstanden, wenn ich Andreas vorschlage, dich zu nehmen? Du bist in meinen Augen der beste Mann für diesen Posten.«

Andreas nickte Peter dankbar zu. »Nicht nur in den deinen. Ich wäre wirklich glücklich, wenn Answin mir diesen Gefallen tun könnte.«

Answin von Dinklach erbebte sichtlich, denn die Situation machte ihm Angst. Er scheute vor der Verantwortung zurück und fürchtete sich davor, zu versagen und Andreas zu enttäuschen. Deshalb wollte er ablehnen, aber dann wurde ihm klar, dass er seinen Anführer damit schwer kränken würde, und ergab sich in sein Schicksal. »Wenn Ihr meint, dass ich der rechte Mann bin, werde ich es tun, Herr Graf.«

»Ich meine es und werde es auch gleich den anderen mitteilen, dass du der Kommandant der Fußsöldner bist.« Andreas war klar, dass er stets ein Auge auf den Dinklacher würde haben müssen, doch er traute ihm zu, an seiner Aufgabe zu wachsen.

V.

Etwa zu der Zeit, in der Andreas das Kriegslager wieder verließ, um in die Stadt zurückzukehren, saßen Tadeu de Nules und Lleó de Bonamés in Lleós Kammer und füllten den letzten Wein aus einem Krug in ihre Becher. Sie waren nicht mehr nüchtern, und das Gespräch, das sie in der letzten Stunde geführt hatten, war nicht dazu geeignet gewesen, ihre trübe Laune zu verbessern.

»Der König ist ein Narr!« Tadeus Nuscheln nahm der Bemerkung ein wenig die Schärfe.

Sein Gegenüber nickte jedoch so eifrig, als habe er eine der verloren geglaubten Weisheiten der Alten von sich gegeben. »Da habt Ihr vollkommen Recht, Senyor Tadeu. Es ist Wahnsinn, Senyor Rei Pere und mit ihm die Macht Kataloniens herauszufordern. Wenn Jaume versucht, das Rosselló zurückzugewinnen, wird er bereits vor Perpinya scheitern.«

Über Tadeus Gesicht huschte ein amüsierter Ausdruck. »Wer sagt Euch, dass der König das Rosselló erobern will, Senyor Lleó?«

»Was sollte er sonst planen?« Lleó de Bonamés beugte sich überrascht vor und fixierte den Jüngeren mit einem scharfen Blick. »Heißt das, Ihr wisst mehr über des Königs Pläne, als dieser allgemein verlauten lässt?«

»Das will ich meinen!« Tadeu de Nules sonnte sich darin, seinem eleganten älteren Freund etwas vorauszuhaben. »Ihr wisst doch, Senyor Lleó, dass ich des Öfteren mit dem Thronerben Ball spiele. Ich habe sogar gemeinsam mit ihm den Ritterschlag erhalten, und so etwas verbindet. Aus diesem Grund vertraut Prinz Jaume mir Dinge an, die er sonst niemandem erzählt.«

»Berichtet!« Das Wort klang mehr wie ein Befehl denn wie eine Bitte.

Tadeu zierte sich ein wenig, dann teilte er seinem Gastgeber alles mit, was nicht nur er in der Halle von dem jüngeren Jaume erfahren hatte.

Als er geendet hatte, stieß Bonamés einen wüsten Fluch aus. »Bei allen geschwänzten Höllenteufeln, der König muss wirklich verrückt geworden sein! Sollen wir auf einer Insel leben, auf der es nur Bauerntölpel und stinkende Fischer gibt?«

»... und hübsche Fischermädchen!«, fiel ihm Tadeu de Nules kichernd ins Wort.

»Wegen eines Fischermädchens brauchen wir nicht bis Mallorca zu fahren. Für uns beide reicht Soledad Espin, und ich schwöre dir, wir werden sie noch heute durchziehen!«

Der Jüngere wiegte anzüglich das Becken vor und zurück. »Hoffentlich hast du Recht! Meine Lanze sehnt sich nach einem scharfen Buhurt. Bisher konnte ich sie nur einmal zum Angriff recken, und das war bei der Kammerfrau meiner Mutter. Das Weib ist mehr als doppelt so alt wie ich, hat ein Dutzend Kinder geboren und war eigentlich nur wabbelig und nass. Von selbst wäre ich auch nie auf die Idee gekommen, so etwas besteigen zu wollen, doch sie hat mich einfach in ihre Kammer gezogen und entkleidet. Da konnte ich nicht mehr zurück und habe ...«

Lleó de Bonamés interessierte sich nicht für die erotischen Abenteuer des Jüngeren, sondern packte ihn, als wolle er ihn schütteln. »Ich kann mir denken, was du mit ihr gemacht hast. Berichte mir noch einmal ganz genau, was Prinz Jaume dir erzählt hat! Bist du ganz sicher, dass du ihn richtig verstanden hast und der König Mallorca erobern will?«

»Freilich will er das! Oder glaubst du, Rei Jaume hätte seinen Sohn angelogen?« Tadeu de Nules war gekränkt, denn er hätte lieber die Geschichte mit der fetten Kammerfrau zu Ende erzählt, um zu zeigen, dass er kein Knabe mehr war, sondern durchaus wusste, was man mit einer Frau anfangen konnte.

Lleó de Bonamés spürte Tadeus Stimmungsumschwung und begriff, dass er ihm schmeicheln musste. »In Kürze wirst du deine Lanze auf ein angenehmeres Ziel richten können als damals, mein Freund. Soledad ist das schönste Mädchen am Hof, und ich will verdammt sein, wenn ich zulasse, dass dieser verfluchte Aleman sie jede Nacht haben kann, während uns ihre Pforte verschlossen bleibt.«

Der junge de Nules rieb sich erwartungsvoll die Hände, denn er gierte danach, seine Erfahrungen mit dem anderen Geschlecht zu vertiefen, während Bonamés sich für die Abfuhr rächen wollte, die Soledad ihm bereitet hatte. Natürlich hatte er es nicht nötig, einem Fischweib hinterherzulaufen, es gab im Palast wahrlich genügend willige Mägde und auch einige Edeldamen, die es mit der ehelichen Treue nicht so genau nahmen, wie ihre Ehemänner glaubten. Lleó de Bonamés hatte jedoch noch einen anderen Grund, Soledad unter sich spüren zu wollen. War sie tatsächlich die Tochter des Grafen von Marranx, so wäre es eine gerechte Vergeltung, wenn er sie zu seiner Hure machte und dies auch öffentlich kundtat, denn er war weitläufig mit den Familien de Bianya und Esterel verwandt, die beide Männer im Kampf mit Guifré Espin de Marranx verloren hatten. War sie aber nur ein Fischermädchen, so geschah ihr genau das, was ihr gebührte. Wenn er mit Soledad fertig

426

war, schwor er sich, würde ihr Ruf so ruiniert sein, dass sich sogar dieser deutsche Tölpel, der ihr jetzt noch den Hof machte, sich von ihr abwenden würde wie von einem Haufen Mist.

Scheinbar zufällig strich Bonamés dem Jüngeren über den Schritt und sah, dass die leichte Berührung ausreichte, das Glied wachsen zu lassen. Nun griff er richtig zu. Tadeu atmete gepresst und stöhnte auf, als die Finger seines Freundes unter seine Hose glitten und seine Erregung mit geschickten Bewegungen bis zum Äußersten steigerten.

Tadeu de Nules wäre nicht der erste junge Bursche gewesen, mit dem Lleó de Bonamés verbotene Freuden teilte, und für einen Augenblick überlegte er, ob er sich nicht gleich jetzt mit ihm beschäftigen sollte. Dann aber dachte er an Soledad, für die sein Gast einen allzu behelfsmäßigen Ersatz darstellte, und beschloss, seine Manneskraft für das hochnäsige Fischermädchen aufzusparen. Später, wenn er und Tadeu durch die gemeinsame Vergewaltigung enger miteinander verbunden waren, würde er dem Jüngeren beibringen, dass man nicht unbedingt ein Weib brauchte, um Befriedigung zu erlangen.

»Komm mit und halte deine Lanze steif, sie wird gleich gebraucht.« Bonamés ließ de Nules los und ging zur Tür.

Tadeu folgte ihm mit steifen Schritten, zitternd vor Gier und der Angst, entdeckt zu werden. »Sollten wir nicht besser bis zum Abend warten, wenn alles schläft? Jetzt müssen wir diese Metze suchen und vielleicht auch noch vor anderen Leuten ihren Spott ertragen.«

Lleó de Bonamés drehte sich mit einem überlegenen Grinsen zu ihm um. »Fürchtest du dich?«

Als Tadeu zaghaft den Kopf schüttelte, gab Bonamés einen Teil seines Wissens preis, zu dem ihm seine Verwandte Ayolda verholfen hatte. »Die Königin hat Soledad aufgetragen, eine neue Tunika für diesen Aleman zu besticken, und sie deshalb in ihre Kammer geschickt. Da keines der Edelfräulein bereit war, den Raum mit ihr zu teilen, ist sie auch jetzt allein dort. Ihre Kammer liegt ziemlich abgelegen, und die Mauern sind dick. Also werden ihre Schreie nicht weit dringen.«

Tadeu de Nules fasste wieder Mut und lief hinter seinem Freund her. Unterwegs überlegte er, ob er Bonamés bitten sollte, ihn das Mädchen als Ersten besteigen zu lassen. Gleichzeitig aber war er neugierig zu sehen, wie ein so erfahrener Mann wie Lleó seine Lanze einsetzte.

VI.

Soledad stach ihre Nadel in die Seide, als wäre diese ein Feind, den es aufzuspießen galt. Mittlerweile hasste sie Handarbeiten fast ebenso inbrünstig wie früher das Ausnehmen der Fische. Es gab nur eines, was man zugunsten dieser Arbeit sagen konnte: sie stank nicht! Verletzen konnte man sich dabei aber genauso leicht, wenn auch die Nadeln weniger gefährlich waren als das scharfe Fischermesser. Dafür bekam sie Ärger, wenn ein Blutstropfen auf die Seide fiel oder den Faden beschmutzte.

»Und das alles für diesen dumpfen teutonischen Ochsen!« Während Soledad in ihrem Gedanken nach Ausdrücken suchte, die ihrer Ansicht nach für Andreas passend waren, wurde ihr bewusst, dass ihr Leben angenehmer war als vor seinem Auftauchen, trotz all der Arbeiten, die sie auf Befehl der Königin wegen dieses Mannes erledigen musste. Seltsamerweise galt sie jetzt etwas bei Hofe, obwohl sie beinahe wie eine Magd schuftete, und das Gesinde gehorchte ihren Anweisungen. Vorher hatte sie sich wie eine Aussätzige gefühlt, die man am liebsten irgendwo in einen Stall gesperrt hätte, damit sie niemandem unter die Augen kam. Nun aber hatte sie jederzeit Zutritt zu den Gemächern der Königin, und das war ein Privileg, das nicht einmal Margarida de Marimon hatte. Der Gedanke an die Erbin des Senyor d'Ascell brachte sie zum Kichern. Sie hatte die Blicke, mit denen diese den Aleman betrachtete, durchaus bemerkt. Jedes Mal, wenn Margarida Andre de Pux begegnete, glich sie einer Katze, die hungrig um eine Schüssel voller Sahne schlich und hoffte, unbemerkt davon naschen zu können.

»Ich wette, sie tut heimlich selbst, was sie mir vorwirft, nämlich die Beine für Andre breit zu machen«, schimpfte Soledad und wurde zu ihrer eigenen Überraschung von einem Eifersuchtsanfall gepackt. Verwirrt schüttelte sie den Kopf. Nein, sie würde sich gewiss nicht so weit erniedrigen und die Hure für diesen Andre de Pux machen – und auch nicht für einen anderen Mann. Als Kind hatte sie davon geträumt, Domenèch Decluér, den Mörder ihres Vaters, mit eigener Hand zu töten. Hier in Montpellier hatte sie jedoch lernen müssen, dass dies wohl ein Wunschtraum bleiben musste, denn einem Mädchen wie ihr waren zu viele Schranken gesetzt. Sie konnte nicht einfach ein Pferd satteln lassen und nach Barcelona reiten, wo Decluér sich meist aufhielt.

Ohne die Erlaubnis Ayolda de Guimeràs durfte sie ja nicht einmal in die Stadt hinuntergehen. Wie es aussah, würde sie die Tat durch einen Mann vollbringen lassen oder darauf hoffen müssen, dass ihr Feind im Kampf erschlagen wurde. Da sie weder Gold noch Schätze besaß, blieb ihr nur eine Möglichkeit, diesen Helden zu belohnen: Sie würde ihm ihre Jungfräulichkeit opfern. Dabei war es ihr völlig gleichgültig, wer dieser Rächer sein würde. Ein einfacher Fußknecht war ihr ebenso recht wie ein Ritter oder gar ein Graf. Selbst ein Kleriker würde in diesem Fall allen Lehren der Kirche zum Trotz auf ihre Gunst hoffen dürfen.

Soledad zügelte ihre überschäumende Phantasie und stellte sich vor, wie es wäre, wenn Andre de Pux ihren Todfeind zur Strecke brachte. Wohl war er ein unbeholfener Ochse und würde ihr gewiss Schmerzen zufügen, aber ihm würde sie sich immer noch lieber hingeben als zum Beispiel diesem Lleó de Bonamés, der in allen Ehren um Margarida de Marimon warb, ihr selbst aber nachstellte und sie bei jeder sich bietenden Gelegenheit bedrängte.

»Ich will gar keinen von diesen Kerlen!«, sagte sie zu ihrem Abbild in dem kleinen Silberspiegel, den die Königin ihr geschenkt hatte und der neben ihr an der Wand hing. Das Echo, das ihre eigenen Worte in ihr auslöste, machte ihr klar, dass sie damit nicht den Deutschen meinte. Der Gedanke an diesen Mann löste zwiespältige Gefühle in ihr aus, die sie verwirrten. Sie grinste sich selbst mit gebleckten Zähnen an und suchte nach einem passenden Begriff, um ihre eigene Dummheit zu verspotten. In dem Augenblick vernahm sie ein Geräusch an der Tür.

»Was ist denn los?«, fragte sie ungehalten.

Erneut klopfte es, und eine heisere Stimme klang auf. »Ihre Majestät, die Königin, wünscht Euch umgehend zu sehen, Dona Soledad.«

»Ich bin noch nicht fertig!« Trotz ihrer ablehnenden Worte wusste Soledad, dass sie die Königin nicht warten lassen durfte, auch wenn dies bedeutete, in der Nacht beim Schein einer Öllampe weiterzusticken. Daher stand sie auf, trat zur Tür und schob den Riegel zurück. Noch bevor sie öffnen und hinaustreten konnte, schwang ihr das Türblatt entgegen, und zwei Männer drangen in den Raum.

»Was soll das?«, fragte sie scharf.

Lleó die Bonamés presste ihr die Arme gegen den Brustkorb, schleifte sie zu ihrem Bett und stieß dabei mit der Ferse gegen die Tür, die sofort ins Schloss fiel.

»Kneble das Weibsstück, damit es uns nicht das ganze Schloss zusammenschreit! Noch brauchen wir den Mund nicht«, hörte sie ihn zu seinem Begleiter sagen.

Bonamés war betrunken, wie Soledad an seinem weinsaurem Atem feststellen konnte, und würde in diesem Zustand keinen Argumenten und keinem Bitten mehr zugänglich sein, sondern nur noch seinen Willen durchsetzen wollen. In seinem Begleiter erkannte sie jetzt Tadeu de Nules, ein Bürschchen, das erst im letzten Jahr zur Schwertleite geführt worden war. Ängstlich, aber gleichzeitig auch bemüht, seinem Freund alles recht zu machen, griff der Junge nach einem Stoff-Fetzen, der aus Soledads Nähkörbchen heraushing, zwang ihr mit schmerzhaftem Griff die Zähne auseinander und stopfte ihr die Seide in den Mund.

»Sehr gut«, lobte de Bonamés und schleifte Soledad zum Bett. »So, jetzt fessle ihr noch die Hände, und dann nichts wie hinein ins Paradies!« Da die Seidentücher im Nähkörbchen nicht groß genug waren, löste Tadeu de Nules seinen Gürtel und wollte ihn um Soledads Handgelenke schlingen.

»Halt, warte! Lass sie uns vorher noch entkleiden. Wir wollen sie doch richtig nackt sehen, oder nicht?«

De Nules nickte eifrig und half Bonamés, Soledad, die sich nach Kräften wehrte, festzuhalten und ihr Kleid, Untergewand und Hemd über den Kopf zu ziehen. Beim Anblick ihres entblößten Körpers stöhnte er voller Erregung auf und wollte sich auf sie stürzen.

Bonamés stieß ihn mit der freien Hand zurück. »Halt, mein Guter, ich werde sie mir als Erster nehmen, verstanden! Für dich bleibt noch genug übrig, und danach zeige ich dir, was man mit einem Weibsstück noch so alles anfangen kann. In Perpinya gab es eine Hure, die mir so manches beigebracht hat. Halte das Miststück fest, damit ich mich ausziehen kann.«

Tadeu de Nules presste Soledads Körper mit seinem Gewicht auf das Laken und versuchte, sie mit seinem Gürtel zu fesseln. Da sein Gefährte ihm nicht half, konnte er ihr die Arme jedoch nicht hinter den Rücken ziehen, sondern musste sich damit begnügen, sie vor dem Körper zusammenzuschnüren, wobei er seine Unterarme auf ihre Brüste presste. Unterdessen entledigte de Bonamés sich seiner Kleidung und präsentierte dem Mädchen stolz sein angeschwollenes Glied. »Das wirst du gleich in dir spüren, du Hure!«

De Nules ließ ihr Opfer los, um seine eigene, viel zu eng gewordene Hose abzustreifen. Für einige Augenblicke starrte Soledad steif vor Angst auf die beiden jungen Männer, die ihr mit ihren gierig verzerrten Mienen und den aufgerichteten Gliedern mehr wie brünstige Hengste erschienen denn wie Menschen, dann spürte sie nur noch eine alles versengende Wut in sich. Als Bonamés auf ihr Bett stieg und mit leicht ausgestellten Schenkeln vor ihr kniete, um sich an ihrer Angst zu weiden, kam Leben in sie. Sie zog die Beine an, ließ sie nach vorne schnellen und traf mit beiden Fersen Glied und Hoden des Mannes. Bonamés keuchte erstickt auf, knickte zusammen und presste die Hände auf seinen Unterleib. Bevor er blind vor Schmerz vom Bett fallen konnte, war de Nules bei ihm und fing ihn auf.

»Was ist mit Euch, Senyor Lleó?«, fragte er erschrocken.

De Bonamés bewegte die Lippen, brachte aber kein verständliches Wort heraus. Die Pein in seinen Hoden war schier unerträglich, und während er noch nach Luft schnappte, sprang Soledad vom Bett und packte seinen Dolch, den er mit seinen Kleidern beiseite gelegt hatte. Als sie den Griff in der Hand hielt, zog sie den Knebel aus ihrem Mund und überschüttete die beiden Männer mit einem Schwall von Schimpfworten, die noch draußen auf dem Flur zu hören sein mussten.

»Du Narr! Du hättest ihr die Arme hinter dem Rücken fesseln müssen. Halt die Hure jetzt wenigstens fest und stopf ihr den Mund!«, brachte de Bonamés mühsam hervor. Sein Unterkörper bestand nur aus Schmerz, und er war überzeugt, niemals wieder eine Frau besteigen zu können. Sein Hass war jedoch noch größer als seine Qual, und er funkelte Soledad zornig an. »Dafür wirst du mir bezahlen, du Metze!«

»Cabró!«, fauchte sie und setzte einige weitere sehr unanständige Begriffe hinzu, die sie von Marti gelernt hatte. Dabei versuchte sie ebenso verzweifelt wie vergebens, den Gürtel von ihren Handgelenken zu lösen. Obwohl sie nackt war und sich trotz des Dolches hilflos fühlte, dachte sie nicht daran, um Hilfe zu rufen, denn sie erwartete höchstens weitere Feinde. So stand sie da, angespannt wie eine Raubkatze, die bereit war, ihren stählernen Fang demjenigen in den Leib zu schlagen, der als Erster in ihre Nähe kam.

Soledads heftiger Widerstand ernüchterte Tadeu de Nules, und er warf seinem Begleiter einen ängstlichen Blick zu. »Was sollen wir jetzt tun?« Es hörte sich an wie: »Lass uns schnell verschwinden!«

Bonamés, der langsam wieder Luft schöpfen konnte, verfluchte stumm seinen jungen Begleiter, der sich mehr als Hindernis denn als Hilfe erwiesen hatte.

»Dieses Biest bändigen! Was sonst? Komm, nehmen wir sie in die Zange. Dann halte ich sie fest, und du kannst ihr als Erster zwischen die Schenkel fahren. Wenn ich zusehe, wie du sie stößt, wird sich meine Lanze wohl auch wieder zum Kampfe rüsten.« Er warf dem eingeschrumpelten Ding zwischen seinen Beinen einen wütenden Blick zu. »Wenn sie es nicht mehr tut, so stoße ich diesem Miststück stattdessen den Dolch in ihr Loch!«

Sein Blick verriet Soledad, dass dies ihr Schicksal sein würde, ganz gleich, ob er in der Lage war, sie zu benutzen oder nicht, und stieß einen gellenden Schrei aus. Bonamés glaubte, ihr Angst gemacht zu haben, und lachte selbstgefällig. Im selben Augenblick aber schnellten ihre dolchbewehrten Hände auf ihn zu, und er musste zurückspringen, um nicht getroffen zu werden.

»Wir können von Glück sagen, dass du ihre Arme so fest zusammengebunden hast. Sonst hätte sie mich erwischt.« Lleó de Bonamés hob seine Tunika auf, wickelte sie zum Schutz um seinen linken Arm und näherte sich Soledad wie einer in die Enge getriebenen Bestie. Auf seinen Wink hin kam de Nules von der anderen Seite auf sie zu, so dass sie gezwungen war, ihre Aufmerksamkeit zu teilen. Doch in dem Augenblick, in dem die beiden ihr Opfer packen wollten, sprang die Tür auf, und ein Unwetter in Menschengestalt brach über die beiden Männer herein.

VII.

Andreas hatte Karim einem Stallknecht übergeben und betrat erwartungsvoll den Palast. Aus der Burgkapelle drangen die lateinischen Gebete des Priesters, und daher nahm er an, dass sich alle wichtigen Leute dort versammelt hatten. Er näherte sich der halb offen stehenden Pforte und ließ seinen Blick über die Anwesenden streifen. Der König, die Herrin Violant und die königlichen Kinder nahmen den Ehrenplatz ein, und unweit von ihnen entdeckte Andreas Miquel de Vilaragut, den Vetter der Königin, sowie einige andere Herren des Hofstaats, darunter Vicent de Nules und Arnau de Gualbes, die schärfsten Kritiker von Jaumes Eroberungsplänen. Auf der anderen Seite der Kapelle saßen die jungen Hofdamen unter der Aufsicht Ayolda de Guimeràs. Die Person aber, die er zu sehen gehofft hatte, war nicht anwesend.

Auf dem Weg zur Burg hatte Andreas sich überlegt, dass es Answin von Dinklachs Selbstbewusstsein gewiss stärken würde, wenn man ihn ebenfalls in ein prachtvolles Gewand nach neuester Mode kleidete, denn dann würden die Fußknechte und deren Hauptleute mehr Respekt vor ihm bekommen. Aus diesem Grund hatte er Soledad bitten wollen, sich um die passende Kleidung für seinen Freund zu kümmern. Enttäuscht, weil sie die Nachmittagsmesse versäumte, wandte er sich ab und wanderte suchend durch die Gänge. Wenig später traf er auf eine Magd, die zu den Näherinnen gehörte.

»Hast du Dona Soledad gesehen?«, fragte er sie.

Die Frau blieb neugierig stehen. »Soviel ich weiß, ist sie in ihrer Kammer, um für Euch zu sticken, Comte.«

»In ihrer Kammer? Gut, dann werde ich sie dort aufsuchen.« Andreas war schon ein paar Schritte weitergegangen, als ihm einfiel, dass es weder ihrem noch seinem Ruf gut tat, wenn er sie ohne eine Person aufsuchte, die die Schicklichkeit ihrer Unterredung bekunden konnte.

»Komm mit mir!«, rief er der Magd zu.

»Oh nein, Herr, alleine begleite ich Euch nicht!« Die Frau hatte von den Gerüchten gehört, die sich um Andreas und Soledad rankten, und kämpfte mit der Angst, er wolle sie nun, da die junge Dame nicht zur Verfügung stand, in einen dunklen Winkel des Palasts zerren und benutzen.

Andreas verstand ihr Zögern nicht, aber da er mit Soledad sprechen wollte, nickte er seufzend. »In Gottes heiligem Namen! Hole noch eine oder zwei Mägde, aber mach rasch!«

Die Frau lief in den Flur, der zum Hintereingang führte, den die Dienstboten benutzten, und überlegte, ob sie sich den Rest des Tages vor dem deutschen Ritter verstecken sollte.

Dann aber sagte sie sich, dass er sich bei der Beschließerin des Palasts beschweren und ihre Bestrafung fordern würde, und rief zwei Freundinnen zu sich. Gemeinsam mit ihnen fühlte sie sich sicher vor dem Aleman. Andreas erwartete die Mägde ungeduldig und scheuchte sie vor sich her in den Teil des Palasts, in dem Soledad untergebracht war. Anders als die meisten Höflinge und auch die Dienstboten glaubten, hatte er ihre Kammer noch nie betreten und wusste nicht einmal, welche der Türen zu ihrem Zimmer gehörte. Auch fühlte er sich unwohl bei dem Gedanken, von ihr als Eindringling angesehen zu werden, und überlegte schon, umzukehren und zu warten, bis er sie in den offiziellen Räumen sah. Doch noch während er grübelte, gellte ein Schrei durch den düsteren Flur, der ihm das Blut in den Adern zu Eis erstarren ließ. Ohne auf die Mägde zu achten, stürmte er an den Türen vorbei, bis er hinter einer von ihnen de Bonamés' Stimme durch das dicke Holz dringen hörte. Der Edelmann sprach so laut, dass man jedes Wort verstehen konnte. Zähneknirschend zog Andreas sein Schwert und prüfte mit der Linken, ob die Tür verriegelt war. Zu seiner Erleichterung ließ sie sich öffnen.

Als Erstes entdeckte er Soledad, die nackt und mit zusammengebundenen Handgelenken in einer Ecke ihrer Kammer stand und sich mit ihrem Dolch zwei Männer vom Leib zu halten versuchte.

»Ihr dreckigen Hunde!«, schrie er in seiner Erregung auf Deutsch und schwang sein Schwert. Die niedrige Decke rettete Bonamés das Leben, denn die Klinge klirrte gegen das Gewölbe und ließ einen Funkenregen sprühen.

Lleó de Bonamés sah das Verhängnis auf sich zukommen,

schlüpfte unter dem Arm des Deutschen durch und versuchte nackt, wie er war, zu entkommen. Andreas' Klinge zuckte ihm noch nach, traf seinen linken Arm und trennte den Muskel bis auf den Knochen durch. Bonamés stieß einen nicht mehr menschlich klingenden Schrei aus und rannte, als wären alle Höllenteufel hinter ihm her. Ohne stehen zu bleiben, durchquerte er unter den indignierten Blicken etlicher Höflinge und Damen die Hallen und Gänge, bis er schließlich vom spöttischen Gelächter des Gesindes verfolgt seine eigene Kammer erreichte und die Tür hinter sich zuschlagen konnte.

»Einen Wundarzt, rasch!«, brüllte er seinen Leibdiener an. Als dieser sich jedoch davonschleppen wollte, bemerkte de Bonamés, wie das Blut zwischen den Fingern hindurchrann, mit denen er die Wunde zusammenpresste, und begriff, dass er keine Zeit mehr hatte, auf einen Arzt zu warten. »Komm her und verbinde mir die Wunde, aber schnell! Dann reichst du mir meine Reisekleidung. Sende auch einen Knecht zum Stall, damit mein Zelter gesattelt wird.«

»Sí, Senyor!«, antwortete der Mann, der immer noch den Kopf wegen des ungewöhnlichen Auftritts seines Herrn schüttelte.

VIII.

Andreas wollte Bonamés folgen, hörte aber, dass Soledad einen fauchenden Laut ausstieß, als sei sie in Gefahr. Er wirbelte herum, um Tadeu de Nules von ihr wegzureißen, doch der hatte der Flucht seines Kumpans völlig erstarrt zugesehen und sah sich nun selbst nach einem Fluchtweg um. In dem Moment sprang Soledad auf den jungen Mann zu und stieß ihm den Dolch in den Unterleib.

»Elender Hund, verfaulen sollst du!«, schrie sie den Überraschten an und machte Miene, ihm die Klinge zwischen die Rippen zu jagen. Der Bursche taumelte jedoch mit gurgelnden Lauten rückwärts, und sie sah sich Andreas gegenüber. Obwohl ihr klar war, dass sie auf Dauer nicht gegen die beiden Schufte bestehen hätte können, zeigte sie ihm die Zähne. »Ihr müsst Euch wohl auch überall einmischen!«

Für Andreas war es wie ein Schlag ins Gesicht. Er hatte Dank für seine Hilfe erwartet oder wenigstens eine freundliche Begrüßung. Vor ihm stand jedoch eine nackte Amazone und reckte ihm den blutigen Dolch entgegen, als müsse sie sich auch ihn vom Leibe halten. Er trat einen Schritt zurück und stellte sein Schwert gegen die Wand. »Beruhigt Euch, Dona Soledad! Ihr seid in Sicherheit.« Dann drehte er sich um und warf Tadeu de Nules, der auf dem Flur zusammengebrochen war und nun auf allen vieren davonkroch, einen finsteren Blick zu.

»Holt den Kastellan und einen Arzt!«, herrschte er die Mägde an, die mit ihm gekommen waren und nun mit bleichen Gesichtern im Flur standen. Die drei Frauen verschwanden wie ein Blitz, und er blieb mit Soledad allein zurück. Er atmete tief durch und versuchte, sie nicht noch einmal anzublicken, denn der Schwung ihrer Hüften und die kleinen, wohlgeformten Brüste entfachten ein Feuer in ihm, das ihn erschreckte.

»Ihr seid in Sicherheit, Dona Soledad!«, wiederholte er

439

mit gesenktem Kopf. »Ich hoffe, diese Schurken haben Euch kein Leid angetan.«

Soledad war noch zu erregt und wütend, um gerecht sein zu können. »Ihr wollt doch nur wissen, ob ich noch eine reine Jungfrau bin! Vergewaltigt mich, und wenn ich hinterher blute, war ich es noch!«

Andreas verschlug es zunächst die Sprache. Er hob ihr Kleid auf, das Bonamés zu Boden geworfen hatte, und wollte es ihr reichen, begriff aber, dass sie den Ledergürtel um ihre Handgelenke nicht ohne Hilfe lösen könnte.

»Erlaubt mir, dass ich Euch befreie, aber kitzelt mich bitte nicht mit Eurem Dolch.«

»Der Dolch gehört nicht mir. Ich habe ihn Bonamés abgenommen.« In Soledads Stimme schwang ein gewisser Stolz.

Um Andreas zu beruhigen, legte sie den Dolch aus der Hand, aber so, dass sie ihn jederzeit wieder ergreifen konnte. Sie benötigte ihn jedoch nicht mehr, denn der Deutsche befreite sie von den Fesseln, ohne sie anzublicken, reichte ihr dann das Kleid und drehte sich um, damit sie sich anziehen konnte. Da er sie nun einmal nackt gesehen hatte, hielt Soledad seine Haltung für lächerlich und ärgerte sich ein wenig, dass er bei ihrem Anblick so kalt blieb wie das Eis, das im Winter von den Bergen geholt wurde.

»Aleman!«, murmelte sie, und es klang nicht allzu freundlich. Andreas kam nicht dazu, auf diese Anrede zu reagieren, denn auf dem Flur erklangen eilige Schritte, und er schob sich schützend vor Soledad, die noch mit den Schlaufen und Haken ihres Kleides kämpfte. Der Kastellan stürmte an der Spitze mehrerer Soldaten heran und starrte verwirrt auf die Szene, die sich ihm bot.

»Man sagte mir, hier hätte es einen Überfall gegeben!«

»Das stimmt. Dieser Bursche da hinten und sein Spieß-
geselle Bonamés wollten Dona Soledad Gewalt antun, doch
zum Glück ist es ihnen nicht gelungen.«

Andreas wollte gerade berichten, was er gesehen hatte, als
Ayolda de Guimerà, die dem Kastellan gefolgt war, sich vor
ihm aufbaute und ihm mit der Faust drohte. »Wie kannst
du es wagen, meinen Neffen zu schmähen, du alemannischer Ochse!«

»Es ist keine Schmähung. Was Senyor Andre sagte, ist die
reine Wahrheit. Euer Verwandter ist mit de Nules in mein
Zimmer eingedrungen und wollte mich vergewaltigen.«

Soledad erhielt ein höhnisches Lachen der älteren Frau
zur Antwort. »Vergewaltigen? So eine läufige Hündin wie
du wirfst sich doch jedem an den Hals! Ich bin sicher, dass
du meinen Neffen und dessen armen Freund in deine Kammer eingeladen und von deinem deutschen Liebhaber mit
ihnen überrascht wurdest. Um seinen Zorn von dir abzulenken, hast du Senyor Lleó und Senyor Tadeu beschuldigt,
dich gezwungen zu haben. Schande über dich, du elendes
Miststück!« Ayolda de Guimerà trat auf Soledad zu und
schlug ihr mit aller Kraft ins Gesicht.

Andreas sah, wie sich das Gesicht des Mädchens vor Zorn
färbte, und fasste noch früh genug nach ihrer Hand, die
sich bereits um den Dolchgriff schloss. »Lasst diese Frau am
Leben. Sie wird gewiss die gerechte Strafe für ihre Beleidigung erhalten. Und was Euren Neffen betrifft, Dona Ayolda,
so könnt Ihr ihm ausrichten, dass wir uns auf der Stechbahn wiedersehen werden, im Kampf auf Leben und
Tod!«

Der Kastellan kam zu der Überzeugung, dass er mit dieser Sache überfordert war. Mit einem grimmigen Gesicht, das seine Unsicherheit verbergen sollte, wandte er sich an Andreas. »Es ist wohl das Beste, wenn Seine Majestät von diesem Vorfall erfährt! Kommt mit, und Ihr ebenfalls, Dona Soledad.«

Andreas reichte Soledad den Arm, den sie nach kurzem Zögern ergriff. Sie brauchte etwas, um sich festzuhalten, denn sonst wäre sie mit ihren Fingern durch Ayolda de Guimeràs Gesicht gefahren oder gar dem Kastellan, der sie verächtlich musterte, an die Kehle gegangen. Gemeinsam schritten sie durch die Korridore das Schlosses, gleichermaßen begafft vom Gesinde wie von Edelleuten, während der Leibarzt des Königs, der als Letzter erschienen war, neben dem wimmernd am Boden liegenden Tadeu de Nules niederkniete und nach seiner Verletzung sah.

IX.

Der König war entsetzt, als er den kurzen Bericht des Kastellans vernahm. Ayolda de Guimerà mischte sich immer wieder ein und beschuldigte Soledad und Andreas der schlimmsten Verbrechen, während ihr Neffe und dessen Freund ihren Worten zufolge reinen Engeln glichen.

Schließlich wurde es Soledad zu viel. »Das ist eine elende Lügerei! Die beiden Kerle wollten mir Gewalt antun, und sie hätten ihr Vorhaben wohl auch in die Tat umgesetzt, wenn Comte Andre nicht erschienen wäre.«

»Um mit dir der Hurerei zu frönen«, giftete Ayolda zurück.

»Was wohl kaum möglich gewesen wäre, denn ich hatte drei Mägde als Zeugen mitgenommen. Das hätte ich wohl kaum getan, wenn ich mit unehrenhaften Absichten zu Dona Soledad gegangen wäre.« Obwohl es in Andreas brodelte, antwortete er kühl und gelassen und dankte innerlich Joachim von Terben für dessen Lektionen in Demut und Selbstbeherrschung.

Seine überlegene Ruhe machte Eindruck auf den König. Jaume richtete sich von seinem Sitz auf und musterte Soledad durchdringend. Nein, so sah keine Metze aus, die bei einem verbotenen Tun überrascht worden war, sagte er sich angesichts ihrer zorngeröteten Miene. »Schafft mir die Mägde herbei, die Zeugen geworden sind, Senyor Jerónimo!«

Der Kastellan verbeugte sich und verließ den Raum. Für einige Augenblicke herrschte Stille, die nur durch das heftige Atmen der Beteiligten gestört wurde.

Die Rückkehr des Kastellans und der drei Mägde brachte wieder Leben in die Gruppe. Auf Jaumes Befehl mussten alle den Saal verlassen, danach verhörte er die Frauen einzeln. Auch wenn sie es kaum wagten, den Mund aufzutun, und sich in Ausreden zu flüchten versuchten, erfuhr er doch, dass Soledad sich trotz gefesselter Hände mit einem Dolch gegen ihre Bedränger zur Wehr gesetzt hatte.

Erzürnt, weil an seinem Hof solche Taten geschehen konnten, wollte der König Befehl geben, Lleó de Bonamés und Tadeu de Nules zu ihm zu bringen, als plötzlich mehrere Herren seines Hofstaats gemeldet wurden. Hinter Tadeus Vater Vicent de Nules geschart, kamen sie auf Jaume zu und verbeugten sich mit erregten Gesichtern.

Dann trat Arnau de Gualbes vor und bat, sprechen zu dürfen.

Der König nickte gequält. »Es sei Euch gewährt, Senyor Arnau.« »Wir haben Klage zu führen, Euer Majestät, Klage gegen den deutschen Ritter Andre de Pux, der den Burgfrieden des Palasts gebrochen hat, mit blankem Schwert auf zwei unbewaffnete Edelleute losgegangen ist und beide verwundet hat.«

»Mein Sohn liegt auf den Tod danieder! Der Arzt weiß nicht, ob er den morgigen Tag erleben wird«, mischte sich Vicent de Nules mit einer Stimme ein, die wie berstendes Glas klang.

Jaume erwog einen Augenblick, dem Mann zu sagen, dass sein Sohn nicht durch Andreas, sondern durch Soledad zu Schaden gekommen war. Aber das hätte die Schande des Mannes vergrößert, dessen Familie seit Generationen dem Haus Mallorca gedient hatte. Er beschränkte sich deshalb auf eine tadelnde Antwort. »Senyor Andre hat sein Schwert zur Verteidigung der Ehre eines Hoffräuleins meiner Gemahlin gezogen.«

De Nules stieß einen empörten Ruf aus und wollte diese Worte als Unterstellung zurückweisen, doch de Gualbes legte ihm die Hand auf die Schulter. »Lasst mich nur machen, Senyor Vicent.«

Dann wandte er sich mit einer erneuten Verbeugung an den König. »Verzeiht, Euer Majestät, doch die Ehre Soledad Espins war nie in Gefahr. Wohl wollte Senyor Lleó de Bonamés ihr beiliegen, ihr dann jedoch die Hand zum Lebensbunde reichen. Ihr kennt doch den Ehrgeiz dieses jungen Mannes. Er wollte Euch mit all seiner Kraft dienen und

444

strebte danach, dies Euch als neuer Graf von Marranx und damit wohl auch als zukünftiger Kommandant der Festung Alaró zu beweisen.«

Jaume war klar, dass der Mann ihm ein schnell erfundenes Lügengebilde auftischte, denn Lleó de Bonamés hatte stets zu jenen gehört, die einen Feldzug gegen Pere von Aragón-Katalonien schärfstens abgelehnt hatten. Die anderen Edelleute stimmten Gualbes jedoch wortreich zu und beteuerten, dass es dem jungen Ritter nur um den Titel eines Comte de Marranx gegangen sei, den er durch eine Heirat mit Soledad Espin erreichen hätte können. Den Versuch, dieses Ziel durch eine Vergewaltigung zu erringen, beschönigten sie mit einer sonst niemals offen gezeigten Nachsicht für die jüngere Generation. Andreas' Einschreiten und die Verletzung der beiden Edelleute stellten sie dabei als ein Kapitalverbrechen hin, das nicht schwer genug bestraft werden konnte. Gleichzeitig machten ihre Mienen und Gesten dem König klar, dass die Edelleute sich nicht mehr an ihre Treueide würden gebunden fühlen, sollte er zu Ungunsten von Lleó de Bonamés und Tadeu de Nules entscheiden.

Mit schwärzester Bitterkeit im Herzen begriff der König seine Machtlosigkeit. Gualbes und de Nules, die als Vertreter ihrer Familien und der Sippen de Bonamés und Guimerà vor ihm standen, und die anderen, die sich ihnen angeschlossen hatten, waren die Stützen seines Thrones. Brüskierte er sie, würde er sich nur mehr auf seine angeworbenen Söldner verlassen können. Dabei hatte er bis jetzt gehofft, seine Edelleute würden, wenn der Krieg erst einmal im Gang war, nicht nur an seiner Seite kämpfen, sondern auch ihre Verwandten aus dem Rosselló, der Cerdanya und vor allem aus Mallorca für ihn gewinnen. Auf diese Männer konnte er nicht verzichten. Aber er durfte die Söldner auch nicht durch ein ungerechtes Urteil gegen einen ihrer Anführer in Aufruhr bringen, denn damit gefährdete er ebenfalls seine Pläne. Verurteilte er Andre de Pux, würden sie zwar weiterhin für ihn kämpfen, aber es bestand die Gefahr, dass sie sich heimlich abwerben und ihn in einer kritischen Situation im Stich lassen würden.

»Ich danke Euch, meine Herren, und ich werde Eure Worte überdenken. Nun lasst mich bitte allein.«

Die Edelleute sahen sich kurz an und nickten einander zu. Dem Anschein nach war es ihnen gelungen, Jaume ihren Willen aufzuzwingen. Sie wandten sich zum Gehen, doch an der Tür drehte de Gualbes sich noch einmal um.

»Sollte dieser deutsche Ritter heute Abend noch am Hofe weilen, werden meine Freunde und ich uns in unserer Ehre zutiefst gekränkt sehen!«

Es kostete den König Mühe, Gualbes nicht den Weinbecher nachzuwerfen, der auf der breiten Lehne seines Sitzes stand. Stattdessen stieß er einen Fluch aus, der sich mit denen der Fischer von Sa Vall messen konnte. Wenn er sich die Treue seiner Höflinge erhalten wollte, würde er den Aleman fortschicken müssen, fuhr es ihm durch den Kopf. Dies würde ihm wenig Mühe bereiten, denn Andre de Pux war ein Fremder ohne Anhang und Freunde und würde gewiss bald einen anderen Herrn finden, in dessen Dienste er treten konnte. Doch damit bestand das Problem Soledad weiterhin, das nach den heutigen Ereignissen dringender denn je nach einer Lösung verlangte. Einige Augenblicke erwog der König, so zu tun, als würde er Arnau de Gualbes Erklärungen als lau-

446

tere Wahrheit ansehen und Lleó de Bonamés zwingen, Soledad Espin de Marranx zu heiraten. Ayolda de Guimerà, die mit mehr Giftzähnen ausgestattet war, als ein Mann ertragen konnte, würde vor Wut schier vergehen, müsste sie das Mädchen als Schwiegernichte an ihr Herz drücken.

Bei der Vorstellung an den Tort, den er der Hofdame damit würde antun können, kräuselten sich Jaumes Lippen zu einem grimmigen Lächeln. Soledad als enge Verwandte wäre dieser Frau wirklich zu gönnen. Aber es wäre unehrenhaft an der Tochter eines bis in den Tod getreuen Gefolgsmanns gehandelt. Er traute Lleó de Bonamés durchaus zu, sich der ihm aufgenötigten Ehefrau durch einen bedauerlichen Unfall zu entledigen und als Graf von Marranx seine Hände nach einer hochrangigeren Braut auszustrecken, als er es jetzt noch vermochte.

Jaume stieß einen tiefen Seufzer aus und wollte eben nach Andre de Pux rufen lassen, um das Unabänderliche nicht länger hinauszuschieben. Dann aber stutzte er, rieb sich über die Stirn und lachte auf. Es gab noch eine andere Möglichkeit, Comte Andre und Comtessa Soledad vom Hof zu entfernen, ohne dabei sein Gesicht zu verlieren.

X.

Als der König schwieg, glaubte Andreas, sich verhört zu haben. »Euer Majestät! Habe ich Euch recht verstanden? Eure Edelleute fordern meine Bestrafung, weil ich mein Schwert gegen ihre angeblich unbewaffneten Standesfreunde erhoben hätte?«

»So ist es!«, gab Jaume unumwunden zu. »Die Herren stellen den Zwischenfall so hin, als hätte de Bonamés versucht, Comtessa Soledad mit Gewalt zu einer Heirat zu zwingen. Euer Einsatz für die junge Dame sei daher ebenso überflüssig wie übertrieben gewesen.«

»Lügen! Nichts als infame Lügen!«, fauchte Soledad aufgebracht. Der König zuckte mit den Schultern. »Ihr mögt zwar Recht haben, doch es gibt genügend Edelleute am Hof, die Bonamés' angeblich ehrenhafte Absichten beschwören werden.«

Soledad stampfte auf. »Sie würden im Angesicht Gottes Meineide leisten!«

Der König winkte beschwichtigend ab. »Das muss nicht einmal der Fall sein, denn die Herren waren ja selbst nicht Zeuge, sondern haben es nur von anderen gehört, denen sie vertrauen. Der Einzige, der die Wahrheit ans Licht bringen könnte, ist Bonamés selbst, und der ist nicht auffindbar. Er soll trotz seiner Verwundung auf sein Pferd gestiegen und fortgeritten sein. Es läuft bereits das Gerücht um, er sei abgereist, weil Comte Andre ihm einen Zweikampf auf Leben und Tod angedroht hat.«

»Dann ist er nichts als ein elender Feigling«, warf Andreas grollend ein.

»Aber Tadeu de Nules kann befragt werden!« Soledad blickte den König erwartungsvoll an, doch dieser schüttelte zweifelnd den Kopf.

»Das wird ebenfalls kaum möglich sein. Der junge de Nules ist schwer verletzt und dämmert zumeist in tiefer Bewusstlosigkeit vor sich hin. Der Aussage der Ärzte zufolge wird sich der einzige Sohn und Erbe Vicent de Nules', wenn

448

er überleben sollte, nur mehr zum Mönch eignen. Ihr habt ihn so gut wie kastriert.«

Soledads Augen leuchteten zufrieden auf, in ihren Augen war das die richtige Strafe für diesen Kerl. Ihr war aber auch klar, dass Tadeu die angeblich ehrlichen Absichten seines Freundes beschwören würde, schon um sich selbst rein zu waschen.

Andreas fühlte eine Leere in sich und eine abgrundtiefe Enttäuschung, denn er war sich sicher, dass Jaume ihn nun fortschicken würde. »Was soll jetzt geschehen, Euer Majestät?«

Die nächsten Worte des Königs untermauerten seine Befürchtungen, auch wenn Jaume freundlich lächelte. »Die Haltung meiner Edelleute macht es mir unmöglich, Euch länger an meinem Hof zu behalten.«

»Wenn es Euer Wille ist, werde ich Montpellier verlassen«, antwortete Andreas sofort, sah aber nicht den König an, sondern Soledad, die ihren Ärger durch gepresstes Atmen ausdrückte.

Sie trat auf den König zu und breitete theatralisch die Arme aus.

»Euer Majestät, wenn Ihr Senyor Andre fortschickt, beraubt Ihr Euch eines starken Schwertarms und auch eines geschickten Anführers, der Euch im Kampf mit den Katalanen schmerzlich fehlen würde!«

»Oh, er wird mir nicht fehlen, ganz im Gegenteil!« Der König grinste für einen winzigen Moment wie ein kleiner Junge, dem eben ein toller Streich gelungen ist. Er stand auf, trat neben Andreas und legte ihm die Hand auf die Schulter. »Ihr werdet Montpellier verlassen, nicht aber

449

meine Dienste, werter Comte. Ich sende Euch in einem Geheimauftrag nach Mallorca. Sprecht mit den dortigen Rittern und Baronen und zieht sie auf meine Seite. Seid aber vorsichtig und hütet Euch vor Verrat.«

Andreas holte tief Luft, denn das war eher ein Todeskommando als eine Aufgabe, bei der er Ruhm und Ehre erwerben konnte. Auf dieser Insel war er ein Unbekannter ohne Verbindungen und Freunde, ein Mann, dessen Akzent ihn als Fremden verriet und der sich einem Geflecht von Familienbanden und Zweckbündnissen gegenübersah, dem er nur die Forderung des rechtmäßigen Königs entgegensetzen konnte. Trotzdem war er bereit, auf Jaumes Ansinnen einzugehen, denn andernfalls würde er dessen Dienste in Unehren verlassen müssen. »Ich werde gehen, Herr, doch ich benötige Hilfe, denn ich weiß nicht einmal, wie ich auf dieses Mallorca gelange.«

»Für Euer Hinkommen werde ich sorgen. Ich werde Euch sogar jemanden mitgeben, der die Insel sehr gut kennt, nämlich Eure Ehefrau.«

»Ehefrau?« Andreas blinzelte verwirrt.

Soledad, die rascher als er begriff, worauf der König hinauswollte, stieß ein warnendes Fauchen aus. »Euer Majestät, ich habe geschworen, mich nur dem Mann zu Eigen zu geben, der den Mörder meines Vaters und meiner Schwester töten wird.«

Der König lächelte ihr so freundlich zu wie einem Kind, das man nicht ganz ernst nimmt. »Sollte Ritter Decluér es wagen, nach Mallorca zu kommen, werde ich Befehl geben, dass nur Euer Gemahl ihn erschlagen darf.«

Soledad spürte, dass weiterer Widerstand zwecklos war,

und senkte verzweifelt den Kopf, hob ihn aber dann wieder. »Verzeiht einen Einwand, Euer Majestät, der nicht mich selbst oder diese Ehe betrifft. Ich halte es für keine gute Idee, an die Lehenstreue der mallorquinischen Edelleute zu appellieren, denn sie haben Euch schon einmal verraten. Wendet Euch an das Volk, das unter einer doppelten Last ächzt, denn es muss die hohen Steuern bezahlen, die Katalonien-Aragón von der Insel fordert, und die Abgaben für ihre Lehnsherren aufbringen, die sich dem Vernehmen nach als nicht weniger raffgierig erweisen als König Pere. Versprecht den geschundenen Menschen, ihr Los zu erleichtern, und sie werden zu Tausenden zu Euren Fahnen eilen!«

Soledads leidenschaftlicher Appell erschien Andreas überlegenswert, der König aber lächelte hochmütig. »Mein liebes Kind, der Angriff durch Pere von Aragón kam damals so überraschend, dass die Ritter und Barone nicht mehr in der Lage waren, ihre Aufgebote zu sammeln. Was blieb ihnen mit dem Schicksal Eures Vaters vor Augen denn anderes übrig, als zähneknirschend das Knie vor meinem Vetter zu beugen und auf meine Rückkehr zu hoffen?«

»So war es aber nicht, Euer Majestät! Ich habe meinen Vater damals den Verrat der Herren anprangern hören. Die Ritter, Barone und Grafen haben die Ciutat und den Almudaina-Palast fast kampflos in die Hände des Feindes fallen lassen, und die Verteidiger von Alaro haben sich auch nicht gerade durch Heldenmut ausgezeichnet. Von denen wird niemand sich Euch anschließen, bevor nicht die entscheidende Schlacht geschlagen wurde und Ihr als Sieger feststeht. Die einfachen Leute aber ...«

451

»Es ist genug, Comtessa! Ich will nichts mehr davon hören.« Der König schlug so heftig auf die Lehne seines Stuhles, dass es durch den Saal hallte, und wandte sich an den Kastellan. »Holt meinen Kaplan, damit er diese Heirat beurkunden kann, und bereitet alles für die Abreise Senyor Andres und seiner Gemahlin vor. Gab es da nicht irgendwelche mallorquinischen Seeleute, die Dona Soledad hierher gebracht haben? Lasst sie suchen, denn sie werden uns jetzt von Nutzen sein.«

Soledad lag auf der Zunge zu erklären, dass Antoni, Josep und dessen Sohn Marti Fischer wären und keine Seeleute, doch sie blieb stumm, denn sie war voller Zorn auf den König, der ihre Ratschläge einfach so vom Tisch gewischt hatte und sie nun auch noch gegen ihren Willen mit diesem Aleman verheiraten wollte.

Als sie das Ehegelöbnis sprechen sollte, blieb sie die Worte schuldig, doch das störte weder den König noch den Priester, der sie mit Andreas traute und so tat, als hätte sie ihr Jawort gegeben.

Andreas stimmte der Heirat ebenso zu wie seiner Entsendung nach Mallorca, auch wenn er nicht so recht begreifen konnte, auf was er sich einließ. Die Lehren, die er in der heimischen Burg und von Joachim von Terben empfangen hatte, verlangten von ihm, einem König gehorsam zu sein und dessen Vertrauen niemals zu enttäuschen. Nachdem die Zeremonie vorüber und sie entlassen waren, blickte er seine frisch angetraute Gemahlin wie um Verzeihung heischend an. »Dona Soledad, ich bedauere, dass ich Euch auf diese Reise mitnehmen muss, denn sie wird gewiss beschwerlich und voller Gefahren sein. Aber ich verspreche

Euch, alles zu tun, um Euch zu beschützen und die Fahrt so erträglich zu machen, wie es mir möglich ist.«

Soledad würdigte ihn keiner Antwort, sondern kniff die Lippen zusammen und starrte vor sich hin. Insgeheim aber freute sie sich auf die Reise nach Mallorca, auch wenn sie fürchtete, dass die Rückkehr viel Bitternis und Enttäuschung für sie bereithalten würde. Sie wusste noch immer nicht sicher, was aus Miranda geworden war, und hatte Angst, das Schlimmste zu erfahren. Tränen stiegen ihr in die Augen, und ihr Hass auf Domenèch Decluér loderte zu neuer Flamme auf. Gleichzeitig ärgerte sie sich über König Jaume, der sie behandelte wie ein kleines Kind, das man nicht ernst nehmen musste.

XI.

Bartomeu de Colomers trat nervös von einem Bein auf das andere und fragte sich besorgt, ob der König überhaupt noch bereit sei, ihn zu empfangen. Seit der überraschenden und in seinen Augen völlig unpassenden Heirat seines Sohnes mit Miranda Espin fürchtete er um seine Stellung bei Hofe. Auch wenn Pere IV. sich dem Mädchen gegenüber gnädig erwiesen und es wieder in seine Rechte eingesetzt hatte, so war es doch die Tochter eines Mannes, der Katalonien verraten hatte und nach Mallorca geflohen war. Senyor Bartomeu war sich sicher, dass el Cerimoniós, wie der König häufig genannt wurde, dies weder vergessen noch vergeben hatte. Vielleicht würden sogar seine zukünftigen Enkel, denen er den Titel eines Barons oder gar eines Vescomte zu vererben gehofft hatte, im Schatten der königlichen Ungnade leben müssen.

»Gott verdamme Gabriel und diese Mallorquinerin!«, rief er aus. Im nächsten Augenblick sah er den obersten Herold des Königs auf sich zukommen. »Senyor de Colomers, Seine Majestät, der König, erwartet Euch!«

De Colomers atmete tief durch und folgte dem Mann durch das sich wie durch Zauberhand öffnende Portal in den großen Saal. Der Thronsessel jedoch war leer und Pere IV. nirgends zu sehen. Zu seiner Verwunderung wurde Senyor Bartomeu in einen kleinen Nebenraum geführt, dessen Tür so geschickt in die hölzerne Wandverkleidung eingefügt war, dass sie unbefugten Augen völlig entging.

Dort saß der König, gekleidet in einen reich mit Goldstickereien verzierten Überrock aus rotem Samt und mit einem schmalen Kronreif auf den sorgfältig frisierten Locken, auf einem Stuhl aus Mandelholz und betrachtete mit amüsiertem Lächeln eine Karte, die auf einem Tisch ausgelegt war. Bartomeu warf einen Blick auf das große, kunstvoll bemalte und beschriftete Pergament und stellte fest, dass es sich um eine recht genaue Darstellung der Balearen handelte.

Beim Anblick seines Beraters hob Pere IV. den Kopf. »Ah, da seid Ihr ja, Senyor Bartomeu. Verzeiht, dass ich Euch nicht früher rufen ließ, doch das unerwartete Eintreffen eines Gastes, der mir eine äußerst wichtige Botschaft überbracht hat, nahm meine Aufmerksamkeit in Anspruch.«

De Colomers atmete auf. Da der König es für nötig gehalten hatte, sich bei ihm für die lange Wartezeit zu ent-

454

schuldigen, war er wohl doch nicht in Ungnade gefallen. Geziert verbeugte er sich vor Pere und stellte sich dann seitlich neben dessen Stuhl. »Euer Majestät wissen, dass ich Euch stets mit ganzem Herzen gedient habe und dies auch weiterhin tun werde.«

Kaum hatte er die Worte ausgesprochen, kamen sie ihm wie das Betteln eines Hundes vor, der gestreichelt werden wollte. Dem König schien sein devotes Auftreten jedoch zu gefallen, denn sein Lächeln wurde noch huldvoller. Dann beugte Pere IV. sich vor und strich mit den Fingerspitzen der rechten Hand über die aus der Haut eines Kamels gefertigte Karte.

»Wir wissen Eure Dienste zu schätzen, Senyor Colomers. Aus diesem Grunde überlegen Wir, ob Wir Eurem Haus nicht den Titel eines Baró de Campanet verleihen sollen.«

»Euer Majestät sind zu gütig.« De Colomers verbeugte sich erneut und versuchte mit aller Macht, seine aufgewühlten Gefühle zu beherrschen.

Der König ließ ihm jedoch keine Zeit, lange über die in Aussicht gestellte Standeserhöhung nachzudenken. »Wie beurteilt Ihr die Absichten meines Vetters Jaume, des Senyor de Montpellier?« Diese Bezeichnung war im Grunde beleidigend, doch Pere, der sich selbst König von Aragón, Valencia, Mallorca und Sardinien, Herzog von Athen und Graf von Barcelona nannte, war nicht bereit, seinem Verwandten einen Titel zuzusprechen, den er für sich selbst beanspruchte.

Da de Colomers den Hass der beiden Vettern aufeinander kannte, tat er so, als halte er die Frage des Königs eher für rhetorisch, beugte sich über die Karte und tippte auf die

455

durch Mauer, Kirche und Schiff symbolisierte Ciutat de Mallorca. »Das hier ist Jaumes Ziel!«

König Pere IV. hob amüsiert die Augenbrauen. »Ihr seid der einzige meiner Berater, der so denkt, Senyor Bartomeu. Alle anderen Senyores schwören Stein und Bein, dass mein Verwandter das Rosselló zurückerobern will oder wenigstens die Cerdanya.«

»Das ist völliger Unsinn!« De Colomers vergaß für einen Augenblick die Zurückhaltung, die einem König gegenüber angebracht war. »Würde Jaume das Rosselló angreifen und sogar erobern, müsste er stets befürchten, dass Euer Majestät mit überlegenen Truppen die Pirineos überquert und ihn erneut vertreibt.«

»Glaubt Ihr, Wir geben die Königskrone Mallorcas leichter auf als die Grafschaft Rosselló?« Die Stimme des Königs hatte jenen Klang angenommen, der bislang jeden seiner Höflinge dazu gebracht hatte, die eigene Meinung zu vergessen und die seines Herrn als die einzig richtige anzusehen.

De Colomers war jedoch aus härterem Holz geschnitzt. »Jaume dürfte es denken und wiegt sich wahrscheinlich in der Hoffnung, er könne die Insel, wenn er sie erst einmal in Besitz genommen hat, gegen jeden Angriff von See aus verteidigen.«

»Wir haben Mallorca schon einmal erobert!«

»Gewiss! Aber damals war ein Element der Überraschung dabei, gegen das Jaume sich nun zu wappnen hofft.« De Colomers wich kein Jota von seiner Meinung ab.

Der König, der sich der Schmeicheleien der anderen Höflinge durchaus bewusst war, nahm es mit einem rätselhaften Lächeln zur Kenntnis. »Beantwortet mir nun eine andere Frage, Senyor Bartomeu. Etliche Unserer Berater drängen darauf, Uns mit England und Burgund zu verbünden und gemeinsam mit ihnen gegen Frankreich zu ziehen. Sie erinnern Uns daran, dass große Teile des Languedoc zu Zeiten Unseres erhabenen Ahnen Pere L zum Reich Katalonien-Aragón gehört haben und Uns erst während der vom Papst sanktionierten französischen Raubkriege gegen die Katharer entrissen worden sind. Sie sagen, auf diese Weise könnten Wir auch gleich das kleine Ärgernis Montpellier beseitigen.«

Pere IV. musterte de Colomers durchdringend und brachte diesen nicht wenig in Bedrängnis. Sprach Senyor Bartomeu sich gegen diesen Vorschlag aus, konnte ihm das den Vorwurf eintragen, die Größe Katalonien-Aragóns schmälern zu wollen. So suchte er nach einer möglichst diplomatischen Antwort. »Ein solches Bündnis erscheint mir nicht gerade vorteilhaft.«

»Und warum nicht?« Peres Stimme klang wie ein Peitschenknall und ließ de Colomers zusammenzucken. Dennoch gelang es ihm, seine Bedenken in Worte zu fassen. »Wird Roi Philippe besiegt und Edward von England in Reims zum neuen König von Frankreich gekrönt, steht uns an unserer Nordgrenze eine Macht gegenüber, der Burgund sich rasch wird beugen müssen und die Katalonien-Aragón die Gewinne, die es gemacht hat, mit leichter Hand wieder abfordern kann. Bedenkt, Euer Majestät, Frankreich und England, unter einer Krone vereint, wären ein Nachbar, der uns das Fürchten lehren wird.«

»Genauso sehen Wir es auch!«

457

Die Antwort des Königs ließ einen Felsblock von de Colomers' Herzen fallen. Er ergriff die Rechte des Herrschers und führte sie dankbar an die Lippen. Pere ließ es lächelnd geschehen, entzog ihm dann die Hand und stieß damit wie ein Raubvogel auf die Umrisse von Mallorca herab.

»Begännen wir einen Krieg mit Frankreich, würde dieses sich genötigt fühlen, Jaume von Montpellier gegen uns zu unterstützen. Mit dessen Hilfe wäre er tatsächlich in der Lage, Mallorca und damit die gesamte Inselgruppe dort zu gewinnen und auf Dauer zu halten. Er und seine Nachkommen wären stets ein Dorn in Unserem Fleisch. Außerdem seht Ihr die Situation ganz richtig. Edward von England ist so wenig zu trauen wie einem Skorpion. Seine Gier würde mit jedem Bissen, den er zu sich nimmt, weiter wachsen. Es ist daher besser, ein geschwächtes Frankreich als Nachbarn zu behalten, als diese Normannen an unseren Grenzen zu sehen.«

Trotz dieser klaren Worte begriff de Colomers, dass Pere durchaus Interesse gehabt hätte, sich in den Konflikt zwischen Frankreich, England und Burgund einzumischen. Der König hatte jedoch selbst eingesehen, welche Konsequenzen ein solcher Schritt mit sich bringen würde. Wäre er auf Englands Seite getreten, hätte sein Vetter Jaume nicht nur die Unterstützung Philippes von Frankreich erhalten, sondern auch die von König Alfonso, denn der Kastilier hätte sich die Gelegenheit, Katalonien-Aragón zu schwächen, gewiss nicht entgehen lassen.

»Euer Reich ist stark und vermag sich mit jedem Feind zu messen, Euer Majestät. Die Klugheit verbietet jedoch, sich zu viele Feinde zu schaffen. Aus diesem Grund halte

458

ich es für richtig, einen Bund mit England abzulehnen. Gesetzt den Fall, Frankreich würde dennoch siegen, besäßen wir nur einen Verbündeten weit jenseits des Meeres, an unseren Grenzen aber einen nach Vergeltung dürstenden Feind, der dann willens wie auch in der Lage wäre, Jaume von Mallorca wieder zur Herrschaft in den nördlichen Grafschaften zu verhelfen.« Wieder vergaß Bartomeu de Colomers, dass ihm kein gleichrangiger Höfling, sondern der König persönlich gegenübersaß, denn er ließ sich von seiner Sorge um Katalonien-Aragón zu einem scharfen Tonfall hinreißen.

Pere nickte jedoch nur zu seinen Worten und verzieh ihm sogar, dass er Jaume mit seinem längst verlorenen Königstitel bezeichnet hatte. »Ihr bestätigt Uns in Unserer Meinung, Colomers. Für Uns gilt es zunächst einmal, Unseren Vetter im Auge zu behalten. Ich weiß aus sicherer Quelle, dass er Söldner um sich schart, um Mallorca anzugreifen. Er will den braven Centelles überraschen so wie Wir damals seinen Statthalter Roger de Rovenac.«

»Wer hat Euch diese Nachricht überbracht?«, entfuhr es de Colomers.

»Senyor Lleó de Bonamés, der bis vor kurzem am Hofe meines Schwagers gelebt hat. Er ist mit einem der Söldnerführer in Streit geraten und dabei verwundet worden. Von dem Willen getrieben, Uns über die Machenschaften Jaumes aufzuklären, ist er Tag und Nacht geritten, um nach Barcelona zu gelangen.«

De Colomers winkte verächtlich ab. »Ein Verräter also! Kann man ihm trauen? Könnte er nicht versuchen, uns auf eine falsche Fährte zu locken?«

Der König zuckte mit den Schultern. »Er wird seinen Wert für Uns noch beweisen müssen. Doch seine Informationen stimmen mit anderen Nachrichten überein, die Uns seit längerem aus anderen Quellen zufließen. Wir haben daher beschlossen, Baron de Centelles weitere Truppen zur Verstärkung zu senden. Euer Sohn wird einen Teil davon anführen. Er muss sich so rasch wie möglich auf den Weg nach Mallorca machen, und Eure Schwiegertochter wird ihn begleiten. Sie stammt von der Insel und wird Eurem Sohn eine wertvolle Hilfe sein.«

»Wie Euer Majestät befehlen!« Bartomeu de Colomers fragte sich, ob statt seiner sein Sohn in Ungnade gefallen war und nach Mallorca verbannt wurde, doch als der König weitere Pläne vor ihm ausbreitete, nahm er von diesem Gedanken Abstand. Für diesen Feldzug benötigte der König Ritter, auf die er sich voll und ganz verlassen konnte, und wenn Gabriel sich dabei auszeichnete, konnte er Ehre und großen Ruhm erringen.

XII.

Auch wenn Gabriels Mutter und seine Schwestern sie liebevoll aufgenommen hatten, lebte Miranda in ständiger Angst vor Senyor Bartomeu. Ihr Schwiegervater zeigte ihr deutlich, dass er sie wie ein Geschwür empfand, das man notfalls ausbrennen musste, um es zu entfernen. Daher reagierte sie sehr nervös, als ein Diener ihr die Aufforderung überbrachte, vor dem Herrn des Hauses zu erscheinen. Sie erinnerte sich noch zu gut, wie sie Gabriels Vater einmal gebeten hatte, für sie eine Nachricht nach Montpellier zu senden, damit Soledad endlich erfuhr, was mit ihr geschehen war. Bartomeu de Colomers hatte ihr die Bitte mit harschen Worten abgeschlagen und ihr erklärt, dass es für sie als Tochter eines Verräters nicht ratsam wäre, Kontakt mit dem Feind zu pflegen. Seitdem war sie ihrem Schwiegervater, so gut sie es vermochte, aus dem Weg gegangen, und wenn er sie jetzt rief, bedeutete das sicher nichts Gutes. Erst als sie auf dem Weg dorthin Gabriel begegnete, der ebenfalls zu seinem Vater gerufen worden war, atmete sie auf und klammerte sich an ihn. »Was mag da Schlimmes vorgefallen sein?«

Gabriel strich ihr lächelnd über das kunstvoll hochgesteckte Haar. »Ich weiß nicht das Geringste, meine Blume. Mein Vater wurde heute Morgen in den königlichen Palast gerufen und ist erst vor kurzem wieder zurückgekehrt. Also wird er dort etwas erfahren haben, das er uns mitteilen will.«

Miranda nickte und nahm wie ein kleines Kind seine Hand. Gabriel lächelte ihr aufmunternd zu und raunte ihr ins Ohr, wie sehr er sie liebe. Sie schenkte ihm einen dankbaren Blick, starrte aber dennoch das reich verzierte Portal zu den Zimmern des Hausherrn an, das sie eben erreicht hatten, als wäre es ihr Feind. Zwei Diener rissen die Türflügel auf, und sie sahen sich Bartomeu de Colomers gegenüber, der neben dem Tisch stand und seinen Majordomo düster anstarrte. Jordi Ayulls zog ein Gesicht, als wäre er eben zu seiner eigenen Beerdigung gerufen worden.

Als Senyor Bartomeu seinen Sohn und seine Schwiegertochter auf sich zukommen sah, wurde seine Miene noch grimmiger. »Ich komme eben von Seiner Majestät. Der König hat befohlen, dass du, Gabriel, dich so rasch wie möglich an die Spitze eines Aufgebots stellst, das er gerade sammeln lässt und das aus etlichen Rittern und einer Schar Fußknechte bestehen soll. Mit diesen wirst du nach Mallorca fahren und Gilabert de Centelles' Truppen verstärken, denn es wird ein Angriff König Jaumes auf die Insel befürchtet. Ach ja – deine Gemahlin wird dich begleiten, denn sie kennt das Land und die Leute dort besser als du.«

Miranda jubelte innerlich auf, denn sie war ebenso froh, ihre Heimat wiederzusehen wie diesen Haushalt verlassen zu können, in dem sie sich nie wohl gefühlt hatte. Gabriel glühte vor Stolz und Erleichterung, denn dieser Auftrag bewies, dass er im Ansehen des Königs nicht gesunken war, wie sein Vater befürchtet hatte, sondern eher noch gestiegen.

»Ich werde Seine Majestät und Euch gewiss nicht enttäuschen, Vater«, versprach er und küsste die Hand Senyor Bartomeus. Miranda hätte den alten Herrn am liebsten umarmt aus Dank dafür, dass sie ihn wohl etliche Monate nicht zu Gesicht bekommen würde, begnügte sich aber mit einem ehrerbietigen Knicks.

Bartomeu de Colomers achtete weder auf sie noch auf seinen Sohn, sondern stieß ein misstönendes Schnauben aus. »Ich habe Ayulls gerufen, um mit ihm eure Abreise zu besprechen und ihm aufzutragen, die Dienerschaft zusammenzustellen, die euch begleiten soll. Dabei hat er mir die denkbar schlechteste Nachricht überbracht. Er war vorhin am Hafen und hat ein Schiff einlaufen sehen, das aus der Ciutat de Mallorca kam. Dessen Kapitän hat berichtet, dass jene Seuche, die in Genua wütet, nun auch auf der Insel ausgebrochen ist und weder Hoch noch Niedrig verschont!« Für einen Augenblick war es so still, dass man eine Maus unter einer der Truhen trippeln hören konnte. Miranda fasste sich am schnellsten wieder. »Den Befehl des Königs müssen wir befolgen. Doch sollten wir nur wenige Diener und Mägde mitnehmen und nur die, die freiwillig mit uns gehen.«

»Ihr werdet wohl niemanden finden, der euch freiwillig auf eine Seucheninsel begleitet«, stieß Senyor Bartomeu grimmig hervor. »Am liebsten würde ich Peres Befehl trotzen und euch verbieten zu fahren, denn ich will nicht meinen einzigen Sohn und meine Schwiegertochter durch einen grässlichen Tod verlieren.«

Miranda kniete nieder und faltete die Hände. »Unser Leben liegt in Gottes Hand! Beten wir, dass er uns auf unseren weiteren Wegen beschützt.«

»Ja, beten wir.« Bartomeu de Colomers kämpfte mit seinen Gefühlen, als er seine Hand auf Mirandas Scheitel legte und sie segnete. »Du bist wohl doch das Weib, das mein Sohn braucht, um in dieser Zeit bestehen zu können. Fahre mit ihm und kehre mit ihm zurück. Wenn ich euch beide gesund wiedersehe, werde ich dem heiligen Sebastiá eine Kapelle errichten aus Dank, dass er uns vor den schwarzen Pfeilen des Todes beschützt hat.«

»Es hätte auch keinen Sinn, hier zu bleiben, Vater«, wandte Gabriel mit leiser Stimme ein. »Wenn diese Seuche auf Mallorca tobt, wird sie auch vor den Mauern Barcelonas nicht Halt machen. Darum lasst uns rasch aufbrechen. Was wir benötigen, finden wir auch auf der Insel vor.«

463

»Ja, Menschen, die bereits von dieser schrecklichen Seuche dahingerafft wurden! Sie soll in Genua ganz fürchterlich gehaust haben, und auch in anderen Gebieten. In Italien nennt man sie den schwarzen Tod.« Bartomeu de Colomers schauderte. Um seinem Sohn jedoch nicht zu zeigen, wie ihm zumute war, wies er ihn bärbeißig an, zu verschwinden und den Dienern zu befehlen, was sie einpacken sollten. »Ihr geht mit und helft ihm«, sagte er zu Miranda.

Diese nickte und zog Gabriel mit sich. Fast den ganzen restlichen Tag hielt sie die Angst vor dem, was sie auf Mallorca erwarten mochte, in den Klauen, und sie faltete zwischendurch immer wieder die Hände zum Gebet. Als die Kisten und Truhen mit Kleidung und einigen Vorräten in der Vorhalle standen und die Familie sich nach der Abendmesse zurückzog, war Miranda bewusst, dass dies die letzte Nacht war, in der sie und ihr Gatte noch halbwegs unbeschwert schlafen konnten.

XIII.

Andreas hatte in den ersten Tagen der Überfahrt stark unter der Seekrankheit gelitten und sie erst kurz vor der Ankunft zumindest so weit überwunden, dass er den Anblick der felsigen Küste und der von blühenden Büschen gekrönten Hügel Mallorcas genießen konnte.

Soledad, die neben ihm stand, sog in tiefen Zügen den so lange vermissten Duft der Heimat ein. »Bald legen wir in Port de Camos an, und von dort ist es nur ein kurzer Weg bis Sa Vall. Dort werdet Ihr Euch erholen können, mein Herr Gemahl.«

Ihre Lippen bogen sich dabei spöttisch. König Jaume hatte sie zwar mit Andre de Pux verheiratet, doch das Recht eines Ehemanns hatte sie dem Deutschen bis jetzt nicht gewährt. Wenn es nach ihr ging, würde er damit bis an sein Lebensende warten müssen – es sei denn, es geschah ein Wunder.

In der ersten gemeinsamen Nacht hatte sie ihm klar gemacht, was sie von ihm erwartete. »Ich werde erst dir gehören, wenn du Domenèch Decluér getötet hast!«, hatte sie ihm geschworen.

»Führe mich zu diesem Mann, und ich werde ihn für seine Untaten bestrafen«, hatte er ihr selbstbewusst geantwortet. Aber in seinem jetzigen Zustand war ihr mit Worten so kühner Ehemann nicht einmal in der Lage, ein Kind zu besiegen, und daher war sie nun froh, dass Decluér Mallorca verlassen haben und an den Hof von Barcelona zurückgekehrt sein sollte.

Eine größere Welle traf das Schiff und ließ die Verbände knarren. Soledad blickte auf und stellte fest, dass sie der hier wieder flacher auslaufenden Küste bereits sehr nahe gekommen waren. Nur ein kleines Stück entfernt entdeckte sie die kleine Bucht bei Sa Vall, in der sie vier Jahre gelebt hatte, und sie hielt nach dem Haus aus Bruchsteinen Ausschau, das in dieser Zeit ihr Heim gewesen war. Nur wenige Schritte neben ihr starrten Antoni, Josep und Marti auf ihre verlorene Heimat, die sie wieder zu gewinnen hofften. Der alten Strella war die Heimkehr versagt geblieben, denn sie war vor zwei Monaten an Alter und Erschöpfung gestorben und hatte ihr Grab in fremder Erde gefunden.

»Unser Haus steht noch!« Joseps Stimme verriet seine Sehnsucht, dort einzuziehen und sein altes Leben wieder aufzunehmen. Auch sein Sohn blickte mit brennenden Augen hinüber, während Antoni seine Aufmerksamkeit mehr auf den kleinen Hafen richtete, den das Schiff ansteuerte. Port de Camos zählte zu den kleinsten Häfen auf Mallorca und auch zu den ungünstigsten, denn wenn der Wind schlecht stand, mussten die Schiffe manchmal wochenlang warten, bis sie auslaufen konnten. Nur das Salz aus den Salinen gab diesem Hafen seine Bedeutung, denn es wäre zu mühselig gewesen, es mit Eselskarren oder gar als Traglast zu einem der entfernteren Orte zu bringen. Aus diesem Grund wurde Port de Camos von den Einheimischen Port de Sal genannt, der Salzhafen. Wegen seiner unbeständigen Windverhältnisse mieden die Schmuggler ihn, und auch normale Handelsschiffe legten nur selten hier an. Daher war er von den Beamten des jeweiligen Gouverneurs nicht so streng überwacht worden wie die anderen Häfen.

Antoni hoffte, dass sich das nicht geändert hatte, denn ein adeliges Paar wie Soledad und ihr Ehemann würden hier eine Menge Aufsehen erregen, genau wie die drei Dutzend Söldner, die die beiden als Leibwache begleiteten. Es waren handfeste Kerle aus Deutschland, die nicht nur den Abgesandten König Jaumes beschützen sollten, sondern auch die Aufgabe hatten, einen festen Platz an der Küste einzunehmen und zu halten, bis das große Heer eintraf.

Marti, der wahre Falkenaugen hatte, deutete nach vorne. »Dort legt ein Boot ab!«

Jetzt sahen die anderen es auch. Ein kleiner Segler verließ den Hafen und richtete seinen Bug auf ihr Schiff. Als er näher kam, entdeckten sie etliche Bewaffnete und glaubten schon, katalanische Soldaten vor sich zu sehen. Einer der deutschen Söldner kniff die Augen zusammen und schüttelte verwundert den Kopf. »Das sind Genuesen. Wie kommen die denn hierher?«

Andreas zog die Schultern hoch. »Das ist seltsam. Soviel ich gehört habe, soll die Situation zwischen Katalonien-Aragón und Genua gespannt sein, weil die Kaufleute und Schiffer aus Barcelona die Genuesen aus Mallorca verdrängen würden.«

Soledad lachte auf. »Es könnten Söldner sein, die genau aus diesem Grund in Jaumes Dienste treten möchten.«

»Das ist möglich. Aber wir sollten uns dennoch zum Kampf bereit machen.« Andreas vergaß seine Schwäche und schickte Heinz nach unten, um sein Schwert und das Kettenhemd zu holen. Auch die ihm zugeteilten Söldner griffen nun zu ihren Waffen, und für lange Augenblicke fürchteten sie, sie müssten sich die Landung auf Mallorca mit Blut erkaufen.

Der mallorquinische Segler kam bis auf Rufweite heran und hielt dann Abstand. Ein Mann, der sich mit einem langen braunen Umhang und einer Gugel gegen den Seewind schützte, formte seine Hände zu einem Trichter und rief: »Aus welchem Hafen kommt ihr?«

»Aus Aigues Mortes«, gab Antoni zurück.

»Herrscht dort die schwarze Seuche?«

Die Frage verblüffte alle. Andreas sah Antoni an, der sichtlich bleich geworden war, und übernahm dann selbst die

467

Antwort. »Nein! Weder in Aigues Mortes noch in der weiteren Umgebung habe ich etwas von einer Seuche gehört.«

»Du bist kein Katalane, auch wenn du die Sprache recht gut sprichst. Schwöre bei Gott und dem heiligen Sebastiano, dass ihr nicht aus Genua oder einem anderen italienischen Hafen ausgelaufen seid.«

Andreas wunderte sich noch mehr, denn der Mann war ein Genuese, wollte aber offensichtlich Landsleuten das Einlaufen in den Hafen verweigern. »Diesen Eid kann ich unbesorgt ablegen, werter Freund. Doch sagt, warum wir auf eine solche Art und Weise empfangen werden.«

»In der Ciutat ist die schlimmste aller Seuchen ausgebrochen, die man sich denken kann, und sie hat sich in Windeseile über die ganze Insel ausgebreitet. Mein Herr, der ehrenwerte Messer Giombatti hat befohlen, keinen Fremden in unsere Gegend kommen zu lassen, damit die Heimsuchung des Herrn an uns vorübergeht.«

Andreas' medizinisches Wissen war zu gering, um den Sinn einer solchen Quarantäne zu erkennen. Für ihn zählte, dass der Genuese in Giombattis Diensten stand. Wie es aussah, war ihnen die Kriegsgöttin doch noch hold. »Ihr sagt, Euer Herr sei Messer Giombatti. Wir bringen eine Botschaft für ihn und würden uns freuen, wenn Ihr uns so rasch wie möglich zu ihm führen könntet.«

Der Genuese schien unsicher zu sein. Andreas aber hatte wenig Lust, unverrichteter Dinge weiterzufahren und womöglich in einem verseuchten Hafen zu landen. Er gab dem Schiffer einen Wink, auf den Hafen zuzusteuern, und wies ein gutes Dutzend seiner Söldner an, sich zu zeigen.

Bei diesem Anblick schluckte der Genuese sichtlich.

468

Zwar hatte er ebenfalls Kriegsleute bei sich, doch bei einem Kampf von Schiff zu Schiff wären sie chancenlos. Er versuchte zu retten, was zu retten war. »Ihr könnt in den Hafen einlaufen, aber ihr bleibt an Bord, bis wir sicher sind, dass keiner von euch die Seuche im Leib hat. Ich werde meinem Herrn eure Ankunft melden.«

»Aber nur diesem, nicht einem Vogt oder anderen Beamten!«, rief Andreas warnend.

Die Situation war verworrener, als er erwartet hatte, und er fühlte sich ihr nicht ganz gewachsen. Besorgt blickte er Soledad an und schalt sich, weil er sie mitgenommen und in Gefahr gebracht hatte. »Wir sind auf Befehl des Königs hier.« Soledad ärgerte sich über Andreas, der sie anscheinend für ein so schwaches und ängstliches Weibsstück hielt wie Margarida de Marimon.

»Das sind wir«, gab Andreas seufzend zu, während er dem kleinen Segler des Genuesen nachblickte, der in den Hafen einlief und an einer der beiden hölzernen Molen anlandete. Kaum war das Schiff vertäut, sprangen die Bewaffneten an Land und spannten ihre Armbrüste. Die Waffen richteten sich auf Andreas' Schiff, und die Mienen der Männer verrieten, dass sie auf jeden schießen würden, der an Land zu kommen versuchte.

»Scheißkerle!«, schimpfte der Söldnerführer Rudi Eisenschuch, der die genuesischen Armbrustschützen seinen weiteren Worten zufolge schon im Kampf erlebt hatte. Einige seiner Kameraden murrten ebenfalls, denn sie hatten der Seekrankheit nicht weniger Tribut gezollt als Andreas und sehnten sich danach, festen Boden unter die Füße zu bekommen.

»Bleibt ruhig!«, wies Andreas sie zurecht.

Er bedauerte, dass er Peter von Sulzthal und Answin von Dinklach in Montpellier hatte zurücklassen müssen, denn nun musste er sich mit dem griesgrämigen Eisenschuch herumschlagen, der weder in Italien noch in Frankreich einen Stand erreicht hatte, der ihn zufrieden hätte stellen können. Nun hatte der Mann sich Jaume von Mallorca angeschlossen, um unter ihm Rang, Namen und Besitz zu erwerben. Dabei gingen seine Wünsche, die er auf der Überfahrt laut ausposaunt hatte, kaum über Wein und Braten hinaus und etliche willige Mägde, bei denen er den Stier spielen konnte.

Andreas amüsierte sich über den Mann und schüttelte sich gleichzeitig, denn so wie dieser Söldnerführer es sich ausmalte, würde er nicht leben wollen. Wieder einmal fragte er sich, welche Vorstellungen Soledad sich wohl von ihrer Zukunft machte. Manchmal gab sie ihm Grund zur Annahme, dass sie ihn mochte, aber zumeist benahm sie sich so kratzbürstig, dass sie ihrem Spottnamen Distel von Montpellier alle Ehre machte.

»Ihr kennt Giombatti, Dona Soledad?«, fragte er sie, nur um ihre Stimme zu hören.

»Kennen ist zu viel gesagt. Ich habe ihn ein paar Mal gesehen, wenn er von seinen Dienern begleitet den Ehrenplatz in der Kirche eingenommen hat. Für einfache Fischermädchen, als die Miranda und ich damals galten, hatte er keinen Blick übrig.«

Soledad schwieg, während sie an die vier Jahre in Joseps Hütte dachte. Obwohl sie die Arbeit mit den Fischen gehasst hatte, erschien das Leben damals im Rückblick fried-

470

lich und fern aller Konflikte gewesen zu sein, und mit einem Mal sehnte sie sich danach zurück. Dort hatte es zumindest keinen Ehemann gegeben, der sie den Lehren der Kirche nach notfalls mit der Peitsche zwingen konnte, ihm zu willfahren. Dieser Gedanke fachte ihre Wut über die gegen ihren Willen geschlossene Ehe an. Ihr Gesicht wurde abweisend, und sie kehrte Andreas mit einer heftigen Bewegung den Rücken zu.

Dieser blickte ihr traurig nach und fragte sich, ob der Weg zu ihrem Herzen tatsächlich nur über eine mit dem Blut des Ritters Decluér gefärbte Klinge führte. Trotz seiner Schwäche während der Überfahrt hatte er sich danach gesehnt, sie in seine Arme zu nehmen, zu streicheln und zu küssen. Aber er hatte nicht die Absicht, sie mit Gewalt zur ehelichen Pflicht zu zwingen, auch wenn sie dies zu befürchten schien, und ihre Stacheligkeit verhinderte, dass sich wenigstens Freundschaft oder gar eine tiefere Verbundenheit einstellte.

Da das Schiff sich dem Ufer bis auf Steinwurfweite genähert hatte, wandte Andreas sich dem Genuesen zu, der nun mitten auf dem Steg stand und seinen Kapitän anwies, an der Spitze des weiter ins Hafenbecken ragenden Stegs anzulegen. »Ich wäre Euch dankbar, wenn Ihr Messer Giombatti meine besten Wünsche ausrichten könntet!«

Der Mann, der offensichtlich den Posten des Hafenmeisters bekleidete, trat ein paar Schritte auf das Schiff zu, schien sich in dem Moment an die Seuche zu erinnern und blieb stehen, als wäre er gegen eine Mauer gerannt. »Welchen Namen darf ich meinem Herrn nennen?«

»Ich bin Andre de Pux, Comte de Castellranca.« Andreas

hatte sich nie mit diesem Titel brüsten wollen, doch nun schien es ihm geraten, so hochmütig aufzutreten, wie er es vermochte, denn sonst würde er als Bittsteller behandelt und müsste darauf warten, bis Giombattis Hafenmeister es für an der Zeit hielt, seinen Herrn aufzusuchen.

Der Genuese war sichtlich beeindruckt, denn nur selten verirrten sich Angehörige des Hochadels in diese Gegend. Selbst Gilabert de Centelles i de Montcada, der Vizekönig der Insel, war nur ein schlichter Baron de Centelles i de Nules, und die meisten einheimischen Edelleute nur Ritter oder einfache Senyores.

»Ich werde mich unverzüglich zu meinem Herrn begeben, Comte. Versprecht mir aber, dass niemand Euer Schiff verlässt, bevor ich zurückkomme.«

Andreas warf einen prüfenden Blick über die Söldner und stellte fest, dass er keine allzu trotzigen oder gar rebellischen Mienen um sich sah, und nickte. »Das verspreche ich Euch, Senyor.«

Als Andreas sah, wie die Brust des Genuesen sich bei dieser Anrede reckte, die eigentlich nur einem Herrn von Stand zukam, lächelte er in sich hinein. Donatus hatte ihm beigebracht, dass geschickt angewandte Höflichkeit viele Tore öffnete, die einem sonst verschlossen blieben. Auch jetzt konnte er sich wieder von der Wirksamkeit dieses Ratschlags überzeugen, denn der Hafenmeister rief nach einem Pferd und trabte kurz darauf in flottem Tempo in die Richtung, in der nach Soledads Aussage das Dorf Sa Vall liegen musste.

472

XIV.

Andreas und seine Leute brauchten nicht lange auf die Rückkehr des Hafenmeisters warten. Nach weniger als einer Stunde kehrte er in Begleitung zweier Männer zurück, deren Tracht sie als höhere Bedienstete Giombattis auswies. Der Jüngere von ihnen, dessen Bartflaum noch sehr schütter war, trug unter seiner zweifarbigen, bestickten Tunika grellbunt gestreifte Hosen aus so teurem Stoff, wie ihn sich wohl nur ein Verwandter des Kaufherrn leisten konnte. Der Bursche schwang sich aus dem Sattel, eilte auf den Steg und blieb etwa zehn Schritte vor Andreas' Schiff stehen. Dort verbeugte er sich tief, obwohl nur einige missgelaunte Söldner an der Reling zu sehen waren.

»Bitte richtet dem Comte de Castellranca meine Empfehlung aus. Wenn bis zum nächsten Morgen kein Mann an Bord Eures Schiffes krank geworden ist, würde mein Oheim sich freuen, den Grafen in seinem Haus begrüßen zu dürfen. Er ist sehr begierig, die Neuigkeiten zu erfahren, die der hohe Herr gewiss mitbringt.«

»Und was ist mit uns? Sollen wir auf diesem elenden Kahn versauern?«, brüllte Rudi Eisenschuch, dem Marti die Worte des jungen Genuesen übersetzt hatte, in einem Gemisch aus Schwäbisch und dem Dialekt der Lombarden.

»Auch ihr werdet uns dann als Gäste willkommen sein.« Giombattis Neffe zog dabei ein Gesicht, welches erkennen ließ, dass er den ungehobelten Söldner und seine Kameraden an das andere Ende der Welt wünschte. Kriegsleute waren nur selten willkommen, und dann auch nur jenen, die sich ihrer Dienste bedienen wollten. Bürger und Bauern aber scheuten die rauen Gesellen, die sich oft genug nahmen, was ihnen gefiel, ohne dafür zu bezahlen, und die jedes weibliche Wesen in ihrer Nähe als leichte Beute ansahen. Wenn er sie an Land gehen ließ, würden sie nichts als Ärger machen, doch verweigerte man ihnen, das Schiff zu verlassen, würden sie sich ihren Willen blutig erkämpfen und über das Dorf herfallen.

Eisenschuch war nicht ganz zufrieden mit dieser Auskunft. »Und was ist mit Essen? Wir haben den Fraß des Schurken, den der Schiffer zum Koch bestimmt hat, bis über die Ohren satt!«

»Ich werde Anweisung geben, euch eine Abendmahlzeit bringen zu lassen.« Der junge Mann verließ so schnell den Steg, als erwarte er, einen Pfeil in den Rücken zu bekommen, und rief dem Hafenmeister einige Befehle zu. Nach einer Weile brachten Knechte große Körbe heran und stellten sie so hin, dass die Matrosen und Söldner sie mit langen Stangen auf das Schiff holen konnten. Beim Anblick der Speisen jubelten die Männer auf, denn es gab knusprige Brathähnchen, Oliven, Brot, knochenhart getrocknete Würste und jede Menge gebackenen und gekochten Fisch.

»Moltes gràcies!«, rief Andreas' Knappe den Knechten zu, die den Steg ebenso hastig verließen wie der junge Giombatti. Als er sich dann zu den Söldnern umdrehte, stellte er angewidert fest, dass diese wie Tiere über das Essen herfielen. Die benehmen sich ja schlimmer als eine Rotte Schweine, dachte er und konnte gerade noch einen vollen Korb für seinen Herrn und dessen Gemahlin retten. Ein Blick hinein verriet ihm, dass genug darin war, um auch ihn und das junge Mädchen zu sättigen, welches der Herrin als Leibmagd mitgegeben worden war.

Als Heinz in den Bauch des Seglers hinabsteigen wollte, hielt Rudi Eisenschuch ihn auf. »Das willst du doch nicht alles allein fressen, Junge?«

Heinz drückte den Korb an sich und versuchte, mutiger zu erscheinen, als er sich angesichts des derben Schwaben fühlte. »Es ist für den Herrn und die Herrin!«

»Bringt Herr Andreas denn schon wieder etwas zwischen die Zähne?«, fragte Eisenschuch spöttisch. Da er Andreas in Montpellier kaum gesehen und auf dem Schiff nur als grüngesichtiges, schlaffes Bündel Mensch kennen gelernt hatte, war er überzeugt, dieser de Pux sei nur wegen seines klangvollen Titels zum Anführer ernannt worden, und nahm ihn daher nicht ernst.

Heinz ärgerte sich über die herausfordernde Haltung des Schwaben und wurde patzig. »Würde ich ihm sonst diese Speisen bringen?« Dann nahm er allen Mut zusammen und zwängte sich an Eisenschuch vorbei.

Der Schwabe sah ihm zu, wie er geschickt die steile Leiter ins Unterdeck hinabstieg, und stieß einen seiner Kameraden grinsend an. »Mut hat dieser Hänfling ja. Ich bin gespannt, wie sein Herr sich machen wird.«

»Ich habe gehört, Graf Andreas soll im Buhurt wegen seines harten Zuschlagens gefürchtet sein. Leider haben wir das letzte Turnier in Montpellier nicht mehr miterleben können. Aber das, was ich über Andreas von den Büschen erfahren habe, lässt einem geraten sein, ihm nicht auf die Zehen zu treten. Von seiner Gemahlin gab es auch so ein paar wilde Geschichten. Die Gräfin würde selbst einem König ins Gesicht schlagen, griffe er ihr an den Hintern.«

Eisenschuch bleckte die Zähne, denn das hörte sich nicht nach einem Anführer an, bei dem man seinen eigenen Willen durchsetzen konnte. Er hatte sich in Montpellier mehr mit dem ausgezeichneten Wein, der dort gekeltert wurde, und einigen hübschen Mägden beschäftigt als mit dem bevorstehenden Kriegszug und fragte sich jetzt, ob das nicht ein Fehler gewesen war.

Als Giombattis Knechte erneut erschienen und mehrere bauchige Krüge mit Wein auf den Steg stellten, hielt Eisenschuch es für geraten, einen davon nach unten zu bringen. Er durchquerte den Laderaum des Seglers und ging auf die Wand am Heck zu, die eine Kammer zur Aufnahme gut zahlender Passagiere bildete. Die darin eingelassene Tür war aus dickem Holz und ließ sich von innen verriegeln, so dass die in dem Gelass untergebrachten Damen nicht von Matrosen oder Mitreisenden belästigt werden konnten. Eisenschuch klopfte an.

Heinz steckte den Kopf heraus und musterte den Schwaben misstrauisch. »Was willst du?«

»Der Kaufherr hat Wein geschickt, und da dachte ich, der Herr würde vielleicht auch einen Schluck trinken wollen.« Eisenschuch verzog sein breites, narbiges Gesicht zu etwas, das einem Lächeln recht nahe kam, und reichte Heinz den Krug.

»Der Wein kommt zur richtigen Stunde! Tretet ein, Eisenschuch, und trinkt einen Becher mit mir.« Andreas' Stimme hörte sich um einiges kräftiger an als auf der Fahrt, und als er den Schwaben hereinwinkte, hatte sein Gesicht schon wieder eine gesunde Farbe.

Eisenschuch folgte der Einladung und blickte sich neugierig um. In dem Raum stand ein Bett, dessen Füße mit dem Boden verschraubt waren, und dahinter hatten zwei große, mit Leder überzogene Reisetruhen Platz gefunden. Zwei Strohsäcke zu beiden Seiten des Bettes dienten wohl als Lager für den Knappen und die Leibmagd. Der Söldner warf dem Mädchen einen prüfenden Blick zu, fand es aber uninteressant. Das Ding mochte dreizehn oder vierzehn Jahre alt sein und war nicht Frau genug, um ihn zu reizen. Seine Herrin wäre da schon ein appetitlicherer Happen gewesen, aber als Edeldame und Frau seines Anführers für ihn unerreichbar.

In der Enge des Raumes empfand Soledad die Nähe des Söldners als unangenehm, aber sie sagte sich, dass Andre und sie mit diesem bärbeißigen Kerl auskommen mussten. Es war richtig, dass ihr Mann einen Becher Wein mit Eisenschuch trank, nur wäre ihr lieber gewesen, sie hätten es an einem anderen Ort getan. Da sie sozusagen die Gastgeberin war, gab sie ihrer Leibmagd einen Wink. Das Mädchen hatte einen sehr niederen Rang im Palastgesinde von Montpellier eingenommen und war noch nicht damit vertraut, eine hohe Dame zu bedienen, doch es bemühte sich redlich und stellte sich recht geschickt an. Jetzt holte die Magd zwei Becher aus einer der großen Truhen und gab sie Heinz, der sie mit Wein füllte und den beiden Männern reichte.

Andreas hob den seinen. »Auf Euer Wohl!«

»Auf das Eure, hoher Herr.«

Eisenschuch leerte seinen Becher in einem Zug und schnalzte mit der Zunge. »Das ist ein feiner Tropfen, hoher Herr, der schmeichelt der durstigen Kehle.«

Andreas lachte auf. »Wenn wir Erfolg haben, werdet Ihr Tag für Tag solchen Wein genießen können.«

»Darauf wollen wir trinken!« Eisenschuch schnaufte und blickte seinen Anführer hoffnungsvoll an.

Andreas gab Heinz den Befehl, seinem Gast nachzuschenken. »Morgen werde ich mit diesem Giombatti reden und ihn um Unterkünfte für uns alle bitten. Die Pferde müssen von Bord, denn sie wittern das Land und sind so unruhig, dass sie sich verletzen könnten.«

Als wolle er Andreas' Worte bekräftigen, wieherte Karim, der sich mit Ploma und Heinz' Wallach einen Verschlag im Bug teilte, zornig auf.

»Ich gehe wohl besser und sehe nach den Tieren.« Heinz verließ den Raum und eilte davon.

Eisenschuch starrte in seinen Becher und schnaufte. »Nicht nur die Pferde sind unruhig. Die meisten Männer haben noch keine Seefahrt mitgemacht und fühlen sich auf dem Schiff eingesperrt wie in einem Kerker.«

Andreas nickte verständnisvoll und schenkte dem Söldner eigenhändig den Becher voll. Nach und nach taute der Mann auf und erzählte von seinem Leben und seinen Kriegstaten. Er war der Bastard eines Ritters und zu dessen Reisigen gesteckt worden, kaum dass er eine Lanze zu führen wusste. Bei einem Feldzug war er einem Söldnerführer aufgefallen, der ihn für ein paar Münzen seinem Vater abgekauft und in seine Kompanie gesteckt hatte.

»Das war das Beste, was der alte Bock mir hat antun können. Ich bin in den achtzehn Jahren, die seitdem vergangen sind, quer durch die ganze Welt gereist und habe viele Wunder gesehen.«

478

Andreas' Lippen zuckten leicht, denn diese Wunder schienen ausnahmslos weiblich gewesen zu sein und mit schwellenden Formen gesegnet. Eisenschuch und er hatten sehr verschiedene Charaktere, und doch fühlte er, dass sie einiges gemeinsam hatten. Auch dieser Mann war ein Bastard, der darauf angewiesen war, sich in einer Welt seinen Platz zu erkämpfen, in der Familienbande die Stärke vieler Geschlechter bildeten. Gleichzeitig begriff er, dass er von jenen Erfahrungen des Mannes profitieren konnte, die sich nicht auf Frauen bezogen. Daher ließ er den Schwaben reden und erfuhr so manches über die Kriegszüge, an denen Eisenschuch teilgenommen hatte, und über die Strategie und Taktik der jeweiligen Heerführer. Trotz seines grimmigen Aussehens und seiner derben Sprache verfügte der Schwabe über einen scharfen Verstand, den er auch einzusetzen vermochte. Je weiter der Abend fortschritt, umso mehr söhnte Andreas sich mit der Tatsache aus, dass man ihm diesen grobschlächtigen Söldnerhauptmann mitgegeben hatte, denn Eisenschuch würde sich weder durch überlegene katalanische Truppen noch durch eine Seuche ins Bockshorn jagen lassen, und das war in ihrer Situation wichtiger als Diplomatie und höfliches Benehmen.

Das erklärte Andreas Soledad, als sie ein paar Stunden später noch einmal an Deck gingen. Mitternacht war schon vorüber, und die Sterne leuchteten in einer Klarheit, wie er sie daheim in Deutschland nie erblickt hatte. Die Brise, die vom Land herabwehte, fühlte sich weich an und brachte betörende Gerüche mit sich. Andreas sog die Luft tief in die Lungen und erschrak dann heftig. Was war, wenn der Wind bereits den Keim der Seuche mit sich trug? Er wollte Soledad schon befehlen, wieder unter Deck zu gehen, doch dann schalt er sich einen Narren. Die Luft war die gleiche, ob hier an Deck oder unten in der stickigen Kabine, und es lag in Gottes Hand, ob der Schnitter im schwarzen Umhang zu ihnen kam, um seine tödliche Ernte einzufahren, oder sie verschonte.

Soledad begriff, dass Andreas sich mit den ihm unterstellten Söldnern, die vom reichlichen Weingenuss überwältigt an Deck lagen und schnarchten, im Geiste ausgesöhnt hatte, ahnte aber auch, dass er sich wegen der schlechten Nachrichten um seine Truppe Sorgen machte. Diese Erkenntnis löste widersprüchliche Gefühle in ihr aus, und daher drehte sie sich mit einem kaum hörbaren Seufzer zu ihm um. In der Dunkelheit konnte sie nur seine schattenhaften Umrisse vor dem Band der Sterne erkennen, und doch glaubte sie, seinen Blick auf sich ruhen zu fühlen. Sie hatte Glück, einem so freundlichen und rücksichtsvollen Mann angetraut worden zu sein, doch bisher hatte sie seine Güte mit stacheligem Wesen und harschen Worten vergolten. In diesem Augenblick schämte sie sich für ihr Benehmen und wünschte sich, ihn zu umarmen, zu küssen und ihm zärtliche Worte ins Ohr zu flüstern. Aber das durfte sie nicht, denn sie wusste genau, wohin jegliche Zärtlichkeit führen würde, und diesen Dingen stand der Schwur entgegen, den sie geleistet hatte.

»Gott verdamme Decluér in die tiefste Hölle!«, flüsterte sie vor sich hin. Am liebsten hätte sie dem Mörder ihres Vaters die Seuche an den Hals gewünscht. Doch wenn der Mann eines solchen Todes starb, würde ihr Eid sie zwingen, sich Andreas weiterhin zu verweigern, bis er ihren Widerstand mit Gewalt brach oder sie in ein Kloster steckte, um ein anderes Weib heimführen zu können. Nun verfluchte sie ihr Temperament, das sie zu jenem Schwur verführt hatte.

XV.

Am nächsten Morgen war es bereits kurz nach Sonnenaufgang so heiß, dass Andreas der Schweiß in Strömen über das Gesicht lief. Soledad wischte ihm die Stirn mit einem parfümierten Tuch ab und fragte sich, wie der Aleman mit Kettenhemd und Schwert kämpfen wollte, wenn er das Klima nicht vertrug. So, wie er jetzt schon aussah, würde er vor Ermattung umfallen, bevor er sich den Helm aufgesetzt hatte.

Als Andreas über die Reling sprang und auf dem Steg zu stehen kam, wirkte er jedoch alles andere als erschöpft. Er kam federnd auf, lachte übermütig auf und streckte ihr die Arme entgegen. »Kommt, meine Liebe! Messer Giombatti erwartet uns.«

Soledad ließ sich von ihm auf den Steg heben und sah dann zu, wie mehrere Matrosen Karim und Ploma mittels Bauchgurt und Hebebaum von Bord schafften. Die Tiere schlugen panikerfüllt um sich und ließen sich erst beruhigen, als sie über die ächzenden Bretter an Land gebracht worden waren. Zwar hatte Giombatti seinen Gästen angeboten, Pferde zu senden, doch Andreas wollte den eigenen Tieren einen weiteren Aufenthalt in den engen Verschlägen ersparen.

Es war nicht einfach, die nervösen Pferde zu besteigen. Soledad war schon bereit loszureiten, während Andreas noch mit Karim kämpfte. Erst als Soledad Ploma antraben ließ, besann der Hengst sich und jagte eifersüchtig hinter der Stute her, denn er wollte nicht hinter ihr zurückbleiben müssen.

Andreas schwankte ein wenig im Sattel, und das reizte Soledad zu einem Lachen. »Muss ich heute Euch retten, mein Gemahl?«

»Wenn der Gaul so weitermacht, wird es wohl so kommen!« Andreas fiel beinahe übermütig in ihr Lachen ein und bekam sein Pferd nun in den Griff.

Sie ritten den Weg hinauf, der zu den Salinen führte, und kamen an der Abzweigung in die kleine Bucht vorbei, von der aus Josep und die anderen einst zum Fischen aufs Meer hinaus gefahren waren. Von einem Hügel aus erblickte Soledad das Inselchen Moltona, an dessen Ufern sie und Miranda Muscheln gesammelt hatten, und sie biss sich in die Finger, um nicht laut aufzuweinen. Hier in der Heimat schmerzte der Gedanke an die Schwester, die dem Todfeind zum Opfer gefallen war, noch mehr als im fernen Montpellier.

»Was ist mit dir, meine Liebe? Du wirst mir doch nicht etwa krank!« In seiner Sorge um Soledad vergaß Andreas ganz die höfische Redeweise beizubehalten, die er ihr gegenüber nie abgelegt hatte.

Soledad schüttelte heftig den Kopf. »Nein, nein! Mir geht es gut.« Andreas sah ihr an, dass sie log, und ahnte, dass es Kummer war, der an ihr nagte, und keine Seuche. Doch sie schien nicht darüber reden zu wollen. Der Mangel an Ver-

482

trauen schmerzte ihn, er wusste nicht, wie er den Weg zu ihrem Herzen finden konnte. Wie es aussah, führte dieser tatsächlich über den abgeschlagenen Kopf dieses Ritters Decluér.

Die beiden jungen Menschen waren so in ihre Gedanken und Gefühle verstrickt, dass sie Sa Vall erreichten, ohne sich des letzten Stücks Weg bewusst geworden zu sein. Anders als in Soledads Erinnerungen wirkte das Dorf abweisend. Alle Fensterläden und Türen waren verschlossen, und es ließen sich weder Mensch noch Tier sehen bis auf eine magere Katze, die mit einer Maus im Maul die Straße entlanglief und sich blitzschnell durch ein Loch in einer Schuppenwand zwängte.

Als sie Giombattis Villa erreichten, herrschte dort hektische Betriebsamkeit. Knechte und Mägde schleppten Truhen und Säcke heraus und luden sie auf bereitstehende Eselskarren. Sie waren so beschäftigt, dass keiner auf die Ankommenden achtete. Als Andreas schon absteigen wollte, um einen der Knechte zu packen und zu Giombatti zu schicken, stürzte der Neffe des Hausherrn aus der Tür und entschuldigte sich wortreich, weil er sie nicht vom Hafen abgeholt hatte. Da er Italienisch sprach, erntete er von den Besuchern nur fragende Blicke und begriff, dass er seine Worte auf Katalanisch wiederholen musste.

Er fasste sich kürzer und deutete auf das Haus. »Wenn die Herrschaften mir bitte folgen wollen!« Andreas schwang sich aus dem Sattel und streckte die Hände aus, um Soledad von ihrer Stute zu heben. Anders als sonst zeigte sie ihm nicht die kalte Schulter, sondern ließ sich helfen. Andreas freute sich über dieses versöhnliche Zeichen, doch er fand

483

keine Zeit, ihr etwas Nettes zu sagen, denn hier schien niemand es für nötig zu halten, sich um ihre Pferde zu kümmern.

Giombattis Neffe stand schon in der Tür, als ihm die Missachtung seiner adeligen Gäste auffiel. Hochrot vor Verlegenheit schrie er zwei Knechte an, die eben einen großen, verschlossenen Korb aus dem Haus trugen, sich um die Reittiere der Gäste zu kümmern. »Verzeiht, Comte, und auch Ihr, Comtessa, aber zurzeit geht es hier ein wenig hektisch zu.«

»Ein wenig?« Andreas verzog spöttisch die Lippen, war aber froh, dass der junge Genuese sie endlich ins Haus führte.

Als seine Gäste eintraten, beaufsichtigte Giombatti gerade einige Diener, die die lebensgroße Statue einer nackten Frau in Decken wickelten und in eine große, mit Stroh gefüllte Kiste packten. Der Kaufherr war in eine grün gemusterte, pelzverbrämte Tunika gekleidet, die ihm bis zu den Oberschenkeln reichte. Dazu trug er eine Gugel mit zusammengerolltem Kapuzenzipfel auf dem Kopf, und seine Beine bedeckten feste braune Stümpfe. An seinem Gürtel hing eine prall gefüllte Lederbörse in der Größe eines Kinderkopfs neben einem langen, schmalen Dolch. In der Hand hielt er ein silbernes Räuchergefäß, das einen mehr stechenden als aromatischen Duft ausströmte, welchen er immer wieder tief einsog.

Erst als die Venus Kallipygos zu Giombattis Zufriedenheit verpackt war, wandte er sich mit einer bedauernden Geste seinen Gästen zu. »Ihr habt die denkbar schlechteste Zeit für Euren Besuch gewählt, Comte. Jeder andere Tag

484

wäre mir lieber gewesen. Seid mir aber dennoch willkommen.«

Andreas musterte den Mann, der zu einer Zunft gehörte, die von den Rittern und Edelleuten im Reich verächtlich Pfeffersäcke genannt wurde, und hob verwundert die Augenbrauen. Ihm erschien der Genuese nicht weniger selbstsicher als die hohen Herren, die über seinesgleichen spotteten und sie gleichzeitig ihres Reichtums wegen beneideten. »Seid bedankt, dass Ihr bereit seid, uns in dieser Situation zu empfangen, Messer Giombatti. Ich überbringe Euch Grüße von einem sehr hoch gestellten Herrn, dessen Namen ich nicht vor Zeugen aussprechen will.« Andreas' Blick wanderte dabei über das im Raum umherhastende Gesinde.

»Ich kann mir schon denken, von wem Ihr kommt. In den nächsten Tagen und Wochen werden wir gewiss genug Zeit finden, uns über diesen gemeinsamen Bekannten zu unterhalten. Da die Seuche – dem Herrgott und der Madonna sei Dank – Euch und Eure Männer noch nicht erfasst hat, bin ich sogar froh um Eure Ankunft. Ich kann Eure Raufbolde brauchen, um Leute von jenem Ort fern zu halten, zu dem wir in dieser Stunde noch aufbrechen werden.«

Obwohl das Gesicht seines Gastgebers so unbewegt blieb, als rede er über das Wetter, begriff Andreas, dass Giombatti vorhatte, vor der Seuche an eine abgelegenere Stelle der Insel zu fliehen. Nur die Tatsache, dass der Kaufherr immer wieder den scharfen Duft der glimmenden Kräuter in sich einsog, verriet dessen Angst vor dem schwarzen Tod.

»Ihr wollt also Euer Heim mitsamt Eurer Habe und dem Gesinde verlassen«, stellte Andreas fest.

»Aber ja! Hier ist es nicht sicher. Wenn die Seuche erst richtig wütet, wird sie auch das Salinenland nicht verschonen. Aus diesem Grund ziehe ich mich in die Berge der Serra de Llevant zurück. Ich besitze in einem der Seitentäler des Mola de Rangar ein Jagdhaus, das ich hie und da Freunden und anderen wichtigen Leuten zur Verfügung stelle. Es liegt einsam genug, um nicht von Flüchtlingen aus Felanitx oder Manacor überrannt zu werden. Sollte es aber doch einer wagen, uns dort zu nahe zu kommen, werden meine genuesischen Armbrustschützen und Eure Söldner ihn rasch eines Bessern belehren.«

Andreas gefiel es gar nicht, dass Giombatti über seinen Kopf hinweg über ihn, Soledad und seine Männer entschieden hatte. »Ich habe strikten Befehl unseres gemeinsamen Bekannten, etliche Edelleute aufzusuchen und mit ihnen zu verhandeln.«

Giombatti zuckte kurz unter den scharfen Worten zusammen, winkte aber ab. »Zu jeder anderen Zeit würde ich Euch dabei behilflich sein. Doch in diesen Tagen ist es sinnlos, durch Mallorca zu reisen. Nicht einmal der heilige Giuseppe, der Vater unseres Erlösers Iesu Christo, würde Euch die Tore unserer Freunde öffnen können. Die meisten Edelleute haben ihre Stadtpaläste in der Ciutat verlassen und sich auf ihren Landgütern verbarrikadiert. Keine Katze vermag zu ihnen durchzuschlüpfen, geschweige denn ein Mann, der über das Meer auf die Insel gekommen ist. Verschiebt Euer Vorhaben, bis der schwarze Schnitter die Insel wieder verlassen hat. Dann werden diejenigen, die er verschont hat, bereit sein, Euch anzuhören.«

In Andreas sträubte sich zunächst alles dagegen, diesen Rat anzunehmen. Dann wurde ihm klar, dass er es Soledad schuldig war, sie und auch sich selbst in Sicherheit zu bringen. Außerdem hatte der Genuese Recht. In Zeiten wie diesen würde niemand einen Fremden in seine Nähe lassen, der die Seuche in sich tragen mochte.

»Ich danke Euch in meinem Namen und dem meiner Gemahlin, dass Ihr uns als Gäste bei Euch aufnehmen wollt, bis diese Heimsuchung der Gläubigen vorüber ist.« Er neigte kurz das Haupt vor Giombatti, aber seine Gedanken beschäftigten sich weniger mit dem Kaufmann als mit der Frage, ob ihn die Einsamkeit der Berge Soledads Herzen näher bringen würde.

Seine Frau hing währenddessen noch ihren Erinnerungen nach, die teils von der Trauer um ihre tote Schwester erfüllt waren, aber auch von der Sorge, jemand könne sie wiedererkennen und Andreas' Autorität mit Gerüchten oder Spott untergraben. Doch selbst auf dem Ritt in die Berge brachte keiner der Knechte und Mägde, die Joseps Nichten gekannt hatten, die stolze junge Frau mit dem Fischermädchen in Verbindung, das die Insel vor einem guten Jahr verlassen hatte.

SECHSTER TEIL

Llucmajor

I.

Im Hafenbecken lagen die Schiffe dicht an dicht, so dass man einige nur über die dazwischen liegenden betreten oder mit Booten erreichen konnte, und am Ufer war der Boden kaum zu sehen, denn der Kai war voll von Menschen, Tieren und Wagen. Wo man hinblickte, wurden Waren und Pferde an Bord gehievt, und zwischen Arbeitern und Gespannen suchten sich Söldner, Ritter und Reisige den Weg zu ihren Seglern. Die vielen Menschen und Tiere auf engstem Raum erzeugten Wolken von Staub und Gestank und einen schier unerträglichen Lärm.

Szenen dieser Art hatte König Jaume schon oft erlebt, und doch schien es diesmal schlimmer denn je. Wer sich von dem geschäftigen Treiben beeindrucken ließ, musste annehmen, hier würde sich ein siegesgewisses Heer zum Aufbruch bereitmachen. Wenn man aber in den Gesichtern der Menschen las, wurde auch einem unbefangenen Beobachter klar, dass Angst und Grauen die vorherrschenden Gefühle waren. So empfand auch Jaume den Aufbruch seines Heeres nicht als einen Schritt in eine strahlende Zukunft, sondern als Flucht vor der unheimlichen Seuche, die wie eine Feuersbrunst über die Lande zog und weder Jung noch Alt und weder Hoch noch Niedrig verschonte. Wenn er nicht rasch handelte, würde er mehr als die Hälfte seiner Krieger durch Tod und Siechtum verlieren, bevor er seine Feinde niedergestreckt hatte.

Die Panik, die in seinem Heer herrschte, hatte auch ihn,

491

den König, erfasst und ließ seinen Magen wie im Feuer glühen. Er versuchte, den Schmerz zu missachten, und wandte sich mit einem gequälten Lächeln an seine Gemahlin, die ihren Zelter neben seinen Hengst gelenkt hatte. »Nun sei es, wie es sei, meine Liebe! Entweder bedeckt Mallorcas Krone mein Haupt oder Mallorcas Erde meinen Leib.«

Der Blick, den Violant ihm schenkte, verriet Jaume, dass sie sich ebenso vor dem fürchtete, was vor ihnen lag, wie vor dem schwarzen Tod. Ahnte sie, dass er sich nicht mehr als Herr seiner Entscheidungen fühlte, sondern als ein Getriebener des Schicksals? Er warf einen Blick auf das Kreuz an ihrer Perlenkette und fragte sich nicht zum ersten Mal, seit er das französische Gold in Händen gehalten hatte, ob Gott noch mit ihm war. Auch wenn er einen nicht geringen Teil der Summe der heiligen Kirche gespendet hatte, um den Schöpfer und den Herrn Jesus Christus gnädig zu stimmen, nagten Zweifel an ihm, ob er wirklich richtig gehandelt hatte. Es gab jedoch kein Zurück mehr.

Seine Gemahlin schien zu ahnen, welche Gedanken ihn quälten, denn sie holte tief Luft und fasste tröstend nach seiner Hand. »Mit Gottes Hilfe werden wir siegen! Der Herr im Himmel wird diese grässliche Seuche von uns fern halten und stattdessen die Katalanen und ihren König Pere strafen, der seinem eigenen Neffen das Erbe geraubt hat,«

Violants Blick wanderte zu dem Sohn ihres Gemahls, der in einem silbern glänzenden Kettenhemd und einem grünen Waffenrock die Einschiffung des königlichen Haushalts überwachte. Eben wurde Dona Ayolda de Guimerà an Bord gehoben. Ihr folgte Prinzessin Esclarmunda, das einzige Kind, das Violant dem König bislang geboren hatte.

492

Das Mädchen kreischte, aber ob es Angst oder Vergnügen empfand, konnte die Königin nicht erkennen. Ayoldas Gesicht wirkte wie eine graue Totenmaske, und ihre Lippen bewegten sich lautlos, als spräche sie ein stummes Gebet nach dem anderen.

»Ist es nicht seltsam, dass Dona Ayolda mit uns kommt, während viele der Edelleute, die ich erhöht und wie Brüder an meine Brust gedrückt habe, mich im Stich lassen?« Jaumes Stimme klang bitter, denn die meisten seiner katalanischen Edelleute hatten sich dem Waffendienst und dem Kriegszug nach Mallorca unter fadenscheinigen Vorwänden entzogen oder waren wie Dona Ayoldas Neffe Lleó de Bonamés nach Barcelona geflohen. Einige Höflinge hatten ihm sogar ins Gesicht gesagt, dass sie sich wegen des Verkaufs von Montpellier nicht mehr als seine Lehensmänner ansähen, sondern als Gefolgsleute des französischen Königs.

»Glaubt Ihr, dass Andre de Pux auf Mallorca Erfolg hatte, mein Vater?« Die Frage des jungen Jaume riss den König aus seinen quälenden Gedanken.

»Wenn Gott auf unserer Seite steht, wird er unsere Anhänger um sich geschart haben. Doch wenn der Teufel seine Hand im Spiel hatte, werden wir ihn und seine Begleiter nicht mehr wiedersehen. Die Seuche soll Mallorca besonders stark heimgesucht und nur wenige verschont haben. Wir können nur hoffen, dass der heilige Sebestiá neben dem Aleman einhergeschritten ist und die Sichel des schwarzen Schnitters mit seinem unsichtbaren Schild abgefangen hat.«

Königin Violant schüttelte sich. »Mir graut davor, ausgerechnet jetzt den Fuß auf diese verseuchte Insel setzen zu müssen.«

Jaume wurde klar, dass er nicht länger seinen eigenen Befürchtungen nachhängen durfte, denn damit nahm er nicht nur seiner Familie jegliche Zuversicht, sondern entmutigte auch seine Hauptleute und mit ihnen das ganze Heer. »Die letzten Nachrichten besagen, dass die Seuche im Abklingen begriffen sei. Bis wir vor Mallorcas Küste ankommen, dürfte sie ihre Kraft verloren haben. Wir können hoffen, dass sie bis dahin so stark unter Gilabert de Centelles' Kriegern gewütet hat, dass es ein Leichtes für uns sein wird, anzulanden und die Ciutat einzunehmen. Sollte mein Vetter Pere versuchen, uns von dort wieder zu vertreiben, werden wir seine Krieger wie Hasen jagen.«

Prinz Jaume lachte misstönend auf. »Hätten die Franzosen nicht so verächtlich gehandelt, indem sie uns wegen des schwarzen Todes zur Übergabe Montpelliers zwangen, hätten wir warten können, bis wir sichere Kunde von der Insel bekommen hätten. Dabei haben sie noch nicht einmal die volle Kaufsumme bezahlt.«

Aus dem harten Urteil des Prinzen sprach das Feuer der Jugend. Sein Vater aber verstand die Beweggründe der französischen Unterhändler, die beim Anblick der aus ganz Europa angeworbenen Söldner nervös geworden waren. Jeder dieser Männer hätte den Hauch des Todes in sich tragen können, und daher war es in ihren Augen notwendig gewesen, dieses Heer so rasch wie möglich aus Montpellier zu entfernen.

Königin Violant starrte die Söldner an, als fürchte sie das Gleiche wie die Franzosen, und zog unbehaglich die Schultern hoch. Doch dann wandte sie sich ihrem Gemahl zu und machte deutlich, dass ihre Sorgen ganz anderer Art waren.

»Es sind so viel weniger Bewaffnete, als Ihr habt anwerben wollen, mein Herr. Glaubt Ihr, ihre Zahl wird reichen, um Mallorca wirksam zu besetzen?«

Sie sprach damit das an, was Jaume am meisten auf der Seele brannte. Die Weigerung seiner Lehensmänner, sich mit ihren Aufgeboten an diesem Feldzug zu beteiligen, hatte eine weitere, ungeahnt große Lücke in seine Planungen gerissen. Die erste war durch die Genuesen entstanden, mit deren Hilfe er fest gerechnet hatte, denn diese hatten ein starkes Interesse an einem Machtwechsel auf der Insel. Aber deren Stadt war als Erste von der Seuche heimgesucht worden, und er hatte vergebens auf das Erscheinen der von ihm dort angeworbenen Söldner gewartet. Die fünfzig Lanzen und zweihundert Armbrustschützen des Condottiere Oddone Fieschi waren entweder dem schwarzen Tod erlegen oder in alle Winde zerstreut worden. Noch schwerer wog der Verlust der Schiffe, mit denen Genua ihn hatte unterstützen wollen, denn kein Genueser Segler durfte derzeit einen der hiesigen Häfen anlaufen. Daher hatte er in aller Eile und für unverschämt hohe Summen französische und provenzalische Kapitäne anheuern müssen.

Die zwanzig angemieteten Schiffe waren von allzu unterschiedlicher Bauart, um eine Flotte genannt werden zu können, und kaum in der Lage, den Heerzug aus mehr als viertausend Menschen und über dreihundert Pferden zu fassen. Die Überfahrt würde in qualvoller Enge vonstatten gehen, und jeder Wetterumschwung, der die Schiffe auf See festhielt, konnte das Unterfangen gefährden. Daher musste er den Wind ausnutzen, der zurzeit günstig wehte, und so schnell wie möglich auf Mallorca landen. Insgeheim fürchtete er das, was ihn dort erwartete, und er klammerte sich an die Hoffnung, dass Andre de Pux noch lebte und mit einer stattlichen Schar mallorquinischer Ritter zu ihm stoßen würde.

II.

Die aufgezwungene Tatenlosigkeit beeinträchtigte Gabriels Laune nicht weniger als die seines Gefolges und der Soldaten. Zwar drängte es ihn nicht gerade, die Ciutat de Mallorca oder einen anderen Ort auf der Hauptinsel zu betreten, an denen der schwarze Schnitter reiche Ernte hielt, und doch haderte er mit dem Entschluss des Barons de Centelles, der ihn und seine Truppe auf die kleine Insel Dragonera verbannt hatte. König Peres Statthalter hatte seiner kleinen Flottille extra ein Schiff entgegengesandt und ihm den Befehl erteilt, sich nicht von dem kleinen Eiland zu entfernen, bis er es ihm erlaube. Auch hatte er den Schiffsverkehr zwischen Dragonera und Mallorca unter Androhung der Todesstrafe unterbunden. Gabriel, Miranda, ihr Gefolge und die Seeleute fühlten sich daher auch ohne Ketten und Mauern wie Gefangene. Auf Dragonera gab es nur ein paar Fischerdörfer, deren Bewohner sich nicht dafür interessierten, wer sich König von Mallorca nannte. Sie sprachen, wenn sie überhaupt den Mund aufbrachten, einen fast unverständlichen Dialekt und ignorierten ihre unfreiwilligen Besucher, so gut es ging.

Gabriel stand wie jeden Tag auf einem der schroffen Hügel nahe dem Strand und starrte zu der Küste Mallorcas hinüber.

496

Sie lag so nahe, dass er den Eindruck hatte, den Höhenzug, den er vor sich sah, mit Händen greifen zu können. Von dem Uferstreifen aus, der sich unter ihm entlangzog, vermochte ein guter Schwimmer Sant Elm oder Punta Negra in weniger als einem Vierteltag zu erreichen. Dennoch war die Insel für ihn und seine Begleiter beinahe so fern wie der Mond, der in den vergangenen Nächten wie eine große, silberne Sichel über dem Meer aufgestiegen war.

Ein Geräusch schreckte Gabriel aus seinem Grübeln auf. Er drehte sich um und sah Miranda in Begleitung von Pau und ihrer Zofe Nina den Weg hochsteigen. Der junge Diener umklammerte ein Kurzschwert und versuchte, eine möglichst kriegerische Miene zur Schau zu tragen, während die alte Frau, die sich als einzige Magd in der Casa Colomers bereit erklärt hatte, das junge Paar nach Mallorca zu begleiten, ein Gesicht zog, welches selbst den gierigsten Schnapphahn abschrecken mochte.

Gabriel kam ihnen ein Stück entgegen und sah Miranda fragend an. »Ist etwas geschehen?«

»Einige Soldaten haben die Herrin beleidigt«, antwortete Nina anstelle seiner Frau.

Miranda winkte ärgerlich ab. »So schlimm war es nicht. Die Männer sind eben unruhig, denn sie haben keinen Wein mehr, und zum Essen gibt es nur noch Fisch.«

»Die Kerle müssen gehorchen!« Gabriel wusste allerdings, dass er kaum die Möglichkeit hatte, diesen Gehorsam zu erzwingen. Bei den ihm unterstellten Männern handelte es sich um zusammengelaufene Söldner, die nur an Beute und Weiber dachten, und auf Dragonera war beides so weit entfernt wie das andere Ende der Welt. Die einheimischen

Frauen und Mädchen versteckten sich vor den Soldaten, so gut sie konnten, und die Kisten mit den Soldgeldern lagerten in der Ciutat de Mallorca, bestens bewacht von der Sichel des schwarzen Schnitters. All diese Gründe ließen in Gabriel die heimliche Angst vor einer Rebellion der Söldner wachsen, und nun machte er sich Vorwürfe, weil er Miranda mitten unter den Kerlen zurückgelassen hatte.

»Ich werde dem Söldnerpack schon Gehorsam beibringen!«, sagte er und griff unwillkürlich nach seinem Schwert.

Miranda spürte jedoch seine Hilflosigkeit, und ihr war klar, dass er sich mit seinen Worten selbst Mut machen wollte. Daher trat sie an seine Seite und legte ihm die Hand auf die Schulter. »Die Seuche muss doch bald abgeklungen sein! Dann können wir diesen kleinen Brocken Erde verlassen und unsere Truppe mit dem Heer von de Centelles vereinen.«

Sie richtete ihren Blick auf die südlichen Gipfel der Serra de Tramuntana, die sich wie ein Gruß aus ihrer Heimat am Horizont abzeichneten, und die Sehnsucht in ihren Augen verriet, dass es ihr mehr darum ging, endlich wieder den Boden Mallorcas zu betreten.

Gabriel zog sie an sich und nickte. »Ich hoffe, dass uns der Ruf des Statthalters in den nächsten Tagen erreicht, denn ich weiß nicht, wie lange ich die Kerle noch unter Kontrolle halten kann.«

Miranda biss sich auf die bleichen Lippen. »Bei unserem Herrn Jesus Christus! Das hoffe ich auch. Im Augenblick sieht es eher so aus, als habe die Welt uns vergessen.«

Pau, der neben ihm stand, schüttelte sich. »Beten wir, dass es noch Menschen gibt, die sich an uns erinnern. Ich fürchte aber, dass alle außer uns dem schwarzen Schnitter zum Opfer gefallen sind.«

Der Diener stand an der Schwelle zum Mannesalter und hatte nun, da es keinen anderen gab, die Stelle des Waffenträgers seines Herrn inne. Anders als der unglückselige Jordi nahm er sich jedoch nicht das Recht heraus, Gabriel zu bevormunden und gar entscheiden zu wollen, was für diesen gut oder schlecht war.

»Ich hoffe doch, dass Gott in Seiner Gnade das Menschengeschlecht nicht ausgerottet hat, denn ich fühle mich nicht zu einem neuen Noah geboren!«, versuchte Gabriel zu witzeln. Die Gesichter seiner Frau und der Bediensteten zeigten ihm jedoch, dass sie kein Verständnis für solche Scherze hatten.

Miranda lehnte ihren Kopf gegen seine Schulter und blickte nach Nordosten, wo hinter den hohen Gipfeln der Puig de Sa Creu liegen musste, dessen Mittagsschatten über die Burg Marranx fiel, und sie fragte sich, ob sie ihre Heimat jemals wiedersehen würde. Sie dachte an ihre Schwester, die nun in Montpellier leben musste. Wieder bedauerte sie, dass es ihr wegen der Spannungen zwischen den beiden königlichen Vettern nicht möglich gewesen war, einen Boten zu Soledad zu schicken, um ihr zu schreiben, dass es ihr gut ging. Nun beschlich sie die Angst, dass ihre Schwester ebenfalls dem schwarzen Schnitter zum Opfer gefallen sein könnte.

»Gebe Gott, dass Sola noch lebt!« Sie seufzte und hielt sich mit verkrampften Fingern an Gabriels Arm fest.

Er löste ihre Finger aus seinem Fleisch, küsste die Spitzen und lächelte ihr beruhigend zu. »Die Heilige Jungfrau von

Núria wird deine Schwester beschützen. Bevor wir aus Barcelona abgereist sind, haben wir der Himmelskönigin doch zwei große Kerzen geweiht, eine für uns und eine für deine Schwester!«

Miranda versuchte zu lächeln, während ihr die Tränen über die Wangen flossen. »Das wird sie bestimmt. Bei allen Heiligen, ich würde Sola so gerne wiedersehen! Wie einsam muss sie sich am Hofe König Jaumes fühlen.«

»Wenn dieser Krieg vorüber ist, werden wir sie aufsuchen und zu uns nehmen!«, versprach Gabriel. Insgeheim aber fragte er sich, ob König Jaumes Feldzug nicht längst an der Seuche gescheitert war. Möglicherweise hatte der schwarze Schnitter schon alle Hoffnungen des abgesetzten Königs von Mallorca auf Rückkehr mit diesem zusammen ins Grab sinken lassen.

»Das Wiedersehen mit Sola macht mir sogar ein wenig Angst.« Mirandas Stimme lenkte Gabriels Gedanken von dem vertriebenen König und der Seuche ab.

Verwundert blickte er seine Frau an. »Aber wieso denn?«

»Deinetwegen! Schließlich bist du Katalane und gehörst für sie zu jenen, die unseren Vater getötet haben. Ich will nicht, dass sie dich hasst.« Miranda klammerte sich wieder an ihn und küsste ihn. Nina schüttelte den Kopf und befahl Pau mit einer tadelnden Geste wegzuschauen.

Gabriel hielt Miranda fest, roch den Duft ihres Haares und wünschte sich, den Rest der Welt in ihren Armen vergessen zu können. Mit einem Mal glitt ein belustigtes Lächeln über sein Gesicht. »Du musst ihr nur erklären, dass ich dich den Klauen Domenèch Decluérs entrissen habe. Daraufhin wird sie mich lieben!«

»Sie soll dich mögen, nicht lieben! Das darf nur ich allein.« Mirandas Augen blitzten bei diesen Worten.

Gabriel ließ sie los und hob lachend die Arme. »Wende deinen Medusenblick von mir ab und lass mich leben, Weib! Ich schwöre dir, ich werde keine andere Frau ansehen als dich allein.«

Miranda begann nun ebenfalls zu lachen. »Dafür bräuchtest du schon einen Zauberer, der alle anderen Frauen außer mir für dich unsichtbar macht. Mir genügt es, wenn dein Herz mir allein gehört.« »Das tut es! Wenn du daran zweifelst, dann schneide es mir aus der Brust und behalte es bei dir.« Gabriel zog seinen Dolch und drückte den Griff Miranda in die Hand. Die junge Frau blickte auf die blinkende Klinge und sah dann kopfschüttelnd zu ihm auf.

»Du bist noch derselbe Kindskopf wie an dem Tag, an dem ich dich kennen gelernt habe. Vielleicht liebe ich dich gerade deshalb so sehr.«

III.

Als Gabriel und Miranda in das provisorische Heerlager zurückkehrten, war es in Aufruhr. Die Söldner hatten sich bewaffnet, zu einem Haufen zusammengerottet und wirkten so wütend, als wollten sie auf die ganze Welt losgehen. Ihnen gegenüber standen die Fischer von Dragonera, sehnige Gestalten mit dunklen Haaren und nachtfarbenen Augen. Sie trugen ebenfalls Waffen in den Händen, auch wenn diese nur aus Bootshaken, Beilen oder scharf geschliffenen Schiffermessern bestanden. Obwohl sie gegenüber Gabriels

Leuten in der Minderzahl waren, schienen sie bereit zu sein, zum Äußersten zu gehen.

Gabriel winkte Miranda und Nina, ein wenig zurückzubleiben, und trat zwischen die beiden Gruppen. »Was ist hier los?«

Einer seiner Unteroffiziere kam auf ihn zu und machte Meldung. »Es gibt Probleme, Herr. Einige unserer Leute haben ein Fischermädchen in die Büsche gezogen und es benutzt. Daraufhin hat einer der einheimischen Verehrer des Weibsstückes Streit angefangen. Es kam zu einem Kampf, und nun ist einer unserer Leute tot. Dessen Freunde wollen den Mörder haben und ihn bestrafen, aber die Einheimischen geben ihn nicht her. Unsere Männer sind jetzt natürlich aufgebracht und bereit, mit dem Fischergesindel ein für alle Mal aufzuräumen.«

Hätte Gabriel vernommen, dass die Seuche im Lager ausgebrochen sei, wäre er weniger beunruhigt gewesen, denn dann läge ihr aller Leben in Gottes Hand. Jetzt aber bedurfte es nur eines falschen Wortes, um die Hölle zu entfesseln. Wenn er sich dabei den Söldnern in den Weg stellte, würden die Männer ihn ebenso niedermetzeln wie die Fischer, und er konnte sich ausmalen, was dann mit Miranda geschehen würde. Die Leute einfach marodieren zu lassen hieße jedoch, die Herrschaft über sie zu verlieren, und das würde Mirandas und sein Schicksal nur um Stunden oder Tage aufschieben. Seine Anspannung war so groß, dass er sein Herz in den Ohren klopfen hörte und der Schweiß ihm in Strömen über den Rücken rann. Die Chance, an diesem Tag Ehre und Leben zu verlieren, war in seinen Augen hundertmal größer als die Aussicht auf Erfolg, und für einen Augenblick dachte er an seinen Vater, der ihm ein Versagen noch über den Tod hinaus übel nehmen würde. Sowohl ihm wie Miranda war er es schuldig, alles zu tun, um die Situation zu retten. Er presste die Kiefer zusammen, bis seine Wangenmuskeln weiß unter der gebräunten Haut hervortraten, und schritt so nahe an der Front der Söldner entlang, dass er einige von ihnen mit der Schulter streifte. Plötzlich blieb er stehen und zeigte auf den nächststehenden Mann.

»Du da! Hatte ich nicht befohlen, die Mädchen in Ruhe zu lassen?«

Obwohl die Söldner um ihn herum bei diesen Worten murrten, hielt Gabriel seinen Blick nur auf den Mann direkt vor ihm gerichtet. »Was ist, hat es dir die Sprache verschlagen?«

Der Soldat senkte den Kopf und begann zu zittern. »Ihr hattet es verboten, Herr.«

»Ein unsinniges Verbot, denn wir brauchen Weiber!«, rief einer seiner Kameraden wütend aus.

»Wenn ihr Weiber braucht, dann steigt auf die Schiffe! Ihr könnt die Ciutat de Mallorca in weniger als einem Tag erreichen. Dort gibt es Weiber genug. Euch brünstigen Kerlen macht es gewiss nichts aus, wenn eitrige Beulen ihre Körper bedecken!«, höhnte Gabriel.

Einige der Männer schüttelte es bei diesem Gedanken, und sie wichen unwillkürlich zurück. Ein vierschrötiger Kerl namens Tomàs aber trat auf Gabriel zu und fuchtelte mit seinem Schwert. »Die Seuche soll uns vom Leib bleiben! Aber hier gibt es genug Weiber für uns alle!«

Der Blick, den er dabei auf Miranda warf, die nun doch näher gekommen war, brachte Gabriel fast dazu, ihn nie-

503

derzuschlagen. »Frauen und Töchter werdet ihr nicht gegen den Widerstand ihrer Väter, Männer und Brüder erhalten. Macht diese ruhig nieder! Tobt eure Geilheit aus! Aber dann fragt mich nicht, was ihr morgen zu essen bekommt, denn es wird niemand mehr für euch aufs Meer fahren und den Fisch heranschaffen, der eure Bäuche füllt! Bringt ihr sie um, müsst ihr die Netze selbst auswerfen oder nach Ciutat de Mallorca und damit dem schwarzen Schnitter in die Arme segeln.«

Gabriel bedachte den aufmüpfigen Söldner mit einem spöttischen Blick und breitete die Arme aus, als befände er sich in einer heftigen Diskussion mit Freunden.

Man konnte den Soldaten ansehen, dass sie nachdenklich wurden. Die Vorstellung, zu hungern oder gar das Fischerhandwerk betreiben zu müssen, missfiel ihnen deutlich, zumal kaum einer von ihnen eine Ahnung davon hatte. Tomàs, der Gabriel herausfordern hatte wollen, begriff, dass die Front seiner Anhänger bröckelte, war aber nicht bereit, die in seinen Augen gerechte Sache aufzugeben. »Es geht hier nicht um die paar nach Fisch stinkenden Weiber. Bei denen wird einem ja schlecht, wenn man sie besteigt! Wir wollen den Kerl, der unseren Kameraden umgebracht hat! Wird er uns freiwillig ausgeliefert, soll es gut sein. Wenn nicht ...« Er beendete den Satz nicht, doch sein Blick sprach Bände.

Gabriel spürte, dass die Stimmung der Leute wieder zu kippen drohte, und überlegte verzweifelt, was er tun konnte. Freiwillig würden die Fischer ihren Freund nicht den Söldnern und damit einem grausamen Tod übereignen, das verrieten ihm ihre zornigen Mienen und drastischen Flüche.

»Ihr kennt die Strafe, die auf Befehlsverweigerung, auf Plünderung und auf Schändung gegen ausdrücklichen Befehl verhängt werden kann«, sagte er ruhig, aber laut genug, damit alle Söldner es hören konnten. »Wer also waren die Kerle, die der Frau Gewalt angetan haben?«

Hätten die Männer den Mut besessen, vorzutreten und ihm ins Gesicht zu lachen, wäre er mit seinem Latein am Ende gewesen. Tomàs hätte es vielleicht getan, doch ihm war anzusehen, dass er nicht zu den Tätern gehörte. Diese hielten sich wohlweislich im Hintergrund.

»Es war also nur dieser eine Mann, der jetzt tot ist?« Gabriels Blick streifte verstockte, aber auch nachdenklich wirkende Gesichter. Einige der Söldner schienen der Ansicht zu sein, dass es wohl besser war, die alleinige Schuld jemandem anzuhängen, der nicht mehr bestraft werden konnte.

Eine junge, nicht besonders hübsche Frau drängte sich durch die Reihen der Einheimischen und überschüttete die Söldner mit einem Schwall von Verwünschungen und Flüchen. Gabriel hörte ihr einen Augenblick staunend zu und fragte sich, wie er Miranda jemals für ein richtiges Fischermädchen hatte halten können. Allein schon an ihrer Redeweise hätte er ihren wahren Stand erkennen müssen. Er schüttelte diesen Gedanken rasch wieder ab und sah zufrieden, wie der Anführer der Fischer auf die Frau zutrat, sie zornig anschrie und zu den übrigen Weibern zurückscheuchte.

Gabriel nickte dem Mann kurz zu und sagte sich, dass eine Hand voll Münzen wohl ausreichen würden, um die vergewaltigte Frau und ihre Verwandten zufrieden zu stellen. Vorher aber musste er noch das Problem mit dem jun-

505

gen Fischer lösen, der ihn einen seiner Männer gekostet hatte. Er musterte die Einheimischen und trat dann auf deren Anführer zu. »Wer hat meinen Soldaten umgebracht?«

Der groß gewachsene, skeletthaft hagere Fischer kniff die Lippen zusammen und starrte ihn herausfordernd an, doch die Blicke einiger anderer wanderten zu einem jungen Burschen, der sich zwischen die Frauen zurückgezogen hatte, die sich hinter den Männern versammelten. Gabriel streckte die Hand aus und gab dem Kerl einen Wink, näher zu treten. Ein paar andere Fischer schoben ihn ein Stück nach vorne, rotteten sich dann aber hinter ihm zusammen, um ihn sofort zu verteidigen. Gabriel musterte den Jüngling, der trotzig, aber auch ein wenig ängstlich wirkte. Der Bursche war mit einem offenen, kurzärmeligen Hemd bekleidet, das genau wie seine knielangen Hosen kräftige Muskeln betonte. Sein Schiffermesser hatte er hinter dem Rücken in den Bund gesteckt, so dass er es sowohl mit der linken wie auch mit der rechten Hand schnell ziehen konnte.

»Das ist der Kerl!«, rief Tomàs und hob sein Schwert, um auf den Burschen loszugehen.

Gabriel packte den Söldner und stieß ihn zurück. »Hier fällt nur einer ein Urteil, und das bin ich. Komm näher!«, herrschte er den jungen Fischer an.

Unwillkürlich gehorchte dieser, sah aber gleichzeitig so aus, als würde er am liebsten davonlaufen und sich in einem Mauseloch verstecken.

»Du hast also einen kräftigen Söldner umgebracht, wohl von hinten, was?« Gabriels Stimme traf den Burschen wie ein Peitschenhieb.

Der hob abwehrend die Hände. »Es war ein ehrlicher

Kampf! Er hätte mich genauso gut töten können – sogar noch leichter, denn er trug ein Schwert, während ich nur mein Messer hatte.«

Er zog mit der Linken die Waffe und zeigte sie. Die Klinge war etwa zwei Finger breit, etwas mehr als handspannenlang und leicht nach vorne gebogen. In Gabriels Augen stellte das Messer eher ein Werkzeug als eine Waffe dar, dennoch zweifelte er nicht, dass der Fischer gut damit umgehen konnte. Er drehte sich zu dem renitenten Söldner um und hob fragend die Augenbrauen.

»War es so, wie der Bursche sagt?«

»Ich hab's nur von weitem gesehen. Aber dieser Kerl ist flink wie eine Hafenratte. Der arme Guilemma hatte keine Chance gegen ihn.« Tomàs spie die Sätze heraus wie einen Fluch.

»Wie heißt du?«, fragte Gabriel den Fischer.

»Miró, Herr.«

Gabriel ließ den Blick kurz über seine Männer schweifen und atmete erleichtert auf. Die meisten Gesichter zeigten keine Aufsässigkeit mehr, sondern nur noch Neugier, und auch die einheimischen Fischer sahen so aus, als hofften sie nun auf einen friedlichen Ausgang.

Mit einem Lächeln, das den jungen Mann vor ihm eher erschreckte als beruhigte, wandte Gabriel sich wieder diesem zu. »Hör mir gut zu, Miró. Du hast einen Mann getötet, der eines eurer Mädchen vergewaltigt hat. Hier gibt es jedoch nur einen, der ein Urteil sprechen darf, und das bin ich! Und nur der Profos und seine Knechte dürfen es ausführen. Durch deine Tat hast du meine Autorität angegriffen und gleichzeitig meine Männer erzürnt. Es wäre gerecht, dich auf der Stelle hinzurichten.«

Gabriel sah, dass der junge Bursche blass wurde, während seine Kameraden sich unsicher ansahen. Es erschien ihm zweifelhaft, ob sie noch versuchen würden, ihren Freund zu schützen, wenn er jetzt den Befehl gäbe, ihn zu ergreifen und aufzuhängen. Er und seine Leute waren jedoch auf die Fischer angewiesen, wenn sie nicht verhungern wollten, denn die nächstgelegenen Vorratskammern gab es jenseits der Meerenge im Castell de Sant Elm, und über dessen Zinnen wehte die gelbe Seuchenflagge.

»War dieser Guilemma ein guter Soldat?«, fragte Gabriel Tomàs. Dieser nickte, während die Unteroffiziere allmählich unruhig wurden, weil er sie überging und nur mit diesem einen Söldner sprach.

»Guilemma war ein guter Soldat. Sein einziger Fehler waren die Weiber! Von denen konnte er seinen Schwanz nicht lassen.«

Gabriel bleckte die Zähne. »Ein guter Soldat, auf den ich jetzt verzichten muss, und das in einer Zeit, in der es ungewiss ist, ob Senyor Gilabert de Centelles auch nur einen einzigen Spießträger auf die Beine stellen kann. Wenn es zum Kampf kommt, kann ich keinen Mann entbehren. Da du, Miró, Guilemma getötet hast, wirst du ihn ersetzen, und du« – Gabriels Finger stach wie ein Adlerschnabel auf Tomàs zu – »wirst dafür sorgen, dass der Bursche, wenn wir diese Insel verlassen, ein ebenso guter Kämpfer geworden ist wie Guilemma. Und ihr anderen Kerle lasst gefälligst die Pfoten und noch etwas anderes von den hiesigen Weibern! Sollte eine von denen freiwillig mitmachen, bezahlt ihr sie gefälligst dafür.«

Keine der beiden Gruppen hatte mit einem solchen

Spruch gerechnet, und so sahen die Männer einander verwirrt an. Tomàs schnaubte zunächst, baute sich dann aber vor Miró auf. Er musterte den jungen Fischer grimmig, knirschte mit den Zähnen und boxte ihn dann hart gegen die Brust. Miró verzog schmerzhaft das Gesicht, wich aber um keinen halben Zoll zurück. Plötzlich begann der Söldner zu grinsen und nickte. »Du hast gehört, was der Herr gesagt hat. Ich soll einen Soldaten aus dir machen! Und bei Sant Marti, das werde ich auch. Guilemma hat im Kampf stets meine linke Seite gedeckt, und dies gut. Lass dir also ja nicht einfallen, schlechter zu sein als er.«

Gabriel stieß die angehaltene Luft aus. Für einen Kriegsmann war der Tod ein steter Begleiter, und oft fanden sich Söldner, die sich eben noch erbittert bekämpft hatten, in der nächsten Schlacht auf derselben Seite wieder und mussten vergessen, was vorher geschehen war. Miró würde kein leichtes Leben unter den Soldaten haben, aber niemand würde jetzt noch Hand an ihn legen. Das schien auch der junge Fischer zu begreifen, denn seine Haltung entspannte sich, und er erwiderte noch etwas gequält das Grinsen. Auch die Fischer schienen zufrieden gestellt zu sein. Die ersten kehrten zu ihren Hütten zurück und wurden dabei von den Frauen mit einem Wortschall überschüttet, der eher erleichtert wirkte. Ihr Anführer sah ihnen nach, kratzte sich am Kopf und trat dann auf Gabriel zu.

»Ich danke Euch, Herr! Miró ist kein schlechter Kerl, und er wird Euch gewiss keine Schande machen. Wir verstehen auch, dass Eure Leute sich langweilen und sich nach Frauen sehnen. Vielleicht können wir Euch helfen. Es gibt zwei Witwen in unserem Dorf und eine weitere bei unseren Nachbarn, die sehr arm sind und kaum wissen, wie sie ihre Kinder durchbringen können. Ich werde mit ihnen reden, ob sie sich nicht ein paar Dobler verdienen wollen. Eure Leute müssen aber behutsam mit ihnen umgehen und dürfen nicht alle auf einmal über sie herfallen.«

»Das tun wir gewiss nicht!« Tomàs leckte sich voller Vorfreude die Lippen und schnallte seine Geldbörse ab. »Ich zahle einen Ral d'argent, wenn ich der Erste bei einer der Dreien sein kann.«

»Das ist unfair, Tomàs!«, rief einer seiner Kameraden von hinten. »Schließlich hast du uns gestern das ganze Geld beim Würfelspiel abgenommen und kannst jetzt großtun. Sollen wir unsere Schwänze nun gegen einen Olivenbaum schlagen?«

»Ich gebe dir gern eine Chance, ein paar Münzen zurückzugewinnen, damit dein bestes Stück nicht hungern muss!«, antwortete Tomàs lachend.

Gabriel kümmerte sich nicht weiter um die eher scherzhaften Wortwechsel zwischen seinen Männern, sondern kehrte zu Miranda zurück, die mit leuchtenden Augen nach seiner Hand fasste. »Du warst wunderbar, Gabriel! Ich habe schon das Schlimmste befürchtet, doch du hast diese wilden Kerle allein mit der Kraft deines Willens bezwungen.«

Gabriel sog das Lob seiner Frau wie Honig in sich auf. So sicher, wie sie zu glauben schien, war er sich seiner Sache nicht gewesen, und Mirandas Blick galt ihm in diesem Augenblick mehr als eine Ehrung durch den König. Er küsste sie auf die Stirn, blickte dann aber nachdenklich in die Ferne. »Ich hoffe nur, wir müssen nicht noch wochenlang auf diesem Felsen bleiben, denn ein zweites Mal werde ich die Kerle nicht mehr zähmen können.«

»Oh doch! Das wirst du.« Mirandas Worte klangen so bestimmt, dass Gabriel beinahe selbst daran glaubte.

IV.

Andreas von den Büschen blickte zur Eremita de Sant Salvador empor, die von einem dichten Pinienwald umgeben unter dem Gipfel des gleichnamigen Berges lag, und sah dann hinunter auf Felanitx, das zum Greifen nahe erschien, als sei es nur einen Katzensprung bis dorthin, und doch war es so weit weg, dass man mehrere Stunden gebraucht hätte, um über die steilen Hänge ins Tal zu kommen. Nun würde es sich erweisen, ob es klug gewesen war, Giombattis Zuflucht zu verlassen.

Gut drei Monate hatten er, Soledad, Eisenschuch und die übrigen deutschen Söldner im Jagdhaus des Kaufmanns am Mola de Rangar verbracht. Obwohl der Genuese das Gebäude gut hatte ausstatten lassen und Vorräte zuhauf vorhanden gewesen waren, hatte sich die Langeweile schon bald wie klebriger Mehltau über die eng zusammengepferchten Menschen gesenkt und zuletzt sogar die Angst vor der tödlichen Seuche überdeckt. Mehrere der einheimischen Diener Giombattis hatten sich schließlich trotz des strikten Verbots und der Drohungen ihres Herrn heimlich davongeschlichen und waren in die nahe gelegenen Dörfer El Fangar und Can Farilla geeilt, um dort Nachrichten über ihre Verwandten zu erhalten.

Der Kaufmann hatte keinen von ihnen in das Jagdhaus zurückkehren lassen. Wer es versucht hatte, war von den genuesischen Armbrustschützen in seinen Diensten wie Wild erlegt worden. Die Körper der Toten hatte man mithilfe langer Stangen den Berghang hinuntergestoßen, und dort lagen sie noch immer, halb verfault und von wilden Tieren angefressen. Der Vorsicht Giombattis zum Trotz war die Gruppe, die der Kaufmann um sich geschart hatte, nicht von der Seuche verschont geblieben, und wahrscheinlich war es nur dem harten Durchgreifen des Genuesen zu verdanken, dass die meisten überlebt hatten. Jeder, der auch nur das kleinste Anzeichen der Krankheit gezeigt hatte, war auf seinen Befehl hin getötet und sein Leichnam den Berg hinabgeworfen worden. Die Methode hatte sich schlussendlich als erfolgreich erwiesen, denn auf diese Weise waren weniger als ein Fünftel der versammelten Leute umgekommen.

Giombatti selbst, Andreas und Soledad waren von der Seuche ebenso verschont geblieben wie Eisenschuch und die meisten der deutschen Spießknechte. Dafür hatte die Sichel des schwarzen Schnitters einen Teil der mallorquinischen Bediensteten und etliche Genuesen gefällt, darunter auch Giombattis Neffen Ercole. In manchen Nächten träumte Andreas von dem jungen Mann, der zusammengebrochen war und sich wie ein Wurm gekrümmt hatte, als er das Todesurteil im Gesicht seines Onkels gelesen hatte. Es war Giombatti gewiss nicht leicht gefallen, den Befehl zu erteilen, seinen Neffen wie die anderen vor ihm die Felsen hinabzustoßen, und doch hatte er ihn mit der gleichen, ruhigen Stimme gegeben, mit der er die Züge seiner Mitspieler beim Schach kommentierte. Der schwarze Tod löst alle menschlichen Bande, so eng sie auch gewesen sein mögen, fuhr es Andreas durch den Kopf, und er schüttelte sich bei der Erinnerung. Ähnlich wie der Kaufmann hatten wohl auch die Leute in den Bergdörfern gehandelt, an denen Andreas und die Söldner vorbeigeritten waren. An deren Fuß lagen ebenfalls viele Tote, und doch schien es kein Leben mehr in den Orten zu geben.

»Halt, wer da?« Der scharfe Ruf riss Andreas in die Gegenwart zurück. Er blickte auf und sah, dass er das Tor der Abtei erreicht hatte. Es war verschlossen, und von einem hölzernen Wachturm, den man dahinter errichtet hatte, blickte ein Mönch auf sie herab. In der Hand hielt der fromme Bruder allerdings kein Kreuz, um Ankömmlinge zu segnen, sondern Pfeil und Bogen. Anscheinend hatte man auch hier Menschen die Zuflucht verweigert und sie von der Schwelle gejagt.

»Gottes Segen mit Euch!«, antwortete Andreas, als wäre er ein Mann des Glaubens und der andere ein Laie.

»Auch mit Euch sei Gottes Segen«, antwortete der Klosterpförtner. »Doch sagt jetzt, was Ihr hier wünscht.«

»Nur eine Auskunft. Wisst Ihr hier schon, wie weit die Seuche abgeklungen ist? Die letzte Nachricht, die wir vernommen haben, lautete, der schwarze Schnitter sei durch die Dörfer der Umgebung geschritten und dann wieder verschwunden.«

Das unbewusste Nicken des Mönchs bewies Andreas, dass es auch hier ebenso wie bei Giombatti schon seit Tagen keine Todesfälle mehr gegeben hatte. Der Kaufmann hatte jedoch nicht überprüfen lassen wollen, ob die Seuche auch

513

aus anderen Teilen der Insel gewichen war, und daher war es zwischen ihm und Andreas zu einer harten Auseinandersetzung gekommen. Der junge Deutsche wusste, dass der Genuese ihn nicht mehr in das Jagdhaus zurückkommen lassen würde, sofern auch nur entfernt der Verdacht bestand, er könnte den Keim der Seuche in sich tragen. Umso wichtiger war es für ihn, mit einem der führenden Mönche des Klosters zu sprechen.

»Eine zweite Frage, ehrwürdiger Bruder! Lebt der ehrenwerte Herr Melcior de Biure noch, und wenn ja, ist er zu sprechen?«

»Was wollt Ihr von dem ehrwürdigen Vater Melcior?«

Diese Gegenfrage ließ Andreas aufatmen, bewies sie doch, dass der Gesuchte noch am Leben war. »Ich wünsche ihm Grüße von Freunden auszurichten!«

Zufrieden stellte er fest, dass der Pförtner sich umdrehte und einige Worte in den Hof des Klosters hineinrief. Kurze Zeit später erschien ein hagerer Mann mit einem selbst auf die Entfernung erkennbaren Bartschatten und einer vernachlässigten Tonsur auf dem Wachtturm. Er warf dem Reiter vor dem Tor nur einen kurzen Blick zu, stieg wieder in den Klosterhof hinunter und rief mit barscher Stimme, ihm die kleine Pforte zu öffnen.

»Aber Vater Melcior. Das hat der ehrwürdige Abt strengstens verboten!«, hörte Andreas jemand sagen.

»Jeden holt einmal der Teufel! Außerdem begibst nicht du dich in Gefahr, sondern ich«, lautete die wenig fromme Antwort.

Jemand hantierte drinnen am Tor, dann schwang die Pforte im linken Torflügel auf, und Melcior de Biure trat

514

ins Freie. Er reckte zuerst seine Arme und atmete tief durch, als wäre er zu lange eingesperrt gewesen, und nahm dann Andreas näher in Augenschein.

»Ihr wisst gar nicht, wie willkommen Ihr mir seid! Aber wenn es Euch nichts ausmacht, wollen wir uns auf den Weg ins Tal machen. Ich glaube nämlich nicht, dass ich dieses Kloster noch einmal betreten möchte.«

Andreas wunderte sich, wendete aber sein Pferd und deutete damit an, dass er dem Wunsch des Mannes Folge leisten wollte. Dann stieg er aus dem Sattel und führte Karim am Zügel. »Ihr seid wirklich Senyor Melcior de Biure?«

»Lasst das Senyor weg! So könnt Ihr meinen Bruder Jaspert anreden, auch wenn die verdammten Katalanen ihm das meiste seines Landes weggenommen haben, so dass er jetzt kaum mehr als ein Bauer ist. Das heißt, wenn er überhaupt noch lebt! Ich wäre Euch sehr verbunden, wenn Ihr mich zu ihm bringen könntet, und hoffe, Ihr habt ein Pferd für mich. Es ist ein weiter Weg bis Son Boscanet, wo er jetzt lebt, und ich bin die Strecke noch nie zu Fuß gegangen.«

Andreas fand de Biures Sprache arg derb für einen Mönch, und doch gefiel ihm der Mann. Senyor Melcior war gewiss nicht aus innerem Antrieb in ein Kloster eingetreten, sondern um den Platz auszufüllen, der seiner Familie zustand.

Der Mönch kam jetzt an seine Seite, legte ihm den Arm um die Schulter und grinste spitzbübisch. »Ihr habt mir sehr geholfen, mein lieber Freund. Seine Eminenz Berenguer de Battle, unser ehrwürdiger Kardinal – dieser Speichellecker der Katalanen! –, hat mich nämlich zu strenger Klosterhaft verurteilen lassen, weil er weiß, dass ich auf der Seite unseres guten Königs Jaume stehe. Meinen Bruder hat die Treue zum König sein Lehen und seinen Titel gekostet, aber wenigstens ist es ihm nicht so ergangen wie dem armen Guifré Espin, dem Grafen von Marranx, dem sein Einstehen für den König den Tod gebracht hat. Espin war ein Recke, sage ich Euch! Der hat den Leuten Peres von Katalonien bei der Eroberung der Ciutat einen hohen Blutzoll abgefordert und bei der Verteidigung seiner eigenen Burg auch noch einige dieser Kerle in die Hölle geschickt.«

Um Andreas' Lippen zuckte ein Lächeln. »Ihr sprecht sehr unverblümt, Herr Mönch. Wäre ich ein treuer Vasall des Königs von Aragón, könnte Euch das den Kopf kosten.«

»Pah, Gilabert de Centelles' Kreaturen kenne ich alle, und von den Katalanen wagt sich wegen dieser Pestilenz keiner auf die Insel. Außerdem seht Ihr nicht aus wie einer von denen. Bevor die Seuche, die Gott verfluchen soll, hier ausgebrochen ist, habe ich jedoch gehört, dass unser lieber, bis nach Montpellier vertriebener König Söldner aus allen Teilen der Welt um sich sammelt, um seine Krone und seinen Thron zurückzuerobern. Eurer Aussprache nach halte ich Euch für einen Aleman, also dürftet Ihr zu Jaumes Kriegsmännern gehören. Ich hab einige Landsleute von Euch kennen und schätzen gelernt, denn bevor ich mich in dieses verdammte Kloster dort oben zurückgezogen habe, um darauf zu warten, nach gegebener Zeit dem alten Abt nachfolgen zu können – was diese Ratte von Kardinal jedoch verhindert hat –, war ich einer der Ritter des Ordens des heiligen Joan auf Rhodos. Bei Christi Blut, ich wollte, ich wäre dort geblieben, anstatt dem Ruf in die Heimat zu

516

folgen! Dort hätte ich wenigstens Sarazenenschädel spalten können, anstatt fromme Psalmen singen zu müssen.«

Einmal in Fahrt geraten, hörte Melcior de Biure nicht mehr auf zu reden. Andreas fragte sich schon, ob man den Mann wohl in eine Zelle gesperrt und einem strengen Schweigegelübde unterworfen hatte, weil er so mitteilungsbedürftig war. Ihm konnte es nur recht sein, denn mit einigen geschickt gestellten Fragen erfuhr er von dem verhinderten Abt alles, was er wissen wollte. Wohl stammten die Informationen noch aus der Zeit vor dem Auftauchen der Seuche, doch wer vor der Katastrophe ein Anhänger Jaumes gewesen war, würde es, sofern er überlebt hatte, auch jetzt noch sein. So streng, wie de Biure behauptete, konnte seine Klosterhaft auch nicht gewesen sein, denn dafür wusste er zu viel. Seinen Worten zufolge standen einige der Mönche in der Eremita de Sant Salvador im Geheimen auf der Seite des rechtmäßigen Königs und hatten ihn mit Nachrichten versorgt.

»Wäre Rei Jaume im Jahre des Herrn 1343 hier auf der Insel gewesen und nicht drüben in Perpinya, hätten wir diese aufgeblasenen Katalanen ins Meer zurückgejagt!«, beendete Melcior de Biure seinen langen Vortrag. Er blickte Andreas fragend an und deutete dabei auf eine kleine Gruppe von Leuten, die am Ufer eines Baches warteten. Andreas entdeckte Soledads Fuchsstute und gleich darauf seine Frau, die neben ihrem Pferd stand und es tränkte. Eisenschuch und vier seiner deutschen Fußknechte begleiteten sie.

Bei Andreas' Anblick warf Soledad Plomas Zügel einem der Söldner zu und eilte ihrem Mann entgegen. »Gott sei gedankt! Du bist gesund und munter.« Für einen Augenblick öffnete sie ihr Herz, denn sie umarmte und küsste ihn.

517

Dann erschrak sie vor sich selbst, denn bis jetzt hatte sie ihre Gefühle stets im Zaum halten können. Andre konnte für sie ein guter Freund sein, mehr jedoch nicht, denn ihre Liebe würde dem Mann gehören, der Decluér tötete. Mit einem Mal bedauerte sie diesen Eid, den sie vor dem Altar in der Palastkapelle von Montpellier geleistet hatte, denn er trennte sie auf ewig von ihrem Mann. Rasch aber nahm ihr Gesicht den gewohnten hochmütigen Ausdruck an, und sie wandte sich Andreas' Begleiter zu.

»Ich grüße Euch, Cavaller Melcior de Biure. Ihr seid zwar ein wenig älter geworden, gleicht aber noch immer dem Mann, den ich in Erinnerung habe.«

De Biure rieb sich mit der Hand über die Augen und schüttelte dann den Kopf. »Beim Himmel, stehen die Toten wieder auf? Ihr seht Comtessa Núria de Vidaura, der Gemahlin meines alten Freundes Guifré, sehr ähnlich. Nur Eure Haare sind dunkler.«

Andreas amüsierte sich über die Fassungslosigkeit des Mönches, stellte ihm Soledad dann aber doch vor. »Ihr seht die Tochter Dona Núrias vor Euch, werter Freund, meine Gemahlin Soledad.«

Seine Worte riefen noch mehr Erstaunen hervor. »Die Töchter des Grafen von Marranx sollen doch bei dem Überfall auf die Burg umgekommen sein. Dann müsst Ihr es gewesen sein, von der einer meiner Freunde mir erzählt hat! Es ging um ein hübsches Fischermädchen, das man die Blume von Mallorca nannte und um das sich mehrere Edelleute gestritten haben. Mein Gewährsmann hat jedoch Stein und Bein geschworen, die junge Frau habe der verstorbenen Gräfin Núria geglichen wie ein Ei dem anderen.«

518

»Das war nicht ich! Also muss es sich um meine Schwester Miranda gehandelt haben. Bitte, sagt mir, was Ihr von ihr wisst!« Soledad packte den Mönch, als wolle sie ihn schütteln, zum ersten Mal seit ihrer Flucht ergab sich eine Möglichkeit, etwas über Mirandas Schicksal zu erfahren.

De Biure zuckte hilflos mit den Achseln. »Ich würde Euch gerne mehr erzählen, Dona Soledad, doch man hat mir nur berichtet, dass sich zwei der Edelleute wegen der jungen Frau einen Zweikampf auf Leben und Tod liefern wollten. Mehr weiß ich wirklich nicht.«

Andreas legte Soledad die Hand auf den Arm. »Beruhige dich, meine Liebe. Wir werden das Schicksal deiner Schwester aufklären. Doch vorher steht uns eine andere, heilige Pflicht bevor. Wenn König Jaume hier auf der Insel erscheint, müssen seine Freunde bereit sein.«

Soledad schlug das Kreuz und sprach ein kurzes Gebet. Dann atmete sie tief durch und nickte. »Du hast Recht, Andre. Rei Jaume wird kommen, es sei denn, der schwarze Schnitter hat auch ihn und seine Sippe von dieser Welt geholt.«

»Was Gott verhüten möge!«, rief de Biure, und diesmal klang seine Stimme beinahe sanft.

V.

Wie Andreas erwartet hatte, ließ Giombatti die Gruppe nicht mehr in sein Jagdhaus zurück. Aber er schickte ihm den Rest der deutschen Söldner mit genügend Pferden und schrie ihm seine besten Wünsche zu. Der Kaufherr sehnte

519

die Rückkehr König Jaumes nicht weniger intensiv herbei als dieser selbst, denn unter ihm würden die Kaufleute aus Barcelona ihren Einfluss verlieren oder die Insel ganz verlassen müssen, und er könnte seine vormals privilegierte Stellung zurückgewinnen. Während Eisenschuch Giombatti wegen seiner Angst vor der Seuche einen Feigling schalt, verstand Andreas die Beweggründe des Kaufmanns. Die Pestilenz erfüllte die Menschen mit einem Grauen, das selbst Eltern ihre Kinder und Kinder ihre Eltern verstoßen ließ.

De Biure beschuldigte Giombatti, der bewacht von seinen Armbrustschützen unter der Tür seines festungsähnlich gebauten Hauses stand, sich vor Gott verstecken zu wollen, gab aber im gleichen Atemzug Andreas gegenüber zu, dass es die Mönche seines Klosters nicht anders gehalten hätten. In Zeiten wie diesen waren Mitleid und Menschlichkeit ein rares Gut. Obwohl de Biure es eilig hatte, zu seiner Familie zu gelangen, bedachte er den Genuesen statt mit seinem Segen mit ein paar derben Ausdrücken, schwang sich dann auf eines der Pferde und grinste Andreas auffordernd an.

»Hoffen wir, dass nicht alle Anhänger König Jaumes so mutig sind wie dieser wackere Krämer aus Genua. Aber es sei ihm verziehen, denn als reicher Mann hat er mehr zu verlieren als ein armer Mönch wie ich.«

Andreas wechselte einen kurzen Blick mit Soledad, winkte Giombatti zum Abschied zu und lenkte sein Pferd zurück auf den schmalen, aber gut befestigten Pfad, der das Jagdhaus mit dem Tal verband. Die kürzeste Strecke nach Son Boscanet führte über Felanitx, Vilafranca und Petrá, doch sie umgingen diese Orte, weniger aus Angst, der schwarze Schnitter könne dort auf sie lauern, als vielmehr, um das Elend der Überlebenden nicht mit ansehen zu müssen. Melcior de Biure seufzte schwer, als er die der Heiligen Jungfrau geweihte Kirche von Vilafranca in der Ferne sah, denn er wünschte sich, vor dem Gnadenbild ein Gebet sprechen zu können. Als Andreas ihm anbot, mit ihm dorthin zu reiten, schüttelte de Biure jedoch heftig den Kopf und bekannte, dass er von Pfaffen und Mönchen erst einmal genug habe. Mit diesem Ausspruch lenkte er sein Pferd auf den Weg nach Petrá. Die Gruppe mied auch dieses Städtchen und ritt schließlich durch das Tal des Sorrent de Petrá auf den Gutshof von Son Boscanet zu. Dieses Anwesen hatte einst zu den geringeren Besitzungen des mallorquinischen Zweiges der Familie de Biure gezählt, doch nachdem das derzeitige Oberhaupt Jaspert in Ungnade gefallen war, war es zu ihrem Hauptsitz geworden. Andreas und seine Begleiter konnten dem Grauen, das der schwarze Schnitter in diesem Teil der Insel angerichtet hatte, nicht völlig entkommen. Verwilderte Schweine und Ziegen kreuzten die zugewachsenen Pfade, auf denen seit Wochen kein Hufschlag und kein Knirschen der Wagenräder erklungen waren, und einmal zog sogar eine unbewachte Herde dunkelbrauner Rinder über das Land. Die Reisenden erblickten jedoch weniger lebendes Vieh als Kadaver von verendeten Tieren, und mehr als einmal wichen sie verwesenden Leichen von Menschen aus, die der Pest außerhalb der Ortschaften zum Opfer gefallen waren.

Andreas lenkte an solchen Stellen sein Pferd neben das Soledads, um sie vor dem Anblick der entstellten Toten zu schützen. Wenn der Gestank allzu schlimm wurde, zog

521

Soledad ihr Schultertuch über das Gesicht und ließ sich von Andreas im Sattel stützen.

»Schrecklich, nicht wahr?« Andreas war so erschüttert, dass er Soledad keinen Trost zusprechen konnte.

Sie nickte mit bleicher Miene. »Man kann kaum fassen, dass Gott der Allmächtige dies zugelassen hat. Warum hat er nicht die Heiden so geschlagen, sondern ehrliche Christenmenschen?«

»Ehrlich waren bestimmt nicht alle von denen und Christen wohl auch nicht.« Melcior de Biure zeigte auf ein zerfleddertes Buch mit seltsam geschwungenen Schriftzeichen, das einer der Toten noch immer in der Hand hielt. Eben erfasste der Wind eine losgelöste Seite und trieb sie auf die Gruppe zu. Die Männer gerieten in Panik aus Angst, das Ding könnte sie berühren. Einer der Fußknechte hieb das Blatt schließlich mit der Spitze seines Speeres beiseite, warf die Waffe dann mit dem Ausdruck höchsten Entsetzens weg und schlug das Kreuz.

»Heilige Maria Mutter Gottes, verschone uns von dem Übel!«, betete de Biure inbrünstig. Seine Stimme hatte ihren harten Klang verloren und erinnerte an die eines verängstigten Kindes. Schon bald aber lebte der Mönch wieder auf und deutete auf ein zwischen dichtem Grün auftauchendes Mauergeviert, das einige mit flachen Steinplatten gedeckte Häuser umgab. Menschen, die um das große Gehöft arbeiteten, zeigten, dass der Hof noch bewirtschaftet wurde.

»Das ist Son Boscanet, der Bettel, den die landgierigen Katalanen einem aufrechten Mallorquiner wie meinem Bruder übrig gelassen haben. Doch nun wird sich ein Sturm erheben und dieses Gesindel von der Insel fegen. Bei Gott und Sant Joan! Meine Hände gieren danach, wieder den Knauf eines Schwertes zu fühlen und es gegen die katalanischen Ritter und ihr Soldgesindel zu schwingen.«

Inzwischen hatte Andreas sich an Melcior de Biures ausschweifende Art zu reden gewöhnt, und es gelang ihm, ein Lächeln zu unterdrücken. »Ich hoffe, Euer Bruder wurde von dem schwarzen Schnitter verschont, mein Freund. Ich wüsste sonst nicht, an wen wir uns sonst noch wenden könnten.«

»Aber ich! Wir werden als Nächstes Senyor Quirze de Llor aufsuchen und später Senyor Bernat de Rosón. Beide haben es bei der Eroberung der Insel durch Peres Truppen an Einsatz mangeln lassen, doch inzwischen dürften die katalanischen Steuereintreiber sie eines Besseren belehrt haben. Der Zeremoniöse auf dem Thron von Barcelona braucht Gold und noch mehr Gold für seine Kriege, die er nur führt, um Kronen auf seinem Haupt zu sammeln. Die von Katalonien-Aragón, Valencia, Mallorca, Sizilien und Sardinien reichen ihm noch nicht, und er giert nach weiteren Ländern. Kriege kosten jedoch viel Geld, und daher lässt er uns Mallorquiner für seinen Glanz bluten.«

Melcior de Biure las Andreas vom Gesicht ab, dass dieser sich weniger für solch detaillierte Ausführungen interessierte als für das, was vor ihnen lag. Daher beendete er seine Rede mit einem kurzen Auflachen und wies mit dem Kinn auf das nahe Gehöft. »Seid ohne Sorge, Comte! Mein Bruder ist ganz gewiss noch am Leben. Wir Biures sind so zäh, dass sich selbst der schwarze Schnitter eine Scharte in seine Sichel haut.«

523

Inzwischen war man in Son Boscanet auf die Gruppe aufmerksam geworden und hatte Warnrufe ausgestoßen. Nun konnte man die Frauen sehen, die wie aufgescheuchte Rehe in die Deckung der Umfassungsmauer liefen, während die Männer sich vor dem Tor sammelten, um es notfalls zu verteidigen.

Melcior de Biure stellte sich im Sattel auf und winkte mit beiden Armen. »He, Leute! Erkennt ihr mich nicht? Ich bin der Bruder eures Herrn, wenn er die Pest überlebt haben sollte.«

Da er die Zügel hatte fahren lassen und sein Pferd mit seinem Fuchteln nervös machte, griff Andreas rasch zu und verhinderte, dass das Reittier durchging und den Mönch abwarf. In dem Augenblick trat ein kleiner Mann in der derben Tracht eines Landmanns vor die Leute am Tor, beschattete die Stirn mit der Hand, um besser sehen zu können, und begann dann zu lachen. »Bei Gott, Melcior. Diese Seuche habe ich mit Gottes Hilfe überstanden, doch ob ich die Heimsuchung durch dich überstehen werde, muss sich noch zeigen!«

Obwohl Jaspert de Biure von den Steuereintreibern des Gouverneurs bis zum Beginn der Seuche fast bis aufs Hemd ausgeplündert worden war und der schwarze Schnitter seinen Hof nicht verschont hatte, hieß er Andreas und dessen Begleiter mit großer Freude willkommen, und als dieser ihm die Grüße König Jaumes ausrichtete, weinte der kleine Edelmann sogar.

»Haltet mich nicht für eine Memme, Comte de Castellranca«, sagte er, während er sich die Tränen aus dem Gesicht wischte. »Aber ich habe all die Jahre auf die Rückkehr des Königs gehofft, und nun werden meine Gebete erhört. Hoffentlich hat die Pestilenz diesen verdammten Pere von Aragón geholt, und seine Kreatur de Centelles und dessen Raufbolde gleich mit dazu!«

»... und auch diesen verräterischen Hund von einem Kardinal de Battle, aus dessen Maul nichts als Gift und Verrat spritzt!«, fiel Melcior de Biure ihm grollend ins Wort.

»Auch den soll der Teufel holen!« Ritter Jaspert seufzte ein wenig und schüttelte dann den Kopf. »Selbst die Jahre im Konvent der frommen Brüder von Sant Salvador haben deine Sprache nicht sanfter werden lassen. Bei Gott, was wärst du für ein Abt geworden! Jeder deiner Sätze gleicht einem Fluch.«

»Pah!«, antwortete sein Bruder.

Andreas lächelte leise vor sich hin. Unterschiedlichere Brüder wie diese beiden hatte er noch nie gesehen. War Melcior de Biure hoch aufgeschossen, hager und von einer Unrast erfüllt, die ihn keinen Augenblick still sitzen ließ, wirkte Ritter Jaspert, obschon er in letzter Zeit einiges an Gewicht verloren haben musste, klein, rund und gemütlich. Andreas machte jedoch nicht den Fehler, den Edelmann zu unterschätzen, denn in Jasperts Augen glühte das gleiche Feuer wie in denen seines Bruders, nur vermochte er sein Temperament zu zügeln.

Der Ritter erinnerte sich an seine Pflichten und bat die Gäste hinein. Während die einfachen Söldner vom Gesinde im Hof versorgt wurden, führte Jaspert Andreas, Soledad, die Offiziere und die Unteroffiziere der Truppe in das Haupthaus, ein flaches Gebäude mit Fenstern, durch die man kaum mehr als eine Faust durchstrecken konnte, und

525

brachte sie in ein Zimmer, das man nur mit viel gutem Willen einen repräsentativen Saal nennen konnte. Der Raum war gerade groß genug, um die Besucher aufnehmen zu können, und die Tafel bot nicht einmal für alle Platz, so dass ein aus Böcken und einer Platte bestehender Tisch daneben aufgebaut werden musste. Ritter Jasperts Mägde brachten getrockneten Schinken, Würste und eingelegte Oliven herbei, dazu frisch gebackenes Brot, welches noch so heiß war, dass einer der Söldner, der gierig danach griff, es erschrocken fallen ließ.

Das Lachen seiner Kameraden füllte die karg ausgestattete Stube, und selbst über Andreas' Gesicht huschte ein Lächeln. Er konnte sich jedoch nicht an den launigen Reden seiner Leute beteiligen, denn Jaspert de Biure wollte nun alles über König Jaume wissen. Auch Melcior beugte sich neugierig vor und unterbrach Andreas nur hie und da mit drastischen Kommentaren, die einigen Edelleuten in Jaumes Hofstaat galten. Sein Bruder verzog ebenfalls das Gesicht, als Namen wie Arnau de Gualbes und Vicent de Nules fielen, und auch die Familien de Guimerà und de Bonamés schienen in der Achtung der beiden weit unten zu stehen.

»König Jaume sollte nicht zu sehr auf diese Leute bauen, denn sie sind ihm schon einmal in den Rücken gefallen und werden es wieder tun«, erklärte Melcior de Biure, während er seine Hände um unsichtbare Hälse legte und diese würgte. »Vor sechs Jahren war Verrat im Spiel, Aleman, übelster Verrat! Als uns die ersten Nachrichten über einen geplanten Angriff der Katalanen erreichten, wollte ich in der Umgebung des Klosters Männer sammeln und mit ihnen zum Aufgebot meines Bruders stoßen. Doch auf Befehl des Kardinals de Battle wurde ich von meinen Mitbrüdern in eine Zelle gesperrt und mit strenger Haft belegt. Wäre die Insel nicht vom schwarzen Schnitter heimgesucht worden, hättest du vergebens an die Pforte von Sant Salvador gepocht, denn niemand hätte dich zu mir vorgelassen.«

Als Melcior de Biure schwieg, setzte sein Bruder die Anklagen mit leidenschaftlicher Stimme fort. »Mir ist es ähnlich ergangen, denn als ich mit meinem Aufgebot in die Ciutat ziehen wollte, um die Truppen des Comte de Marranx zu verstärken, erschien ein Bote des Kardinals und teilte mir mit, dass ich nach Son Servera ziehen sollte, das genau in der Gegenrichtung lag, und ähnlich wurden auch andere treue Anhänger König Jaumes in die Irre geschickt. Später haben wir dann gehört, dass die Festung Alaro kampflos übergeben worden sei. Der damalige Kommandant trägt jetzt den Titel eines Barons in Katalonien. Das muss der Lohn für seinen Verrat gewesen sein.«

»Das ist anzunehmen.« Andreas schwirrte der Kopf, und er sah Soledad Hilfe suchend an. Seine junge Frau wirkte blass wie ein Leintuch, und eine Träne stahl sich über ihre Wange.

»Mein Vater fühlte sich damals von allen im Stich gelassen und ging mit einem Fluch über alle Verräter in seinen letzten Kampf.«

»Wer will es ihm verdenken? Schlimmer als er wurde noch nie ein Recke im Stich gelassen. Mir blutet heute noch das Herz, wenn ich über den letzten Kampf Guifré Espins berichten höre. Die Herren, die heute auf der Insel das Sagen haben, mögen solche Reden nicht, doch für das einfache Volk, das unter den katalonischen Steuereintreibern ächzt, ist Dona Soledads Vater beinahe so etwas wie ein Heiliger geworden.« Jaspert de Biure schnaufte tief durch, packte dann den Tonbecher mit Wein, den eine Magd vor ihn hingestellt hatte, und leerte ihn bis auf den Grund.

»Es ist zum Verzweifeln!«, fuhr er dann fort. »Vor dem Erscheinen des schwarzen Schnitters hätte ich allein auf meinem Hof fünfzig wackere Kerle unter Waffen stellen können, und die Männer in der Umgebung, die Jaume treu geblieben sind, weitere fünfhundert. Jetzt habe ich keine zwanzig Knechte mehr, und wie viele Freunde überlebt haben, vermag ich nicht zu sagen.«

»Wir werden es herausfinden müssen.« Andreas starrte gegen die Wand, ohne diese zu sehen, denn in seinen Gedanken erschienen die Bilder König Jaumes und des bei Montpellier versammelten Heeres. Gebe Gott im Himmel, dass sie von der Seuche verschont geblieben sind, betete er, denn wenn der König tot oder ein Großteil seiner Truppen der Seuche erlegen war, dann würde er über kurz oder lang in die Hände der Katalanen fallen, die ihn höchstwahrscheinlich als Spion behandeln würden. Für einen Augenblick sah er seinen abgeschlagenen Kopf auf den Mauern einer Stadt stecken und schüttelte sich.

VI.

Viele Wochen hatte die Seuche Mallorca in ihren Klauen gehalten und mit dem Leben der Menschen gespielt wie ein Kind mit Murmeln. Wer den nächsten Tag erlebte, konnte sich glücklich schätzen, und noch glücklicher, wer auch am übernächsten Tag noch die Sonne sah. Die Trauer um jene, die starben, machte bald Entsetzen Platz, und die von der Krankheit geschwächten Menschen verfluchten die Toten, weil ihnen die Kraft und der Wille fehlten, sie zu begraben. Auf dem Land entvölkerten sich ganze Orte, und die Überlebenden irrten auf der Suche nach Hilfe umher, wurden jedoch überall abgewiesen und verloren die Hoffnung auf eine Zukunft und, was noch schlimmer war, auf die Gnade Gottes.

In dieser Zeit stellte das Amt des Statthalters mehr eine Strafe dar als eine Belohnung, und Gilabert de Centelles i de Montcada, Baró de Centelles i de Nules, verfluchte mehr als einmal den Entschluss König Peres von Katalonien-Aragón, ihn als Vizekönig auf diese Insel zu schicken. Dennoch setzte er alles daran, um das Vertrauen seines Herrn zu rechtfertigen. Auf dem Höhepunkt der Seuche reichte seine Macht kaum über die Stadtmauern der Ciutat hinaus, und er musste den Rest der Insel sich selbst überlassen. In der Stadt jedoch zwang er den verzweifelten Menschen seinen Willen auf und sorgte dafür, dass die Toten begraben und die Kranken versorgt wurden. Den Mönchen und Nonnen der Klöster befahl er mit Hinweis auf das Himmelreich, das auf sie warten würde, sich der Kranken anzunehmen, und hart gesottene Söldner, die weder Tod noch Teufel fürchteten, schafften die Leichen vor die Stadt und verscharrten sie dort in tief ausgehobenen Gruben. Wer der Seuche zum Opfer fiel, wurde von seinen Kameraden mit in das Massengrab geworfen, ganz gleich, ob noch ein Funken Leben in ihm steckte oder nicht.

In einem Punkt war de Centelles sogar froh um die große Zahl der Opfer, denn Tote aßen nichts, und so hielten die schwindenden Lebensmittelvorräte der Stadt länger vor. Der Vizekönig war ein Kriegsmann, und keiner seiner Bekannten oder Freunde hatte ihn je anders als hart gegen sich selbst und andere erlebt. Doch nun wurde er von Zweifeln zerfressen, ob es ihm gelingen würde, König Jaumes Versuch zu vereiteln, Mallorca zurückzuerobern.

Ein anderer Mann wäre wahrscheinlich an dieser Aufgabe gescheitert, doch de Centelles behielt trotz der Seuche und der vielen Toten seinen kühlen Kopf. Während die Zahl seiner Söldner in der Ciutat täglich schmolz, rechnete er damit, dass die Verstärkungstruppen, die er auf der Insel Dragonera isoliert hatte, von dem schwarzen Schnitter verschont blieben. Da inzwischen auch in Barcelona die Pest ausgebrochen war, konnte er es wagen, Schiffe dorthin zu schicken und Informationen einzuholen. Wohl brauchten Nachrichten mehrere Tage, um von Montpellier bis zu Peres Hof zu gelangen, und noch länger, bis sie ihn erreichten, doch halfen sie ihm, die Pläne seines Feindes zumindest grob im Auge zu behalten.

An einem Tag, an dem die Zahl der während der Nacht gestorbenen Einwohner deutlich abgenommen hatte, saß er in einer der großen Kammern des Almudaina-Palasts, ein Schreiben König Peres in der Hand und einen goldenen Pokal mit Wein vor sich auf dem Tisch. Ihm gegenüber saß ein Mann, dessen schmale Gestalt in einem weißen Chorhemd und einer violetten Soutane steckte und auf dessen kantig wirkendem Kopf das Birett eines Kardinals saß. Berenguer de Battle, der Erzbischof von Mallorca, war nach einem Bittgottesdienst aus der nahen Kathedrale la Seu in den Palast geeilt, um von de Centelles die neuesten Informationen zu erhalten. Die schmalen Finger ineinander verschränkt und bemüht, nicht zu neugierig zu erscheinen, wartete er darauf, dass der Vizekönig zu sprechen begann.

De Centelles' Blick löste sich von dem Brief des Königs und wanderte zu dem Kirchenmann, dessen Macht auf der Insel durch die Hilfe, die dieser König Pere bei der Eroberung geleistet hatte, übermäßig gewachsen war. Der Vizekönig kannte de Battles Ambitionen, die sich längst nicht mehr allein auf Mallorca beschränkten. Selbst der Stuhl eines Erzbischofs von Urgell konnte ihn nicht mehr locken, obwohl dieser ihn zum obersten Kirchenfürsten Kataloniens hätte werden lassen, und er hatte diesen Rang, den König Pere ihm angetragen hatte, ohne Bedauern Niccolò Capocci überlassen. De Battles Ehrgeiz richtete sich auf die Tiara der Päpste, die er entweder als Nachfolger von Clemens VI. oder als ein von Katalonien und anderen Reichen unterstützter Gegenpapst erringen wollte. In vielen Teilen der Welt war man mit der geistlichen Herrschaft des Franzosen Pierre Roger de Beaufort – das war der Name des jetzigen Nachfolgers Petri vor seiner Wahl gewesen – unzufrieden, denn er bevorzugte in allem seine Landsleute und rief zum Kampf gegen die Engländer und deren König Edward auf, der sich als rechtmäßiger Erbe des Thrones der Karpetinger sah und alles daransetzte, um die beiden Reiche beiderseits des Kanals unter seiner Herrschaft zu vereinen.

De Centelles schüttelte unwirsch den Kopf und wandte sich wieder drängenderen Problemen zu. Diese erwuchsen

531

ihm nicht aus den Absichten und Plänen des Kardinals oder fremder Könige, sondern aus der Situation hier auf der Insel. Es ging um Mallorca und um seinen Kopf, der bedenklich wackeln würde, gelänge es Jaume III., sich erneut hier zum Herrn aufzuschwingen.

»Es war gut, dass Ihr heute selbst die Messe gelesen habt, Euer Eminenz. Euer Beispiel gibt dem Volk den Mut, den es braucht, um die Heimsuchung zu überstehen, mit der Gott, der Herr, uns gestraft hat.«

Der Kardinal hätte lieber konkrete Dinge vernommen als dieses Lob, dennoch nickte er de Centelles mit der feinen Andeutung eines Lächelns zu. »Wie ich hörte, haben die Todesfälle abgenommen. Also scheint die Seuche überwunden zu sein. Dank sei dem Herrn, unserem Gott, dem heiligen Sebestiá und allen Märtyrern unserer heiligen, apostolischen Kirche.«

Der Vizekönig lächelte freudlos. »Ja, Lob und Dank sei Gott, dass wir jetzt wieder freier atmen können, zumindest was den Ritt des schwarzen Schnitters betrifft. Dafür ziehen neue dunkle Wolken am Horizont auf. Der Wind weht von Montpellier auf uns zu, und er bläst scharf.«

Für einen Augenblick vergaß der Kardinal seine sorgsam einstudierte Haltung und fasste nach de Centelles' Hand. »Jaume wagt es also doch!«

Gilabert de Centelles spürte die Angst seines Gegenübers vor dem gestürzten König. Wenn Jaume siegreich bleiben und den Kardinal in seine Gewalt bringen könnte, würde diesen auch sein hohes geistliches Amt nicht vor dem Henker retten. »Er wagt es, und er kommt mit einem gut ausgerüsteten Heer.«

532

Der Kardinal wurde blass. »Wäre es da nicht besser, ich würde nach Barcelona reisen und Seine Majestät bitten, ebenfalls Verstärkungen zu schicken? Jetzt, da die Strafe Gottes abzuflauen scheint, dürfte die Fahrt nicht mehr ganz so gefährlich sein.«

Das könnte dir so passen!, fuhr es de Centelles durch den Kopf. Er begriff durchaus, dass de Battle nicht auf Mallorca sein wollte, wenn König Jaume zurückkam, und bemühte sich, dem Kirchenmann seine Verachtung nicht zu zeigen. Lächelnd löste er die Finger des Kardinals von seinem Handgelenk. »Dies ist schon geschehen, Euer Eminenz, und ich halte die Antwort Seiner Majestät hier in Händen. Er wird mir an Truppen senden, was er entbehren kann, und das ist nicht wenig, da sein Vetter nicht gegen das Rosselló vorgehen wird. Jaumes Ziel ist Mallorca, und wir werden ihn hier gebührend empfangen. Ich habe schon Befehl gegeben, die Truppen, die auf Dragonera unter dem Kommando des jungen Colomers auf meinen Ruf warten, in die Stadt zu holen, und in wenigen Tagen werden die versprochenen Verstärkungen aus Barcelona hier eintreffen.«

Der Kardinal knetete verärgert seine Finger, denn er hatte die Insel nicht nur aus Furcht vor Jaumes Rache verlassen wollen, sondern auch, um bei König Pere die Erfüllung der ihm gemachten Versprechungen einzufordern. Da de Centelles jedoch alle Schiffsbewegungen von der Ciutat zum Festland kontrollierte, würde er ihn um eine Passage bitten müssen, und das verbot ihm sein Stolz. Für einen Augenblick überlegte er, ob er die Stadt nicht verlassen und in einem der anderen Häfen ein Schiff besteigen sollte, das ihn nach Barcelona brachte. Die Gefahr, auf dem Meer oder gar bereits auf

533

der Insel auf König Jaumes Heer zu stoßen, erschien ihm jedoch zu groß.

»Ich werde heute bei der Abendmesse für deinen Sieg beten, mein Sohn.« De Battle schlug das Kreuz und segnete den Vizekönig, der zu seiner Befriedigung sofort demütig sein Haupt neigte.

Als de Centelles sich wieder aufrichtete, klang seine Stimme jedoch genauso hochmütig wie zuvor. »Tut dies, Euer Eminenz. Wenn Ihr uns Gott gewogen macht, wird der Sieg unser sein.«

»Dann erlaubt mir, mich zu verabschieden.« Der Kardinal erhob sich und nickte de Centelles in der Hoffnung zu, dieser würde ihn aufhalten und ihm mehr über den Inhalt des königlichen Briefes berichten.

Der Vizekönig legte das Schreiben jedoch beiseite und zog eine Miene, die de Battle das Schlimmste befürchten ließ. »Ihr könnt in Eure Kirche zurückkehren und beten, Euer Eminenz. Ich bitte Euch jedoch, ab jetzt mein Gast zu sein und das Heer zu begleiten, mit dem wir in die Schlacht ziehen werden, denn der Segen des Herrn liegt gewiss mächtiger auf uns, wenn ein Kardinal ihn anruft und nicht ein einfacher Priester.«

Obwohl die Worte als höflicher Wunsch formuliert waren, stellten sie einen Befehl dar, dem der Kardinal sich nicht entziehen konnte. Ein bitterer Geschmack breitete sich auf seiner Zunge aus, denn ihm wurde klar, dass de Centelles ihm Verrat unterstellte. Es mochte sogar sein, dass König Pere selbst diese Order erteilt hatte. Berenguer de Battle traute dem Zeremoniösen eine solche Entscheidung zu und fragte sich, was die Worte eines Königs wert waren, wenn sie bereits am nächsten Tag vergessen zu sein schienen. Vor sechs Jahren hatte er dem König von Aragón den Weg zur mallorquinischen Krone geebnet, und doch war er bis heute nicht weiter im Rang gestiegen als zur Zeit König Jaumes.

»Habt Ihr nicht gehört?« De Centelles' ungeduldige Bemerkung ließ den Kardinal innerlich zusammenzucken. Für einen Augenblick blitzten seine Augen zornig auf, dann hob er in einer Bewegung die Hand, die eher dem Ausholen zum Schlag als einer segnenden Geste glich, und nickte.

»Ich hatte dich eben bitten wollen, mich deinem Heer anschließen zu dürfen, mein Sohn, doch du hast diesen Wunsch bereits vorweggenommen.« Das war keine Lüge, fuhr es dem Kardinal durch den Kopf, denn es gab keinen Platz auf dieser Insel, an dem er sicherer vor Jaumes Rache war als mitten in de Centelles' Heer. Er zwang sich einen Ausdruck gleichmütigen Stolzes auf, wiederholte die Segensgebärde und verließ die Kammer, in der de Centelles ihn empfangen hatte. Als er aus dem Almudaina-Palast trat und zu der Baustelle hinüberging, auf der einmal eine der größten Kathedralen der Christenheit in den Himmel wachsen sollte, zitterte er vor Wut und schwor sich, dass Pere von Aragón den Preis für den Verrat würde bezahlen müssen, zu dem er ihn vor sechs Jahren überredet hatte. Doch als er die Mittel durchging, die er einsetzen konnte, erschien ihm keines davon stark genug, den Zeremoniösen zu beeindrucken.

535

VII.

Gabriel erschien der Ruf, mit seinen Leuten in die Ciutat de Mallorca zu kommen, wie eine Erlösung aus dem Fegefeuer. Wohl hatten die Spannungen zwischen seinen Söldnern und den einheimischen Fischern weitgehend nachgelassen, aber dafür war es ihm immer schwerer gefallen, die Männer zu den täglichen Waffenübungen zu bewegen. Die ungewohnte, fast nur aus Fisch bestehende Kost hatte bei etlichen zu Durchfall geführt, der wie eine Seuche durchs Lager gegangen war, und nun saßen viele kraft- oder auch nur lustlos herum.

»Sorgt dafür, dass die Schiffe beladen werden können!«, befahl er einem der Kapitäne, die mit ihren Matrosen an Bord geblieben waren.

Der Mann verzog das Gesicht. »Zuerst müssen wir die Kalfaterung überprüfen, Senyor, sonst nehmen die Schiffe Wasser auf und wir saufen ab, bevor wir die Ciutat erreicht haben.«

Gabriel starrte ihn fassungslos an. »Sag bloß, ihr habt die Schiffe verrotten lassen? Bei der Heiligen Jungfrau und Sant Gisbert, dafür hättet ihr die Peitsche verdient!«

Der Kapitän beantwortete seinen Wutausbruch mit einem Achselzucken. »Edler Herr, was hätte es genützt, die Schiffe in Ordnung zu halten, wenn der schwarze Schnitter uns dann doch geholt hätte? Wenn wir uns jetzt ans Werk machen, sind wir in ein paar Tagen so weit, um nach Ciutat de Mallorca segeln zu können. Das wird doch früh genug sein.«

Gabriels Gesicht wurde dunkelrot. »Verdammter Hund! De Centelles erwartet uns spätestens morgen in der Stadt.«

»Ob heute, morgen oder an einem anderen Tag, das bleibt sich doch gleich. Wären wir ein Opfer der Seuche geworden, hätte der Gouverneur bis zum Jüngsten Tag auf uns warten müssen. Wir kommen also immer noch früh genug.« Zum Glück schien der Mann zu bemerken, dass Gabriel kurz davor stand, ihn niederzuschlagen, denn er zog sich eilig zu seinen Leuten zurück und trieb sie an die Arbeit.

Gabriel ballte die Fäuste und spreizte die Hände wieder, um sich abzureagieren. In dem Augenblick traten Tomàs und Miró zu ihm, die inzwischen dicke Freunde geworden waren. Der vierschrötige Söldner zeigte auf die Matrosen, die sich aufreizend langsam auf ihre Schiffe zubewegten, und rieb wie in Vorfreude die Fäuste aneinander. »Sollen wir den Kerlen ein wenig Beine machen, Herr?«

Am liebsten hätte Gabriel ihnen die Erlaubnis gegeben, aber auch wenn sie vom Ostufer Dragoneras beinahe bis Sant Elm hinüber spucken konnten, so waren sie doch auf die Seeleute angewiesen. Daher schüttelte er den Kopf. »Nein, lasst sie arbeiten. Helft ihnen lieber, das dürfte sie mehr anspornen. Ich will dieses verdammte Eiland so schnell wie möglich hinter uns lassen.«

»Da seid Ihr nicht allein, edler Herr!« Tomàs nickte Miró zu und spuckte in die Hände. »Komm! Sehen wir zu, dass wir diese lahmen Schnecken ans Arbeiten bringen. Sonst feiern wir hier noch das Weihnachtsfest.«

Gabriel wandte den Männern den Rücken zu und kehrte zu dem Häuschen zurück, in dem er es sich mit Miranda so bequem eingerichtet hatte, wie es hier möglich war. Das Gebäude bestand nur aus einem einzigen Raum, den Pau mithilfe eines Segeltuchs in zwei Kämmerchen aufgeteilt hatte. Das größere diente als Wohnraum und Küche, und hier schliefen auch der junge Bedienstete und Mirandas Leibmagd, während der kleinere Teil seiner Frau und ihm als Schlafgemach diente.

Miranda hatte die Aufregung bei den Söldnern bemerkt und erwartete Gabriel an der Tür. Ihre Augen leuchteten, als sie nach seiner Hand fasste. »Können wir jetzt endlich nach Mallorca fahren?«

Als er nickte, atmete sie tief durch und wischte sich eine Freudenträne aus den Augen. »Ich werde meine Heimat wiedersehen, Gabriel. Ich danke dir!«

Ihr stürmischer Kuss machte ihn verlegen. »Eigentlich müsstest du dem König danken, denn er hat mir den Befehl erteilt, nach Mallorca zu segeln. Gegen seinen Willen und den meines Vaters hätte ich es nicht vermocht.«

Solchen Spitzfindigkeiten war Miranda nicht zugänglich. Sie bat Gabriel ins Haus und setzte ihm eigenhändig das Mittagsmahl vor, eine mangels Gewürzen etwas schlappe Fischsuppe und getrockneten Fisch. »Auf Brot musst du leider verzichten, denn es gibt kein Stäubchen Mehl mehr auf Dragonera. Schon aus diesem Grund ist es gut, dass wir endlich von hier fortkommen.«

»Du weißt gar nicht, wie ich mich auf eine saftige Wurst und ein Stück Schinken freue!« Gabriel nahm lachend den Löffel zur Hand und begann zu essen. Dabei beobachtete er seine Frau, die mit Nina zusammen alles, was an diesem Tag nicht mehr gebraucht wurde, in die große Reisetruhe packte.

»Ich werde Tomàs und Miró sagen, dass sie die Truhe so

bald wie möglich an Bord bringen sollen«, sagte sie fröhlich.

Gabriel schüttelte lächelnd den Kopf über Miranda, die innerlich Luftsprünge zu machen schien, weil es nun endlich weiterging. Ein wenig wunderte er sich auch, dass ausgerechnet die beiden Hitzköpfe Tomàs und Miró ihre bevorzugten Handlanger geworden waren. Die beiden verehrten seine Frau inzwischen fast wie eine Heilige, und Gabriel war sich sicher, dass sie sich für sie in Stücke schneiden lassen würden und vielleicht sogar auch für ihn. Es war ein guter Gedanke, der ihn ein wenig mit der beklemmenden Isolation auf Dragonera aussöhnte.

VIII.

Die Abfahrt ging rascher vonstatten, als Gabriel erwartet hatte, denn die Matrosen legten sich ins Zeug und die Kapitäne beschlossen, alle nicht sofort notwendigen Reparaturen erst in der Ciutat erledigen zu lassen. Schon am nächsten Vormittag konnten die Söldner an Bord gehen, und als die Schiffe in See stachen, blähte eine kräftige Brise ihre Segel. Die Flotte kam gut von den Kaps Sa Mola und d'es Llamp frei, und als sie am Nachmittag das Kap de Cala Figuera umrundeten, konnten sie in der Ferne bereits das Castell de Bellver ausmachen, das hoch über der Ciutat wachte wie ein Hund, der seine Herde behütet.

Noch bevor es Nacht wurde, liefen die Segler in den Hafen ein und ließen die Anker fallen. Gabriel drängte es, an Land zu kommen, und zu seiner Erleichterung erschien

539

auch bald ein Ruderboot, um ihn abzuholen. Er nahm Miranda, Pau und Nina mit und ignorierte dabei die erbosten Blicke des mageren Ruderers, der sich sichtlich mit dem nun tief im Wasser liegenden Kahn abquälte. Am Ufer warf Gabriel ihm eine Münze zu und sagte fröhlich: »Gràcies!« Das Gesicht des Mannes verzog sich zu einem Grinsen, und er beugte seinen Rücken besonders tief vor dem jungen Ritter.

Gabriel hatte einen Boten erwartet, der ihn zu de Centelles führen sollte, doch zu seiner Verblüffung erschien der Vizekönig selbst zu seiner Begrüßung. Während sie einige höfliche Worte wechselten, ließ dieser seinen Blick über die Söldner schweifen, die nun ebenfalls ans Ufer gebracht wurden und lautstark nach Huren, Wein und Braten riefen.

»Die Kerle sind in erstaunlich guter Verfassung, Senyor Gabriel, und wie es aussieht, habt Ihr kaum einen von ihnen verloren. Es war also ein guter Gedanke, Euch nach Dragonera zu schicken.« De Centelles legte sichtlich zufrieden einen Arm um Gabriels Schulter und drückte ihn kurz an sich.

»Es gab nur zwei Tote, und die sind nicht dem schwarzen Schnitter zum Opfer gefallen. Ihr solltet meinen Leuten in den nächsten Wochen jedoch keinen Fisch auftischen lassen, sonst könnten sie sehr böse werden. Wir hatten nichts anderes mehr zu essen und sind es herzlich leid geworden.«

»Die Kerle werden essen, was da ist!«, antwortete de Centelles abweisend. »Unsere Vorratshäuser sind so gut wie leer, und wir haben Probleme, die hungrigen Mäuler in der Ciutat zu stopfen. Doch kommt, es wartet ein Schluck Wein auf Euch! Ich will Euch gleich den anderen Hauptleuten vorstellen. Die Verstärkungen vom Festland haben uns nämlich eher erreicht, als ich es erwartet habe. Wenn es nötig ist, können wir schon morgen gegen Jaume marschieren.«

Der Vizekönig wollte Gabriel mit sich ziehen, doch dieser befreite sich mit einer unwilligen Bewegung aus seinem Griff. »Verzeiht mir, doch ich will erst meine Gemahlin gut untergebracht wissen.« »Die Blume von Mallorca? Ich habe schon einiges von Eurer Frau gehört, und ich glaube, ich war sogar dabei, als Ihr sie bei Hofe eingeführt habt.« Ein amüsiertes Lächeln spielte um de Centelles' Lippen, denn trotz der unerwarteten Gnade und Großzügigkeit, die König Pere bei dieser Gelegenheit gezeigt hatte, war es ein Skandal gewesen, über den noch lange bei Hof geredet worden war. Er verbeugte sich vor Miranda und winkte dann einen seiner Untergebenen zu sich. »Sorgt dafür, dass Dona Miranda und Senyor Gabriel dieselbe Kammer erhalten, die sie bereits bei ihrem letzten Aufenthalt bewohnt haben, und begleitet die Dame und ihr Gesinde dorthin! Ihr aber, Colomers, kommt jetzt endlich mit mir, denn ich habe nicht alle Zeit der Welt zur Verfügung.«

Gabriel sah, dass der Vizekönig ungehalten wurde, und verabschiedete sich von Miranda. De Centelles lief ihm voraus, betrat den Palast durch eine Seitenpforte und hastete durch einen dunklen Korridor, ohne zu warten, bis ein Bediensteter mit Licht kam. Gabriel holte ihn erst an der Tür zum großen Saal ein, in dem sich etliche Hauptleute und die Anführer der Lehensaufgebote aus mehreren katalanischen Grafschaften versammelt hatten. Gabriel warf einen neugierigen Blick in die Runde, um zu sehen, ob er be-

541

kannte Gesichter unter den Anwesenden erkennen konnte, und entdeckte als Erstes Domenèch Decluér, der einen Kreis ihm unbekannter Ritter um sich geschart hatte, die sich eifrig mit ihm unterhielten.

De Centelles hatte Gabriels Blick bemerkt und führte ihn mit einem spöttischen Lächeln auf diese Gruppe zu. »Ihr kennt euch zwar, aber dennoch will ich die Herren einander vorstellen: Hier steht Senyor Domenèch Decluér, Vescomte de Vaix, und dies hier ist Senyor Gabriel de Colomers, Baró de Campanet und künftiger Comte de Marranx!«

Decluér war anzusehen, dass er einen Fluch unterdrücken musste. Seit seiner Heirat mit Joana de Vaix und seiner Erhebung zum Vizegrafen hatte er sich Gabriel gegenüber letztendlich als Sieger gefühlt, auch wenn er sein eigentliches Ziel, die Töchter seines Feindes in die Hände zu bekommen, nicht erreicht hatte. Nun aber musste er erkennen, dass der junge Hund, als den er Gabriel immer noch bezeichnete, dabei war, ihn erneut in den Schatten zu stellen. Ich hätte Miranda für mich fordern müssen, dann wäre ich jetzt Graf von Marranx, schoss es ihm durch den Kopf. Die Rache an Guifré Espin wäre vollständig gewesen: dessen Tochter im Bett, die Burg in seinem Besitz und das Wappen von Marranx geviertelt auf dem eigenen Schild. Er warf Gabriel einen hasserfüllten Blick zu und zog sich dann zu dem Tisch zurück, auf dem sein noch halb voller Weinbecher stand.

De Centelles führte Gabriel eigenhändig zu einem Stuhl, befahl einem Diener, dem neuen Gast Wein zu reichen, und ließ den Blick dann über die Anwesenden schweifen.

Unter ihnen fiel Berenguer de Battle am meisten auf, gerade weil er nicht mehr das Purpurgewand eines Kardinals trug, sondern mit einer dunklen Soutane bekleidet war und wie ein gewöhnlicher Priester einen breitkrempigen, hellen Hut auf dem Kopf hatte. Der Rest seiner Gäste waren Ritter und Edelleute, die zu einem großen Teil erst in den letzten Tagen vom Festland herübergekommen waren. Aus ihren Augen sprach noch das Grauen, das sie im Todesschatten des schwarzen Schnitters durchlebt hatten, aber ihre Mienen verrieten dem Vizekönig, dass die Aussicht auf eine ruhmreiche Schlacht sie zu beflügeln begann.

Um die Aufmerksamkeit der Männer auf sich zu lenken, hob er die Hand. »Senyores, ich heiße Euch alle herzlich willkommen! Ihr seid zu einer guten Stunde erschienen, denn durch Gottes Gnade und unsere flehentlichen Gebete zum heiligen Sebestiá ist die Macht der großen Seuche gebrochen. Nun aber steht Schwertarbeit an.«

Ein älterer Ritter hob den Kopf. »König Jaume wagt also doch, hier aufzutauchen!«

De Centelles nickte. »Eines der Schiffe, die ich ausgeschickt habe, die Umgebung der Insel zu überwachen, hat die Segel einer größeren Flotte am Horizont entdeckt. Um nicht bemerkt zu werden, hat es sich nicht weiter herangewagt. Aber es besteht kein Zweifel: Senyor Jaume ist unterwegs, und er kommt bestimmt nicht als Freund.«

Mit dieser Bemerkung brachte er einige der Anwesenden zum Lachen. De Centelles achtete nicht auf die amüsierten Kommentare, die die Leute von sich gaben, sondern winkte einen der Ritter zu sich, die Gabriel bei Decluér hatte stehen sehen. »Senyor Lleó, Ihr wisst über die Truppenstärke des Herrn von Montpellier besser Bescheid als jeder andere von uns. Was haben wir zu erwarten?«

Lleó de Bonamés verbeugte sich vor dem Vizekönig und stellte sich dann so auf, dass er sowohl de Centelles wie auch die versammelten Ritter im Blickfeld behielt. Dabei griff er sich unbewusst an jene Stelle des linken Armes, an der ihn Andreas von den Büschen mit dem Schwert verletzt hatte. Die Wunde war in der Zwischenzeit verheilt, aber er würde seinen Arm niemals mehr so einsetzen können wie früher.

Als de Centelles sich mahnend räusperte, schob de Bonamés den Gedanken an den verhassten Deutschen mit einer ärgerlichen Kopfbewegung beiseite. »Ich habe Montpellier verlassen, bevor der schwarze Schnitter über die Lande gezogen ist, und weiß daher nicht, wie viele von Jaumes Kriegern der Seuche zum Opfer gefallen sind.«

»Nennt ruhig die Zahl, die bei Eurer Abreise bekannt war«, forderte de Centelles ihn auf.

Lleó die Bonamés fuhr sich mit der Zunge über die trockenen Lippen und äugte dabei sehnsuchtsvoll nach seinem Weinbecher, doch niemand machte Anzeichen, ihm das Gefäß zu reichen. Daher klang seine Stimme schärfer, als er es beabsichtigt hatte, und gab seinem Bericht eine bedrohliche Note, die viele seiner Zuhörer erblassen ließ.

»Jaume wollte mit fünfhundert Reitern und viereinhalbtausend Mann zu Fuß nach Mallorca aufbrechen? Das ist ein verdammt großes Heer!«, rief ein Ritter sichtlich beeindruckt.

De Centelles kannte im Gegensatz zu seinen Gästen die Stärke der eigenen Truppen, daher vermochte ihn diese

Nachricht nicht zu erschrecken. »Das ist eine beeindruckende Zahl, aber die Seuche dürfte sie arg vermindert haben.«

Decluér versuchte, de Centelles' Aufmerksamkeit auf sich zu ziehen, denn dieser würde bald die Anführer seines Aufgebots benennen, und er wollte unbedingt zu diesen gehören. Er sprang auf und hob seine Stimme, so dass sie bis in den letzten Winkel des Saals hallte. »Jaume dürfte nicht nur wegen des schwarzen Schnitters über weniger Truppen verfügen, als er geplant hat. Meines Wissens haben sich viele seiner Edlen geweigert, ihm ihre Lehensaufgebote zur Verfügung zu stellen!«

Bevor de Centelles darauf antworten konnte, wollte einer der wenigen mallorquinischen Edelleute, die mit ihrem Aufgebot an Rittern und Waffenknechten erschienen waren, jene Frage loswerden, die ihm unter den Nägeln brannte. »Verzeiht, Senyor Gilabert, doch ich möchte wissen, aus welchem Grund Seine Majestät sich entschlossen hat, einen Grafentitel, der durch Verrat beschmutzt ist, erneut zu vergeben.«

Der Vizekönig musterte den Mann, der vor sechs Jahren keinen Finger für seinen Lehnsherrn Jaume gerührt, sondern sofort das Knie vor Pere von Katalonien-Aragón gebeugt hatte, mit einem verächtlichen Blick. Du bist gerade der Richtige, um diese Frage zu stellen, dachte er, entschloss sich dann aber zu einer Antwort, um die Neugier der Anwesenden zu stillen.

»Vielleicht hat er es getan, um den Sohn seines vertrauten Ratgebers Bartomeu de Colomers zu ehren, vielleicht aber auch, weil Jaume von Montpellier die jüngere Tochter Guifré

Espins mit einem seiner Söldnerführer verheiratet und diesen zum Grafen von Marranx ernannt hat.«

Gabriel holte tief Luft. Seine Schwägerin Soledad war also vermählt worden. Er fragte sich, wie Miranda auf diese Nachricht reagieren würde. Während er noch darüber nachsann, wie er ihr die Neuigkeit vermitteln sollte, ohne dass sie sich zu sehr aufregte, nahm er nur am Rande wahr, dass Gilabert de Centelles weitersprach.

»Nachdem alle Verstärkungen eingetroffen sind, können wir der Zukunft getrost ins Auge sehen. Ich habe beschlossen, die versammelten Aufgebote und Fähnlein in drei Treffen aufzuteilen. Die Hauptmacht mit meinen mallorquinischen Truppen und den Aufgeboten der Grafschaften Barcelona, Besalu und Empuries werde ich persönlich anführen. Das Aufgebot aus Valencia und der Grafschaften Osona und Confluent wird Senyor Berenguer d'Abella übertragen.« De Centelles nickte dabei einem gut gekleideten Ritter zu, dessen Treue zu König Pere über jeden Zweifel erhaben war.

»Die Aufgebote der Grafschaften Urgell und Girona unterstelle ich Senyor Gabriel de Colomers als Verwandten des Grafen Pere von Urgell zusätzlich zu den Söldnern, die er bislang schon befehligt.«

Decluérs enttäuschtes Aufkeuchen war im ganzen Raum zu vernehmen. Einige spöttische Blicke streiften ihn, während die anwesenden Edelleute aus Urgell auf die Tische klopften, um de Centelles ihre Zustimmung zu bekunden. Einige traten zu Gabriel und gratulierten ihm. Dieser begriff erst gar nicht, wie ihm geschah, musste dann aber an sich halten, um keine abwehrende Geste zu machen.

546

Kampferprobte Ritter aus zwei katalanischen Grafschaften ins Gefecht zu führen war eine Aufgabe, die er sich noch nicht zutraute. Bevor er seinen Zweifeln Ausdruck geben konnte, ergriff Berenguer de Battle das Wort.

Der Kardinal hatte die Diskussionen mit der gelangweilten Miene eines Mannes verfolgt, der sich über alles erhaben fühlt, aber jetzt wurde er sichtlich unruhig. »Senyor Gilabert, Ihr wollt doch nicht etwa die Ciutat verlassen und eine offene Feldschlacht annehmen? Die Mauern unserer Stadt können von keinem Heer erobert werden, selbst wenn es so stark sein sollte, wie es eben beschrieben wurde.«

De Centelles maß de Battle mit einem Blick, als habe er einen Narren oder ein unverständiges Kind vor sich. »Euer Eminenz, die Mauern der Ciutat mögen mächtig sein, doch wenn wir uns dahinter verkriechen, überlassen wir Jaume das flache Land und damit auch die Versorgung seiner Männer. Unsere Vorratskammern aber sind so leer, dass unser Heer die letzten Lebensmittel innerhalb von drei Tagen aufbrauchen würde. Taucht Jaume vor der Stadt auf und schneidet uns mit seiner Flotte von der Versorgung über das Meer ab, kann er uns in kürzester Zeit aushungern. Das will wohl keiner von uns.«

»Ist die Situation wirklich so schlimm?« Der Kardinal stellte damit eine Frage, die alle bewegte.

»Sie könnte kaum schwieriger sein. Wir werden mit sämtlichen Heeresteilen über die Insel ziehen und unterwegs alles an Vorräten mitnehmen, was wir finden können. Dann kommt das, was noch da ist, uns zugute und nicht den Angreifern. Außerdem sieht das Volk, dass wir stark sind und uns nicht vor ihrem abgesetzten König

547

fürchten. Diese Taktik gibt uns auch die Möglichkeit zu verhindern, dass Jaume sich mit seinen Leuten irgendwo in der Serra de Llevant oder gar der Serra de Tramuntana festsetzt. Würde er sich dort verschanzen, müssten wir einen langen, blutigen Abnützungskrieg führen, den wir uns allein schon wegen der Opfer, die der schwarze Schnitter mit sich genommen hat, nicht leisten können.« Diesmal nickten die meisten Anwesenden. De Centelles' Ausführungen leuchteten ihnen ein, und es gab sogar ein paar Hochrufe auf den Vizekönig. Einige Augenblicke ließ de Centelles sie gewähren, dann hob er die Hand und bedeutete den Männern, still zu sein. »Es ist jetzt alles gesagt, was gesagt werden musste. Morgen halte ich Heerschau, und spätestens übermorgen brechen wir auf. Damit Gott befohlen!«

Wie auf ein Stichwort stand de Battle auf, zeichnete das Kreuz in die Luft und segnete die Anwesenden. Die ersten Ritter verließen den Raum, unter ihnen auch Decluér, dem die Enttäuschung und der Ärger von der Stirn abzulesen waren, und de Bonamés, der sich zu ihm gesellte. Gabriel wäre ebenfalls gerne gegangen, doch die Edelleute aus Urgell und Girona ließen ihn nicht so rasch fort. Man drückte ihm einen Weinbecher in die Hand, stieß mit ihm an und ließ ihn hochleben. Er unterdrückte seinen Drang, Miranda in seine Arme zu schließen und mit ihr über die neuesten Entwicklungen zu reden, denn er durfte die Männer nicht vor den Kopf stoßen. Daher unterhielt er sich mit ihnen und gab ihnen das Gefühl, einem ebenso besonnenen wie mutigen Anführer unterstellt worden zu sein.

Erst als die Glocke von La Seu zur Abendmesse rief, gelang es ihm, sich von den Edelleuten zu lösen und seine Kammer aufzusuchen. Zu seiner Verwunderung standen Tomàs und Miró mit gekreuzten Hellebarden vor der Tür. Als sie Gabriel sahen, gaben sie sofort den Weg frei. Er blieb jedoch stehen und sah sie verwundert an. »Was ist los?«

Tomàs entblößte seine Zähne, als wolle er jemanden beißen. »Pau meinte, es wäre besser, Euer Quartier zu bewachen, Senyor, denn es sollen sich hier ein paar Leute herumtreiben, die man nicht gerade Eure Freunde oder die der Herrin nennen kann.«

Gabriel erinnerte sich an Decluérs hasserfüllte Blicke und nickte unwillkürlich. »Es ist wirklich besser, wenn hier Wache gehalten wird. Lasst euch aber, wenn ihr abgelöst werdet, einen Becher Wein geben. Sagt, ich hätte es befohlen.«

»Das werden wir, Herr, und gràcies!« Tomàs klopfte mit dem Schaft seiner Hellebarde gegen die Tür. Diese schwang auf, und Pau steckte den Kopf heraus. Der junge Bursche hielt ein Breitschwert in der Hand und atmete sichtlich auf, als er Gabriel erkannte.

»Verzeiht, Herr, aber vorhin sind ein paar Kerle hier herumgeschlichen, die mir gar nicht gefallen haben. Ich glaube, ich habe sogar diesen Decluér unter ihnen gesehen.«

»Der hat hier nichts verloren!« Gabriel bedauerte, dass die Umstände es ihm unmöglich machten, den zum Vescomte de Vaix erhobenen Ritter zum Zweikampf zu fordern.

Dankbar klopfte er den beiden Söldnern und Pau auf die Schulter und trat in den Raum. Miranda saß auf demselben Stuhl wie früher und stickte. Bei seinem Anblick legte sie die Handarbeit weg und eilte auf ihn zu. Gabriel atmete tief

549

durch, als sie ihn umarmte und ihren Kopf gegen seine Schulter lehnte.

»Ich hatte mich so gefreut, meine Heimat wiederzusehen, doch seit ich weiß, dass auch der Mörder meines Vaters zum Gefolge des Vizekönigs gehört, ist mir der Aufenthalt hier vergällt.«

»Sei ohne Sorge, meine Blume! Ich lasse nicht zu, dass Decluér oder sonst jemand dir ein Leid antut.« Er küsste sie und führte sie zu ihrem Stuhl zurück. Nina hatte unterdessen einen Becher mit Wein gefüllt und reichte ihn ihrem Herrn. Gabriel nahm das Gefäß, trank aber nicht gleich, sondern drehte es nachdenklich in der Hand,

»Ich habe eine Neuigkeit für dich, Miranda, von der ich nicht weiß, ob sie dir gefallen wird oder nicht. Ich habe eben von de Centelles erfahren, dass König Jaume deine Schwester mit einem seiner Hauptleute vermählt und diesen zum Grafen von Marranx ernannt hat.«

»Soledad verheiratet? Bei der Heiligen Jungfrau, sie ist doch noch ein Kind!« Miranda fuhr entsetzt auf, erinnerte sich dann aber, dass ihre Schwester gerade einmal zwei Jahre jünger war als sie selbst. In diesem Alter waren die meisten Töchter aus edlen Häusern bereits Mütter und manchmal sogar schon Witwen.

Irritiert schüttelte sie den Kopf. »Es ist für mich kaum fassbar, dass meine kleine Sola jetzt eine verheiratete Frau sein soll. Hoffentlich ist der Mann gut zu ihr. Ich wünsche es ihr von ganzem Herzen.«

550

IX.

Sie waren der Pest nicht entkommen. Noch vor der Abfahrt hatte es die ersten Toten gegeben, und unterwegs hatten die Matrosen und Soldaten, die noch gesund waren, ihre erkrankten Kameraden aus Angst vor dem schwarzen Schnitter lebend über Bord geworfen. Als sie nach einer Fahrt des Grauens endlich die Küste Mallorcas erreichten, hatte sich die Stärke des Heeres um fast ein Drittel verringert. Dennoch führte König Jaume eine immer noch recht stattliche Streitmacht an Land. Sein Herz blieb jedoch selbst angesichts der grünen Hügel vor Kummer stumm, denn in der letzten Nacht hatte die Pest ihren schlimmsten Tribut gefordert, nämlich seine und Violants kleine Tochter Esclarmunda.

Während Jaume seinen Männern befahl, ein Lager zu errichten, klammerte sich die vom Leid gebeugte Königin an den kleinen, aus Fassdauben gefertigten Sarg, in dem ihr Kind ruhte. Keine ihrer Hofdamen wagte es, sie in ihrer Trauer zu stören, und sie baten, wo sie auch gingen und standen, den Herrn Jesus Christus und alle Heiligen, sie vor der Seuche zu bewahren. In ihren Reihen hatte der schwarze Schnitter ebenfalls gehaust, und wie viele andere Damen und Herren aus edlem Blut ruhte auch Ayolda de Guimerà in einem mit Steinen beschwerten Sack aus Segeltuch auf dem Grunde des Meeres.

Margarida de Marimon und Prinzessin Elisabet führten die Königin schließlich in das für sie errichtete Zelt. Ihre Gesichter waren nicht weniger grau und von Schrecken gezeichnet, und ihre Lippen murmelten ununterbrochen Gebete. Noch immer wütete die Seuche im Heer, zwar nicht mehr

551

mit jener Wut wie zu Beginn ihrer Überfahrt, doch jeder, der an diesem Tag den Strand Mallorcas betrat, fürchtete, die kommende Nacht nicht zu überleben.

Jaume war es, als sei er von einer Strafe Gottes heimgesucht worden. Kampferprobte, harte Söldner hatten sich in greinende Weiber verwandelt, die sich auch dann, wenn sie körperlich noch kräftig wirkten, im Geiste schon dem Tod hingegeben hatten. Wenn noch mehr von ihnen starben, würde seine Streitmacht so stark zusammenschmelzen, dass sie zu schwach war, die Katalanen des Gouverneurs herausfordern zu können. Die wenigen gesunden und trotz des Schreckens um sie herum auch zuversichtlichen Ritter, die er als Späher aussenden konnte, brachten ihm keine guten Nachrichten. Das Land war im weiten Umkreis entvölkert, und die wenigen Überlebenden sammelten sich an den Orten, an denen es noch ein wenig Korn oder altes, ranziges Fleisch gab. Auch Fisch war kaum mehr aufzutreiben, denn die Männer, die mit ihren Booten hätten ausfahren können, waren ebenso der Seuche anheim gefallen wie die Bauern und Handwerker im Binnenland.

Damit türmten sich neue Probleme vor Jaume auf. Wegen des Platzmangels auf den Schiffen hatten sie gerade so viele Vorräte mitnehmen können, wie sie für die Überfahrt benötigten. Zu allem Unglück war ein Teil davon auch noch verdorben gewesen, und der Rest hatte trotz der vielen Pesttoten kaum ausgereicht, die Männer unterwegs zu ernähren. Sie brauchten dringend Lebensmittel, daher musste der König, bevor er gegen die Festungen der Insel losmarschieren und seine Hauptstadt zurückerobern konnte, zunächst einmal die Versorgung seines Heeres sicherstellen.

Am Nachmittag der Ankunft schritt der König in Gesellschaft seines Sohnes Jaume, der etwas kleiner und breiter war als sein Vater und dessen hübsches Gesicht von dunkelblonden Locken beschattet wurde, den Strand entlang und zertrat dabei etliche Muschelschalen. Miquel de Vilaragut, der Vetter der Königin, und einige andere seiner Getreuen folgten ihm in ein paar Schritten Abstand und zuckten dabei immer wieder zusammen, denn die knackenden Geräusche zerrten an ihren Nerven. Jaumes düstere Miene hinderte sie daran, ihn anzusprechen.

Nach einer Weile blieb der König stehen und blickte auf das Meer hinaus, dessen Wellen im steten Rhythmus gegen das Ufer anrollten. Eine Welle lief weiter als die anderen den Strand hoch und umspülte Jaumes Füße, so dass er für einen Augenblick völlig von Wasser umgeben war. Einer seiner Begleiter eilte zu ihm hin und wollte ihm den Arm reichen, um ihm zu helfen. Jaume schüttelte ihn ärgerlich ab und machte ein paar Schritte auf die Pinien zu, die etwas weiter den Strand hoch aus einem Flecken mit Gras bewachsenen Sandes wuchsen. Sein Blick glitt in die Richtung, in der er die Hauptstadt wusste, und streifte die seitlich davon aufragenden Gipfel der Serra de Tramuntana.

»Was ratet Ihr mir? Sollen wir ungeachtet aller Schwierigkeiten auf die Ciutat zumarschieren oder uns zuerst auf die Suche nach Nahrung machen?«, fragte er seine Begleiter.

Diese sahen sich auffordernd an, doch keiner schien zu wissen, was er antworten sollte. Schließlich ermannte sich Miquel de Vilaragut. »Euer Majestät, der schwarze Schnitter mag wohl die Menschen in der Stadt niedergeworfen haben, doch gewiss nicht die Befestigungsmauern. Gilabert de Centelles oder wer nun die Stadt befehligt, kann diese mit wenigen Männern gegen ein größeres Heer verteidigen. Wenn wir uns auf eine Belagerung einlassen wollen, benötigen wir dringend Vorräte.«

De Vilaragut hatte Recht, und doch behagte sein Rat dem König wenig. »Der Besitz der Ciutat de Mallorca ist gleichbedeutend mit der Herrschaft über die Insel, und ich will sie so rasch wie möglich in meine Gewalt bringen. Haben wir erst einmal die Stadt, wird Mallorca erkennen, dass ich zurückgekehrt bin.«

Einige der Edelleute warfen Prinz Jaume einen Hilfe suchenden Blick zu. Wenn es jemand gab, der offen mit dem König sprechen konnte, dann war er es. Aber der Thronfolger fühlte sich ebenfalls nicht wohl in seiner Haut. »Ich verstehe Eure Gründe, mein Vater. Die Ciutat muss erobert werden, bevor Euer Vetter Pere Verstärkungen schicken kann. Unsere Leute sind jedoch krank und schwach, und ohne Nahrung werden sie krepieren wie die Fliegen. Bevor sie zum Sturm antreten können, brauchen sie erst einmal ausreichend zu essen.«

Die Miene des Königs verriet seinem Gefolge, dass er mit sich kämpfte. Für eine Weile schritt er stumm weiter, dann hieb er mit der Faust durch die Luft. »Wie stellt Ihr Euch das vor, mein Sohn? Wie sollen wir es schaffen, die Ciutat zu erobern und gleichzeitig Vorräte einzusammeln?«

De Vilaragut kam dem Prinzen zu Hilfe. »Euer Majestät, die südlichen Ebenen waren stets die Kornkammer der Insel. Wenn auf Mallorca noch Nahrungsmittel zu finden sind, dann dort.«

»Das ist richtig!«, stimmte ein Ritter dem Schwager der Königin zu. »In Campos oder Porreres werden wir alles finden, was wir brauchen.«

Der König lachte bitter auf. »Campos und Porreres? Bei Sant Jordi, wenn wir dorthin ziehen, entfernen wir uns noch weiter von der Ciutat und geben Peres Speichelleckern Zeit, sich gegen uns zu wappnen. Nein, das ist keine Lösung!«

Er starrte für einen Augenblick zu Boden und zog dann mit dem rechten Fuß eine Linie in den Sand.

»Hier ist die Küste, an der wir uns jetzt befinden. Dort«, seine Stiefelspitze kerbte etwas westlich der Linie den Strand, »liegt die Ciutat, und hier ist Campos.« Er machte eine weitere Kerbe in den Sand und dachte nach. »Eine Möglichkeit gibt es jedoch, und sie wäre auch kein so großer Umweg, nämlich Llucmajor.« Er setzte seinen Stiefel zwischen die beiden Markierungen, die Campos und die Ciutat darstellen sollten, und nickte.

»Llucmajor? Ja, das ist es! Die Stadt ist nicht kleiner als Campos und Porreres und wie diese eine Heimstatt wackerer Bauern. Wer weiß, vielleicht finden wir dort nicht nur Nahrungsmittel, sondern auch ehrliche Mallorquiner, die bereit sind, für ihren König zu kämpfen.«

»Bauern!«, rief einer der Ritter verächtlich aus.

Jaume wandte sich mit einer heftigen Bewegung zu ihm um. »Warum nicht? Dona Soledad hat mich beschworen, das Volk von Mallorca zu den Waffen zu rufen, doch Männer wie Vicent de Nules und Arnau de Gualbes rieten mir davon ab, genau wie Ihr, Senyor Miquel. Ihr wolltet keine Bauern, die als Lohn für ihren Einsatz ihre

555

Befreiung von Leibeigenschaft und Frondiensten hätten erbitten können. Euer Rat war, auf meine Ritter zu setzen.«

»Und auf Gott!« Der Sprecher schlug das Kreuzzeichen und beugte sein Knie.

Die anderen einschließlich des Königs taten es ihm nach, doch statt eines Gebets sprach Jaume etliche bittere Wahrheiten aus. »Wo sind nun Arnau de Gualbes und die anderen? Seht ihr ihre Banner über unseren Zelten wehen? Ich nicht! Bei der Heiligen Jungfrau von Vilafranca, ich hätte mehr auf das Herz der jungen Mallorquinerin hören sollen und weniger auf eure verständigen Köpfe. Wer weiß, ob Dona Soledad überhaupt noch am Leben ist. Vielleicht habe ich sie und ihren Gemahl Andre de Pux in den Tod geschickt, als ich ihnen befahl, nach Mallorca zu segeln.« Im Gesicht des Königs zuckte es.

Ein Ritter, der nahe genug stand, glaubte sogar, Tränen in seinen Augenwinkeln zu erkennen, und versuchte den König zu beruhigen. »Verzeiht, Euer Majestät, doch vor dem schwarzen Schnitter war niemand sicher – an keinem Ort! Er kam wie ein Sturmwind, der selbst die mächtigsten Steineichen niederwirft, und hat keinen Menschen verschont. Wenn der deutsche Graf und seine Leute tot sind, so gewiss nicht durch Eure Schuld.«

»Das mag sein! Und dennoch hätte ich gerne Gewissheit über das Schicksal Dona Soledads und ihres tapferen Gemahls.« Der König atmete tief durch, wandte dann erneut den Blick nach Westen, wo die Sonne nur mehr eine Handspanne über dem Meer stand, und nickte dann seinen Begleitern mit einer heftigen Gebärde zu. »Es ist beschlossen!

Unser nächstes Ziel ist Llucmajor, denn von dort führt eine gute Straße zur Ciutat.«

Einer seiner Ritter fasste die Worte seines Königs als Scherz auf und begann zu lachen.

X.

Der Vormarsch auf Llucmajor verlief so schleppend, dass Jaume III. innerlich beinahe verzweifelte. Ein Reiter auf einem guten Pferd hätte die Stadt in weniger als einem halben Tag erreicht, doch die geschwächten, von ihren Waffen und der Ausrüstung schier zu Boden gedrückten Söldner und Fußknechte schienen ihm kaum schneller voranzukommen als Schnecken auf einem Blatt. Was ihnen fehlte, war vor allem frische Nahrung, denn ihre Mägen vertrugen die Kost aus Salzfleisch und Trockenfisch nicht mehr, die man aus Frankreich mitgebracht hatte und die trotz aller Rationierung sichtlich zur Neige ging.

Die Stimmung der Männer, die dem König folgten, war trotz Übelkeit und nagenden Hungers besser als die ihres Herrn, denn seit der zweiten Nacht nach der Landung war kein Todesfall mehr eingetreten. Jetzt, da die Überlebenden hoffen konnten, nicht nur den nächsten, sondern noch viele weitere Tage zu erleben, benahmen sie sich beinahe so übermütig wie kleine Kinder. Sie lachten und scherzten trotz ihres geschwächten Zustands, und die Ersten reckten ihre Waffen drohend gen Westen, wo die Hauptstadt der Insel zu finden war, der Ort, an dem, wie sie glaubten, ihre Feinde sich verschanzt hielten.

Für Miquel de Vilaragut war die erwachende Laune der Söldner ein gutes Omen, und so schloss er frohgemut zu Jaume auf. »Mit diesen Kerlen könnten wir sogar Barcelona erobern und diesen verdammten Pere zum Teufel jagen.«

Jaume von Mallorca wandte sich im Sattel um und ließ seinen Blick über die lange Reihe der marschierenden Soldaten schweifen. Ihre Zahl war viel zu gering, um seinen Feind in dessen eigener Heimat herausfordern zu können, dennoch rang er sich ein Lächeln ab. »Es sind gute Männer, Senyor Miquel. Gebe Gott, dass ich nach dem Sieg jeden von ihnen so belohnen kann, wie er es verdient.«

De Vilaragut wollte antworten, kam aber nicht dazu, denn ein zur Vorhut zählender Ritter kam in raschem Galopp herangeritten und winkte schon von weitem.

»Wir haben eine Schar Krieger ausgemacht. Sie hält von Norden auf uns zu!«, rief er, als er seinen Rappen vor dem König verhielt. Jaume erbleichte. »Ein feindliches Heer?«

Der Ritter hob die Handflächen zum Himmel. »Das kann ich nicht sagen, Euer Majestät. Als wir sie erblickt haben, bin ich sofort zurückgeritten, um Bescheid zu geben. Sie dürften jedoch keine Gefahr für uns darstellen, denn ihre Zahl ist gering.«

Der König knetete nervös seinen Schwertgriff. »Wie viele sind es?«

»Schätzungsweise fünfhundert, die meisten davon Fußknechte. Wir haben nur wenige Reiter ausmachen können.«

Der König atmete auf und erlaubte dem Mann, wieder zu seinen Kameraden aufzuschließen. Er sah dem Wegreitenden nach, bis dieser hinter einem Hügel verschwand, und winkte dann de Vilaragut an seine Seite.

»Senyor Miquel, sorgt dafür, dass die Männer kampfbereit sind. Ich reite zur Vorhut, um nachzusehen, wer da auf uns zukommt.«

»Sollte nicht besser ich an Eurer Stelle gehen?«, rief de Vilaragut, erhielt jedoch keine Antwort. Der König ließ seinen Hengst in einen gestreckten Galopp fallen, so dass seine Leibwachen ihm kaum folgen konnten. Dem Schwager der Königin blieb nichts anderes übrig, als sein Pferd zu wenden und zum Haupttrupp zurückzukehren.

Der Thronfolger kam ihm mit angespannter Miene entgegen. »Steht der Feind vor uns?«

»Zumindest sind fremde Krieger gesichtet worden, und wir wissen noch nicht, ob es de Centelles' Leute sind.« De Vilaragut neigte kurz das Haupt vor dem Sohn des Königs, befahl dann Peter von Sulzthal und dem Provenzalen Gyot du Sorell, mit ihren Rittern zur Vorhut aufzuschließen, und wies die anderen Offiziere an, ihre Leute in Kampfbereitschaft zu versetzen. Trotz ihres schlechten Zustands schwärmten die Männer in gewohnter Ordnung aus und bildeten eine Linie mit verstärktem Zentrum, hinter dem die Königin mit ihren Damen, der kleine Tross mit dem Proviant und die Kriegskasse Schutz fanden.

Zum Glück kam es nicht zu einer Auseinandersetzung, denn König Jaume erkannte Soledads Fuchsstute Ploma schon von weitem, und kurz darauf auch Andreas' Hengst Karim. Als das kleinere Heer nahe genug herangekommen war, dass man die Gesichter an der Spitze erkennen konnte, durchströmte Jaume ein Glücksgefühl. Sein Vortrupp hatte

559

die Seuche ohne erkennbare Verluste überstanden. Erleichtert stellte der König sich im Sattel auf und hob die Hand. Es war jedoch nicht der junge Deutsche, der ihm als Erster huldigte. Ein kleiner Krieger sprang von seinem Pferd und lief auf Jaume zu. Neben dem Pferd des Königs kniete er nieder und küsste unter Tränen die Stiefelspitze seines Herrn. Jaume war einen Augenblick irritiert, bis er in dem bäuerlich gerüsteten Mann seinen einstigen Lehnsmann Jaspert de Biure erkannte. Nun trat auch Melcior de Biure nach vorne und verneigte sich tief vor Jaume. Er trug ein schlichtes Kettenhemd und darüber einen schwarzen Rock mit dem achtspitzigen Kreuz der Ritter des Hospitals des heiligen Johannes zu Jerusalem.

»Möge Gott diesen Tag segnen, Euer Majestät! Wir haben mit großer Sehnsucht auf Eure Rückkehr gewartet.« Im Gegensatz zu seinem von der Rührung überwältigten Bruder versagte dem Ordensritter nicht die Stimme, aber seine Worte hörten sich ungewohnt gesittet an, denn ihm entfuhr kein einziger Fluch.

»Die Brüder de Biure! Welch eine Freude, euch zu sehen!« Jaume atmete tief durch und musterte dann das Aufgebot, das die beiden Mallorquiner ihm zuführten. Die Hoffnung, weitere Edelleute unter ihnen zu entdecken, erfüllte sich jedoch nicht. Er sah nur ein Gesicht, das ihm bekannt vorkam, allerdings gehörte es einem der Fischer, die Soledad nach Montpellier begleitet hatten. Zwar kannte er den Namen des Mannes nicht, aber er erinnerte sich, dass dieser bereits in den Diensten des toten Grafen von Marranx gestanden haben sollte.

Es handelte sich tatsächlich um Antoni, der mit den Töchtern des Grafen den weiten und gefährlichen Weg quer durch Mallorca zurückgelegt hatte. Sein Bruder Josep war der Seuche erlegen und Marti voller Angst vor dem schwarzen Schnitter Hals über Kopf geflohen. Daher hatte Antoni einen Schafspelz übergeworfen, den Bootshaken gerade geschmiedet, um ihn als Spieß verwenden zu können, und sich der Schar um Andreas und den beiden Biures angeschlossen. Jetzt stand er neben Soledads Pferd, bereit, sie gegen jeden zu schützen, der ihr zu nahe trat, und beobachtete seinerseits den König. Von der Arroganz, die Jaume noch in Montpellier gezeigt hatte, war nur wenig übrig geblieben, als hätte das Schicksal ihn bereits stärker gebeutelt, als es auch ein König ertragen konnte. Bei dieser Erkenntnis empfand Antoni mit einem Mal eine tiefe Verbundenheit mit Jaume und beugte wie alle anderen Mallorquiner das Knie.

»Mehr Krieger konnten wir auf die Schnelle nicht sammeln, Euer Majestät, denn wir mussten warten, bis die Seuche im Abklingen war.« Andreas wusste nicht recht, was der König von der bunt gewürfelten Schar hielt, die er zusätzlich zu seinen Söldnern hatte zusammenstellen können. Die Leute hatten keine Fahnen und nur jene Waffen, die Bauern und Fischer aus ihrem Handwerksgerät schmieden konnten. Auch war ihre Zahl im Vergleich zu Jaumes eigenem Heer doch recht gering.

Der König kämpfte für einen Augenblick mit seinen Gefühlen und wischte sich verstohlen eine Träne aus dem Augenwinkel. »Es sind gute Männer! Ich werde sie belohnen, sobald ich dazu in der Lage bin.«

»Wir hätten Euch gern mehr Krieger zugeführt«, erklärte Jaspert de Biure entschuldigend. »Doch unser alter Freund

Quirze de Llor ist dem schwarzen Schnitter zum Opfer gefallen, und sein Sohn soll nicht einmal das Begräbnis abgewartet haben, sondern noch in der Stunde seines Todes in die Ciutat geeilt sein, um sich de Centelles anzudienen. Wir wollten jetzt zu Bernat de Rosón ziehen, um ihn zum Kampf aufzurufen.«

Der König wirkte betroffen, nickte aber lebhaft. »Tut dies, mein guter de Biure! Nehmt einige meiner Ritter mit, damit Senyor Bernat sieht, dass mein Banner wieder über Mallorca weht.«

Jaspert de Biure sank erneut in die Knie, doch bevor er noch einmal den Stiefel des Königs küssen konnte, stieg dieser ab, umarmte erst ihn und dann Andreas, der ihn mit ernster Miene anblickte.

Der Deutsche zögerte kurz, bevor er zu sprechen begann. »Leider bringen wir sehr schlechte Nachrichten mit, Euer Majestät. Von einigen Leuten, die selbst während der Herrschaft des schwarzen Schnitters Kontakte in die Ciutat gepflegt haben, brachten wir in Erfahrung, dass der Statthalter de Centelles vor kurzem Verstärkungen erhalten hat. Wir kennen ihre genaue Anzahl nicht, doch es war von mehreren tausend Mann die Rede. Leider ist es wahrscheinlich, dass de Centelles' Späher bereits Eure Ankunft und die Stärke Eurer Truppen in die Ciutat weitergemeldet haben, also sollten wir, bis wir mehr über unseren Gegner wissen, einer offenen Konfrontation aus dem Weg gehen. Ich habe einige Monate in der Serra de Llevant verbracht und das Gelände studiert. Ein Heer wie das Eure könnte sich dort gegen jeden überlegenen Feind halten. Drüben in der Serra de Tramuntana fänden wir noch bessere Gegebenheiten vor, denn die Berge würden uns Schutz bieten, und wir wären gleichzeitig nahe genug an der Ciutat, um dem Feind wie ein Schwarm Hornissen zusetzen zu können.«

Andreas hatte diese Vorgehensweise lange geprüft und sich allerlei Pläne zurechtgelegt, auf welche Weise man dem Feind bei Vermeidung größerer eigener Verluste schaden konnte und gleichzeitig Zeit gewann, weitere Mallorquiner für ihren König zu gewinnen.

Er blickte Jaume bei seiner Rede beschwörend an, doch als er endete, schüttelte der König den Kopf. »Ich bin nicht nach Mallorca zurückgekehrt, um meine Feinde wie ein störendes Insekt zu belästigen. Außerdem ...« Er drehte sich im Sattel um und wies auf sein Heer, das gerade wieder die gewohnte Marschordnung einnahm. »... sind dies Söldner, die nur so lange kämpfen werden, wie ich sie bezahlen kann. Meine Kassen sind zu leer, um einen langen Abnutzungskrieg führen zu können. Es tut mir Leid, Senyor Andre, doch ich muss die Entscheidung in der offenen Feldschlacht suchen.«

Andreas sah Jaume von Mallorca an, dass dieser keinem Argument zugänglich war, und senkte den Kopf. »Wie Euer Majestät befehlen.«

Als er das näher kommende Heer musterte, spürte er, wie eine eisige Klammer sein Herz umfasste. Wenn de Centelles' Männer nicht ebenso von Hunger und Krankheiten geschwächt waren wie Jaumes Krieger und es de Biure nicht gelang, noch etliche seiner mallorquinischen Standesgenossen für den König zu gewinnen, sah die Zukunft düster aus.

563

XI.

Selbst auf einer von der Seuche und ihren Folgen heimgesuchten Insel wie Mallorca konnte sich ein Heer von der Größe wie das von König Jaume nicht unentdeckt bewegen. In normalen Zeiten hätte de Centelles die Nachricht von Jaumes Landung innerhalb weniger Stunden erreicht, diesmal aber dauerte es fast drei Tage, bis er Kunde erhielt. Das Heer, das der Vizekönig selbst anführte und das aus dem größten Teil seiner Krieger bestand, war bereits auf der Straße nach Inca unterwegs, da de Centelles angenommen hatte, Jaume würde die Nordküste der Insel ansteuern. Der Entschluss des vertriebenen Königs, südöstlich der Ciutat de Mallorca an Land zu gehen, kam für die Katalanen überraschend und hätte Jaume die Gelegenheit geboten, die Hauptstadt fast ohne Widerstand einzunehmen. Durch den Umweg über Llucmajor aber vergab er diese Chance.

De Centelles bog mit seinem Heer bei Santa Maria del Cami von der nach Norden führenden Straße ab und hielt in südöstlicher Linie auf Algaida zu, das er unbemerkt zu erreichen hoffte, da sein Weg durch die Kuppen des Puig de Galdent und des Puig de Randa gedeckt wurde. Von Algaida war es nur noch ein Katzensprung bis Llucmajor, und dort konnte er Jaumes Vormarsch auf die Ciutat de Mallorca ebenso blockieren wie den Weg in die Serra de Tramuntana, in der Jaume sich leicht hätte festsetzen können. De Centelles war klar, dass er eine rasche Entscheidung suchen musste. Gelang es dem ehemaligen König, einen noch so unbedeutenden Teil seines verlorenen Reiches in Besitz zu nehmen, drohte ein langer, verlustreicher Krieg. Viele der mallorqui-

564

nischen Edelleute, die vor sechs Jahren die Invasion Katalonien-Aragóns hingenommen hatten, waren über die Bevorzugung neu angesiedelter katalanischer Ritter und Barone verärgert und sahen, genau wie das einfache Volk, die Seuche als eine Strafe Gottes dafür an, dass sie ihren rechtmäßigen König im Stich gelassen hatten. Wenn Jaume sich nun längere Zeit halten konnte, würden Hunderte, vielleicht sogar Tausende zu seinen Fahnen eilen, und das musste de Centelles unter allen Umständen verhindern. Zudem war seine Stellung gefährdet, wenn Jaume auch nur der Hauch eines Erfolgs gelang, denn hier auf Mallorca gab es ebenso wie im heimatlichen Katalonien genug Neider, die nur darauf lauerten, ihn bei Pere von Katalonien-Aragón anzuschwärzen und zu Fall zu bringen.

Da alle Verantwortung auf seinen Schultern lag, rief er keinen Kriegsrat ein, sondern erteilte seine Befehle mit der gespielten Ruhe und Überlegenheit eines Mannes, der sich seiner Sache sicher ist. Während er an der Spitze des Haupttrupps über eine staubige Straße nach Llucmajor ritt, war ihm klar, dass sich dort sein Schicksal ebenso wie das des vertriebenen und zurückgekehrten Königs Jaume entscheiden würde.

De Centelles ging seine Pläne immer wieder durch, war sich aber bewusst, dass er nur einen wirklich großen Vorteil hatte: Jaumes Heer bestand zum größten Teil aus Söldnern, während er selbst über die Lehensaufgebote der katalonischen Grafschaften verfügte. Sein Blick streifte die Ritter und Fußknechte aus Barcelona, Besalu und Empuries, die eine wichtige Rolle in seinen Plänen spielten, und glitt dann weiter zu den Kriegern aus Urgell und Girona. An ihrer Spitze

565

ritt der junge Colomers, neben ihm seine Ehefrau, die er wie
ein aufmerksamer Hund bewachte. Er hatte wohl auch
Grund dazu, denn die Feindschaft zwischen Gabriel de Colomers und Decluér ging wahrscheinlich noch tiefer als die
an Hass grenzende Abneigung, die die königlichen Vettern
füreinander empfanden. Es war bedauerlich, dass die beiden
Männer im selben Heer kämpften, und der Vizekönig nahm
sich vor, sie jeweils am äußersten Ende seiner Aufstellung einzusetzen, damit sie im Kampfgetümmel nicht aufeinander
treffen und auf falsche Gedanken kommen konnten.

Mit einer heftigen Bewegung seines Kopfes vertrieb de
Centelles den Gedanken an die verfeindeten Edelleute und
winkte seinem Wappenherold, zu ihm aufzuschließen. Für
einen Augenblick ruhte sein Blick auf dem prachtvoll geschmückten Tappert des Mannes, der mit den Wappen
Aragóns, Kataloniens, Valencias und all der anderen Reiche
und Herrschaften bestickt war, auf die König Pere Anspruch
erhob, und das Symbol Mallorcas war nicht das kleinste
unter ihnen.

Seine Frage aber bezog sich auf etwas ganz anderes.
»Wann werden wir Algaida erreichen, Senyor?«

»Noch vor heute Abend«, antwortete der Herold verwundert, weil de Centelles etwas von ihm wissen wollte, was allgemein bekannt war.

»Heute Abend!« Der Vizekönig nickte, als müsse er sich
diese Tatsache noch einmal bestätigen. »Dann werdet Ihr
die Ehre haben, morgen früh nach Llucmajor zu reiten und
Herrn Jaume aufzusuchen. Richtet ihm aus, dass ich ihn für
morgen in drei Tagen westlich von Llucmajor zur Schlacht
fordere.«

Der Herold neigte zustimmend den Kopf und legte sich in Gedanken bereits die Worte zurecht, mit denen er diese Botschaft überbringen würde. Er musste jede Silbe und jede Betonung sorgfältig setzen, um der Ehre und der Würde beider Beteiligten gerecht zu werden und um seinem Ruf als oberster Herold des Vizekönigs weiteren Glanz zu verleihen.

XII.

Für Jaume und seine Hauptleute war es eine böse Überraschung, den Feind so nahe zu wissen. Der König fasste sich jedoch rasch und befahl seinem Diener, dem Herold einen Pokal Wein zu kredenzen. »Ich danke Euch für diese Nachricht, Senyor, denn sie erspart mir, nach Eurem Herrn und seinem Heer suchen zu müssen. Überbringt dem Baron de Centelles i de Nules meinen Dank und sagt ihm, dass Gott, der Allmächtige, mir in drei Tagen auf den Feldern von Llucmajor meine Krone zurückgeben wird.«

Jaumes gespielte Zuversicht vermochte den Herold nicht zu beeindrucken, denn er hatte mit einem Blick erfasst, dass dessen Heer um einiges kleiner war, als man erwartet hatte, und dem seines Herrn zumindest nach Anzahl der Kämpfer unterlegen. Er nahm den silbernen Pokal entgegen, verneigte sich vor dem einstigen König, als sei dieser noch in Amt und Würden, und trank von dem schweren Rotwein. Als er das Gefäß zurückreichte, nahm Jaume seine goldene Halskette ab und legte sie dem Herold um.

»Dies ist mein Dank an Euch, Senyor, denn Ihr brachtet

567

mir willkommene Botschaft.« Seine Handbewegung zeigte de Centelles' Boten, dass er entlassen war. Der Herold verbeugte sich vor Jaume und verließ rückwärts gehend dessen Zelt. Draußen wollte er einen genaueren Blick auf die versammelte Heerschar werfen, doch da nahmen ihn zwei Ritter mit dem hellen Haar des Nordens in ihre Mitte.

»Es drängt Euch gewiss, so rasch wie möglich zu Eurem Herrn zurückzukehren. Wenn Ihr erlaubt, werden wir Euch ein Stück weit das Geleit geben.« Andreas von den Büschen lächelte, doch in seinen Augen stand eine Warnung, nicht neugierig zu verweilen. Gemeinsam mit Peter von Sulzthal führte er den Herold zu den Pferden, schwang sich dort auf Karim und trieb den Hengst schon an, ehe der Gast und dessen drei Begleiter im Sattel saßen. Peter von Sulzthal ritt mit einigen Reisigen hinter den Katalanen, um ihnen die Sicht auf das Heerlager zu nehmen. Dabei kämpfte er immer noch mit einem schlechten Geschmack im Mund. Nachdem König Jaume Andreas nach Mallorca geschickt hatte, war er zum Anführer der deutschen Ritter und Waffenknechte aufgestiegen und hatte angenommen, dieses Amt auch behalten zu können. Nun musste er wieder hinter Andreas zurückstehen, und das fiel ihm alles andere als leicht.

Als Andreas den Herold so weit vom Lager fortgebracht hatte, wie es in seinen Augen nötig war, zügelte er Karim und deutete eine Verbeugung an. »Von hier werdet Ihr den Weg gewiss alleine finden, Senyor.«

Der Herold erwiderte die Verbeugung und verabschiedete sich so überschwänglich, als wären sie die besten Freunde. Auch wenn der deutsche Ritter ihn daran gehindert hatte, die genaue Zahl von Jaumes Kriegern und ihren Zustand zu ermitteln, so wusste er seinem Herrn doch genug zu berichten.

Da Andreas den Katalanen nachblickte und keine Anstalten machte umzudrehen, ruckte Peter von Sulzthal unruhig im Sattel. »Kehren wir nicht sofort wieder ins Lager zurück?«

Andreas schüttelte lächelnd den Kopf. »Oh nein! Ich will mir den Feind mit eigenen Augen ansehen.« Er wartete, bis der Herold und dessen Leute außer Sicht waren, und lenkte Karim dann auf einen Weg, der westlich der höchsten Kuppe des Puig de Galdent vorbeiführte. Nicht lange, da sah er das Lager der Katalanen unter sich liegen. Die Zahl der Zelte und Pferde erfüllte ihn mit Sorge. Ganz offensichtlich verfügte de Centelles über weitaus mehr Krieger als Jaume, und der Anteil der Ritter unter ihnen war erschreckend groß. Nun wunderte er sich nicht mehr, dass der katalonische Vizekönig den einstigen Herrscher von Mallorca so selbstbewusst zur Schlacht aufgefordert hatte. Andreas wäre dieser Auseinandersetzung gerne aus dem Weg gegangen und überlegte, ob es keine bessere Ausgangsposition für Jaume gab. Die Berge der Tramuntana wirkten zum Greifen nah, und mit einem geschickten Täuschungsmanöver musste es möglich sein, de Centelles' Truppen zu umgehen.

Noch während er einen möglichen Zug plante, mit dem er de Centelles Schach bieten konnte, schüttelte er den Kopf. Jaume gierte ebenso nach einer offenen Konfrontation wie sein Gegner und würde sich von keinem noch so vernünftigen Vorschlag davon abbringen lassen. Mit einem

Achselzucken verwarf er all jene Ideen, mit denen er Jaumes Kriegsglück hätte nachhelfen können, und zog Karim herum, bevor de Centelles' Leute auf ihn aufmerksam werden konnten. Dabei fiel ihm auf, dass Peter von Sulzthal ein ganzes Stück hinter ihm zurückgeblieben war. Da es seinem Begleiter nicht an Mut fehlte, musste dies andere Gründe haben. Andreas seufzte, denn seit er wieder zum Heer des Königs gestoßen war, hatte er das Gefühl, als betrachte der Sulzthaler ihn als Konkurrenten oder gar als Feind. Er bedauerte dies, doch es lag nicht in seiner Macht, es zu ändern.

»Und? Was hast du gesehen?«, fragte Peter, als er wieder zu ihm aufgeschlossen hatte.

»Eine verdammt große Anzahl an Rittern und Fußknechten. Wir werden ganz schön zuschlagen müssen, um mit denen fertig zu werden.«

Peter von Sulzthal tat Andreas' Antwort mit einer verächtlichen Handbewegung ab. »Du hast wohl Angst, was? Du hast dich ja auch noch nie in einem echten Kampf bewähren müssen. Ich aber weiß, wie es ist, einem richtigen Feind gegenüberzustehen, denn ich habe schon zweimal an einer Fehde teilgenommen.«

Andreas ließ die herablassende Bemerkung des Sulzthalers wie Regentropfen an sich abperlen. »In drei Tagen werde ich diese Erfahrung ebenfalls machen.«

Es waren die letzten Worte, die sie auf dem Heimweg wechselten. Obwohl Andreas aus Joachim von Terbens Lehren hatte schöpfen und überlegen wollen, wie man den Katalanen am besten gegenübertreten sollte, glitten seine Gedanken zu Soledad. In drei Tagen würde er in eine Schlacht reiten, die er wahrscheinlich nicht überleben würde, und das Wissen fachte seine Sehnsucht an, die Lippen seiner Frau auf den seinen zu spüren. Er wollte ihren nackten Leib sanft auf sein Lager betten, um mit ihr Mann und Frau zu sein, so wie es dem Ehegelübde entsprach. Als sie kurz darauf das Lager erreichten, übergab er Karim einem Knecht und verzichtete darauf, den König von dem zu berichten, was er auf seinem Ritt beobachtet hatte.

Er traf Soledad in dem Zelt an, das Jaume ihnen zur Verfügung gestellt hatte, und sah, dass sie gerade einen Wimpel für seine Lanze bestickte. Das dreieckige Stück Tuch trug nun dasselbe Wappen wie der Schild, den ihm Jaspert de Biures Schmied auf ihren Befehl hin hatte anfertigen müssen. Es bestand aus vier Feldern und zeigte im rechten oberen und im linken unteren Viertel eine Möwe mit einem Mandelzweig im Schnabel, das Wappen des Grafen von Marranx, während links oben drei blühende Büsche auf seinen eigenen Namen hinwiesen. Im letzten Geviert hatte Soledad in einem Ausbruch verletzten Stolzes drei rote und zwei goldene Balken eingefügt, die auf ihre Verwandtschaft zu den Königshäusern von Aragón-Katalonien und Mallorca hinwiesen. Der Wappenschild sah anderen ähnlich, die durch die Heirat eines Edelmanns mit einer Erbin entstanden waren, und doch empfand seine Frau, wie Andreas traurig feststellte, noch nicht einmal geschwisterliche Zuneigung für ihn.

»Es ist wunderschön!«, sagte Andreas, um Soledad auf sich aufmerksam zu machen.

»Findest du? Ich halte es nicht für gut, denn ich hätte das Wappen meines Vaters nur einmal nehmen und dafür das

Wappen von Urgell einfügen sollen. Auch fehlt das Wappen Vidauras.«

Andreas sah in Gedanken schon einen Schild mit lauter winzigen Wappen und schüttelte lächelnd den Kopf. »Ist dies nicht ein wenig zu viel des Eifers, meine Liebe? Weder die Sippe von Urgell noch die de Vidaura dürften sich ihrer Verwandtschaft mit uns rühmen.«

Soledad fuhr heftig auf. »Mit mir, wolltest du wohl sagen? Die Damen aus edlem Geblüt am Hof von Montpellier haben mich behandelt, als wäre ich der Dreck unter ihren Füßen, und nur das königliche Blut in meinen Adern hat mich davor bewahrt, in die Gosse gestoßen zu werden.«

Andreas spürte die Erbitterung, die sie immer noch empfand, und hätte sie am liebsten an sich gezogen und getröstet. Er wusste jedoch, dass sie daraufhin ihre Stacheln ausfahren würde, und begnügte sich daher mit einem liebevollen Blick. »Ich bin stolz auf dich, meine Teuerste, weil du so bist, wie du bist.«

»Weil ich dir den Titel eines Grafen in die Ehe gebracht habe, während du zu Hause nur ein Bastard warst!« Noch während Soledad die Worte aussprach, bedauerte sie sie schon und hätte den Schatten, der sich über Andreas' Gesicht breitete, gern mit einer zärtlichen Geste hinweggewischt.

Er bemerkte nicht, dass Soledad dieser unbedachte Ausruf sofort Leid tat, denn er verschränkte die Arme vor der Brust und trat einen Schritt zurück. »Ich habe vorhin das Lager unserer Feinde aus der Ferne betrachtet. Gott, der Allmächtige, und der heilige Michael werden uns beistehen müssen, damit wir gegen diese Schar bestehen können.«

Soledads Augen flammten auf. »Zählt Domenèch Decluér mit zu de Centelles' Rittern?«

Andreas zog die Schultern hoch. »Woher soll ich das wissen? Ich bin nicht nahe genug an das Lager herangekommen, um die Banner über den Zelten erkennen zu können. Ich weiß nur, dass sich sehr viele Edle dem Statthalter des katalanischen Königs angeschlossen haben.«

»Decluér muss bei ihnen sein. Ich will, dass er durch deine Hand stirbt!« Soledad wusste, dass sie Andreas ihren Leib nicht auf Dauer würde verweigern können, wollte sich ihm aber aus Liebe hingeben, nicht aus erzwungener Pflicht. Die Leidenschaft, mit der sie es ausrief, lenkte Andreas' Gedanken in die falsche Richtung. Er sah nur die Verachtung und den Hass auf Decluér, die sich in Soledads Gesicht abzeichneten, und nicht die Verzweiflung, die von ihr Besitz ergriffen hatte.

»Decluér wird sterben!«, sagte er ohne besondere Betonung, drehte sich um und verließ das Zelt. Soledad blickte ihm erschrocken nach, denn sie spürte mit einem Mal, dass im Innern ihres scheinbar so beherrschten, ja beinahe temperamentlosen Ehemanns ein Feuer brannte, das auch sie verzehren konnte.

XIII.

Trotz der fieberhaften Hast, in der die Ritter, Söldner und Kriegsknechte Rüstungen und Waffen für den Kampf vorbereiteten, vergingen die beiden nächsten Tage quälend langsam. Die Würfel waren gefallen, das war jedem Mann in beiden

Heeren klar und auch den wenigen Frauen, die sie begleiteten. Miranda flehte die Heilige Jungfrau von Núria, die Namenspatronin ihrer Mutter, an, Gabriel beizustehen, und sorgte dafür, dass Pau seine Rüstung gründlich überprüfte, jedes Teil auswechselte, das nur im Geringsten schadhaft schien, und das Metall auf Hochglanz polierte. Sie selbst und Nina bestickten den Waffenrock, den ihr Mann über dem Kettenhemd tragen würde, mit dem neuen Wappen, das der König ihm verliehen hatte. Es wies nicht nur die Symbole ihres Vaters und der Familie Colomers auf, sondern auch das Wappen der Vidauras und die drei roten und die zwei goldenen Streifen, die auf ihre Abkunft vom katalanisch-aragónischen Königshaus über die Sippe der Grafen von Urgell hinwies. In der letzten Nacht vor dem Kampf bewachte sie den Schlaf ihres Mannes und kleidete ihn am Morgen eigenhändig an.

Gabriel spürte Mirandas Angst und versuchte, sie zu beruhigen. »Du zitterst ja, meine Liebe! Das solltest du nicht. Ich werde zu dir zurückkehren und mich noch lange Jahre an dir erfreuen.«

Miranda senkte den Kopf, damit er nicht sah, dass sie rot wurde. »Du musst zurückkehren! Ich will nicht, dass unser Kind ohne Vater aufwächst.«

Gabriel stieß einige heftige Atemzüge aus, während er ihre Worte zu begreifen suchte. »Ein Kind? Bei Gott im Himmel, du bist schwanger!«

Seine Frau nickte. »Eigentlich wollte ich es dir nicht sagen, bevor ich mir ganz sicher sein konnte, doch Nina hat mehr Erfahrung als ich und behauptet, ich trüge alle Anzeichen einer Schwangerschaft. Wenn die Heilige Jungfrau mir beisteht, wird unser Kind in sieben Monaten geboren werden.«

Gabriel fasste sie unter den Armen und schwang sie durch die Luft. »Wir werden es Guifré nennen, sollte es ein Knabe sein, und Soledad, wenn es ein Mädchen ist.«

In diesem Augenblick trat Nina ins Zelt. »Wenn Ihr Eure Gemahlin weiterhin so rau behandelt, wird es kaum dazu kommen!«

Miranda winkte beschwichtigend ab, »So zerbrechlich bin ich nun wirklich nicht, dass eine Umarmung meines Gemahls mir schadet.« Dann blickte sie Gabriel in die Augen. »Ich will erst meine zweite Tochter Soledad nennen. Die erste soll Núria heißen, nach meiner Mutter.«

»So sei es!« Gabriel schloss die Arme um sie, ging aber diesmal um einiges vorsichtiger mit ihr um.

Nina hingegen schüttelte schnaubend den Kopf. »Jetzt bringt erst einmal dieses Kind zur Welt, Herrin, bevor Ihr an weitere denkt!«

Gabriel lachte und wollte etwas sagen, doch in dem Augenblick erklang ein Fanfarenstoß, gefolgt von einer Aufforderung an die Krieger, zur heiligen Messe zu kommen. »Ich muss jetzt gehen, mein Schatz. Möge Gott mit uns sein!«

»Möge Gott mit uns allen sein!« Miranda küsste ihn noch einmal und schob ihn dann zum Zelteingang hinaus.

Draußen versammelte sich bereits das Heer zum Gottesdienst, den Berenguer de Battle halten würde, der Erzbischof der Insel und Kardinal der heiligen römischen Kirche. Gabriel, der von Miranda einiges über die Zustände auf Mallorca zur Zeit der katalanischen Eroberung erfahren hatte, musste daran denken, dass de Battle der eifrigste jener Verräter gewesen war, die König Jaume hatten vertreiben lassen. In diesem Sinne trug der Kardinal die Hauptschuld an der Schlacht, die an diesem Tag geschlagen werden sollte. Dieses Gefühl legte sich wie ätzende Asche in seinen Mund und machte es ihm unmöglich, der heiligen Messe mit der notwendigen Inbrunst zu folgen. Wie viel Segen, fragte er sich, mochte in einem Gebet liegen, welches ein Mann sprach, der an seinem Herrn König Jaume wie Judas Ischariot gehandelt hatte? Gabriel fiel das Atmen schwer, und der Ring um seiner Brust löste sich erst, als das letzte Amen gesprochen war und der Duft verbrannten Weihrauchs verwehte.

Pau brachte Alhuzar, der mit seinem stählernen Stirnschutz, dem ledernen Brustschild und der fast bis zum Boden reichenden Schabracke an diesem Tag besonders prächtig aussah. Wie die Pferde der anderen Edelleute war der Hengst mit den Wappen seines Reiters geschmückt. Gabriel lächelte ein wenig über Mirandas Eifer, denn sie hatte auch hier die Symbole der Espins, der Colomers, der Vidaura und das Zeichen königlicher Ankunft zu einem Schild vereinigt und mehrfach in das große Tuch sticken lassen. Eigentlich, dachte Gabriel, hätte dies alles zusammen erst ihrer beider Sohn tragen dürfen, denn die Familie Colomers war, soviel er wusste, bislang noch keine Verbindung mit einem auch noch so unbedeutenden Seitenzweig des Herrscherhauses eingegangen. Doch da auch andere Männer, die die Verbindung mit einer Erbin hoher Abkunft eingingen, deren Wappen übernahmen, schob er das Gefühl weg, sich mit falschen Federn zu schmücken, und stieg auf. Als er fest im Sattel saß, ließ er sich von Pau die Lanze reichen und trabte auf die Krieger zu, zu deren Anführer er bestimmt war.

576

XIV.

Auch im Lager König Jaumes wurde die heilige Messe abgehalten, doch spendete dort anstelle eines Kardinals nur ein einfacher Kaplan den Segen, und die Männer lauschten dessen Worten andächtig. Als der König anschließend gewappnet zu Pferd stieg, stimmte Miquel de Vilaragut einen Hochruf an. Die Krieger nahmen ihn auf und trugen ihn bis in den letzten Winkel des Lagers, während der Schwager der Königin, der gleichzeitig Jaumes engster Gefolgsmann war, winkend an ihnen vorbeiritt. Angetan mit einem grünen Waffenrock saß er auf einem andalusischen Schimmel und hielt das Banner des Reiches Mallorca in der Hand, eine von einer Palme gekrönte Burg auf drei blauen Wellenlinien über den Farben Kataloniens, dessen Königshaus das Herrschergeschlecht entstammte.

De Vilaragut blickte die ihm zunächst Stehenden herausfordernd an. »Männer, heute kämpfen wir nicht nur für den König und das Recht, sondern auch für uns! Wer vordem Ritter war, wird am Ende dieses Tages Baron sein, und jeder tapfere Mann, der sich in der Schlacht auszeichnet, wird zum Ritter geschlagen. Seid ihr bereit?«

»Wir sind bereit!«, rief Peter von Sulzthal in holprigem Katalanisch. Ihn schwindelte bei dem Gedanken, nach einem glorreichen Sieg einen Titel zu erlangen, der ihn weit über seinen Bruder hinausheben würde. Answin von Dinklach, der neben ihm stand, fiel in den Ruf mit ein, bevor er ungelenk auf sein Pferd stieg.

Der Provenzale Gyot du Sorell grinste über das ganze Gesicht, während er sein Pferd antrieb und seinen Platz in der

Schlachtreihe einnahm. »Für den König und für uns!«, rief er mit lauter Stimme.

»Für den König und für uns!«, scholl es aus mehreren tausend Mündern zurück.

Jaume von Mallorca wechselte einen raschen Blick mit seinem Sohn und de Vilaragut. »Die Männer werden kämpfen wie Löwen!«

Andreas nahm seinen Platz an der Spitze der deutschen Ritter und Fußknechte ein und warf dann einen Blick zurück auf das Lager. Soledad stand vor den Zelten, ein Kurzschwert um die schlanke Hüfte gegürtet, und winkte ihm zu. Bei ihr befand sich Rudi Eisenschuch, den er ungeachtet seiner derben Flüche mit zwanzig seiner Männer zur Lagerwache eingeteilt hatte. Der Schwabe hätte lieber gekämpft, als die Frauen zu beschützen, doch Andreas war hart geblieben, denn er wollte Soledad in guter Hut wissen. Vor allem aber sollten seine Männer das Zelt der Königin bewachen, in dem sich die Damen um die Herrin Violant versammelt hatten und in dem auch Soledad sich hätte aufhalten müssen. Seinen diesbezüglichen Befehl hatte sie jedoch nicht als Fürsorge verstanden, sondern mit einem verächtlichen Schnauben beantwortet.

Ein Fanfarenstoß lenkte seine Gedanken auf das, was vor ihm lag. Der König ritt an, gefolgt von Miquel de Vilaragut als Bannerträger. Nun setzte sich auch die Garde des Königs in Bewegung und nach ihr das zweite Treffen, das Prinz Jaume kommandierte. Als Nächste verließen die Provenzalen unter Gyot du Sorell das Lager, dann war die Reihe an Andreas und seinen deutschen Söldnern.

»Das wird ein heißer Tag werden, meinst du nicht auch?«

578

Angesichts der Schlacht hatte Peter von Sulzthal seinen Ärger über die Zurücksetzung vergessen und grinste Andreas an wie ein Knappe, dem es gelungen war, einen Krug Wein von der Tafel des Herrn zu stibitzen.

»Das wird er, sogar in doppelter Hinsicht!« Andreas wies auf die Sonne, die trotz der frühen Stunde die Luft wie einen Backofen erhitzte. Ihm lief der Schweiß jetzt schon in Strömen unter dem Kettenhemd herab, und er hoffte mit bitterem Humor, dass es dem Feind nicht besser erging. Dabei war schon Oktober. Zu Hause in Deutschland würden bereits die ersten Herbststürme über das Land fegen und kalter Regen fallen. Hier kam es Andreas so vor, als befänden sie sich in der Bratpfanne des Teufels, denn es herrschte die gleiche Hitze wie in der Mitte des Sommers. Er schüttelte den Gedanken ab und richtete den Blick nach vorne.

Nach kurzem Ritt trafen sie auf die Katalanen, die sich bereits zum Kampf aufgestellt hatten. Die Zahl der feindlichen Ritter war erschreckend hoch, wie die unzähligen Banner verrieten, die schlaff an ihren Stangen hingen. Die Katalanen und Mallorquiner unter Jaumes Reitern benötigten die Feldzeichen nicht, denn sie erkannten die meisten ihrer Gegner an den Farben ihrer Waffenröcke. Andreas hörte viele Namen fallen, doch der, auf den er lauerte, wurde nicht genannt, nämlich Domenèch Decluér.

Die Zeit, sich umzusehen, war nur knapp bemessen, denn der Feind wartete gerade so lange, bis das Heer des mallorquinischen Königs eine Schlachtreihe gebildet hatte. In dem Augenblick ertönten Trompeten, und die Masse der Krieger setzte sich in Bewegung.

»Herr, Euer Helm!« Heinz' Warnung erinnerte Andreas daran, dass er seine Kopfwehr an den Sattelknauf gehängt hatte. Rasch stülpte er sie über und beugte sich zu seinem Knappen hinab, damit dieser ihm die Riemen festschnallen konnte. Sogleich fühlte er sich wie von der Welt ausgeschlossen, denn die Polsterung des Helms dämpfte alle Geräusche, und durch die Augenschlitze konnte er nur den blauen Himmel über sich und das sich auf Hunderten blanker Lanzenspitzen widerspiegelnde Sonnenlicht erkennen. Als er wieder gerade im Sattel saß, sah er die grünen Hügel am Horizont und davor den Feind, der unaufhaltsam näher kam.

Andreas verdrängte das Gefühl, dass er in seine erste ernsthafte Schlacht ritt, und senkte die Lanze. Wie durch ein dickes Tuch vernahm er die Trompetensignale des eigenen Heeres und ritt unwillkürlich an. Als er den Kopf ein wenig drehte, sah er, dass sich die gesamte Schlachtreihe mit König Jaume an der Spitze in Bewegung gesetzt hatte. Eine Gruppe Bogenschützen eilte voraus und schoss ihre Pfeile ab, wurde aber rasch mit Geschosshagel aus den gegnerischen Reihen vertrieben.

»Jetzt hätten wir die Genueser Armbrustschützen brauchen können!«, stieß Andreas hervor, während der Klang der Hufe zu einem dumpfen Dröhnen anschwoll.

Beide Schlachtreihen wurden schneller, und schon krachten die ersten Lanzen gegen die gegnerischen Schilde. Bei Übungskämpfen und auf Turnieren hatte Andreas das Geräusch schon oft vernommen, doch hier klang es anders. Er sah einen feindlichen Ritter vor sich auftauchen, reckte die Spitze der Lanze gegen ihn und spürte den Anprall bis in jede Faser seines Körpers. Für einen Augenblick verlor er den Mann aus den Augen, dann sah er nur noch ein reiterloses Pferd davongaloppieren. Neben ihm schwang Heinz die Keule, mit der er sich bewaffnet hatte, und tötete den Katalanen, der sich eben wieder aufgerichtet und mit seinem Schwert nach Andreas' Pferd gestochen hatte, um ihn zu Fall zu bringen.

»Gut gemacht«, rief Andreas seinem Knappen zu und sah schon den nächsten Feind vor sich. Während er ihn niederkämpfte und Heinz auch bei diesem den Rest besorgte, setzte Gilabert de Centelles seinen Plan in die Tat um. Auf sein Zeichen hin spaltete sich sein tiefgestaffeltes Zentrum, umfasste Jaume und seine Garde und trennte sie vom Rest des mallorquinischen Heeres. Fußknechte sprangen nach vorne, verhakten ihre Hellebarden in den Rüstungen und rissen die Ritter vom Pferd. Streitäxte und Keulen sausten auf die hilflos am Boden Liegenden nieder und töteten sie. Als der Ring um Jaume durchbrochen war, stürzten sich vier Waffenknechte auf den verzweifelt mit dem Schwert um sich schlagenden König. Eine Hellebarde traf ihn am Kopf, und noch während er sich umdrehte, um den Angreifer abzuwehren, drängten weitere Krieger heran und zerrten ihn aus dem Sattel. Mehrere Männer hielten ihn am Boden fest, während einer seinen Helm löste und vom Kopf zog. Ein Schwert blitzte auf, dann rollte Jaumes blutiges Haupt ins Gras. Zurückgekehrt, um sein Königreich wiederzugewinnen, verlor er auf den Feldern vor Llucmajor sein Leben.

Eine weitere Gruppe hatte sich auf den Prinzen und dessen Begleitung gestürzt und sie auf gleiche Art überwältigt, doch anders als sein Vater wurde der jüngere Jaume als Gefangener nach hinten geschleppt. Gilabert de Centelles atmete erleichtert auf, als er sah, dass seine Taktik aufging, und winkte seinen Herold und den Söldner heran, der den Kopf des toten Königs auf seinen Spieß gesteckt hatte. Der Trompeter stieß ins Horn, und ein misstönendes Signal ertönte. Unterdessen stellte der Herold sich im Sattel auf, damit alle ihn sehen konnten, und begann mit lauter, durchdringender Stimme zu rufen. »König Jaume ist tot und der Prinz gefangen! Weshalb wollt ihr noch kämpfen? Legt die Waffen nieder, und Senyor Gilabert wird euch ehrenvolle Gefangenschaft gewähren.«

»Halt's Maul, katalanischer Hund!« Melcior de Biures Fluch klang noch lauter als die Worte des Herolds, und er stürmte an der Spitze der Mallorquiner, die er und sein Bruder um sich geschart hatten, voller Rachedurst auf die Feinde los. Von all den Männern in Jaumes Diensten folgten ihnen jedoch nur noch die deutschen Ritter und Söldner unter Andreas' Führung.

Der Kampf war hart, doch während die meisten der unzureichend bewaffneten Mallorquiner einschließlich der beiden de Biures von den Katalanen niedergeschlagen wurden, schlug Andreas' Trupp wie ein Keil in die feindlichen Reihen. Für Augenblicke wankten die Katalanen, und wären die übrigen Söldner zu ihnen aufgeschlossen, hätte sich das Schlachtglück noch wenden können. Das kleine Häuflein der Deutschen und die wenigen noch lebenden Mallorquiner blieben jedoch allein.

De Centelles sah, wie etliche seiner besten Ritter unter den wuchtigen Schwerthieben der Deutschen niedersan-

582

ken, und ließ seinen Trompeter ein anderes Signal blasen. Nun wichen die katalanischen Ritter vor ihren Feinden zurück, während Fußknechte und Bogenschützen ihren Platz einnahmen.

»Meine Herren, ihr habt eurer Ehre wahrlich Genüge getan. Gebt auf, und der Baron de Centelles gewährt euch ehrenvolle Haft und baldige Rückkehr in die Heimat!« Die Stimme des Herolds klang so beschwörend, dass die meisten Deutschen ihre Waffen senkten. Auch Andreas erkannte, dass ein weiterer Kampf sinnlos war. Aber alles in ihm sträubte sich dagegen, die Waffe niederzulegen, bevor er jene Tat vollbracht hatte, die ihm sein Glück sichern konnte.

Er hob sein Schwert und bedeutete seinen Männern, zurückzuweichen, bis er allein vor den Katalanen stand. »Meine Männer werden sich ergeben. Ich aber forderte den Ritter Domenèch Decluér zum Zweikampf auf Leben und Tod!«

Die Katalanen sahen sich verwundert an, und der Herold stellte dann die Frage, die allen auf der Zunge lag. »Wer bist du, dass du eine solche Forderung zu stellen wagst?«

Andreas hob seinen Schild, damit alle das geviertelte Wappen darauf sehen konnten. »Ich bin Andre de Pux, Comte de Castellranca, Comte de Marranx, Cavaller de Pux und will den Mann bestrafen, der meinen Schwiegervater Guifré Espin feige ermordet hat!«

Während die meisten katalanischen Ritter vor Erstaunen verstummten, lachte Lleó de Bonamés höhnisch auf. Er hatte sich Domenèch Decluér in den letzten Wochen als Freund angedient und dessen Hass auf Miranda und Gabriel

583

mit seinem Zorn auf Soledad und Andreas verbunden. »Der verdammte Jaume hat Euch also zum Grafen von Marranx ernannt. Da solltet Ihr diesen Titel mit dem Grafen von Marranx auskämpfen, den unser hoher Herr Pere dazu erhoben hat. Bei zwei Grafen dieses Namens ist einer zu viel!« De Bonamés hoffte, die Unterstützung der übrigen Katalanen zu erlangen, um die Ehemänner der verhassten Schwestern zum Zweikampf zu zwingen.

De Centelles bedachte den jungen Mann, der in seinen Augen nur ein feiger Überläufer war, mit einem spöttischen Blick, der die anderen Edlen davon abhielt, dessen Vorschlag offen gutzuheißen. »Ich gewähre Euch diesen Kampf, Comte de Castellranca. Er soll jedoch nicht mit der Lanze, sondern zu Fuß und mit dem Schwert ausgetragen werden!«

Andreas beugte zustimmend den Kopf und ließ sich von Heinz aus dem Sattel heben. Der Knappe hatte den Kampf ohne größere Schrammen überstanden, betrachtete aber voller Sorgen die blutigen Flecken, die Andreas' Waffenrock bedeckten und die nicht nur von seinen Gegnern stammten.

»Herr, tut das nicht! Ihr seid verletzt.«

Andreas schob ihn ärgerlich beiseite, wischte die schlüpfrig gewordene Innenfläche seines rechten Handschuhs an einer noch sauberen Stelle des Waffenrocks ab und nahm sein Schwert zur Hand. Domenèch Decluér hatte in der katalanischen Schlachtreihe mitgestritten, ohne sich durch besonderen Eifer auszuzeichnen, und bei dem Verzweiflungsangriff der Biures und der Deutschen war es ihm gelungen, sich unauffällig zurückfallen zu lassen, so dass er der ersten Wucht des Ansturms entgangen war. Jetzt aber

584

rückten die ihn umgebenden Ritter von ihm ab, und er fand sich zusammen mit seinem Herausforderer inmitten eines immer größer werdenden Kreises wieder. Während er seinen Gegner musterte, als wäre er eine Kröte unter seiner Stiefelspitze, fühlte er das Blut in seinen Ohren rauschen. Das war also Soledads Ehemann, der nach Lleó de Bonamés' Berichten ein alemannischer Berserker sein sollte und keine Gnade gewähren würde.

»Steigt von Eurem Pferd, Senyor Domenèch!«, forderte der Herold den wie erstarrt dasitzenden Decluér auf. Dieser machte schon eine Bewegung, als wolle er sich ebenfalls von seinem Knappen aus dem Sattel helfen lassen, beschloss aber dann, den Vorteil zu nutzen, den er im Augenblick hatte. Mit einem wütenden Aufschrei trieb er seinem Hengst die Sporen in die Weichen und stürmte auf Andreas zu. De Bonamés und mehrere seiner Freunde ließen ihre Pferde in einer Mischung aus Kampfgier und Nervosität ebenfalls antraben, doch da hallte Gabriels Stimme über die versammelte Schar.

»Meine Herren, ich wäre an eurer Stelle nicht so begierig, Decluér beizustehen! Vielleicht könnt ihr schon morgen um seine Witwe freien, die ihrem Gemahl den Titel eines Vescomte de Vaix mit in die Ehe zu bringen vermag.«

Es war beinahe lächerlich zu beobachten, wie die Ritter ihre Pferde wieder zurückrissen und den Kreis verließen, in dem nun ein gnadenloser Kampf begann.

Als Decluér anstürmte, empfand Andreas keine Angst, sondern nur fiebrige Erwartung. Er schob jeden störenden Gedanken von sich und blieb stehen, bis der Bug des Pferdes noch eine Handbreit entfernt war. Im letzten Augenblick trat er beiseite und ließ Decluérs Schwerthieb ins Leere gehen. Vom eigenen Schwung getragen verlor sein Feind das Gleichgewicht. Andreas sah beinahe gelassen zu, wie der andere zu Boden stützte und scheppernd liegen blieb, während sein Hengst von einigen herbeieilenden Knechten eingefangen und beiseite geführt wurde.

Unter dem Gelächter der Umstehenden kämpfte Decluér sich mithilfe zweier Knappen auf die Beine, hob sein Schwert auf und starrte Andreas an, der sich in dem Moment in Bewegung setzte, in dem sein Gegner kampfbereit war. Die Klinge des Deutschen zuckte hoch und traf Decluérs Schild so hart, das dieser taumelte und unter einem Hagel von Hieben zurückweichen musste.

Die meisten katalanischen Ritter empfanden Decluérs Verhalten als eine Beleidigung ihrer Ehre, beschimpften ihn als Feigling und feuerten zuletzt sogar den Deutschen an. Andreas spürte die wachsende Verzweiflung seines Gegners und erinnerte sich an die Lehren Joachim von Terbens. Töte deinen Feind, wenn sich die Gelegenheit dazu bietet, und spiele nicht mit ihm, hatte dieser seinen Schülern eingeschärft. Entschlossen warf er den Schild auf den Rücken, riss das Schwert mit beiden Händen hoch und schlug mit all der Kraft zu, die ihm noch verblieben war. Decluér stieß einen gellenden Schrei aus, kippte hintenüber und blieb regungslos liegen.

Lleó de Bonamés hatte den Kampf mit knirschenden Zähnen verfolgt und de Centelles' Blicken entnommen, dass der Deutsche wohl eher wie ein geehrter Gast denn wie ein Gefangener behandelt werden würde. Als er Decluér fallen sah, schlug der Hass über ihm zusammen; gleichzeitig

586

arbeitete sein Verstand so klar wie selten. Seine Werbung um Margarida de Marimon war abschlägig beschieden worden, doch jetzt sah er die Chance, sich einer weitaus höher gestellten Dame zu empfehlen.

»Vescomte de Vaix, ich räche Euch!«, rief er theatralisch und trabte mit gezogenem Schwert auf Andreas zu.

»Vorsicht!«, brüllte Gabriel, da sein Schwager den neuen Feind nicht zu bemerken schien.

Andreas drehte sich um, sah einen weiteren Gegner auf sich zukommen und hob sein Schwert. Als er tief durchatmete, um seine Kraft zu sammeln, begann mit einem Mal der Schmerz in seinen Wunden zu toben, und seine Glieder wurden schwer wie Blei.

Bonamés hatte gesehen, wie Andreas vorhin Decluér ausgewichen war und schlug mit seinem Schwert in diese Richtung. Andreas war nicht mehr schnell genug und musste den Hieb hinnehmen. Dann aber zuckte seine eigene Klinge nach oben und durchstieß die Rüstung des Katalanen. De Bonamés ließ aufstöhnend seine Waffe fallen und sank vom Pferd. Andreas hatte noch die Kraft, auf ihn zuzutreten, dann aber drehte sich alles um ihn. Seine Beine gaben nach, und er sah nur noch, wie der Boden auf ihn zuschnellte.

Einige Knechte und Ritter eilten auf ihn und die beiden anderen Ritter zu, doch da donnerte de Centelles' Stimme über den Platz. »Um die Verwundeten und Toten kümmern wir uns später! Nehmt erst einmal den Überlebenden die Waffen ab und sichert ihr Lager, zum Teufel noch mal!«

587

XV.

Während Königin Violant, ihre Stieftochter Elisabet und die Damen ihrer Begleitung niederknieten, um die Heilige Jungfrau anzuflehen, Jaume den Sieg zu verleihen, hielt es Soledad in dem dumpfen, düsteren Zelt nicht mehr aus. Sie schlüpfte ins Freie und suchte sich eine erhöhte Stelle vor dem Lager, von der aus sie den Zusammenprall der Heere beobachten konnte. Schon bald wurde ihr klar, dass aller Heldenmut des mallorquinischen Königs nicht ausreichen würde, das Blatt zu wenden, und als Jaumes abgeschlagener Kopf von den Katalanen triumphierend auf eine Stange gesteckt wurde, stöhnte sie auf. Sie gab sich jedoch nicht der Verzweiflung hin, sondern eilte ins Lager zurück, um eine geordnete Flucht vorzubereiten.

Zuerst suchte sie Rudi Eisenschuch auf. »Sorge dafür, dass die Kriegskasse des Königs fortgeschafft wird, damit sie nicht den Katalanen als Beute zufällt.«

Der Schwabe, der ebenfalls die unglückliche Wendung der Schlacht beobachtet hatte, nickte zuerst, sah sie dann aber fragend an. »Wohin sollen wir das Gold bringen?«

»Zu Messer Giombattis Jagdhaus in der Serra de Llevant! Das liegt sehr gut versteckt. Ich werde die Königin und ihre Damen dorthin führen.« Mit diesen Worten wandte Soledad sich ab und lief mit wehenden Röcken weiter.

Eisenschuch zog eine Grimasse, die seine Kameraden erschreckte, und stieß einen unchristlichen Fluch aus. Als er die fragenden Gesichter um sich sah, rang er sich eine Erklärung ab. »Das Weibergesindel wird nicht schnell genug sein, um den Feinden zu entgehen.«

»Was sollen wir tun?«, fragte einer seiner Stellvertreter.

»Den Befehlen der Herrin Soledad folgen! Los, ladet alles auf, was wertvoll und leicht zu tragen ist, und dann nichts wie fort von hier. Die Ratten werden sich bald um die Reste balgen.« Eisenschuch stürmte in das Zelt des Königs, dessen Wachen angesichts der unglücklich verlaufenden Schlacht ihren Posten verlassen hatten, und wies seine Leute an, die Geldkiste aufzubrechen, ihren Inhalt in Beutel zu füllen und diese unter sich aufzuteilen.

Sein Unteranführer verdrehte angesichts der funkelnden Goldstücke die Augen. »Verdammt, wenn wir mit dem Gold nach Hause kommen, sind wir alle reiche Männer.«

Eisenschuch drehte sich zu ihm um und versetzte ihm eine schallende Ohrfeige. »Du Narr hast wohl vergessen, dass wir uns auf einer Insel befinden! Von hier kommen wir nur mit sehr viel Glück weg, und das auch nur, wenn Herr Andreas oder die Herrin bei uns sind. Beeilt euch gefälligst!«

Während seine Leute das Gold und die Wertgegenstände des toten Königs an sich rafften, stürmte Soledad in das Zelt der Königin. »Herr Jaume ist gefallen und die Schlacht verloren! Wir müssen fliehen, Herrin!« Sie packte Violant bei der Schulter und schüttelte sie, aber dann sah sie in wie erloschen wirkende Augen und ein Gesicht, das mit dem Leben abgeschlossen zu haben schien. Noch hatte die Königin den Verlust ihrer Tochter nicht überwunden, und der neue Schicksalsschlag hatte jeglichen Willen und alle Tatkraft aus ihr herausgepresst.

Bei Violant würde sie nichts erreichen können, das wurde Soledad schmerzhaft klar, und daher wandte sie sich an deren

Stieftochter. »Dona Elisabet, wir müssen fort! De Centelles'
Krieger werden bald das Lager stürmen!«

Prinzessin Elisabet zuckte zusammen, erhob sich dann
aber und nickte. »Ihr habt Recht, Comtessa. Wir müssen
fliehen.«

Sie wollte auf den Zelteingang zutreten, da sprang
Margarida de Marimon auf und klammerte sich an sie.
»Herrin, nein! Eine Flucht ist sinnlos, denn es gibt auf der
ganzen Insel keinen Ort, an dem wir uns verbergen könnten. Senyor Gilabert wird uns verfolgen lassen, und von der
Insel kommen wir gegen seinen Willen nicht weg. Welcher
Schiffer würde es wagen, uns an Bord zu nehmen? Wir sollten hier bleiben, um das Seelenheil Eures Vaters beten und
darauf vertrauen, dass die Katalanen uns unserem Rang gemäß behandeln.«

»Narretei!«, schnaubte Soledad. »Meine Schwester und
ich sind den katalanischen Häschern schon einmal entkommen. Warum sollte es jetzt anders sein?«

Margarida de Marimon rümpfte die Nase. »Glaubst du,
ich will ein Fischweib werden wie du? Da bleibe ich lieber,
was ich bin, und lege mein Schicksal in die Hände eines
Edelmanns.«

Die anderen Damen stimmten ihr zu, und es gelang ihnen, die Prinzessin zu überzeugen. »Es ist wirklich das Beste,
wenn wir hier im Zelt den Sieger erwarten. Gott ist gerecht!
Er wird uns armen, schwachen Frauen seinen Schutz nicht
verwehren.«

»Herrin, das dürft Ihr nicht! Nach dem Tod Eures Vaters und vielleicht auch Eures Bruders stellt Ihr für Mallorca die letzte Hoffnung auf Freiheit dar.« Soledad

590

kämpfte mit den Tränen, während sie verzweifelt versuchte, Prinzessin Elisabet noch einmal umzustimmen. Diese kniete jedoch neben ihrer Stiefmutter nieder und faltete die Hände zum Gebet. Margarida de Marimon nahm neben ihr Platz und stimmte in ihre Worte mit ein. Ihr frommes Getue hinderte sie jedoch nicht, Soledad einen höhnischen Blick zuzuwerfen, denn für ihr Gefühl hatte sie nun ihren letzten, entscheidenden Sieg über die Distel von Montpellier errungen.

Soledad begriff, dass sie nichts mehr für die Königin und deren Stieftochter tun konnte. Da es ihrer Natur widersprach, geduldig wie ein Schaf darauf zu warten, von den Katalanen in einen Pferch gesteckt zu werden, verließ sie mit einer gemurmelten Verwünschung das Zelt, um Eisenschuch und dessen Männern zu folgen, die bereits nach Osten entschwanden. Doch schon nach wenigen Schritten blieb sie stehen, denn sie hatte vergessen, ihre Zofe mitzunehmen, die wohl noch voller Angst in dem Zelt saß, das sie mit Andreas geteilt hatte. In diesem Moment begriff sie, dass sie ihren Gatten vermisste, der jetzt wahrscheinlich tot oder schwer verletzt auf dem Schlachtfeld lag. Sie hatte Andreas nicht besonders gut behandelt und wünschte sich mit einem Mal nichts sehnlicher, als ihn lebendig und gesund vor sich zu sehen. Irgendwann, stellte sie fest, musste sie sich in ihn verliebt haben.

»Ich schaue nach meinem Gemahl!«, rief sie Eisenschuch zu, der zu ihr zurückgekehrt war, weil er glaubte, sie benötige Hilfe.

Der Schwabe überlegte kurz und bleckte die Zähne. »Da komme ich besser mit.«

Soledad klopfte auf das Kurzschwert an ihrer Hüfte. »Es sollte einer wagen, mir zu nahe zu treten! Ihr aber müsst auf die Kerle dort aufpassen. Sonst machen sie mit dem Gold noch Dummheiten und locken die Katalanen auf ihre Spur.«

Eisenschuch sah bereits die ersten Feinde auf das Lager zukommen und wusste, dass es höchste Zeit wurde, zu verschwinden. »Möge Gott Euch beschützen, Herrin! Ihr wisst ja, wo Ihr uns finden könnt. Bringt den Herrn mit, wenn Ihr es vermögt!«

Mit diesen Worten kehrte er Soledad den Rücken und rannte davon. Soledad drehte sich ebenfalls um, eilte durch Zeltgassen, die sie den Blicken der sich nähernden Katalanen entzogen, und lief von der anderen Seite auf das Schlachtfeld zu.

Plötzlich tauchte ein katalanischer Fußknecht vor ihr auf und begann zu grinsen. »Ich glaube, du bist genau das, was ich mir für diesen Tag gewünscht habe.« Er streckte die Arme nach ihr aus und wollte sie an sich ziehen, doch da hatte Soledad ihr Kurzschwert gezogen und stieß es ihm mit wutverzerrter Miene in den Leib. Der Mann starrte sie so verblüfft an, als könne er nicht glauben, dass eine Frau Mut genug hatte, ihn niederzustrecken, dann sank er zu Boden und starb.

Soledad gönnte ihm keinen zweiten Blick, sondern wollte weiterlaufen. Da vertrat ihr ein katalanischer Ritter den Weg. Der Mann griff jedoch nicht zu seinem Schwert, sondern hielt die Arme weit von sich gestreckt, wich ein wenig vor ihr zurück und musterte sie mit einem seltsam sanften Blick. »Du musst Soledad sein. Nach allem, was Miranda mir erzählt hat, hast du genug Mut, um einem ganzen Heer entgegenzutreten.«

Soledad starrte den Fremden misstrauisch an. »Wer seid Ihr?«

»Ein guter Freund!« Gabriel hob erneut die Arme zum Zeichen seiner Friedfertigkeit und wies dann auf den toten Söldner. »Lass uns von hier verschwinden, denn die Kameraden dieses Kerls sollten dich nicht mit blutiger Waffe neben seiner Leiche sehen.«

Das leuchtete Soledad ein, auch wenn sie nicht wusste, welche Gründe der katalanische Ritter haben mochte, ihr zu helfen. Da entdeckte sie auf seinem Waffenrock neben anderen Wappen auch das der Familie Espin und begriff, dass sie es mit Mirandas Ehemann zu tun hatte.

»Seid Ihr wirklich der Ehemann meiner Schwester, Senyor? Wenn ja, will ich Euch glauben, dass Ihr ein Freund seid.«

»Du kannst mir vertrauen. Komm, ich bringe dich zu Miranda. Bei ihr bist du in Sicherheit.« Gabriel wollte ihren Arm ergreifen, doch Soledad schüttelte den Kopf.

»Ich will zuerst meine Leibmagd suchen, damit sie nicht Euren Soldaten zum Opfer fällt, und schauen, ob ich meinen Gemahl finde.«

»Andre de Pux? Er ist fürwahr ein tapferer Ritter! Ich fürchte nur, dass er seinen letzten Kampf nicht überlebt hat. Die Art, mit der er Decluér und diesen Verräter Bonamés besiegt hat, ist jedoch eines Heldenlieds wert.« Bewunderung sprach aus Gabriels Worten und ein wenig die Scham, denn er machte sich Vorwürfe, weil er nicht zu Andreas' Gunsten eingegriffen und de Bonamés gehindert

593

hatte, seinen erschöpften und verletzten Schwager zu überfallen.

Soledad zuckte zusammen. »Was sagt Ihr da? Mein Gemahl ist tot?« Dann begriff sie erst, was der Ritter ihr mitgeteilt hatte, und stieß einen Schrei aus. Andreas hatte ihren Erzfeind niedergestreckt, ohne die von ihr versprochene Belohnung einfordern zu können. Nun schalt sie sich eine Närrin, weil sie sich ihm verweigert hatte.

»Nein, das darf nicht sein! Andre lebt, und er wird weiterleben!« Sie schleuderte ihr Kurzschwert beiseite, als wäre es glühend heiß geworden, und rannte auf ihr Zelt zu. Gabriel folgte und fand sie, als sie versuchte, ihre Magd unter dem Klapptisch hervorzuziehen. Es bedurfte einiger scharfer Worte und einer Ohrfeige, um das Mädchen aus seinem unzulänglichen Versteck zu scheuchen.

»Komm mit uns!«, herrschte Soledad die Kleine an und winkte auch Gabriel, ihr zu folgen. Da er wusste, wo Andreas lag, übernahm er die Führung. Sie gingen mitten zwischen den katalanischen Rittern und Fußknechten hindurch, die in das feindliche Lager strömten, um das überlieferte Recht zur Plünderung für sich einzufordern, und vernahmen plötzlich eine vorwurfsvolle Stimme.

»Verzeiht, Senyor Gabriel, aber mit einer solchen Beute dürfte Dona Miranda wohl nicht einverstanden sein!« Es war Tomàs, der bullige Söldner, der mit seinem Freund Miró nach Beute Ausschau halten wollte. Als Soledad sich zu ihm umdrehte, bemerkte er ihre verblüffende Ähnlichkeit mit Miranda und schlug das Kreuz. »Mare de Déu! Narren mich meine Augen?«

»Kaum! Du siehst meine Schwägerin vor dir. Solltest du

einen guten Dienst suchen, nachdem dieser Krieg vorbei ist und ihr ausbezahlt worden seid, dann komm mit und hilf uns, nach meinem Schwager zu suchen.«

Tomàs wechselte einen kurzen Blick mit Miró und grinste. »Wir sind ganz die Euren, Senyor Gabriel, nicht wahr, alte Fischhaut?« Miró stimmte ihm eifrig zu, und so stemmten sie sich zu fünft gegen den Strom der ihnen entgegenbrandenden Krieger. Als sie das Schlachtfeld erreichten, zog Soledads Magen sich beim Anblick der toten oder schwer verletzten Menschen und den ebenso zerhauenen Leibern vieler Pferde krampfhaft zusammen. Obwohl der Kampf nicht lange gedauert hatte, war er sehr blutig gewesen. Als sie an dem kopflosen Leichnam König Jaumes vorbeikamen, der wie ein trauriges Denkmal seiner enttäuschten Hoffnungen wirkte, konnte Soledad ihre Tränen nicht mehr zurückhalten, und nur die Sorge um Andreas hielt sie davon ab, davonzulaufen.

»Dort ist er, Herr!« Miró hatte Andreas als Erster entdeckt. Soledad lief noch schneller als er, kniete neben ihrem Mann nieder und löste mit fieberhafter Eile die Schnüre an seinem Helm. Als sie ihm das schwere Ding abnahm, stöhnte er leise auf.

»Bei allen Heiligen, er lebt! Helft mir rasch, ihn an einen Ort zu bringen, an dem ich ihn verbinden kann.« Sie blickte flehend zu Gabriel auf.

Ihr Schwager nickte und gab seinen beiden Begleitern den Befehl, den verletzten Ritter in sein eigenes Zelt zu schaffen. Dann trat er zu Decluér und zog diesem den Helm herunter, um dessen Weg in die Ewigkeit notfalls zu beschleunigen. Der Erzfeind der Grafen von Marranx war je-

595

doch so tot, wie ein Mann mit gespaltenem Genick nur sein konnte, und Bonamés, der in seiner Nähe lag, rührte sich ebenfalls nicht mehr.

Mit grimmiger Zufriedenheit erhob Gabriel sich wieder und folgte Soledad, die die beiden Söldner antrieb, Andreas so schnell, aber auch so vorsichtig wie möglich in das katalanische Lager zu tragen.

XVI.

Miranda hatte die Nachricht von dem Sieg bereits vernommen und wartete voller Sorge auf Gabriels Rückkehr. Als sie Schritte vor dem Zelt hörte, stürzte sie zum Eingang und sah ihren Ehemann blutbespritzt, aber offensichtlich unversehrt auf sich zukommen.

»Gabriel! Was bin ich glücklich, dich wiederzusehen!« Voller Erleichterung schlang sie die Arme um seinen Hals und überschüttete ihn mit Küssen. Im ersten Augenblick wunderte sie sich, dass er ihre Zärtlichkeiten kaum erwiderte, dann aber nahm sie über seine Schulter hinweg eine junge Frau in einem hellblauen Gewand wahr. Zunächst konnte sie es nicht glauben, doch dann brach sie in Freudentränen aus.

»Sola! Meine kleine Sola! Ich bin ja so glücklich.« Sie ließ Gabriel los und eilte auf ihre Schwester zu. Soledad umarmte sie und krallte sich einige Herzschläge lang an ihr fest.

Dann aber befreite sie sich resolut aus den Armen ihrer Schwester und winkte Tomás und Miró heftig zu. »Bringt ihn in dieses Zelt!«

Die beiden legten den immer noch blutenden, in Bewusstlosigkeit gefallenen Andreas auf Gabriels Bett. Miranda sah das Wappen der Espin auf seiner Brust und zuckte zusammen.

»Dein Gemahl?«, fragte sie Soledad und half dann mit, den Verwundeten aus seiner Rüstung zu schälen. Wenig später lag Andreas nackt bis auf ein Tuch, das seine Leibesmitte bedeckte, vor ihnen. Miranda betrachtete die vielen Verletzungen mit einem hoffnungslosen Kopfschütteln und wollte Soledad schon tröstend an sich ziehen.

Diese aber forderte sie energisch auf, ihr zu helfen. »Die meisten Hiebe haben nur Haut und wenig Muskeln verletzt. Zwar hat er viel Blut verloren, doch er wird es überstehen!«

Miranda nickte eifrig und bestärkte Soledad, auch wenn es ihr schwer fiel, denn ganz so harmlos, wie Soledad es darzustellen versuchte, waren die Wunden nicht. Sie konnte nur hoffen, dass ihr Schwager mit Gottes Hilfe unter ihrer und Soledads Pflege überleben würde.

Nachdem Andreas verbunden war, gönnten sich die beiden Frauen einen Augenblick Ruhe. Miranda schickte Nina hinaus, um Wein und einen kleinen Imbiss zu besorgen. Jetzt erst merkte sie, dass sie vor Aufregung den ganzen Tag über noch nichts gegessen hatte, und sie war sich sicher, dass es ihrer Schwester ebenso ergangen war. Dann fasste sie Soledads Hände und sah sie mit feucht schimmernden Augen an. »Ich bin ja so glücklich, dich gesund und unversehrt vor mir zu sehen.«

»Ich bin auch sehr glücklich, dich wiederzusehen!« Soledad fiel Miranda um den Hals und war für einige Augenblicke nur die kleine Schwester, die getröstet werden musste.

Gabriel spürte, dass die Herzen der beiden überquollen und sie eine Weile allein sein wollten. Mit einem kleinen Stich im Herzen, weil es einen Menschen gab, an dem Miranda noch mehr zu liegen schien als an ihm, stand er auf und verließ das Zelt. Draußen aber lachte er über sich selbst. Seine Frau hatte ihre Schwester viele Monate lang für tot halten und auch dann noch um sie bangen müssen, als sie erfahren hatte, dass Soledad noch lebte. Da war den beiden die Wiedersehensfreude wohl zu gönnen.

Im Zelt berichteten Miranda und Soledad einander zunächst von ihren Schicksalen, und die Ältere gestand ihr, dass sie schwanger war.

»Du liebst deinen Gemahl, nicht wahr?«, fragte Soledad mit einem Gefühl von Eifersucht, für das sie sich selbst verachtete.

»Ja, ich liebe ihn«, antwortete Miranda schlicht. »Nicht nur, weil er mich vor Decluér bewahrt hat und der Schande, die dieser mir bereiten wollte, sondern weil er der Mann ist, den Gott für mich bestimmt hat.«

»Er ist ein guter Mann. Auch wenn er Katalane ist, so hat er das Herz eines Mallorquiners.« Es war die größte Anerkennung, die Soledad aussprechen konnte, und sie machte Miranda damit eine große Freude. Ihr Blick aber glitt wieder zu Andreas, der sich immer noch nicht rührte. Doch sein Gesicht hatte ein wenig Farbe angenommen, und der Brustkorb hob und senkte sich leicht.

»Und du?«, fragte Miranda, die sie beobachtete. »Liebst du deinen Mann?«

Soledads Gesicht wurde bleich wie ein Leintuch, und ihr strömten Tränen über die Wangen. »Ich glaube schon. Da-

598

bei habe ich ihn furchtbar schäbig behandelt, obwohl er mich gegen das hochnäsige Gesindel am Hof von Montpellier verteidigt und heute Domenèch Decluér getötet hat. Als wir verheiratet wurden, habe ich im kindlichen Trotz geschworen, mich ihm erst dann hinzugeben, wenn er unseren Erzfeind fällt.«

»Ja und? Hat er dich bisher verschont?«, wollte Miranda wissen. Soledad nickte unter Tränen. »Das hat er.«

»Dann ist er ein Mann, wie es nur noch einen gibt, nämlich den meinen. Sei glücklich, dass deine Hand in die seine gelegt worden ist!« Miranda warf dem Verletzten einen anerkennenden Blick zu und schwor sich, alles zu tun, um sein Leben für ihre Schwester zu erhalten.

SIEBTER TEIL

Der letzte Kampf

I.

Die beiden Schwestern standen eng umschlungen auf einem Hügel, der einen herrlichen Ausblick über das Meer bot. Miranda trug ein schwingendes blaues Kleid mit weiten Ärmeln, in die kleine Taschen eingenäht waren, während Soledad ein zweckmäßiges grünes Gewand angelegt hatte, das für eine lange, beschwerliche Reise geeignet war. Beide hatten keinen Blick für die Umgebung und sagten auch kein Wort, sondern lagen einander in den Armen und weinten, weil sie wussten, dass dies ein Abschied für immer war.

Andreas fühlte, wie ihre Trauer auf ihn übersprang, und verfluchte sich, weil er ihren Schmerz nicht lindern konnte. Aber an diesem Tag lief die Frist aus, die Gilabert de Centelles ihm und seinen Begleitern gesetzt hatte, Mallorca zu verlassen. Bei den ihm nun anvertrauten Männern handelte es sich um gut vier Dutzend deutsche Söldner, die bei Llucmajor in die Hände der Katalanen gefallen waren, und Rudi Eisenschuchs Fähnlein, das glücklich fliehen und sich in den Bergen der Serra de Llevant verstecken hatte können. Soledad hatte die Männer in Messer Giombattis Jagdhaus aufgestöbert und zu den anderen gebracht. Es war ein Mann mehr dabei, als Eisenschuch in die Berge geführt hatte, denn unter einer der eisernen Stirnhauben steckte der Genueser Kaufmann selbst, angetan mit dem Lentner eines Söldners. De Centelles hatte eine Kopfprämie auf Giombatti ausgesetzt, doch weder Soledads noch Andreas' Ehrgefühl ließen es zu, diesen Mann den Katalanen auszuliefern. Ob-

wohl der Genuese erleichtert zu sein schien, die Insel ungeschoren verlassen zu können, war er gleichzeitig traurig,
denn er hatte seine geliebte Venus Kallipygos in der Serra de
Llevant zurücklassen müssen. Nun ruhte sie, wie schon einmal, in der mallorquinischen Erde und wartete darauf, wieder gefunden zu werden.

Mit einer gewissen Bitterkeit dachte Andreas daran, dass
keiner der Ritter und Reisigen, die ihm nach Montpellier
gefolgt waren, mit ihm in die Heimat zurückkehren würde.
Answin von Dinklach war in der Schlacht von Llucmajor
gefallen, und es beruhigte sein Gewissen, dass dies bereits
beim ersten Aufprall geschehen war und nicht bei ihrem
verzweifelten Anrennen kurz vor dem Ende. Auch Peter
von Sulzthal kehrte nicht in die Heimat zurück, denn er
hatte sich de Centelles' Leuten angedient und nannte sich
nun stolz Pere de Rubi nach dem kleinen Dorf bei Llucmajor,
bei dem er gefangen gehalten worden war, denn er hoffte,
dort einmal ein Lehen zu erhalten. Die warme, blühende
Insel hatte ihn vollkommen in ihren Bann geschlagen, und
er verschwendete keinen Gedanken mehr an die heimatli-
che Burg, in der er nur ein besserer Knecht seines älteren
Bruders gewesen war.

Andreas hatte ebenfalls überlegt, ob er bleiben sollte,
schon um Soledad nicht die Heimat zu rauben, doch seine
Frau hatte ihm ebenso wie Miranda und sein Schwager
Gabriel davon abgeraten. Sein Schwert hatte während der
Schlacht allzu grimmig unter den edlen Geschlechtern
Kataloniens gehaust, und die de Nules, de Bonamés und de
Guimerà würden ihn schon aus altem Hass heraus zu ver-
nichten trachten.

Mühsam schüttelte er die Erinnerungen ab und trat neben seinen Schwager, der ebenfalls mit seinen Gefühlen kämpfte. »Es tut mir Leid, dass Soledad die Insel verlassen muss, auf der sie geboren wurde und die sie so sehr liebt.«

Gabriel legte ihm den Arm um die Schulter und versuchte, ihn zu trösten. »Es ist Gottes Wille, dass es so gekommen ist. Uns steht es nicht an, darüber zu klagen. Danken wir dem Herrn, dass er unseren Frauen den Rang zurückgab, der ihnen zusteht, und uns beiden Kriegsruhm in der Schlacht bescherte. Die edlen Herren um de Centelles bestehen schon allein deswegen darauf, dass du aus Peres Machtbereich verbannt wirst, weil sie um ihre Söhne fürchten.«

Andreas lächelte bitter und wechselte das Thema. »Was ist eigentlich mit der Familie des toten Königs geschehen? Irgendwie fühle ich mich Jaumes Gemahlin und Kindern verpflichtet.«

Gabriel zuckte mit den Achseln. »Das musst du nicht, denn du kannst nichts mehr für sie tun. Königin Violant ist vor Kummer gestorben. Der doppelte Schmerz über den Verlust ihres Kindes und ihres Gemahls war zu viel für sie. Prinz Jaume und Dona Elisabet sind nach Barcelona geschafft worden. König Pere ist ihr Oheim, also wird er sie nicht schlecht behandeln.«

»Gebe Gott, dass deine Worte wahr werden!« Andreas schüttelte sich, obwohl er zugeben musste, dass Gabriel Recht hatte. Sein Eid auf König Jaume war mit dessen Tod und der verlorenen Schlacht von Llucmajor erloschen. Jetzt galt es, alle Gedanken auf die Zukunft zu richten, auch wenn er noch nicht einmal ahnte, was sie ihm bringen

605

mochte. In Montpellier und hier auf Mallorca hatte man ihn Comte genannt, in der Heimat aber würde er nichts weiter sein als der Bastardsohn des Grafen Ludwig von Ranksburg.

Gabriel sah, wie Andreas' Gesicht sich sorgenvoll verschattete, und winkte Tomàs zu sich, der zusammen mit Miró in seinen Diensten geblieben war. Dieser reichte ihm ein längliches Päckchen, das in einer festen Hülle aus gewachstem Leder steckte.

»Hier, dies stammt aus der Beute, die wir in König Jaumes Heerlager gemacht haben. Es handelt sich um die Urkunden, die aus dir den Comte de Castellranca i de Marranx und Cavaller de Pux machen. Du und Soledad könnt sie gewiss besser verwenden als der Archivar König Peres, der sie doch nur in irgendeinem dunklen Winkel ablegen würde.«

Er drückte Andreas die Dokumente in die Hand und blickte dann zu dem nahe gelegenen Wachtturm von Atalaya de Ses Animes hinüber, dessen Wächter die Gruppe misstrauisch beäugten, es aber angesichts der glanzvollen Wappen auf den Schilden und der Zahl der Soldaten nicht wagten, auf sie zuzutreten und neugierige Fragen zu stellen.

Gabriel atmete tief durch. »Der Wind dreht sich, und es wird Zeit für euch aufzubrechen!«

Andreas nickte und trat auf die beiden Schwestern zu. »Soledad, wir müssen uns verabschieden. Das Schiff wird bald ablegen.«

Seine Frau löste sich aus Mirandas Armen und wischte die Tränen mit ihrem Ärmel ab. »Ich weiß!«

606

Dann fasste sie die Hände ihrer Schwester und hielt sie so fest, als wolle sie sie nie mehr loslassen. »Ich wünsche dir alles Glück dieser Welt, Miranda. Halte es dir gut fest!«

Miranda versuchte zu lächeln. »Du wirst immer in meinem Herzen bleiben, Schwester! Vergiss das nicht, wo immer du auch sein wirst.« Nun versagte ihre Selbstbeherrschung, und sie begann haltlos zu schluchzen.

Soledad aber straffte den Rücken, löste ihren Griff und strich Miranda zärtlich über den vorgewölbten Leib. Dann küsste sie sie auf die Wange.

»Du musst stark sein, Mira! Denk an dein Kind. Was soll es von seiner Mutter halten, wenn diese traurig ist? Ich wäre ja gerne bis nach der Geburt geblieben, doch de Centelles' Spruch ...« Sie ließ den Rest des Satzes ungesagt, wandte sich ab und befahl Eisenschuch aufzubrechen. »Ihr habt meinen Gemahl gehört. Das Schiff wartet nicht lange auf uns!«

Der Schwabe nickte und brüllte seine Männer an, ihm zu folgen. Jeder von ihnen wankte unter einem schweren Packen. Zu sehen waren nur Würste, Brot und andere Nahrungsmittel sowie allerlei Krimskrams, den sie auf der Insel erstanden hatten, um ihn als Andenken mit in die Heimat zu nehmen. Doch jeder der Männer, denen Eisenschuch glaubte, vertrauen zu können, trug einen Beutel mit einem Teil der Goldmünzen mit sich, die vom Kriegsschatz des mallorquinischen Königs übrig geblieben waren. Weder Andreas noch Miranda oder Gabriel hatten etwas von dem Gold erfahren.

Soledad sah Eisenschuchs Männern nach, die zwischen den schmalen Terrassenfeldern in die Tiefe stiegen, und warf einen Blick auf das Schiff, das unten in der Bucht ankerte und sie von der Insel fortbringen sollte. Sie hatte ihren Abschied von Mallorca bewusst an dieser Stelle geplant, denn hier im Nordwesten der Insel, weit weg von Messer Giombattis einstigen Besitzungen, war die Gefahr gering, dass jemand den Kaufmann erkannte und an die Obrigkeit verriet. Eisenschuch tat auch alles, damit keiner auf den Gedanken kommen konnte, bei dem Soldaten, den er eben lautstark anbrüllte, könne es sich um einen reichen Genuesen handeln.

Andreas' Knappe Heinz führte nun Karim die Serpentinen hinab, und Soledads Reitknecht folgte ihm mit Ploma, die begierig auf das Gemüse starrte, welches auf den kleinen Terrassenfeldern wuchs, und immer wieder versuchte, sich loszureißen. Nach einem kurzen Blickwechsel mit Andreas folgten die übrigen Söldner. Obwohl sie derzeit keinen Lohn erhielten und eigentlich auch keinen Kontrakt mehr hatten, anerkannten sie ihn nach wie vor als ihren Anführer. Wie Soledad vernommen hatte, waren sie fest überzeugt, ihr Ehemann würde sich als Condottiere bei einem der großen Staaten Italiens verdingen, um auf diese Weise zu Reichtum zu kommen. Ihre eigenen Pläne sahen jedoch anders aus.

Soledad lächelte die Schwester aufmunternd an. »Ich habe ein Geschenk für dich hinterlassen. Du findest es in jener Jagdhütte in der Serra de Llevant, von der ich dir erzählt habe. Antoni bewacht es für dich, daher hat er uns nicht bis hierher begleitet. Er wird nun in deine Dienste treten. Behandle ihn gut, einen treueren Diener wirst du nicht finden.«

Miranda nickte, ohne ganz zu begreifen, was ihre Schwester ihr sagen wollte, und über Soledads Gesicht huschte ein spitzbübisches Lächeln. Wenn Miranda und Gabriel feststellten, was sich in der Jagdhütte befand, würden sie große Augen machen. Es handelte sich nämlich um die Hälfte des Anteils, den sie von Königs Jaumes Kriegsschatz als ihre eigene Beute beansprucht hatte. Eine Tochter Núria de Vidauras und Guifré Espin de Marranx' sollte nicht ohne Mitgift in eine Ehe gehen. Auch wenn der Bund zwischen Miranda und Gabriel längst geschlossen und bereits von Gott gesegnet war, stand ihr nach Soledads Überzeugung dieses Gold zu. König Jaume war tot, und ihr war sein Schatz zu schade, um als Lohn für sein elendes Ende auf dem Schlachtfeld die Truhen von de Centelles und König Pere zu füllen.

»Leb wohl!« Soledad drehte ihrer Schwester mit einer energischen Bewegung den Rücken und schritt den Weg hinab, den ihre Begleiter bereits gegangen waren. Ihr Gesicht war wie versteinert, und ihr Herz weinte Tränen, weil sie in dieser Stunde ihre Schwester und ihre Heimat verlor. Sie hörte Mirandas im Winde verwehenden Ruf, in dem ihre ganze Verzweiflung mitschwang, doch sie unterdrückte den Wunsch, sich noch einmal umzudrehen, aus Angst, die Trennung sonst nicht ertragen zu können. In dem Augenblick, in dem sie sich vornahm, stark zu sein und sich von ihrer Trauer und der Angst vor der Zukunft nicht niederdrücken zu lassen, klangen Schritte neben ihr auf. Es war Andreas, der sich ebenfalls von Schwägerin und Schwager verabschiedet hatte und nun zu ihr aufschloss. Seine Hand suchte die ihre, und sie spürte, dass er sie auf diese Weise zu trösten suchte. Als sie ihn anblickte, strahlte ein warmes Licht in ihren Augen.

»Ich hoffe, wir bekommen auf dem Schiff eine Kabine für uns allein, mein Gemahl. Ich bin Euch immer noch den Lohn für Decluérs Tod schuldig und sehne mich danach, ihn begleichen zu können.«

II.

Andreas blickte bewundernd auf seine junge Frau, die stolz auf ihrer Stute saß und das Land um sich herum mit großen Augen betrachtete. Auch diesmal hatte sie die Seereise weitaus besser überstanden als er, und die Überquerung der Alpen mit ihren eisigen Winden und dem Schnee, der selbst im Sommer nicht weichen wollte, hatte sie ebenso wenig schrecken können wie das Meer. Einem fröhlichen Kind gleich war sie in dem ungewohnt kalten Weiß herumgetollt und hatte ihn mit Schneebällen beworfen. Ihre trotz der Strapazen so gute Laune schrieb er zumindest teilweise seiner Vorsorge zu, denn er hatte ihr noch in Italien warme Pelzkleidung besorgt und sie so gut eingepackt, dass sie sich nicht erkältet hatte wie einige der Söldner, die ihm immer noch folgten. Sowohl Eisenschuchs Fähnlein wie auch die meisten anderen Männer, die sich ihm schon in Montpellier angeschlossen hatten, waren bei ihm geblieben, auch wenn ihre Hoffnung auf eine Condotta in Italien unerfüllt geblieben war.

Es hätte genug Möglichkeiten gegeben, sich einem der dortigen Herren zu verschreiben, und sogar einige höchst lukrative Angebote, aber Soledad war strikt dagegen gewesen. Sie hatte behauptet, Italien würde sie trotz aller Unterschiede zu sehr an Mallorca erinnern und ihr Heimweh verstärken. Inzwischen aber kannte Andreas den wahren Grund, aus dem sie sich für den Ritt nach Norden entschieden und diesem so gelassen entgegengesehen hatte. Sie hoffte, sich und ihm eine neue Zukunft aufbauen zu können. Zwar war der Schatz, den sie mit sich führten, nur noch ein bescheidender Rest der Summe, die König Jaume einst von Frankreich erhalten hatte, aber er war mehr wert als alles Gold, das die Ritter und wohl auch meisten Grafen im deutschen Reich je zu sehen bekamen.

Soledad hatte Andreas' aufkeimende Gewissensbisse rasch beruhigt und ihm erklärt, dass Katalonien ihr dieses Geld als Ersatz für die verlorene Heimat schuldig sei. Da es niemand gab, der Anspruch darauf erheben konnte, und eine Übergabe an Katalonien-Aragón auch für ihn nicht in Frage kam, hatte er den Schatz schließlich als sein oder vielmehr als ihr Eigentum akzeptiert. Soledad hatte auch Eisenschuch und dessen Vertraute nicht vergessen und dem Schwaben so viel Geld gegeben, dass er sich eine Burg mit einem Meierdorf kaufen konnte, und bei seinen Leuten hätte es für eine ertragreiche Freibauernstelle gereicht. Die Männer hatten sich jedoch samt ihrem Anführer entschieden, bei Andreas zu bleiben, ebenso die übrigen Söldner, die er ausbezahlt hatte, damit sie nicht ganz ohne Geld ins Reich zurückkehren mussten.

Eisenschuch unterbrach Andreas' Gedanken, als er ihn am Saum seines Waffenrocks zupfte. »Wie habt Ihr Euch entschieden, Herr? Auch wenn es in Würzburg hieß, es stände nicht gut um Euren Vater, so halte ich es für sinnlos, in einen offenen Krieg zu ziehen. Unsere Schar ist einfach zu klein für eine erfolgreiche Fehde!«

Andreas blickte auf den Schwaben herab und ärgerte sich im gleichen Moment, dass er trotz des Goldes, das Soledad gerettet hatte, seine Begleiter bisher nicht mit Pferden ausgestattet hatte. Nur Soledad und er ritten, während der Rest einschließlich Heinz und der kleinen Zofe zu Fuß gehen mussten.

»Ich werde mich nicht in diese Kämpfe einmischen!«, beruhigte er den Söldnerführer.

Diese Worte fielen ihm nicht leicht, denn es waren die eines Feiglings, auch wenn er von seinem Halbbruder vertrieben worden war und sein Vater ihm verboten hatte, sich je wieder der Ranksburg zu nähern. Man würde ihn im ganzen Reich verachten, wenn er nicht das Schwert für seine Sippe zog, und er würde sich seine Untätigkeit wohl bis ans Ende seines Lebens vorwerfen.

Soledad hatte seine Worte gehört und schüttelte energisch den Kopf. »Du solltest keine übereilten Beschlüsse fassen, mein Gemahl. Rede erst mit diesem Freund, zu dem wir unterwegs sind, danach wirst du mehr wissen.«

Ihr Lächeln hellte Andreas' düstere Miene auf, und er blickte nach vorne, wo sich in der Ferne über den Wäldern eine Burg erhob. »Du hast Recht, mein Schatz. Wir werden mit Joachim von Terben sprechen und erst dann eine Entscheidung treffen. Er ist ein kluger Mann und ein vortrefflicher Ausbilder junger Edelleute. Dadurch kennt er alle Familien im weiten Umkreis und die politischen Zusammenhänge besser als mancher Höfling des Kaisers. Sein Rat wird der richtige sein.«

612

Lächelnd wandte er sich an Heinz, der neben ihm herlief. »Nun, mein wackerer Knappe, freust du dich, deine Heimat wiederzusehen?«

»Vor allem freue ich mich auf Judiths Pfannkuchen! Mir hängt der Magen nämlich bereits in den Kniekehlen«, antwortete der Bursche fröhlich.

»Dann wollen wir Abhilfe schaffen. Vorwärts, Männer, wir sind bald da! In der Burg dort drüben gibt es ein gutes Mahl für uns alle.« Andreas winkte den Fußknechten aufmunternd zu, spornte Karim an und ritt voraus. Soledad überlegte einen Augenblick, ob sie ihm folgen sollte. Sie mochte jedoch Ploma nicht über Gebühr anstrengen, denn sie hatte bereits ein schlechtes Gewissen, weil sie immer noch auf der hochträchtigen Stute ritt. Sie hatte es nicht übers Herz gebracht, das treue Tier durch ein anderes Pferd zu ersetzen.

»Nur noch ein kleines Stückchen, meine Gute! Dann wirst du dich lange ausruhen können.« Ganz wohl war es Soledad bei diesem Versprechen nicht, auch wenn Ploma ihre Worte nicht verstehen konnte. Sie konnte sich nämlich nicht vorstellen, dass Andreas lange in dieser abgelegenen Gegend verweilen würde. Seit zwei Tagen hatten sie kaum ein Dorf erblickt, sondern waren durch einen dunklen und endlos erscheinenden Wald geritten, der ihr fremdartig und bedrohlich erschien.

»Du bist eine Närrin«, verspottete sie sich selbst. »Dies ist deine neue Heimat, und die kann weder düster noch entsetzlich sein!«

Ploma spürte die Ungeduld ihrer Reiterin und trabte an. Sie war ein gutes Pferd, und trotz ihrer Trächtigkeit machte

613

es ihr Freude, ihre Herrin zu tragen und so häufig wie möglich von dem fetten, wohlschmeckenden Gras zu naschen, das überreich am Rande der Straße wuchs.

Der Wald weitete sich nun und gab den Blick auf die gesamte Burganlage und das Meierdorf frei. Die Burg wirkte sehr altmodisch; die Hütten des Dorfes waren eher klein und bestanden aus mit Lehm beworfenem Flechtwerk. Schmutzige Kinder hüteten Ziegen auf den Wiesen am Waldrand und starrten genau wie die Bauern auf den kleinen Feldern eher neugierig als ängstlich auf den Trupp, der auf die Burg zuhielt, als seien sie an den Besuch von Edelleuten und ihrem Gefolge auf der Burg ihres Herrn gewöhnt.

Andreas hatte seine brennende Ungeduld doch noch bezwingen können und wartete am Rande des Dorfes auf Soledad. Als sie zu ihm aufgeschlossen hatte, ritt er langsam weiter. Ereignisreiche Jahre lagen zwischen diesem Tag und jener Zeit, in der er hier als Knappe gelebt und so unvermittelt den Ritterschlag erhalten hatte. Nun aber kam es ihm so vor, als habe er Burg Terben erst gestern verlassen. Er blickte hinüber zu dem Anger, auf dem die jungen Burschen, die Ritter Joachim zur Ausbildung übergeben worden waren, auch an diesem Tag wieder übten. Wie zu seiner Zeit schritt der Burgherr durch ihre Reihen und strafte ihre Fehler unnachsichtig mit dem Stock. Andreas hatte seine Hiebe oft genug zu spüren bekommen, und doch empfand er keine Abneigung gegen den narbigen alten Ritter, denn ohne Terbens harte Ausbildung wäre er mit vielen anderen auf Mallorca in ein Grab geworfen worden.

»Du sollst auf deinen Gegner achten, du Narr, und nicht

614

in die Welt hineinstarren!«, herrschte Joachim von Terben einen seiner Knappen an und hob den Stock, um dem Tadel handgreiflich Ausdruck zu geben.

Ein anderer Knappe sprang seinem Kameraden bei. »Dort kommen Fremde, Herr! Gewiss haben sie Lothar abgelenkt.«

Joachim von Terben drehte sich um und sah Soledad und Andreas auf sich zukommen und hinter ihnen die Fußknechte marschieren. Auch wenn er neugierig war, welch unerwartete Besucher dort aufgetaucht waren, wollte er den Jungen nicht so leicht davonkommen lassen. »Wenn du in der Schlacht ebenfalls nach jedem Reiter Ausschau hältst, wirst du nicht lange leben, Lothar. Als Strafe wirst du heute Abend die Übungswaffen in die Burg bringen und putzen, verstanden? Und jetzt macht weiter.«

Mit einer heftigen Bewegung kehrte er seinen Schutzbefohlenen den Rücken und ging den beiden Reitern entgegen. Sein langer, dunkler Waffenrock flatterte im Wind und verlieh ihm zusammen mit der Kappe auf seinem Kopf einen gestrengen Ausdruck. Er blieb vor Andreas stehen, musterte mit einem durchaus anerkennenden Blick dessen Pferd und blickte dann zu ihm auf. »Ihr wünscht, Herr?«

Andreas blinzelte Soledad zu. »Ritter Joachim hat sich in der Zwischenzeit um keinen Deut geändert.«

»Sollte ich Euch kennen?«, fragte dieser verblüfft.

»Das will ich wohl hoffen. Schließlich habt Ihr mir beigebracht, zu kämpfen und meine Gegner auch im stärksten Getümmel in den Staub zu werfen«, antwortete Andreas lachend.

615

Sein alter Ausbilder kniff die Augenlider zusammen und starrte ihn durchdringend an, dennoch dauerte es noch einige Herzschläge, bis er überrascht schnaufte. »Bei der Heiligen Jungfrau, der junge Ranksburg! Ihr hättet zu keiner besseren Zeit in die Heimat zurückkehren können. Euer Vater wird sich freuen, Euch zu sehen.«

»Ich habe nicht vor, zu ihm zu reiten.« Andreas' Gesicht wirkte auf einen Schlag so abweisend und kühl, dass Ritter Joachims freudige Miene erlosch.

»Bei Gott und dem heiligen Michael, gerade jetzt braucht Euer Vater Euch! Die Niederzissener und ihre Verbündeten umkreisen ihn bereits wie die Geier und warten nur darauf, ihm auch das Letzte zu nehmen. Er hat bereits den größten Teil seines Besitzes an sie verloren und wird seine Stammburg wohl auch nicht mehr lange halten können. Da dürft Ihr ihm Euren Schwertarm nicht verweigern.«

Obwohl Soledad in den letzten Monaten etliche Worte der deutschen Volkssprache gelernt hatte, verstand sie nur einen Bruchteil des zornigen Redeschwalls und fragte Andreas auf Katalanisch: »Was sagt der Mann?«

Bevor dieser eine Antwort geben konnte, deutete Ritter Joachim auf sie und fragte nicht sehr höflich: »Wer ist das?«

»Meine Gemahlin. Eine Tochter des Grafen von Marranx.«

»Eine Grafentochter? Ihr habt Euch hoch hinaufgereckt, mein Guter! Aber Ihr habt Recht daran getan, denn der Erbe von Ranksburg sollte niemals unter seinem eigenen Stand heiraten.«

»Der Erbe von Ranksburg?« Andreas starrte den alten Ritter verdattert an.

616

Joachim von Terben nickte grimmig. »Genau der seid Ihr. Euer Bruder ist im letzten Jahr umgekommen, aber nicht im ehrlichen Kampf! Er wurde getötet, als er sein Pferd wandte, um vor Urban von Niederzissen zu fliehen.«

»Hat Ritter Urban ihn von hinten mit der Lanze durchbohrt?« Obwohl Andreas seinen Bruder gehasst hatte, empfand er mit einem Mal so etwas wie Rachegefühle.

Der alte Ritter hob beschwichtigend die Hand. »Nein, es war ein Fußknecht. Ein unwürdiges Ende für einen unwürdigen Sohn! Umso mehr freut es mich, dass Ihr den Weg in die Heimat gefunden habt. Wie ich gehört hatte, wolltet Ihr Euch ebenso wie Peter von Sulzthal, an den Ihr Euch vielleicht erinnert, einem landlosen König anschließen, um diesem wieder zu seinem Reich zu verhelfen. Hattet Ihr Erfolg?«

»Leider nein. Doch das ist eine Geschichte, die ich lieber an einer vollen Tafel erzählen würde als hier auf freiem Feld.«

Joachim von Terben schlug sich mit der flachen Hand gegen die Stirn und wies auf die Burg. »Verzeiht mir, doch meine Neugier ist mit mir durchgegangen. Ich werde Euch und Eurer Gemahlin Erfrischungen auftischen lassen und dafür Sorge tragen, dass Judith das Beste heranschafft, das ihre Küche zu bieten hat. Ihr kennt sie ja, die Gute. Sie hatte Euch damals sehr ins Herz geschlossen. Ich übrigens auch, doch das durfte ich ja nicht zeigen, denn ich musste Euch zu einem Krieger erziehen, und einen solchen verzärtelt man nicht.«

Joachim von Terben fasste nach Karims Zaumzeug und führte das Pferd zum Burgtor, so als wäre er nur ein Stallknecht und nicht der Herr selbst. Andreas war über das herzliche Willkommen froh und fragte sich, was während seiner Abwesenheit alles geschehen sein mochte.

III.

Die Begrüßung war überwältigend. Alle, die Andreas in seiner Zeit auf Burg Terben kennen gelernt hatten, eilten herbei, um ihn zu sehen und mit ihm zu reden. Die Köchin Judith schloss ihn schluchzend in die Arme, bis ihr einfiel, dass sich ein solches Verhalten bei einem Ritter, der sogar Graf geworden war, nicht schickte. Erschrocken ließ sie ihn los und entschuldigte sich stotternd.

Andreas fasste sie lachend unter den Armen und schwang sie ungeachtet ihres durchaus beträchtlichen Gewichts im Kreis. »Ich freue mich so, dich zu sehen, Judith!«

»Danke!« Judith war dennoch froh, als er sie wieder absetzte, knickste etwas scheu vor Soledad und verschwand dann mit dem Hinweis, dass sie zum Abendessen etwas ganz Besonderes auf den Tisch bringen müsse.

Joachim von Terben brannte darauf, mit Andreas zu reden. Daher scheuchte er die übrigen Knechte und Mägde weg, führte seinen Gast in die große Halle, die in Soledads Augen kahl und schäbig wirkte, und wartete gerade so lange, bis Andreas einen Becher Wein vor sich stehen hatte. »So, mein Junge, jetzt will ich wissen, wie es dir ergangen ist, seit du dich damals Hals über Kopf aus dem Staub gemacht hast.«

Andreas lachte grimmig auf und berichtete in knappen

Worten von seinem Ritt nach Süden. Dabei ließ er die Episode mit Bruder Donatus aus und kam hauptsächlich auf König Jaumes vergeblichen Kampf um Mallorca zu sprechen.

Joachim von Terben hörte ihm interessiert zu, blies aber die Luft verächtlich durch die Nase, als er vernahm, dass Peter von Sulzthal in die Dienste des katalanischen Vizekönigs getreten war. »Peter hat hier schon sein Mäntelchen in den Wind gehängt, daher wundert es mich nicht, dass er in der Ferne geblieben ist. Er erhofft sich von seinem Herrn eine Belohnung, wie mein braver Hasso einen Knochen von mir erwartet.«

Der alte Ritter strich dem Hund, der bei der Nennung seines Namens den Kopf gehoben hatte, über das Fell und wandte sich wieder Andreas zu. »Euer Vater befindet sich in einer verzweifelten Lage. Seine Stammburg wird durch Urban von Niederzissen und dessen Krieger belagert, und von seinen Vasallen hält nur noch ein Einziger zu ihm, sein einstiger Waffenmeister Kuno. Vor dessen Burg aber liegt Moritz, der jüngere Sohn des alten Leonhard von Niederzissen, und der wird den morschen Steinhaufen wohl bald eingenommen haben. Wenn Moritz' Truppen danach zu seinem Bruder stoßen, wird die Ranksburg nicht mehr zu halten sein.«

Es bereitete Andreas Mühe, sich vorzustellen, dass die Burg seines Vaters, die ihm immer so unüberwindlich erschienen war, fallen könnte. Aber er erinnerte sich allzu gut an Ritter Joachims Lehren und wusste, dass eine Festung immer nur so gut war wie die Männer, die sie verteidigten. Es mochte sein, dass auf der Ranksburg nach dem Tod seines Bruders jegliche Hoffnung erloschen war.

»Wie hat mein Vater Rudolfs Tod hingenommen?«, fragte er mit belegter Stimme.

»Wie wohl? Er hat geflucht und den Niederzissenern blutige Rache geschworen! Ich bezweifle jedoch, dass er an seine eigenen Worte geglaubt hat.« Joachim von Terben lachte bitter auf und schilderte Andreas die verfahrene Situation, in der Graf Ludwig von Ranksburg steckte.

»Der Verrat durch die Sippe seiner Frau hat deinen Vater wohl nicht weniger erschüttert als der Tod seines Erben. Leonhard von Niederzissen hat Günter von Zeilingen mit einem Teil des Besitzes bestochen, den er deinem Vater bereits abgenommen hatte, und dieser alte Bock wusste nichts Besseres zu tun, als gierig zuzugreifen. Sein Sohn Götz verstärkt nun mit seinen Reisigen Ritter Urbans Belagerungstruppen vor der Ranksburg.« Joachim von Terben schnaufte verächtlich und hob seinen Becher an den Mund, um den üblen Geschmack hinunterzuspülen, der sich mit diesen Worten auf seiner Zunge ausgebreitet hatte.

Andreas überschlug im Geist die Kampfkraft seiner Söldner und fragte seinen einstigen Ausbilder, ob die Männer als Unterstützung für seinen Vater ausreichen würden.

Ritter Joachim schüttelte bedauernd den Kopf. »Urban von Niederzissen liegt mit zehnmal so viel Leuten vor der Ranksburg, und es gibt im weiten Umkreis keine herrenlosen Söldner, die Ihr um Eure Fahne scharen könntet. Die meisten sind in Niederzissener Diensten, und es ist bekannt, dass diese Sippe das Wohlwollen Kaiser Karls besitzt. Also hält jedermann die Sache Eures Vaters für verloren.«

Andreas zog die Stirn kraus. »Ihr sagtet doch, mein Vater würde froh sein um meine Hilfe. Doch wie kann ich ihn unterstützen, wenn keine Aussicht auf Erfolg besteht?«

Joachim von Terben funkelte Andreas an wie einen Knappen, der seinen Zorn erregt hat, und schlug mit der flachen Hand auf den Tisch. »Ich sagte, man hält die Sache deines Vaters für verloren, nicht aber, dass sie verloren sei! Wenn Ihr Manns genug seid, den Niederzissenern die Stirn zu bieten, und zuerst Euren Verstand einsetzt statt der blanken Klinge, dann mag es noch Hoffnung geben.«

»Mein Mann ist Manns genug!« Soledad hatte zwar nicht alles verstanden, doch Terbens Kritik an Andreas empörte sie.

Der Ritter hob beschwichtigend die Hände und sah dann Andreas an. »Wollt Ihr es wagen?«

Andreas lachte bitter auf. »Mit meinen fünfzig Mann kann ich keinen Krieg gegen ein ganzes Heer führen. Ich habe am eigenen Leib erlebt, wie es den Mallorquinern erging, als sie gegen die überlegene Heeresmacht der Katalanen angestürmt sind.«

Nun hieb Joachim von Terben mit der geballten Faust auf den Tisch. »Die Engländer haben die Franzosen bei Crecy geschlagen, obwohl sie weit in der Minderzahl waren. Man muss nur die Vorteile nützen, die einem gegeben sind.«

»Und die wären?«, fragte Andreas.

»Wie ich vorhin schon sagte: dein Verstand, mein Junge! Keiner meiner Schüler hatte je einen helleren Kopf als du. Also benütze ihn gefälligst!« Ritter Joachim hatte sich wieder etwas beruhigt und widmete sich nun Judiths gutem

Mahl und dem Wein, der jenseits des Waldgebirges am Main gekeltert wurde.

Andreas' Kopf war wie leer gefegt, und jeder Versuch, einen klaren Gedanken zu fassen, schien vergebene Liebesmüh zu sein. Soledad ließ ihn jedoch nicht vor sich hin grübeln, sondern fasste ihn am Arm und zog ihn zu sich herum. »Wiederhole mir alles, was dieser Mann dort eben gesagt hat! Ich habe nicht die Hälfte verstanden«, forderte sie ihn auf Katalanisch auf. Andreas kam der Bitte nach und berichtete ihr von den Problemen seines Vaters und dem Tod des Halbbruders.

»Dann bist du jetzt tatsächlich der Erbe deines Vaters.« Es klang zufrieden, denn ein Titel in dem Land, in dem sie sich niederlassen wollte, galt nun doch mehr als jene, die Jaume ihrem Gemahl verliehen hatte. Zudem war sie noch weniger als Joachim von Terben der Meinung, dass alles verloren sein müsse.

»Wir werden später über das sprechen, was deinen Vater angeht. Jetzt iss und trink und freue dich, wieder unter Freunden zu sein.« Sie lächelte ihm und Ritter Joachim freundlich zu, während sich in ihrem Gehirn bereits die ersten Pläne formten.

Die Fehde um Ranksburg beschäftigte alle hier. Einige der älteren Knappen, die nun kamen, um Andreas zu begrüßen, schlugen ihm vor, Urban, den Erben des Grafen von Niederzissen, zum Zweikampf zu fordern. Der Junker galt als hervorragender Kämpfer und würde einer solchen Herausforderung nicht aus dem Weg gehen. Andreas gefiel die Idee, aber Soledad schüttelte den Kopf, ohne etwas dazu zu sagen.

Als sie sich zurückgezogen hatten und nebeneinander im Bett lagen, strich sie mit den Fingerkuppen sanft über seine nackte Brust. »Dieser Ritter Joaquim ist ein kluger Mann, Andre. Er gab dir den Rat, deinen Verstand zu benützen, und genau das werden wir beide tun! Doch nun komm und küss mich, damit du dich entspannen und gleichzeitig als Mann fühlen kannst. Morgen zeigen wir dann diesem Comte de Niederzissen, mit wem er es zu tun bekommt. Du wirst sehen, es wird alles gut.« Das klang wie ein Versprechen.

Andreas fühlte, wie die Last wich, die sich in ihm aufgetürmt hatte, und als Soledad sich an ihn drückte und die Wärme ihres Körpers ein Feuer in ihm entfachte, das gelöscht werden wollte, vergaß er seine Sorgen und beschloss, sich bei seiner Frau als der Mann zu erweisen, nach dem sie sich sehnte.

IV.

Benkenstein war neben der Ranksburg die einzige Festung aus dem ehemaligen Besitz Graf Ludwigs, die sich noch gegen den Feind gehalten hatte. Dies lag jedoch weniger an ihren noch recht wehrhaften Mauern oder ihrer Besatzung, die stärker hätte sein können, sondern schlicht und einfach an der Tatsache, dass die Burg ähnlich wie die von Ritter Joachim tief im Waldgebirge lag und für einen Eroberer nicht den geringsten strategischen Wert hatte.

Leonhard von Niederzissen hatte dennoch eine kleine Heeresmacht unter seinem jüngsten Sohn Moritz ausgesandt, um Benkenstein zu belagern und einzunehmen. Nach Joachim von Terbens Ansicht hatte dies nur den Sinn, dass Junker Moritz Kriegsruhm erwerben konnte, ohne im Schatten seines älteren Bruders Urban zu stehen. Man munkelte bereits, dass Leonhard von Niederzissen die Absicht habe, seinem älteren Sohn die Ranksburg mit einem Teil ihres Gebiets zu übergeben und Moritz zum neuen Herrn auf Niederzissen zu machen.

Andreas konnte sich nicht vorstellen, welchen Wert diese Strategie für den feindlichen Grafen hatte, hoffte jedoch, aus dessen Vorliebe für Moritz Nutzen ziehen zu können. Er war mit seinen Männern und zwanzig Reisigen, die Joachim von Terben ihm überlassen hatte, losgezogen, um Benkenstein zu entsetzen. Sein alter Ausbilder hätte ihm am liebsten auch noch die bei ihm lebenden Knappen mitgeschickt, aber auf Andreas' Bitten darauf verzichtet. Er und Soledad wollten nicht, dass einer der jungen Burschen zu Schaden kam und dessen Sippe ihnen das anlastete. Die Zahl der eigenen Krieger übertraf Junker Moritz' Aufgebot, das aus vier Rittern und etwa sechzig Waffenknechten bestand, nur um wenige Männer, doch Andreas verließ sich darauf, dass der junge Niederzissener nicht mit einem Angriff von hinten rechnete. Also schärfte er seinen Leuten bei der letzten Rast noch einmal ein, alles zu tun, um den Überraschungsangriff nicht zu gefährden.

Rudi Eisenschuch grinste spöttisch. »Wir sind keine heurigen Hasen, Herr Graf, und wissen, was wir zu tun haben. Außerdem hat keiner von uns Lust, wegen seiner eigenen Dummheit ins Gras zu beißen.«

»Trotzdem müssen wir vorsichtig sein!«, erklärte Andreas und wandte sich Soledad zu.

Seine Frau hatte sich strikt geweigert, bei Ritter Joachim auf Burg Terben zurückzubleiben. Angetan mit einem Kettenhemd, das für einen schlanken Knappen gedacht war, und mit einem Kurzschwert gegürtet, war sie mit ihnen geritten. Auf Ploma hatte sie allerdings verzichtet und sich mit einem Zelter begnügt, den Ritter Joachim ihr zur Verfügung gestellt hatte. Als ihr Mann sie ansah, lächelte sie ihm aufmunternd zu. »Du hast unseren Kriegern bereits zweimal erklärt, wie sie sich zu verhalten haben. Sei versichert, sie werden so handeln, wie du es ihnen befohlen hast!«

»Dein Wort in Gottes Ohr! Und was Ohren bei uns hier betrifft: Leute, ich schneide sie jedem ab, der ab jetzt auch nur einen Laut von sich gibt. Benkenstein liegt nur noch einen Katzensprung vor uns, und ich will nicht, dass der Feind uns vor der Zeit entdeckt!«

Soledad beugte sich zu ihm und blinzelte ihm zu. »Auch das hast du uns schon mindestens dreimal erklärt! Bevor wir weiterziehen, sollten wir lieber in Erfahrung bringen, wie es um Benkenstein steht. Vielleicht wurde die Burg entgegen allen Informationen, die Senyor Joaquim uns geben konnte, bereits eingenommen.«

»Das wollen wir nicht hoffen.« Für Augenblicke kämpfte Andreas mit seiner Unsicherheit, die er mit forschem Auftreten zu verbergen suchte. »Heinz, du weißt, was du zu tun hast!«

Sein Knappe, der nicht, wie gewohnt, in Lentner und Waffenrock steckte, sondern die bunte Tracht eines fahren-

625

den Spielmanns trug und eine Fidel unter dem rechten Arm geklemmt hielt, nickte heftig. »Keine Sorge, Herr, ich werde es schon schaffen! Immerhin habe ich in Montpellier gelernt, mit diesem Instrument umzugehen, und Frau Soledad bescheinigt mir eine angenehme Stimme. Für diese Niederzissener Tölpel wird es allemal reichen.«

»Wollen wir es hoffen.« Andreas verabschiedete den jungen Burschen mit einem aufmunternden Klaps und bemühte sich in der quälend langsam verstreichenden Zeit danach, möglichst gelassen zu erscheinen. Doch er konnte weder Soledad noch Rudi Eisenschuch täuschen. Während seine Frau ihm zärtlich die Schläfen massierte, grinste der schwäbische Söldner zufrieden und nickte mehrmals. Ihm war ein Anführer, der über seine nächsten Schritte nachdachte, lieber als einer, der Hals über Kopf dem Feind entgegenstürzte.

»Wir marschieren langsam weiter«, erklärte Andreas nach einer Weile und setzte sich an die Spitze des kleinen Heeres. Das Tempo, das er anschlug, hätte ein Kind mithalten können, denn es galt, nicht zu früh auf den Feind zu stoßen.

»Zwei Stunden nach Mitternacht ist die beste Zeit. Da schlafen die Leute, und die Wachen können die Augen schlecht aufhalten.« Eisenschuch wiederholte nur das, was sie bereits mehrfach besprochen hatten, und das zeigte Andreas, dass auch er nervös war. Für lange Zeit waren es die letzten Worte, die zwischen ihnen fielen. Die Leute stiefelten hinter ihren Anführern her und umklammerten die Speere, als erwarteten sie, jeden Moment von einem aufmerksam gewordenen Gegner überfallen zu werden.

Die Sonne versank hinter der bewaldeten Hügelkette am Horizont, doch der aufgehende Halbmond spendete etwas

Licht. Ein Söldner schimpfte leise, als er im Zwielicht in ein Loch trat. Ein scharfes Räuspern Eisenschuchs ließ ihn wieder verstummen.

»Heinz müsste längst bei Junker Moritz angelangt sein«, flüsterte Andreas, der seine Unruhe kaum noch zu bändigen wusste.

»Hoffentlich hat er sich nicht verraten«, wandte einer der Söldner ebenso leise ein.

Eisenschuch stieß ein kaum hörbares Kichern aus. »Nicht Heinz. Der hat einen hellen Kopf auf den Schultern.«

Andreas war froh, den bärbeißigen Schwaben an seiner Seite zu wissen. Der Mann hatte weder durch Geburtsrecht noch durch Kriegsruhm den Titel eines Ritters erwerben können, doch im Gegensatz zu einem Answin von Dinklach verstand er seine Männer zu führen.

Nach einer Weile zügelte Andreas Karim und gebot Halt. »Hier warten wir, bis Heinz zurückkommt.« Es war mehr eine Erklärung für Soledad als für die Söldner. Die junge Frau stieß einen kaum hörbaren Laut der Zustimmung aus und wies auf einen hohen Baum, der wie ein dunkler Schatten neben der Straße stand. »Jemand sollte auf den Baum klettern und nachsehen, wie weit wir noch von Benkenstein entfernt sind. Die Nacht scheint mir hell genug, die Burg selbst ohne Wachfeuer erkennen zu können.«

Eisenschuch wartete nicht, bis Andreas diesen Vorschlag bestätigte, sondern raunte einem seiner jüngeren Soldaten den entsprechenden Befehl zu. Der Bursche legte fast geräuschlos die Waffen ab und ließ sich von zwei Kameraden bis zu den untersten Ästen hochheben. Danach verriet nur noch gelegentliches Rascheln, dass er höher kletterte.

Es verging eine Weile, bis er zurückkehrte. »Helft mir herunter!« Andreas zuckte zusammen, als das Flüstern des Spähers direkt über ihm erklang. Vier Söldner reckten ihrem Kameraden sofort die Arme entgegen und setzten ihn kaum hörbar vor Andreas ab. Die Zähne des Burschen schimmerten wie Perlen im Mondlicht, als er Bericht erstattete. »Wir sind schon ganz nahe an der Burg. Es würde weniger Zeit brauchen, als zehn Ave-Maria zu beten, bis wir ihr Tor erreichen. Aber erobert ist sie noch nicht. Ich habe das Lager des Feindes entdeckt. Die Kerle sitzen um ein großes Lagerfeuer und hören unserem Heinz zu, der ihnen Ständchen bringt.«

»Wenn wir so nahe sind, müssten wir ihn doch auch hören«, wandte Andreas ein.

»Ich höre ihn«, sagte Soledad auf Katalanisch.

Andreas spitzte die Ohren und vernahm es nun selbst. »Der Bursche ist wirklich schlau. Bestimmt singt er so laut, damit wir ihn hören und nicht zu nahe an das Lager heranrücken.«

»Oder er will unsere Geräusche übertönen, so dass die Niederzissener sich in Sicherheit wiegen!« Man konnte gegen die Mondsichel sehen, dass Eisenschuch anerkennend nickte.

»Wir müssen Acht geben, dass unsere Pferde nicht zu wiehern beginnen. Karims bin ich mir sicher, doch deine Stute ...« Andreas warf Soledads Reittier einen zweifelnden Blick zu und streckte die Arme nach seiner Frau aus.

»Steig lieber ab, damit die Männer dein Pferd wegbringen können, ehe es uns verrät.«

Die junge Mallorquinerin tätschelte ihrem Mann beruhigend die Hand. »Ein Pferdewiehern hallt in der Nacht weit über das Land. Also ist es sinnlos, mein Stutchen fortzuführen. Außerdem reite ich lieber.«

Es war nicht das erste Mal, dass Andreas gegen Soledad den Kürzeren zog, und er fragte sich, ob ein paar Schläge auf den Hintern ihrer Bereitschaft, ihm zu gehorchen, förderlich wären. Da sie selbst aber auch eine recht kräftige Handschrift hatte und sich nicht scheute, Gleiches mit Gleichem zu vergelten, verdrängte er den Wunsch, ihr zu zeigen, wer der Herr war, und richtete seine Sinne wieder nach vorne. Heinz sang noch zwei Lieder und beendete die Vorstellung schließlich mit einem katalanischen Wiegenlied. Danach breitete sich eine Stille aus, als halte das Schicksal den Atem an.

Andreas war unsicher, wie lange er noch mit dem Signal zum Vormarsch auf das feindliche Lager warten sollte, doch Heinz' Erscheinen nahm ihm die Entscheidung ab. Der Knappe war sich seiner Sache so sicher, dass er eine Fackel in der Hand trug, welche sein zufrieden lächelndes Gesicht in flackerndes Licht tauchte.

»Wir können uns ans Werk machen, Herr Graf. Junker Moritz' Kerle haben mir so lange zugehört und den Weinkrug dabei kreisen lassen, bis sie eingeschlafen sind. Nur die Wachen sind noch nüchtern, aber die dürften jetzt auch mit dem Schlaf kämpfen.«

»Das hast du gut gemacht!« Andreas klopfte dem mutigen Burschen auf die Schulter und setzte sich dann in Bewegung. »Kommt, Leute, aber vermeidet jedes Geräusch! Wir wollen uns die Überraschung doch nicht selbst verderben.«

Einige Männer lachten auf, verstummten aber, als Eisenschuch ein zorniges Knurren ausstieß.

629

V.

Andreas hatte sich den Angriff Niederzissener auf die Niederzissener in den Tagen und Stunden davor immer wieder durch den Kopf gehen lassen und sich auf das Schlimmste vorbereitet. Nun aber lief alles so einfach ab, als handle es sich um ein Spiel. Heinz lenkte die Aufmerksamkeit der vier Wachtposten auf sich, deren Augenmerk mehr der belagerten Burg als deren Umgebung galt, und bevor die Kerle sich versahen, hielten einige von Eisenschuchs Männern ihnen die Schwerter an die Kehlen. Moritz von Niederzissen lag schnarchend in seinem Zelt und war bereits gefesselt, bevor er richtig wach wurde, und der Rest seiner Leute starrte schlaftrunken die Krieger an, die sie umzingelt hatten, und machte keinen Versuch, zu den Waffen zu greifen.

Soledads Freude über den errungenen Erfolg hielt sie nicht davon ab, ihrem Ehemann eine Spitze zu versetzen. »Du siehst, das alles war völlig ungefährlich. Warum also hätte ich zurückbleiben sollen?«

Andreas lächelte etwas verlegen und wusste nur ein Mittel, sie zum Schweigen zu bringen. Er zog sie an sich und küsste sie unter dem johlenden Beifall seiner siegestrunkenen Männer. »Danke, mein Schatz! Ohne deinen Zuspruch und deinen Rat wäre der Streich nicht so unblutig verlaufen«, raunte er ihr ins Ohr und besänftigte sie damit so, dass sie sich wie ein schnurrendes Kätzchen an ihn schmiegte.

Moritz von Niederzissen, der Zeuge dieser Zärtlichkeiten wurde, fuhr wütend auf. Er schien noch nicht ganz begriffen zu haben, was mit ihm geschehen war, und kämpfte unwillkürlich gegen seine Fesseln an. Doch die Stricke hatte

Eisenschuch ihm angelegt und dabei wenig Rücksicht genommen. Der Niederzissener hätte schon ein Herkules sein müssen, um sich befreien zu können.

»Was soll dieser Unfug? Lasst mich gefälligst frei! Sonst wird Euch mein Vater, der hochedle Graf Leonhard von Niederzissen-Ranksburg, den Kopf abschlagen lassen. Mein Bruder, Herr Urban von Niederzissen, ist der stärkste Ritter der Christenheit und wird über Euch kommen wie ein Engel des Herrn!«

Andreas löste sich aus Soledads Armen und trat zu seinem Gefangenen. Auf seinen Wink hob Heinz die Fackel, so dass Moritz genau sehen konnte, wer ihm gegenüberstand. Doch er erkannte Andreas nicht, obwohl dieser ihn während eines Turniers in einer beschämenden Weise vom Pferd gestoßen hatte. Er starrte ihn an und maulte wie ein kleiner Junge, den seine Freunde aus Spaß an einen Baum gebunden hatten.

Andreas stemmte die Hände in die Hüften. »Ich glaube, Herr Junker, Ihr missversteht den Ernst Eurer Lage. Ihr seid mein Gefangener und werdet es bleiben, bis Euer Vater sich mit mir geeinigt hat.«

Moritz von Niederzissen riss erschrocken die Augen auf, verlegte sich aber sofort wieder auf Drohungen. »Zum Teufel mit Euch! Das Einzige, was mein Vater tun wird, ist, Euch und Eure dahergelaufene Bande als Strauchdiebe an den nächsten Baum zu hängen.«

»Das wäre nicht gut für Euch, denn vorher würden wir Euch zur Hölle schicken, und zwar so, dass Ihr noch etwas davon habt!« Eisenschuchs Worte durchbrachen den Panzer aus Selbstgefälligkeit und Stolz, mit dem der Junker sich gewappnet hatte, und er schien nun Angst zu bekommen. »Wer zum Teufel seid Ihr?«

»Mein Gemahl ist Andre de Pux, Comte de Castellranca i de Marranx, Cavaller de Pux und Erbe des Comte Ludwig de Ranksburg«, erklärte Soledad stolz.

Junker Moritz bäumte sich trotz seiner Fesseln auf. »Andreas von den Büschen, der Ranksburger Bastard!«

»Genau der!« Andreas verschränkte die Arme vor der Brust und blickte grimmig auf seinen Gefangenen nieder. »Ihr werdet morgen einen Brief an Euren Vater schreiben und ihm mitteilen, dass Ihr mein Gefangener seid und Euer weiteres Schicksal von seinem Wohlverhalten abhängt.«

»Das muss mein Kaplan machen!« Moritz von Niederzissen schien zu hoffen, dass sein Beichtvater, der auch die Stelle eines Sekretärs bei ihm einnahm, während des Überfalls entkommen war und die Nachricht davon zu seinem Vater bringen konnte. Sein Gesicht wurde jedoch blass, als mehrere Söldner einen beleibten Mann mittleren Alters in sein Zelt schoben. Der in eine graue Kutte gekleidete Kaplan war zwar nicht gefesselt, doch die blanken Schwerter seiner Bewacher warnten ihn, Dinge zu tun, die dem feindlichen Anführer nicht gefallen konnten.

Der Kirchenmann schluckte, als er seinen Herrn sorgfältig verschnürt vor sich liegen sah, und wandte sich mit vor Empörung blitzenden Augen an Andreas. »Wie kannst du es wagen, diesen edlen Junker wie einen gemeinen Mann in Bande zu schlagen?«

Bevor Andreas antworten konnte, baute Eisenschuch sich vor dem frommen Bruder auf. »Sprich ein wenig höflicher, mein geschorener Freund, denn du hast einen leiblichen Grafen und Sohn eines Grafen vor dir. Den hast du mit Euer Hochwohlgeboren und so weiter anzureden.«

Der Kaplan schluckte und trat einen halben Schritt zurück. Als er erneut zu sprechen begann, bemühte er sich, den Zorn des reizbaren Schwaben nicht mehr zu erregen. »Verzeiht, Herr, doch ich muss gegen die unwürdige Behandlung protestieren, die Ihr Junker Moritz angedeihen lasst.«

Andreas hob eine Augenbraue und lächelte spöttisch. »Gäbe ich Befehl, ihm die Fesseln zu lösen, würde er schleunigst verschwinden und über einen Narren wie mich lachen.«

»Er wird Euch sein Ehrenwort geben«, antwortete der Kirchenmann etwas zu rasch.

»Ein Ehrenwort ist leicht gebrochen, vor allem, wenn deinesgleichen erklärt, dass es unter Zwang abverlangt worden sei. Doch ich gebe dir die Möglichkeit, dich für deinen Herrn zu verwenden. Du wirst morgen bei Tagesanbruch aufbrechen und Herrn Leonhard auf Niederzissen berichten, was hier geschehen ist.«

Der Kleriker maß ihn mit einem hasserfüllten Blick. »Worauf Ihr Euch verlassen könnt! Aber ich schwöre Euch, er wird nicht eher ruhen, als bis Eure Gebeine im Wind baumeln.«

»Noch so ein Wort, und ich gebe dir eine Maulschelle, dass dir dein Latein bei den Ohren herausspringt!« Eisenschuch holte aus und wollte schon zuschlagen, doch Andreas hielt ihn zurück.

»Lass das Mönchlein ruhig Gift verspritzen. Er tut seinem Herrn keinen Gefallen damit. Junker Moritz ist unser

633

kostbarster Trumpf in diesem Spiel und muss gut verwahrt werden. Ich glaube, feste Ketten und eine verriegelte Turmkammer auf Benkenstein werden ihn uns so lange als Gast erhalten, wie es nötig ist. Sende jetzt einen Boten zu Ritter Kuno und melde ihm, dass Andreas von den Büschen Einlass begehrt.«

»Ich bin schon unterwegs, Herr!« Diesen Spaß wollte Heinz keinem anderen gönnen. Er sauste grinsend los, kehrte aber schon bald wieder zurück und wies mit dem Daumen in Richtung Burg.

»Ich habe die Turmwache so weit gebracht, den Ritter zu wecken, doch er wollte mir nicht glauben. Er lässt Euch ausrichten, wenn Ihr wirklich der Andreas von den Büschen seid, den er als kleinen Bengel gelehrt hat, wie man ein Schwert richtig in der Hand hält, dann sollt Ihr gefälligst allein vor das Tor treten und Euer Gesicht zeigen.«

Die Lippen des Burschen zuckten, als er diese unverblümten Worte weitergab, und auch einige der Söldner mussten sich ihr Lachen verbeißen. Andreas schmunzelte ebenfalls, denn er kannte den Burgherrn. »Der alte Kuno war der erste Ausbilder, den mein Halbbruder und ich hatten, bevor ich zu Ritter Joachim gegeben wurde, und er hat uns immer gleich rau behandelt.«

Soledad legte ihre Hand auf seinen Arm. »Kommt, wir wollen den guten Mann nicht warten lassen.«

»Aber er sagte doch, dass ich allein kommen soll.«

»Er wird mich gewiss nicht als Gefahr für seine Burg ansehen.« Soledad lachte glockenhell auf und zog Andreas mit sich. Heinz folgte ihnen mit einer brennenden Fackel. Als sie den steilen Anstieg zur Burg hinter sich gebracht hatten,

634

sahen sie im Schein des Wachtfeuers mehrere Krieger auf dem Torturm stehen. Einer von ihnen, ein schon älterer Mann mit einem Gesicht wie zerfurchte Kiefernborke, blickte misstrauisch herab.

»Halt, Bursche, gib deinem Herrn die Fackel und verschwinde wieder, und der andere auch. Ich will keine Überraschung erleben.«

»Meint Ihr mit dem anderen mich? Ihr seid aber nicht sehr höflich, Senyor.« Soledad schüttelte den Kopf, so dass ihr Haar durch die Luft flog. Der Ritter erkannte sie nun als Frau, blieb aber wachsam.

»Auch das könnte eine Falle sein. Nehmt jetzt die Fackel und beleuchtet Euren Begleiter. Ich will doch sehen, ob er der ist, für den er sich ausgibt.«

Andreas musste sich das Lachen verkneifen. »Ihr habt Euch wirklich seit jenem Tag nicht verändert, an dem Ihr meinem Vater geraten habt, nicht mit der Rute bei mir zu sparen, damit ich Gehorsam gegenüber meinem edel geborenen Bruder lerne.«

»Was, dieser Mann hat dich geschlagen? Die Pest soll ihn fressen!« Zum Glück verwendete Soledad ihre Muttersprache, denn angesichts der Tatsache, dass der schwarze Tod noch in vielen Teilen des Reiches herrschte, hätte dieser Wunsch dem Ritter oben auf dem Turm gewiss nicht gefallen. So aber lachte der alte Mann wie befreit auf und gab dem neben ihm stehenden Reisigen einen Stoß.

»Los, öffnet das Tor. Es ist tatsächlich dieser störrische Kerl, der damals einfach nicht einsehen wollte, wo sein Platz war. Ihr wisst gar nicht, wie sehr ich mich freue! Und Euer Vater erst, er ...« Der Rest seiner Worte blieben unver-

635

ständlich, da Ritter Kuno von oben verschwand und die Treppe hinabeilte. Seine Torwächter öffneten nur die kleine Pforte im Tor, um gegen eine unliebsame Überraschung gewappnet zu sein. Ihr Herr schob sie zur Seite und stürmte ins Freie. Ehe Andreas sich versah, hatte der alte Ritter ihn gepackt, drückte ihn an sich und scheute auch nicht davor zurück, ihn auf beide Wangen zu küssen.

»Ihr seid es wirklich! Bei Gott, wie habe ich deine Rückkehr herbeigesehnt. Was war das auch für ein Ding, für einen fremden König streiten zu wollen, wo Euer Vater Euch so dringend braucht.«

Andreas hielt es für angebracht, den Überschwang des Alten ein wenig zu dämpfen. »Mein Vater hat mich damals fortgeschickt und mir verboten, je wieder Ranksburger Land zu betreten. Wenn man es genau nimmt, habe ich soeben gegen diesen Befehl verstoßen.«

»Papperlapapp!«, wischte Ritter Kuno diesen Einwand beiseite. »Er hat damals nur auf Antreiben dieser schlimmen Frau gehandelt. Wisst Ihr, dass Gräfin Eisgarde Euren Vater im Stich gelassen hat und zu ihrer Sippe zurückgekehrt ist? Wie es heißt, soll Leonhard von Niederzissen ihr den Antrag gemacht haben, ihn nach dem Tod ihres Gemahls zu heiraten, den seine Brut herbeiführen soll. Er ist ja seit einem guten Jahr Witwer und hält eifrig Ausschau nach einer neuen Braut. Eine Ehe mit der Witwe des letzten Grafen von Ranksburg würde seinen eigenen Anspruch auf dessen Land bestärken. Dieses schamlose Weib soll dazu auch bereit sein, obwohl ihr Sohn von Niederzissener Soldknechten erschlagen wurde. Aber kommt jetzt herein, bevor ich Euch mit meinem Geschwätz langweile. Nein, sagt mir zuerst noch, wie Ihr Junker Moritz dazu gebracht habt, Euch so einfach passieren zu lassen?«

»Ich hab ihn kurzerhand als Gast geladen. Er wird gleich erscheinen.« Andreas gab Heinz einen Wink. Der Knappe verschwand und kehrte bald mit einigen Söldnern zurück, die Moritz von Niederzissen wie ein Stück erlegtes Wild mit sich trugen. Dessen Beichtvater lief händeringend neben ihnen her und beklagte sich bei Gott und allen Heiligen über die Schande, die seinem Herrn zuteil wurde.

Der alte Kuno blickte mit grimmiger Zufriedenheit auf den Gefangenen nieder, und man konnte ihm ansehen, dass er dem Junker am liebsten ein paar kräftige Maulschellen gegeben hätte. »Ich darf nicht daran denken, was diese Kerle mit den Frauen und Mädchen in unserem Meierdorf angestellt haben. Sonst müsste ich sie alle erwürgen – und diesen Schuft hier als Ersten.« Der Ritter spie vor Moritz von Niederzissen aus und ließ es sich nicht nehmen, ihn in den tiefsten Kerker seiner Burg zu bringen und ihm eigenhändig die Schellen anzulegen, die der Burgschmied mit dicken Nieten befestigte.

Andreas, Soledad und ihre Begleitung warteten im Burghof auf ihren Gastgeber und zählten dabei die Verteidiger, die um sie herum zusammengelaufen waren. Andreas fragte nach und erhielt die Auskunft, dass es tatsächlich nur sieben Waffenträger auf der Burg gab. Als er Ritter Kuno nach dessen Auftauchen aus dem Verlies auf diese winzige Schar der Verteidiger ansprach, zwinkerte dieser lächelnd.

»Für einen Kerl von Junker Moritz' Format haben diese paar Mann völlig ausgereicht. Er hat nicht einmal einen Sturm auf die Burg befohlen, sondern wollte uns aushungern. Das hätte er wahrscheinlich auch geschafft. Ihr werdet mir gewiss verzeihen, wenn ich Euch keine Leckerbissen anbieten kann, Brot und Braten sind rar gewordene Gäste auf meiner Burg. Ich hoffe, Junker Moritz' Vorräte reichen aus, um uns in den nächsten Wochen zu ernähren, denn ich besitze nicht genug Geld, um in den umliegenden Städten so viel an Vorräten zu besorgen, dass wir jede Belagerung überstehen können.«

»An Geld soll die Sicherheit von Benkenstein nicht scheitern!« Andreas klopfte auf den wohl gefüllten Beutel an seinem Gürtel, knüpfte diesen los und warf ihn dem Ritter zu. »Hier, besorgt alles, was wir brauchen. Ich werde den Rest unseres Schatzes ebenfalls hierher bringen und einige meiner Leute zu seinem und dem Schutz der Burg hier lassen. Hier scheint mir unser Gold sicherer zu sein als auf Terben, denn der Pfalzgraf kann Ritter Joachim jederzeit befehlen, es ihm zu übergeben.«

Ritter Kuno nickte ernst. »Da mögt Ihr wohl Recht haben! Herr Rudolf ist zwar ein Neffe Ludwigs des Bayern, will dies aber vergessen machen, indem er sich gegen dessen alte Freunde stellt.« Kuno von Benkenstein schüttelte es sichtlich vor Wut, doch Andreas winkte ab. Ihn interessierten die oftmals verwirrenden Verwandtschaftsbeziehungen zwischen den hohen Häusern im Augenblick nicht, denn er fühlte sich müde und ausgebrannt und sah, dass Soledad aus dem Gähnen nicht mehr herauskam.

»Sorgt dafür, dass meine Leute gut untergebracht werden, und sperrt die Niederzissener Knechte ein! Vorher aber wäre ich Euch dankbar, wenn Ihr mir eine Kammer anweisen könntet. Meine Gemahlin ist müde.«

Soledad begriff, dass ihr Mann sie brauchte, um seine eigene Schwäche vor den anderen zu verbergen, und spielte lächelnd mit. »Ich bitte Euch, mich für heute zu entschuldigen, Herr Kuno, denn ich kann die Augen kaum noch aufhalten. Mein Gemahl und ich werden morgen Eure Fragen beantworten. Jetzt aber sehne ich mich nur noch nach Schlaf und Andreas' starker Schulter.«

Da bisher keine Zeit gewesen war, Soledad dem Hausherrn vorzustellen, sah Ritter Kuno Andreas neugierig an. »Die Dame ist Eure Gemahlin?«

»Oh ja! Darf ich Euch Dona Soledad Espin i de Vidaura, die Gräfin von Marranx, vorstellen?«

»Was, Eure Frau ist eine echte Gräfin? Bei Gott, ich habe ja schon immer gesagt, dass Ihr höher strebt, als Euch eigentlich zusteht. Nun ja, jetzt eigentlich nicht mehr. Herr Ludwig hat Euch ja nach dem Tod Eures Bruders ...«

»Halbbruders!«, warf Andreas ein.

Der alte Ritter kniff die Augen zusammen. »... Halbbruders – wenn Ihr meint – zum Erben ernannt. Bis jetzt hat der Kaiser dies aber noch nicht bestätigt. Na, wahrscheinlich will er es nicht, denn er steht ja auf der Seite dieses Niederzissener Gesindels.«

Er hieb ärgerlich durch die Luft und öffnete den Mund zu einer geharnischten Rede, um sowohl den Kaiser wie auch Leonhard von Niederzissen und dessen Sippe zu verdammen. Soledad gähnte jedoch unüberhörbar und erinnerte Herrn Kuno damit an seine Pflichten als Gastgeber.

VI.

Am nächsten Morgen sandte Andreas den Beichtvater seines Gefangenen mit einer Botschaft zu Graf Leonhard von Niederzissen. Gleichzeitig verließen einige Knechte in Begleitung von Söldnern die Burg, um auf den Märkten der Umgebung Lebensmittel und Vorräte einzukaufen, und Rudi Eisenschuch brach mit zwanzig Mann auf, um den auf Burg Terben zurückgelassenen Kriegsschatz zu holen. Auf Soledads Anraten verzichtete Andreas darauf, diesen Trupp zu begleiten, denn sie glaubte, den Schwaben gut genug einschätzen zu können. Ein solches Zeichen des Vertrauens, dessen war sie sich sicher, würde den Söldnerführer nur noch stärker an ihren Gemahl binden. Außerdem fand Andreas auf Benkenstein genug zu tun, denn wenn Ritter Kuno die Burg auch auf eine Belagerung vorbereitet hatte, so musste noch einiges, wie Soledad kritisch feststellte, an den Wehranlagen erneuert werden.

Während Kunos Knechte und Andreas' Söldner damit beschäftigt waren, Steine herbeizuschaffen und Mauerwerk auszubessern, wanderte Andreas unruhig durch die Burg, vorgeblich, um die Arbeiten zu überwachen. Ihre Sache stand auf Messers Schneide. Wenn Graf Leonhard das Leben seines jüngsten Sohnes geringer achtete als erwartet, würde schon bald ein Heer unter der Führung Ritter Urbans vor den Toren der alten Feste erscheinen, und dann folgte ein Kampf auf Leben und Tod. Doch die Tage verstrichen, und kein feindlicher Soldat ließ sich blicken. Dafür rollten Tag für Tag die Fuhrwerke mit den gekauften Vorräten in die Burg, und diesen folgte bald Eisenschuchs Trupp mit dem Gold, das nun in der Kammer verwahrt wurde, in der Soledad und Andreas schliefen.

Da auch kein Bote der Niederzissener erschien, fragte Andreas sich immer wieder, zu welchen Schlichen ihre Feinde wohl greifen mochten, und mehr als einmal streichelte er den Knauf seines Schwertes in der Hoffnung, es bald ziehen und eine Entscheidung herbeiführen zu können.

Als er glaubte, die Spannung nicht mehr aushalten zu können, wurden Reiter gemeldet. Andreas eilte selbst auf den Torturm, um ihnen entgegenzusehen. Es handelte sich nur um einen kleinen Trupp, der gerade ausreichte, Räuber fern zu halten, und keiner der Reisigen trug die Niederzissener Farben. Offensichtlich begleiteten sie einen Kirchenmann, der auf einem Maultier ritt und von dem zunächst nur der breitkrempige Hut und ein weiter Umhang zu sehen waren, der seinen Besitzer wohl vor der herbstlichen Kühle schützen sollte.

»Was meint Ihr, können wir die Leute hereinlassen, oder sollen wir sie vor dem Tor abfertigen?«, fragte Ritter Kuno unsicher.

Andreas warf einen letzten Blick auf die Gruppe, die sich bereits auf dem steilen Anstieg zum Tor befand, und wandte sich dann zu Soledad, die unten im Burghof wartete.

»Mit sechs Leuten werden wir wohl fertig werden. Ich glaube nicht, dass diese Männer zum Kämpfen gekommen sind. Der Kleriker, den sie begleiten, dürfte ein Abgesandter Graf Leonhards sein.« Andreas bemühte sich, seine Stimme nicht allzu nervös klingen zu lassen. Soledad nickte ihm gleichmütig zu und befahl den Wächtern, die Pforte im Tor zu öffnen.

641

Während Andreas die Turmtreppe hinunterstieg, erreichten die Reiter das Tor. Der Kirchenmann gab seinen Begleitern einen Wink, draußen zu bleiben, und schwang sich geschmeidig aus dem Sattel. Als er die Pforte durchschritt, breitete sich ein wehmütiges Lächeln auf seinen Lippen aus. Vor Andreas blieb er stehen. »Gott zum Gruße, mein Freund!«

Andreas fühlte sich, als sei er gegen eine Mauer gerannt, und keuchte vor Überraschung auf. »Donatus, du? Verzeiht, ich wollte sagen, Ihr seid es, ehrwürdiger Bruder Donatus?«

»Mein lieber Andreas, Ihr wisst nicht, wie sehr es mich freut, Euch wiederzusehen.« Donatus trat einen Schritt auf Andreas zu, und für einen Augenblick erlag er dem Wunsch, ihn an sich zu ziehen und zu umarmen. Er ließ ihn jedoch schnell wieder los, bevor ein anderer Mann Verdacht schöpfen konnte. Soledad aber hatten seine Bewegungen verraten, dass hinter dieser Begrüßung mehr steckte als nur die Freude, einen alten Freund wiederzusehen.

Sie runzelte die Stirn und trat neben ihren Gemahl. »Wer ist dieser Herr, Andre?« Dabei legte sie ihren Arm Besitz ergreifend um seine Schulter und bemühte sich, so hochmütig zu erscheinen wie Margarida de Marimon in ihren schlimmsten Tagen.

Andreas sah zuerst sie an, dann Donatus, und schluckte. »Darf ich Euch meine Gemahlin Soledad vorstellen?«

Donatus deutete eine Verbeugung an. »Ich habe bereits von Euch gehört, Herrin, und versichere Euch, dass Ihr den besten Ehemann zu Eigen habt, den es auf der Welt geben kann.«

Soledad warf ihm einen scharfen Blick zu, spürte aber, dass er es ehrlich meinte, und fühlte sich halbwegs versöhnt. »Ihr sagt mir nur das, was ich bereits weiß, Senyor.«

Andreas schwitzte unter dem Hemd, obwohl ein kalter Wind über die Höhe pfiff, auf der die Burg stand. Soledad wirkte in seine Augen wie eine Glucke, die bereit schien, sich auf Donatus zu stürzen, um ihr Küken, nämlich ihn selbst, zu beschützen. Um dem Augenblick die Peinlichkeit zu nehmen, stieß er ein gekünsteltes Lachen aus und klopfte Donatus auf die Schulter. »Sagt, welcher Wind treibt Euch hierher? Das ist ein unerwartetes Zusammentreffen.«

»Mich treibt der Sturm, den Ihr selbst gesät habt, Graf Andreas. Doch wenn Ihr erlaubt, würde ich lieber im Innern der Burg und mit einem Becher Wein in der Hand mit Euch sprechen. Ich komme nämlich als Unterhändler.«

»Des Niederzisseners?«, fragte Andreas ungläubig.

Donatus schüttelte mit einem nachsichtigen Lächeln den Kopf. »Nein, als Bote Kaiser Karls, des Vierten seines Namens auf dem Thron des Heiligen Römischen Reiches. Der hohe Herr ist sehr daran interessiert, diese leidige Angelegenheit so rasch wie möglich beizulegen.«

Jetzt begriff Andreas überhaupt nichts mehr. Auch Soledad zwinkerte verwundert mit den Augen, während Ritter Kuno und Eisenschuch sich am Kopf kratzten. Donatus ließ sie nicht lange im Ungewissen. Kaum hatten sie den Burgsaal betreten, der noch schlichter wirkte als der auf Terben und Soledads Vorstellungen einer geschmackvollen Einrichtung Hohn sprach, wandte er sich Andreas zu und schüttelte den Kopf. »Bei Gott, ich wusste bereits auf unserer gemeinsamen Reise nach Burgund, dass Ihr ein ganz besonderer

643

Mann seid. Doch ich hätte mir nicht träumen lassen, dass Ihr so rasch zum Gesprächsthema an der kaiserlichen Tafel werden könntet.«

»Sagt doch endlich, was los ist!«, rief Andreas, der jegliche Höflichkeit fahren ließ.

Donatus hob beruhigend die Hände. »Ihr werdet alles erfahren, mein Freund. Wisst Ihr, dass Ihr für etliche Leute zu einem Problem geworden seid, von Leonhard von Niederzissen angefangen bis hin zum Kaiser selbst?«

»Wenn Ihr mich noch länger auf die Folter spannt, ehrenwerter Bruder, werde ich grob!« Andreas ballte im gespielten Grimm die Fäuste, brachte den Mönch jedoch nur zum Lachen.

»Setzt Euch!«, forderte Donatus ihn auf und rückte einen Stuhl für Soledad zurecht, bevor er selbst Platz nahm.

Er nahm den Becher entgegen, den Ritter Kuno ihm mit eigener Hand gefüllt hatte, und räusperte sich. »Bis jetzt galt die Fehde zwischen Eurem Vater und Euren Niederzissener Verwandten nur als sippeninterner Zwist und war für den Kaiser ohne Bedeutung. Weder Graf Ludwig noch Graf Leonhard sind mächtig genug, um eine Gefahr für ihn oder den Frieden im Reich darzustellen. Karl IV. musste nur dafür sorgen, dass keiner der Großen in Versuchung geriet, einen ansehnlichen Bissen aus dem Besitztum Eures Vaters herauszureißen, um noch mächtiger zu werden.«

Donatus blickte Andreas an, und seine Miene verriet, wie stolz er auf ihn war und wie glücklich, in seiner Nähe zu sein. »Doch nun mischt sich mit Euch, mein lieber Comte, eine bislang fremde und unbekannte Macht in diesen Streit ein, und dies noch auf der Seite Graf Ludwigs, dem die

Sympathien des Kaisers gewiss nicht gehören. Herr Karl ist vorsichtig und versucht, vorausschauend zu handeln. Daher will er wissen, was hinter der neuen Entwicklung steckt, und hat Graf Leonhard die Entscheidung aus der Hand genommen. Aus diesem Grund war er dem Vorschlag meines Oheims Balduin, mich als Vermittler zu Euch zu schicken, wohl gewogen. Wäre es nach Urban von Niederzissen gegangen, hätte dieser die Belagerung der Ranksburg aufgegeben, um hierher zu ziehen. Seinem Vater kam das kaiserliche Machtwort jedoch ganz recht, denn er traut es seinem Ältesten durchaus zu, Junker Moritz zu opfern, um ihn als Rivalen um das Erbe auszuschalten.«

Andreas schüttelte mit einem nervösen Lachen den Kopf. »Freund Donatus, Ihr redet in einer Art um den heißen Brei herum, dass der Donner dreinschlagen könnte. Ich habe Euch schon mehrmals gefragt, was ich mit dem Kaiser zu tun habe!«

Donatus stieß ein mädchenhaftes Kichern aus. »Wenn Ihr mich nicht andauernd unterbrechen würdet, hätte ich es Euch längst mitteilen können. Nun hört: In den Augen des Kaisers war die Fehde beinahe entschieden und Graf Ludwig so gut wie besiegt. Da mischt sich auf einmal ein Graf Castellranca von Marranx in diesen Zwist ein, dessen Gemahlin einer Nebenlinie des Königshauses von Aragón entstammt. Das macht einen scheinbar unbedeutenden Streit zum Politikum, denn die Interessen des Reiches und Aragóns stoßen in Italien aufeinander, und damit steht die Gefahr im Raum, dass diese kleine, eng umgrenzte Fehde gefährliche Ausmaße annimmt. Niemand weiß, ob König Peter von Aragón eine Beleidigung seines Verwandten so

645

ohne weiteres hinnehmen würde, zumal sein engster Berater, der Vizegraf von Colomers-Campanet, ein weiterer Verwandter dieses neu aufgetretenen Mitstreiters, auf der Seite des Ranksburgers ist.«

Andreas winkte lachend ab. »Bei Gott, wie kann der Kaiser nur so etwas annehmen? Rei Pere de Catalunya-Aragó würde keinen Finger für mich rühren.«

»Das wisst Ihr! Aber kann der Kaiser das so ohne weiteres annehmen?« Donatus gluckste vor Vergnügen.

Soledad, die ihn scharf unter Beobachtung gehalten hatte, begriff allmählich, wie wertvoll die Hilfe des jungen Kirchenmanns für sie und ihren Gemahl werden konnte, und legte ihre Stacheln wieder an. »Der Kaiser sollte es nach Möglichkeit auch nicht erfahren!«

»Ihr seid eine kluge Frau!« Donatus schenkte ihr einen anerkennenden Blick und wandte sich wieder Andreas zu. »Der Kaiser wünscht, die ganze Angelegenheit so zu lösen, dass niemand sein Gesicht verliert, am wenigsten er selbst. Er kann Graf Leonhard nicht zwingen, all das Land wieder aufzugeben, welches dieser im Verlauf der Fehde erobert hat. Anstelle dessen ist er bereit, Euch ein eigenes Lehen zu verleihen, das Ihr mit den Resten des Ranksburger Besitzes zusammenschließen könnt. Seid Ihr dazu bereit?« »Bei Gott, ja! Mehr als nur bereit«, platzte Andreas heraus. »Ich weiß nur nicht, was mein Vater dazu sagen wird.«

»Herr Ludwig sollte zufrieden sein, dass er sein Stammland und die unmittelbar daran anschließenden Gebiete behält. Das Angebot des Kaisers bezüglich des Lehens gilt auch für den Fall, dass Ihr Moritz von Niederzissen freigebt und Euch in dieser Fehde für neutral erklärt.«

646

»Was Graf Andreas gewiss niemals tun wird!«, polterte Ritter Kuno los, der nur die Hälfte von Donatus' Botschaft verstanden hatte.

Soledad legte dem Alten begütigend die Hand auf die Schulter und fixierte den Mönch mit einem durchdringenden Blick. »Gehe ich recht in der Annahme, dass Ihr Euch zugunsten meines Gemahls verwenden werdet?«

»Ich würde mein Leben für ihn geben!« Diese unverblümte Antwort überraschte die junge Frau, doch das Gesicht des jungen Klerikers verriet keine Abneigung gegen sie oder irgendwelche Hintergedanken. Er liebte Andreas fast ebenso sehr wie sie selbst, es war eine Liebe ohne Hoffnung. Einen kurzen Augenblick bogen ihre Mundwinkel sich verächtlich, dann aber hatte sie sich wieder in der Gewalt. Donatus war ein Mann und damit keine Gefahr für sie. Im Gegenteil, er war ein Verbündeter, wie sie sich ihn nicht besser wünschen konnte.

»Mein Gemahl hat mir von Euch erzählt und Euch den klügsten Menschen genannt, den er je getroffen habe. Jetzt sehe ich, dass er Recht hat. Nun lasst uns von dem sprechen, was vor uns liegt. Andreas und ich wollen nicht allein auf die Gnade des Kaisers angewiesen sein. Wir sind ins Reich gekommen, um von Karl IV. eine Burg und ein wenig Land zu erstehen. Dies ist auch jetzt noch unser Wille, auch wenn das Gebiet unter den jetzigen Umständen durchaus ein wenig größer ausfallen darf, als wir es uns vorgestellt hatten.«

»Ihr habt Geld?« Donatus wirkte überrascht.

Soledad nickte und bat ihn, ihr zu folgen. Donatus stand auf, ebenso Andreas, der nicht ganz begriff, was seine Frau plante. Aber er war ebenso wie sie der Meinung, es sei bes-

647

ser, Burg und Land gegen bare Münze zu erstehen, als sie nur als Lehen entgegenzunehmen.

Soledad führte Donatus in ihre Schlafkammer und zeigte ihm die prall gefüllten Lederbeutel, die sie mit Eisenschuchs Hilfe bei Llucmajor gerettet hatte. Der junge Kleriker schüttete die Münzen auf dem Bett aus und blickte mit offenem Mund auf das goldene Gefunkel.

»Bei Sankt Michael, das ist genug Geld, um diese Fehde auch ohne die Hilfe Aragóns weiterführen zu können! Der Kaiser tut gut daran, auf einen Ausgleich zu dringen.« Donatus überlegte kurz, teilte dann das Gold in etwa drei gleich große Haufen und wies Eisenschuch, der mit in die Kammer gekommen war, an, jeden der Haufen in einen eigenen Sack zu füllen.

»Verzeiht, wenn ich jetzt für Euch entscheide, Graf Andreas, doch das ist zu viel Gold für einen allein. Ein Drittel soll der Kirche gehören, die es mit Dank annehmen und Euch und Eure Gemahlin in ihre Gebete mit einschließen wird. Ein weiteres Drittel werde ich dem Kaiser überbringen, zusammen mit Eurem Wunsch, dafür Burgen und Dörfer zu kaufen. Das letzte Drittel aber soll Euch verbleiben als Schatz in der Not.«

Andreas fühlte sich von dem Elan seines Freundes überrollt, doch als er Einwände bringen wollte, legte Soledad ihm die Hand auf den Mund. »Herr Donatus ist wahrlich ein weiser Mann. Bessere Dienste, als er bestimmt hat, kann dieses Gold uns nicht leisten. Doch nun sollten wir in die Halle zurückkehren. Die Knechte werden gleich das Mahl auftragen, und ich für meinen Teil bin hungrig.«

648

VII.

Donatus blieb drei Tage auf Benkenstein, und abgesehen von den wenigen Stunden Schlaf, die er sich gönnte, hing er an Soledads und Andreas' Lippen, um ihren Erzählungen über jene fremden und faszinierenden Länder zu lauschen, die er selbst niemals sehen würde. Er sog das neue Wissen auf wie ein trockener Schwamm und versprach den beiden, ihre Erlebnisse auf gutem Pergament festzuhalten.

»Vielleicht wird dies der Beginn der Chronik eines stolzen Geschlechts«, sagte er beim Abschied, während er sichtlich mit den Tränen kämpfte. Bevor er auf sein Maultier stieg, legte er die Hand in einer vertraulichen Geste auf Andreas' Schulter. »Es wird alles gut werden, das verspreche ich Euch! Ich bin Euer Freund und werde es immer bleiben.«

»So wie ich der Eure!« Andreas lächelte Donatus aufmunternd zu und gab ihm dann noch ein Stück weit das Geleit. Als er kurz darauf wieder auf Benkenstein einritt, stand Soledad noch immer auf dem Burghof und kam ihm lächelnd entgegen.

»Donatus ist ein guter Mensch!«, sagte sie in einem Ton, als müsse sie sich dessen selbst versichern. »Mit seiner Hilfe werden wir ein großes Lehen erringen.«

Andreas ergriff ihre Hände und zog sie an sich. »Das werden wir, mein Schatz!«

Soledad legte kurz ihren Kopf an seine Wange, und als sie eng aneinander geschmiegt den Palas betraten, strahlten ihre Gesichter in jenem Glück, das nur Verliebte kennen.

Nach Donatus' Abschied tat sich eine Weile nichts. Andreas traute den Niederzissenern jede Hinterlist zu, und so blieben sie auf der Hut und bewachten ihren wertvollen Gefangenen streng. Andreas wäre am liebsten Richtung Ranksburg geritten, um mit eigenen Augen zu sehen, was sich dort abspielte. Soledad aber hielt das für zu gefährlich, und Ritter Kuno und Eisenschuch stimmten ihr vorbehaltlos zu. Daher waren sie auf das angewiesen, was Händler und fahrende Spielleute ihnen zutrugen, die den Gerüchten um den fremden Grafen folgten und die sonst fast vergessene Burg besuchten.

Zunächst erfuhren die Bewohner der Benkenburg von einem letzten, verzweifelten Ansturm der Niederzissener auf die Ranksburg, welcher jedoch abgewehrt worden sein sollte. Einige Tage später hieß es, diesen Angriff habe es nie gegeben, sondern nur einen heftigen, öffentlich ausgetragenen Streit zwischen Graf Leonhard und seinem Sohn Urban, der im Gegensatz zu seinem Vater jede kaiserliche Einwirkung ablehnte. Später berichtete ein Weinhändler, der mit einem Ochsengespann auf die Burg gekommen war, vom Ende der Belagerung und dem Abzug der feindlichen Truppen. Der Gehilfe des Burgschmieds, der unterwegs gewesen war, um eine Last Eisen zu holen, erklärte hingegen, Ritter Urbans Krieger lägen immer noch vor der Ranksburg, um Graf Ludwig abzufangen und als Tauschobjekt gegen Junker Moritz zu verwenden.

Ehe eine der beiden Möglichkeiten durch andere Gerüchte bestätigt werden konnte, erschien ein kaiserlicher Herold, begleitet von zwanzig Bewaffneten, und überbrachte einen als Einladung abgefassten Befehl des Kaisers, sich in einer Woche und drei Tagen bei dem Städtchen

Egelsbach einzufinden. Karl IV. hätte auch eine seiner eigenen Pfalzen wählen können, doch zu Andreas' Verblüffung hatte er sich für jenen Ort entschieden, an dem er vor mehr als zwei Jahren auf Betreiben seines Halbbruders vom Turnier ausgeschlossen worden war. Er wusste nicht, ob er das für ein gutes oder ein schlechtes Omen halten sollte, doch er war bereit, jede Herausforderung anzunehmen, die ihm dort angetragen wurde. Daher wappnete Andreas sich für den Ritt, als zöge er in den Krieg, und es war Soledad zu verdanken, dass er nicht nur die derbe Kleidung mitnahm, die unter der Rüstung getragen wurde, sondern auch einige höfische Gewänder, in denen er bei einem Fest vor den Kaiser treten konnte.

Der Herold machte unmissverständlich klar, dass Moritz von Niederzissen ebenfalls nach Egelsbach gebracht und dort der Obhut des Kaisers übergeben werden musste. Andreas gefiel es nicht, seinen wichtigsten Trumpf zu verlieren, doch Soledad wies ihn darauf hin, dass seine enge Freundschaft mit Donatus eine weitaus stärkere Waffe darstellte. Moritz war in ihren Augen nur ein Bauer in dem Spiel, welches sie Schach nannte und bei dem sie Andreas jedes Mal besiegte.

Voller Anspannung machte das Paar sich schließlich auf den Weg. Soledad bedauerte, dass sie nicht auf Ploma reiten konnte, doch die Stute hatte wenige Tage zuvor ein Hengstfohlen geworfen und war deswegen unabkömmlich. Neben Andreas auf Karim hätte sie gewiss einen besseren Eindruck hinterlassen als auf dem plumpen Zelter, den Joachim von Terben ihr zur Verfügung gestellt hatte. Sie nahm sich jedoch vor, ihre Laune von diesem Umstand nicht beein-

651

trächtigen zu lassen, sondern alles zu tun, um Andreas aufzumuntern und ihm bei seinen gewiss schwierigen Verhandlungen den Rücken zu stärken. Daher blickte sie ihrem Mann in die Augen und lachte fröhlich auf. »Eilt, mein Gemahl, denn man soll Kaiser und Könige nicht warten lassen!«

VIII.

Der Ort sah beinahe genauso aus wie an jenem schicksalhaften Tag vor über zwei Jahren. Die Stechbahn auf dem Anger schien nur auf tapfere Ritter zu warten, die sich dort im Tjost messen wollten, seitlich davon standen die Zelte der Gäste, und weiter unten am Fluss wurde ein Markt abgehalten.

Ein Untergebener des Hofmarschalls begrüßte Andreas und Soledad als Graf und Gräfin Kastellranken und führte sie zu ihren Unterkünften. Soledads Augen leuchteten zufrieden auf, als sie die Zelte sah, denn diese waren eines gräflichen Paares würdig. Man hatte sogar das Wappen, das sie vor der Schlacht von Llucmajor für Andreas gestickt hatte, kopiert und auf die Leinwand gemalt. Soledad nahm an, dass dies von Donatus veranlasst worden war, um seinem Freund in den Augen des Kaisers höhere Bedeutung zu verleihen.

Entgegen Andreas' Erwartungen wurden sie nicht sofort vor den Kaiser geführt, um diesem Rede und Antwort zu stehen. Zwar erschien ein Herold im kurzen Wappenrock und mit dem goldenen Stab als Zeichen seiner Würde und verbeugte sich vor ihnen. Das Anliegen, das er vorbrachte, überraschte jedoch auch Soledad.

»Herr Graf, Frau Gräfin, erlaubt mir, Euch im Namen Seiner Majestät, des Kaisers, zu begrüßen. Ihr seid heute Abend zu dem Fest geladen, das Seine Majestät für die Herren und Honoratioren dieser Gegend gibt. Vorher werdet Ihr, Herr Graf, gewiss den Wunsch haben, mit Eurem Vater, Herrn Ludwig von Ranksburg, sprechen zu wollen.« Der Herold blickte Andreas an und wartete gespannt auf dessen Antwort. Offensichtlich wusste er, dass der alte Graf und sein Bastardsohn an diesem Ort nicht gerade in Freundschaft geschieden waren.

Andreas war sich die ganze Zeit über klar gewesen, dass er seinem Vater irgendwann würde gegenübertreten müssen, dennoch verspürte er nun die gleiche Bitterkeit wie an jenem Tag, an dem Herr Ludwig ihn verstoßen hatte. Am liebsten hätte er dem Boten kurzerhand beschieden, dass ein Gespräch mit seinem Vater das Letzte war, nach dem er sich sehnte.

Soledad schien seine Ablehnung noch rechtzeitig zu spüren, denn sie kniff ihn heftig in den Arm, ehe er die harten Worte über die Lippen bringen konnte. »Kommt, mein Gemahl! Euer Vater wartet sicherlich schon auf Euch.«

Andreas biss die Zähne zusammen und nickte, als zwinge Soledads Blick ihm ihren Willen auf. »Ja, gehen wir!«

Dann musste er ein Lächeln unterdrücken, denn er sah, wie der Herold versuchte, sein Aufatmen zu verbergen. Ein wenig entspannter folgte er dem Mann zu dem wappengeschmückten Zelt, das einst seinem Halbbruder gehört hatte und in dem er zornerfüllt von seinem Vater geschieden war.

Obwohl er aus eigener Kraft Rang und Namen erworben hatte und sein neues Wappenschild keinen Bastardbalken aufwies, fühlte er sich alles andere als souverän und vermochte seine Gedanken kaum im Zaum zu halten. Tausend Dinge fielen ihm ein, die er Herrn Ludwig ins Gesicht schleudern wollte, doch als sich seine Augen an das dämmrige Licht im Innern des Zeltes gewöhnt hatten und er seinen Vater vor sich sah, blieb seine Zunge wie gelähmt im Munde liegen. Vor zwei Jahren war Ludwig von Ranksburg ein stattlicher, wenn auch schon älterer Mann gewesen. Nun sah Andreas einen Greis vor sich, dessen Kleidung um die mageren Glieder schlotterte. Das Gesicht seines Vaters war wie nach langem Leiden zerfurcht, und auch das schlohweiße Haar verriet, dass Graf Ranksburg schwere Zeiten erlebt hatte.

Der alte Mann trat mit unsicheren Schritten auf seinen Sohn zu, blickte zu ihm auf, als habe er Schwierigkeiten, ihn zu erkennen, und berührte dessen Gesicht wie ein Blinder mit den Händen. Sein Mund zuckte unkontrolliert, Tränen strömten über seine Wangen, und seine Stimme klang dünn und zittrig. »Du bist es wirklich, Andreas! Ich wollte nicht glauben, was ich von dem Herold vernahm, der als Bote des Kaisers auf der Ranksburg erschien, um mich hierher zu laden.«

Für Andreas war es entsetzlich, den Mann, den er als Kind so sehr bewundert hatte, so verfallen vor sich zu sehen, und aller Zorn und aller Trotz, den er im Lauf der Jahre aufgebaut hatte, wurden von einer Welle des Mitleids hinweggeschwemmt. Er zog seinen Vater an sich und kämpfte nun selbst mit den Tränen. »Ja, Vater, ich bin zurück.

Jetzt wird niemand mehr Ranksburgs Banner in den Staub werfen können.«

Der Graf stieß einen keuchenden Laut aus. »Ich wollte, Rudolf wäre dir gleichgekommen. Doch er ist nach seiner Mutter geschlagen, und das war sein Verderben. Vor einigen Wochen war ich bereits so weit, alles aufzugeben und mich in ein Kloster zurückzuziehen. Dann aber erhielt ich die Nachricht, dass Eisgarde nur darauf wartete, dass meine eigenen Verwandten mich umbrachten, denn sie hatte schon zugesagt, nach meinem Tod diesen von Gott verfluchten Leonhard von Niederzissen zu heiraten – den Mann, dessen Knechte ihren eigenen Sohn erschlagen haben! Da schwor ich mir, es dieser Brut so schwer wie möglich zu machen, an meinen letzten Besitz zu kommen. Zwar hatten mich alle meine Lehensmänner verlassen und teilweise sogar an den Niederzissener verraten ...«

»Nicht alle, Vater! Ritter Kuno steht immer noch treu zu dir, und nur mit seiner Hilfe ist es mir gelungen, das Blatt zu wenden.«

»Der gute, alte Kuno! Ich erinnere mich noch gut, dass er mir immer geraten hat, gerechter gegen dich zu sein.« Für einen Augenblick weilten die Gedanken des Grafen in der Vergangenheit, dann formten seine Lippen ein verschmitztes Lächeln. »Ich habe gehört, du hättest dir ein Weib genommen, das die Tochter eines Grafen und sogar königlicher Abstammung sein soll.«

»Das ist richtig! Darf ich dir Soledad vorstellen?« Andreas ließ seinen Vater los und trat neben seine Frau.

Der Alte starrte die junge Mallorquinerin bewundernd an. »Ja, dir gelingt es, nach den Sternen zu greifen, während

Rudolf nur im Schmutz gewühlt hat. Ich bin sehr, sehr stolz auf dich, mein Sohn! Weißt du bereits, dass wir beide heute Abend gemeinsam vor den Kaiser treten werden? Karl will den Zwist zwischen den Niederzissenern und uns beenden. Ich hasse es zwar, Land an diesen verfluchten Leonhard zu verlieren, aber zum Ausgleich dafür sollst du ein stattliches Lehen erhalten. Bei Gott, wer hätte sich vor zwei Monaten diese Wendung des Schicksals vorstellen können, als das Niederzissener Kriegsgesindel vor unserer Burg auftauchte und ich alles verloren gab?«

Andreas konnte seinem Vater ansehen, wie stark es diesen verdross, einen Großteil seines Besitzes an die verfeindete Sippe zu verlieren. Er selbst aber hielt nichts davon, diese Ländereien und die dazugehörigen Burgen zurückzufordern, denn die Lehensleute, die auf ihnen saßen, hatten zumeist mit Leonhard von Niederzissen gemeinsame Sache gemacht und würden sich aus Angst vor Rache auf ihren Festungen verschanzen oder gar rebellieren. Er behielt seine Meinung jedoch für sich und setzte sich auf Wunsch seines Vaters auf einen Klappstuhl. Zwei weitere wurden für den Grafen selbst und Soledad herbeigeschafft, und während sie den herben, erfrischenden Wein dieser Gegend tranken, berichtete Andreas von seinen Abenteuern in der Ferne.

IX.

Der kaiserliche Empfang fand im feierlich geschmückten Ratssaal der Stadt Egelsbach statt, dessen Magistrat alles getan hatte, um das Wohlgefallen Karls IV. zu erringen. Nun standen die Patrizier der Stadt bescheiden in einer Ecke und sahen zu, wie die hochedlen Herren und ihre Damen an der langen Tafel Platz nahmen. Ihren Mienen nach zu urteilen sonnten die Egelsbacher sich in dem Ruhm, neben dem Kaiser und seiner jungen Gemahlin Anna von Wittelsbach auch deren Vater, den Pfalzgrafen Rudolf II., sowie die Fürstbischöfe Wilhelm von Köln, der erst im letzten Jahr die Nachfolge seines Vorgängers Walram von Jülich angetreten hatte, Gerlach von Nassau-Saarbrücken für Mainz und Balduin von Luxemburg für das Erzstift Trier empfangen zu dürfen. Daneben zählten auch edle Herren wie der Landgraf Heinrich der Eiserne von Hessen, Herzog Magnus von Braunschweig und Graf Ulrich von Württemberg zu ihren Gästen. Mochte die Aufnahme so vieler Menschen der Stadt auch Probleme bereiten und die Zahlungsmoral der kaiserlichen Kämmerer zu wünschen übrig lassen, so bedeutete dieser Besuch doch eine hohe Ehre und ein willkommenes Geschäft für die Kaufleute und Handwerker.

Andreas interessierte sich weniger für die Städter, die sich voller Zufriedenheit die Hände rieben, als für den Kaiser und die Mitglieder der feindlichen Sippe. Graf Leonhard von Niederzissen hatte sich so eng in sein bis zu den Knöcheln reichendes dunkelblaues Gewand und einen pelzverbrämten Mantel gehüllt, als suche er darin Schutz. Dabei saß er beinahe durch die gesamte Länge der Tafel von Ludwig von Ranksburg und seinem unverhofft aufgetauchten Erben getrennt am anderen Ende des Saales und stierte Andreas unverwandt an. Neben ihm hatte sein Sohn Moritz Platz genommen. Diesem war die Erleichterung anzusehen, dass er den Kerker auf Benkenstein mit der kaiserlichen Ta-

657

fel hatte vertauschen können. Andreas bemerkte, dass von Zeit zu Zeit ein hasserfüllter Ausdruck über sein Gesicht glitt, der aber nicht ihm, sondern Graf Leonhards ältestem Sohn Urban zu gelten schien. Mit einem feinen Lächeln erinnerte er sich an das Gerücht, dass dieser die Fehde ohne Rücksicht auf das Leben seines Bruders hatte weiterführen wollen, und dies schien Moritz ihm stark zu verübeln.

Mit einem Mal wandte der Kaiser, der sich bis dahin mit einem seiner Berater unterhalten hatte, den Kopf und blickte Andreas an. »Seid mir willkommen, Graf Kastellranken.«

Andreas und Soledad neigten die Köpfe. Graf Ludwig, der nur zwei Plätze neben Andreas saß, runzelte die Stirn, weil sein Sohn nicht als Graf Ranksburg, sondern mit dem leicht eingedeutschten mallorquinischen Titel angesprochen wurde. Bevor er seinem Unmut jedoch Ausdruck geben konnte, hob der Kaiser einen mit Edelsteinen besetzten Pokal. Es war das Zeichen für alle, ihre Trinkgefäße in die Hand zu nehmen und dem Herrn des Reiches zuzutrinken. Pagen brachten nun Wasser in silbernen Schalen und saubere Tücher, damit die Gäste sich die Hände waschen konnten, und danach wurde ein Mahl aufgetragen, dessen Fülle sogar die Festmähler in Montpellier übertraf. Es gab vielerlei Fleisch, Unmengen verschiedener Fische und als Krönung einen gebratenen Pfau, den man in seiner Haut samt dem Federkleid präsentierte.

Da der bunte Vogel für viele Gäste reichen musste, erhielt jeder nur ein winziges Stück. Andreas wunderte sich, doch als er hineinbiss, war er froh, nicht mehr davon essen zu müssen, denn das Fleisch hatte trotz der reichlich bemessenen Gewürze kaum Geschmack und war so zäh, dass es sich wie Stiefelsohlen anfühlte. Soledad kaute ebenso lustlos darauf herum wie er, und er konnte ihr ansehen, dass sie diesen angeblichen Leckerbissen am liebsten in einem der weiten Ärmel ihres blauen, mit silbernen Sternen bestickten Kleides hätte verschwinden lassen. Sie hatte dann aber doch genug Selbstbeherrschung, das Pfauenfleisch zu schlucken.

»Also, in Montpellier hat man besser gespeist«, raunte sie Andreas zu, obwohl ihr der Rest des Mahles durchaus gemundet hatte.

Ein Trinkspruch des Kaisers, der der Gesundheit aller galt, beendete das Mahl, und die Pagen in ihren hellroten Tuniken und blauen Strumpfhosen traten erneut mit Wasserschüsseln und Tüchern neben die Gäste. Andreas erwartete, dass der Kaiser nun endlich die Rede auf die Fehde mit den Niederzissenern bringen würde, doch Herr Karl klatschte in die Hände und befahl, die Gaukler hereinzulassen. Die Jongleure und Muskelprotze leisteten Erstaunliches, um die Gäste zu unterhalten. Doch Andreas saß wie auf glühenden Kohlen, und ein Blick auf die Niederzissener verriet ihm, dass es den Gegnern kaum anders erging. Der Kaiser aber schien über alle Zeit der Welt zu verfügen. Nachdem er die Gaukler mit freundlichem Applaus verabschiedet hatte, erschienen Musikanten, die auf Lauten, Sackpfeifen und Schalmeien allerlei Weisen spielten. Nach ihnen lieferten sich zwei Herren, die einen gewissen Ruf als Minnesänger besaßen, einen Wettkampf der Lieder, den der Kaiser von den anwesenden Damen bewerten ließ. Auch Soledad wurde um ihr Urteil gebeten, und sie löste die Aufgabe diplomatisch, indem sie für den Sänger stimmte, der auch die Huld der Kaiserin gewonnen hatte.

Mit einem Mal wurde ein neuer Gast angekündet. Andreas zuckte zusammen, als Donatus' Name ausgerufen wurde. Der junge Mönch schritt lächelnd an ihm vorbei und händigte seinem Onkel, dem Trierer Kurbischof, eine Pergamentrolle aus, die dieser entrollte und aufmerksam studierte, ehe er sie an den Kaiser weiterreichte. Dieser las den Text sichtlich zufrieden durch, nickte dann wie erleichtert und hob ein weiteres Mal den Pokal. »Wir feiern heute nicht nur ein fröhliches Fest, sondern auch das Ende einer Fehde zweier stolzer Sippen, die den gleichen Wurzeln entsprossen sind. Lasst uns auf diesen Frieden trinken, und darauf, dass im Reich Fehden und Hader bald der Vergangenheit angehören werden.«

Andreas wollte protestieren, denn bevor er auf den Frieden mit Niederzissen trank, wollte er das Ergebnis dieses Friedensschlusses kennen. Donatus merkte seinen Unwillen und hob beschwichtigend die Hand. Sein Blick schien zu sagen: Sei beruhigt, mein Freund! Nie würde ich zulassen, dass dir Schaden zugefügt wird.

Leonhard von Niederzissen ruckte unruhig auf seinem Stuhl hin und her und schien nicht recht zu wissen, ob er trinken oder seinen Becher dem Kaiser vor die Füße werfen sollte. Schließlich bezwang er sich und setzte das Gefäß an die Lippen.

Im selben Augenblick sprang sein ältester Sohn auf und schlug die Faust mit voller Wucht auf den Tisch. »Ich lasse mich zu nichts zwingen! Ich fordere mein Recht als Edelmann und Ritter, diesen Zwist mit blanker Klinge beenden zu dürfen!«

Es wurde so still im Raum wie in einer Kirche um Mitternacht. Der Kaiser starrte den Störenfried ärgerlich an, und Graf Leonhard machte eine Bewegung, als wollte er seinen Sohn auf den Stuhl zurückzerren, während Moritz von Niederzissen spöttisch grinste.

Der Fürstbischof von Trier ergriff schließlich das Wort. »Verzeiht, Herr Urban, doch Euer Vater hat dem Friedensschluss mit Ranksburg so zugestimmt, wie es hier auf diesem Pergament geschrieben steht.«

»Ich bin nicht bereit, diesen Fetzen anzuerkennen!«, brüllte Ritter Urban so laut, dass es von den Wänden widerhallte. »Es war vereinbart, dass die Ranksburg an mich fallen sollte. Seine Majestät hat dies selbst gutgeheißen!«

In dem Augenblick wusste Andreas, dass Urban ein Schlagetot ohne Verstand sein musste. Nur ein Narr erinnerte einen Kaiser an ein früher gegebenes Versprechen, welches dieser zu vergessen wünschte. Leonhard von Niederzissen schien es ebenso zu sehen, denn er sprang auf und beschimpfte seinen ältesten Sohn wüst. Es fehlte nicht viel, und er wäre sogar handgreiflich geworden. Moritz hingegen wirkte so zufrieden wie ein Kater, den man in der Milchkammer eingesperrt hat. Ihm schien es zu gefallen, dass sein Bruder sich gerade die kaiserlichen Sympathien verscherzte.

Urban schüttelte seinen Vater ab wie ein lästiges Insekt und trat auf den Kaiser zu. »Ich fordere ein Gottesurteil! Das ist mein Recht! Oder ist dieser Graf Kastellranken zu feige dazu?«

661

Andreas sprang auf und verneigte sich in Richtung des Kaisers. »Verzeiht, Euer Majestät. Da Ritter Urban meinen Mut anzweifelt, muss ich darauf bestehen, zwischen ihm und mir die Schwerter sprechen zu lassen.«

Der Kaiser starrte die beiden Kampfhähne einen Augenblick verärgert an und nickte dann widerwillig. »Ich bedauere diese Entwicklung, doch ich kann und will sie nicht verhindern. Da Ritter Urban für den Fall seines Sieges den Besitz der Ranksburg fordert, wird er diese auch erhalten. Verliert er jedoch diesen Kampf, fallen alle Teile der ehemaligen Ranksburger Besitzungen, die sich derzeit in der Hand der von Niederzissen befinden, an Graf Andreas von Kastellranken.«

»Du hirnloser Narr!«, schrie Graf Leonhard seinen Ältesten an. »Wenn der Ranksburger Bastard dich aus dem Sattel hebt, ist all das verloren, für das wir zwei Jahre lang gekämpft und das Blut unserer Sippe geopfert haben!«

Urban kam auf Andreas zu, blieb mit geballten Fäusten vor ihm stehen und starrte ihn aus seinen kleinen, fast farblosen Augen an. »Vor zwei Jahren haben die Leute mich verspottet und behauptet, ich hätte das Turnier in dieser Stadt nur deshalb gewonnen, weil man dich Bastard davon ausgeschlossen hat. Morgen werde ich ihnen allen beweisen, dass ich der Bessere bin!«

»Sieg oder Niederlage, das liegt in Gottes Hand!«, antwortete Andreas kühl und verneigte sich in Richtung des Kaisers. »Erlaubt mir, mich zurückzuziehen, Euer Majestät. Ich stehe meinem Gegner morgen zur dritten Tagesstunde zur Verfügung.«

»Ihr habt meine Erlaubnis, Graf Kastellranken. Nehmt

aber vorher mein Bedauern wegen dieses unerfreulichen Zwischenfalls zur Kenntnis. Dies war nicht mein Wille!« Der Kaiser nickte Andreas zu und nahm wieder den Pokal in die Hand. Diesmal brachte er jedoch keinen Trinkspruch aus, sondern setzte das Gefäß an die Lippen und trank es in hastigen Zügen leer. Der Ärger war ihm deutlich anzusehen, und seine Miene versprach, dass Ritter Urban auch bei einem Sieg seiner Ungnade sicher sein konnte.

X.

»Dieser Schuft hat gehört, dass du bei Llucmajor schwer verwundet worden bist! Deshalb sucht er den Kampf. Doch er hat sich geirrt. Du wirst ihn besiegen, mein Gemahl, denn du bist stark und tapfer, und meine Gebete werden alle Heiligen dazu bewegen, dir beizustehen.« Soledad ließ ihrer Wut auf Urban von Niederzissen und dessen Sippe freien Lauf und belegte sie mit etlichen ebenso klangvollen wie beleidigenden Ausdrücken in ihrer Muttersprache. Andreas war daher froh, als Heinz in das Zelt trat und Donatus ankündigte.

Der junge Kleriker wirkte besorgt, und seine Hände zitterten so sehr, dass er sie gegeneinander presste. »Das war nicht geplant, Graf Andreas. Ihr müsst mir glauben! Der Kaiser ist außer sich und würde den Zweikampf am liebsten verbieten.«

»Pah, mein Andre wird diesen Niederzissener Wurm zu Boden schmettern und mit dem Absatz zertreten!«, fuhr Soledad auf.

663

»Aber er ist doch verletzt!« Donatus' Stimme verriet Angst.

Andreas hob die Hände. »Meine Verletzungen sind längst geheilt, und ich habe in den Übungskämpfen mit meinem wackeren Eisenschuch meine alte Kraft und Behändigkeit wiedergewonnen. Ich fühle mich Urban von Niederzissen durchaus gewachsen.«

Donatus blickte ihn zweifelnd an. »Gebe Gott, dass Ihr Recht habt! Dem älteren Niederzissener ist, so wie ich gehört habe, nicht zu trauen, also gebt auf Euch Acht. Ich möchte Euch noch einen anderen Rat geben: Beharrt nicht auf den Gebieten, die Ihr als Sieger in diesem Kampf erringen könnt, sondern überlasst sie dem Kaiser. Die Ländereien liegen weit verstreut, und Ritter Urban und seine Verbündeten geben sie gewiss nicht freiwillig auf. Es würde Euch viel Mühe bereiten, sie wiederzugewinnen, und Euch neue Feinde schaffen. Euer Vater wird, wenn Ihr siegt, die Ranksburg und das sie umgebende Stammland behalten dürfen, und Euch wird der Kaiser ein Lehen geben, das direkt an das Ranksburger Land grenzt. Seid gewiss, es wird groß genug sein, um Euren Ehrgeiz und den Eures Vaters zufrieden zu stellen.«

»Soll mein Andre für nichts kämpfen, während sein Feind im Fall eines Sieges die Ranksburg erhalten würde?« Soledad geriet so in Rage, dass Andreas um die Einrichtung seines Zeltes zu fürchten begann.

Bevor Soledad ihrem Zorn noch drastischer Ausdruck geben konnte, fasste Donatus ihre Hände. »Herrin, ist die Gunst des Kaisers denn nicht wertvoller als eine zusätzliche Burg und ein Stück Land?«

Andreas hätte seinen Freund umarmen können, denn mit diesen wenigen sanften Worten gelang es ihm, Soledad zu beruhigen.

Die junge Frau überlegte kurz und nickte dann. »Ihr habt Recht, ehrwürdiger Bruder. Die Gnade des Herrschers zählt mehr als Gold und Burgen – falls sie gewährt wird.«

»Sie wird es! Vertraut mir.« Donatus lächelte ihr zu und winkte dann einen Mönch zu sich, der sich bisher bescheiden im Hintergrund gehalten hatte. Der Mann trug einen kleinen Kasten, dessen Schmuck aus Gold und Edelsteinen einen nicht unbeträchtlichen Wert darstellte.

»Erinnert Ihr Euch noch an den Grund, der mich damals nach Burgund reisen ließ, Graf Andreas?«, fragte Donatus leise.

»Ja, es ging um eine heilige Reliquie.«

»Genauer gesagt um zwei. Eine davon habe ich mitgebracht, damit der Segen des heiligen Remigius Euch begleitet.« Donatus nahm dem Mönch das Kästchen ab, öffnete es und streckte Andreas die Reliquie entgegen. Dieser starrte verwirrt auf das kunstvoll getriebene Silber, welches das als heilig verehrte Schlüsselbein einfasste, während Soledad das Knie beugte und mit ihren Lippen den Rand der Fassung berührte. Nun kniete auch Andreas nieder, faltete die Hände und richtete ein Bittgebet an Sankt Remigius. Dann legte er die Stirn gegen das Schlüsselbein und küsste ebenfalls das Silber. Im selben Moment wurde ihm auf eine angenehme Art warm, als strömten unbekannte Kräfte in ihn, die ihn stärkten. Mit der Macht des Heiligen auf seiner Seite würde er siegen.

Donatus barg die Reliquie wieder in ihrem Schrein und

überreichte ihn dem Mönch. Inzwischen waren auch Graf Ludwig, Ritter Kuno und Eisenschuch erschienen, um Andreas bei den Vorbereitungen zu helfen. Andreas' Vater wirkte frischer als am Tag zuvor. Die Rückkehr seines Sohnes und die Gespräche mit seinem alten Waffenmeister hatten ihm offensichtlich gut getan. Dennoch war er nervös wie ein Füllen, das seine Mutter verloren hatte, und wirkte besorgt.

Er bemühte sich jedoch, Zuversicht auszustrahlen, und klopfte Andreas mit einem gekünstelten Lachen auf die Schulter. »Mein lieber Junge, ich wünsche dir einen ehrenvollen Sieg. Wenn du diesen Niederzissener Ochsen in den Staub gestoßen hast, in den er gehört, so rate ich dir, auf deinen Gewinn zu verzichten. Wie es aussieht, müssten wir jede einzelne Burg in diesen Gebieten mit Waffengewalt zurückholen, denn etliche der Herren, die es gar nicht erwarten konnten, zu Graf Leonhard überzulaufen, werden es nicht freiwillig hinnehmen, wenn der Kaiser sie wieder unter unsere Herrschaft stellt.«

Eisenschuch stieß ein raues Lachen aus. »Sie beten um Ritter Urbans Sieg, aber da werden sie nicht erhört werden, denn Gottes Gerechtigkeit ist auf unserer Seite.«

Andreas atmete erleichtert auf, froh, dass sein Vater selbst ihm den Vorschlag machte, den er ihm vorsichtig hatte ans Herz legen wollen. Um nichts in der Welt hätte er den alten Herrn enttäuschen oder an ihm zweifeln lassen mögen. »Ich werde dir gehorchen, Vater, und dieses Land dem Kaiser überlassen. Doch jetzt wird es für mich Zeit, mich zum Kampf zu rüsten. Ich will meinen Gegner nicht warten lassen.«

Ritter Kuno klatschte Beifall. »So ist es recht! Immer frisch drauf, aber niemals den Kopf verlieren. Den wirst du nämlich brauchen, wenn du Urban schlagen willst. Doch du wirst es schaffen, mein Guter. Ich habe ihn schon mehrfach im Turnier kämpfen sehen. Höre mir gut zu ...«

Während der alte Kämpe Andreas die Kampfweise des gegnerischen Ritters erklärte, brachten Heinz und Eisenschuch dessen Rüstung. Es war dieselbe, die er in der Schlacht von Llucmajor getragen hatte. Man hatte die zerhauenen Teile ausgewechselt und die anderen Scharten geglättet, dass die Panzerung beinahe wie neu wirkte. Auch das Wappen auf dem Schild leuchtete in frischen Farben, die nach Soledads Worten seinen Gegner blenden sollten.

Andreas amüsierte ihr Überschwang, aber dann erinnerte er sich an jenes Turnier vor zwei Jahren und fühlte Stolz in sich aufsteigen, nun ein Wappen führen zu können, das ihm ein König verliehen hatte. Er schlüpfte in das schwere Kettenhemd und ließ sich dann Arm- und Beinschienen anlegen. Sein Vater setzte ihm eigenhändig die Beckenhaube auf, die mit einem Kragen aus Kettengeflecht versehen war und den Schultern doppelten Schutz verlieh, und Heinz legte ihm die gepanzerten Handschuhe an. Nur auf den Topfhelm, der über die Beckenhaube gestülpt wurde, verzichtete Andreas vorerst noch.

Bevor sie aufbrachen, sprach Donatus ein Gebet und segnete seinen Freund. Dann atmete der junge Mönch tief durch und überließ es Graf Ludwig und Ritter Kuno, Andreas ins Freie zu führen, wo Karim bereits hufescharrend auf ihn wartete. Heinz und Eisenschuch halfen Andreas

667

aufzusteigen, und dann führte der Knappe den Hengst auf die Kampfbahn.

Die Tribünen waren bereits dicht besetzt, und der Kaiser saß ebenfalls schon auf seinem Hochsitz. Unter den adeligen Gästen entdeckte Andreas den Vater und den jüngeren Bruder seines Gegners, und ein wenig abseits auf einer weniger geschmückten Tribüne saßen die Ratsherren und Honoratioren von Egelsbach in ihren besten Kleidern, als gelte es, einen hohen Festtag in der Kirche zu begehen. An der anderen Seite der Stechbahn standen die Menschen der Stadt und des umliegenden Landes dicht an dicht. Es waren weitaus mehr Leute anwesend als bei dem Turnier vor zwei Jahren, doch Andreas war klar, dass nicht er oder Urban von Niederzissen der Grund für diesen Ansturm waren, sondern die Gegenwart des Kaisers, die als Segen bringend galt und die die meisten Anwesenden wohl nur einmal in ihrem Leben genießen durften.

Urban von Niederzissen erschien fast gleichzeitig mit Andreas. Auch er hatte den wuchtigen Topfhelm noch nicht aufgesetzt, und daher konnte Andreas sein rot angelaufenes Gesicht mustern und die verbissene Miene, mit der sein Gegner in diesen Zweikampf ging.

Der Beichtvater des Kaisers sprach ein längeres Gebet, segnete die beiden Turniergegner und bat Gott, dem Würdigeren von ihnen den Sieg zu verleihen. Danach trat der oberste Herold vor und verkündete mit weit tragender Stimme die Regeln.

»Die Streiter werden dreimal die Lanzen kreuzen und dann den Kampf zu Fuß mit dem blanken Schwert fortsetzen, bis einer von ihnen tot oder kampfunfähig ist.

668

Macht euch nun bereit!« Der Herold trat zurück und wartete, bis die Knappen ihren Herren die Helme aufgesetzt und festgebunden hatten und die Kämpfer Schilde und Lanzen fest in ihren Händen hielten. Auf sein Zeichen ertönte ein Fanfarenstoß, der die Gegner in die Ausgangsstellungen rief.

Andreas wunderte sich über sich selbst, denn er war so gelassen, als ginge es in einen freundschaftlichen Wettbewerb und nicht in eine Auseinandersetzung auf Leben und Tod. Für einen Augenblick fragte er sich, ob er diesen Kampf nicht auf die leichte Schulter nahm oder sich im Schutz des heiligen Remigius zu sicher fühlte. Aber auch diese Selbsterforschung ließ sein Herz nicht schneller schlagen. Als ein weiterer Fanfarenstoß ertönte und der als Kampfrichter amtierende Herold den Stab senkte, trieb er seinen Hengst an und richtete die Lanze gegen den Feind.

Karim war um einiges leichter als Ritter Urbans Streitross, aber weitaus schneller, daher trafen die Kämpen aufeinander, als der Niederzissener kaum ein Drittel seines Weges zurückgelegt hatte. Die Lanzen krachten gegen die Schilde. Andreas konnte die gegnerische Spitze mit dem Schild ablenken, wobei seine eigene Waffe zerbrach. Schnell drehte er den Oberkörper, während er Karim zügelte, und nahm trotz des hinderlichen Helms wahr, dass sein Herausforderer im Sattel wankte und für einen Augenblick Gefahr lief, zu Boden zu stürzen. Doch zu seiner Enttäuschung konnte Urban sich halten.

Heinz reichte seinem Herrn eine frische Lanze, während der Niederzissener die seine wie in einem Wutanfall wegwarf, um ebenfalls eine neue zu ergreifen. Dann gab der

Herold das Zeichen zum zweiten Anritt. Andreas merkte rasch, wie die Waffe seines Gegners nach links wanderte, um ihn mit dem quer gestellten Schaft vom Pferd zu fegen. Es war ein unehrenhafter Trick, der bei einem unerfahrenen Gegner gewiss zum Erfolg geführt hätte. Aber Andreas hatte in Montpellier oft genug mit dem provenzalischen Ritter Gyot du Sorell geübt, der vielerlei Schliche beherrscht hatte, und war gewarnt. Er gab seiner eigenen Lanze so viel Wucht, dass Urban hart getroffen wurde und sich unwillkürlich vornüberbeugte. Zwar rutschte der Mann auch jetzt nicht aus dem Sattel, aber seiner eigenen Waffe fehlte nun die Kraft, Andreas gefährlich zu werden, und sie glitt harmlos an dessen Rüstung ab.

Beim dritten Durchgang versuchte Urban von Niederzissen es mit roher Gewalt und zielte auf Andreas' Kopf. Der wich jedoch nur ein wenig zur Seite, und während die Lanzenspitze seines Gegners ihn verfehlte, traf er erneut dessen Schild. Urban verlor einen Steigbügel, und nur das rasche Eingreifen seines Knappen bewahrte ihn vor dem Sturz.

Der Knappe und zwei Knechte halfen dem Niederzissener aus dem Sattel. Dieser hatte kaum den Boden berührt, als er seine Helfer schon wegstieß und das Schwert zog. Ohne auf das Zeichen des Herolds zu warten, stürmte er auf Andreas zu, der noch halb auf seinem Pferd hing. Ein scharfer Warnruf ließ ihn und Heinz aufmerksam werden. Der Knappe riss seinen Herrn fast herunter, hielt ihn für den Bruchteil eines Augenblicks fest, damit dieser in der schweren Rüstung nicht das Gleichgewicht verlor, und sprang zur Seite. Andreas befahl ihm, den Hengst aus der

Kampfbahn zu führen, und ließ sein Schwert aus der Scheide schnellen. In dem Augenblick war Urban über ihm.

Die ungestümen Schläge des Niederzisseners krachten gegen Andreas' Schild und betäubten beinahe seinen Arm. In der Gier, seinen Gegner niederzuschmettern, hielt Urban den eigenen Schild jedoch zu tief. Andreas beschränkte sich einige Atemzüge lang nur auf seine Verteidigung, stieß dann das Schwert nach vorne und traf den Gegner an der Schulter. Urban stieß ein ersticktes Stöhnen aus und verdoppelte die Kraft seiner Hiebe. Andreas ließ sich zunächst etwas zurückdrängen und schlug mit kühler Überlegung zu, als stünde Joachim von Terben neben ihm und sagte ihm jede einzelne Bewegung an. Dabei beschränkte er sich darauf, die von einem wütenden Schnauben begleiteten Schläge seines Gegners abzulenken, aber jedes Mal, wenn der Niederzissener den Schild zu weit sinken ließ, stach er zu und traf ihn an der gleichen Stelle. Die metallverstärkte Lederplatte, die Urbans Schulter schützte, ging in Fetzen, und bald färbte Blut den grünen Waffenrock des Niederzisseners.

Urban hatte seinen Gegner bereits um die halbe Stechbahn getrieben, als seine Kraft nachließ und er begriff, dass er Gefahr lief, diesen Kampf zu verlieren. Das war der Augenblick, auf den Andreas gewartet hatte. Er spürte die Unsicherheit seines Feindes und ging zum Angriff über. Dabei geriet die kaiserliche Tribüne in sein Blickfeld, und er sah, dass Graf Leonhard aufgesprungen war und nun entgeistert zu ihnen herüberstarrte, während Moritz von Niederzissen sich die Hände rieb, als bejubele er die sich abzeichnende Niederlage seines Bruders.

Leonhard von Niederzissen hatte ebenfalls die Vorfreude seines jüngeren Sohnes bemerkt und ballte nun vor Wut die Fäuste. Hatte er seinen Ältesten gezwungen, das Leben seines Bruders zu schonen, nur um mit ansehen zu müssen, wie dieser wegen Moritz' Dummheit sein Leben ließ?

Gerade in dem Moment lachte einer der Berater des Kaisers hart auf. »Noch ein paar Hiebe, und Ritter Urban wird das Aufstehen für immer vergessen!«

Dies sah auch Graf Leonhard kommen. Er drängte sich an einigen darob unwillig brummenden Edelleuten vorbei, trat vor den Kaiser und fasste dessen roten Umhang. »Ich bitte Euch, Euer Majestät, macht diesem Kampf ein Ende. Mein Sohn ist besiegt. Oder wollt Ihr, dass eine neue Blutschuld zwischen Niederzissen und Ranksburg steht?«

»Nein, das soll nicht sein!« Der Kaiser hob seinen Arm und gebot dem Herold, den Kampf zu beenden. Vier Ritter traten mit erhobenen Schilden zwischen die Kämpfer und trennten sie. Urban von Niederzissen heulte vor Wut und Schmerz, während Andreas seinem herbeieilenden Knappen das Schwert reichte und Eisenschuch bat, ihm den Helm zu lösen. Dann trat er auf den Kaiser zu und beugte sein Knie. Karl IV. sah ihn einen Augenblick lang an und nickte dann langsam, als müsse er sich selbst etwas bestätigen.

»Ihr seid ein guter Kämpfer, Graf Kastellranken, und habt diesen Sieg wahrlich verdient. Ich rechne es Euch hoch an, dass Ihr auf den Siegespreis, der Euch gebührt hätte, verzichten wollt, und werde Euch ob Eurer klugen Ent-

672

scheidung noch höher in Ehren halten. Dient mir so treu, wie Euer Vater Kaiser Ludwig gedient hat, und Ihr werdet es nicht bereuen!«

»Ich bin Euer Gefolgsmann, Euer Majestät!« Mehr konnte Andreas nicht sagen, denn der Jubel des Volkes riss ihm das Wort vom Mund.

XI.

Seit dem Zweikampf vor den Mauern der Stadt Egelsbach war etwas mehr als ein Jahr vergangen. Den Sommer über hatte Andreas im Auftrag des Kaisers rebellische Burgherren bekämpft und die meisten mithilfe seines Vaters dazu bewegen können, die Autorität Karls IV. anzuerkennen. Graf Ludwig hatte sich mit neu erwachtem Elan in diese Aufgabe gestürzt und wirkte nun so frisch wie seit langem nicht mehr. Seine Gemahlin Eisgarde war nicht mehr zu ihm zurückgekehrt, sondern hatte sich angesichts der Tatsache, dass sie nun doch nicht so schnell Witwe werden würde, in ein Kloster zurückgezogen. Den Worten ihres Ehemanns zufolge war das wohl die beste Entscheidung, denn dort konnte sie Abbitte für all ihre Sünden leisten und für die Seele ihres Sohnes beten.

Als Vater und Sohn an einem sonnigen Herbsttag in die Ranksburg einritten, erwartete Soledad sie auf dem Hof. Sie hatte sich als geschickte Verwalterin der Besitztümer erwiesen und fühlte sich in ihrer neuen Heimat sichtlich wohl. Da sie in Andreas' Augen ein wenig stämmiger geworden war, neckte er sie damit.

»Das macht das gute Essen!«, antwortete sie ihm, aber das Lächeln, das ihre Mundwinkel dabei umspielte, ließ ihren Gemahl stutzen. Soledad gab Andreas jedoch keine Gelegenheit nachzufragen, sondern deutete auf den Eingang des Palas, aus dem soeben ein Mann im Ornat eines Abtes trat. »Wir haben einen Gast, mein Geliebter. Willst du ihn nicht begrüßen?«

»Donatus!« Andreas eilte auf den Freund zu und fasste seine Hände. »Welch eine Freude, Euch zu sehen!«

»Im Turmzimmer stehen Wein und Gebäck bereit. Bis zum Abendessen wird es noch eine Weile dauern.« Soledad scheuchte die Männer beinahe wie Kinder ins Haus und folgte ihnen zu einer gemütlich eingerichteten Stube, deren Fenster einen weiten Ausblick über das hügelige Land um die Ranksburg bot. Dort schenkte sie ihnen eigenhändig ein und reichte jedem einen Teller mit frischen Apfelküchlein.

Andreas lächelte seiner Frau liebevoll zu, trank etwas Wein und aß unter ihren auffordernden Blicken ein Küchlein. Dann wandte er sich an Donatus. »Sagt, wie ist es Euch in der Zwischenzeit ergangen? Ich habe viele Monate lang nichts mehr von Euch gehört.«

»Mein Oheim hat sein Ziel erreicht, wie mein Gewand Euch verrät, und mich zum Abt eines reichen Klosters wählen lassen. Was mich aber noch glücklicher macht, sind Nachrichten, die ich aus allen Richtungen erhalten habe. Die Seuche, die in den letzten Jahren so viele Landstriche verheert hat, scheint endlich abgeklungen zu sein.«

»Dem Herrgott und dem heiligen Rochus sei Dank, dass wir und unsere Familien von dem Schrecklichen verschont wurden. Wir haben den schwarzen Schnitter auf Mallorca erlebt, und ich hoffe, so etwas nie wieder mit ansehen zu müssen.« Andreas schüttelte sich bei der Erinnerung und bekreuzigte sich.

Soledad legte sanft ihre Rechte auf seinen Arm. »Ganz verschont ist deine Sippe nicht geblieben, mein Liebster. Ich habe, als die schlimmsten Schrecken vorbei waren, nach deiner Mutter suchen lassen. Der schwarze Schnitter hat sie ebenso gefällt wie ihren Ehemann und die meisten ihrer Kinder.«

Andreas senkte betroffen den Kopf. Obwohl er seine Mutter kaum gekannt hatte, fühlte er den Verlust, und er wischte sich eine Träne von der Wange.

»Sei nicht traurig, Andre«, sprach Soledad weiter. »Immerhin ist dir eine Halbschwester geblieben. Ich möchte sie mit deiner Erlaubnis auf die Burg holen und erziehen. Da in ihren Adern immerhin zur Hälfte dasselbe Blut fließt wie in deinen, sollte sie keine Magd sein. Vielleicht kannst du sie einmal mit dem Kastellan einer deiner Burgen verheiraten. Ich wüsste da schon einen, der in Frage kommen könnte.« Soledads Blick suchte dabei Heinz, der wie immer an der Seite seines Herrn war. »Heinz hat dir stets treu gedient und sollte belohnt werden. Sende ihn zu Ritter Joachim, damit er ihn zum Ritter ausbildet. Ich glaube, er wird einmal ein prächtiger Burghauptmann sein.«

»Nein, nicht zu diesem Schinder!« Heinz riss entsetzt die Arme hoch.

Andreas musterte ihn kurz und nickte Soledad zu. »Du hast wie immer Recht, meine Liebe. Heinz wird sich ausgezeichnet machen. Wie alt ist meine Schwester?«

675

»Zehn Jahre! Damit bleibt unserem Heinz genug Zeit, sich zu bewähren.«

»Nein, ich will nicht zu Ritter Joachim, und verheiratet werden will ich auch nicht!« Es gab jedoch niemand etwas auf Heinz' protestierende Worte.

Donatus faltete kurz die Hände, dankte Gott für seine Gnade und segnete seinen Freund und dessen Gemahlin. Dann lächelte er wieder. »Reden wir von schöneren Dingen! Der Kaiser ist voll des Lobes über Euch und Euren Vater. Eure Erfolge imponieren ihm besonders, weil sie mit Klugheit und nicht mit blanker Gewalt errungen worden sind. Aber auch er hat wichtige Schritte unternommen, die das Reich einem allgemeinen Frieden näher bringen. Graf Günther von Schwarzenburg, den Karls Feinde zum Gegenkönig ausgerufen haben, hat sich mit ihm geeinigt und auf seine Krone verzichtet, und nun scheint Herr Ludwig von Brandenburg, jener Wittelsbacher, der am meisten gegen den Kaiser opponiert hat, ebenfalls willens zu sein, sich Karl IV. zu unterwerfen. Das Ende der durch diesen unsinnigen Machtkampf ausgelösten Kriegszüge wird dazu beitragen, dass sich die durch den schwarzen Tod daniederliegenden Landstriche wieder erholen können.« Andreas nickte. »Da habt Ihr Recht. Hier in Ranksburg sind wir durch die Gnade Gottes von dieser Heimsuchung verschont worden, doch in einigen Teilen des Reiches soll der Tod so schaurige Ernte gehalten haben, dass kaum ein Feld mehr bestellt werden kann und kein Händler mehr da ist, der einen Ochsen vor seinen Karren spannt.«

»Wir wollten von angenehmeren Dingen reden!«, erinnerte Donatus seinen Freund. »Wie Ihr wisst, hat Kaiser

Karl auf Betreiben des Grafen Leonhard dessen Sohn einen Teil der Ländereien zurückgegeben, die dieser im Zweikampf gegen Euch verloren hatte. Urban scheint jedoch nicht sehr glücklich darüber zu sein, dass er im Vergleich zu seinem Bruder Moritz den kleineren Teil des Erbes erhalten soll, und man munkelt bereits, er warte nur auf den Tod seines Vaters, um seine Ansprüche mit gepanzerter Faust anmelden zu können. Ich fürchte, die Niederzissener Grafen werden eine Sippenfehde entfachen, die ihren Kampf gegen Ranksburg an Härte und Verbissenheit noch übertreffen wird.«

Graf Ludwig hatte gerade den Becher zum Mund geführt, hielt ihn nun aber in der Hand, ohne zu trinken, und lächelte böse. »Ich will nicht verschweigen, dass mich das freut.«

Andreas fuhr leicht verärgert auf. »Dieser Streit geht uns nichts an! Zum Glück besitzen wir keine gemeinsamen Grenzen mit den Niederzissenern, und ich bin auch nicht bereit, für den einen oder anderen Bruder Partei zu ergreifen.«

»Das habe ich nicht anders erwartet!« Donatus nickte ihm freundlich zu und wies auf Soledad. »Ihr solltet Euch von jetzt an ein wenig mehr Zeit für Eure Frau nehmen. Sie hat eine gute Nachricht für Euch.«

Andreas blickte Soledad neugierig an. »Was für eine Nachricht? Hat Ploma inzwischen ihr zweites Fohlen geworfen?«

Seine Frau verdrehte die Augen. Dann aber beruhigte sie sich wieder, nahm ein aufgerolltes Pergament zur Hand und glättete es. »Der ehrwürdige Herr Abt brachte diesen Brief aus Katalonien mit. Er stammt von Miranda und Gabriel und ist von deren Beichtvater geschrieben worden, aber leider nicht auf Latein, sondern in Katalanisch. Wenn du willst, lese ich ihn dir vor.«

»Und ob ich das will!« Andreas griff nach der Rolle und wollte sie ihr aus den Händen ziehen. Da seine Katalanisch-Kenntnisse sich jedoch mehr auf das gesprochene Wort beschränkten, ließ er das Pergament mit einem um Entschuldigung bittenden Lächeln wieder los.

Soledad war nun froh um den strengen Unterricht, den Ayolda de Guimerà ihr aufgezwungen hatte, ermöglichte er ihr doch, den Brief ihrer Schwester ohne Stocken oder grobe Fehler vorzulesen. Miranda und Gabriel ging es sehr gut; Gabriels Vater Bartomeu hatte die Pest ebenfalls unbeschadet überstanden und stand bei König Pere in höheren Ehren als je zuvor. Er konnte sich nun auch mit dem lange ersehnten Titel eines Vescomte schmücken und wurde ehrenhalber mit Comte angeredet, damit er nicht hinter seinem Sohn zurückstehen musste.

»Auf Mallorca steht es leider nicht so gut«, fuhr Soledad fort. »Der schwarze Schnitter hat sehr viele Menschen dahingerafft, und die, die noch leben, stöhnen mehr denn je unter der Knute der katalanischen Steuereintreiber. Viele der Edelleute, die sich damals de Centelles' Heer angeschlossen haben, verfluchen sich deswegen und trauern um den guten König Jaume. Sein Grab bei Llucmajor soll zu einem wahren Wallfahrtsort der Mallorquiner geworden sein. Deswegen hat König Pere befohlen, die Gebeine seines Vetters zu bergen und ins ferne Valencia zu bringen, damit Jaume nicht noch im Tod zum Symbol für den Freiheitswillen seines Volkes werden kann.«

»Wie geht es dem Prinzen und Dona Elisabet?«

»Sie befinden sich noch immer in strenger Haft. Der König befürchtet, sie würden ihm die Krone Mallorcas streitig machen, wenn er ihnen die Freiheit gäbe.« Soledad kämpfte mit den Tränen, denn sie hatte viel für die freundliche Prinzessin empfunden. Auch Andreas schien seinen Gedanken nachzuhängen.

Daher zupfte Donatus Soledad am Ärmel. »Steht nicht mehr in dem Schreiben?«

»Oh doch! Miranda ist zum zweiten Mal Mutter geworden. Nach Núria, mit der sie bei unserer Abreise schwanger ging, hat sie nun einen Sohn geboren. Mit Erlaubnis des Königs haben sie ihn Pere genannt und dafür die Zusage erhalten, ihrem zweiten Sohn den Namen Guifré geben zu dürfen.« Soledad schwieg einen Moment und schnaubte durch die Nase. »Sie hätten einen zweiten Sohn Andre nennen können!«

Andreas nahm ihre rechte Hand und streichelte sie sanft. »Erzürne dich nicht, denn es wird gewiss noch einen Sohn geben, den sie so nennen können, und eine Tochter, die einmal Soledad heißen wird. Lass uns lieber überlegen, was wir deinen Verwandten antworten sollen.«

Soledad schenkte ihm einen verschmitzten Blick und legte ihre Linke auf die von Andreas' vorhin bespöttelte Wölbung ihres Leibes. »Es wäre vielleicht besser, noch ein wenig mit der Antwort zu warten. Dann können wir neben unseren besten Wünschen auch den Namen unseres Erstgeborenen übermitteln.«

Andreas ließ vor Überraschung ihre Hand los. »Was sagst du da?« »Ihr werdet Vater, mein Freund!«, sagte Donatus an

679

Soledads Stelle. »Ihr solltet Euch rasch ein hübsches Geschenk einfallen lassen, um Euch bei Eurer Gemahlin zu bedanken.«

»Da hat der ehrwürdige Abt durchaus Recht! Da kommst du nach drei langen Monaten auf die Burg zurück und hast kaum einen Blick für mich.« Soledad streckte die Nase so zur Decke wie damals in Montpellier, doch ihre Augen blitzten mutwillig.

Andreas umarmte sie, bedeckte ihr Gesicht mit Küssen und strich dann sanft über ihren Bauch. »Ich verspreche dir, mich zu bessern. Außerdem erhältst du das schönste Geschenk der Welt.«

»Das will ich auch hoffen!« Es gelang Soledad nur mit Mühe, ernst zu bleiben. In Graf Ludwigs Augen glänzten Tränen. Soledads Schwangerschaft war die schönste Nachricht, die er seit der Geburt seiner eigenen Söhne vernommen hatte.

Donatus grinste wie ein Lausbub und zwinkerte Andreas zu. »Ich hoffe, Ihr werdet mich als Gevatter bitten, wenn es ein Sohn wird!«

»Das werde ich!«, rief Andreas sofort, blickte Soledad dann aber fragend an.

Diese musterte erst ihn, dann den immer noch etwas mädchenhaft wirkenden Abt, und nickte schließlich. »Es wäre uns eine Ehre.«

»In der Stadt, bei der meine Abtei liegt, findet am Tag der Apostel Simon und Judas ein Jahrmarkt statt, und es gibt dort die schönsten Dinge weit und breit zu kaufen. Vielleicht habt Ihr Lust, mich dorthin zu begleiten.« Donatus blickte Andreas etwas ängstlich an, denn noch während er

680

die Worte aussprach, befürchtete er, mit diesem Vorschlag etwas zu weit gegangen zu sein.

Andreas wusste nicht so recht, was er darauf antworten sollte, denn er wäre gerne mit seinem Freund geritten, wollte aber Soledad nicht erzürnen. Diese kniff die Lippen zusammen und schien zu überlegen. »Ich glaube, das ist kein schlechter Gedanke. Herr Donatus hat sich als treuer und zuverlässiger Freund erwiesen und sollte als solcher geehrt werden.«

Sie spürte das Band, das die beiden Männer miteinander verknüpfte, kämpfte jedoch ihre Eifersucht nieder, denn der junge Abt mochte ihnen gewiss noch das eine oder andere Mal nützlich sein. Als Donatus sie anblickte, lagen Dankbarkeit in seinem Blick und eine Verehrung, die ein schlechtes Gewissen in ihr weckte, weil sie ihre Zustimmung aus recht eigennützigen Gründen gewährt hatte.

Ihr Mann lachte jedoch fröhlich auf und küsste sie leidenschaftlich auf den Mund. Dann warf er stolz die Arme hoch. »Bei Gott, du bist das beste Weib, das ich mir wünschen konnte!«

Soledad antwortete ihm mit einem gezierten Lächeln. »Es freut mich, dass du das endlich bemerkt hast. Doch nun wäre es mir angenehm, wenn wir uns ein wenig zurückziehen könnten. Ich möchte in allen Einzelheiten von dir erfahren, warum ich die beste Ehefrau der Welt bin!«

Donatus und Graf Ludwig wechselten einen kurzen Blick und glitten wie Schatten hintereinander durch die Tür. Andreas lauschte ihren Schritten, bis das leise Tappen auf der Treppe verhallt war, lächelte Soledad glücklich an und versicherte ihr, dass er ihr sehr, sehr viel zu sagen habe.

Viele Namen und einige Begriffe sind der katalanischen Sprache entnommen, die dem Spanischen zwar ähnelt, sich aber in wesentlichen Teilen davon unterscheidet. Ein Beispiel für die Ähnlichkeit ist das Wort für Herr, das auf Spanisch Señor und auf Katalanisch Senyor geschrieben wird. Es bestehen auch Ähnlichkeiten mit der französischen Sprache, die sich in dem Namen Pierre und Pere widerspiegeln.

Personenliste

Antoni	Diener des Grafen von Marranx
Ayulls, Jordi	Majordomo im Stadtpalais der Colomers
de Biure, Jaspert	mallorquinischer Ritter
de Biure, Melcior	Jasperts Bruder, Ordensritter
de Bonamés, Lleó	Höfling am Hof Jaumes III.
de Centelles, Gilabert	Vizekönig von Mallorca
Decluér, Domenèch	Todfeind des Grafen von Marranx
de Colomers, Bartomeu	Berater des Königs von Aragón
de Colomers, Gabriel	Sohn Bartomeu de Colomers'
de Gualbes, Arnau	Höfling am Hof König Jaumes III.
de Guimerà, Ayolda	Hofdame am Hof Königin Violants
de Lens, Robert	französischer Unterhändler
de Llor, Quirze	mallorquinischer Ritter
de Marimon, Margarida	Edelfräulein am Hof Königin Violants
de Marranx, Guifré Espin	Graf auf Mallorca
de Marranx i de Vidaura, Núria	Gemahlin Graf Guifrés
de Marranx i de Vidaura, Miranda	Tochter Graf Guifrés

de Marranx i de Vidaura, Soledad	Tochter Graf Guifrés
de Nules, Tadeu	Sohn Vicent de Nules'
de Nules, Vicent	Höfling am Hof König Jaumes III.
de Rosón, Bernat	mallorquinischer Ritter
de Vaix, Joana	Gabriel de Colomers' Verlobte
de Vaix, Galceran	Joanas Vater
de Vilaragut, Miquel	Verwandter Königin Violants
de Vilaragut, Violant	Gemahlin König Jaumes III.
Donatus	junger Mönch, Neffe des Kurfürstbischofs von Trier
du Sorell, Gyot	Ritter in Diensten Jaumes III.
d'Ville, Josin	Söldnerwerber König Jaumes III.
Eisenschuch, Rudi	Söldnerführer
Elisabet	Tochter Jaumes III.
Esterel, Joan	katalanischer Ritter
Eudes (deutsch Odo)	Herzog von Burgund
Giombatti	Handelsherr genuesischer Herkunft
Heinz	Waffenträger Andreas' von den Büschen
Jaume III. (deutsch Jakob)	König von Mallorca
Jaume	Prinz, Sohn König Jaumes
Jordi	Waffenträger Gabriel de Colomers'
Josep	Antonis Bruder
Judith	Köchin auf Burg Terben

Karl IV	Kaiser des Heiligen Römischen Reiches
Marti	Joseps Sohn
Miró	Söldner bei Gabriel de Colomers
Pere IV. (deutsch Peter)	König von Katalonien-Aragón
Pere und Pau	Diener Gabriel de Colomers' (Vater und Sohn)
Tomàs	Söldner bei Gabriel de Colomers
Strella	Antonis und Joseps Mutter
von Benkenburg, Kuno	Waffenmeister Graf Ludwigs
von den Büschen, Andreas	Bastardsohn Ludwig von Ranksburgs
von Dinklach, Answin	fahrender Ritter
von Niederzissen, Leonhard	Feind Graf Ludwigs
von Niederzissen, Moritz	jüngerer Sohn Graf Leonhards
von Niederzissen, Urban	älterer Sohn Graf Leonhards
von Ranksburg, Elsgarde	Gemahlin Graf Ludwigs
von Ranksburg, Ludwig	Graf
von Ranksburg, Rudolf	legitimer Sohn Graf Ludwigs
von Sulzthal, Peter	Knappe auf Burg Terben
von Terben, Joachim	Ausbilder Andreas' von den Büschen
von Zeilingen, Günter	Bruder Elsgardes von Ranksburg
von Zeilingen, Götz	Sohn Günters von Zeilingen

Historischer Überblick

Das kleine Königreich Mallorca stellt nur eine Randnotiz der Geschichte dar. Für die Insel Mallorca und die Balearen jedoch war diese Epoche eine goldene Zeit.

Bis Jaume L, König von Katalonien-Aragón, im Jahr 1229 Mallorca eroberte, war die Insel ein Hort maurischer Piraten, die der Schifffahrt im westlichen Mittelmeer arg zusetzten. Nicht umsonst waren es die Seefahrer aus Barcelona, die in dem jungen König den Wunsch weckten, sich in den Besitz der gesamten Balearen zu setzen. Die Eroberung Mallorcas sollte jedoch auch den Ruf Katalonien-Aragóns retten, der durch die Unterstützung der vom Papst bekämpften Katharer durch Jaumes Vater Pere I. arg gelitten hatte, und das Reich auch für die in jenen Tagen erfolgten Landverluste nördlich der Pyrenäen entschädigen.

Die Eroberung gelang. In der Folgezeit wurden die wohlhabenden Mauren vertrieben, die weniger wohlhabenden versklavt und das Land durch Siedler aus dem Rosselló – dem heutigen Roussillon – besiedelt, einem der wenigen nördlich der Pyrenäen verbliebenen Reichsteile Katalonien-Aragóns.

Fast fünfzig Jahre lang herrschte Jaume I. über sein Reich, um es dann im Alter unter seinen Söhnen Pere II. von Katalonien-Aragón und Valencia sowie Jaume II. von Mallorca aufzuteilen. Jaume II. erbte außer den Balearen auch die katalonischen Grafschaften Rosselló und Cerdanya (heute teils französisch = Cerdagne, teils spanisch), sowie die Herrschaft Montpeller (Montpellier).

Wie bei vielen Erbteilungen war die ältere Linie nicht damit einverstanden und tat alles, um sich wieder in den Besitz der abgespaltenen Länder zu setzen. Für Jaume II. und seine Nachfolger glich der Kampf um ihre Unabhängigkeit dem Tanz auf dem Drahtseil. Im Schatten der dynastischen Krisen gedieh die Insel Mallorca jedoch, obwohl ihre Hauptstadt, die Ciutat de Mallorca, nur für wenige Jahre die Residenz der Könige blieb, da diese sich mehr in Perpinya (Perpignan) aufhielten, um den bedrohter erscheinenden Reichsteil zu sichern und den dortigen Adel enger an sich zu binden.

Die Mallorquiner nutzten die Freiheiten, die ihnen auf diese Weise gewährt wurden, nach Kräften aus und wurden zu einer der bestimmenden Handelsmächte im westlichen Mittelmeer. Es waren mallorquinische Seefahrer, welche die Kanarischen Inseln wiederentdeckten und erste Erkundungsfahrten an der afrikanischen Westküste unternahmen.

Die Abwesenheit des königlichen Hofes schwächte jedoch auch die Bindungen zur regierenden Dynastie, und als Pere IV. von Katalonien-Aragón im Jahr 1343 die Insel handstreichartig besetzte, wurde ihm nur wenig Widerstand entgegengesetzt. Als Pere IV. im Jahr darauf seinen Vetter Jaume III. im Rosselló vernichtend schlug und sich diese Grafschaft wie auch die Cerdanya aneignete, schien das Schicksal des letzten unabhängigen Königs von Mallorca entschieden. Jaume III. blieb nur noch die Herrschaft Montpellier, deren Ressourcen zu gering schienen, um ihn

687

noch jemals eine Gefahr für seinen Vetter werden zu lassen.

Der überraschende Verkauf Montpelliers an Frankreich und die dadurch mögliche Anwerbung von Söldnern gaben Jaume III. eine letzte Gelegenheit, sein Schicksal zu wenden. Die große europäische Pestepidemie von 1348/1349 kostete ihn jedoch einen Teil seiner Truppen sowie die dringend benötigte Unterstützung Genuas und beendete seinen Traum von einer Wiederkehr auf den Thron Mallorcas. Auf den Feldern vor Llucmajor verlor er Krone und Leben.

Sein gleichnamiger Sohn wurde gefangen und verblieb ein Jahrzehnt in katalonischer Haft, bevor ihm die Flucht gelang. Er heiratete später Johanna, die Königin von Neapel, ohne jedoch noch einmal eine Rolle in der Geschichte spielen zu können. Seine Schwester Elisabet, die ebenfalls lange gefangen gehalten worden war, heiratete in erste Ehe Johann, den Markgrafen von Montferrat, und in zweiter den deutschen Adeligen Konrad von Reinach.

Mallorca selbst wurde durch die Pest zu einem großen Teil entvölkert und brauchte lange, um sich von diesem Verlust zu erholen. Der Steuerdruck, der dennoch auf der Insel lastete, entlud sich in mehreren Bauernrevolten, die jedoch rasch niedergeschlagen wurden. Die Insel verarmte immer mehr, und die goldene Zeit eines Jaume II. und Jaume III. sollte nie wiederkehren.